BASTEI
LÜBBE

Mika Waltari

Der Renegat des Sultans

Deutsche Übersetzung von
Ernst Doblhofer

BASTEI
LÜBBE

BASTEI-LÜBBE-TASCHENBUCH
Band 11 255

1. Auflage 1977
2. Auflage 1979
3. Auflage 1981
4. Auflage 1984
5. Auflage 1988

Titel der finnischen Originalausgabe:
MIKAEL HAKIM

Lizenzausgabe: Gustav Lübbe Verlag GmbH, Bergisch Gladbach
Printed in West Germany, Juni 1988
Einbandgestaltung: Manfred Peters
Titelfoto: Sanjulian-Norma/Barcelona
Gesamtherstellung: Ebner Ulm
ISBN 3-404-11255-5

Der Preis dieses Bandes versteht sich einschließlich
der gesetzlichen Mehrwertsteuer.

INHALT

ERSTES BUCH

MICHAEL DER PILGRIM

Ist ein Entschluß einmal gefaßt, so hat er Seelenfrieden und heitere Gelassenheit im Gefolge. Mit meinem Bruder Andy und meinem Hund Rael hatte ich Rom und der ganzen Christenheit den Rücken gekehrt und war nach dem Heiligen Land aufgebrochen, um für meine Sünden Sühne zu leisten.

Als ich nun, frei wie ein Vogel, auf dem großen Platz jener wundervollen Stadt Venedig stand, war mir, als sei ich aus moderndem Grabesdunkel zu neuem Leben emporgestiegen. Die blutigen Szenen und der Pesthauch Roms verblaßten in der Erinnerung. Ich sog den Seewind mit allen Poren ein und konnte mich an den Türken, Juden, Mauren und Negern, die sich in ihren Trachten in der Stadt frei bewegen konnten, kaum sattsehen. Mir war, als stände ich an der Schwelle zum sagenhaften Orient; mich erfaßte ein unwiderstehliches Verlangen, fremde Völker zu sehen und die Länder, aus denen jene stolzen Schiffe unter der Flagge des Löwen des heiligen Markus in die Stadt eingelaufen waren.

Von den Behörden der glorreichen Republik hatten weder Andy noch ich etwas zu befürchten; wir konnten uns nach Belieben dort niederlassen oder weiterreisen. Ich hatte mir von einem schlauen Venezianer zu einem Wucherpreis einen Paß mit dem Siegel eines Notars beschafft. Überzeugt, daß kein Mensch hier von meiner entlegenen, unbekannten Heimat Finnland je gehört hatte, gab ich meinen wahren finnischen Namen, Mikael Karvajalka, zu Protokoll. Dieser hatte auf dem Paß die Form Michael Carvajal angenommen; daher bezeichnete man mich später fälschlich als gebürtigen Spanier, obwohl auf dem Dokument ausdrücklich vermerkt stand, daß ich früher dem Hofstaat des Königs von Dänemark angehört und der Signoria von Venedig bei der Plünderung Roms in jenem Sommer des Jahres 1527 gute Dienste geleistet hatte.

Ich erkannte, daß ein ganzes Leben nicht hinreichen würde, in Venedig alles zu sehen und zu bewundern, obwohl ich gerne wenigstens lange genug geblieben wäre, um in allen Kirchen zu beten. Die Stadt hatte aber mit so vielen starken Versuchungen aufzuwarten, daß ich mich auf die Suche nach einem Schiff machte, das uns nach dem Heiligen Land bringen sollte. Bald geriet ich denn auch unten am Hafen an einen krummnasigen Burschen, der meine gute Absicht von Herzen billigte und mir versicherte, ich sei just zur rechten Zeit nach Venedig gekommen. In Kürze sollte ein großer Geleitzug unter dem Schutz einer venezianischen Kriegsgaleere nach Zypern auslaufen, und ein Pilgerschiff würde sich den Geleitschutz gewiß nicht entgehen lassen.

»Jetzt ist die beste Jahreszeit für ein so löbliches Unterfangen«, versicherte er mir. »Ihr werdet den Wind im Rücken haben und braucht keine Stürme zu fürchten. Mächtige, schwerbestückte Galeeren werden die Kauffahrteischiffe vor den ungläubigen Piraten schützen, die einzelne Schiffe stets bedrohen. Überdies unternehmen in diesen stürmischen, gottlosen Zeiten nur wenige die Pilgerfahrt; das Schiff wird also nicht überfüllt sein. Gutes und mannigfaches Essen erhaltet Ihr zu vernünftigen Preisen an Bord; auch dürfen die Reisenden ihre eigenen Vorräte mitbringen. Im Heiligen Land besorgen unsere Agenten die Reise von der Küste nach Jerusalem aufs beste und billigste, und die Geleitbriefe, die hier bei der türkischen Niederlassung käuflich sind, schützen den Pilger vor jeder Belästigung.«

Als ich ihn fragte, wie teuer die Überfahrt wohl zu stehen käme, blickte er mich an; seine Lippen zitterten; unwillkürlich streckte er mir die Hand entgegen und sagte: »Meister Michael, uns muß Gott zusammengeführt haben, denn, um die Wahrheit zu sagen, diese unsere herrliche Stadt steckt voller Schelme, die den arglosen Fremden hineinlegen. Ich bin ein frommer Mann, und mein Herzenswunsch ist es von jeher, eines Tages selbst die Pilgerfahrt zu unternehmen. Da mich aber meine Armut daran hindert, habe ich mich entschlossen, mein Leben der Wohlfahrt anderer zu widmen, die glücklicher sind als ich, und ihnen behilflich zu sein auf ihrer Reise nach den heiligen Stätten, da unser Herr Jesus Christus lebte, litt, starb und von den Toten auferstand.«

Er weinte bitterlich und dauerte mich sehr. Rasch trocknete er seine Tränen, sah mir offen ins Gesicht und meinte: »Ich verlange nur einen Dukaten für meine Dienste. Durch diese Zahlung gebt Ihr Gewähr, daß es Euch mit Eurem Vorsatz ernst ist, und enthebt Euch zugleich aller weiteren Bemühungen in dieser Sache.«

Ich mußte ihm wohl oder übel trauen, denn als wir Seite an Seite den Hafendamm entlangschritten, grüßte er viele Kapitäne, Kaufleute und Zollbeamte, die lächelten und gutmütige Scherzworte herüberriefen, als sie mich in seiner Gesellschaft erblickten. So gab ich ihm seinen Dukaten, warnte ihn aber zugleich, ich sei kein reicher Mann und wolle billig reisen. Er beruhigte mich und verhalf mir zu einem billigen Handel mit dem Kaufmann, von dem ich einen Pilgermantel und einen neuen Rosenkranz erstand. Er begleitete mich in mein Quartier und versprach, mir Nachricht zu bringen, wann unser Schiff auslaufen sollte.

In fieberhafter Ungeduld wanderte ich in Venedig umher, bis endlich eines Nachmittags unser krummnasiger Freund atemlos erschien und uns aufforderte, eilends an Bord zu gehen, weil der Geleitzug am nächsten Tag in der Dämmerung auslaufen werde. Wir schnürten unsere Bündel und wurden zu unserem Schiff hinausgerudert, das im Hafen vor Anker lag. Im Vergleich mit den großen Kauffahrern nahm es sich verdächtig klein aus, allein mein krummnasiger Freund erklärte dies damit, daß aller Raum an Bord den Wallfahrern vorbehalten sei und das Schiff keine Ladung führe. Der blatternarbige Kapitän empfing uns höflich, und als wir ihm jeder achtzehn Golddukaten in die ausgestreckte Hand gezählt hatten, schwor er, wir hätten die billige Überfahrt nur seinem krummnasigen Freunde zu verdanken.

Der Zahlmeister wies uns unsere Schlafstätten im Schiffsraum an, der mit reinem Stroh belegt war, zeigte auf einen Krug sauren Weines und forderte uns auf, den Schöpfer fleißig zu handhaben und uns auf Kosten des Schiffseigentümers zu laben, da der frohe Tag der Abfahrt gekommen sei. Das einzige Licht in dem Raum verbreiteten zwei matte Lämpchen, so daß wir trotz des Lärms um uns nicht viel von den Mitreisenden sahen.

Mein krummnasiger Freund verließ den Kapitän und kam zu uns, um uns Lebewohl zu sagen. Er umarmte mich herzlich und wünschte uns unter Tränen eine glückliche Reise.

»Messer de Carvajal«, sagte er, »ich kenne keinen glücklicheren Tag als den, der Euch gesund und wohlbehalten zurückbringt. Laßt Euch nochmals ernstlich warnen, Fremden zu trauen, wie einnehmend ihre Sitten auch seien. Und solltet Ihr Ungläubigen begegnen, vergeßt nicht, *Bismillah – irrahman – irrahim* zu sagen. Dieser fromme arabische Gruß sichert Euch ihr Wohlwollen.«

Er küßte mich nochmals auf beide Wangen und kletterte über die Bordwand, wobei es in seiner Börse klingelte; dann ließ er sich ins Ruderboot fallen. Ich will aber kein Wort weiter über diesen Herzlosen verlieren; die bloße Erinnerung an ihn widerstrebt mir. Denn kaum waren die geflickten Segel gehißt, kaum war das Schiff mit ächzenden Planken, den Schiffsraum voll Wasser, in See gestochen, als wir erkannten, wie arg man uns betrogen hatte. Die patinabedeckten Kuppeln der venezianischen Kirchen waren noch nicht am Horizont versunken, als ich schon der Wahrheit ins Gesicht sehen mußte.

Unsere kleine Nußschale schlingerte gleich einem sinkenden Sarg im Kielwasser der großen Kauffahrer dahin und blieb immer weiter zurück, während die Galeere uns mit allen möglichen Flaggen und Wimpeln aufforderte, dichter aufzubleiben. Unsere Mannschaft war ein zerlumpter, diebischer Haufen, und aus Gesprächen mit anderen Pilgern mußte ich gar bald erkennen, daß ich für unsere Überfahrt einen Wucherpreis bezahlt hatte, davon zweifellos die Hälfte in des Krummnasigen Tasche geflossen war. Es waren nämlich einige arme Teufel unter uns, denen man erlaubt hatte, ihr Lager auf Deck aufzuschlagen, und diese hatten für die ganze Reise nicht mehr als einen Dukaten bezahlt.

Da lag einer, den ein krampfartiges Gliederreißen schüttelte. Er trug einen ehernen Gürtel um die Lenden geschmiedet und schwere Beinschellen an den Knöcheln. Ein Greis mit fiebrigem Blick kroch auf allen vieren herum und schwor, er wolle den ganzen Weg von den Gestaden des Heiligen Landes nach Jerusalem auf diese Art zurücklegen. Eines Nachts weckte er uns alle mit markerschütterndem Geschrei und erklärte, er habe weiße Engel das Schiff umschweben sehen; die hätten sich auf den Rahen zur Ruhe niedergelassen.

Allein der pockennarbige Kapitän war kein übler Seemann. Er verlor den Geleitzug nie ganz aus den Augen, so daß wir Abend für Abend beim Aufgehen der Sterne die Lichter von den Masttoppen der übrigen Schiffe sichteten, die für die Nacht beidrehten oder in einer schützenden Bucht vor Anker lagen. Als wir uns bestürzt zeigten, daß wir allzuweit zurückblieben, lud er uns bereitwilligst ein, die Ruder zu bemannen; das, so meinte er, schaffe uns Bewegung und sei gesund. Und in der Tat mußten wir des öfteren der Mannschaft auf diese Weise beispringen, obgleich höchstens fünfzehn von den hundert Pilgern dazu imstande waren. Die Männer waren meist zu alt, verkrüppelt oder kränklich, und den Frauen konnte man solche Arbeit natürlich nicht zumuten.

Unter diesen befand sich eine junge Frau, die schon am ersten Tag meine Aufmerksamkeit erregt hatte. Sowohl ihre Kleidung wie auch ihre anmutige Haltung unterschieden sie von den übrigen. Ihr seidenes Kleid schmückten Silberbrokat und Perlen; sie trug auch edle Steine, so daß ich mir den Kopf zerbrach, wie sie in so düstere Gesellschaft geraten sein mochte. Eine ungeheuer fette Dienerin war ständig um sie. Das Sonderbarste an der Dame war, daß sie nie unverschleiert erschien. Erst meinte ich, die Eitelkeit bewege sie, ihr Gesicht vor den brennenden Sonnenstrahlen zu schützen; bald aber sah ich, daß sie den Schleier auch nach Sonnenuntergang behielt. Dennoch konnte man ihre Züge so weit erkennen, um Gewißheit zu haben, daß sie weder entstellt noch häßlich waren. Wie die Sonne durch die dünne Wolkendecke schimmerte, so leuchtete der Zauber ihrer Jugend durch den zarten Schleier. Ich konnte mir nicht denken, welch schwere Sünde sie zu dieser Wallfahrt bewogen und sie bestimmt haben konnte, ihr Antlitz zu verbergen.

Eines Abends sah ich sie kurz nach Sonnenuntergang allein an der Reling stehen und versuchte, mich ihr zu nähern; als sie mich aber herankommen hörte, wandte sie rasch den Kopf und ließ den Schleier über ihr Gesicht fallen, so daß ich nur eben das Rund ihrer Wange erspähen konnte. Ihr Haar aber fiel in blonden Locken unter ihrer runden Haube herab, und als ich so stand, in die Betrachtung dieser Haarpracht versunken, spürte ich, wie mir die Knie zitterten, und ich fühlte mich von ihr angezogen wie ein kleiner Eisenfeilspan von einem Magneten.

Ich stand in geziemendem Abstand von ihr und blickte wie sie auf das verschwimmende Weinrot der See hinaus. Ich fühlte aber ihre Nähe in allen Gliedern, und nach einer Weile wandte sie leicht den Kopf, als erwartete sie, daß ich zu ihr spräche. Ich faßte mir daher ein Herz und sagte: »Wir sind Reisegefährten und haben dasselbe Ziel. Vor Gottes Angesicht und in der Sühne für unsere Sünden sind wir alle gleich; seid daher nicht ungehalten, daß ich zu Euch spreche. Ich möchte so gerne mit einem Altersgenossen sprechen – mit jemand anderem als mit all diesen Krüppeln.«

»Ihr habt mich im Gebet gestört, Messer de Carvajal«, antwortete sie vorwurfsvoll. Dennoch verschwand der Rosenkranz zwischen ihren schlanken Fingern, und sie wandte sich bereitwillig mir zu. Mich durchzuckte ein freudiger Schreck, als ich hörte, daß sie meinen Namen kannte, war es doch ein Zeichen, daß sie Anteil an mir nahm. In meiner Bescheidenheit aber sprach ich aufrichtig:

»Nennt mich nicht so, denn ich bin nicht von edler Abkunft. In meiner Muttersprache heiße ich Karvajalka nach meiner längst verstorbenen Pflegemutter. Sie gab mir ihren Namen aus Mitleid, weil ich meinen Vater nie gekannt habe. Aber ich bin nicht ganz unbemittelt, noch auch ganz ohne höhere Bildung, weil ich an mehreren gelehrten Universitäten studiert habe. Ihr würdet mir die größte Freude bereiten, wenn Ihr mich einfach Michael den Pilger nennen wolltet.«

»Wohlan denn«, stimmte sie herzlich bei. »Und Ihr müßt mich Giulia nennen und dürft weder nach meiner Familie noch nach dem Namen meines Vaters, ja nicht einmal nach meinem Geburtsort fragen. Solche Fragen würden nur schmerzliche Erinnerungen in mir wachrufen.«

»Giulia««, fragte ich sie sogleich, »warum verschleiert Ihr Euer Antlitz, wo doch der Klang Eurer Stimme wie auch Euer goldenes Haar seine Schönheit verraten? Tut Ihr es, um die Gedanken von uns schwachen Männern vor Abwegen zu bewahren?«

Bei diesen zudringlichen Worten aber seufzte sie tief, als hätte ich ihr eine tödliche Wunde zugefügt, kehrte mir den Rücken zu und brach in Schluchzen aus. Tief bestürzt stammelte ich Entschuldigungen und versicherte ihr, ich wolle lieber sterben, als ihr das geringste Ungemach bereiten.

Als sie sich unter dem Schleier die Augen getrocknet hatte, wandte sie sich mir wieder zu und sprach: »Pilger Michael, wie der eine ein Kreuz auf dem Rücken trägt und ein anderer sich eherne Fesseln um die Gelenke legt, so habe ich geschworen, während dieser Reise keinem Fremden mein Gesicht zu zeigen. Bittet mich nie, es zu enthüllen, denn ein solches Ansinnen würde nur die Last erschweren, die Gott mir von Geburt an auferlegt hat.«

Diese Worte sprach sie so ernst, daß ich tief gerührt war. Ich nahm ihre Hand, küßte sie und versprach ihr feierlich, sie nie zu versuchen, ihr Gelübde zu brechen. Dann bat ich sie, mit mir in aller Schicklichkeit einen Becher süßen Malvasiers zu trinken, davon ich ein Fäßchen an Bord gebracht hatte. Nach einigem sittsamen Zögern ging sie darauf ein, unter der Bedingung, daß ihre alte Amme dabeisein müsse, um allem bösen Klatsch zu begegnen. So tranken wir gemeinsam aus meinem Silberbecher, und als wir ihn weiterreichten, zuckte die leichte Berührung ihrer Hand wie ein Schlag durch meinen ganzen Körper. Sie bot mir ihrerseits Süßigkeiten an, die nach türkischer Art in Seide gewickelt waren. Sie wollte auch meinem Hunde davon geben, aber Rael führte unten Krieg gegen die Ratten; so gesellte sich stattdessen Andy zu uns und verwickelte zu meiner Freude die Dienerin in ein angeregtes Gespräch.

Als wir eine Weile getrunken hatten, fing Giulias Amme Johanna an, Andy mit anrüchigen Geschichten von Priestern und Mönchen zu regalieren, und auch ich wagte es, Giulia mit einigen galanten Anekdötchen zu unterhalten. Sie war keineswegs verstimmt, sondern lachte ihr silbernes Lachen und ließ im Schutz der Dunkelheit ihre Hand mehr als einmal auf meiner oder auf meinem Knie ruhen. So trieben wir es bis spät in die Nacht, während um uns die düsteren Wogen stöhnten und der Himmel, mit Sternen wie mit Silberstaub übersät, leuchtend über uns stand.

Andy machte sich unsere neue Bekanntschaft zunutze, indem er Johanna überredete, unsere Kleider zu flicken; auch unseren Mundvorrat legten wir zusammen. Die geschwätzige Amme ergriff sogleich Besitz von der Kombüse und kochte fortan für uns; sonst wären wir wohl, wie viele andere Pilger, an der elenden Schiffskost erkrankt. Andy aber fing an, mich sorgfältig zu beobachten, und meinte schließlich in warnendem Ton: »Michael, ich bin ungebildet und einfältiger als du, wie du nur zu oft bemerkt hast. Aber was wissen wir von dieser Giulia und ihrer Begleiterin? Johannas Sprache steht einer Bordellwirtin besser an denn einer anständigen Frau, und Giulia verbirgt ihr Gesicht auf so unheilverkündende Weise, daß selbst die Schiffsmannschaft Angst bekommt. Sieh dich also vor, Michael, daß du nicht eines schönen Tages hinter jenem Schleier eine krumme Nase entdeckst!

Seine Worte trafen mich ins Herz; von krummen Nasen wollte ich ohnehin nichts mehr hören, und so verwies ich ihm seinen Verdacht. Tags darauf sichteten wir die Südspitze von Morea, das nun in türkischem Besitz ist. Das Wetter und die trügerische Strömung dieser Gewässer zwangen uns, den schützenden Hafen der Insel Cerigo aufzusuchen, den eine venezianische Besatzung verteidigte. Dort warfen wir Anker, um auf günstigen Wind zu warten. Kaum aber hatten wir dies getan, als unsere Begleitgaleere wieder in See stach, um einige verdächtige Segel zu verfolgen, die sich soeben am Horizont gezeigt hatten, denn in diesen Breiten lauerten, wie man wußte, gar oft dalmatinische und afrikanische Piraten. Ruderboote umschwärmten das Pilgerschiff und boten frisches Fleisch, Brot und Obst zum Verkauf an, und der Kapitän sandte unser eigenes Boot nach Wasser an Land, da er nicht am Pier anlegen konnte, ohne Hafengebühren zu entrichten.

Bruder Jehan, ein fanatischer Mönch aus unserer Reisegesellschaft, erzählte uns, auf der Insel Cerigo laste ein Fluch. Hier, so sagte er, sei eine Göttin der götzendienerischen Griechen geboren. Der pockennarbige Kapitän pflichtete ihm bei und erklärte, die Ruinen des Palastes von Menelaus, dem unglücklichen König von Sparta, seien dort heute noch zu sehen. Sein Weib Helena habe ihre unheilbringende Schönheit von der Göttin geerbt, die an den Küsten der Insel aus dem Schaum geboren sei. Ihrer ehelichen Pflichten vergessend, sei diese Helena mit einem göttlich schönen Jüngling entlaufen und habe so den schrecklichen Trojanischen Krieg heraufbeschworen. Ich erfuhr vom Kapitän, es sei die Göttin Aphrodite gewesen, die am Gestade dieser Insel geboren war, welche die alten Griechen Kytherea nannten, konnte aber nicht verstehen, warum die lieblichste aller heidnischen Gottheiten diese düstere, felsige, unzugängliche Insel zu ihrem Geburtsort erwählt hatte.

Daher beseelte mich der brennende Wunsch, an Land zu gehen, um die Überreste einer früheren Zeit zu betrachten und zu sehen, ob die Geschichten, welche die alten Griechen erzählt hatten, wirklich irgendwie begründet waren. Und als ich Giulia alles, was ich von Aphrodites Geburt, dem goldenen Apfel des

Paris und der unerlaubten Liebe Helenas noch wußte, erzählt hatte, fiel es mir nicht schwer, sie zum Mitkommen zu überreden. Ihre Neugier war womöglich noch brennender als mein eigener Wissensdurst.

Matrosen ruderten uns vier an Land, und ich kaufte ein Körbchen mit frischem Brot, Dörrfleisch, Feigen und Ziegenkäse. Die Redeweise der Dörfler konnte ich kaum verstehen; als mir aber ein Ziegenhirt einen Pfad wies, auf einen Hügel zeigte und das Wort *palaiopolis* mehrmals wiederholte, wußte ich, daß er uns den Weg zu einer alten Stadt weisen wollte. Wir schritten bergan, einen Fluß entlang, bis wir an ruhiges Wasser gelangten, daran in alten Zeiten viele Schwimmbäder gebaut worden waren. Wenngleich die Steine verwittert waren und in den Spalten dürres Gras wuchs, so konnte ich doch ein Dutzend solcher Schwimmbecken zählen. Nach zehntägiger Seereise und dem Aufstieg, der uns zum Schwitzen gebracht hatte, konnte uns kein Anblick angenehmer oder willkommener sein als dieser. Andy und ich stürzten denn auch gleich hinein und wuschen uns mit dem feinen Sande rein; auch die beiden Damen entkleideten sich, und badeten in einem anderen Becken hinter einigen Büschen. Ich hörte Giulia planschen und entzückt auflachen.

Während ein lindes Lüftchen in den glänzenden, grünen Lorbeerblättern raschelte und Giulias Lachen mir in den Ohren klang, bevölkerte meine Phantasie die Schwimmbecken mit den Nymphen und Faunen der Sage, und es hätte mich nicht überrascht, wäre die Göttin Aphrodite selbst in ihrer ganzen Herrlichkeit aus dem Dickicht auf mich zugekommen.

Nach dem Essen meinte Andy, er sei schläfrig geworden, und Johanna warf einen mißbilligenden Blick auf den felsigen Abhang und die dichten Fichtenwälder, die ihn bedeckten, und fing an, über ihre geschwollenen Füße zu klagen.

So machten Giulia und ich uns allein zu dem beschwerlichen Aufstieg zum Gipfel auf. Dort fanden wir zwei Marmorsäulen, deren Kapitäle herabgestürzt waren und unter Sand und Gras begraben lagen. Dahinter standen die Sockel vieler viereckiger Säulen und die Ruinen eines Tempeltores. Inmitten der Trümmer des eigentlichen Tempels stand auf einem Marmorsockel die überlebensgroße Statue einer Göttin. Sie blickte voll königlicher Schönheit auf uns herab; ein hauchdünner Schleier verhüllte ihre

Glieder, Der Tempel rings um sie herum war eingestürzt, sie aber schaute immer noch in göttlicher Schönheit auf uns Sterbliche nieder, obwohl eintausendfünfhundertsiebenundzwanzig Jahre seit der Geburt unseres Erlösers verflossen waren.

Ich aber dachte weder an meinen Erlöser noch an die rühmlichen Vorsätze, die mich auf meine lange Reise geführt hatten. Ich fühlte mich ins goldene heidnische Zeitalter entrückt, da die Menschen weder die Qualen des Zweifels noch die Angst der Sünde kannten; angesichts dieses mächtigen Zaubers hätte ich gut daran getan, zu fliehen. Ich weiß, ich hätte fliehen sollen, tat es aber nicht. Ich tat es nicht, und schneller, als ich es niederschreiben kann, hatten wir uns in dem warmen Gras zur Ruhe niedergelassen. Ich umarmte Giulia und beschwor sie, ihr Angesicht zu enthüllen, damit nichts Fremdes zwischen uns bleibe. Meine Kühnheit wurde noch gesteigert durch die Überzeugung, daß Giulia nicht so bereitwillig mir an diesen verlassenen Ort gefolgt wäre, wenn sie nicht im innersten Herzen mein Verlangen geteilt hätte. Sie widerstand auch meinen Lippen und meinen Händen nicht; als ich ihr aber den Schleier vom Gesicht ziehen wollte, packte sie mich mit der Kraft der Verzweiflung am Handgelenk und bat mich in flehenden Tönen, abzulassen.

»Michael, mein Freund, mein Geliebter, tu, was ich dir sage. Auch ich bin jung, und wir leben nur einmal. Aber ich kann dir mein Gesicht nicht enthüllen, denn das würde uns trennen. Warum kannst du mich nicht lieben, ohne es zu sehen, wenn meine ganze Zärtlichkeit dich erwartet?«

Aber ich konnte mich nicht zufriedengeben. Ihr Widerstand erbitterte mich noch mehr, so daß ich ihr mit Gewalt den Schleier aus den Händen wand und ihr Antlitz bloßlegte. Sie lag an meiner Brust; die blonden Locken fielen über meinen Arm; die Augen mit den dunklen Wimpern hielt sie geschlossen. Ihre Lippen glichen Kirschen; die Wangen hatten sich unter meinen Liebkosungen mit warmer Röte bedeckt. Ich zerbrach mir vergeblich den Kopf, warum sie so lange und so grausam ihre Züge vor mir verschleiert hatte, denn sie waren schön. Die Augen aber hielt sie geschlossen und bedeckte sie mit den Händen; regungslos ließ sie meine Küsse über sich ergehen.

O daß ich mich damit begnügt hätte! Ich aber drang ungestüm in sie, die Augen zu öffnen. Sie schüttelte heftig den Kopf; alle ihre Freude war dahin. Sie lag wie eine Tote in meinen Armen, und auch meine kühnsten Liebkosungen konnten sie nicht wiedererwecken. Bestürzt gab ich sie frei und bat sie ernstlich, die Augen aufzuschlagen und in meine zu blicken, um darin die Stärke meiner Sehnsucht zu lesen.

Endlich sprach sie traurig: »Dann ist alles aus zwischen uns, Pilger Michael, und möge dies das letzte Mal sein, daß ich Liebe suche. Du wirst mich bald vergessen, wenn unsere Reise vorüber ist. Wir wollen hoffen, daß ich dich ebensoleicht vergesse. Um der Liebe Gottes willen, schau mir nicht in die Augen, Michael. Sie bringen Unheil.«

Ich wußte natürlich, daß es Leute gibt, die ohne böse Absicht anderen durch ihren Blick Unheil zufügen können. Mein Lehrmeister Doktor Paracelsus glaubte, daß ein Obstbaum unter dem bösen Blick verdorren könne. Aber um ebensolcher Anschauungen willen war mein Weib Barbara in einer deutschen Stadt enthauptet und verbrannt worden, obwohl sie doch unschuldig gewesen war. In meiner Verzweiflung hatte ich alle Aussagen, die man gegen sie aufgehäuft hatte, als Bosheit und Aberglauben verworfen und so die Schuld der Ketzerei auf mich geladen. Auch jetzt glaubte ich nicht, Giulias schönes Gesicht könne durch den bösen Blick entstellt werden, und ich lachte. Vielleicht klang mein Lachen etwas gezwungen, weil ich ihren Kummer sah, aber als ich schwor, ich fürchte ihren Blick nicht, erbleichte sie und zog schließlich ihre Hände zurück. Ihre erschreckten Augen, klar wie Regentropfen, senkten sich tief in meine.

Mein Blut erstarrte zu Eis, mein Herzschlag setzte aus, und ich starrte sie an, so stumm und schreckgelähmt wie sie.

Ihre Augen waren in der Tat schön, verliehen aber ihrem Gesicht einen bösen Ausdruck, weil sie von verschiedener Farbe waren. Ihr linkes Auge war blau wie das Meer; das rechte aber war nußbraun. Dergleichen hatte ich nie zuvor gesehen – auch nie davon gehört – und suchte vergeblich nach einer natürlichen Erklärung.

Lange blickten wir einander von Angesicht zu Angesicht an. Ich schauderte unwillkürlich zurück und setzte mich weiter weg, sie immer noch unverwandt anstarrend, bis auch sie sich aufsetzte und ihre Brust bedeckte. Aus meinem Leib war alle Wärme geschwunden, kalte Schauer liefen mir über den Rücken. Was für üble Planeten mußten bei meiner Geburt Pate gestanden haben! Die einzige Frau, die ich je geliebt hatte, war enthauptet und als Hexe verbrannt worden. Nun, da eine andere mein Herz gewonnen hatte, war auch sie von Gott verflucht und mußte ihr Gesicht, das allen Schrecken und Bestürzung einflößte, die es schauten, verschleiern. Mein Leben war verflucht; vielleicht lauerte in meinem eigenen Inneren eine schicksalhafte Hinneigung zu dem, was wir Zauberei nennen. Mir fiel ein, wie Giulias Nähe mich, seit ich sie zum ersten Mal sah, wie ein Magnet angezogen hatte, und ich konnte mir nicht mehr einreden, daß es nur meine Jugend war, die nach ihr verlangte. Im innersten Herzen argwöhnte ich ein fürchterliches Geheimnis.

Mir war nicht danach zumute, Giulia meine Gedanken mitzuteilen. Als sie eine Weile gesenkten Hauptes dagesessen hatte, einen Grashalm um die schlanke Finger windend, erhob sie sich und sagte kühl: »Nun denn, Michael, Ihr habt Euren Willen gehabt, und es ist Zeit, daß wir aufbrechen.«

Sie schritt hocherhobenen Hauptes von dannen. Ich sprang auf und folgte ihr. Ohne sich umzuwenden, sprach sie hart: »Messer de Carvajal, ich vertraue auf Eure Ehre, daß Ihr mein Geheimnis nicht den einfältigen Leuten an Bord unseres Schiffes preisgebt. Obwohl ich mir aus dem Leben nichts mache, obwohl es für mich und meine Mitmenschen vielleicht besser wäre, wenn ich stürbe, sehne ich mich doch danach, das Heilige Land zu erreichen, nun, da ich die Wallfahrt einmal unternommen habe. Ich möchte nicht von einem abergläubischen Matrosen über Bord geworfen werden.«

Ich packte sie an den Handgelenken, wandte sie mir zu und entgegnete: »Giulia, glaube nicht, daß meine Liebe zu dir gestorben ist; das ist nicht wahr. Ich fühle vielmehr, daß das Schicksal uns füreinander bestimmt hat, denn auch ich bin anders als andere Leute, wenngleich ich kein äußeres Zeichen davon an mir trage.«

Giulia aber erwiderte höhnisch: »Ihr seid freundlich und höflich, Michael; ich aber bedarf Eurer falschen Worte nicht; Eure Augen haben Euren Schrecken nur zu deutlich verraten. Laßt uns darum tun, als wären wir uns nie begegnet, denn das ist das Beste und Freundlichste, was Ihr tun könnt.«

Ihre bitteren Worte ließen mir das Blut in einer Welle warmen Mitleids zu Herzen steigen, und ich schämte mich. Um mir und ihr zu beweisen, daß sich zwischen uns nichts geändert habe, legte ich die Arme um sie und küßte sie. Allein sie hatte recht, denn ich empfand nicht mehr dasselbe bebende Entzücken. Und doch bedeutete meine Umarmung nun vielleicht mehr als zuvor, denn nun hielt ich ein schutzloses Geschöpf gleich mir, das ich in seiner fürchterlichen Einsamkeit trösten wollte, wenn ich konnte. Vielleicht verstand sie das auch, denn ihre Kälte schmolz dahin; sie drückte ihr Gesicht an meine Schulter und brach in lautloses Weinen aus.

Um mich an ihre seltsame Schönheit zu gewöhnen, bat ich sie, als sie sich wieder gefaßt hatte, den Schleier zu entfernen und furchtlos mit mir hügelab zu wandern. Je länger ich ihr Gesicht und ihre eigentümlichen Augen betrachtete, um so stärker wurde mir die tiefe Anziehung bewußt, die sie auf mich ausübte, ungeachtet meines Widerwillens; mir war, als schritten ihrer zwei mir zur Seite und als berührte ich zwei, wenn ich die eine berührte. Und so umstrickte, mir unbewußt, ihr böser Blick allmählich meine Seele.

Unten bei den Schwimmbecken fanden wir Andy und Johanna in tiefem Schlaf; im Korb waren nur ein abgenagter Knochen und das Weinblatt zurückgeblieben, mit dem wir die Speisen bedeckt hatten. Schon sank die Sonne; wir kehrten eilig zum Hafen zurück und gaben dem Schiff ein Zeichen, uns ein Boot zu senden.

In der Dämmerung kehrte die Galeere von ihrer vergeblichen Jagd zurück; aber es dauerte noch zwei Tage und zwei Nächte, bis ein frischer Wind aus Nordwesten sich erhob und wir aus dem Hafen rudern und die Segel hissen konnten. Ich hatte diese zwei Tage in heilsamem Nachdenken verbracht, und mein bis dahin stolzes und kühles Gebaren machte nun einer freundlichen Umgänglichkeit Platz. Ich verteilte Arzneien und Brot unter meinen armen Reisegefährten und bemühte mich nach Kräften, ihnen zu helfen, als sie weinend und betend auf dem übelriechenden Stroh lagen. Nachts lag ich wach, in tiefem Sinnen über Giulia und mein eigenes Leben; denn seit ich ihre Augen gesehen hatte, war mir alle Freude vergangen, und ich suchte oft Vergessen, indem ich lieber an andere denn an mich dachte.

Die Reue aber kam zu spät, denn am Tag nach unserer Ausfahrt aus Cerigo versteifte sich der Wind, die Wogen türmten sich, und am Abend bedeckten ziehende Gewitterwolken den Himmel. Das Schiff ächzte in allen Fugen und begann ärger als je zuvor zu lecken, so daß alle gesunden Männer an die Pumpen gestellt wurden. Das Schlingern und Stöhnen des Schiffes, das Knattern der Segel und das Gejammer der Seekranken ließ mich, wie ich gestehen muß, an allen Gliedern zittern und fürchten, wir müßten jeden Augenblick sinken. Aber obgleich halbverfault und vom Wurm zerfressen, war unser Schiff doch ein wetterfestes Erzeugnis der Schiffswerften Venedigs, und bei Tagesanbruch hatten wir keinen Schaden gelitten. Als die Sonne emporstieg und die schäumenden Wogenkämme vergoldete, glaubten wir, allen Grund zu haben, Gott zu danken und ihm gemeinsam einen Lobgesang anzustimmen.

Dem Kapitän freilich schien unser Frohlocken verfrüht. Als wir unsere Danksagung beendet hatten, schrie er uns zu, die Ruder zu bemannen, denn wir hatten, als wir vor dem Winde hertrieben, die Fühlung mit dem Geleitzug verloren. Kein Segel, kein Land war in Sicht. Allein der Kapitän bemühte sich, durch eifriges Rudern den Kurs zu ändern und den Anschluß an die übrigen Schiffe wiederzugewinnen.

Zu Mittag hatte sich der Wind gelegt, obwohl das Schiff immer noch in schwerem Seegang schlingerte. Da erspähten wir ein Segel am Horizont. Um eine Begegnung zu vermeiden, änderte der Kapitän aufs neue den Kurs, und wir legten uns mit der Kraft der Verzweiflung in die Riemen. Aber es war zu spät, denn als wir das niedrige Segel erspähten, waren unsere hochragenden Masten dem fremden Schiff schon lange aufgefallen; es kam nun beängstigend rasch heran, um uns den Fluchtweg abzuschneiden. Bei diesem Anblick tobte und fluchte der Kapitän und wünschte alle halsabschneiderischen Reeder Venedigs zur untersten Hölle.

»Das Schiff dort verheißt uns nichts Gutes«, verkündete er. »Wenn ihr tapfere Männer seid, so greift zu euren Waffen und kämpft an meiner Seite. Frauen und Kranke müssen nach unten.«

Ich schauderte vor Angst bis ins Innerste, als ich seine Worte vernahm und sah, wie das schmalgebaute feindliche Schiff, getrieben von vielen Riemenpaaren, heranstürmte und die schäumenden Fluten durchschnitt. Bald stiegen auch von seinem Bug zwei Rauchwölkchen auf. Bevor noch der Wind den Knall der Schüsse bis zu uns getragen hatte, hatte eine Kanonenkugel eine zischende Furche durch die Wogen gepflügt und eine zweite unser Segel zerrissen.

Andy meinte: »Diese Schlacht ist schon verloren, da wir nur fünfzehn waffentüchtige Männer unter uns haben. Nach allen Kriegsregeln – zu Lande natürlich, von der Seekriegsführung verstehe ich nichts – sollten wir die Waffen strecken und um einen ehrenvollen Frieden verhandeln.«

Der pockennarbige Kapitän aber erwiderte: »Wir wollen auf Gott vertrauen und hoffen, daß unsere Galeere nicht weit ist und uns schon sucht. Wenn ich dieses Schiff ohne einen Schwertstreich übergebe, werde ich Schimpf und Schande ernten, und die Signoria der Republik wird Himmel und Hölle in Bewegung setzen, um meiner habhaft zu werden und mich an der Rahe aufzuhängen. Kämpfe ich aber tapfer und überlebe den Kampf, so wird mich die Signoria aus der Sklaverei loskaufen. Und sollte ich im Kampf gegen die Ungläubigen fallen, so habe ich guten Grund, zu hoffen, daß meine Seele, reingewaschen von allen Sünden, stracks gen Himmel fliegt.«

Bruder Jehan schwang, heiser vor Schrecken, ein kupfernes Kruzifix und heulte: »Wer im Kampf gegen die Anhänger des falschen Propheten fällt, ist des Himmelreiches wert! Wer auf der Pilgerfahrt unter den Händen der Ungläubigen stirbt, erringt die Ehrenkrone der Märtyrer! Ja fürwahr, wir waren dieser Krone nie näher als jetzt. Laßt uns daher wie tapfere Männer streiten, und der Name Jesus sei unser Schlachtruf!«

Andy kratzte sich zweifelnd hinterm Ohr und steckte die Faust in die Mündung unserer einzigen Kanone, die vor Alter und Vernachlässigung grün angelaufen war. Darin steckte nichts als die Überreste alter Vogelnester. Aus seiner Kabine brachte der Kapitän einen Armvoll alter Schwerter hervor, die klirrend auf das Deck kollerten, während die Mannschaft mürrisch ihre eisernen Piken aufnahm. Der Kapitän holte auch eine große Hakenbüchse hervor. Ich versuchte, sie zu laden, da ich mit solchen Waffen umzugehen verstand, aber das Pulver war feucht. Das fremde Schiff war nun so dicht herangekommen, daß ich die grünen und roten Wimpel am Mast erkennen konnte; auch sahen wir den gefürchteten Turban der Besatzung und den Glanz vieler scharfer Krummsäbel.

Da krachten plötzlich mehrere scharfe Schüsse. Zwei Männer stürzten in ihrem Blut auf das Deck; ein dritter faßte sich heulend ans Handgelenk. Dann schwirrte ein Pfeilregen auf uns nieder; viele wurden getroffen. Als Bruder Jehan das Blut sah und die herzzerreißenden Schreie der Verwundeten hörte, verfiel er in eine Verzückung des hellen Entsetzens. Er sprang an Deck umher, steckte die Schöße seines Habits in den härenen Gürtel, entblößte so seine behaarten Beine und kreischte triumphierend: »Seht das Blut der Märtyrer! Heute noch werden wir einander im Paradies begegnen, und vor Gottes Thron gibt es keinen kostbareren Edelstein als die Märtyrerkrone!«

Auch andere Pilger fingen nun an, wie verrückt an Deck umherzuspringen und ihre Waffen zu schwingen, während die Kranken und Krüppel mit zitternden Stimmen einen Psalm sangen. Andy aber zog mich in den Schutz der Deckkajüte, wo der Kapitän zu uns stieß; tränenüberströmt und sich mehrmals bekreuzigend, sagte er: »Möge die Heilige Jungfrau und alle Heiligen sich meiner erbarmen und Jesus Christus mir meine Seele vergeben. Ich kenne jenes Schiff. Es kommt von der Insel Jerba und steht unter dem Befehl eines Piraten namens Torgut, der gegen Christen keine Gnade kennt. Wir wollen unser Leben so teuer wie möglich verkaufen, da wir es ja doch einmal verlieren müssen.«

Alle Versuche aber, diesem erfahrenen Piraten die Stirn zu bieten, konnten nur in unnützes Blutvergießen ausarten, denn auf ein Signal zogen nun die Ruderer die Riemen ein; ihr Schiff hatte noch Fahrt genug, längsseits an das unsere heranzukommen. Viele Enterhaken erfaßten unsere Reling, die beiden Schiffsrümpfe stießen aneinander und schon banden zahllose Leinen und Ketten uns an den Angreifer. Unser Kapitän stürzte als Ehrenmann, der er war, das Schwert in der Faust, den Piraten entgegen, die nun in Rudeln über die Schiffswand kletterten. Aber nur wenige folgten ihm, und er fiel mit zerspaltenem Schädel, ehe er noch einen Streich führen konnte. Angesichts seines traurigen Endes warfen seine Männer ihre Piken weg und hoben ihre leeren Hände zum Zeichen der Übergabe. Im nächsten

Augenblick wurden jene Pilger, die immer noch Anstalten machten zu kämpfen, niedergemacht, und so trugen wir in diesem Kampf wenig Ehre davon.

Andy meinte: »Unser letztes Stündlein hat geschlagen. Die Kriegsregeln verlangen Widerstand nur, solange die geringste Hoffnung auf Gelingen besteht. Wir wollen daher nicht gegen den Stachel löcken, sondern lieber, wenn es sein muß, als sanftmütige Christen sterben.«

Bis zum letzten Augenblick attackierte Bruder Jehan die Ungläubigen mit seinem kupfernen Kruzifix; sie aber nahmen sich nicht einmal die Mühe, ihn zu schlagen. Einer von ihnen packte einfach das Kruzifix und warf es ins Meer, was den Mönch so erboste, daß er sich auf den Mann stürzte und ihn mit Nägeln und Zähnen anging, bis ein Tritt in den Bauch ihn heulend auf das Deck hinstreckte. Andy und ich ließen uns unter die übrigen Gefangenen stecken, während die Piraten sich über das ganze Schiff ergossen. Ihr leichter Sieg hatte sie in gute Laune versetzt, und sie zeigten sich zunächst nicht allzu feindselig. Als sie aber entdeckten, daß wir keine wertvolle Ladung an Bord hatten, schüttelten sie die Fäuste gegen uns und stießen in allen Sprachen unter der Sonne Drohungen aus. Zu meinem Erstaunen bemerkte ich, daß sie weder Afrikaner noch Türken, sondern trotz ihrer Turbane größtenteils Italiener und Spanier waren.

Diese grausamen Kerle bearbeiteten uns mit den Fäusten, bespien uns und rissen uns die Kleider vom Leibe, so daß uns kaum ein Fetzen blieb, unsere Blöße zu bedecken. Sie schnitten unsere Börsen auf und befühlten mit geübten Fingern jedes Kleidungsstück nach Edelsteinen oder Münzen, die man etwa ins Futter eingenäht hatte. In jenem Augenblick aber lag mir nichts an meinen verlorenen Reichtümern; ich fürchtete nur für mein Leben. Die paar Wertsachen, die sie fanden, warfen sie auf ein Stück Zeug, das sie an Deck ausgebreitet hatten.

Als sie dies erbärmliche Geschäft beendet hatten, tauchte unter ihnen ein dunkelhäutiger Mann auf, dessen großer Turban mit einem Federbusch geschmückt war. Sein seidener Rock strotzte von Silberbrokat, und in der Hand trug er ein Krummschwert, dessen Knauf mit dunklen Edelsteinen besetzt war. Als sie seiner ansichtig wurden, begannen unsere beraubten und entblößten Matrosen, sich eifrig auf die Brust zu schlagen und ihre Muskeln zur Schau zu stellen; er aber würdigte sie nicht einmal eines Blickes. Seine Untergebenen zeigten ihm die dürftige Beute und begannen, auf ein Kopfnicken von ihm unsere Reihen zu mustern. Sie befühlten unsere Muskeln, untersuchten unsere Zähne und sonderten mit Blitzesschnelle die Schwachen und Kranken unter uns aus. Darüber entsetzte ich mich noch mehr und fragte, was das bedeuten mochte, da wir uns doch schon ergeben hätten. Die Matrosen antworteten: »Betet, daß wir Gnade finden vor ihren Augen. Sie suchen diejenigen heraus, die fähig sind, die Riemen zu führen; die übrigen töten sie.«

Mich packte eine so überwältigende Angst, daß mir die Zunge im Munde schwoll und ich nicht einmal stammeln konnte. Doch gerade da schleppten die Herzlosen Giulia herbei und lachten und brüllten, weil sie meinen Hund Rael auf den Armen trug. Der Hund knurrte, zeigte die Zähne und schnappte wacker nach ihnen, als sie ihn neckten, und sie waren überrascht, daß ein so kleiner Hund so grimmig wüten konnte.

Der Anblick und der Geruch des angerichteten Blutbades, konnten den alten Krieger Rael nicht gerade besänftigen. Er ängstigte sich wohl um mich und strampelte, als er meine Witterung erspürt hatte, so kräftig in Giulias Armen, daß sie ihn loslassen mußte. Er lief stracks auf mich zu, sprang um mich herum und leckte mir die Hände, um so seine Freude zu bezeigen, daß er mich noch am Leben fand.

Der Kapitän der Ungläubigen machte eine ungeduldige Gebärde; sogleich verstummten das Geschwätz und Gelächter; auch das Wehklagen der Gefangenen erstarb, so daß plötzliche Grabesstille herrschte. Der Anführer ließ sich Giulia vorführen, riß ihr den Schleier vom Gesicht und maß sie zunächst mit Wohlgefallen. Als er aber ihre Augen sah, fuhr er mit einem Aufschrei zurück, und auch seine Leute krümmten die Finger gleich Hörnern, um Unheil abzuwenden.

Selbst die Matrosen unseres Schiffes vergaßen ihre Not und drängten an ihren Wächtern vorbei nach vorne, schüttelten die Fäuste und schrien: »Werfen wir das Weib über Bord! Ihr böser Blick hat das Schiff ins Unglück geführt!«

Daran erkannte ich, daß sie längst ihr Geheimnis erraten hatten. In jenem Augenblick aber hätte nichts sie besser schützen können als die Empörung unserer Matrosen, denn der Anführer der Ungläubigen wies, um ihnen seine Verachtung zu beweisen, seine Leute an, Giulia in das Rundzelt auf dem Quarterdeck des Piratenschiffes zu bringen. Ich atmete tief auf, obgleich ich fürchtete, daß nur rohe Gewalt und Sklaverei sie erwarteten.

Aufs neue hob der hochmütige Befehlshaber die Hand, und ein hünenhafter kohlschwarzer Sklave trat vor, nackt bis zur Hüfte, in der Hand einen blitzenden Krummsäbel. Sein Herr wies auf die Alten und Schwachen, die schon auf die Knie gefallen waren, und wandte sich dann ab. Er maß uns übrige verächtlich, während der schwarze Henker an die Pilger herantrat und, ihrer Angstsschreie nicht achtend, ihnen die Köpfe abschlug.

Als ich die Köpfe über das Deck rollen und das Blut aus den Rümpfen schießen sah, verließen mich die letzten Kräfte. Ich sank in die Knie, die Arme um den Hals meines Hundes gelegt. Andy stand mit gespreizten Beinen vor mir; als aber die Ungläubigen ihn, beeindruckt von seinem mächtigen Körperbau, auf die Schenkel geklopft hatten, lächelten sie ihm zu und bedeuteten ihm, beiseite zu treten. So verlor ich meinen letzten Rückhalt, und da ich mich fortwährend hinter dem Rücken anderer versteckt hatte, blieb ich als letzter zur Untersuchung übrig. Sie stellten mich unsanft und ungeduldig auf die Beine und befühlten und zwickten mich mit verächtlichen Blicken. Ich war von der Pest her noch ausgemergelt und konnte als Scholar natürlich nicht mit wetterfesten Seeleuten an Körperkraft wetteifern. Der Kapitän hob die Hand, zum Zeichen, mich aus dem Weg zu räumen; die Wächter zwangen mich auf die Knie, damit der Neger auch mir den Kopf abschlage.

Als Andy sah, was geschehen sollte, trat er gelassen vor; niemand hinderte ihn. Der furchterregende Neger hielt inne, um sich den Schweiß von der Stirn zu wischen; als er dann ausholte, um mich zu enthaupten, packte ihn Andy um die Mitte und warf ihn samt seinem Henkerschwert über Bord.

Dies Schauspiel war so verblüffend, daß selbst den Piraten der Mund vor Staunen offenblieb. Dann brach ihr Anführer in schallendes Gelächter aus, und auch seine Leute schlugen sich auf die Knie und heulten vor Entzücken. Keiner rührte auch nur einen Finger gegen Andy.

Andy aber lachte nicht; sein Gesicht schien wie aus Holz geschnitzt, als er mich aus seinen runden, grauen Augen unverwandt ansah und bemerkte: »Mir liegt nichts daran, verschont zu werden, Michael. Wir wollen als gute Christen zusammen sterben. Wir haben ja gemeinsam so vielen Nöten und Gefahren gestrotzt. Vielleicht wird uns Gott in Anbetracht unserer guten Vorsätze unsere Sünden vergeben. Wir wollen das Beste hoffen, denn das ist alles, was wir tun können.«

Mir stiegen angesichts der Größe und des Mutes seiner Tat die Tränen in die Augen, aber ich erwiderte: »Andy, Andy, du bist mir ein guter Bruder, aber du handelst unvernünftig. Nun erkenne ich, daß du noch einfältiger bist, als ich dachte. Sei kein Narr mehr, und sei guten Mutes. Im Himmel werde ich beten, daß die Sklaverei unter den Gläubigen nicht allzu hart für dich ausfallen möge.«

Dennoch zitterte ich bei diesen Worten, und im innersten Herzen glaubte ich selbst nicht daran. Der Himmel schien mir ferner als in meinem ganzen bisherigen Leben, und ich hätte meinen Platz darin gerne um eine verschimmelte Brotrinde hingegeben, wenn mir nur verstattet wäre, sie zu verzehren. Ich weinte noch bitterlicher und rief laut, wie der heilige Kirchenvater: »O Herr, ich glaube; hilf du meinem Unglauben.« Es sollte mir als Verdienst angerechnet werden, daß ich diese Worte lateinisch sprach und so Andys einfältigen Glauben erschütterte. Dies war das ängstlichste Gebet, das je aus meinem Herzen emporstieg, aber Gott in seinem Himmel erhörte es nicht. Statt dessen kletterte der fürchterliche Neger klatschnaß über die Bordwand, den Krummsäbel zwischen den Zähnen. Als er wieder fest an Deck stand, brüllte er wie ein zorniger Stier, stürzte mit rollenden Augen stracks auf Andy zu und hätte ihn wohl erschlagen, wenn nicht der Piratenkapitän einen strengen Befehl ausgestoßen hätte. Gehorsam eilten seine Leute zum Schutze Andys herbei, und der Neger mußte, zitternd vor ohnmächtiger Wut, einhalten. Um ihr Luft zu verschaffen, holte er mit dem Krummschwert aus, um mein schutzloses Haupt vom Rumpf zu trennen. In diesem entscheidendsten Augenblick meines Lebens aber fielen mir die Worte ein, die mich der Krummnasige gelehrt hatte, und ich ächzte: *»Bismillah – irrahman – irrahim.«*

Dieser Aufschrei klang so überzeugend, daß der Henker erstaunt das Schwert sinken ließ. Mir war wahrhaftig nicht zum Lachen zumute, aber die vertrackten Freibeuter platzten wieder heraus, während ihr Kapitän lächelnd auf mich zutrat und mich auf arabisch anredete. Ich konnte nur den Kopf schütteln. Mein Hund aber war klüger und sprang ehrerbietig vor, wedelte mit dem Schweif, erhob sich, stand, ohne zu schwanken, auf den Hinterbeinen und blickte mehrmals vom Kapitän auf mich und wieder auf ihn. Der Hochmütige bückte sich, nahm den Hund in die Arme und fing an, ihn freundlich hinter den Ohren zu kraulen.

Seine Leute kicherten immer noch, er aber brachte sie mit einem ernsten »*Allah akbar*« zum Schweigen. Dann wandte er sich zu mir und fragte in leidlichem Italienisch: »Bist du ein Moslem, daß du den Namen Allahs, des Barmherzigen, anrufst?«

Ich fragte: »Was ist ein Moslem?«

Er antwortete: »Ein Moslem ist, wer sich dem Willen Gottes unterwirft.«

Ich sagte: »Und sollte ich mich nicht dem Willen Gottes unterwerfen?«

Er betrachtete mich nachsichtig. »Wenn du den Turban nehmen und dich zum wahren Glauben bekehren willst, so ist Allah in der Tat barmherzig, und ich will dich nicht töten lassen, obwohl du als Kriegsgefangener mein Sklave wirst, gemäß dem Gesetz des Propheten. Sein Name sei gelobt!«

Darauf konnte ich nur erwidern: »Sein Name sei gelobt!« So groß war die Last, die mir vom Herzen gefallen war, als ich erkannte, daß ich auch fernerhin unter freiem Himmel atmen und mein Brot essen dürfe. Aber Bruder Jehan packte mich am Kragen, überschüttete mich mit erschreckenden Flüchen, schlug mich und schrie: »Du Natter! Schlimmer bist du als eine Natter, wenn du den Christenglauben hingibst, um dein elendes Leben zu retten! Renegat! Teufelsbrut! Dafür wirst du im Feuer der Hölle braten. Deine anderen Sünden sind abgewaschen durch Christi Blut, dies aber ist eine Sünde wider den Heiligen Geist, die nicht vergeben wird. Weder im Himmel noch auf Erden sollst du Gnade finden!«

Diese und noch viel schlimmere Verwünschungen schüttete jener mißgünstige Mönch über mich aus, bis Kapitän Torgut – denn es war in der Tat Torgut-Reis – der Sache überdrüssig wurde. Er nickte. Der Neger holte triumphierend aus und schlug Bruder Jehan mit einem einzigen Streich den Kopf ab, daß er auf das Deck hinrollte, den Mund noch zu Verwünschungen aufgesperrt. Ich konnte darin keinen allzu gottergebenen Tod erblicken, obwohl er ohne Zweifel durch seinen Glauben die Märtyrerkrone erwarb. Sei dem wie immer, mir fiel ein Stein vom Herzen, als sein Kreischen plötzlich verstummte, denn seine greulichen Verwünschungen hatten mich am ganzen Leib erzittern lassen.

Nun, da der unbarmherzige Neger seine Arbeit wieder aufgenommen hatte, ließ er seine Wut so blitzschnell an den demütigen Pilgern aus, daß kaum ein Kopf an Deck aufschlug, als ihm auch schon der nächste nachrollte. Kapitän Torgut aber kümmerte sich nicht um dieses trübselige Geschäft und wandte sich ab, meinen Hund immer noch auf dem Arm. Ich folgte ihm auf den Fersen. Andy aber fragte mich kopfschüttelnd: »Hast du dich wahrhaftig entschlossen, dem Propheten zu folgen, Michael? Hast du Zeit genug gehabt, dir die Sache ernsthaft zu überlegen?«

Ich aber wollte mir von Andy nichts vorschreiben lassen und hatte außerdem von Bruder Jehan schon genug Schlimmes zu hören bekommen. Daher antwortete ich kühl: »In meines Vaters Haus sind viele Wohnungen. Selbst der heilige Apostel Petrus verleugnete den Herrn dreimal, bevor der Hahn krähte. Stell dich nicht für besser hin als er, sondern nimm demütig unser gemeinsames Schicksal auf dich und trage den Turban.«

Andy jedoch bekreuzigte sich fromm und erwiderte: »Fern sei es von mir, meinen Christenglauben zu verleugnen und dem falschen Propheten Treue zu schwören – das heißt, wenigstens nicht mit geschlossenen Augen, so wie du. Zuerst will ich sehen können, worauf wir uns da einlassen.«

Seine Halsstarrigkeit ärgerte mich; weiterzustreiten blieb mir aber keine Zeit, weil Kapitän Torgut sich an mich wandte, während seine Leute die Beute wegschafften, und mich abermals auf italienisch anredete.

»Auch nur einen einzigen Ungläubigen auf den rechten Weg zu führen wäre ein gottgefälliges und für mich verdienstliches Werk. Ich will daher geduldig alle Fragen beantworten, die du an mich richten magst, denn an Bord meines Schiffes bin ich meiner eigener Imam.«

Ich verneigte mich tief und legte die Hand an die Stirn, wie ich seine Leute hatte tun sehen, und antwortete: »Vor dir stehe ich nackt wie am Tage meiner Geburt. Mein Heimatland ist mir längst verloren; nun, da ich auch Hab und Gut und meinen Christenglauben verloren habe, kann ich nichts mehr mein eigen nennen. Behandle mich daher in religiösen Fragen wie ein neugeborenes Kind, und ich will mein Bestes tun, den neuen Glauben zu erfassen und anzunehmen.«

Er entgegnete: »Du sprichst weise und aufrichtig; möge dir der allmächtige Gott deine Worte als Verdienst anrechnen. Du mußt aber klar erkennen, daß das Gesetz des Propheten erheischt, niemand dürfe durch Gewalt oder List bekehrt werden. Widersagst du daher aus freien Stücken allem Götzendienst und bekennst du, daß Allah der einzige Gott und Mohammed sein Prophet ist?«

Über diese Rede war ich erstaunt und rief: »Ich verstehe dich nicht; ich bin doch ein Christ und kein Götzendiener.«

Meine Antwort erboste ihn gar sehr. Er sprach: »Wehe euch Juden und Christen, die ihr die heiligen Schriften empfangen habt, aber in eurem Unglauben verharret, die Lehren Abrahams und Jesus verfälschtet und so von dem einzig wahren Gott abgekommen seid! Wir Moslems anerkennen Abraham und auch Jesus, der ein Heiliger war, und seine Mutter Maria. Aber wir verehren sie nicht als Götter, denn der allmächtige, allwissende und ewige Gott ist eins und unteilbar. Daher begehen die Christen eine schwere Sünde, wenn sie in ihren Kirchen Bilder anbeten, denn von Gott läßt sich kein Bild machen. Ferner ist es ein abscheulicher Irrtum – ja eine Gotteslästerung –, zu behaupten, Gott habe einen Sohn. Die Christen sehen ihren Gott in dreifacher Gestalt, wie ein Betrunkener doppelt sieht. Das ist freilich kein Wunder, trinken doch die christlichen Priester Wein bei ihren Opfern, während das Gesetz des Propheten den Genuß des Weines verbietet.«

Bei diesen Worten fuhr Andy auf, starrte Kapitän Torgut groß an und meinte: »Vielleicht ist dies ein Zeichen, denn meine schlimmsten Ausschweifungen und Sünden kamen stets vom unmäßigen Weingenuß. Ich kann nicht länger zweifeln, daß Gott mich in seiner unerforschlichen Weisheit zur Sklaverei unter den Anhängern des Propheten bestimmt hat, so daß ich nie mehr meiner Lieblingssünde zum Opfer fallen möge. Auf die Dreieinigkeit will ich mich nicht näher einlassen, denn die überstieg schon immer meinen schwachen Verstand; aber wenn die Moslems den barmherzigen und gnädigen Gott anerkennen, und wenn euer Prophet euch wirklich dazu vermag, nur Wasser zu trinken, so ist euer Glaube in der Tat der Überlegung wert.«

Kapitän Torgut war entzückt und rief: »Willst auch du aus freien Stücken den Turban nehmen und dich dem Willen Gottes unterwerfen?«

Andy bekreuzigte sich und entgegnete: »Hier heißt's wohl, friß oder stirb! Wenn es eine schwere Sünde ist, so verzeih mir's Gott in Ansehung meiner Einfalt. Warum sollte ich nicht das Schicksal meines Bruders Michael teilen, der gelehrter ist als ich?«

Kapitän Torgut sprach: »Allah ist gnädig und barmherzig, wenn wir seine Wege wandeln. Er wird euch die Tore des Paradieses mit seinen murmelnden Bächlein öffnen. Er wird euch seltene Früchte zu essen geben, und Jungfrauen erwarten euch dort. Aber nur Gott ist geduldig; ich habe andere Dinge zu tun, als meine Sklaven zu bekehren. Sprecht rasch meine Worte nach und bekennt euch so als Moslems.«

Wir wiederholten, so gut wir konnten, die arabischen Worte »Allah ist Allah, und Mohammed ist sein Prophet«, worauf er die erste Sure des Korans hersagte und erklärte, daß keine Abmachung unter Moslems ohne diese erste Sure Gültigkeit habe.

Während wir mit den schwierigen arabischen Worten kämpften, las der Neger die abgeschlagenen Köpfe auf und steckte sie in einen ledernen Sack; dazwischen streute er einige Hände voll rauhen Salzes. Dann befahl uns Kapitän Torgut: »Windet euch den Turban um den Kopf, und von nun an steht ihr unter Allahs Schutz; echte Moslems werdet ihr freilich erst sein, wenn ihr arabisch gelernt und euch mit den Lehren des Korans vertraut gemacht habt. Auch die Beschneidung ist ein gottgefälliger Brauch, dem sich jeder echte Moslem willig unterzieht.«

Andy warf hastig ein: »Davon war bis jetzt mit keinem Wort die Rede, und mir kommen Bedenken über den Schritt, den ich getan habe.«

Ich aber hieß ihn schweigen, um den hochmütigen Kapitän nicht zu verstimmen, und flüsterte ihm zu: »Der Weise wählt das kleinere von zwei Übeln. Die Beschneidung mag noch so widerwärtig sein, besser als das Köpfen ist sie gewiß. Bedenke, daß alle heiligen Männer in der Bibel beschnitten waren, vom Patriarchen Abraham bis zum Apostel Paulus.«

Andy gestand, daran habe er nie gedacht. »Aber«, so fuhr er fort, »in mir als Mann sträubt sich alles dagegen, und ich weiß nicht, ob ich nachher einem anständigen Weib ins Gesicht schauen könnte.«

Nun sackte das Schiff allmählich unter unseren Füßen weg, und wir gingen an Bord des schmalen Moslemschiffes, das nur auf Schnelligkeit und als Kriegsschiff gebaut und daher alles eher als geräumig war. Vier unserer Matrosen, die man verschont hatte, wurden sogleich an die Ruderbänke gekettet; uns aber erlaubte Torgut, in seiner Nähe zu bleiben, während er sich mit untergeschlagenen Beinen auf ein Kissen vor seinem Zelt niederließ. Seine Freundlichkeit bewog mich, kühn zu fragen, was aus uns werden sollte.

»Wie soll ich das wissen?« erwiderte er gelassen. »Des Menschen Schicksal liegt in Allahs Händen, und die Tage der Geburt und des Todes sind vorherbestimmt. Du bist zu schwach zum Rudern und zu alt, daß man aus dir einen Eunuchen machen könnte; so wirst du zweifellos auf dem Markt zu Jerba dem Meistbietenden zugeschlagen werden. Dein Bruder freilich ist ein stämmiger Bursche, ihn hätte ich gerne in meiner Mannschaft.«

Andy bemerkte bedächtigt: »Edler Kapitän, trenne mich nicht von meinem Bruder, denn er ist schwach und schutzlos und würde ohne mich bald von den Wölfen aufgefressen werden. Verkaufe uns wie zwei Sperlinge um dasselbe Scherflein. Auch habe ich es nicht eilig, meine christlichen Brüder zu bekämpfen, nachdem ich gesehen habe, wie grausam man mit ihnen verfährt.«

Kapitän Torguts Gesicht verfinsterte sich.

»Untersteh dich, von Grausamkeit sprechen. Die Christen springen mit den Moslems noch viel schlimmer um. Sie töten sie alle aus purer Blutgier, ungeachtet ihres Alters und Geschlechtes, während ich nur gezwungen töte und alle verschone, die als Sklaven nützlich sein können.«

Um das Gespräch wieder in ruhigere Bahnen zu lenken, fragte ich: »Erlauchter Kapitän, trifft es zu, daß du dem großen Sultan dienst? Wie kommt es dann, daß du venezianische Schiffe angreifst, obwohl es heißt, daß zwischen Venedig und der Hohen Pforte Friede herrscht?«

Kapitän Torgut erwiderte: »Ihr müßt noch viel lernen. Der ottomanische Sultan herrscht über mehr Länder und Völker, als ich zählen kann. Noch zahlreicher sind die Länder, Städte und Inseln, die ihm Steuern zahlen und seinen Schutz genießen. Als Kalif ist der Sultan die strahlende Sonne aller Moslems, ausgenommen der rotköpfigen persischen Ketzer, Gottes Fluch über sie. Der Sultan ist für die echten Moslems, was der Papst für die Christen ist, und wie der Papst in Rom regiert, so regiert Suleiman in der Stadt Istanbul, welche die Christen Konstantinopel nennen. Somit ist der Sultan der Herr der beiden Erdhälften und der Schatten Allahs auf Erden. Inwiefern ich ihm aber diene und seinen Befehlen gehorche, weiß ich selber kaum. Ich gehorche nur Sinan dem Juden, dem Statthalter von Jerba, und dieser empfängt seine Befehle von dem großen Khaireddin, den christliche Seeleute mit seinem toten Bruder Baba Arusch verwechselt und in ihrer Angst Barbarossa genannt haben. Zur Zeit Sultan Selims eroberte Baba Arusch Algier, und der Sultan sandte zwei Schlachtgaleeren mit Janitscharen ihm zu Hilfe.«

»So bist du also des Sultans Untertan?« fragte ich beharrlich weiter, denn alle diese Namen sagten mir wenig; sie hätten ebensogut hebräisch sein können.

»Plage mich nicht mit heiklen Fragen. Mein Herr, Sinan der Jude, zahlt dem Sultan von Tunis Tribut; dennoch wird Sultan Suleimans Name jeden Freitag im Gebet in allen Moscheen unter Khaireddins Herrschaft genannt. Aber nach dem Tode seines Bruders verlor Khaireddin Algier, und die Spanier haben auf der Insel eine starke Festung errichtet, welche die Hafeneinfahrt beherrscht. Sei dem wie immer, die Hohe Pforte ist ferne, und auf hoher See bekriegen wir alle Christen ohne Unterschied.«

Er erhob sich ungeduldig und spähte auf die See hinaus. Die Galeerensklaven legten sich in die Riemen, daß die Spanten ächzten und das Wasser am Bug aufschäumte, denn wir verfolgten immer noch unseren Geleitzug. Aber die Sonne sank, und noch war kein Segel zu erblicken. Torgut stieß wilde Flüche aus und rief: »Wo sind meine übrigen Schiffe? Mein Schwert dürstet nach Christenblut!«

Er starrte Andy und mich so grimmig an, daß ich es für das

Klügste hielt, unverzüglich hinter den Ballen und Kisten, die den Schiffsraum füllten, Schutz zu suchen, und Andy leistete mir Gesellschaft. Als aber die rote Sonne sank, wurde Kapitän Torgut ruhiger und schickte einen frommen Mann nach oben, um die Gläubigen zum Gebete zu rufen. Dieser rief mit rauher Stimme den Namen Allahs in alle vier Winde. Schweigen senkte sich über das Schiff, das Segel wurde beschlagen, die Riemen eingezogen. Kapitän Torgut wusch sich Füße, Hände und Gesicht im Meerwasser, und seinem Beispiel folgten die italienischen Renegaten und die meisten Ruderer. Dann ließ Torgut vor seinem Zelt einen Teppich ausbreiten, legte seinen Speer in der Richtung nach Mekka auf Deck und fing als Imam an, laut vorzubeten. Er faßte sein rechtes Handgelenk mit der Linken, fiel auf die Knie und drückte die Stirn auf den Teppich; dies tat er mehrmals, und seine Leute taten es ihm nach, so gut es der enge Raum erlaubte.

Beim Klang der fremdländischen Gebete fühlte ich mich erbärmlich, schutzlos und verlassen; ich drückte die Stirn auf das Deck und wagte nicht einmal in meinem Herzen so zu beten, noch konnte ich zum Gott der Araber, Afrikaner und Türken beten — jenem Gott, der zu den Gläubigen so barmherzig und gnädig sein sollte.

Die Nacht brach herein; ich aber konnte nach dem Schrecken und der Angst, die ich ausgestanden hatte, nicht schlafen. Ich lag und lauschte dem Plätschern der leichten Wogen am Schiffsraum dicht an meinem Ohr, unter dem sternenübersäten Himmel. Bruder Jehans schreckliche Verwünschungen gellten mir noch in den Ohren, und in meinem Entsetzen wiederholte ich sie alle. Keine einzige hatte ich vergessen, denn der Schrecken hatte sie für immer in mein Herz eingegraben.

Noch am selben Morgen war ich reich gewesen und hatte alle Segnungen des Lebens genossen. Ich glaubte, in Giulia eine Gefährtin gefunden zu haben, die gleich mir einsam war, und ich sehnte mich nach ihr, noch während ich mich bemühte, meinen Widerwillen zu überwinden. Die Pilgerfahrt, die ich unternommen hatte, hatte mich von meinen Alpträumen der Erinnerung befreit. Nun aber war ich der Ärmste der Armen, ein Sklave, der nichts sein eigen hieß als das Tuch um seine Lenden, mit dem jeder Käufer nach Gutdünken verfahren konnte. Auch Giulia hatte ich verloren, und ich wagte nicht daran zu denken, was ihr in Torguts Zelt zustoßen mochte. Der Schmerz über ihren Verlust war Qual genug.

Die alles aber war nichts, verglichen mit dem Verrat an meinem Glauben und meiner Weigerung, den Märtyrertod zu erleiden, den die übrigen Pilger so demütig auf sich genommen hatten. Zum erstenmal in meinem Leben war ich nun, im Alter von fünfundzwanzig Jahren, vor einer bedingungslosen Wahl gestanden, die keinen Ausweg offenließ. Ich hatte mich entschieden, und, was das Schändlichste von allem war, noch dazu ohne Zweifel und ohne Zaudern. Endlich einmal stand ich mir selbst gleichsam von Angesicht zu Angesicht gegenüber und erforschte mein Herz. »Michael, aus der Stadt Abo im fernen Finnland! Wer bist du? Sollte ich dich nicht verachten, verabscheuen, hassen mit einem bitteren Haß – dich, der du dein ganzes Leben nie etwas ganz gewesen bist oder getan hast, sondern stets gestrauchelt und auf halbem Wege stehengeblieben bist? Mag sein, daß du gute Vorsätze hattest, aber du hast nie die Kraft besessen, das Gute zu tun. Und was immer deine Vorsätze auch waren, du hast viel Schlimmes getan; das Schlimmste war, was du heute begangen hast – dafür gibt es keine Vergebung.«

Schluchzend versuchte ich mich zu verteidigen: »Ich wollte nie meinen Glauben verleugnen – wahrhaftig, ich wollte nicht, sondern wurde dazu gezwungen.«

Aber mein unbarmherziger Ankläger versetzte: »Dasselbe Schicksal erwartete die anderen; sie aber zogen den Tod dem Verrat vor. Warst du schlimmer daran als sie? Denke nach, Michael, und sieh der Wahrheit ins Angesicht.«

Gräßliche Angst packte mich; schweißgebadet starrte ich in das Dunkel und fragte: »Wer bist du? Welcher von uns beiden ist der wahre Michael: du, der du mich anklagst, oder ich, der ich atme und lebe und trotz meiner Furcht heimlich frohlocke über jeden Atemzug, den ich tue – der ich selbst über den Schweiß frohlocke, der mir aus allen Poren dringt und mir beweist, daß ich lebe? Doch will ich gestehen: meine bitterste Reue, meine tiefsten Sorgen und härtesten Prüfungen, Enttäuschungen und bitteren Lehren sind an mir abgeglitten wie Wasser vom Gefieder einer Ente. Als die Stürme vorübergingen, schüttelte ich mich und war so trocken wie zuvor. Im Pilgergewand stolzierte ich einher, um mich glauben zu machen, alle Rätsel würden sich lösen am Grabe unseres Erlösers, im Lande, da Er geboren ward, lebte und starb. Nun, da ich aber dir, unbekannter Michael, ins Auge sehe, erkenne ich, daß du es allzeit warst, vor dem ich floh.«

Nie zuvor hatte ich ein wahres Geständnis abgelegt. Ich trat mir selbst offen gegenüber, um vor dem, was ich sah, zu erschauern, denn ich starrte ins Leere. Mein Ankläger aber gab sich noch nicht zufrieden.

»Und wie steht es mit deinem Glauben, Michael? Was glaubst du? Was verleugnetest du, als du deinen Glauben verleugnetest, obwohl andere bereit waren, für den ihren zu sterben?«

Dies war die bitterste Pille. Aber der unbekannte Michael durchschaute mich, und ich konnte nur klagen: »Du hast recht. Ich verlor nichts, als ich meinen Glauben verleugnete, denn mein Glaube war schon vorher kleiner als ein Senfkorn. Hätte Glauben in mir gelebt, so wäre ich dafür gestorben. Mein Pilgermantel war eine freche Lüge. Bis auf den heutigen Tag war mein ganzes Leben eine Lüge. Aber ich würde mir eher die Zunge abbeißen, als dies auch nur mir selbst einzugestehen. Denn was bleibt dann von mir übrig?«

Bei diesen Worten fühlte ich zum erstenmal eine Ahnung des Friedens in mein Herz einziehen. Der strenge Richter in mir sprach nun milder: »Endlich sind wir der Sache auf den Grund gekommen, mein armer Junge. Doch wollen wir noch einen Schritt weitergehen, wenn wir es ertragen können. Vielleicht können wir doch noch Freunde sein. Sieh in dich hinein, Michael, und bekenne. Bist du im innersten Herzen wirklich so glücklich, wie du vorgibst zu sein?«

Da blickte ich von neuem in jene innere Leere und nahm, o Wunder, einen schwachen, ungewissen, doch überaus herrlichen Schein des Glückes wahr, der den Abgrund zu erhellen begann. Es war ein Glück der Seele, weil ich mich erforscht und gereinigt hatte und nun Anstalten machte, ganz von vorne neu zu beginnen. Und so antwortete ich denn demütig: »Du hast recht, o Unbekannter in meinem Inneren. Nun, da du mich zermalmt und zu Staub zerrieben hast, bin ich nicht mehr so sehr unglücklich. Ja, ich habe noch nie zuvor eine solche innere Freude verkostet oder auch nur für möglich gehalten. Nun aber, verlassen wie ich bin, ein Verräter an meinem Glauben, nichts Besseres vor Augen als die Fesseln der Sklaverei, bin ich mit dir ausgesöhnt und also glücklich. Ob du aber Gottes oder des Satans bist, wage ich nicht zu fragen.«

Darüber ergrimmt, fragte der unsichtbare Richter: »Michael, Michael, was weißt du von Gott oder Satan?«

Um meinen neuerworbenen Frieden zu erhalten, gestand ich hastig: »Nichts, wahrhaftig nichts, o unbestechlicher Michael. Aber wer bist du?«

Er antwortete: »Ich bin. Das weißt du, und es ist genug.«

Diese Worte beugten mich tief und erfüllten mich mit so überwältigender Freude, daß ich meinte, das Herz müsse mir zerspringen. Unter Freudentränen sprach ich: »Du bist in mir. Dies weiß ich, und es ist genug. Sei es denn so; der eine unbestechliche Richter all dessen, was ich bin und tue, hat seinen Sitz in meinem Herzen und ist all unserem Verstehen und Wissen entrückt, denn du beantwortest mit Gedankenschnelle meine Fragen mit einer Stimme, die sich nicht unterdrücken läßt. Ich will auch nicht mehr versuchen, sie zum Schweigen zu bringen, obwohl ich bisher so beharrlich nur taube Ohren dafür hatte.«

Noch größer war meine Freude, als ich fühlte, wie mein Hund mir sachte in die Arme kroch. Er hatte den Riemen, mit dem Torgut ihn angebunden hatte, durchgenagt. Nun, da er mich gefunden hatte, leckte er mir das Ohr, drückte seine Schnauze an meine Wange und kuschelte sich mit einem langen, zufriedenen Seufzer zurecht. Auch ich seufzte tief und schlief ein.

Wir kreuzten den ganzen folgenden Tag und durchsuchten die Küstengewässer, bis wir ein Segel ähnlich dem unseren, sichteten. Im Näherkommen erblickten wir ein Schiff, dessen Rumpf und Takelage von Schüssen arg mitgenommen war. Noch in einiger Entfernung konnten wir schon die Schreie der Verwundeten hören; von den Ruderern waren nur wenige am Leben geblieben, von der übrigen Mannschaft kaum noch die Hälfte tauglich zum Kampf. Der Kapitän war gefallen; sie hatten seine Leiche über Bord geworfen, und ein verschreckter Renegat hatte den Befehl übernommen. Der berührte nun seine Stirn, verbeugte sich tief vor Torgut und sagte: »Durch Allahs Gunst hattest du drei Schiffe unter deinem Befehl, Torgut-Reis.«

»Allah akbar«, erwiderte Torgut ungeduldig und beherrschte

sich, obwohl er erriet, was geschehen war, und vor Wut an allen Gliedern zitterte. »So stand es geschrieben. Sprich!«

Wie sich herausstellte, hatten, nachdem der Sturm Torgut von seinen beiden anderen Schiffen getrennt hatte, diese einander gefunden und gemeinsam einen Kauffahrer aus dem Geleitzug angegriffen. Dessen Kanonenschüsse aber riefen schnell die Galeere zu seinem Schutz herbei, und eines der beiden Piratenschiffe, das keine Zeit mehr gehabt hatte, von dem Kauffahrer loszukommen, war zwischen den beiden Schiffsrümpfen zermalmt worden.

»Und du? Was tatest du, um ihnen zu helfen?« fragte Torgut mit trügerischer Freundlichkeit.

»Herr«, antwortete der Renegat freimütig. »Ich machte die Enterhaken los, und wir machten uns aus dem Staub, was die Riemen hergeben wollten. Außer Allah hast du es nur mir und meiner Geistesgegenwart zu danken, daß wenigstens ein Schiff gerettet wurde, denn die Kriegsgaleere verfolgte uns und feuerte aus ihren gewaltigen Kanonen auf uns. Wie erbittert wir kämpften, magst du unserem Schiff ansehen. Wir flohen nicht, um der Schlacht auszuweichen, sondern um dich zu finden und zu beraten, was nun am besten zu tun sei.«

Torgut war kein Narr. Er machte gute Miene zum bösen Spiel und wiederholte mehrmals: »Allah ist groß!« Dann umarmte er den verängstigten Renegaten und sprach freundlich mit ihm. Und obwohl er ihn offensichtlich lieber mit einem Tritt über Bord geschickt hätte, lobte er, so, daß alle es hören konnten, seine Geschicklichkeit. Dann machte er ihm viele schöne Geschenke, verteilte unter der Mannschaft Silbermünzen und ließ beide Schiffe Kurs auf Jerba vor der afrikanischen Küste nehmen. Dann zog er sich in sein Zelt zurück und ließ sich zwei Tage und Nächte hindurch nicht mehr sehen, nicht einmal zu den Gebetsstunden.

Auch die Matrosen waren in diesen Tagen niedergeschlagen; sie fürchteten zweifellos die Heimkehr, hatten sie doch von drei Schiffen eines verloren und ein zweites schwer beschädigt heimgebracht, während die Beute, die sie mitführten, nicht der Rede wert war. Bald mußten sie vor Sinan den Juden, den Stadthalter von Jerba, treten und ihm Rechenschaft über alle ihre Leistungen ablegen.

In seinen Trübsinn jagte Torgut Giulia aus seinem Zelt, und ich fragte sie besorgt: »Wie geht es dir, Giulia, und was ist dir Schreckliches zugestoßen? Hat jener widerliche Torgut dich beleidigt?«

Giulia entzog mir ihre Hand und erwiderte: »Nein. Als er sich vergewissert hatte, ob ich eine Jungfrau sei oder nicht, belästigte er mich nicht wieder; er hat sich im Gegenteil mir gegenüber wie jeder andere Kapitän von guten Sitten benommen und räumt mir sogar dieselben Speisen ein wie sich selbst.«

Ich glaubte ihren Worten nur zur Hälfte und fragte noch einmal: »Ist das wahr? Ist er dir wirklich nicht zu nahe getreten?«

Giulia erwiderte unter Tränen: »Ich war bereit, mir einen Dolch in die Brust zu stoßen – so glaube ich wenigstens, denn ich war ganz verwirrt, als man mich in sein Zelt führte. Er aber nahm mir alle Furcht und hütete sich auch später, mich zu beleidigen. Daraus erkenne ich, daß selbst die Ungläubigen mich um meiner Augen willen verabscheuen, obwohl ich gehofft hatte, wenn ich einmal die Grenzen der Christenheit hinter mir hätte, nicht mehr darunter leiden zu müssen, wofür ich nichts kann.«

Trotz meiner Erleichterung, daß ihr kein Ungemach zugestoßen war, war ich entsetzt, nahm aufs neue ihre Hand und sprach vorwurfsvoll: »Giulia, Giulia, was fällt dir ein, zu jammern und zu klagen, daß dieser Grausame deine Tugend verschont hat?«

Sie entriß mir ihre Hand, um ihre Tränen zu trocknen, und ihre beiden ungleichfarbigen Augen funkelten vor Wut, als sie entgegnete: »Wie alle Männer bist auch du dümmer, als du aussiehst. Hätte er mich berührt, so hätte ich mich erdolcht – glaube ich. Ich weine, weil er es nicht einmal versuchte, sondern sogleich zurückfuhr und seine Gebete zu murmeln begann. Ich kann nur glauben, daß er meine Augen fürchtete, und sein Abscheu verletzt mich tief. Ich bin, scheint's, selbst für Heiden nicht zu brauchen.«

Ich konnte mir darauf keinen rechten Reim machen, außer daß sie vor Entsetzen darüber, in die Sklaverei geraten zu sein, außer sich war; so tröstete ich sie denn, so gut ich konnte, und versicherte ihr, in meinen Augen sei sie lieblich und begehrenswert, und mich stießen ihre Augen keineswegs ab; ich bereute im Gegenteil bitter meine Torheit, daß ich mich in einem so bedeutungsvollen Augenblick vor ihr zurückgezogen hätte. Sie wurde ruhiger und meinte schließlich zuversichtlich: »Kapitän Torgut hofft, für mich in Jerba einen hohen Preis zu lösen; deshalb, so sagte er mir, habe er meine Tugend geschont. Es muß aber bloße Höflichkeit gewesen sein, denn hätte er mich wirklich gemocht, so hätte er mich für sich behalten.«

Mich erboste ihre Unvernunft. Noch mehr erbitterte mich der Gedanke, daß ich sie verlieren müßte und nie wiedersehen würde. Der blaue und braune Glanz ihrer Augen bezauberte mich so, daß ich mir nicht vorstellen konnte, wie ich sie jemals hatte fürchten können.

»Giulia, Giulia! Nur Greise sind reich, und irgendein ekelhafter Graubart wird dich kaufen. Warum nahm ich dich nicht als ich noch konnte, so daß wir wenigstens gemeinsam die Erinnerung daran bewahrten? Nun werden wir nichts mehr miteinander teilen können.«

Da aber maß sie mich erstaunt.

»Du bist deiner gar zu sicher. Hättest du dergleichen auch nur versucht, so hätte ich dir das Gesicht zerkratzt.«

»Warum begleitetest du mich dann an jene einsame Stätte, und warum warst du so zornig, als seine Augen in mir nicht Liebe, sondern brüderliche Gefühle weckten?«

Giulia schüttelte leicht den Kopf und seufzte.

»Und wenn ich bis zum Jüngsten Tag redete, so würdest du mich doch nie verstehen. Natürlich hoffte ich, du würdest es versuchen, und es wäre dir vielleicht auch gelungen, denn jener Ort war menschenleer, und du bist stärker als ich. Aber du hast es eben nicht versucht, Michael, und das kann ich dir nie verzeihen. Ich hoffe, du wirst um meinetwillen noch bitter leiden müssen. Mein innigster Wunsch ist, daß du zusehen mußt, wie andere Säcke voll Gold bezahlen müssen für das, was du umsonst hättest haben können. Das mag dir dann auf lange Zeit zu denken geben.«

Ich erkannte, daß ich von weiblicher Logik gar wenig verstand. Sie verschleierte ihr Gesicht aufs neue und überließ mich meinen äußerst verworrenen Gedanken. In ihrer gegenwärtigen Verfassung erkannte ich das bescheidene, offene Weib von früher kaum wieder.

In jener Nacht erblickte ich einen solchen Regen von Sternschnuppen, daß es einen Augenblick schien, als sei der dunkle

Himmel mit Sternen übersät. Der Mann am Steuerruder murmelte arabische Worte; ich fragte ihn, was sie bedeuteten, und er übersetzte sie: »Ich vertraue auf Gott, und nicht auf den gesteinigten Teufel.« Er erklärte mir, Allah benütze die niedrigen Sterne, um sie nach dem Teufel zu werfen, und es sei daher ein gutes Zeichen, daß Allah dies täte, während wir uns der Insel Jerba näherten. Seine Auslegung mutete mich kindisch an; ich aber erwiderte nichts, sondern seufzte nur und dachte an die Sklaverei, die mich erwartete.

Tags darauf liefen wir im Hafen von Jerba ein. Torgut erschien an Deck, um vorzubeten, und die ganze Mannschaft hatte ihre besten Gewänder angelegt. Blau vermieden sie, wie ich bald erfuhr, weil es die Farbe der Christen war, und ebenso Gelb, die Farbe der Juden. Andy und ich erhielten ein sauberes Tuch, um es als Turban um den Kopf zu winden. Da ich zu meinem eigenen Aufputz nicht mehr beitragen konnte, wusch ich meinen Hund ungeachtet seines heftigen Sträubens und kämmte sein wolliges Fell mit den Fingern.

Die flache, sandige Insel bot unter der brennenden Sonne keinen allzu ermutigenden Anblick. Auf der Höhe des Leuchtturms an der Hafeneinfahrt angelangt, ließ Torgut nur einen Schuß aus seiner leichten Arkebuse abfeuern, zum Zeichen, daß seine Beute diesmal kläglich ausgefallen war. Ich sah die niedrige Kuppel und das weiße Minarett der Moschee, eine Anzahl von Lehmhütten und, auf einer grünen Anhöhe, die von Mauern umfriedete Residenz Sinans des Juden. Der Statthalter ritt uns aber nicht mit Gepränge entgegen, wie er es wohl getan hätte, wenn wir aus Kanonen ein Salut geschossen und die Fahnen des Sieges gehißt hätten. Nur eine Schar Taugenichtse hatte sich am Strand eingefunden, und im Hafen brütete die Hitze wie in einem Backofen, als wir von der kühlen See her einliefen.

Trotz unserer schönen Gewänder und blitzenden Waffen bildeten wir ein armseliges kleines Häuflein, als wir uns auf den staubigen Saumpfad nach Sinans Kasbah aufmachten. Uns voran schritt der Neger mit dem Krummsäbel, den Sack voll Christenköpfe auf dem Rücken. Ihm folgten, die Hände auf dem Rücken gefesselt, die vier Matrosen, die man zum Dienst auf den Galeeren für tauglich befunden hatte. Andy und ich gingen hinterher, jeder eine Kette um den Hals, obwohl wir uns zu dem einen Gott bekannt hatten und daher nicht hätten gebunden werden dürfen. In glücklicher Unkenntnis unserer Sklaverei und des Gesetzes des Propheten folgte uns mein Hund dicht auf den Fersen, begierig, all die neuen Gerüche aufschnuppernd, wo dieser schmutzige Ort freilich überreich war. Dann folgten die Galeerensklaven mit der Beute, die man auf viele Bündeln und Kisten aufgeteilt hatte, um sie reicher erscheinen zu lassen, als sie war. Zuletzt kamen Kapitän Torgut und seine Leute, die sich bemühten, Siegesschreie auszustoßen. Auch die Bevölkerung eilte uns nach und kreischte uns gefällig ihre Segenswünsche im Namen Allahs in die Ohren. Nur die Kaufleute, die sich vor ihren Buden versammelt hatten, wiesen verächtlich mit dem Daumen auf uns. Giulia hatte man in ihren besten Kleidern herausstaffiert; nun ritt sie dicht verschleiert auf einem Esel unmittelbar hinter Torgut her, geleitet von vier Männern mit Krummsäbeln.

Die Tore der Kasbah taten sich weit auf, und an ihren beiden Seiten sahen wir von der Sonne ausgedörrte Menschenköpfe, die man auf Haken in der Mauer aufgesteckt hatte. In der Mitte des großen Hofes stand ein aus Stein gehauenes Becken, umgeben von Rasenflächen. Gefangene und Sklaven, die dösend im Schatten lagen, setzten sich und starrten uns schlaftrunken an. Torgut hatte seine Leute mit der Beute vorausgeschickt und hieß sie nun am Brunnen warten. Auch Andy und mich ließ man zurück. Giulia stieg von ihrem Esel und gesellte sich zu uns. Um ihnen im Namen Allahs Barmherzigkeit zu erweisen, ließen Torguts Leute unsere Matrosen aus dem Brunnen trinken. Auch ich trank, weil am Brunnenrand ein prächtig gearbeiteter Kupferbecher befestigt war, und bewunderte das herrlich erfrischende Wasser, da ich noch nicht gelernt hatte, daß nach dem Geheiß des Korans für die Durstigen stets und allerorten frisches Wasser zur Hand sein muß.

Sinan der Jude hatte es nicht eilig, uns zu sehen. Torguts Leute ließen sich geduldig auf dem Boden nieder und warteten. Andy machte seinem Erstaunen Luft: »Die Seekriegsbräuche sind offenbar verschieden von denen an Land, denn wären diese Burschen Deutsche oder Spanier gewesen, so prasselte jetzt schon ein munteres Feuer, ein Braten steckte am Spieß, Bierfässer wären zur Stelle, und der Weinkrug ginge von Hand zu Hand; Fluchen und Lärmen gäbe es da, die Würfel rollten, und die Metzen des

Lagers wären im Schatten der Mauer geschäftig an der Arbeit. Ja, wir sind wahrhaftig weit weg von der Christenheit!«

Während Andy noch sprach, trat Kapitän Torguts grimmiger Neger mit einem italienischen Dolmetscher zu ihm heran. Dieser sagte: »Mussuf der Neger ist zornig, weil du ihn heimtückisch von hinten gepackt und ins Meer geworfen hast. Damals konnte er sich nicht rächen, weil das Gesetz der Propheten allen Streit zwischen Gläubigen während eines Kampfes verbietet. Nun aber möchte er seine Kräfte mit dir messen.«

Andy traute kaum seinen Ohren. »Will der arme Teufel mich wirklich herausfordern? Sag ihm, ich bin zu stark, um mit ihm zu ringen, und laß ihn in Frieden ziehen.«

Der Neger sprang auf und ab, rollte die Augen und forderte Andy heraus, indem er sich an die Brust schlug und seine Muskeln spielen ließ. Andy wollte ihn gemächlich vor seiner eigenen Kraft warnen; er erhob sich von dem Mühlstein, worauf er gesessen hatte, beugte sich nieder, faßte den Stein und stemmte ihn sachte über den Kopf. Damit nicht zufrieden, legte er die Linke auf den Rücken und hielt den gewaltigen Stein mit der rechten Hand allein. Als Torguts Leute das sahen, standen ihrer viele auf und sammelten sich um ihn, bis er den Stein mit einem lauten Plumps zu Boden fallen ließ.

Nun hielt der Neger seine Zeit für gekommen; er beugte sich und nahm den Stein mit ungeheurer Anstrengung auf die Arme; aber wie er sich auch drehte und abmühte, über den Kopf konnte er ihn nicht heben. Seine Beine fingen an zu zittern; er ließ den Stein fallen, und wäre Andy nicht rasch beiseite gesprungen, hätte er ihm die Zehen zerquetscht. Er verwarnte den Neger gütlich. Der aber rollte nur noch grimmiger die Augen, und der Italiener meinte: »Sei auf der Hut, denn Mussuf droht, dich über die Mauer zu werfen. Wenn du aber einen ehrlichen Ringkampf mit ihm versuchen willst, so will er nicht allzu grob mit dir umspringen.«

Andy griff sich mit beiden Händen an den Kopf. »Einer von uns dreien ist verrückt. Aber ich habe den Burschen gewarnt; nun soll er haben, wonach ihn gelüstet.«

Er legte den Kittel ab, den man ihm gegeben hatte, um seinen Rücken vor der Sonne zu schützen, und trat an den Neger heran. Dann sah ich nur mehr Arme und Beine durcheinanderwirbeln, bis Andy plötzlich hoch emporflog und mit einem solchen Plumps auf dem Rücken landete, daß er dort liegenblieb, verblüfft und seinen Sinnen nicht trauend. Der Neger brach in ein freudiges Gelächter aus, so daß die weißen Zähne in seinem schwarzen Gesicht leuchteten, doch lag auf der Hand, daß er Andy nicht übelwollte.

Als ich ihn regungslos liegen sah, eilte ich hinüber zu ihm, er aber stieß mich beiseite, setzte sich auf und fragte, wo er sei und was geschehen sei. Ich dachte, er verstelle sich nur und hätte den Neger gewinnen lassen, um ihm zu schmeicheln. Andy aber befühlte Gliedmaßen und Rücken und meinte: »Da muß ein Irrtum vorliegen, und ich kann mir nicht um alles in der Welt erklären, wieso ich hier auf dem Boden sitze, während der schwarze Bursche auf seinen Beinen steht und kichert.«

Dunkelrot im Gesicht erhob er sich und stürzte sich brüllend auf seinen Gegner, so daß eine Weile nichts als das furchtbare Krachen von Knochen und Sehnen zu hören war. Dann flog, wie durch Zauberkraft, Andy aufs neue in die Luft, der Neger warf ihn nach hinten über die Schulter, ohne sich auch nur umzudrehen und zu sehen, was aus ihm würde. Der Anblick entsetzte mich so, daß ich mich aus Gewohnheit bekreuzigte. Andy taumelte zitternd wieder auf die Beine und sprach: »Wende dich ab, Michael, schau mich nicht an. Ich verstehe nicht, was mit mir vorgeht, es sei denn, ich bin an den leibhaftigen Satan selbst geraten. Aber beim dritten Mal hat man Glück, und irgendwie will ich diesen öligen Teufel zu fassen kriegen, selbst wenn ich ihm dazu die Knochen brechen müßte.«

Von neuem stürzte er sich grimmig auf den Neger, daß der Staub um seine Füße wirbelte. Der Neger aber wurde sichtlich mühelos mit ihm fertig, packte ihn schließlich an einer Hand und einem Bein und wirbelte ihn wie verrückt immer rundherum. Dann ließ er ihn los, so daß Andy auf den Boden purzelte und in einer Staubwolke dahinrollte. Als ich mich über ihn beugte, sah ich, daß er sich die Schultern an den Steinen zerschnitten hatte und Blut aus der Nase schoß.

»Gemach, Michael, gemach«, keuchte er, zornrot im Gesicht. »Ich ging ihn unvorsichtig an, und er gewann durch irgendeinen Kniff.«

Er wäre wohl aufs neue losgestürzt, aber der italienische Renegat kam auf ihn zu, beschwichtigte ihn und sagte: »Laß es jetzt genug sein, und sei nicht weiter böse. Auch Mussuf trägt dir nichts nach. Du brauchst dich nicht schämen, ihn als Sieger anzuerkennen, denn er ist ein berühmter Guresch, ein Ringer. Er hat dich dreimal hintereinander geworfen. Bekenne dich also in Ehren als geschlagen. Er gibt gerne zu, daß du der stärkste Mann bist, dem er je begegnet ist.«

Andy aber wollte sich nicht beschwichtigen lassen. Mit blutunterlaufenen Augen stieß er den Renegaten beiseite und wollte sich eben von neuem auf den Neger stürzen, als Kapitän Torgut am Palasttor erschien und uns gebieterisch zurief, dem Spiel ein Ende zu machen. Andy mußte seine Wut hinunterschlucken, sich das Blut aus dem Gesicht wischen und seinen zerbeulten Rücken wieder bedecken, während der Neger sich wie ein Kampfhahn in die Brust warf und zu dem Häuflein Renegaten hinüberschlenderte, sein Lob einzuheimsen.

Ich war niedergeschlagen um Andys willen und versuchte, mich mit dem Gedanken zu trösten, daß ihm die Seereise schlecht angeschlagen und die karge Kost ihn geschwächt hatte. Doch blieb mir wenig Zeit, über unsere Schmach zu brüten, weil Kapitän Torgut uns kurz befahl, in den Palast zu treten und uns seinem Herrn, Sinan dem Juden, vorzustellen. Man führte uns durch das Gebäude in einen inneren Hof, den ein kühler Säulengang ringsum einschloß und viele und mannigfache Obstbäume verschönten. Unter einem von Säulen getragenen Dach saß Sinan der Jude. Er hatte nur ein Auge, eine schmale Nase und einen schütteren Bart; sein abgezehrtes Gesicht war das eines Kriegers, obwohl er sich zur Stunde damit begnügte, mit untergeschlagenen Beinen auf einem Pfühl zu sitzen.

Er musterte zunächst die vier armen Matrosen, fand aber an ihnen wenig, was seiner Aufmerksamkeit wert gewesen wäre, und wies sie verächtlich mit dem Daumen hinaus. Dann faßte er Andy und mich ins Auge und sagte auf italienisch: »Ihr habt also im Namen Allahs des Barmherzigen den Turban genommen. Ihr habt klug gewählt. Wenn ihr euch als strenggläubig erweist, wird es euch als Verdienst angerechnet und ihr werdet ins Paradies mit seinen murmelnden Bächlein eingehen. Aber«, fuhr er mit boshaftem Lächeln fort, »hier auf Erden seid ihr Sklaven, und glaubt nicht, das Gesetz des Propheten werde euer Los irgendwie erleichtern. Wenn ihr zu fliehen versucht, so wird man euch Glied für Glied in Stücke schneiden und euch zu beiden Seiten des Tores an Haken aufspießen. Nun sag mir, du, was kannst du – wenn überhaupt etwas –, was deinem Besitzer von Nutzen wäre?«

Ich antwortete ungesäumt: »Mit Verlaub, Fürst und Herr von Jerba, ich bin Arzt. Wenn ich arabisch gelernt und die hierzulande gebräuchlichen Heilmittel studiert habe, will ich gerne meine Heilpraxis zu Nutzen meines Herrn ausüben. Und ich darf, ohne mich zu rühmen, hinzufügen, daß mir viele Arzneien und Methoden vertraut sind, die man hierzulande gewiß nicht kennt.«

Da strich Sinan der Jude seinen Bart und fragte mich blitzenden Auges: »So ist es wirklich wahr, daß du nicht fliehen, sondern dich als Moslem bekennen willst?«

Ich antwortete: »Stelle mich auf die Probe, mein Fürst. Es nützt nichts, mir mit dem Vierteilen zu drohen, denn da ich den Turban genommen habe, würde ich unter Christenhänden einen noch viel schrecklicheren Tod erleiden. Das ist deine beste Gewähr für meine Ehrlichkeit.«

Sinnend wandte er sich nun an Andy und hieß ihn sein Oberkleid ablegen. Angesichts der fürchterlichen Beulen und Flecken, die sich inzwischen auf Andys Leib abzuzeichnen begonnen hatten, fragte er, wer ihm so übel mitgespielt habe. Andy antwortete: »Niemand hat mich mißhandelt, großer Herr. Mussuf und ich huldigten einem kleinen, unschuldigen Zeitvertreib im äußeren Hofe. Wir maßen unsere Kräfte in einem friedlichen Ringkampf.«

»Bismillah – irrahman – irrahim«, rief Sinan fromm aus. »Ein vorzüglicher Gedanke. Wenn er einen guten Lehrmeister erhält und nicht gar zu einfältig ist, kann er als Ringer seinem Herrn große Summen einbringen. Sag mir, was ist dem Menschen vonnöten?«

»Gutes und reichliches Essen«, versetzte Andy, ohne zu zögern. »Möge mir der gnädige Gott einen Herrn senden, der damit nicht kargt, und ich will ihm treu dienen und gehorchen.«

Sian der Jude kratzte sich seufzend hinterm Ohr und meinte: »Dieser Bursche ist ohne Zweifel sehr einfältig. Er weiß nicht einmal, daß das Gebet und das Bekenntnis zum Glauben die wichtigsten Dinge sind. Sag mir, wieviel ist sieben und sieben?«

»Fünfundzwanzig«, antwortete Andy treuherzigen Blickes.

Sinan der Jude raufte sich den Bart, rief zu Allah und herrschte Kapitän Torgut an: »Hältst du mich zum Narren, daß du mir einen solchen Burschen bringst? Er wird seinen Herrn durch seine Freßlust um Haus und Heim bringen und ihn durch seine Torheit ins Verderben stürzen. Am besten verschachert ihr ihn um ein Bündel Zwiebeln, wenn sich einer findet, der dumm genug ist, einen so schlechten Handel abzuschließen.«

Dennoch war er aufgeräumt und stellte eine weitere Frage an Andy.

»Wie weit ist's von der Erde zum Himmel?«

Andys Gesicht hellte sich auf, und er erwiderte: »Ich danke dir, Herr, daß du dich nun mit leichteren Fragen begnügst. Von der Erde zum Himmel zu fahren dauert nicht länger, als man braucht, einen Finger krumm zu machen?«

»Wagst du es, mich zu narren, du einfältiger Tropf?«

Andy sah gelehrig zu ihm auf und erwiderte: »Wie könnte ich es wagen, dich zu narren, Herr und Fürst? Du brauchst nur den Finger zu krümmen, und schon rollt mein Kopf in den Staub. Darum behaupte ich, die Himmelfahrt dauert nicht länger als das Krümmen eines Fingers. Ich dachte dabei freilich an mich, nicht an dich, denn du hast gewiß einen weiteren Weg zum Himmel vor dir. Ja fürwahr, einen unendlich weiteren, könnte man sagen.«

Seine Worte zauberten ein Lächeln auf Sinans Lippen. Er ließ von Andy ab und fragte:

»Und der Hund?«

Als Rael Sinans Blick auf sich ruhen fühlte, wedelte er mit dem Schweif und richtete sich freudig auf den Hinterbeinen empor, so daß Sinan baß erstaunt war.

»Allah sei gelobt! Bringt den Hund in meinen Harem. Wenn er meinen Frauen gefällt, will ich ihn ihnen schenken.«

Rael aber knurrte und zeigte die Zähne, als ein runzliger kleiner Eunuch vortrat, um ihn mitzunehmen; er gehorchte erst auf meinen Befehl, angelockt durch ein saftiges Hammelbein. Er warf mir aber einen letzten vorwurfsvollen Blick zu, und ich konnte mich der Tränen nicht erwehren.

Diese Not half mir über jenen anderen Schmerz hinweg, daß

ich nun mitansehen mußte, wie Giulia vorgeführt wurde und man ihr befahl, den Schleier abzunehmen. Kapitän Torgut erschrak und warf hastig ein: »Warum mit dem Gesicht beginnen? Spare doch das Beste bis zuletzt und besieh zuerst ihre übrigen Reize. Du wirst sehen, daß ich von ihr wahr gesprochen habe. Sie ist so schön wie der Mond, ihre Brüste gleichen Rosen, ihr Bauch einem silbernen Pfühl, und ihre Knie scheinen aus Elfenbein geschnitzt.«

Um darzutun, wie ich ihre Rede so wohl verstand, muß ich erwähnen, daß diese afrikanischen Piraten nur in ihrer Religion eins waren; sie kamen aus aller Herren Länder und redeten alle ihre eigene Sprache. Sinan war von Geburt ein Jude aus Smyrna, Kapitän Torgut der Sohn armer Türken aus Anatolien; ihre Leute hingegen waren zum größten Teil Italiener, Sardinier, Provenzalen, maurische Flüchtlinge aus Spanien und Renegaten aus Portugal. Sie verständigten sich untereinander in einem seltsamen Kauderwelsch, das allen möglichen Sprachen entnommen und als »Lingua franca« bekannt war. (Sie nannten die Christen Franken.) Diesen Sprachmischmasch hatte ich an Bord des Schiffes verstehen gelernt, er bereitete mir keine Schwierigkeiten, da ich Sprachen stets leicht lernte.

Sinan der Jude blickte Kapitän Torgut mißtrauisch an und sagte: »Wozu ihr Gesicht bis zuletzt aufsparen, wenn es wirklich so schön ist wie der Mond? Ich sehe dir an den Augen an, Torgut, daß hier etwas nicht mit rechten Dingen zugeht, und ich muß dem auf den Grund gehen.«

Er strich sich mit den schlanken Fingern den Bart und befahl Giulia, sich zu entkleiden. Nach schamhaftem Zögern gehorchte sie und enthüllte alles, bis auf ihr Gesicht. Sinan hieß sie sich umdrehen und maß sie eingehend von vorne und von hinten. Schließlich bemerkte er bedauernd: »Sie ist zu dünn. Einen Jungen könnte sie entflammen, ein reifer Mann aber braucht ein breiteres, tieferes Kissen als ein Jüngling, dessen Glieder noch fest und sehnig sind, und der sich daher selbst auf einem schmalen Brett zurechtfindet.«

»Im Namen des Barmherzigen!« rief da Kapitän Torgut mit zornrotem Gesicht. »Nennst du dies Mädchen ein schmales Brett? Dann aber nur aus Geiz, um ihren Wert herabzudrücken und den Preis zu senken. Aber du hast noch nicht alles gesehen.«

»So ereifere dich doch nicht, Torgut. Ich gebe gerne zu, daß dem Mädchen seine Vorzüge nicht abzusprechen sind, wenn man ihr regelmäßig und reichlich guten Kukurrusch vorsetzt, damit ihre Brüste anschwellen und reifen Kürbissen gleichen. Um ihre Kost aber soll sich ihr Käufer kümmern. Mir liegt nichts an ihr.«

Da verlor Giulia alle Beherrschung; sie riß sich den Schleier vom Gesicht und trat ihn mit Füßen; zornrot rief sie aus: »Sinan der Jude, du bist ein übler Geselle, und ich will deine Unverschämtheit nicht länger dulden. Schau mir in die Augen, wenn du es wagst, und sieh, was du noch nie zuvor gesehen hast.«

Sinan der Jude beugte sich vor und starrte sie an, so daß ihm sein eines Auge schier aus der Höhle fiel. Der Unterkiefer sank ihm herab und gab die fauligen Zähne frei; unverwandt blickte er in Giulias Augen, bis er zuletzt das Gesicht in den Händen barg und erstickt ausrief: »Ist sie ein Gespenst, eine Hexe, ein Dschinni? Oder träume ich? Ihre Augen sind ja von ungleicher Farbe; das eine blau und düster drohend, das andere braun und tückisch.«

Torgut schien um eine Antwort verlegen, verteidigte sich aber dann hartnäckig: »Dein Auge trügt nicht. Sagte ich nicht, ich hätte dir einen Schatz gebracht, wie er nie zuvor gesehen ward? Das eine Auge ist ein Saphir, das andere ein Topas, und ihre Zähne sind makellose Perlen!«

»Einen Schatz, sagtest du?« rief Sinan ungläubig aus. »Kein Wunder, daß du eins von deinen guten Schiffen verlorst, denn wenn eine, so hat dieses Mädchen den bösen Blick, und ich zittere bei dem bloßen Gedanken an das Unheil, das du vielleicht über mein Haus gebracht hast! Allah. Das kostspielige Rosenwasser, das ich opfern muß, um den Boden und die Torbalken zu reinigen. Und du nennst sie einen Schatz!«

Als Torgut seine letzte Hoffnung schwinden sah, zitterten seine Lippen, und die Augen wurden ihm feucht, als er entschlossen sprach: »So sei es. Ich werde ihr ein Auge ausstechen lassen, niemand kann dann mehr Anstoß nehmen. Freilich zweifle ich, ob ich für eine Einäugige einen guten Preis lösen werde.«

Meine Angst um Giulia war größer als je zuvor; doch in diesem Augenblick hatte ich eine Eingebung, wie mich dünkte. Kühn trat ich vor, und als ich die Erlaubnis zu sprechen erhalten hatte, hob ich an: »*Bismillah — irrahman — irrahim.* Ich habe oft sagen hören, nichts geschehe gegen Allahs Wille und alles sei vorherbestimmt. Was widersetzt ihr euch dann so störrisch seinem Willen? Es liegt doch auf der Hand, daß es seine Absicht war, daß Kapitän Torgut uns alle drei vor dich bringe. Anstatt sie daher ihres einen Auges zu berauben, solltest du lieber den verborgenen Sinn ihrer Ankunft ergründen.«

Diese Rede machte tiefen Eindruck auf Sinan. Langsam und sinnend strich er sich den schütteren Bart, hielt es aber unter seiner Würde, zu antworten. Nach einer Weile ließ er das heilige Buch bringen. Es war ein stattlicher Band, mit Gold und Silber verziert, und lag offen auf einem Pult aus Ebenholz, so daß er umblättern konnte, ohne aufstehen zu müssen. Er neigte den Kopf, murmelte einige Verse und sprach dann: »Ich will mich von dem heiligen Buch führen lassen.« Er zog daraus eine lange, goldene Nadel hervor, die er Giulia reichte. »Du bist zwar eine Ungläubige, aber nimm diese goldene Nadel und stich damit in das Buch. Ich werde die Zeilen lesen, worauf sie weist. Mögen diese Zeilen meine Richtschnur sein und dein und deiner Gefährten Schicksal bestimmen. Ich rufe euch alle zu Zeugen an, daß ich mich dem Urteil Allahs, des Allmächtigen, unterwerfe.«

Giulia hielt die Nadel so, als hätte sie am liebsten Sinan damit durchbohrt; sie gehorchte aber und stieß sie trotzig und gleichgültig zwischen die Blätter des Korans. Sinan öffnete ehrfürchtig das Buch, las den Absatz, worauf die Nadel zeigte, und rief überrascht: »Allah ist wahrhaftig groß, und wundersam sind seine Wege. Dies ist die sechste Sure, genannt Alanam – das Vieh –, und das ist deutlich genug, denn was seid ihr drei Sklaven anders als Vieh? Die Nadel blieb beim einundsiebzigsten Vers stecken, der da lautet:

Sag an, sollen wir uns auf das berufen, was, außer Gott, uns weder nützen noch schaden kann? Und sollen wir uns auf den Fersen wenden und umkehren, nach dem Gott uns geführt hat; dem Mann gleich, den die Teufel verblendet haben und der verwirrt die Erde durchzieht und doch Gefährten hat, die ihm den wahren Weg weisen und da sagen: ›Komm zu uns‹? Wahrlich, Gottes Weg ist der wahre Weg: uns ist geheißen, uns dem Herrn aller Geschöpfe zu unterwerfen.«

Erstaunt blickte er auf und sah der Reihe nach Giulia, Andy und mich an. Auch Torgut war bewegt und sprach: »Wahrlich,

Allah ist Allah, und ich tat nur recht, dieses Mädchen in dein Haus zu führen.«

Ich weiß nicht, ob Sinan der Jude mit dem Geheiß des Korans wirklich zufrieden war; er aber sagte: »Ich nehme alles zurück, was ich in meiner Torheit sprach. Wer bin ich, daß ich Allahs Urteil bezweifeln sollte? Doch weiß ich nicht, was ich mit diesen Sklaven tun soll. Ich nehme sie, Torgut, doch nur zu einem angemessenen Preis. Vor Zeugen will ich dir sechsunddreißig Dukaten geben, was zusammen mit dem Pferd, das du schon von mir erhalten hast, eine schöne Summe für diese unnützen, unwissenden Geschöpfe ist.«

Torgut aber rief erbittert: »Verflucht seist du, Sinan der Jude, daß du mich beschwindeln willst! Das Mädchen ist beinahe eine Jungfrau, der grauäugige Franke ist ein bärenstarker Kerl, und der dritte hat denselben Namen wie der Engel, der über Tag und Nacht herrscht. Überdies ist er ein tüchtiger Arzt und ein Gelehrter, der alle fränkischen Sprachen redet, und Latein obendrein. Das Zehnfache dieser Summe würde mich noch ärmer machen, und ich würde an einen so üblen Handel nicht einmal denken, wärst du nicht mein Vater und Freund.«

Das erboste wiederum Sinan den Juden. Der meinte: »Die Sonne hat dir das Gehirn ausgedörrt. Eben noch wolltest du das Mädchen töten oder ihr wenigstens ein Auge ausstechen lassen; nun übertreibst du ihre nicht vorhandenen Vorzüge, um mich zu berauben. Wenn du mein schönes Angebot zurückweist, so verkaufe diese Sklaven auf dem offenen Markt. Ich bin bereit, ein Höchstangebot zu machen, wenn du beim Koran schwörst, keinen zu bestechen, den Preis hinaufzutreiben.«

Torgut sah mürrisch drein.

»Als ob auf dem Basar einer wagen würde, dich zu überbieten! Auch würdest du gewiß Verleumdungen über diese armen Sklaven in Umlauf setzen und so ihren Preis herabdrücken. Der Koran hat dir ihren wahren Wert enthüllt, und ich unterwerfe mich seinem Spruch, obgleich ich dabei verliere. War es nicht der einundsiebzigste Vers der sechsten Sure? Zusammen ergibt das siebenundsiebzig Golddukaten – eine Glückszahl, die allein schon Allahs Willen beweist. Oder sollen wir lieber noch den Zahlenwert der Buchstaben draufschlagen?«

Schon aber raufte sich Sinan den Bart, und nun rief er: »Nein,

nein – zur Hölle mit dem bloßen Gedanken. Es wäre vergeudete Zeit, da nicht einmal die Gelehrten über diese Zahlenwerte einig sind. In der Sure stand jedenfalls kein Sterbenswörtchen von Gold zu lesen.«

»Es steht dir übel an, gegen Allahs Willen aufzumucken. Wäre ich ein größerer Gelehrter, so könnte ich dir genug Schriftzeichen weisen, die Gold bedeuten; mir aber genügt, daß der Koran kostbarer ist als Gold und jeder einzelne Buchstabe zehn Segenssprüche enthält. Daher wollen wir nicht länger streiten. Ich will mich mit siebenundsiebzig Golddukaten begnügen.«

Es endete damit, daß Sinan der Jude die Dukaten hinzählte, Giulia in den Harem sandte und Andy und mir bedeutete, ihm aus den Augen zu gehen. Wir kehrten in den Außenhof zurück, wo man Torguts Leuten riesige Schüsseln voll Hammelfleisch und in Fett gekochten Reis vorgesetzt hatte. Sie hatten sich, dem Range entsprechend, rund um die Schüsseln niedergelassen, fischten daraus die Fleischhappen und formten den Reis säuberlich zu kleinen Kugeln, die sie in den Mund steckten. Die Sklaven und Gefangenen aber hatten sich hinter ihnen versammelt und folgten mit hungrigen Blicken jedem verschwindenden Bissen. Dieser Anblick stimmte mich gar traurig, doch als wir näherkamen, machte uns Mussuf sogleich an seiner Seite Platz und bot Andy ein schönes Stück Fleisch, das von Fett triefte. Ich drängte Andy, dies als Friedensangebot anzunehmen.

Das Essen in der Schüssel schwand nun rasch dahin. Ich konnte kaum schnell genug mithalten. Als die anderen Andy so wacker einhauen sahen, warfen sie uns scheele Blicke zu und riefen zu Allah. Als die Schüssel leer war, bemerkte einer der Renegaten: »Er ist kein echter Moslem. Seht nur, was für Sitten – da hockt er auf seinem Hintern und stopft sich das Maul mit beiden Händen voll.«

Daran nahm Andy Anstoß; ich aber wandte mich an den Sprecher: »Wir haben eben erst den rechten Weg gefunden und stolpern nun wie Blinde darauf entlang, da uns niemand führt. Erkläre uns, was als gute Sitte gilt.«

Sinan der Jude mußte uns doch wohl gewogen sein. Wie wäre es sonst zugegangen, daß auf Andys Gebrüll nach mehr Essen der runzlige Eunuch im Hofe erschien und den Dienern befahl, unsere Schüsseln aufs neue zu füllen. Ich bedeutete Andy, das

Maul zu halten, dieweil die Moslems uns geziemende Tischsitten und gutes Benehmen beibrachten. Die begannen entzückt ihre Unterweisungen, wobei alle durcheinanderschnatterten. Vor dem Essen müßten wir stets die Hände waschen, erklärten sie, und die Speisen im Namen Allahs segnen. Wir müßten mit untergeschlagenen Beinen vor der Schüssel sitzen, auf der linken Hüfte, und zum Essen nur drei Finger der rechten Hand gebrauchen. Ein Messer dürfe man nicht benützen, weil alles schon in Stücke von angemessener Größe vorgeschnitten werde, und man dürfe nicht mehr in den Mund stecken, als leicht darin Platz habe. Den Reis müsse man zu kleinen Klümpchen kneten und nicht wie Haferbrei in den Mund schaufeln. Ein wohlerzogener Mensch starre nicht seine Gefährten dabei an, sondern schaue gerade vor sich hin und begnüge sich mit dem, was er habe. Zuletzt sagten sie einige Koransprüche her und endeten: »Ihr, die ihr glaubt, eßt die guten Dinge, die Gott euch gegeben hat, und sagt Ihm Dank.«

Als die Speisen beinahe verschwunden waren, erklärten sie uns, kein Gläubiger esse ganz auf, was in der Schüssel sei, sondern lasse aus Barmherzigkeit einen Rest übrig, der unter die Armen verteilt werde. Nun ließen auch sie viele gute Fleischhappen und etwas Reis übrig und reichten sie den Sklaven und Gefangenen, die sich erbittert darum balgten; diese waren zwar Christen, verrieten aber wenig christlichen Geist.

Die Unterweisung der Moslems gab mir viel zu denken. Sie fuhren fort und erzählten mir vom Fastenmonat Ramadan und von der Wallfahrt nach Mekka, die jeder Gläubige wenigstens einmal im Leben unternehmen sollte. Hindere ihn aber seine Armut oder ein anderer Grund daran, so werde ihm die Unterlassung nicht als Sünde angerechnet. Ich fragte sie, was sie vom Weintrinken hielten. Da seufzten sie alle tief und antworteten: »Es steht geschrieben: ›Ihr, die ihr glaubt: Wein, Glücksspiele, die Anbetung steinerner Götzen und das Würfelspiel sind Greuel des Teufels. Verabscheut sie, auf daß ihr gesegnet seid.‹«

Andere unter ihnen freilich meinten: »Es steht auch geschrieben: ›Das Weintrinken ist eine schwere Sünde, obwohl der Mensch Gutes davon haben mag. Doch die Sünde ist größer als das Gute.‹«

Der Eunuch, der hinter uns gestanden und zugehört hatte, konnte nicht länger an sich halten. »Viel läßt sich zugunsten des

Weines sagen, und viele Dichter – besonders die Perser – haben seine besten Eigenschaften gerühmt. Persisch ist die Sprache der Dichter, wie Arabisch die des Propheten, während Türkisch nur von den Hunden in den großen Städten geredet wird. In ihrem Lob des Weines haben die Dichter ihn als Sinnbild des wahren Glaubens verwendet. Doch selbst abgesehen von seinem symbolischen Wert fördert der Wein die Gesundheit. Er regt die Nieren an, stärkt die Eingeweide, lindert die Sorgen und macht den Menschen hochherzig und edel. Wahrlich, hätte Allah in seiner unerforschlichen Weisheit den Gläubigen nicht untersagt zu trinken, er hätte seinesgleichen nicht auf Erden.«

Bei diesem Lobgesang betrachtete Andy den Eunuchen mißbilligend und sprach: »Verschnittener! Willst du mich ärgern? Ich habe den Turban allein aus dem Grund genommen, dem Fluch des Weines zu entrinnen. Der Wein geht dir mit dem guten Verstand und dem guten Geld durch, zieht dem Menschen anstekkende Krankheiten zu und läßt ihn Geschöpfe sehen, die gar nicht da sind. Allah verhüte, daß ich das Gesöff über die Lippen bringe.«

Der Eunuch aber ließ sich neben mir nieder und meinte: »Deine Fragen sind aufrichtig, und du zeigst den guten Willen, zuerst zu lernen, was verboten ist. Allah will aber seine Gläubigen nicht versklaven, noch ihnen das Leben erschweren. Sprich die vorgeschriebenen Gebete und gib Almosen, soweit du kannst; im übrigen vertraue auf Allah, dem stets Barmherzigen. Du kannst ein Leben über dem Studium des Korans und der Auslegung der Gelehrten hinbringen und doch am Ende nicht klüger sein.«

Ich hörte ihm zu und merkte, er wollte mir etwas anvertrauen. Andy aber fiel ein: »Wenn das wahr ist, so gestehe ich, die Lehre des Propheten, gelobt sei sein Name, ist gleichsam ein weiter, wallender Mantel, der seinen Träger nirgends wundreibt. Aber ich kann nicht glauben, was du sagst, denn all die Priester, Mönche und Lehrer, denen ich begegnete oder von denen ich hörte, waren stets die ersten, wo es galt, angenehme Dinge zu verbieten, wie zum Beispiel die Lüste der Augen und des Fleisches; sie behaupten, der Weg zum Himmel sei schmal und steinig, alle breiten, glatten Straßen hingegen führen stracks zur Hölle.«

Mardschan der Eunuch lächelte über sein ganzes runzeliges

Gesicht, als er erwiderte: »Obwohl vieles gottgefällig ist — mehr als ich heute noch weiß —, so ist doch nicht alles notwendig. Es gibt eine Überlieferung, wonach der Prophet, gelobt sei sein Name, einmal sagte: ›Wenn am Jüngsten Tage vor Allah eine Seele erscheint, der auch nicht eine einzige gute Tat angerechnet werden kann, und sie des höllischen Feuers würdig befunden wird, so darf die Seele bei Allah bittlich werden und fragen: *Herr, du hast dich gnädig und barmherzig genannt; wie kannst du mich also mit dem höllischen Feuer bestrafen?* Dann wird Allah in seiner Herrlichkeit antworten: *Wahrlich, ich habe mich gnädig und barmherzig genannt; führt daher diesen meinen Diener ins Paradies, um meiner Barmherzigkeit willen; denn ich bin der Barmherzigste von allen, die Barmherzigkeit erweisen.*‹«

Darob war Andy baß erstaunt und meinte: »Allahs Lehre ist ohne Zweifel eine gute und barmherzige Lehre, und wenn ich nicht mit angesehen hätte, wie man in seinem Namen gesalzene Köpfe in einen Sack steckte, ließe ich mich selbst zu dem Glauben verleiten, sie sei die beste aller Religionen. Eine Lehre aber, die dem Menschen gebietet, Unschuldige um ihres Glaubens willen zu töten, ist alles eher als barmherzig; denn wen kann man schon dadurch bekehren, daß man ihm den Kopf abschlägt?«

Ich aber fragte mich, warum Mardschan so erpicht schien, uns seinen Glauben genehm zu machen, und ich fragte ihn: »Das war eine erbauliche und schöne Geschichte. Aber was hast du im Sinn? Was willst du von uns?«

Er hob wie erstaunt die Hand und rief: »Ich? Ich bin nur ein armer Eunuch. Aber man hat mich beauftragt, dich Arabisch zu lehren, wenn du von rascher Auffassung bist. Dein Bruder soll als Guresch ausgebildet werden, wenn der Neger Mussuf sich bereit erklärt, ihn zu unterweisen, denn im Augenblick hat mein Herr keine andere Verwendung für ihn.«

Nun erschien Sinan der Jude und Kapitän Torgut im Tor des Palastes. Der Lärm auf dem Hof verstummte. Sinan sprach zu den Piraten und ließ Ehrengewänder und auch kleine Geldsummen unter ihnen verteilen. So endete der Tag. Mardschan der Eunuch führte uns nach einem entlegeneren Trakt des Gebäudes und wies uns recht behagliche Quartiere in den Kasernen an, wo Sinans Sklaven und seine Leibwache hausten.

Mardschan lehrte mich Arabisch und unterwies mich im Lesen

und Schreiben seiner seltsamen Schriftzeichen. Der Koran diente mir als Übungsbuch. Da Mussuf wieder mit Kapitän Torgut auf Fahrt gegangen war, machte Sinan der Jude einen anderen Ringlehrer für Andy ausfindig. Mein Hund wurde mir zurückgegeben, und ich weiß nicht, wer von uns beiden darüber glücklicher war. So hatte ich in meiner Sklaverei nichts zu klagen. Und doch wuchs in mir, als die Tage hingingen, das drückende Gefühl, daß man mich beobachtete und selbst über meine geringfügigste Handlung Bericht erstattete, so daß ich anfing, mir Gedanken über mein zukünftiges Schicksal zu machen. Sinan der Jude war nicht der Mann, einem anderen ohne guten Grund Gunst zu erweisen.

Eines Tages, als ich gerade den Boden der Badestube scheuerte, trat Giulia, von keinem gesehen, an mich heran und bemerkte: »Der Sklave verrichtet Sklavenarbeit!«

Ich war so froh, sie zu sehen, daß ich ihre Worte überhörte und ausrief: »Giulia! Geht es dir gut, und wirst du gut behandelt? Kann ich etwas für dich tun?«

Sie erwiderte: »Scheuere du deinen Boden, und schlage die Augen nieder in meiner Gegenwart, denn ich bin eine vornehme Frau und brauche nichts zu arbeiten; überhaupt nichts zu tun, als Rosenblätter in Honig zu verspeisen und guten Kukurrusch, so daß ich, wie du siehst, schon merklich fülliger bin als früher.«

Mich packte eine schreckliche Eifersucht, und ich fragte: »So hat Sinan der Jude Freude an dir gefunden? Und bedrückt dich nicht die Zeit, die du so müßig hinbringst? Müßiggang ist aller Laster Anfang, und ich möchte dich nicht in Laster verfallen sehen, Giulia.«

Giulia zog ein wenig versonnen den Schleier beiseite, streichelte mir die Wange und sagte: »Ich habe allen Grund zu glauben, daß mein Herr Freude an mir gefunden hat, denn er läßt mich oft zu sich kommen und starrt dann in ein mit Sand gefülltes Kupferbecken, darin ich mit dem Finger Linien ziehe.«

»Allah!« rief ich, noch überraschter über Sinans Gebaren. »Warum will er, daß du Linien im Sande ziehst?«

»Wie sollte ich das wissen?« erwiderte Giulia aufrichtig. »Ich glaube, er wird schon kindisch und sucht gerne nach einem Vorwand, mich holen zu lassen und meine Schönheit zu bewundern;

denn ich bin in der Tat schön wie der Mond, und meine Augen gleichen Edelsteinen von verschiedener Farbe.«

Hinter mir brach schallendes Gelächter los, und Sinan der Jude trat, einen Vorhang beiseite schiebend, hervor, unfähig, noch länger seine Heiterkeit zu bezähmen. Mardschan der Eunuch folgte ihm auf den Fersen und rang verzweifelt die Hände. Ich meinte, mein letztes Stündlein sei gekommen, denn ich hatte mir die Freiheit genommen, mit Giulia zu sprechen, und sie hatte mir ihr Gesicht enthüllt, was bei den Muselmännern als schwere Sünde gilt.

Vor Schreck gelähmt, wie ich war, versuchte ich doch, Giulia zu retten, hob meine Scheuerbürste und sprach: »Herr, bestrafe mich, denn sie ist unschuldig. Ich war es, der sie zuerst anredete. Allein wir haben von nichts anderem als deiner Milde und Weisheit gesprochen.«

Sinan lachte noch herzlicher und erwiderte: »Ich hörte, wie ihr mich gepriesen habt. Steh auf aus dem Schmutz, Michael, und fürchte nichts. Du bist Arzt, wie du mir versichert hast, und vor solchen Männern darf eine Frau sich ohne Schleier zeigen, ohne zu sündigen. Aber komm, es ist an der Zeit, daß ich ernsthaft mit dir rede. Ich will dich deinem künftigen Herrn vorstellen, dem du Gehorsam schuldest.«

Er ging, und mir erstarrte das Herz im Leib. Mardschan aber erklärte: »Sinan hat dich weggegeben, und du mußt Abu el Kasim, deinem neuen Herrn folgen. Er ist ein übel beleumundeter Arzneimittelhändler aus der Stadt Algier. Allahs Fluch über ihn!«

Mir schlug das Herz bis zum Hals, und entsetzliche Angst bemächtigte sich meiner. Mardschan aber hieß mich eilen, und da mir keine andere Wahl blieb, stürzte ich Sinan nach.

Mit niedergeschlagenen Augen betrat ich das Gemach. Sinan sprach freundlich zu mir und wies mich an, auf einem Kissen Platz zu nehmen und mich furchtlos umzusehen. Ich gehorchte und erblickte zu meiner Überraschung einen kleinen, affenähnlichen Mann in einem zerlumpten Mantel. Er sah wenig vertrauenerweckend aus. Unter seinem scharfen Blick war mir, als hätte ich von ihm nichts Gutes zu erwarten. Ich wandte mich flehend an Sinan, der lächelnd sprach: »Sieh hier deinen neuen Herrn, Abu el Kasim. Er ist ein armer Mann und verdient kaum seinen Lebensunterhalt, indem er Rosenwasser verdünnt und falsche Ambra und minderwertige Augenschwärze verkauft. Er hat versprochen, dich jeden Tag zur Madrasseh, der Moschee in Algier, zu schicken, wo du die besten Lehrer hören und so schnellstens Arabisch lernen und dich mit den Säulen des Glaubens vertraut machen kannst – dem Gesetz, der Überlieferung und dem rechten Weg.«

Ich wagte kein Wort der Entgegnung und neigte unterwürfig den Kopf. Abu el Kasim glotzte mich an und sagte: »Ich höre, du bist Arzt und mit den Arzneien der Christen vertraut. Ich habe nun eine beschwerliche Reise unternommen und bin magenkrank. Kannst du mich heilen?«

Er warf mir einen widerlich scheelen Blick zu. Ich fand ihn so abstoßend, daß ich ihn nicht untersuchen wollte. Meine Pflicht aber zwang mich dazu; so meinte ich denn: »Zeig mir deine Zunge. Haben sich deine Eingeweide heute schon gerührt? Laß mich deinen Puls fühlen. Wenn ich auch deinen Bauch befühlt habe, werde ich dir sagen, welcher Arznei du bedarfst.«

Abu el Kasim hielt sich stöhnend den Leib.

»Ich sehe schon, du verstehst dein Handwerk nach fränkischem Brauch. Aber das beste Mittel gegen diese meine Beschwerden wäre ein guter Wein. Würde er mir von einem Arzt verschrieben, so könnte ich ihn ohne Sünde trinken.«

Ich wußte erst nicht, ob er mich auf die Probe stellen wollte. Nun aber rieb sich auch Sinan der Jude den Leib und sprach unter lautem Jammern: »O verflucht! Abu el Kasim, du hast eine ansteckende Krankheit in mein Haus eingeschleppt, die auch mich ergriffen hat. In mir ist die Hölle los, und nur das gute Mittel, von dem du sprichst, kann mir Linderung schaffen. Durch Allahs unermeßliche Güte besitze ich zufällig einen versiegelten Weinkrug, den mir ein Schiffskapitän brachte, der es nicht besser verstand. Ich konnte das Geschenk nicht zurückweisen, ohne ihn zu beleidigen. Wir vertrauen dir, Michael. Erbrich das Siegel, rieche und koste den Wein, und sage, ob er uns guttun wird. Wenn ja, so dürfen wir ihn ohne Sünde trinken.«

Da hockten die scheinheiligen alten Betrüger und sahen mich an, als sei ich ihr Herr und nicht ihr Sklave, und mir blieb keine andere Wahl, als das Siegel zu erbrechen und den Wein in drei schönverzierte Becher zu gießen, die Sinan mir geschäftig reichte.

»Verkoste die Medizin«, sagte er, »und sag uns, ob sie gegen unsere Beschwerden hilft.«

Er zweifelte freilich nicht an der Güte des Weines; er wollte sich fürs erste vergewissern, daß der Wein nicht vergiftet war, und außerdem mich belasten, damit ich nachher nicht gegen ihn aussagen konnte. Ich ließ mir's jedoch nicht zweimal sagen. Ich kostete genießerisch von dem dunklen, süßen, duftenden Getränk und meinte rasch: »Trinkt es im Namen Allahs, denn es ist guter Wein und wird gewiß alle Schmerzen des Leibes und der Seele heilen.«

Nachdem wir getrunken, unsere Becher aufs neue gefüllt und wieder getrunken hatten, sprach Abu el Kasim zu mir: »Du bist, wie ich höre, mit den christlichen Methoden der Kriegführung vertraut, kennst die Eigenschaften der christlichen Führer, hast selbst in Kriegen gedient, sprichst viele christliche Sprachen und verstehst im allgemeinen viel mehr von diesen Dingen, als man von einem Mann in deinem Alter erwarten würde. Selbst Mardschan der Eunuch hat oft darüber gestaunt.«

Ich antwortete nicht, tat aber mit brennenden Wangen noch einen tiefen Zug; denn diese Worte klangen verwunderlich im Munde eines solchen alten Lumpenbündels.

Er fragte weiter: »Wenn du, außer Tränklein zu mischen und an der Moscheeschule nutzlose Studien zu treiben, Aussicht hättest, dem mächtigsten Herrscher der Welt zu dienen, was würdest du dazu sagen?«

Ich antwortete bitter: »Ich diente ihm lange genug, Undank war mein einziger Lohn. Vom Kaiser habe ich mehr als genug; er wollte mich sogar über den westlichen Ozean schicken, um ihm unter dem Oberbefehl eines früheren Sauhirten neue Königreiche zu erobern.«

Abu el Kasim fiel eifrig ein: »Was du sagst, ist mir neu. Aber ich meinte nicht den Kaiser der Ungläubigen – den Beherrscher der deutschen und spanischen Länder –, sondern den großen Sultan Suleiman, der seine Diener gerecht und freigebig belohnt.«

»Gesegnet sei sein Name«, fügte Sinan der Jude hinzu. »Der Sultan hat die christlichen Bollwerke Belgrad und Rhodos genommen; er hat Ungarn erobert und soll nach den Wahrsagungen alle Christenvölker unterwerfen. Als Hohe Pforte ist er die

Zuflucht aller Könige. Er macht die Reichen arm und die Armen reich und legt keinem ungebührliche Lasten auf, so daß in seinem Reich die Völker ohne Furcht und in brüderlicher Eintracht leben.«

»Das sind die Träume, die aus Wein geboren sind«, erwiderte ich. »Du sprichst von einem Reich, das es vielleicht im Himmel, nie aber auf Erden geben kann.«

Abu el Kasim aber pflichtete Sinans Worten warm bei.

»Das ist kein Traum eines Trunkenen. In Sultan Suleimans Reich ist die Gerechtigkeit unbestechlich; die Richter fällen ihre Sprüche nach dem Gesetz und ohne Ansehen der Person. Auch wird niemand gezwungen, seinem Glauben abzuschwören, denn Christen und Juden genießen die gleichen Rechte, so daß beispielsweise der griechische Patriarch den Rang eines Veziers bekleidet und ein Mitglied des Diwans, des Großen Rates, ist. Deshalb suchen die Unterdrückten und Verfolgten aller Länder Zuflucht bei der Hohen Pforte und finden dort Schutz. Gelobt sei Sultan Suleiman, die Sonne des Volkes, der Herr der beiden Erdhälften!«

»Hosannah!« krächzte Sinan der Jude, Tränen in den Augen, seines Turbans ganz vergessend.

Ich dachte, sie müßten wohl beide volltrunken sein, konnte ich doch nur die Hälfte von dem glauben, was sie mir erzählten. Sinan aber breitete eine große Landkarte aus und wies auf die Küsten Spaniens, Italiens und Griechenlands und auf die afrikanische Küste. Er zeigte mir, wo die Insel Jerba lag und das Sultanat Tunesien, die Stadt Algier und die Insel Zerjeli, wo Khaireddin seine Flotte sammelte.

Dann sagte er: »Die Hafsiden herrschen nun seit dreihundert Jahren über diese Küsten – schon viel zu lange. Sultan Muhammed aus der Dynastie der Hafsiden ist ein liederlicher Greis, der Tunis regiert und ein Bundesgenosse des Christenkaisers ist. Sein Haus herrschte auch über Algier, bis der große Khaireddin und sein Bruder sie vertrieben und sich unter den Schutz der Pforte stellten. Die treulosen Hafsiden aber holten sich beim Kaiser Hilfe, und beide Brüder Khaireddins fielen im Kampf gegen Spanier und Berber, so daß Algier von neuem unter die Herrschaft der Hafsiden geriet. Zum Dank für ihre Hilfe durften die Spanier eine starke Festung an der Hafeneinfahrt errichten, die für uns im Seekrieg gegen die Christen ein großes Hindernis bildet. So haben die blutdürstigen Hafsiden sich gegen den Sultan gestellt und lassen nun seinen Namen aus ihren Fürbittgebeten in den Moscheen an Freitagen weg. Aber indem er mit den Ungläubigen ein Bündnis schloß und den Spaniern gestattete, sich an der Hafeneinfahrt zu verschanzen, hat Selim ben Hafs die ihm zugemessene Gnadenfrist verwirkt.«

»Aber«, warf ich ein, »in christlichen Ländern erzählte man sich, der König von Frankreich habe mit dem Sultan ein Bündnis gegen den Kaiser geschlossen. Wie kann der Sultan einen Ungläubigen zum Bundesgenossen nehmen, wenn solche Bündnisse verwerflich sind?«

Sie tauschten einen verstohlenen Blick, und Sinan antwortete: »Davon wissen wir nichts, aber Sultan Suleiman kann natürlich dem König von Frankreich helfen, wenn dieser demütig darum bittet. Denn hier geht es darum, die Macht des Kaisers zu schwächen, während der Herrscher von Algier und Tunis die Hilfe Ungläubiger gegen Khaireddin und den Sultan in Anspruch nimmt; das ist etwas ganz anderes.«

»Mag sein«, sagte ich. »Aber ihr erwartet doch wohl nicht von mir, mich mit leeren Händen aufzumachen, um Algier für den Sultan zurückzuerobern, den ich nie gesehen habe?«

Sie brachen in schallendes Gelächter aus und schlugen einander vergnügt auf die Schultern. Ihre Gesichter glühten vom Wein, und sie riefen: »Fürwahr, ein hervorragender Hakim ist das, und seine Falkenaugen sehen Dinge, die im Verborgenen liegen. Gerade das erwarten wir allerdings von dir. Mit leeren Händen sollst du Algier zurückerobern und den großen Admiral Khaireddin zu seinem Statthalter ausrufen, damit er die Spanier vertreiben und dieser unglücklichen Küste den Frieden sichern möge. Dann können die boshaften Spanier unsere Unternehmungen zur See nicht mehr hindern.«

»Dann verbiete ich euch, wenn ich, wie ihr sagt, ein Hakim, ein Arzt, bin, noch mehr Wein zu trinken, denn euer Verstand ist bereits umnebelt. Ist nicht Algier eine große, mächtige Stadt, umgeben von uneinnehmbaren Mauern?«

»Ja, das ist es wahrhaftig«, brüllten sie im Chor. »Es ist eine schimmernde Stadt an den Gestaden dieses blauen Meeres, ein funkelnder Edelstein, den unser Befehlshaber Khaireddin neben den Halbmond auf Sultan Suleimans Turban setzen will, um so seine Gunst zu erringen. Und diese ganze Stadt wird bewacht von der Inselfestung der Spanier, welche die Hafeneinfahrt versperrt und den Seeverkehr lahmlegt.«

Ich riß mir den Turban vom Kopf und rief laut: »Was für ein Fluch liegt auf mir, daß ich immer unter Verrückte geraten muß, die mich entweder betrügen oder das Unmögliche von mir fordern?«

Doch Abu el Kasim besänftigte mich: »Man bietet dir hier Gelegenheit zu großen Taten, die dir Ehre bringen werden. Die Herrschaft der Hafsiden ist mit so vielen Verbrechen, Brudermorden und Blutsfehden, mit solchen Ausschreitungen befleckt, daß es ein gottgefälliges Werk sein wird, sie zu stürzen. Baba Arusch fiel, als er es versuchte, wie auch seine Brüder Elias und Ischak, so daß nun nur mehr der jüngste Bruder Khisr, genannt Khaireddin, am Leben ist.«

»Mir schwindelt's im Kopf von euren vielen Namen«, entgegnete ich. »Auch verstehe ich nicht, wie du, der du mit billigen Wohlgerüchen handelst, von diesem Admiral reden kannst, als wäre er dein Bruder.«

Hier warf Sinan ein: »Der kluge Mann verbirgt seinen Schatz. Beurteile einen Menschen nie nach seinen Kleidern oder seiner scheinbaren Armut. Selbst ich armer Teufel bin von Geburt Jude, so daß ich erst Christ werden mußte, bevor ich den Turban nehmen und mich zum Propheten, sein Name sei gelobt, bekennen durfte.« Er trocknete seine Tränen und fuhr fort: »Wir, die wir von der See unseren dürftigen Unterhalt beziehen, sind, einzeln genommen, schwach genug. Gewitterwolken türmten sich auf, besonders im Westen, und wir müssen unsere Kräfte vereinen und den Grund zu einer gefestigten Seemacht legen, und zwar mit Hilfe des Sultans, so daß er Khaireddin als Beylerbey in Algier anerkennt und ihm einen Ehrenkaftan und einen Roßschweif sendet. Das ist der schlichte Kern der Sache. Wir müssen zuerst Algier in die Hand bekommen, dann ein Arsenal und einen Stützpunkt für Unternehmungen zur See bauen.«

So geschah es, daß Sinan der Jude mir die geheimen Pläne der Piraten aufdeckte. Dagegen war nichts einzuwenden; ja, ich mußte mir gestehen, daß die Zeit reif war, sie zu verwirklichen, nun, da der Kaiser einen hartnäckigen Krieg gegen den Franzosenkönig, den Papst und Venedig führte. Überdies hatte der Kaiser seine Kräfte leichtsinnig verzettelt, indem er gute Schiffe in den neuen Ländern jenseits des westlichen Ozeans entsandt hatte. Ich für mein Teil hegte keine allzu freundlichen Gefühle gegen Seine Kaiserliche Majestät, obwohl ich in seinem Namen an der Plünderung Roms teilgenommen hatte. Doch lag mir andererseits auch gar nichts daran, für Khaireddin meinen Hals zu wagen. So sagte ich: »Sammelt eure Flotte, greift Algier als tapfere Männer an und erobert es für den Sultan! Die Zeit ist günstig, und ich zweifle nicht, daß der Sultan euch mit größtem Vergnügen Ehrenkaftane senden wird, und gewiß Roßschweife obendrein.«

Da antworteten beide zugleich: »Nein, nein, so kann es nie gelingen. Die Bewohner müssen selbst ihren Herrscher stürzen und Khaireddin zu ihrem Statthalter berufen. Unsere Kräfte sind zu schwach, die Stadt im Sturm zu nehmen, besonders, da wir die feindlichen Berberstämme auf den Fersen haben. Wir wissen es; wir haben es ja versucht.«

Abu el Kasim sprach weiter: »Du sollst mich nach Algier begleiten, wo du dir als Arzt einen Namen machen wirst. Du sollst auch an der Moscheeschule studieren und beschnitten werden, um das Vertrauen deiner Lehrer zu erwerben. Dein Bruder soll als Ringer auf dem Marktplatz nahe der Moschee seinen Unterhalt bestreiten. Wenn er so stark ist, wie wir glauben und hoffen, so wird sein Ruf bald Selim ben Hafs zu Ohren kommen. Man wird ihn auffordern, vor dem blutrünstigen Sultan seine Kunst zu zeigen. Schließlich soll das Mädchen, dessen Augen Edelsteinen von verschiedener Farbe gleichen, in den Sand schauen, mit dem Finger darin Linien zeichnen und viele nützliche und geeignete Voraussagen machen.«

Ich traute kaum meinen Ohren. »So willst du mich wirklich nicht von meinem Bruder trennen, willst auch Giulia mitnehmen, und ich brauche meinen Hund nicht zurücklassen?«

Sinan der Jude nickte und sprach, erweicht durch den guten Wein: »So befahl mir das heilige Buch. Gelingt unser Plan, so erwarten dich etwa noch weitere Aufgaben, neben denen diese sich wie ein bloßer Ergebenheitsbeweis ausnimmt.«

Ich lachte höhnisch. »Diese deine letzten Worte erhöhen meine Anteilnahme an deinen Plänen keineswegs, denn gelingt mir der erste, so würdet ihr mich nur mit immer schwierigeren Aufträgen belasten, bis ich unter dieser Bürde zusammenbräche. Und was kannst du schon von meiner Ergebenheit wissen? Was würde mich hindern, in Algier angelangt, stracks vor Selim ben Hafs zu treten und ihm eure Pläne zu verraten?«

Sinans eines Auge blitzte hart wie Stein, als er erwiderte: »Sklave mag sein, daß du dadurch ein kurzes Glück erringst, diesem aber würde weit größeres Unheil folgen; denn früher oder später würde dich Khaireddins Arm erreichen, er würde dich auspeitschen und am Spieß braten lassen.«

Abu el Kasim aber hob die Hand und meinte lächelnd: »Errege dich nicht, Sinan. Meine Sache ist es, die Herzen der Menschen zu wägen, und ich sage dir, Michael Hakim wird dich nicht verraten. Woher ich das weiß, kann ich dir nicht sagen. Ich glaube, Michael weiß es nicht einmal selbst.«

Sein Vertrauen gewann mein Herz, denn ich überdachte mein früheres Leben und wußte, weder er noch sonst jemand hatte guten Grund, mir zu trauen, wenngleich ich stets von guten Vorsätzen erfüllt gewesen war.

»Ich bin nur ein Sklave«, sagte ich. »Ich kann nicht aus freien Stücken nach eigenem Gutdünken handeln. Doch wenn Abu el Kasim mir vertraut, will ich mich bemühen, seines Vertrauens würdig zu sein. Beantwortet mir noch eine Frage: Kann ein Sklave selbst wieder Sklaven besitzen?«

Meine Frage überraschte sie gar sehr, aber Sinan der Jude entgegnete sogleich: »Natürlich darf ein Sklave selbst Sklaven besitzen, wenn er es zu einer Ehrenstelle gebracht hat. Freilich gehört ein solcher Mann nach wie vor seinem Herrn.«

Da fiel mir ein Stein vom Herzen, und ich erklärte: »Dann unterwerfe ich mich Allahs Willen, und muß ich meine Treue mit dem Leben bezahlen, so ist es Bestimmung, und ich kann es nicht ändern. Erweise dich edel und freigebig, Sinan, mein Herr, und versprich mir deine Sklavin Giulia, wenn es mir gelingt, meinen Auftrag zu erfüllen, was ich stärkstens bezweifle.«

Sinan der Jude strich sich mit den schlanken Fingern den Bart und meinte: »Sklave, wer bist du, daß du es wagst, mit mir zu feilschen?«

»Von Feilschen ist hier keine Rede«, erwiderte ich erstaunt. »Ein solches Versprechen würde meine Ergebenheit oder meinen

Eifer, dir zu dienen, nicht um Haaresbreite vermehren. Ich bin nicht einmal überzeugt, daß deine Zustimmung sich als Segen für mich erweisen würde. Dennoch flehe ich dich demütig an – versprich sie mir.«

Sinan kippte traurig den Weinkrug um und versetzte: »Meine eigene Großmut treibt mir die Tränen in die Augen. Michael, mein lieber Sklave, ich verspreche dir, an dem Tag, da Khaireddin triumphierend durch Algiers offene Tore einzieht, soll das Mädchen dir gehören, und ich will mein Recht auf sie vor Zeugen auf dich übertragen. Soll mich der Teufel verschlingen, wenn ich mein Versprechen breche.«

Er weinte vor Rührung und umarmte mich. Abu el Kasim tat ein Gleiches. Dann stieß Sinan den reichverzierten Teppich beiseite, packte einen Kupferring, der an einer der Marmorfliesen befestigt war, und hob diese mit großer Mühe auf. Seiner Würde vergessend, legte er sich sodann der Länge nach auf den Boden, streckte den Arm in das Loch und holte einen neuen Weinkrug hervor.

An das, was nachher geschah, erinnere ich mich nur undeutlich, doch als ich am nächsten Morgen die Augen öffnete, lag ich da, Sinans Bart in der Hand und Abu el Kasims Zehen im Mund. Ich muß gestehen, das Erwachen war alles andere als angenehm.

Nach einem türkischen Bad und einer Massage fühlte ich mich so erfrischt und des Lebens froh, daß ich fast glaubte, die Begebenheiten des Vortages nur geträumt zu haben. Doch nach dem Mittagsgebet befahl mir Sinan, mich reisefertig zu machen.

Bei Einbruch der Dunkelheit führte uns Abu el Kasim auf ein kleines Schiff, das im Hafen vor Anker lag. Auch Giulia kam, dicht verschleiert und zu hochmütig, um ein Sterbenswörtlein zu uns zu sprechen. Bald ging es bei gutem Wind auf die hohe See hinaus. So verließ Abu el Kasim die Insel Jerba so still und unauffällig, wie er gekommen war. Ich blickte ins Dunkel und legte die Hand an den Hals; der schien mir dünner als je zuvor, und bekümmert dachte ich an die Gefahren, in die mich, all meinen guten Absichten zum Trotz, mein Unstern gestürzt hatte.

ZWEITES BUCH

DER BEFREIER KOMMT VON DER SEE

Wir liefen nicht Algier selbst an, denn die Spanier, welche die Inselfestung an der Hafeneinfahrt besetzt hielten, pflegten, wie Abu el Kasim uns erklärte, alle einlaufenden Fahrzeuge anzuhalten und zu durchsuchen. Aus diesem Grunde landeten wir in einiger Entfernung von der Stadt an der Küste, und wir waren nicht die einzigen, die versuchten, Waren auf Umwegen in die Stadt zu bringen. In der geschützten Bucht, wo wir ankerten, fanden wir zahlreiche kleinere Schiffe, deren Eigentümer sich in wortreichen Verwünschungen gegen Selim ben Hafs und die Spanier ergingen, die den redlichen Handel unterbanden. Von diesen Schiffen wurden ganze Ladungen gefangener Christen und in Matten eingerolltes Beutegut an Land gebracht; anstatt der Zollsiegel waren frische Blutflecken darauf zu erkennen, so daß mir angesichts dieser Entladearbeiten der Schreck gewaltig in die Glieder fuhr.

Wir nächtigten in der Hütte eines dunkelhäutigen Bauern, der ein Freund Abu el Kasims und ein gar wortkarger Mann war. Tags darauf mietete Abu einen Esel, belud ihn mit zwei großen Körben und hieß Giulia ihn besteigen. Nach vielem Zureden bewog er einige Bauern, die gleichfalls zur Stadt unterwegs waren, in ihrem Gepäck einen Großteil der Bündel und Krüge, die er von seinem Schiff ausgeladen hatte, zu verbergen. Und ich habe wahrhaftig nie eine jämmerlichere Kreatur gesehen als Abu el Kasim, wie er die Hände rang, seine Kleider zerriß und schwarze wie weiße Berber beschwor, sich eines armen Teufels zu erbarmen und seine Habseligkeiten vor dem räuberischen Zugriff Selim ben Hafs' zu schützen.

Das war natürlich ein aufgelegter Schwindel, denn er erklärte mir, als wir uns Algier näherten: »Unser Geschäft ist gefährlich, Michael, mein Sohn. Wir können es nicht lange betreiben, ohne Aufsehen zu erregen. Zuviel Geheimniskrämerei würde sich von selbst verraten, und es ist besser, Verachtung und Spott zu ertragen, als seinen Kopf zu verlieren. Deshalb verursache ich so viel Lärm und Getümmel, wie ich nur kann, und bin in Algier schon dafür bekannt, so daß mir die Kinder nachlaufen und mit dem Finger auf mich zeigen. Unzählige Male bin ich schon für meine Machenschaften und meine plumpen Versuche, Selim ben Hafs' Zollwächter hereinzulegen, bestraft worden. Diesmal wird man mich gewiß wieder ertappen, und einige meiner Waren werden unter allgemeiner Heiterkeit beschlagnahmt werden. Doch das ist ganz recht so. Meine besten Waren werden unversehrt ankommen. Ich kenne die Spielregeln. Es könnte übrigens nicht schaden, wenn dein muskelgewaltiger Bruder mir ab und zu höhnische Grimassen schnitte, denn wer beachtet schon einen Mann, den die eigenen Sklaven verspotten?«

Die Landschaft um Algier war, wie ich bemerkte, schön und reich an Gärten und Obstbäumen; viele Windmühlen auf den Hügeln zeugten vom Reichtum der Stadt. Wir durchquerten einen Fluß, an dessen Ufern ich eine Schar schwarzer und brauner Weiber, nur mit buntfarbigen Lendentüchern bekleidet, Wäsche waschen sah.

Die Stadt lag auf einem Abhang an der blauen, schimmernden See und leuchtete grellweiß in der Sonne. Sie war von einer festen Mauer und einem Graben umgeben. Auf ihrem höchsten Punkt erhob sich über einem Winkel der Stadtmauer ein runder, festungsartiger Turm, der Stadt und Hafen beherrschte. Am Osttor gerieten wir in ein großes Gedränge. Die Wächter sonderten hier mit Stockschlägen die Schafe von den Böcken, ließen die Bauern durch und hielten alle Fremden an, um ihr Gepäck zu durchsuchen. Abu el Kasim forderte uns auf, ihm auf den Fersen zu folgen, verhülllte dann sein Gesicht mit einem Zipfel seines Mantels und versuchte, zahlreiche Segenswünsche und Koransprüche murmelnd, an den Wachen vorbeizuschleichen. Sie ergriffen ihn aber, zogen ihm den Mantel vom Gesicht, und ich habe nie eine erbarmungswürdigere Gestalt gesehen als Abu el Kasim in jenem Augenblick. Er verfluchte die Stunde seiner Geburt und winselte: »Warum verfolgt ihr mich so unbarmherzig – mich, den Ärmsten der Armen? Ihr werdet mir bald den Glauben an die Barmherzigkeit Allahs, des Allmächtigen, austreiben.«

Die Wächter lachten und meinten: »Wir kennen dich, Abu el Kasim, uns kannst du nicht betrügen. Sag uns, was du zu verzollen hast, oder du verlierst alles.«

Abu el Kasim zeigte auf Andy, mich und Giulia auf ihrem Esel und fragte, bitterlich weinend: »Seht ihr nicht, ihr Herzlosen, daß ich nur vier Eier mitbringe und ein Nest, sie darin auszubrüten?«

Die Männer aber gingen auf seinen Scherz nicht ein und brachten uns auf die Wachstube. Abu el Kasim stieß uns vor sich her. Ich wandte mich um, schlug ihm ins Gesicht und sagte: »So behandelst du wertvolle Sklaven, Bursche?«

Abu el Kasim hob die Hand, als wolle er mich züchtigen, wich aber unter meinem Blick zurück und jammerte: »Seht, wie selbst mein Sklave mit mir umspringt! Ich muß wohl glauben, daß Allah mich verstoßen hat, wenn er mich mit solch einer Kreatur heimsucht.«

Die Wachen übergaben ihn ihrem Anführer, dem Abu el Kasim die Waren aufzählte, die er verzollen wollte; ein Schreiber nahm sie zu Protokoll. Dann erklärte Abu: »So wahr ich ein Ehrenmann bin, der sein Leben lang niemand betrogen hat, ich führe sonst nichts mit, was zu verzollen wäre. Zum Unterpfand dessen und als Beweis meines guten Willens mache ich euch diese meine drei letzten Goldstücke zum Geschenk.«

Den Leuten gefiel das nicht übel. Lachend nahmen sie das Geld in Empfang, woraus ich schloß, die Stadtverwaltung müsse wohl zu wünschen übrig lassen, da ihre Bediensteten sich so offen bestechen ließen. Als aber Abu el Kasim sich zum Gehen wandte, fiel ein faustgroßes Stück kostbarer Ambra zu Boden, das er unter dem Arm verborgen hatte, wo es warm geworden war. Nun erfüllte es die Wachstube mit seinem Duft.

Abu el Kasim wurde aschgrau im Gesicht. Ich konnte kaum begreifen, daß er seine Züge so sehr in der Gewalt hatte, es sei denn, er lebte seine Rolle förmlich, so daß er schließlich selbst daran glaubte. Er stammelte: »Hassan ben Ismail, ich hatte das kleine Stückchen Ambra wirklich ganz vergessen. Es kommt auch noch ein Kamel nach; das ist auf einem Auge blind und trägt einen Korb mit Getreide, darin fünf Krüge guten Weines versteckt sind. Laß das Kamel durch, und besuche mich morgen abend. Dann können wir die Angelegenheit vernünftig nach allen Richtungen hin erörtern. Behalte inzwischen das Stück Ambra zum Zeichen meines guten Willens, und Allah wird dir's am Jüngsten Tage lohnen.«

Der Zöllner lachte verächtlich, stimmte aber zu und gab ihm selbst das Stück Ambra wieder zurück; er meinte, es verpeste die Wachstube. Kaum war Abu el Kasim wieder auf die enge Straße herausgetreten, als er auch schon behende auf Andys Schultern kletterte und kreischte: »Macht Platz für Abu el Kasim, den Freund der Armen, der soeben von einer Reise zurückgekehrt ist, die Allah gesegnet hat!«

So mußte Andy seine stimmgewaltige Last auf den Schultern tragen, und wir erregten viel Aufsehen, als wir durch die Straßen nach Abus Hütte trotteten, die unweit des Hafens stand. Hinter vergitterten Fenstern folgten uns neugierige Blicke, und bald hatten wir eine Horde fröhlich kreischender Straßenjungen auf den Fersen. Abu el Kasim warf ab und zu eine Kupfermünze unter sie, wobei er Gott und alle Gläubigen zu Zeugen seiner Freigebigkeit anrief.

Abu el Kasims Behausung war eine baufällige Lehmhütte, ein kleiner Laden, den er verriegelt und verrammelt hatte, angefüllt mit stinkenden Krügen. Auf dem Hof hielt ein schwachköpfiger Einfaltspinsel von Sklave Wache, der von Geburt taubstumm war. Nun begann er unter Grunzen und Fingerschnalzen zu erzählen, was während der Abwesenheit seines Herrn vorgefallen war, wobei er wiederholt den Saum von Abus schmutzigem Mantel küßte. Ich konnte nicht begreifen, wie ein Mann vom Schlage Abu el Kasims diesem Sklaven, der nicht einmal einen Namen hatte, weil er ihn ohnehin nicht hätte hören können, so viel Treue und Ergebenheit hatte einflößen können. Abu el Kasim behandelte ihn freundlich, obwohl er unbeholfen war, fortwährend etwas zerbrach und elende Mahlzeiten zubereitete. Ich war erstaunt über Abus Nachsicht. Er aber meinte: »Er paßt mir ausgezeichnet, denn er hört nichts, was in diesem Haus gesprochen wird, und kann nicht erzählen, was er gesehen hat. Überdies gibt er mir täglich Gelegenheit, Geduld und Selbstbeherrschung zu üben. Diese Eigenschaften sind in meinem gefährlichen Beruf unerläßlich.«

Als wir die miserable Behausung betreten und die beiden Stuben mit ihrem Fußboden aus gestampftem Lehm und den zerschlissenen Strohsäcken betrachtet hatten, zog Giulia den Schleier beiseite und klagte: »Habe ich die Qualen der Seekrankheit und die brennende Sonnenhitze ausgestanden, nur um an einem solchen Ort zu landen – ich, die ich guten Kukurrusch gegessen und die Gunst Sinans des Juden erworben habe? Wie konnte er mich einem so verächtlichen Kerl schenken?«

Sie konnte ihre Enttäuschung nicht verbergen, sondern machte ihr in lautem Jammern Luft. Abu el Kasim legte ihr tröstend die Hand auf die Schulter, und der Taubstumme, besorgt, da er sie weinen sah, fiel vor ihr auf die Knie und drückte die Stirn an den Boden. Giulia aber versetzte ihm einen Tritt mit ihrem roten Pantoffel, schüttelte Abu el Kasims Hand ab und kreischte: »Verkaufe mich auf dem Markt an jeden Beliebigen, aber komm mir nicht nahe, oder ich stoße dir einen Dolch in den Hals.«

Abu el Kasim rang die Hände, seine Augen aber funkelten, als er entgegnete: »Weh mir, Königin meines Herzens, wie kannst du so ungnädig zu mir sein? Ich fürchte, ich machte ein schlechtes Geschäft, als ich dich um deiner strahlenden Schönheit und der glorreichen Verschiedenheit deiner Augen willen von Sinan dem Juden erwarb. Vielleicht betrog mich der erbärmliche Jude, als er dein umgängliches Wesen pries und schwor, du könntest die Zukunft vorhersagen, indem du im Sand Schriftzeichen maltest.«

Giulia war so erstaunt, daß sie zu jammern vergaß; sie sagte: »Gewiß lehrte er mich, im Sande Linien zu ziehen und darüber zu sprechen, was ich darin erblicke; von Wahrsagerei und Zukunftsprophezeiungen aber sprach er kein Wort.«

Abu el Kasim antwortete: »Ja, und für mich sollst du im Sand zeichnen und darüber sprechen, was du darin siehst, denn du bist schöner als der Mond, und deine Rede ist süßer als Honig, und ich sehe schon, ich muß dir alle meine Geheimnisse eröffnen. Folge mir, aber verliere nie ein Sterbenswörtchen über das, was ich dir zeigen werde.«

Aus einem seiner Verstecke holte er einen in einen Lappen gewickelten Schlüssel und führte uns in seinen dunklen Speicher. Dort rollte er Fässer und Krüge beiseite und legte so eine schmale Tür frei; die schloß er auf und führte uns in ein Gemach. Darin hingen kostbare Teppiche an den Wänden und lagen auf dem Boden und standen eine Anzahl prächtig gearbeiteter Messing- und Kupfergefäße. Hierauf zog er einen Wandteppich beiseite und zeigte uns ein schmiedeeisernes Tor und dahinter eine Nische. Darin stand ein breiter Diwan und davor ein Pult mit dem

Koran darauf. Er öffnete das Tor mit einem eigenen Schlüssel und entzündete einen kleinen Kegel Myrrhe, die bald ihren blauen Rauch im Raum verbreitete. Dann hob er den Deckel einer eisernen Truhe und entnahm ihr ellenweise Samt und Brokat, Silbergefäße und eine Reihe schwerer Goldbecher. Ich konnte nur annehmen, er wolle durch diesen Aufwand Giulias Eitelkeit schmeicheln.

Giulia ward denn auch etwas besänftigt und gestand, sie würde sich vielleicht im Laufe der Zeit hier zu Hause fühlen können, nach so vielen Entbehrungen, die sie abgehärtet hätten.

»Aber du mußt mir den Schlüssel zur Gittertür geben«, forderte sie, »damit ich mich nach Belieben zurückziehen kann. Ich gestatte niemand, mich zu stören, während ich meditiere oder meine Schönheit pflege oder schlafe, und wenn du dir einbildest, du würdest je das Bett dort mit mir teilen, Abu el Kasim, so irrst du dich gewaltig.«

Abu el Kasim aber hörte nicht hin. Er spuckte auf einen Goldbecher, der seinen Glanz verloren hatte, und begann ihn mit einem Zipfel seines Mantels sorgfältig zu polieren. Auf seinen Wink brachte der Taubstumme Trinkwasser, darein Abu würzige Kräuter warf, die dem Wasser einen erfrischenden und durststillenden Geschmack verliehen. Nachdem wir getrunken hatten, forderte er uns auf, auf den Kissen Platz zu nehmen, während er ein großes Kupferbecken holte und es mit feinem Sand füllte.

»Hab Mitleid mit deinem Diener, grausame Delilah«, sagte er. »Seit dem Tage, da Sinan der Jude mir von deiner seltsamen Gabe erzählte, habe ich mich nach dieser Stunde gesehnt. Blicke mit deinen wundersamen Augen in den Sand, zeichne darin mit dem Finger, und sag mir, was du siehst.«

Wohlgerüche schmeichelten meiner Nase, im Innern spürte ich die Wärme des Getränkes, und wie ich so mit untergeschlagenen Beinen auf dem niedrigen Kissen saß, fühlte ich mich sonderbar schläfrig. Selbst mein Hündchen hatte in jenem dämmerigen Raum die Schnauze zwischen die Pfoten gelegt und seufzte zufrieden. Zweifellos fühlte auch Giulia die allgegenwärtige Mattigkeit, denn sie beugte sich ohne Widerspruch vor und zeichnete geistesabwesend Linien in den Sand. Sie sprach: »Ich sehe Straßen, Städte und das endlose Meer. Ich sehe auch drei Männer. Der eine ist dürr und häßlich wie ein Affe. Der zweite ist stark wie ein Turm, aber sein Kopf ist nicht größer als ein Taubenei. Der dritte gleicht einer Ziege mit kleinen Hörnern – sehr kleinen, aber scharfen Hörnern.«

Ich meinte, Giulia sage das alles, um uns zum besten zu halten. Doch allmählich änderte sich ihre Stimme, sie starrte sichtlich gebannt in den Sand, und ihr Finger bewegte sich, als sei sie sich der Figuren, die sie zeichnete, nicht bewußt. Abu el Kasim schwang das Myrrhebecken und sagte mit leiser Stimme: »Delilah, Delilah – Christin Giulia, sag mir, was du im Sande siehst!«

Auf Giulias glatter Stirne zeichneten sich nun Furchen ab. Sie stöhnte, und aus ihrem Munde kam eine rauhe, fremde Stimme. »Der Sand ist rot, wie von Blut – ich sehe einen siedenden Kessel und Leute darin – Krieger, Schiffe, Fahnen. Ich sehe einen Turban von einem dicken Kopf fallen – ich sehe einen Hafen – viele Schiffe laufen unter Kanonendonner in den Hafen ein.«

»Der Befreier kommt von der See«, sprach Abu el Kasim gedämpft. »Der Befreier kommt von der See, bevor noch die Feigen reif sind. Das ist wichtig, Delilah. Du siehst den Thronräuber auf seinem Thron, den Gotteslästerer, der Allahs Gebote mißachtet. Aber du siehst auch den Turban von seinem Kopf fallen, und du siehst den Befreier von der See kommen, bevor noch die Feigen reif sind.«

Giulia zeichnete eifrig im Sand. Plötzlich brach die fremde Stimme in Hohn aus: »Abu el Kasim in deiner Eselshaut! Warum treten deine blutenden Füße tausend Pfade, wo doch nur einer vonnöten ist? Du bist nur ein Fisch in Gottes Netz, und je störrischer du dich wehrst, um so aussichtsloser verwickelst du dich in seinen Maschen. Dein Leben ist nur ein Spiegelbild in einer Pfütze, deren ruhige Oberfläche schnell durch die Hand eines spielenden Kindes zerstört wird. Was täuschest du dich immer selbst, wo du doch keinen Frieden dadurch gewinnst, wie krampfhaft du auch vor dir selber fliehen und deine Gestalt wechseln magst?«

Abu el Kasim saß wie vom Donner gerührt und rief: »Im Namen Allahs des Barmherzigen! Ein böser Geist spricht aus diesem Weib; sie muß wahrhaftig den bösen Blick haben.«

Er entwand Giulia das Kupferbecken, obgleich sie es mit beiden Händen krampfhaft festhielt. Ihre Augen leuchteten wie Edelsteine in ihrem weißen Gesicht, und sie erwachte erst aus ihrer Entzücktheit, als Abu el Kasim sie schüttelte und mehrmals hin und her beugte. Dann kam wieder Leben in ihren Blick. Sie erhob sich plötzlich, versetzte ihm eine Ohrfeige und sagte: »Rühr mich nicht an, du widerlicher Affe! Wage es nicht, mir nahe zu treten, wenn ich so träume. Es geschieht oft. Es geschah mir schon vor langer Zeit, wenn ich in einen Tümpel oder einen Brunnen blickte. Und es tut mir wohl; mir ist, als befreite es mich von dem Fluch meiner Augen. Doch das ist kein Grund, mich schamlos zu belästigen. Laß mich ruhen, denn ich bin müde. Fort mit euch allen, laßt mich in Frieden.«

Sie jagte uns aus dem Gemach.

Abu el Kasim gab uns Decken und hieß uns für die Nacht Schlafstätten suchen. Dann ging er fort. Der Taubstumme brachte reines Stroh und bemühte sich nach seinen schwachen Kräften um uns. Gegen Abend begann er eine Brühe zu kochen, schnitt ein paar Stückchen Hammelfleisch klein, um sie zu rösten. Als Andy dies sah, schüttelte er traurig den Kopf und bemerkte: »Der arme Teufel kann sein Leben lang keine tüchtige Mahlzeit verdrückt haben. Wenn man ihm so zusieht, könnte man glauben, er wolle zwei Hühner und einen blinden Welpen füttern. Das mag für den dürren Abu reichen, für mich aber nicht.«

Er schob den Sklaven sanft beiseite, schürte ein tüchtiges Feuer, hängte den Kessel darüber und warf alle Fleischhappen und Fettbrocken, die er fand, hinein. Der unglückliche Taubstumme war entsetzt, als er sah, wie Andy alles Reisig und allen getrockneten Dünger, der so langsam und mühsam gesammelt worden war, auf das Feuer häufte. Als nun aber Andy sich anschickte, ein halbes Schaf zu zerschneiden und in den Topf zu werfen, faßte der Arme sich ans Handgelenk, und seine Augen schwammen in Tränen.

Da hörte ich meinen Hund draußen im Hof kläffen und fand ihn wie verrückt rundherum laufen, verfolgt von zwei schwarzen Hühnern. Rael suchte zwischen meinen Füßen Zuflucht, und ich bemerkte, daß er aus der Schnauze blutete. Darüber gewaltig erbost – denn Rael war ein friedliches Geschöpf und machte nie Jagd auf Geflügel –, griff ich mir eine Stange und drang ergrimmt auf die Angreifer ein. Der Hund half mir dabei, so gut er konnte. Andy erschien unter der Tür, um uns mit lauten Rufen anzufeuern, bis ich endlich die Vögel erwischen und ihnen den Hals umdrehen konnte.

Der Lärm hatte eine Schar Neugieriger ans Tor gelockt, aber Andy erhaschte flugs die Hühner und warf sie dem Sklaven zu, damit er sie rupfe. Der arme Teufel, der darob ganz von Sinnen geriet, gehorchte unterwürfig. Seine Tränen fielen auf die Federn. Er dauerte mich; doch meinte ich, er täte doch gut daran, sich unverzüglich an die neuen Verhältnisse zu gewöhnen.

Als die Sonne sank und der schwermütige Ruf des Muezzins vom Minarett der Moschee zu uns drang, tauchte Abu el Kasim die Finger in eine Schüssel mit Wasser und sprengte sich ein paar Tropfen auf Füße, Handgelenke und Gesicht. Dann entrollte er einen Teppich und sagte die Gebete her; auch ich kniete nieder und drückte zugleich mit ihm die Stirn an den Boden. Als wir gebetet hatten, schnupperte Abu el Kasim und meinte: »Laßt uns die Speise in Allahs Namen segnen und essen!«

Wir ließen uns im Kreis auf dem Boden nieder. Nun gesellte sich auch Giulia zu uns, rieb sich den Schlaf aus den Augen und streckte die schlanken Glieder. Als aber Andy den großen Kochtopf hereintrug, zog Abu el Kasim ein Gesicht, als hätte er in einen sauren Apfel gebissen, und sagte: »Ich habe nicht vor, alle Armen unseres Viertels zu verköstigen; wir sind auch keine Rotte Janitscharen. Wer ist schuld an diesem fürchterlichen Irrtum? Seht zu, daß es der letzte ist. Wenn ich nicht unseren ersten Abend einträchtig verbringen möchte, könnte mich die Wut pakken.«

Er tauchte die Hand in den Topf und zog ein Hühnerbein heraus, das er verblüfft anstarrte, während er es von einer Hand in die andere nahm und seine Finger blies.

»Allah ist wahrlich groß«, meinte er schließlich. »Ein Stück Hammelfleisch hat sich, scheint's, in einen Trommelschlegel verwandelt.«

Der Taubstumme fuchtelte nun mit den Armen und wies mit offenem Mund auf Andy, mich und den Hund, der unterwürfig in der Ecke saß und auf seinen Happen wartete. Als Abu el Kasim schließlich erfaßte, was vorgefallen war, verging ihm der Appetit ganz und gar, und er begann zu weinen.

»Allahs Fluch über euch, ihr habt meine beiden Hühner, Mirmah und Fatima, umgebracht! Weh, meine Hühner, meine Hühnchen, die mir so runde, braune Eier legten!«

Die Tränen liefen ihm über die Wangen in den schütteren Bart, und Andy sah unbehaglich drein. Ich aber fuhr auf: »Schilt nicht mit uns, Abu el Kasim, sondern mit deinen bösen Hühnern, die meinem Hund die Schnauze zerkratzten. Ich war es, der ihnen den Hals umdrehte, und wenn du nicht essen willst, kannst du fasten.«

Abu el Kasim fuhr fort, zu seufzen und sich die Tränen aus dem Bart zu wischen. Als er aber sah, wie rasch das Essen verschwand, vergaß er seinen Kummer und langte zu. Nachher klopfte er sich zufrieden den Bauch, warnte uns aber, wir würden ihn auf diese Art durch unsere Freßgier um Haus und Heim bringen.

Andy erwiderte: »Wozu sind verhungerte Sklaven nütze? Ich begnüge mich mit einfacher Kost, wenn sie nur reichlich ist. Gib uns ein halbes Schaf und einen Sack Mehl täglich, dann werden weder du noch ich zu klagen haben.«

Als Antwort raufte sich Abu el Kasim nur den Bart, und bald darauf legten wir uns zur Ruhe.

Am Tag darauf nahm uns Abu el Kasim nach dem Morgengebet mit und zeigte uns die Sehenswürdigkeiten der Stadt. Innerhalb ihrer Mauern standen viele dichtbewohnte Gebäude, in den schmalen Seitengassen konnten wir uns kaum an den Entgegenkommenden vorbeizwängen. Hier waren nicht nur Vertreter aller christlichen und muselmanischen Völker anzutreffen, sondern auch Juden und Griechen. Ich sah auch Reiter aus der Wüste, die Schleier vor dem Gesicht trugen.

Es gab dort viele schöne, von Mauern umschlossene Häuser und öffentliche Badestuben, die jedem offenstanden, ungeachtet seines Glaubens, seiner Hautfarbe oder seiner Mittel. Die Reichen bezahlten am meisten für ihre Bäder, während die Armen, im Namen des Barmherzigen, umsonst baden durften. Auf dem höchsten Punkt der Stadt erhob sich die Kasbah Selim ben Hafs' mit ihren ungezählten Bauten. Zu beiden Seiten des Haupteinganges waren Eisenhaken zu sehen, darauf man menschliche Köpfe und Gliedmaßen gespießt hatte. Das herrlichste aller Bauwerke aber war die große Moschee am Hafen. Die spanische Inselfestung beherrschte die Hafeneinfahrt, und Spanier mit Schwertern und Hakenbüchsen konnten ungehindert herüber und hinüber rudern oder sie stolzierten hochmütig inmitten des Volkes einher, das ihnen ausweichen mußte. Dies verletzte so manchen frommen Moslem, denn nach dem Gesetz des Korans durfte kein Gläubiger einem Ungläubigen ausweichen, sondern er sollte ihn anstoßen und auf die Straße drängen.

Unterwegs in der Stadt sammelte Abu el Kasim unter vielen Segenswünschen die Krüge, die, verborgen in den Getreidekörben der Bauern, in den Häusern ihm befreundeter Kaufleute eingetroffen waren, und wir trugen sie in sein Haus. Die Stadt war auf sehr einleuchtende und praktische Art in verschiedene Viertel geteilt, wo alle Geschäftszweige und jedes Handwerk ihre eigene Straße hatten. So waren die Kupferschmiede in einer Seitenstraße daheim, während Schneider, Gerber, Färber und alle anderen Handwerker jeder ihre eigenen Gassen bewohnten. Unser Haus stand in der Straße der Gewürzkaufleute und Arzneihändler. Diese gehörte zu den angeseheneren Durchgangsstraßen, weil darin sowohl reiche Kaufherren wie auch arme Händler wohnten, wie man an den Scharen von Bettlern und Krüppeln sehen konnte, die den ganzen Tag vor den Türen der Reichen kauerten und auf Almosen hofften.

Zu Mittag führte uns Abu el Kasim in die Moschee, in deren Vorhof ein Marmorbecken stand, in das frisches Wasser geleitet wurde. Wir vollführten die vorgeschriebenen Waschungen und betraten die Moschee, unsere Pantoffel in der Hand. Auf dem Boden lagen kostbare Teppiche, vom Dach hingen an kupfernen und silbernen Ketten viele Lampen herab, und verschiedenfarbige Säulen trugen die große Kuppel. Wir murmelten vor uns hin, was uns hergeführt habe, und ahmten im übrigen das Gebaren des Vorlesers nach, knieten nieder, wenn er kniete, und verbeugten uns, wenn er es tat. Nach den Gebeten führte uns Abu el Kasim in die Madrasseh oder Moscheeschule, wo Jünglinge unter der Anleitung graubärtiger Lehrer den Koran, die Pflicht des Menschen, die Überlieferungen und das Gesetz studierten. Abu el Kasim hatte uns mit sauberen Kleidern versehen und stellte uns nun einem älteren Mann mit weißem Bart vor. »Ehrwürdiger Ibrahim ben Adam el Mausili! Im Namen des

Barmherzigen bringe ich dir zwei Männer, die den Glauben gefunden haben und den rechten Weg einschlagen wollen.«

Von jenem Tag an besuchten wir nach dem Abendgebet die Konvertitenschule, um dort Arabisch und die sieben Säulen, Wurzeln und Zweige des Islams zu lernen. Nicht einmal die Freitage waren ausgenommen; denn die Moslems lassen zwar an diesem Tag ihre Arbeit oder ihr Geschäft im Stich, um den Mittagsgottesdienst zu besuchen, zählen aber keinen Tag als Ruhetag. In ihren Augen ist die christliche und jüdische Sabbatheiligung Gotteslästerung, weil sie auf der Vorstellung beruht, daß Gott nach der Erschaffung des Himmels und der Erde am siebenten Tag geruht habe. Die Moslems geben zu, daß Gott Himmel und Erde erschaffen hat; da er aber allmächtig ist, muß er es mühelos getan haben. Schon der Gedanke, daß er der Ruhe bedurft hätte, ist für sie Gotteslästerung.

Als der alte Lehrer Ibrahim ben Adam meinen echten Wissensdurst gewahr wurde, faßte er Zuneigung zu mir und erläuterte mir den Koran, so gut er konnte; oft blieb ich noch, nachdem die anderen gegangen waren, bis zum späten Abend. Er war überaus fromm und wurde nie müde, die heiligen Schriften zu lesen. Von ihm lernte ich, daß es innerhalb des Islam viele Richtungen gibt, deren Anhänger einander befehden. Diese Fragen aber störten meinen inneren Frieden nicht, weil ich den Koran mit Vorbehalt und lediglich aus Wißbegier studierte. Ich erkannte bald, daß die Christen an ihrer vermeintlich überlegenen Religion nur wenig hatten, worauf sie stolz sein konnten, denn dogmatische Streitigkeiten, Scheinheiligkeit, Heuchelei und die Übertretung der Fastengebote waren beiden Bekenntnissen gemeinsam.

Tagsüber half ich Abu el Kasim Tränklein mischen und Antimonpulver zu feiner Augenbrauenschwärze verreiben. Ich bereitete auch eine Farbe aus Indigo und Henna zu, die dem Frauenhaar einen blauschwarzen Ton verleiht. Indem wir Indigoblätter zu einem dicken Teig kneteten, erhielten wir ein Mittel, mit dem die Frauen ihre Augenbrauen dunkelblau färbten; denn Abu el Kasim erzählte mir, die feinen Damen Bagdads rasierten sich oft die ihnen von Allah gegebenen Augenbrauen weg, um sie durch blaue Linien zu ersetzen, die sie mit dem Stift zogen.

Die wichtigste Ware Abu el Kasims aber waren die Hennablätter, die er aus Marokko erhielt, wo sie dreimal im Jahr gesammelt wurden. Die Frauen befeuchteten sie und kneteten sie zu einem grünlichen Brei, den sie sich ins Gesicht rieben, um ihren Teint zu erfrischen und zu verjüngen; ältere Frauen konnten ohne diese Salbe nicht leben. Henna wurde auch zur Zubereitung einer Farbe für Nägel, Hände und Füße verwendet. Abu el Kasim hatte seine eigenen Methoden, diese herzustellen, wodurch er sie zu Preisen verkaufen konnte, die sich nach der Betuchtheit des Kunden richteten.

Er lehrte mich, etwas Zitronensaft und Alaun in den Hennabrei zu kneten und so eine orangefarbige Mischung zum Färben der Nägel zu bereiten. Er pflegte etwas davon mit Rosenwasser oder Veilchenessenz zu mischen, es unter verschiedenen Namen in verschiedene Töpfe zu füllen und die Preise nach der Anziehungskraft dieser Namen festzusetzen. Auf diese Art konnte er ein Vielfaches des Preises für die ursprüngliche Ware fordern. Eitle Männer färbten sich den Bart mit Henna, blonde Frauen konnten es benützen, um ihr Haar nach venezianischer Art feuerrot zu färben.

Andere Mittelchen bereitete er ganz selber zu, darunter die brennende »Paradiessalbe«, die eine Dirne, wie er erklärte, wieder zur Jungfrau machen konnte, auch wenn sie alle Hafenstädte Afrikas bereist habe und vierzig Jahre alt geworden sei. Als ich Abu seine Herzlosigkeit vorhielt, daß er die Armen beraube, indem er ihnen wertloses Zeug verkaufe, sah er mich mit seinen Affenaugen an und antwortete ernsthaft: »Michael el Hakim, du darfst mich nicht tadeln, denn indem ich dieses Zeug verkaufe, verkaufe ich mehr als nur seine Ingredienzien. Ich verkaufe Träume, und der Träume bedürfen die Armen mehr als die Reichen und Glücklichen. Alternden Frauen verkaufe ich Jugend und Selbstvertrauen. Außerdem wirst du bemerkt haben, daß ich bisweilen Henna und Rosenwasser für die Hochzeit eines armen Mädchens spende und mir so Verdienste erwerbe. Wirf mir also nicht vor, daß ich anderen Träume verkaufe, obwohl ich meinen eigenen ausgeträumt habe.«

Ich will mich nicht äußern, ob dies Recht oder Unrecht ist und ob es besser sei, unglücklich in der Wahrheit oder glücklich in einer Lüge zu leben. Wie dem auch sei, ich half Abu el Kasim, wo ich nur konnte, und es schmeichelte mir, als er anfing, mich El

Hakim, Arzt, zu nennen. Dazu kam es, als er nach einem arabischen Namen für mich suchte. Als er die Buchstaben von »Michael« oder »Mikhael« verschob, stieß er zu seiner eigenen Überraschung auf die Worte »El Hakim«.

»Das ist in der Tat ein Omen!« rief er aus. »Als Michael der Engel erwiesest du Sinan einen Dienst, indem du ihn bewogst, beim heiligen Buche Rat zu holen; als El Hakim der Arzt sollst du nun mir dienen. Möge die Verbindung uns beiden Glück bringen.«

Ich sah Sultan Selim ben Hafs zum erstenmal eines Freitags, als er die steile Straße von der Kasbah zum Mittagsgottesdienst in der Moschee herabgeritten kam. Ihm folgte eine Schar reichgekleideter Sklaven und eine Abteilung Bogenschützen, die mit aufgelegten Pfeilen die vergitterten Fenster und flachen Dächer der Häuser scharf beobachteten. Im Vorhof der Moschee machte Selim eine wegwerfende Bewegung, und ein Sack voll viereckiger Silbermünzen flog den Armen vor die Füße. In der Moschee leierte er nachlässig die Gebete herunter; dann saß er mit untergeschlagenen Beinen auf seinem Thron, während Abschnitte aus dem Koran laut vorgelesen wurden. So bot sich mir eine gute Gelegenheit, ihn zu beobachten und sein Gesicht zu betrachten. Ich kann nicht behaupten, daß es mich anzog, da es von Lastern entstellt war und sein Mund, aus dem der Geifer floß, offenstand. Er war in mittleren Jahren, sein Gesicht und der dunkle Bart glänzten von kostbaren Salben, seine blutunterlaufenen Augen unter den schweren, aufgedunsenen Lidern waren so leblos wie sein Mund. Abu el Kasim sagte mir, er sei ein Opiumesser. Auf seinem Rückweg in den Palast hielt Selim noch am Eingang, um zwei Hinrichtungen sowie das Durchpeitschen einiger Jünglinge mit anzusehen, die zu beiden Seiten des Tores an Pfähle gebunden waren. Er ließ sie peitschen, bis ihnen das Blut über den Rücken schoß, während er zusammengesunken mit herabhängender Unterlippe im Sattel hockte und stumpfsinnig zusah. Wenn die Hafsiden Algier dreihundert Jahre regiert hatten, dachte ich bei mir, so hatten sie wenigstens hundert Jahre zu lange regiert.

Die Stadt Algier gewann ich bald lieb – die Straße, in der ich wohnte, und die Leute, die mit mir sprachen. Diese fremdländische Stadt mit ihren eigentümlichen Gerüchen und Farben, den

Kohlenbecken, den Obstbäumen und den vielen Schiffen im Hafen glich einer Stadt aus einem Märchenbuch. Tag für Tag aß ich Hammelfleisch und kräftige Brühe. Oft pflegte Abu el Kasim seufzend seinen Geldbeutel aufzuschnüren und mir einige viereckige Silbermünzen zu geben; dann ging ich auf den Markt, um feiste Schneehühner zu kaufen, die Giulia, reichlich gewürzt, zubereitete.

Denn Giulia hatte sich allmählich mit ihrem Schicksal ausgesöhnt. Abu el Kasim schmeichelte ihr, indem er sie in den Bazar führte und ihr schön gearbeitete Armbänder und Fußspangen aus Silber kaufte. Zu meinem Ärger färbte sie ihr blondes Haar rot. Ihre Nägel, die Handflächen und die Füße bis hinauf zu den Knöcheln waren stets orangerot, und sie bemalte sich auch Lider und Brauen nach der Art der algerischen Frauen. Zu ihren Gunsten sei vermerkt, daß sie unserer Hauswirtschaft bald überdrüssig wurde und sie selbst in die Hand nahm, wobei sie Abu el Kasim bewog, das Haus herrichten zu lassen und selbst ein überdachtes Becken im Hof verlangte, so daß er für das Recht, Wasser aus dem städtischen Wasserturm zu beziehen, eine schöne Summe berappen mußte. Kurz, Giulia verlangte dieselben Annehmlichkeiten, wie unsere Nachbarn sie hatten, bis Abu el Kasim sich den Bart raufte und die Hände rang und in gelegentlichen Verzweiflungsausbrüchen auf die Straße lief und jedermann zum Zeugen anrief, wie die abscheuliche Wahrsagerin ihn zugrunde richte.

Die Nachbarn strichen sich schadenfroh die Bärte. Die einen meinten: »Abu el Kasim ist reich geworden«. Andere sagten: »Was für ein Fest, wenn Selim ben Hafs' Steuereinnehmer das nächste Mal unsere Straße besucht!« Nur die Mitleidigsten bemerkten: »Abu el Kasim ist ohne Zweifel verrückt geworden. Es wäre eine Wohltat für ihn und Allah wohlgefällig, ihn ins Narrenhaus zu bringen und ihm den bösen Geist aus dem Leib peitschen zu lassen.«

Mich überraschten diese Bemerkungen keineswegs, denn Andy pflegte ab und zu wutentbrannt den behenden Abu rund um den Hof zu jagen, bis er über die Mauer sprang und sich in der Senkgrube versteckte. Denn Abu el Kasim neckte und reizte Andy absichtlich jedesmal, wenn er auf dem Ringplatz hinter der Moschee unterlegen war. An solchen Tagen lief Andy mit verdrießlichem Gesicht umher, und wenn Abu ihm noch dazu mit einer Weinflasche vor der Nase herumfuchtelte und ihn aufforderte, einen Schluck zu tun und etwas Kraft zu sammeln, war es genug, und ich fürchtete oft, Andy würde Abu zerschmettern. Wenn sich aber genug teilnahmsvolle Zuschauer auf dem Hof eingefunden hatten und Andys Wut sich etwas gelegt hatte, pflegte Abu el Kasim gar übel riechend aus der Abflußröhre hervorzukriechen und sich Andy mit versöhnlichen Gesten zu nähern, seine Wadenmuskeln zu befühlen und den Nachbarn zu versichern, Andy werde ihm als Ringer noch ein Vermögen einbringen.

Als ich Abu zur Rede stellte, weil er Andy neckte, sah er mich erstaunt an und meinte: »Warum soll ich meinen Nachbarn das kleine unschuldige Vergnügen nicht gönnen? Außerdem ist es gut für meinen Bruder, denn sonst würde er nach einer Niederlage nur dasitzen und mürrisch vor sich hinbrüten, bis er Magenkrämpfe bekäme. So aber kann er seine Wut an mir auslassen und dadurch seinen Kampfgeist wieder auffrischen.«

Das war richtig, denn nach solchen Ausbrüchen beruhigte sich Andy schnell und verlachte Abu als törichten alten Narren.

Dann überredete Abu el Kasim ihn, sich der Länge nach auf eine Bank zu legen, und massierte ihm Arme und Beine, salbte seinen mächtigen Körper und rieb Heilsalben in seine Schrammen. Nun, da Andy den Glauben der Moslems angenommen hatte, mußte er einen neuen Namen bekommen. Abu el Kasim nannte ihn Antar, nach dem großen Helden der arabischen Märchen. Auf dem Bazar pries er Andys Kraft und Geschicklichkeit so laut, daß er die Neugier der Zuhörer erweckte und viele sich hinter der Moschee einfanden, um ihn ringen zu sehen. Wenigstens einmal in der Woche bestieg Abu Andys Schultern und ritt so auf den Markplatz, wo er jedermann laut herausforderte, mit dem unüberwindlichen Antar einen Gang zu versuchen. Da stand Andy, nackt bis auf ein Paar kurze Lederhosen, die ihm bis auf die Knie reichten, während Abu ihn mit Öl einrieb und geräuschvoll seine Muskeln pries. Unter denen, die auf der Schattenseite des Marktplatzes und im Säulengang der Moschee müßig herumlungerten, waren stets einige unbeschäftigte Gureschs, deren jeder einen Gönner oder Herrn hatte, der ihn verköstigte und Geld auf ihn setzte. Solche Wetten galten nicht als Glücksspiele, die der Koran verbietet, da ja der Ausgang nicht vom Zufall, sondern von der Kraft und Geschicklichkeit der Ringer abhing.

Diese Gönner waren die müßigen Söhne reicher Kaufherren und Reeder, deren Ahnen ihr Vermögen der Seeräuberei verdankten. Seit aber Selim ben Hafs aus Angst vor dem Großsultan sich mit den Spaniern verbündet hatte, hatte die Seeräuberei aufgehört, und so hatten diese jungen Männer nichts zu tun. Sie verbrachten die Tage in den Bädern und die Nächte bei verschwiegenen Weingelagen mit Tänzerinnen. Ihre entnervten Sinne suchten sie aufzustacheln, indem sie das Ringen förderten. Viele Ringer waren rauhe Burschen, die aus Faulheit dieses Leben gewählt hatten. Bisweilen, wenn sie sich unterlegen fühlten, pflegten sie die Zähne ins Ohr eines Gegners zu graben und es abzubeißen. Daher mußte Andy auf der Hut sein, und Abu schor ihm, ungeachtet seines Jammerns und seiner Hinweise auf das unheilvolle Geschick Samsons, den Kopf, so daß kein Gegner ihn an den Haaren packen konnte.

Als ich zum erstenmal mit Andy und Abu el Kasim auf den Marktplatz ging, war ich entsetzt über den Anblick dieser fürchterlichen halbnackten und schweißtriefenden Ringer, die sich gelenkig hielten, indem sie Griffe aneinander ausprobierten und einander zu Boden zwangen. Es waren große, fette Männer mit prallen Muskeln. Jeder von ihnen hätte mir wohl mit einem Stoß mit dem Zeigefinger die Rippen brechen können.

Abu el Kasim aber erregte großes Aufsehen, indem er wie ein Affe schnatterte und kreischte: »Ist einer hier, der mit dem unüberwindlichen Antar zu ringen wagt? Seine Knie gleichen den Säulen in der Moschee, sein Rumpf ist ein wahrer Turm. Er ist unter Götzendienern in einem Land fern im Norden aufgewachsen und abgehärtet durch Schnee und Eis, die das Land jahrein, jahraus bedecken — Eis, das ihr Faulpelze nur als Eisstückchen in eurem Sorbet kennt.«

So plapperte er eine Weile fort; dann kletterte er von Andys Schultern herab, breitete ein Tuch auf den Boden und warf eine viereckige Silbermünze als Belohnung für den Sieger darauf, wobei er laut Allah zum Zeugen für seine Freigebigkeit anrief. Darüber erhob sich schallendes Gelächter, das wieder andere eilends auf den Schauplatz lockte, während die reichen Gönner sich die Seiten hielten und riefen: »Du hast, scheint's, wenig Vertrauen in deinen Antar – kein Wunder, er sieht ja so schwerfällig aus wie ein Ochse!«

Allein die Neugierigen fingen an, Münzen auf das Tuch zu werfen, bis ein Häufchen Silber und sogar ein paar kleine Goldmünzen dort lagen. Die Ringer sahen nachdenklich von dem Geldhäufchen auf Andy und wieder auf das Geld, sammelten sich im Kreis, einer die Hände auf des anderen Schultern, und schnatterten, bis einer von ihnen sich zu einem »guten« Gang mit Andy bereit erklärte. Beim »guten« Ringen durften die Gegner einander keine absichtlichen dauernden Verletzungen zufügen, während beim »scharfen« Ringen alles erlaubt war. Bei »scharfen« Gängen konnte man ein Auge oder Ohr verlieren, und Berufsringer ließen sich nicht gerne darauf ein.

Nun gingen Andy und sein Gegner aufeinander los. Andy wandte die Griffe an, die Mussuf der Neger ihm beigebracht hatte, und schleuderte seinen Mann über die Schulter und mit dumpfem Krach zu Boden. Um den Unterlegenen aufzumuntern, warfen die Umstehenden weitere Münzen auf das Tuch, aber Andy warf ihrer drei nacheinander – kein übles Kraftstück für einen Anfänger. Beim vierten aber erging es ihm übel, denn nach längerem Kampf glitt er aus und fiel, so daß sein Partner einen Arm unter seine Schulter und über seinen Hals schieben und ihn niederzwingen konnte.

Abu el Kasim stieß Angstschreie aus und weinte, als hätte er nicht nur die eine Silbermünze, die er hingeworfen hatte, sondern eine runde Summe verloren. Andy aber rieb sich den schmerzenden Hals und sagte: »Ich hoffe nur, daß Mussuf mich richtig unterwiesen hat; ich kann mit diesen schlüpfrigen Burschen nicht fertig werden, obwohl ich ohne Zweifel stärker bin als sie.«

Er blieb, ein buntes Tuch über die Schultern, sitzen, und beobachtete aufmerksam die folgenden Kämpfe. Ich glaube, er lernte viel daraus, denn die Ringer gaben nun, angesichts der beträchtlichen Summe, die sich auf dem Tuch angehäuft hatte, ihr Bestes. Als Sieger ging ein gewisser Iskender hervor, der auch nicht furchterregender aussah als die übrigen, obwohl seine Schultern so breit wie ein Backofen waren und ein leichterer Mann ihn nicht von der Stelle bringen konnte. Andy betrachtete ihn mit weitaufgerissenen Augen und meinte: »Dieser Iskender ist kein

Dummkopf und wird einen Gegner so recht nach meinem Sinn abgeben, wenn ich einmal so weit bin. Aber ich habe heute genug gesehen, um zu wissen, daß ich noch viel lernen muß.«

Er ließ sich durch seine erste Niederlage nicht entmutigen. Ja sie erwies sich sogar als Vorteil, denn die übrigen Gureschs nahmen ihn um so bereitwilliger als einen der ihren auf. Iskender gab ihm aus dem Haufen Geld, den er gewonnen hatte, vier Silberstücke und erklärte, Andy habe sie redlich verdient; denn die Sitte erforderte, daß der Sieger den Gewinn mit den übrigen Bewerbern teilte.

Das ausgesetzte Geld war jedoch der geringste Betrag, der bei solchen Anlässen den Besitzer wechselte. Unter den Zuschauern wurden hohe Wetten abgeschlossen, sei es auf einzelne Gänge oder auf den Endsieg; dieser war keineswegs schon vorher abzusehen. Selbst der hervorragendste Ringer konnte, wenn er aus zehn oder fünfzehn aufeinanderfolgenden Begegnungen mit starken Partnern siegreich hervorgegangen war, nie sicher sein, ob er einem vielleicht Schwächeren, der frisch in den Kampf ging, den Endsieg entreißen konnte. Die Ringer und ihre Gönner hielten zur Bestimmung der Reihenfolge der Bewerber an verschiedenen Tagen einen festen Plan ein, der die Aussichten ausglich und das Endergebnis sehr ungewiß machte. Wenn daher ein Neuling nur nach dem Äußeren der Ringer wettete, ohne die Reihenfolge zu kennen, in der sie antreten mußten, konnte er sich gewaltig dabei verrechnen.

Zuschauer und Gönner wandten nun Andy erhöhte Aufmerksamkeit zu, und bald war er es, der den Haufen Geldes einstrich. An jenem Tag kannte Abu el Kasims Freude keine Grenzen. Er sprang auf und nieder, flog dann mit ausgebreiteten Armen auf Andy zu und drückte ihm einen schallenden Kuß auf den Mund, so daß Andy aufheulte, ausspuckte und ihn wieder im Bogen unter die Zuschauer schleuderte, die ihn unter jubelndem Gelächter mit ausgestreckten Armen auffingen. Abu el Kasim legte sogleich den vorgeschriebenen Teil seines Gewinnes in Almosen an, wobei er sich über seine eigene Großmut sehr gerührt zeigte. Den Rest des Geldes aber verknotete er sogleich in ein Bündel und preßte es an die Brust, wobei er laut fragte, wo er eine eiserne Truhe hernehmen solle, um es darin sicher aufzubewahren.

Verglichen mit seinem wirklichen Vermögen war der Betrag

gering, doch er liebte es, Armut zu heucheln und die Leute mit seiner Angst vor dem Steuereinnehmer zu unterhalten. Es dauerte schließlich auch nicht lange, und ein dicker, atemloser Mann erschien in unserer Behausung. Er stützte sich auf seinen Amtsstab und sah sich unter seinem großen, überquellenden Turban um. Bei seinem Anblick duckte sich Abu el Kasin, rang die Hände und sprach: »O Steuereinnehmer Ali ben Ismail, warum verfolgst du mich? Keine drei Monate sind seit deinem letzten Besuch vergangen, und ich bin ein armer Mann.«

Er sprang eilends herbei, Ali ben Ismail zu stützen. Ich nahm den anderen Arm des Besuchers, und gemeinsam geleiteten wir ihn zu seinem Platz auf dem breitesten Kissen im Hause. Als er sich niedergelassen und wieder Atem geschöpft hatte, lächelte er traurig und hob an: »Abu el Kasim! Der Herrscher Algiers und der See, der König zahlloser Berberstämme, Allahs Vertreter und Befehlshaber in dieser Stadt – kurz, Sultan Selim ben Hafs – hat geruht, dir sein Augenmerk zuzuwenden. Du bist reich geworden. Du hast Wasser in deinen Hof leiten lassen und deine Gemächer neu eingerichtet. Kostbare Teppiche wurden hier gesehen, ja sogar Silberbecher, die der Koran verbietet. Du hast drei neue Sklaven gekauft: der eine bringt dir als Ringer ungeheure Summen ein, die zweite ist eine unbeschreiblich schöne Frau mit Augen von verschiedener Farbe, die seltsame Dinge im Sande erblickt, so daß selbst die Frauen des Harems nun das öffentliche Bad aufsuchen, um sie die Zukunft voraussagen zu hören; der dritte verdient dir gewaltige Summen als Quacksalber – zweifellos dieser ziegenähnliche Kerl, der hier steht und mich anglotzt. Ich höre auch, daß Leute aus entlegenen Dörfern zu dir kommen und dir bringen, was du ›billige Ambra‹ nennst. Durch solche falsche Bezeichnungen beschwindelst du deine Kunden.«

Abu el Kasim bestritt aufs eifrigste die Beschuldigungen. Der Steuereinnehmer aber versetzte ihm mit seinem Stab eins an den Kopf und sagte erzürnt: »Das habe ich gehört, und ich würde ihm wenig Aufmerksamkeit schenken, wäre es niemand anderem zu Ohren gekommen als mir. Ich bin ein gutmütiger Mensch und hasse es wegen meiner Leibesfülle, die Straßen entlangzutrotten. Aber Sultan Selim ben Hafs hat auch davon gehört, was mich in schlechtes Licht gebracht hat. Ich bin dir böse, Abu el Kasim. Bisher habe ich mich mit zehn Goldstücken jährlich begnügt, und du hast mich schändlich betrogen, meine Freundschaft und meinen Schutz für nichts achtend. Nun sind wir beide in Nöten, weil der Sultan dir eine besondere Steuer von tausend Goldstücken auferlegt hat.«

»Tausend!« wimmerte Abu el Kasim. Er warf Turban und Mantel zu Boden und fing an, halbnackt umherzuhüpfen, wobei er in seiner Wut Krüge und Körbe umstieß. »Tausend! So viel ist die ganze Straße nicht wert. Allah hat offenbar Selim ben Hafs den Rest seines Verstandes geraubt. Bis ich selbst ein Zehntel davon beisammen hätte, wäre ich ein zahnloser Greis!«

»Sagtest du ein Zehntel?« rief der Steuereinnehmer erstaunt. »Hundert Goldstücke? Dann ist Allah in der Tat groß, und ich habe meinem Herrn eine Gans gefunden, die ganz unerwartet goldene Eier legt. Du überraschst mich. Ich scherzte nämlich nur, weil ich neugierig war, von deinem wachsenden Vermögen zu hören.«

Abu el Kasim hatte unvermittelt von seinem Getue abgelassen. Nun sagte er mit einem boshaften Funkeln in den Augen: »So. Du hast mich zum besten gehalten. Dann will ich deiner Frau eine Paradiessalbe geben, daß du, wenn du sie umarmt hast, in Krämpfen stirbst, mit Schaum vor dem Mund.«

Steuereinnehmer Ali ben Ismail schwitzte leicht; seine Augen blickten kalt, als er in rauhem Ton erwiderte: »Nimm dir den Scherz nicht zu Herzen, mein lieber Abu. Es ist nun einmal meine Pflicht. Mir ist befohlen worden, deinen Haushalt genauer zu prüfen, weil Selim ben Hafs, gelobt sei sein Name, Geld braucht, um wieder zwei Knaben zu kaufen. Laß uns daher die Sache gütlich abmachen, wie gewöhnlich. Du hättest nichts davon, wenn ich entlassen und durch einen schmächtigeren, hungrigeren Mann ersetzt würde, den du mästen müßtest.«

Abu stiegen schwere Bedenken auf, als er hörte, daß sein Vermögen das Stadtgespräch bildete. Doch er sagte nur: »Verflucht sei Selim ben Hafs. Er hat schon dreißig junge Knaben in seinem Harem und mindestens ebenso viele Frauen. Soll ich armer Teufel seine ausschweifenden Vergnügungen bezahlen? Höre nun einen bemerkenswerten Traum, den ich hatte: Ein Befreier kam von der See, bei seiner Ankunft wurden die Steuereinnehmer in Fesseln durch die Stadt geführt und an jeder Straßenecke verbleut.«

Der dicke Beamte schwitzte mehr als zuvor und hob den Finger, um Abu zum Schweigen zu bringen.

»Solche Träume sind gefährlich«, sagte er, »und ich kann mir nicht denken, wieso auch so viele andere von ihnen heimgesucht wurden. Im Namen des Barmherzigen, lieber Abu, laß ab, deine Träume auszuposaunen! Vergiß nicht, daß sogar wir Steuereinnehmer arme Teufel sind.«

Nach langem Feilschen erklärte sich Ali ben Ismail bereit, fünfzig Goldstücke zu nehmen, und meinte: »Ich weiß, daß du den Verlust dieser großen Summe fühlen wirst, und rate dir, ihren Gegenwert in Silbermünzen und Bechern und den Armbändern deiner Sklavin bereitzustellen. Trag dies alles zur Schatzkammer, damit es dort gewogen werde, so daß jedermann sieht, wie ich dich bis aufs Hemd ausgezogen habe.«

Kein Vorschlag hätte Abu willkommener sein können. Er trug Gefäße und Münzen im Wert von fünfzig Goldstücken zusammen, half Ali auf die Beine, und dann brachen sie auf. Voran schritt der Steuereinnehmer, keuchend und auf seinen Stock gestützt, während ihm der Schweiß über die fetten Wangen lief. Ihm nach trippelte Abu el Kasim, nur mit einem schmutzigen Turban und einem Lendentuch bekleidet, das Bündel auf dem Rücken. Im Gehen schrie und jammerte er und stieß herzzerreißende Rufe zu Allah aus, so daß selbst die Nachbarn Mitleid fühlten. Diesmal waren seine Tränen echt, denn fünfzig Goldstücke waren selbst für ihn ein schönes Stück Geld.

Vor der Gebetsstunde jedoch kehrte Abu el Kasim wohlzufrieden von der Schatzkammer zurück. Er wusch sich, legte saubere Kleider an, verrichtete seine Andacht und sagte: »Das Geld ist auf guten Boden gefallen, denn selbst die Schreiber hatten Mitleid mit mir, als sie sahen, daß ich die Armbänder meiner Sklavin hingeben mußte, und heute abend ist die ganze Stadt in Aufruhr über Selims Raubgier. In allen reichen Häusern werden heute bis spät in die Nacht die Lampen brennen, während die Besitzer ihre Schätze unter den Fliesen vergraben.«

Immerhin hatte aber die Schatzkammer ein Wunder gewirkt, indem sie Abu el Kasim fünfzig Goldstücke entrissen hatte. Wenige Tage darauf sprach mein weißbärtiger Lehrer zu mir:

»Ich habe deine guten Anlagen zum Lernen gelobt, und der Faqih selbst will dein Angesicht sehen.«

Das war die größte Ehre, die mir zuteil werden konnte, denn der Faqih war der gelehrteste Mann der Schule und ein gründlicher Kenner der Zweige der *fiqh* oder Jurisprudenz. Als Mufti war er berechtigt, in allen das Gesetz betreffenden Fragen, wo Ungewißheit oder Zweideutigkeit herrschten, einen Erlaß, eine *fatwa* genannt, herauszugeben. Er stand beim Herrscher in hoher Gunst, weil er aus seiner Kenntnis des Korans, der Sunna und *fiqh* Vorteil gezogen und in unliebsamen Angelegenheiten für den Sultan günstige Entscheidungen gefällt hatte. Im Vergleich zu ihm war mein Lehrer ein armer Mann, dessen einziges Verdienst es war, den Koran auswendig zu wissen und die Neubekehrten unterrichten zu können.

Ich fürchtete mich, diesem großen Mann gegenübertreten zu müssen, hatte ich doch erst allmählich den Reichtum der arabischen Sprache erkannt und gelernt, auf wie viele Arten man den Koran lesen konnte, mit wie vielen Wörtern man ein und denselben Gedanken ausdrücken und wie vielfältig man ein Wort auslegen konnte. Mein Lehrer zählte fünfzig Wörter für »Kamel« und nicht weniger als hundert für »Schwert«, um all die verschiedenen Arten dieser Waffe zu bezeichnen.

Der Faqih saß, sein Schreibzeug vor sich, in einem Gemach mit vielen Büchern und Lesepulten. Neben sich hatte er einen Krug Datteln stehen. Von Zeit zu Zeit nahm er eine heraus, sog daran, spuckte den Kern vor mich auf den Boden, leckte sich dann die Finger und nahm einen Schluck Wasser aus einem Becher. Da ich sah, daß er eben der Ruhe und Entspannung pflegte, faßte ich Mut und grüßte ihn ehrerbietig.

»Ich habe gehört«, sagte er freundlich, »daß du ein gelernter Arzt aus den fränkischen Ländern und eifrig bestrebt bist, ein guter Moslem zu werden. Erzähle mir also von deinem Herrn, deinem Propheten und deiner Richtschnur.«

Das war mir alles wohlbekannt. Ich antwortete: »Allah, der eine Gott, ist mein Herr, und Mohammed ist sein Prophet, gelobt sei sein Name. Der Koran ist meine Richtschnur, die Tugend der Weg meines Geistes, die Sunna mein Pfad.«

Er nickte beifällig, strich sich den Bart, der ihm bis an den Gürtel reichte, und fragte: »Was ist der Schlüssel zum Gebet?«

Auch diese Frage war leicht, und ich antwortete prompt: »Der Schlüssel zum Gebet ist fromme Läuterung; der Schlüssel zur Läuterung ist das Bekenntnis zum Namen Gottes; der Schlüssel zum Bekenntnis ist der unerschütterliche Glaube; der Schlüssel zum Glauben ist die Wahrheit; der Schlüssel zur Wahrheit ist die Hoffnung; der Schlüssel zur Hoffnung ist der Gehorsam, und der Schlüssel zum Gehorsam heißt: *Allah, der Allerhöchste, ist der einzige Gott und ihn bekenne ich.*«

Wieder nickte er und fragte: »Wie vollziehst du die Läuterung, wenn du dich zum Gebet vorbereitest?«

»Man hat mich gelehrt, daß es sechs Erfordernisse für die teilweise Waschung gibt: die Ankündigung der Absicht, die Waschung des Gesichts, der Hände und der Arme bis zu den Ellbogen; das Abtrocknen des Kopfes und die Fußwaschung bis zu den Knöcheln, alles in der vorgeschriebenen Reihenfolge. Folgende zehn Verrichtungen aber sind verdienstlich: die Hände zu waschen, bevor man sie ins Becken taucht; den Mund zu spülen; die Nase zu spülen, indem man Wasser aufschnupft; den ganzen Kopf zu waschen und die Ohren außen und innen zu säubern; den Bart mit den Fingern zu kämmen; Finger und Zehen zu spreizen, während man sie wäscht; die rechte Hand und den rechten Fuß vor der linken Hand und dem linken Fuß zu waschen, und dies alles dreimal hintereinander zu wiederholen.«

Der Faqih sog mit halbgeschlossenen Augen an seinen Datteln.

»Was wiederholst du nach der Waschung?«

»Nach der Waschung spreche ich: ›Ich bezeuge, es gibt keinen Gott außer Allah. Er ist eins und unteilbar, und Mohammed ist sein Diener und Prophet. O Herr, laß mich unter den Reuigen, laß mich unter der Schar der Reinen sein. Lob sei Allah! Zu seiner Herrlichkeit verkünde ich, es gibt keinen Gott außer ihm. Vor seinem Angesicht flehe ich um Gnade und bereue meine bösen Taten.‹ Nach der heiligen Überlieferung hat der Prophet mit eigenem Munde verkündet: ›Wer diese Worte nach jeder Waschung spricht, dem stehen die acht Tore des Paradieses offen; er darf eintreten, durch welches er will.‹«

So endete ich, wohl zufrieden mit mir selbst, daß ich diese wichtigen Gebete hatte hersagen können. Der Faqih aber schlug plötzlich die Augen auf, spuckte einen Dattelkern aus und sagte zornig: »Du leierst die heiligen Worte wie ein Papagei daher und plapperst vom Paradies, wo du noch nicht einmal beschnitten bist.«

Ich schluckte. Viele Renegaten unterzogen sich schon nach einer oder zwei Stunden der Unterweisung der Beschneidung, um sie hinter sich zu haben. Ich aber hatte gezögert, mich dieser unangenehmen Prozedur zu unterwerfen, in der Hoffnung, sie ganz vermeiden zu können.

Nachdem er mich so gründlich erschreckt hatte, fuhr der Faqih triumphierend fort: »Wären dir deine Worte statt von den Lippen aus dem Herzen gekommen, so hättest du dich längst durch das äußere Zeichen der Beschneidung dem Islam ergeben. Der Islam fragt nicht nach des Menschen Heimatland noch nach seiner Hautfarbe, denn in diesem Zeichen sind alle Völker und Farben vereint. Doch du bist nur ein Sklave, und vielleicht trägt dein Herr Schuld an der Unterlassung. Er ist, höre ich, ein reicher Arzneihändler namens Abu el Kasim und besitzt eine christliche Sklavin. Ihre Augen sollen von verschiedener Farbe sein, und sie kann daher kommende Ereignisse in einem Sandbecken lesen. Ich höre auch, daß die Frauen des Harems ins öffentliche Bad laufen, um sie zu treffen und sie für ihre Wahrsagerei reich zu belohnen. Ist das wahr?«

»O ehrwürdiger und gelehrter Faqih«, rief ich, »möge Allah in seiner Gnade mich davor bewahren, zur Badezeit der Frauen im öffentlichen Bad zu spionieren!«

»Weich mir nicht aus! Ich habe gehört, daß es so ist. Ob aber ihre Gabe von Allah oder vom Teufel stammt, oder ob sie eine Gauklerin ist, dein Herr muß eine *fatwa* für sie haben oder aber sie einsperren.«

Ich war erschüttert über seine Habgier; so blickte ich denn, bar jeder Ehrfurcht, zu ihm auf und erwiderte: »Mein Herr mag vergessen haben, doch wird er, wenn er von dir die erforderliche *fatwa* erhalten hat, gewiß eine seinen Mitteln entsprechende Gabe anbieten. Aber der Steuereinnehmer hat ihn ausgepreßt wie eine Zitrone. Nicht einmal mit Gewalt könntest du mehr als zwei Goldstücke von ihm herausbekommen.«

Tränen der Entrüstung stiegen mir in die Augen, als ich überlegte, welch gemeine Betrüger es auf der Welt gab. Der Faqih aber hob das Haupt und sprach: »Bevor ich diese *fatwa* ausstelle, muß ich die Sklavin sehen; sie darf aber keinen Anstoß erregen, indem sie hieherkommt. Nach dem Abendgebet am Freitag werde ich Abu el Kasims Haus besuchen, und er darf mich nicht mit den mir zukommenden Ehren empfangen. Ich werde heimlich, mit verhülltem Gesicht, kommen. Bring Abu el Kasim diese Botschaft. Vielleicht werde ich mich mit fünfzig Goldstücken begnügen, denn Allah ist gnädig und barmherzig.«

Ich überlegte, was er wirklich vorhatte, weil ich mich an den Brauch aller Bekenner des Islams, nie offen zu sprechen, gewöhnt hatte. Abu el Kasim aber war entzückt über die Botschaft und meinte: »Es geht alles besser, als ich hoffen durfte, und Sinan der Jude war wahrhaftig klug, mir so gute Köder für meine Angelhaken zu verschaffen. Für die Arbeit des heutigen Tages will ich dir einen neuen Turban und einen weißen Burnus schenken und mir so Verdienste erwerben.«

Ich fragte überrascht: »Wie kannst du frohlocken, daß dieser habgierige Faqih kommt, um dich zu berauben?«

Abu el Kasim erwiderte: »Natürlich will er Geld. Er ist auch nur ein Mensch. Doch seine Neugier ist ebensogroß wie seine Habsucht. Er muß zweifellos gehört haben, was für Visionen unsere Delilah im Sand erblickt, und will nun selbst nachsehen, wie der Wind weht, damit er vor dem Sturm alles sicher einheimsen kann.«

Als der Freitag kam, wies Abu el Kasim Giulia an, einige Schneehühner zu braten und mit Pfeffer, Nelken und Muskatnuß nicht zu sparen. Ich kaufte süßen Kuchen beim Pastetenbäcker und füllte eine Schale mit Obst und Süßigkeiten, welch letztere ich mit einem Pulver bestreute, das ihnen einen brennenden Geschmack verlieh und den Durst anregte. Abu kühlte das Trinkwasser und versetzte es mit scharfen Gewürzen. Dann – die wichtigste aller Vorbereitungen – erklärte er Giulia, was sie zu sagen hatte, und warnte sie davor, sich der Gewalt böser Geister zu überlassen und wertlose Gesichte zu haben.

Nach dem Abendgebet kam, das Gesicht hinter einem Zipfel seines Mantels verborgen, der Faqih und pochte mit seinem Stab an die Tür. Bei seinem Eintritt schnupperte er freudig die Wohlgerüche, zog seinen Bart, den er unter den Gürtel gesteckt hatte, hervor, strich ihn und bemerkte vorwurfsvoll: »Gebet ist besser als würzige Speisen, und es täte mir leid, wenn du meinetwegen

Umstände machtest, Abu el Kasim. Ein paar Feigen und eine Schale Wasser genügen mir.«

Dennoch ließ er sich nach vielen wortreichen Einwänden die Schüsseln vorsetzen und aß langsam und bedächtig, bis sie leer waren. Abu el Kasim bediente ihn und goß ihm Wasser über die Hände. Dann bot er ihm einen schöngestickten seidenen Beutel mit den Worten: »Diese Börse enthält zwanzig Goldstücke, die du hoffentlich als Geschenk annehmen wirst. Glaube mir, das ist alles, was ich habe, aber ich will nicht unterlassen, dir weitere Gaben aus freien Stücken anzubieten, wenn ich mehr habe. Nun habe ich da eine Sklavin, über die ich deinen Rat einholen möchte, um vor jedem Verstoß gegen das Gesetz sicher zu sein. Ihre Augen sind von verschiedener Farbe, und sie erblickt sonderbare Dinge im Sand.«

Der Faqih nickte, wog den Beutel in der Hand und steckte ihn nachdenklich in den Gürtel. Abu el Kasim führte Giulia an der Hand herein, zog ihren Schleier beiseite und hob eine Lampe hoch, damit der Faqih besser sähe.

»Allah ist groß«, meinte der voll Staunen. »Nie habe ich dergleichen gesehen. Aber bei Gott ist alles möglich – und es käme fürwahr persischer Ketzerei gleich, wollte man behaupten, die bösen Geister seien mächtiger als Allah und könnten ein solches Wunder gegen den göttlichen Willen wirken.«

Der Kosten nicht achtend, warf Abu el Kasim etwas echte Ambra auf das Becken; dann goß er feinen Sand in eine große Kupferschüssel und befahl Giulia, darin mit dem Finger zu zeichnen. Wie sie so in die Schüssel schaute, verfiel sie in Verzückung und begann mit fremder Stimme zu reden. Ich aber war nun daran gewöhnt und glaubte ihr weder, noch fürchtete ich sie.

»Ich sehe wogende Gewässer . . . Aus der See steigt die Fahne des Propheten empor. Wahrhaftig, die Fahne des Propheten steigt aus den Wellen empor, und der Befreier kommt von der See.«

»Sprichst du zu mir, Heidin?« fragte der Faqih erstaunt. »Ich verstehe dich nicht, denn die Fahne des Propheten wird im Serail des Großsultans aufbewahrt.«

Ohne auf ihn zu hören, fuhr Giulia rasch und ernst fort: »Aus der See kommen zehn Esel mit silbernen Zäumen und silbernen

Glöckchen. Zehn Kamele folgen – die Kamele tragen goldene Sättel und sind mit Geschenken für dich, o Faqih, beladen. Ich sehe Gewässer voller Schiffe. Sie sind mit Beute beladen und laufen in den Hafen ein. Aus ihrer Beute werden die reichen Spenden in die Moschee gebracht; die Jäger der See opfern freigebig von ihrer Beute und bauen herrliche Moscheen und Brunnen. Der König der See gründet Schulen und Spitäler und stattet sie reich aus, und der Lehrer soll unter seiner Herrschaft nicht Not leiden. Aber Faqih, Faqih! Bevor dies alles geschieht, fließt Blut.«

Der Faqih hatte gespannt zugehört. Nun aber fingerte er unbehaglich seinen Bart und meinte: »Blut? Törichtes Weib, siehst du in der Tat Blut? Wenn ja, so fürchte ich, ein böser Geist spricht durch deinen Mund.«

»Ich sehe Blut«, fuhr sie fort. »Eine kleine Lache schwarzen, üblen Blutes, das nicht einmal den Saum deines Mantels befleckt – es bleibt an deinen Schuhen haften. Darum wechselst du die Schuhe – du wirfst die alten fort und ziehst neue an – neue Schuhe von rotem, parfümiertem Leder. Sie sind mit kostbaren Steinen geschmückt – von jenem Tag an gibt es keinen reicheren Faqih als dich. Dein Name fliegt über die Meere, und die Fahne des Propheten schützt dich vor dem Zorn der Ungläubigen. Dies alles sehe ich im Sande, o Greis, aber nicht mehr – es sei denn ein Sarg aus Zedernholz mit einem Turban darauf, zu dem Pilger im Gedenken an den großen Faqih aus weit entlegenen Ländern wallfahren und beten und so Verdienste erwerben.«

Giulia bedeckte die Augen mit beiden Händen und stöhnte, als hätte sie einen üblen Traum gehabt. Der Faqih aber war über das Gerede von dem Sarg keineswegs verstimmt; die Prophezeiung schmeichelte ihm im Gegenteil, und er sagte: »Diese Vorhersagen sind bemerkenswert, doch glaube ich kaum, daß wir ihnen viel Glauben zu schenken brauchen. Sie haben mehr mit dir zu tun, Abu el Kasim, als mit mir, und ich weiß kaum, was ich davon halten soll; denn ein armer Arzneihändler würde kaum zwanzig Goldstücke bloß für einen guten Rat bezahlen. Wir wollen nicht länger auf den Busch klopfen; entlaß deine Sklaven, damit wir allein reden können und nur Allah uns hört.«

Abu el Kasim schickte uns sogleich fort und versperrte die Tür; Andy stellte er als Wache vor das äußere Tor. Der gelehrte

Faqih blieb bis spät in die Nacht. Als er endlich so heimlich, wie er gekommen war, verschwand, schickte Abu el Kasim Giulia zu Bett und ließ mich kommen.

»Die Pläne nehmen allgemach Gestalt an«, sagte er. »Hab keine Furcht, Michael el Hakim; was auch geschieht, der Faqih wird uns nicht verraten. Zwar will er sich die Finger nicht verbrennen, indem er Delilah etwa eine *fatwa* ausstellte, doch will er ihr auch nichts in den Weg legen, und sie darf auch fürder ihrem Gewerbe im Bade nachgehen.«

So warf Abu el Kasim vorsichtig einen Faden nach dem anderen aus und verknüpfte sie zu einem Netz, in dessen Maschen sich Selim ben Hafs eines Tages verstricken sollte.

Allein die Drohungen des Faqih mit der Beschneidung hatten mir Angst eingejagt, und ich fragte Abu el Kasim, ob Andy und ich uns wirklich einer so unangenehmen Operation unterziehen müßten. Er sah uns verächtlich an, zählte weitschweifig aufs neue alle Vorteile auf, die wir dadurch gewännen, und schloß: »Warum sich dagegen wehren, wenn ihr durch eine solche Kleinigkeit die Achtung aller wahren Gläubigen erwerben könnt? An jenem Freudentag dürft ihr auf einem weißen Esel rund um die Stadt reiten, und alle frommen Gläubigen werden euch Geschenke bringen und über eure Bekehrung frohlocken.«

Ich erwiderte verdrossen, ich hätte nicht den leisesten Wunsch, zum Gaudium aller Gaffer auf einem weißen Esel um die Stadt zu reiten, und erinnerte ihn daran, daß Andys Fortschritte als Ringer beträchtlich gehemmt würden, wenn er in diesem Abschnitt seiner Ausbildung mit einer langsam heilenden Wunde an seinem zartesten Teil darniederliegen müßte. Und ich würde mich nie bereit finden, es ohne ihn auf mich zu nehmen, weil wir Brüder seien; wir hofften, Seite an Seite ins Paradies einzugehen und gemeinsam im Schatten seiner Obstbäume zu schwelgen.

Abu el Kasim ließ sich durch meine frommen Reden nicht täuschen und meinte: »Nun gut! Alles zu seiner Zeit, und ich will mit Freuden den Tag erwarten, da dein Bruder mit Allahs Willen die großen Hoffnungen erfüllt, die ich auf ihn setze.«

Er brauchte auch nicht lange zu warten. Einige Tage später kletterte er auf Andys Schultern und ritt zum Marktplatz. Kaum hatten die Ringer sich die Arme um die Schultern gelegt, einen

Kreis geschlossen, um die Reihenfolge der Wettkämpfe zu bestimmen, als ein großer Schwarzer erschien, gefolgt von einem Trupp Soldaten. Er warf sich in die Brust, schlug mit den Fäusten daran und schmetterte seine Herausforderung: »Iskender, Iskender! Komm her und laß dir die Ohren abreißen! Nachher will ich Antar abfertigen, von dem ich so viel gehört habe.«

Die Ringer murmelten mißvergnügt untereinander und warnten Andy: »Das ist Selim ben Hafs' Meisterringer. Erzürne ihn nicht. Laß ihn gewinnen und nimm das Geld, dann läßt er uns vielleicht in Frieden und verletzt uns nicht. Gewinnst du aber, so wirst du aufgefordert werden, vor dem Sultan zu ringen; selbst wenn du auch zuerst alle seine Ringer besiegen magst, so wird doch der Tag kommen, da du mit gebrochenem Hals im Sande liegst.«

Andy erwiderte eifrig: »Euer Glaube scheint mir schwach zu sein; ihr vergeßt, daß Allah alles vorherbestimmt hat. Geh hin, Iskender, und laß dich von ihm besiegen. Dann will ich ihn angehen, und ihr werdet einen Kampf erleben, wie ihr ihn noch nie gesehen habt. Sollte es Allahs Wille sein, so sei dies mein letzter Kampf auf dem Marktplatz; dann werde ich nur mehr vor dem Sultan und seinem Hof auftreten.«

Darob herrschte unter den Gönnern der Ringer große Aufregung, und es regnete Silber- und Goldstücke auf das Tuch. Die Soldaten bildeten einen Kreis und drängten die Zuschauer zurück, während des Sultans Meisterringer, häßlich und triefend von Öl, inmitten des Kreises auf und ab hüpfte und seine Herausforderung hinausbrüllte. Iskender lief ihn an, nachdem er ihn im Namen Allahs beschworen hatte, die Regeln des »guten« Ringens einzuhalten; es dauerte aber nicht lange, und er flog in die Luft und fiel mit einem Plumps zu Boden. Er blieb eine Weile stöhnend liegen und befühlte seine Arme und Beine. Der Sturz hatte ihm aber, wie ich glaube, wenig Schaden getan, und er gebärdete sich nur so, um seinem grimmigen Gegner zu schmeicheln. Hierauf traten zwei andere Männer in den Ring. Auch sie warf der Meisterringer mühelos. Als er aber merkte, daß er zu schwitzen und zu keuchen anfing, schöpfte er Verdacht und rief: »Wo drückt sich dieser Antar herum? Seinetwegen bin ich gekommen, und ich werde nicht den ganzen Tag auf ihn warten. Mein Bad ist schon bereitet.«

Der Warnungen der übrigen nicht achtend, trat Andy sogleich vor. Es war klar, daß der Schwarze allen Respekt vor ihm hatte, denn er umkreiste ihn eine Weile vorsichtig, bis er sich plötzlich gleich einem Stier mit gesenktem Kopf auf ihn stürzte, um Andy in den Magen zu stoßen und ihm den Atem zu rauben. Andy aber wich behende aus, bekam den anderen fest um die Hüften zu fassen und schleuderte ihn hoch in die Luft. Als erfahrener Ringer landete er freilich auf den Füßen, die ihm aber Andy sogleich wegstieß, so daß er kopfüber hinschlug. Schon war Andy wieder über ihm, packte ihn fest um den Nacken, drückte ihm das Gesicht an den Boden und rief: »Wer von uns küßt nun den Staub?«

Die übrigen Ringer stießen Warnrufe aus, da der tierische Schwarze in seiner Bedrängnis nun zum »scharfen« Ringen überging; er umschlang Andys Bein mit den Armen und hieb ihm die Zähne in die Wadenmuskeln. Hätte Andy seinen Griff durchhalten können, so hätte er dem Burschen gewiß den Hals gebrochen; so aber zwang ihn der Schmerz, ihn zu lockern. Bald wälzten sie sich auf dem Boden, einer über den anderen. Ich habe im Leben noch kein solches Ringen gesehen. Nun hob Andy den Kopf, nun war er wieder unten, während der Mohr ihm auf den Brustkasten sprang und ihm alle Rippen gebrochen hätte, wäre Andy nicht so stark gebaut gewesen. Blutend und mit zerrissenen Ohren ließen sie schließlich voneinander ab, und Selim ben Hafs' Meisterringer hatte offenbar genug. Er rang nach Atem, ließ die Arme fallen, spuckte Blut und versuchte ein saures Lächeln, als er meinte: »Du wirst deinem Ruf gerecht, Antar, und verstehst auch was vom ›scharfen‹ Ringen; aber ich habe kein Recht, mich in Abwesenheit meines Herrn, des Sultans, Gefahren auszusetzen. Auch entging mir dein heimtückischer Plan nicht, mich meine Kraft vergeuden zu lassen, bevor ich es mit dir aufnahm. Laß uns daher unseren Kampf morgen vor den Augen des Sultans fortsetzen. Er wird den Überlebenden zweifellos reich belohnen, wer es auch sei.«

Er sah sich verlegen um und wischte sich das Blut von den Ohren, um Zeit zu gewinnen und sich zu erholen. Die Menge aber stieß wilde Hochrufe aus. Ihr Haß gegen Selim ben Hafs machte sich in wüsten Beschimpfungen seines Ringers Luft.

Andy schrie, nach Atem ringend: »Du hast mich in die Wade

gebissen, du Schwein. Morgen wird mein Bein geschwollen sein, und es soll mich gar nicht wundern, wenn ich durch deinen giftigen Biß bellend und mit Schaum vor dem Mund herumlaufe und dem Wasser aus dem Weg gehe. Und gerade um des Wassers willen bin ich ein Anhänger des Propheten geworden! Aber morgen sollst du erfahren, daß auch ich Zähne habe – Zähne, die Markknochen zermalmen können!«

Als sich der schwarze Ringer, gefolgt von seinen Soldaten, entfernt hatte, brach Abu el Kasim wie gewöhnlich in lautes Wehgeschrei aus und versetzte Andy mit seinem Stab eins über den Kopf; denn wenn Andy am nächsten Tag geschlagen würde, was sollte Abu mit einem Krüppel anfangen? Und siegte er, wo wäre es um so schlimmer, denn dann würde Selim ben Hafs ihn kaufen, und Abu hätte ihn für immer verloren.

Aber die anderen Ringer entrissen ihm den Stock und geleiteten uns im Triumph nach Hause, wo ich Andys Bein wusch und verband und seine braunen und blauen Flecken mit Salben einrieb, ein Geschäft, mit dem ich bereits wohlvertraut war.

Angesichts des Wohlwollens der übrigen Ringer für Andy unterwarf sich Abu el Kasim dem Willen Allahs. Im Vorhof wurde ein Schaf gebraten und ein Kessel mit Hirse zum Kochen aufgestellt. Als alles fertig war, füllte Andy mehrere Schüsseln mit diesem schmackhaften Gericht und setzte sie den Ringern eigenhändig vor.

Als nach dem Mahle bei Sonnenuntergang der Muezzin die Gläubigen zum Gebet rief, wuschen sich die Ringer, verrichteten ihre Andacht und sagten drei oder vier – einige unter ihnen sogar zehn – Koranverse her, für Andys Sieg. »Wir setzen alles Vertrauen auf Allah«, meinten sie, »aber es muß selbst für ihn leichter sein, einem Manne zu helfen, der sich selbst hilft.« Und so blieben sie bis spät in die Nacht, um Andy alles, was sie vom »scharfen« Ringen wußten, beizubringen. Wie ich ihnen so zuhörte und die Kniffe sah, die sie vorführten, standen mir vor Entsetzen die Haare zu Berge.

Abu el Kasim nahm mich beiseite und sprach: »Dies ist Allahs Wille, und du wirst nie eine bessere Gelegenheit finden, dich in Selim ben Hafs' Kasbah umzusehen. Vielleicht kannst du sogar nützliche Bekanntschaften schließen, und es wird nicht schaden, wenn ich dir ein paar Münzen gebe, die du in deinen Gürtel knotest. Solltest du einige davon fallen lassen, so bücke dich nicht, sie aufzuheben; vergiß nicht, daß knauserisches Gebaren sich in den Häusern der Großen nicht ziemt.«

Ungefähr um Mitternacht schickte Abu die Ringer heim, und wir legten Andy auf den weichsten Kissen im Haus zur Ruhe. Er schlug die halbe Nacht um sich, wälzte sich von einer Seite auf die andere und seufzte, bis er mit einem Fluch seinen Mantel nahm, ihn um den Kopf wickelte und sich auf dem Boden zusammenrollte. Sogleich drang sein Schnarchen durch das ganze Haus. Wir weckten ihn nicht zum Morgengebet; Abu betete an seiner Statt. Später führten wir Andy in die Badestube und ließen ihn von einem kräftigen Masseur abreiben, um ihn geschmeidig zu machen. Sodann schoren wir ihm den Kopf, rieben ihn mit dem schlüpfrigsten Öl ein, das wir im Hause hatten, und verstärkten seine ledernen Hosen um die Mitte und an den Knien, damit sie ihm beim Ringkampf nicht abgerissen werden konnten.

Nach dem Mittagsgebet versammelten sich alle Ringer des Marktes und trugen Andy lärmend die steile Straße zur Kasbah hinauf, um sein verletztes Bein zu schonen. Erst wehrte er sich, sie aber zwangen ihn, sich auf die Bahre zu legen, die sie abwechselnd auf den Schultern trugen. So fand er sich damit ab und blieb liegen, eine Hand unters Kinn gestützt und mit der anderen den Gläubigen Grüße zuwinkend; sie überschütteten ihn mit Segenswünschen und ermahnten ihn, Selim ben Hafs' Meisterringer die Ohren abzureißen und auch seiner verborgeneren Körperteile nicht zu schonen.

Die lärmende Menge folgte uns bis zum Richtplatz vor dem großen Eingangstor zur Kasbah. Als sie aber die Wachen in Reih und Glied paradieren und die Überreste Hingerichteter auf den Eisenhaken aufgespießt sahen, trat eine plötzliche Stille ein, und viele erinnerten sich dringender Geschäfte zu Hause. Dennoch folgten uns die Söhne vieler reicher Kaufleute sowie Geldwechsler, Wettlustige und andere Anhänger des Ringkampfes durch das Tor. Im Torbogen wurden wir alle von den Wachen gründlich durchsucht; sie ließen uns die Mäntel ablegen und befühlten dann alle Nähte und Säume, und es hätte großer Schlauheit bedurft, auch nur das kleinste Messerchen einzuschmuggeln.

Zu beiden Seiten des Vorhofes lagen die Kasernen und Küchen der Wachen. Ein Tor in der inneren Mauer führte in einen zweiten Hof, wo unsere Kleider aufs neue durchsucht wurden. Vor uns erhob sich eine Mauer, darin ein prächtig gearbeitetes schmiedeeisernes Tor einen Blick auf einen Brunnen und eine Reihe immergrüner Bäume freigab. Auch in unserem Hof war ein Wasserbecken, und unter einem von herrlichen Säulen getragenen Dach stand der Thron. Die Wachen sammelten sich um ihn und wiesen den Zuschauern ihre Plätze an.

Der Ring war nicht groß, aber mit weichem Sand bestreut, in dem man bis an die Knöchel einsank. Darüber verwunderte sich Andy, der noch nie dergleichen gesehen hatte; hier, meinte er, könne man auf den Kopf fallen, ohne den Hals zu brechen. Dafür aber hinderte der Sand schnelle Bewegungen und rasches Ausweichen. Rohe Kraft galt hier mehr als Geschicklichkeit. Man konnte nicht einmal des Gegners Kopf an einen Stein schmettern, sondern mußte ihm mit bloßen Händen den Garaus machen.

Eine große Zahl von Kämmerern, Eunuchen, Mameluken und geschminkten Knaben versammelte sich im Hof. Sie nahmen ihre Plätze vor denen ein, die aus der Stadt gekommen waren. An dem Gitterfenster über des Sultans Thron erschien eine Gruppe verschleierter Frauen, welche die schützenden Rolladen entfernen ließen, um besser zu sehen und von den Zuschauern besser gesehen zu werden.

Endlich öffnete sich das Tor in der dritten Mauer. Selim ben Hafs, begleitet von den höchsten Mitgliedern seines Gefolges, taumelte die Stufen herab. Seine Augen waren vom reichlichen Opiumgenuß fast geschlossen, und an seinem ölglänzenden Gesicht konnte man sehen, daß er übler Laune war.

Sogleich traten die grimmig aussehenden Ringer in die Arena und stürzten aufeinander los, daß der Sand aufstob; doch nahmen sie sich wohl in acht, einander zu verletzen, ihre Kämpfe waren zum größten Teil Scheingefechte. Selim ben Hafs wurde ihrer bald überdrüssig und degradierte sie mit schriller, wütender Stimme zu Holzhackern, was diese friedlichen Gesellen eher zu freuen als zu betrüben schien.

Mittlerweile hatte ich mich unter den Zuschauern nach vorne gedrängt, indem ich hierhin und dorthin Ausschau hielt, als suchte ich einen besseren Platz. So brachte ich es zustande, mich im Hof zu bewegen und hinter Vorhänge zu gucken: niemand hinderte mich, auch nicht, als ich den leeren Palast betrat. Ich kroch in den Kellern ein und aus und spähte selbst in die Küchen, wo mich ein Koch überraschte und erstaunt fragte, was ich wolle. Ich antwortete: »Ich bin der Bruder Antars, des berühmten Ringers, und ein Sklave wie du. Da ich in großer Angst um meinen Bruder schwebe, sehe ich mich gezwungen, den gewissen Ort aufzusuchen.«

Der Koch zeigte mir freundlich den Ort für die Sklaven, der Fußraster aus Ziegeln hatte und dessen Abtritte mit Wasser zu spülen waren. Nachdem ich mein Bedürfnis verrichtet hatte, führte ich ein höfliches Gespräch mit dem Koch, und er flehte viele Segnungen auf mich herab, so daß ich ihm zwei viereckige Silbermünzen schenkte. Er war entzückt und zeigte mir die große Küche. Er erzählte mir, wie viele verschiedene Gerichte hier täglich für den Sultan zubereitet und wie sie hineingetragen und drei- oder viermal vorgekostet wurden, bevor man sie ihm vorsetzte.

Ich befragte ihn über die Damen des Harems, von denen Giulia so viel zu erzählen wußte, nachdem sie sie im öffentlichen Bad gesehen hatte. Der Koch lächelte schlau und erwiderte: »Unser Herrscher verachtet und vernachlässigt seine Frauen und gestattet ihnen daher ganz unschickliche Freiheiten. Er ergötzt sich mehr an Knaben. Solltest du etwa noch zwei Silbermünzen bei dir tragen, so könnte ich dir ein kleines Geheimnis zeigen, das dir vielleicht Spaß macht, da du ein neugieriger Mensch zu sein scheinst.«

Ich machte mir an meinem Gürtel zu schaffen und ließ wie zufällig eine Goldmünze fallen, bückte mich aber nicht danach. Der Koch war überglücklich und sagte: »Ich sehe, du hast eine gute Erziehung genossen, obgleich du ein Sklave bist; und du bist auch ein guter Moslem, denn in Allahs Augen ist der Geiz die größte Sünde.«

Er hob die Münze auf, sah sich vorsichtig um und führte mich über eine schmale Stiege und einen Flur vor eine eiserne Tür.

»Man hat mir erzählt«, sagte er, »daß diese Tür oft von denen benützt wird, die aus diesem oder jenem Grunde nicht am goldenen Tor zum Hof der Seligkeit gesehen werden wollen. Die Tür geht geräuschlos auf. Wenn jemand hier herauskommt, so wenden sich alle Sklaven und Diener ab. Tritt aber jemand ein, so blendet er die Augen der Neugierigen mit einem Regen von Gold und Silber.«

In diesem Augenblick drangen laute Glockentöne vom Hof zu uns herauf. Der Koch brannte darauf, den größten Kampf des Tages zu sehen, und ich folgte ihm ins Freie. Doch war es mir hier ergangen wie in Sinans Haus: ich wurde auf meinen Streifzügen durch den Palast das Gefühl nicht los, beobachtet zu werden. Ich spürte, wie mir unsichtbare Augen auf Schritt und Tritt folgten. Daher gesellte ich mich wieder zu Abu el Kasim und blieb an seiner Seite, um den Ringkampf zu sehen, als hätte ich in der Tat den Palast nur betreten, um den gewissen Ort zu finden.

Andy und des Sultans schwarzer Meisterringer hatten den Ring betreten. Unter Glockengeläute neigten sie sich vor Sultan ben Hafs, der den Gruß mit einer ungeduldigen Gebärde erwiderte, zum Zeichen, daß der Kampf beginnen konnte. Im selben Augenblick stürzte der Schwarze mit gesenktem Kopf auf Andy los, raffte im Laufen eine Handvoll Sand auf und schleuderte ihn Andy ins Gesicht, um ihn zu blenden. Andy aber wandte sich rechtzeitig ab und schloß die Augen. Die beiden mächtigen Leiber prallten aufeinander, und jeder bekam den anderen fest zu fassen. Der Körper des Schwarzen glich einer hundertjährigen Eiche; seine Glieder waren so knorrig wie Eichenäste. Es war ein prächtiger Anblick, die beiden herkulischen Männer einander pressen zu sehen, wobei jeder bemüht war, der Umklammerung des anderen zu entkommen.

Im ehrlichen Ringen war Andy offensichtlich überlegen. Als sein schwarzer Gegner sah, daß es ihm an Kraft gebrach, ihn ehrlich zu überwinden, grub er die Zähne in Andys Schulter. Er hatte auf sein Ohr gezielt, doch Andy war ihm zu schnell und keuchte nun erbittert.

»Andere Länder, andere Sitten« – und nun biß Andy tief in des Negers Schulter, so daß der Bursche aufheulte und Selim ben Hafs schallend auflachte.

Andy war eben daran, den Schwarzen in die Knie zu zwingen, allein dessen ölgetränkter Körper entglitt seinen Händen. Im nächsten Augenblick stieß der Neger seinen Schädel heftig gegen Andys Brustkorb, der gleich einer Trommel ertönte. Unbeirrt aber beugte sich Andy wie der Blitz und erwischte den Kerl an den Knöcheln, warf ihn zu Boden und begann, ihn mit solcher Geschwindigkeit herumzuwirbeln, daß die Zuschauer entsetzt aufschrien und Selim ben Hafs sich duckte und mit beiden Händen seinen Kopf schützte. Andy aber schleuderte seinen Gegner lediglich kopfüber in den Sand. Unversehrt sprang dieser auf und griff von neuem an.

Der Kampf ging weiter, wobei Andy sich wacker hielt, und die Wettlustigen, des Sultans Gegenwart vergessend, laut schreiend ihre Wetten erhöhten. Selim ben Hafs aber grollte und überhäufte seinen Mann mit Beschimpfungen. Von nun an wußte der Pöbel, daß das Leben des Schwarzen auf dem Spiel stand. Noch einmal gelang es ihm, Andy zu umklammern; er drehte und wendete sich und versuchte mit aller Macht, seinen Daumen in Andys Augen zu stoßen oder ihn in die Lenden zu treten. Er wollte nicht aufgeben, obwohl Andy ihn mehrmals warf und er sich von Rechts wegen hätte geschlagen geben sollen. Jedesmal aber erhob er sich wieder und stürzte mit Schaum vor dem Mund und blutunterlaufenen Augen auf Andy los, um ihn bei der ersten Gelegenheit zu töten. Endlich gelang es ihm, seinen Daumen in Andys Augen zu stoßen. Nun brüllte dieser vor Schmerz auf. Im selben Augenblick aber hörte man einen Knacks, des Meisterringers Arm war gebrochen. Im Nu drückte ihm Andy das Gesicht in den Sand.

Er dachte, der Ringkampf sei zu Ende. Aber Selim ben Hafs war seines eigenen Ringers überdrüssig geworden, der ihn vor aller Augen beschämt hatte, und gab Andy ein Zeichen, fortzufahren. Andy erhob sich verlegen, da er nicht verstand, was der Sultan meinte. Sogleich schlang der Neger, seiner Schmerzen nicht achtend, den gesunden Arm um Andys Beine und brachte ihn zu Fall; dann kniete er auf seinem empfindlichsten Teil und versuchte, ihm die Zähne in die Kehle zu schlagen. Andy blieb nichts übrig, als ihm mit beiden Armen den Hals zu brechen. Selim ben Hafs lachte laut und spendete reichlichen Beifall.

Nun erhielt Andy einen Beutel voll Geld; auch Selim ben Hafs schenkte ihm eine Börse, und Abu el Kasim erhielt einen Ehrenkaftan, in Anerkennung des großen Vergnügens, das der Wettkampf dem Sultan bereitet hatte. Die Leiche des Meisterringers aber ließ Selim wegschaffen und in den Kanal werfen, da der Kerl nach seiner Meinung kein besseres Begräbnis verdiente.

Als die Zuschauer sich anschickten, den Hof zu verlassen, wurden wir von den Dienern des Sultans zurückgehalten. Wir fragten uns besorgt, was er noch von uns wollte.

Zuerst wurde Abu el Kasim vor ihn geführt. Er kniete nieder und küßte den Boden vor dem Thron.

»Was kostet dein Sklave?« fragte Selim ben Hafs.

Abu wäre nicht Abu gewesen, hätte er nicht sogleich unter strömenden Tränen beteuert, er sei ein armer Mann, und wäre er nicht so fortgefahren, bis Selim ben Hafs die Hände hob und ihm im Namen Allahs gebot, sein Gejammer einzustellen.

»Was kostet dein Sklave?« wiederholte er, während er einem seiner Begleiter ein Zeichen gab, der bedeutsam eine geschmeidige Gerte liebkoste.

Abu el Kasim befreite sich aus dem Griff der beiden Männer, die ihn hielten, legte sorgfältig den Ehrenkaftan ab, den ihm der Sultan geschenkt hatte, und zerriß dann seine Kleider, wobei er Allah zum Zeugen anrief, daß man weder zu Algier noch sonstwo in der Welt je einen zweiten solchen Ringer gesehen habe. Solch ein Naturwunder trete nur alle hundert Jahre auf, so wie Allah alle hundert Jahre der Menschheit einen neuen Erklärer des Korans sende, um die alte Weisheit zu beleben.

Selim ben Hafs aber hatte nur taube Ohren für ihn und gähnte: »Schicke ihn morgen in meinen Palast. Allah wird dich gewiß schadlos halten und dich mit seiner Huld belohnen.«

Die Begleiter eilten herbei, den Sultan vom Thron zu heben. Wir wurden durch den Torbogen in den Vorhof geführt. Dort trat ein altes Weib auf mich zu, wies mir ein schmutziges Bündel und flüsterte hastig: »Ich heiße Fatima. Die Eunuchen kennen mich, wenn du nach mir fragst und ihnen eine Kleinigkeit verehrst. Öffne dieses Bündel, wenn du allein bist, und lies den Brief, den es enthält, dem vor, an den er gerichtet ist.«

Ich verbarg das Bündel unter meinem Mantel. Wir kehrten nach Abu el Kasims Haus in der Straße der Gewürzhändler zurück, wo schon eine Schar von Ringern und Schaulustigen wartete, uns gebührend zu empfangen. Sie überreichten Andy Geschenke und riefen viele Segnungen auf ihn herab; nachdem aber Abu sie widerwillig bewirtet hatte, schickte er sie alle fort und versperrte die Tore. Dann behandelten wir Andys Wunden. Ich fürchtete am meisten für sein Auge, das stark geschwollen war, fand aber, daß sein Augenlicht unversehrt geblieben war.

Nun fiel mir das Bündel wieder ein, das ich zugesteckt bekommen hatte; ich öffnete es und sah verblüfft darauf. In dem schmutzigen Lappen war eine schöne, mit Silberfäden bestickte Börse verborgen, die sechs Goldstücke und ein Stück Papier enthielt. Dies entfaltete ich und las ein arabisches Gedicht, das in zierlicher Handschrift abgefaßt war und, soviel ich davon verstand, Andys körperliche Reize zum Gegenstand hatte. Abu nahm es mir aus der Hand, las es und bemerkte: »Das stammt von einer Frau, die nicht gerade eine hervorragende Dichterin ist. Aber was sie will, ist klar. Mit den ersten Versen möchte ich mich nicht aufhalten, denn sie würden einen Einfaltspinsel wie Andy noch eitler machen, als er schon ist. Aber sie fährt fort: ›Stoße nicht eine Frau zurück, die krank ist aus Liebe zu Dir, die in ihrer Pein nur beklagen kann, daß sie nicht imstande ist, die Leidenschaft zu verbergen, die ihr das Herz zerreißt. Zum Zeichen ihres guten Willens schickt sie Dir diese sechs Goldstücke. Du brauchst nur Deinen Führer heimlich um Rat zu fragen, wann und wohin ihr Deine Antwort überbracht werden soll.‹«

Dies war keineswegs das erstemal, daß Andy den zarten Wink einer Frau erhielt. Das Gedicht weckte angenehme Hoffnungen in ihm. Er schien gar nicht traurig, als ihn Abu el Kasim tags darauf in den Palast führte und ihn den Höflingen des Sultans übergab.

Eine ganze Woche sah ich ihn nicht mehr; dann stieß er eines Tages unsere Tür auf und schwankte singend herein. Ich dachte, er habe seine guten Vorsätze vergessen und sei betrunken. Er trug Pluderhosen und einen Kaftan aus dem allerfeinsten Tuch. Auf dem Kopf saß ihm die hohe Filzkappe der Soldaten; am Gürtel hing ein Krummsäbel in silberner Scheide. Erst stellte er sich, als kenne er uns nicht, und fragte barsch: »Was ist das für eine Hütte, und wer seid ihr armselige Kreaturen, die ihr hier im Schweiße eures Angesichts Sklavenarbeit verrichtet? Seht ihr nicht, daß ich ein Mann von Stand bin?«

Er duftete nach Moschus und sah in seiner Pracht so fremd aus, daß selbst mein Hund erregt an seinen roten Lederschuhen schnupperte. Abu el Kasim hob die Hände zum Himmel und schrie: »Lob sei Allah! Gewiß hast du mir Geschenke mitgebracht von Selim bein Hafs, dem ich dich schenkte.«

Andy fiel aus der Rolle und erwiderte: »Rede mir nicht von dem widerlichen Vieh. Sein Gedächtnis ist kürzer als das einer Henne. Seit Jahren vernachlässigt er selbst seine Frauen, und die armen Geschöpfe beklagen sich bitter und erwarten die Ankunft des Befreiers. Er sendet dir keine Geschenke, Abu el Kasim; er hat dich längst vergessen. Er schluckt so viel Opium, daß er bisweilen kaum weiß, ob er wach ist oder träumt. Ich aber teile freigebig mit meinen Freunden, drum nimm diese Börse als ein Geschenk von mir, Abu el Kasim.«

Er warf Abu eine Börse in die Arme, die so schwer war, daß dem armen Kerl unter ihrem Gewicht die Knie schlotterten. Dann umarmte Andy mich und nahm meinen Hund auf die Arme; zu meinem Entsetzen merkte ich, daß sein Atem nach Wein roch.

»Andy, Andy!« sagte ich. »Hast du all deine guten Vorsätze vergessen und das Gesetz des Propheten übertreten?«

Er maß mich mit feucht schimmernden Augen und entgegnete: »Das Gesetz des Propheten gilt nicht für mich, solange ich die Filzkappe auf dem Kopf und das Schwert des Kriegers am Gürtel trage. Im Koran steht klar geschrieben, daß niemand sich den Gläubigen zum Gebet zugesellen darf, wenn er betrunken ist, und der Teufel soll mich verschlingen, wenn einer betrunken sein kann, ohne zu trinken. Dies erläuterte mir eine kluge und gebildete Frau, der ich volles Vertrauen schenke. Sie war es, die mich überredete, Wein zu trinken und so meine natürliche Schüchternheit in ihrer Gegenwart zu überwinden. Drum nichts mehr von all dem Unsinn, mein Junge. Und Abu el Kasim! Mach einen Krug vom Besten auf, und glaube nicht, ich wüßte nicht, was du in all den Gefäßen dort aufbewahrst.«

Er kehrte sich nicht im geringsten an meine Vorstellungen. Der Erfolg war ihm so sehr zu Kopf gestiegen, daß er seine eigenen bitteren Erfahrungen von dem Unheil, welches das Weintrinken hervorruft, vergaß. Ich mußte, um mich zu trösten, auch einen Becher nehmen. Und als Abu el Kasim schließlich bemerkte, wie rasch der Wein versiegte, ging er zur Tür und versperrte sie, worauf auch er sich einen Becher randvoll füllte und meinte: »Da es das Schicksal einmal so will, daß mein kostbarer Wein vergeudet werde, laßt mich wenigstens den Schmerz um seinen Verlust mildern, indem ich selbst davon genieße. Und da wir innerhalb dieser vier Wände allein sind und keiner uns sieht, kann es uns auch kaum als Sünde angerechnet werden, weil wir ja kein Ärgernis geben.«

Der starke Wein zerstreute bald seine Bedenken über seinen Verlust; und als ich Andy aufforderte, uns zu erzählen, wie es ihm ergangen war, hob er also an: »Als Abu el Kasim mich der Gnade der Diener überlassen hatte, blieb ich lange allein sitzen und bejammerte mein Schicksal wie ein junger Rabe, der aus dem Nest gefallen ist. Niemand fragte nach meinem Namen, niemand gab mir zu essen. Nur die schamlosen Knaben blinzelten mir mit ihren geschminkten Augenlidern zu, zeigten mit dem Finger auf mich, streckten mir die Zunge heraus und zwickten mich, einer nach dem anderen. Dann kam ein altes Weib namens Fatima herein; sie tröstete mich und versicherte mir, alles würde sich zum besten wenden, wenn ich nur geduldig wartete. Der Hof der Seligkeit müsse mir natürlich verschlossen bleiben, aber sie hieß mich vor dem Tor auf und ab gehen und zu den vergitterten Fenstern aufschauen. Sie versicherte mir, hinter den Schilfvorhängen würden mir wohlwollende Blicke folgen. In der Dämmerung kehrte sie zurück und führte mich an eine eiserne Tür, die sich geräuschlos öffnete. Wir betraten ein wohlduftendes Gemach, wo sie mich verließ. Wände und Fußboden waren mit kostbaren Teppichen bedeckt. Als das Weib verschwunden war, konnte ich seltsamerweise die Tür trotz allen Suchens nicht mehr finden.

Da weiter nichts geschah, wurde ich hungrig und müde. Ich streckte mich auf ein Bett hin, das dort stand, und schlief ein. Als ich erwachte, war das Gemach von vielen wohlriechenden Kerzen erhellt. An meiner Seite saß eine verschleierte Frau, die meine Faust in ihren rundlichen Händen hielt und seufzte. Sie redete mich in einer mir unbekannten Sprache an. Ich antwortete, indem ich mit vieler Mühe ein Gedicht hersagte, das Abu mich gelehrt hatte. Dann wechselten wir einige Worte in der fränkischen Redeweise, die sie in der Stadt gebrauchen – es muß die älteste der Welt sein, weil sie offenbar auf die Sprachverwirrung von Babel zurückgeht. Und nicht ganz müßig zu sein, zog ich ihr den Schleier vom Gesicht. Sie sträubte sich – aber nicht sehr. Ich muß gestehen, daß sie schön und ganz nach meinem Geschmack war; freilich nicht gerade ein zartes Hühnchen. Da trat auch schon Fatima wieder ein und setzte uns viele ergötzliche Gerichte vor – da fällt mir ein, ich bin hungrig und sehne mich nach einer guten nahrhaften Mahlzeit nach all diesen Näschereien.«

Ich brachte ihm zu essen, und Andy stieß beim Anblick des vertrauten Kochtopfes Freudenschreie aus. Dann fuhr er fort: »Als wir gegessen hatten, nahm ich diese verständnisvolle Dame bei der Hand, um meinen guten Willen zu zeigen. Sie seufzte tief, und ich tat ein Gleiches, denn so war es Brauch, wie ich merkte. Da erbarmte sich Fatima unser und brachte einen Krug Wein und einen Becher, worauf die Dame mir aus dem Koran vorlas und ihn besser erläuterte als mancher Gelehrte, so daß ich bald meine Bedenken überwand und vorsichtig trank. Außerdem war ich verwirrt, mich in solcher Gesellschaft zu finden, und hoffte, der Wein würde mir helfen, meine Schüchternheit abzulegen. Ich kann nicht alles erzählen, was geschah, aber so viel kann ich sagen: wir fanden bald, daß wir vieles gemeinsam hatten. Wir mußten uns erheben und waschen, nach dem Gebot des Korans, und uns mit belebenden Wohlgerüchen erfrischen. Das geschah viele Male, bis die hilfreiche Fatima die Geduld verlor. Sie konnte kein Auge zutun und lief fortwährend die steile Treppe hinauf und hinunter mit Eimern voll Wasser. Sie beschwor uns im Namen Allahs, unserem unvorsichtigen Benehmen ein Ende zu machen; die Hähne krähten schon, und die Stunde des Morgengebetes sei nahe. Sie wurde fortgeschickt, um mir diese Gewänder zu bringen, denn meine eigenen Kleider waren längst in eine Ecke geflogen.«

Andy schlug sittsam die Augen nieder, fischte ein Stück Hammelfleisch aus dem Topf und fuhr fort: »Fatima nahm mich bei der Hand, öffnete die eiserne Tür und führte mich hinaus, wobei sie den Segen Allahs auf mich herabflehte. Und der Segen trug Früchte, denn ich fand in meinen neuen Gewändern eine Börse, darein meine zartfühlende Dame jedesmal, wenn ich mich wusch, eine Goldmünze gesteckt hatte. Ich meinte, ich könnte gar wohl zwei von den siebzehn Goldstücken der treuen Fatima verehren, die uns so eifrig gedient hatte. Ich schlenderte ein Weilchen im Hof herum, fühlte mich aber ein ganz klein wenig müde – und vielleicht auch ein bißchen duselig, da ich seit einem guten halben Jahr keinen Wein mehr verkostet hatte. Da ich nun ein Schwert trug und auch vermutete, die Männer in der Kaserne würden eine kleine Abweichung vom rechten Weg kaum beachten, suchte und fand ich ein leeres Bett in der Kaserne. Keiner war überrascht, mich dort zu sehen; sie hießen mich im Gegenteil mit tiefen Salaams willkommen, und die übrigen Bewohner räumten mir eilig ihre Habseligkeiten aus dem Weg. Das ist alles.«

Abu el Kasim ließ den Weinkrug von neuem rundum gehen. Er wog die Börse in den Händen und meinte zweifelnd: »Allah ist groß. Du sprachst von siebzehn Goldstücken; diese Börse aber enthält wenigstens ihrer hundert, wenn ich nicht irre.«

Andy wurde feuerrot und wich meinem Blick aus. Dann sagte er etwas zögernd: »Ja nun, an jenem ersten Abend in der Kaserne hatte ich mich kaum vom Gebetsteppich erhoben, als Fatima wieder erschien, mich am Ärmel zupfte und mich mit vielen zärtlichen Worten zu derselben angenehmen Beschäftigung holte. Bei Tagesanbruch war ich reicher, als ich am vorigen Abend gewesen war. Aber Fatima ist ein gebrechliches altes Weiblein und hatte das immerwährende Wassertragen satt; so lud sie mich ein, an jenem Abend stracks in des Sultans Badestube zu kommen. Mit einem Bündel Brennholz auf dem Rücken schritt ich geradewegs durch das Tor der Seligkeit, und die Eunuchen wiesen mir bereitwillig den Weg. Ich verbrachte eine angenehme Nacht an jenem warmen Ort, und es gebrach mir nicht an Speise und Trank. Als es tagte, hob die verständnisvolle Frau die Hände zum Himmel und sprach: ›Allah ist groß. Ich habe eine gute, verläßliche Freundin, die nicht glauben will, was ich von dir erzähle. Erlaube mir daher, mein lieber Antar‹ — ja wahrhaftig, so sagte sie — ›erlaube mir daher, diese Zweiflerin ins Bad mitzubringen.‹«

»Andy!« rief ich, gar betroffen. »Ich finde keine Worte für meine Entrüstung. Eine einsame, freigebige Frau zu trösten ist etwas anderes als eine zweite zu deinen Schamlosigkeiten zu verlocken. Du gehst zu weit!«

»Eben das sagte ich auch«, pflichtete mir Andy hastig bei. »Aber diese fromme Frau sagte so viel Koranverse her und erläuterte sie so ausführlich, daß mir der Kopf schwindelte; überdies war sie eine gebildete Frau, und ich konnte mir kaum anmaßen, mehr zu wissen als sie.«

»Großer Allah!« rief Abu el Kasim. Andy aber fuhr fort und errötete dabei immer mehr: »Die Dame erschien an jenem Abend mit ihrer Freundin; und ich hatte es nicht zu bereuen, denn die zweite Frau war womöglich noch köstlicher als Amina. Ich glaube, sie waren beide mit mir zufrieden. Auch die andere Dame steckte mir mit gleichem Zartgefühl ein Goldstück in die Börse, sooft ich mich wusch. Aber« — und hier stöhnte Andy — »wie konnte ich wissen, daß am nächsten Abend nicht weniger als drei Frauen vor mir paradierten, eine schöner und blühender als die andere! Es war schwer, keine von ihnen zu beleidigen, indem ich eine vor den anderen auszeichnete. Als aber am nächsten Abend gar vier erschienen, wurde ich zornig und bedeutete ihnen, daß alles seine Grenzen habe.«

»Und du hattest ganz recht«, pflichtete Abu el Kasim erregt bei. »Der Krug geht so lange zum Brunnen, bis er bricht. Ich mache mir ernste Sorgen um dich.«

Andy leerte abermals einen Becher Wein und fuhr fort: »Am Morgen sagte Amina: ›Du hast vier ergebene Frauen, Antar, und hast keine vernachlässigt, sondern die Gebote des Korans über den Umgang mit Frauen befolgt. Aber mein Mond ist im Schwinden, und ich gönne es keiner, sich in meiner Abwesenheit mit dir zu vergnügen. Ich werde dich bis zu meiner Todesstunde lieben. Iß und trink nur fleißig, damit du auf der Höhe deiner Kräfte bist, wenn ich dich wieder bestelle.‹«

Mir blieb über seine Geschichte der Atem weg, und ich brachte kein Wort hervor. Abu el Kasim zählte das Geld durch und verschloß es sorgfältig in seiner Schatztruhe. Endlich stammelte ich in höchster Erregung: »Ist das der Dank dafür, daß ich mich seit Jahren bemühe, dir ein gutes Beispiel zu geben? Ich hätte nie gedacht, daß die Dichtkunst solches Unheil bewirken könne, denn dies alles fing an mit ein paar Versen, die nach Abus Urteil nicht einmal gut waren. Nun verstehe ich, warum der Prophet, gelobt sei sein Name, die Poeten verfluchte.«

Ich war so ergrimmt über Andy, daß ich ihn hätte schlagen können — am meisten deshalb, weil er die Gunst von vier hochstehenden Frauen und obendrein zum Lohn für seine Sünden noch einen Sack voll Gold errungen hatte, während ich keine einzige freundliche Frau kannte, die meine Gesellschaft selbst umsonst begehrte. Aber Andy blieb gelassen. Er stand auf und verließ uns; seine Pluderhosen flatterten im Frühlingswind. Abu el Kasim starrte ihm nach, schüttelte seinen affenähnlichen Kopf und sagte: »Seine Torheit und Waghalsigkeit mögen uns nützlich sein, aber ich wage nicht, ihm ein Sterbenswörtlein über unsere Pläne zuzuflüstern, denn jene Weiber würden ihm sogleich alles entlocken. Michael el Hakim, die Zeit ist bald reif, die Frühlingswinde wehen, und der Befreier kommt von der See. Darum wollen wir Salben und Augenbrauenschwärze lassen und an wichtigere Dinge denken. Wir werden die Stadt Algier mit bloßen Händen erobern, wie wir Sinan dem Juden versprachen.«

Tags darauf lud Abu einige der reichsten Kaufherren ein, bwirtete sie fürstlich und ließ Giulia ihnen aus dem Sande wahrsagen. Als sie sie gehört hatten, rauften sich diese ehrenwerten Männer die Bärte und sagten: »Wenn es doch wahr wäre! Wenn doch die heilige Fahne des Propheten wirklich aus der See emporstiege, uns von der Habgier Selim ben Hafs' zu befreien! Aber seine Soldaten führen scharfe Schwerter, und seine Henkersknechte haben viele dicke Seile zur Hand.«

Nun raufte Abu sich den Bart und erwiderte: »Ich bin Kaufmann wie ihr und unternehme viele Reisen. Zu solchen Zeiten höre ich viel, was den Reichen und Mächtigen unbekannt bleibt. Letzten Herbst hieß es bereits, der große Khaireddin rüste seine Flotte aus, Algier für die Hohe Pforte zurückzuerobern, bevor die Feigen reif seien. Ich fürchte für euch, da ihr reicher seid als ich und mehr zu verlieren habt. Denn träfe der große Khaireddin auf Widerstand, so würden die letzten Dinge ärger sein als die ersten. Ich für mein Teil verstehe nicht, warum irgend jemand sein Geschäft und seinen Besitz für diese teuflischen Hafsiden aufs Spiel setzen sollte.«

Die Kaufleute sprachen zuversichtlich: »Wir wollen ihm heimlich Botschaft senden, daß wir uns seinem Einzug nicht widersetzen werden, sondern ihn mit Palmzweigen begrüßen, wenn er nur Selims Leute vertreibt und das Haupt des Tyrannen in den Staub beugt.«

Abu el Kasim aber schüttelte anscheinend sorgenvoll den Kopf und erwiderte: »Ich höre, er will durch offene Tore einreiten und ihr sollt ihn empfangen, indem ihr Selim ben Hafs' Haupt auf einem goldenen Teller tragt. Ferner sollt ihr ihn in der Moschee zum Statthalter Algiers ausrufen und so euren früheren Verrat sühnen. Unter diesen Bedingungen verspricht er, die Spanier zu vertreiben und ihre Festung an der Hafeneinfahrt zu schleifen. Und er wird gewiß diejenigen belohnen, die ihn zum Statthalter ausrufen.«

Die Kaufleute hoben beschwörend die Hände und riefen wie aus einem Munde: »Wehe, das sind gefährliche, böse Reden. Wer sind wir, daß wir mit bloßen Händen Selim ben Hafs und seine tausend grimmen Soldaten mit ihren Schwertern und Kanonen überwinden sollten?«

Abu el Kasim erwiderte: »Ich sah im Traum zehn schlaue Männer, die gemeinsam zehntausend Goldstücke sammelten und sie einem verläßlichen Freund anvertrauten. Hassan, der Befehlshaber am Osttor, schloß die Augen; Kamele brachten Waffen, in den Getreidekörben versteckt, in die Stadt, und die Kaufleute verbargen diese Waffen in ihren Lagerhäusern. Ich sah auch zehn kühne Männer, deren jeder zehn andere kühne Männer auswählte und mit ihnen sprach, und diese wiederum taten dasselbe. Sie blieben unentdeckt, weil jeder nur die neun anderen seiner Gruppe und den Anführer kannte. In meinem Traum ging das sehr schnell. Ich sah Waffen im Sand der Küste versteckt, und eine starke Flotte lag vor der Küste und erwartete das Zeichen, zu ankern und ihre Streitkräfte zu beiden Seiten der Stadt zu landen, damit sie durch die offenen Tore einziehen könnten. In diesem meinem seltsamen Traum ging das alles so einfach, wie man ein Ei zerbricht. Aber niemand kann für seine Träume.«

Nun bedeckten schon viele unter den Kaufleuten die Ohren mit den Händen, um so gefährliche Reden nicht hören zu müssen. Andere schwankten; aber der Älteste von ihnen strich sich den Bart und sagte: »Sollte eine *fatwa* ausgestellt werden, so wäre es die Pflicht jedes echten Moslems, wider Selim ben Hafs aufzustehen und ihn zu vernichten. Wir würden dann nur die *fatwa* im geeigneten Augenblick verlesen und die Waffen verteilen. Der Faqih ist der beste Kenner des Korans und der heiligen Überlieferung. Selim ben Hafs verriet den Glauben, als er sich mit den Spaniern verbündete. Sobald der Faqih seine *fatwa* vorbereitet hat, kann er zu einer Wallfahrt aufbrechen. Sollte das Unternehmen fehlschlagen, so würde Khaireddin sicherlich für seine alten Tage sorgen. Ich bin bereit, mit dem Faqih zu reden; als lebensmüder Greis habe ich wenig zu verlieren. Bleibt nur noch die Frage nach einem verläßlichen Mann, der die zehntausend Goldstücke aufbewahrt.«

»Er sitzt vor euch«, sagte Abu el Kasim mit schlichter Würde. Aber der älteste Kaufmann hörte nicht auf ihn. Er strich seinen Bart und fuhr fort: »Der Mann muß unbedingt verläßlich sein, denn wird er entdeckt und gefragt, woher das Geld kam, so werden wir alles ableugnen und auf den Koran schwören, daß er ein Lügner ist. Es wird keine Sünde sein, wenn wir uns auf eine *fatwa* berufen können. Geht aber alles gut, so können wir vor Khaireddin hintreten und sagen: ›Siehe, das haben wir gemacht; vergiß unser nicht.‹ Bleibt nur die Frage – wo finden wir den richtigen Mann?«

Abu el Kasim schwor bei Allah, dem Koran und bei seinem Barte, er arbeite für die Sache der Freiheit und fordere nichts für sich. Mangels eines anderen Vorschlages mußten die Kaufleute ihm vertrauen. Eines Abends in der Dämmerung langte eine eiserne Truhe in unserem Hof an. Darin lagen zehn Lederbeutel, in jedem von ihnen wieder zehn kleinere, deren jeder hundert Goldstücke enthielt. Mit einiger Mühe trugen wir die Truhe ins Haus. Abu el Kasim versperrte die Tür und schloß die Rolladen, und als Giulia sich zur Ruhe begeben hatte, zählte er sorgfältig das Gold. Ich hatte nie zuvor so viel Gold auf einem Haufen gesehen und sagte daher: »Abu, mein lieber Herr, laß uns rasch das Gold wieder in die Beutel füllen, ein starkes Kamel mieten und die Stadt verlassen, solange noch Zeit ist.«

Abu el Kasim aber seufzte: »Führe mich nicht in Versuchung, Michael el Hakim. Khaireddins Waffen stehen bereit, aber es wird viel kosten, den räuberischen Hassan zu bewegen, seine Augen abzuwenden, wenn sie in die Stadt gebracht werden. Dann müssen auch Selims Truppen bestochen werden. Wir können dankbar sein, wenn uns auch nur die Hälfte dieser Summe bleibt.«

Alles ging wie am Schnürchen. In der Karawanserei erschienen Fremde mit hageren Gesichtern und funkelnden Augen, die stets nach den Schwertern griffen, die sie nicht trugen. Arme Händler und Handwerker zitterten und verbrachten schlaflose Nächte, als sie, der *fatwa* gehorchend, in ihren Lagerhäusern und Speichern

Waffen verbargen. Der Faqih aber machte sich zu einer langen Wallfahrt auf, und die ältesten Söhne der Kaufleute leisteten ihm Gesellschaft, denn so gebot es ein wundersamer Traum, den er geträumt hatte.

Die Obstbäume standen in Blüte, und in den Häusern bedurfte man der Kohlenbecken nicht mehr. Ich stand die ganze Zeit hindurch jämmerliche Angst aus, obwohl Abu el Kasim mich aufmunterte: »Ah, Michael, Gefahr ist die Würze des Lebens! Wie bald werden wir eines ruhigen, behaglichen Daseins überdrüssig. Nichts auf der Welt verleiht einem Mann so guten Appetit und so gesunden Schlaf wie herannahende Gefahr. Erst dann schätzt man so richtig die Tage, die einem noch bleiben.«

Ohne Zweifel machte er sich lustig über mich, denn ich schrie damals fortwährend im Schlaf auf, und ein unbehagliches Gefühl in der Kehle hatte mir alle Eßlust geraubt. Als mir aber der sanfte Frühlingswind den Blütenduft in die Nase wehte, tröstete ich mich ab und zu mit dem Gedanken an all die Armen und Unterdrückten, die wir nun bald von der Tyrannei befreien könnten. Noch begieriger aber sehnte ich den Tag herbei, da Giulia meine Sklavin würde.

An einem warmen Frühlingstag arbeitete ich vor unserem Laden, als ich einen sonderbaren Jüngling auf unser Haus zukommen sah. Seine Schritte begleitete wohltönendes Geklingel, denn er trug einen kurzen Kittel mit einem Gürtel, davon Troddeln herabhingen, an denen silberne Glöckchen befestigt waren. Unter den Knien hatte er seidene Bänder mit ähnlichen Glöckchen um die Beine gebunden, und um die Schultern hing ihm ein Löwenfell, dessen Vorderpfoten er auf der Brust gekreuzt trug. Sein wohlgepflegtes Lockenhaar wallte ihm über die Schultern, er ging barhaupt, und sein schwarzer Bart schimmerte wie Seide. Er trug ein in weiches Leder gebundenes Buch. Wie er so die Straße einherschritt, schlug er es ab und zu auf und las, sichtlich seiner Umgebung nicht achtend und gedankenverloren die Troddeln seines Gürtels drehend, so daß die Glöckchen seine Schritte rhythmisch begleiteten.

Er war wahrhaftig der schönste Jüngling, den ich je gesehen hatte. Als er näher kam und ich seiner Schönheit und seiner anmutigen, würdevollen Haltung gewahr wurde, packte mich der Neid. Er blieb vor mir stehen und redete mich in sorgfältig ausgesprochenem Arabisch an: »Man hat mir gesagt, Abu el Kasim, der Arzneihändler, wohne hier. Wenn du sein Sohn bist, so hat ihn Allah in der Tat gesegnet.«

Meine Kleider waren schmutzig, meine Hände von der Farbe befleckt; ich fühlte mich in Gegenwart des Fremden gar nichtig und erwiderte daher kurz: »Dies ist Abu el Kasims Laden; ich aber bin nur ein Sklave. Mein Name ist Michael el Hakim, und ich kann dich nicht einladen, einzutreten, weil mein Herr ausgegangen ist.«

Der Fremdling maß mich mit seinen leuchtenden Augen und rief: »Bist du Michael el Hakim? Ich habe von dir gehört. Noch nie sah ich so herrliche Augen, so rosige Wangen und so wundervolle Hände wie die deinen.«

Er beugte sich vor, um mich in die Arme zu schließen, und küßte mich auf beide Wangen, so daß ich mich nur mit Mühe losmachen konnte und anfing, ihn insgeheim übel zu verdächtigen. Als mein Hund mich in dieses schönen Jünglings Umarmung sah, fing er an zu bellen und an den unbehaarten Beinen zu schnuppern. So gab der Fremde mich frei, beugte sich aber, leise pfeifend, zu Rael hinab und sprach ihm freundlich auf arabisch, persisch und türkisch zu, womit er sich als Mann von Bildung zu erkennen gab. Er ging mit meinem Hund so vertraulich um, daß mein Widerwille verflog und ich ihn fragte, was er von mir wolle. Er antwortete: »Ich bin ein Wanderer für meinen Glauben, Michael el Hakim, und gehöre zu einer Bruderschaft von Wanderern, einer Sufi-Sekte, die gewissen Moslems als Bettler der Liebe bekannt ist. Ich heiße Mustafa ben Nakir und bin nicht von niedriger Geburt, obwohl ich mich den Sohn des Todesengels nenne. Mein Schicksal ist es, von Land zu Land, von Stadt zu Stadt zu wandern; im Wandern aber lese ich persische Gedichte, um mein Herz daran zu erfreuen.«

Er schlug sein Buch auf, schüttelte seine Glöckchen und las mir mit wohlklingender Stimme einige Verse eines persischen Gedichtes laut vor, die gewiß dem Ohre schmeichelten, mir aber soviel bedeuteten wie Perlen den Säuen. Er gehörte offenbar irgendeiner heiligen Bruderschaft innerhalb des Islam an; im Gegensatz zu den meisten Derwischen aber verherrlichte er die Freuden dieses Lebens durch die Sorgfalt, die er auf sein Äußeres verwendete. Ich konnte seinem Zauber nicht widerstehen und sprach: »Mustafa ben Nakir, Sohn des Todesengels, ich denke seit langem viel an den Tod, und du kommst eben recht. Doch mußt du ein großer Lügner sein, denn was solltest du von mir, einem Sklaven, wissen? Tritt aber ein; wir wollen sehen, ob wir ein Stück Brot und ein paar getrocknete Feigen finden. Wenn mein Herr zurückkehrt, mußt du verschwinden, denn er ist leicht erzürnt und duldet keine Fremden in seinem Haus.«

Mustafa ben Nakir ließ sich das nicht zweimal sagen, sondern trat ein und sah sich so aufmerksam um, daß ich den Krug mit dem Kleingeld versteckte. Ich führte ihn in das innere Gemach und goß ihm dort Wasser über die Hände, und er meinte, er wolle nun seine Andacht verrichten. Seine klaren Augen und seine schöne Stimme bezauberten mich während des Gebetes; ich hätte ihn für einen leibhaftigen Engel halten können, hätte er nicht jenes Buch persischer Gedichte bei sich geführt. Als ich ihm Speisen vorsetzte, befragte ich ihn nach seinem Glauben, und er antwortete: »Ich wurde geboren in Istanbul, jener herrlichen Stadt, in der die beiden Erdhälften aufeinanderstoßen. Mein Vater war ein reicher Kaufmann, meine Mutter eine griechische Sklavin. Sie bestellten einen weisen arabischen Lehrer, der mich in der wahren Auslegung des Korans unterwies, und einen persischen Dichter, um mich das Versemachen zu lehren. Ich saß in der Moscheeschule zu den Füßen der berühmtesten Lehrer; jedoch im Alter von siebzehn Jahren empfing ich eine göttliche Offenbarung. Die Gebetsformen und die Buchstaben des Korans wurden mir wie eine leere Schale. Ich war auch nicht der einzige, welcher dergestalt erweckt wurde; so mancher andere reiche Kaufmannssohn ward des üppigen Lebens, das wir führten, und des leeren Buchstabens des Gesetzes satt. Und so traten wir dieser Bettelbruderschaft bei, um in den Straßen zum Geläute unserer Glöcklein zu singen und zu tanzen, bis wir auch dessen überdrüssig wurden und uns auf Reisen in fremde Länder begaben, um alle Formen und Gebräuche zu beobachten, mit denen die Menschen ihr Leben einschränken. Ich habe Bagdad, Jerusalem und Kairo gesehen und nie meinen Entschluß bereut, ein üppiges Leben mit einem gefährlichen und beschwerlichen zu vertauschen. Ich lebe dürftig; was ich zum Leben brauche, verschafft mir die Freigebigkeit frommer Frauen. Ich mußte noch nie hungrig fortgehen.«

Seine Geschichte gefiel mir gar wohl, obgleich ich ahnte, daß fromme Imame und Faqihs seine Lehre kaum billigen könnten. Ich stellte ihm weitere Fragen; er aber blickte mich mit seinen klaren Engelsaugen an und sagte: »Der tiefste Grund meines Glaubens ist die vollkommene Freiheit, die weder Gesetz noch Formel kennt. Die Gebote des Herzens gelten den Mitgliedern meiner Bruderschaft als einzige Regel. Alles, was ich besitze, trage ich bei mir, so daß ich mich einer aufbrechenden Karawane anschließen kann, sollte mich danach gelüsten. Dann aber, wenn etwa ein seltener Vogel mir über den Weg fliegt, kann ich sie verlassen und ihm folgen und mich in der Wüste der Einsamkeit und der Meditation hingeben. Hißt in einem Hafen ein Schiff die Segel, so kann ich es als Zeichen nehmen und an Bord gehen. Und wenn eine weiße Hand hinter einem Gitter erscheint, um mir eine Blume vor die Füße zu werfen, so folge ich auch diesem Zeichen ohne Bedenken.«

Mustafa ben Nakir erläuterte mir noch des langen und breiten seine Lehre, bis ich selber zu glauben anfing, nichts auf der Welt sei wichtiger für einen Menschen, als müßig zu sitzen und die Mittagsstunden mit hochgestimmten Gesprächen zu verbringen. Abu el Kasims Ankunft überraschte uns daher beide, und er schrie laut vor Zorn. Mustafa ben Nakir aber erhob sich und grüßte ihn überaus ehrfurchtsvoll, indem er Stirne und Boden mit der Hand berührte. Zu meinem Erstaunen fügte er hinzu: »Ich höre, der Befreier kommt von der See beim nächsten Neumond und wird seine Streitkräfte an Land setzen, wenn er die Leuchtfeuer sieht. Im Schutz der Dunkelheit werden sie sich der Stadt nähern und in der Morgendämmerung durch die offenen Tore einziehen.«

»*Bismillah,* und so weiter!« sagte Abu el Kasim. »Warum hast du das nicht gleich gesagt? Zwei Schuppen auf dem Abhang beim Palast sind mit Brennstoff angefüllt; wenn sie brennen und die Wachen hineilen, sie zu löschen, können einige beherzte Männer sich einen Weg in die Kasbah bahnen. Und so werden wir zwei Fliegen mit einem Schlag treffen. Was aber ist dein Auftrag, schöner Jüngling?«

Mustafa sah ihn verlegen an und erwiderte: »Ich habe dir die Botschaft überbracht und habe weiter nichts zu tun, als meinem eigenen Willen zu folgen. Ich überlasse dich daher dem Schutze

Allahs und werde irgendein gastliches Haus aufsuchen, wo man die Dichtkunst schätzt.«

Er schickte sich an, uns zu verlassen, aber Abu el Kasim hielt ihn zurück: »Geh nicht fort, du Überbringer der guten Botschaft. Laß uns lieber vertraulich miteinander reden, denn du bist gewiß mehr, als du scheinst. Gib mir deinen Rat, denn noch gibt es viele Schwierigkeiten.«

»Allah, Allah!« sagte Mustafa. »Alles geschieht nach seinem Willen, und er hat eine überaus günstige Zeit zum Handeln gewählt. Die Heere des spanischen Kaisers sind zu Neapel eingeschlossen, belagert von den überlegenen Streitkräften des Franzosenkönigs. Die kaiserliche Flotte ist geschlagen, und Doria, der in des Franzosenkönigs Diensten steht, hat den Hafen blokkiert. Daher hat der Kaiser an anderes zu denken als an Algier.«

Ich traute meinen Ohren kaum und rief: »Wie ist das möglich? Vor weniger als einem Jahr war ich mit des Kaisers Heer bei der Plünderung Roms, ganz Italien war damals in seiner Hand.«

Abu el Kasim hieß mich schweigen und sprach: »Laßt uns dem Befreier vertrauen. Wenn er die Dinge beschleunigen will, so muß er gute Gründe haben. Neumond ist übermorgen; du tätest also besser, Michael el Hakim, deine Gebete zu sprechen und dich auf deine Aufgaben vorzubereiten.«

Seine Worte überraschten mich. Ich fragte: »Habe ich deine Befehle nicht nach besten Kräften befolgt? Was verlangst du noch von mir, Abu, mein lieber Herr?«

Abu el Kasim maß mich kalt.

»Übermorgen beim Hahnenschrei«, sagte er, »müssen wir Selim ben Hafs' Haupt dem Befreier auf einem goldenen Teller entgegenbringen. Es ist nur billig, daß wir uns in diese Arbeit teilen. Du wirst dich daher seines Kopfes versichern, und ich will indessen eine prächtige Schüssel beschaffen.«

Mir klopfte das Herz bis zum Hals, und trotz der Hitze klapperten mir die Zähne. Mustafa ben Nakir, der Sohn des Todesengels, betrachtete mich mitfühlend und meinte: »Trink ein wenig Wasser, Michael el Hakim. Und hab keine Angst, denn ich habe gehört, es ist eine *fatwa* zu diesem Zweck ausgestellt worden. Deine Tat wird also keine Sünde sein; du wirst im Gegenteil höchst verdienstvoll handeln, wenn du Selim den Kopf abschneidest. Wenn das Messer scharf ist und nicht zwischen den Wirbelknochen steckenbleibt, wird es dir nicht schwerfallen.«

Um ihren Blicken auszuweichen, zog ich mich gegen die Wand zurück. Abu el Kasim aber bemerkte meine Angst, verwünschte mich und sagte: »Hast du kein Vertrauen zu mir? Geduldig und weder Zeit noch Mühe schonend, habe ich mein Netz gesponnen, um dir alles zu erleichtern. Im Palast hast du deinen Bruder Antar, dem du trauen kannst. Den Obereunuchen habe ich bestochen. Delilah wird dich in den Palast begleiten, um in den Sand zu schauen, und ich habe bereits einen kretischen Trank zubereitet, den man Selim statt des Opiums reichen wird, um ihn in tiefen Schlaf zu versenken.«

Mustafa ben Nakir berührte mich mit seiner schönen Hand an der Schulter und sagte: »Ah, Michael el Hakim, du gefällst mir, und mein Herz drängt mich, dich zur Kasbah zu begleiten, um dich mit meinem Rat zu ermutigen; vor allem aber, um zu sehen, daß du deinen Auftrag ausführst, und zwar zur rechten Zeit. Hab keine Angst, denn ein fallender Stein kann dir hier ebensogut den Kopf zerschmettern wie im Hof der Seligkeit.«

Mir war aber das Ganze zu überraschend gekommen, und ich rief wutentbrannt: »Im Hof der Seligkeit wird mich ein fallendes Schwert treffen und sonst nichts. Ich bin wahrlich unter einem üblen Stern geboren. Aber ich bin ein Sklave und habe keine andere Wahl. Möge mich die *fatwa* schützen. Ich höre und gehorche.«

Da hob Abu el Kasim den Kopf, lauschte angestrengt und sagte: »Allah! Was kann das bedeuten?«

Auch ich hörte es. Es war fernes Büchsenfeuer. Wir stürzten alle drei auf die Straße; dasselbe taten die Nachbarn, die Hände vor Staunen erhoben. Es war kein Zweifel, daß der Lärm von Selim ben Hafs' Kasbah auf dem Abhang herüberdrang; der Wind trug uns Schreie und Waffenklirren zu, und dann brüllte eine Kanone auf, gefolgt von einer zweiten von der spanischen Festung an der Hafeneinfahrt.

»Allah ist groß«, sagte Abu el Kasim. Nun war die Reihe zu weinen an ihm. »Alles ist verloren, aber ich nehme meine Zuflucht zu Allah und nicht zum Teufel, den er steinigte.«

Nun brach in der Stadt der Aufruhr los. Viele Leute stürzten die Straßen entlang und den Hügel hinauf; Kaufleute schlossen ihre

Läden und versperrten die Türen. Mustafa ben Nakir aber betrachtete seine bemalten Nägel und meinte: »Allah ist groß, und nichts geschieht gegen seinen Willen. Wir wollen nachsehen, was geschehen ist.«

Wir hasteten die steile Straße zur Kasbah empor. Auf dem Richtplatz hatte sich bereits eine verstörte Menge eingefunden, doch waren nur zwei erboste Soldaten zu sehen, die nun mit angeschlagenen Musketen standen, ihre glimmenden Lunten anfachten und die Menge zornig anherrschten, Abstand zu halten.

Drinnen in der Kasbah erstarb der Waffenlärm, nur das Gebrüll der Soldaten war zu hören; ob sie vor Freude oder vor Zorn brüllten, war nicht zu unterscheiden. Unter der Menge flüsterte es, ein paar Holzträger und Köche seien über die Mauern des Palastes geflohen; sie stürzten den Hügel hinab und schrien, Selim ben Hafs laufe im Hof der Seligkeit umher, splitternackt, ein Schwert in der Hand, und töte jeden, den er erblicke. Niemand wußte aber, ob das wahr sei.

Plötzlich sahen wir fünfzig mit Arkebusen ausgerüstete Spanier vom Hafen zur Kasbah heraufmarschieren. Ihnen voran schritt der spanische Konsul, heftig gestikulierend. Der Trupp kam vor dem verschlossenen Tor zum Stehen. Der Anführer herrschte die Wache laut an, was die Schüsse bedeuteten, die sie gehört hätten, und befahl, die Tore zu öffnen.

In den Schießscharten der Mauer erschienen nun spanische und italienische Renegaten, welche die Soldaten verhöhnten und sie wieder in ihre Festung zurückkehren hießen; hier hätten sie nichts verloren. Angespornt durch ihre trotzige Haltung fingen nun auch die Umstehenden an, die Spanier mit Steinen und Kamelmist zu bewerfen; diese drohten, ohne auf ihren erregten Konsul zu achten, das Feuer auf sie zu eröffnen. Der kommandierende Offizier befahl seinen Leuten, ihre Feldschlange auf das Tor zu richten, und drohte, sie abzufeuern, falls Selim ben Hafs sich nicht unverzüglich zeige.

Das Tor öffnete sich mit knarrenden Angeln, und die Spanier schickten sich an, hineinzumarschieren; ihre Triumphschreie erstarben aber angesichts zweier auf sie gerichteter Kanonen im Torbogen, und dahinter einer Reiterschar, die kaum noch ihre Pferde zügeln konnte. Der spanische Offizier ließ seine Leute sogleich zurückgehen und ersuchte in viel milderem Ton, mit einem

Verantwortlichen zu sprechen, der ihm sagen könne, was in der Kasbah vorgefallen sei. Und nun erblickte ich zu meinem grenzenlosen Erstaunen Andy. Er stand zwischen den zwei Kanonen, den Luntenstock in der Hand, wandte sich um und sprach zu den Reitern; dabei bewegte er sich so unvorsichtig, daß eins seiner Geschütze losging, seine Kugel in die dichtgeschlossenen Reihen der Spanier sandte und viele zu Boden streckte. Da konnten auch die Reiter ihre Pferde nicht länger zügeln und preschten mit gezückten Säbeln durch das Tor.

Abu el Kasim faßte sich mit beiden Händen an den Kopf und schrie: »Wache ich oder träume ich?«

Dennoch tat er seine Schuldigkeit, indem er einen heiligen Marabut am Ärmel zupfte und ihm befahl, die *fatwa* zu verkünden. Dann suchte er, vorsichtig wie er war, eilends Schutz hinter einer verfallenen Hütte und steckte sie in Brand. Ich aber hatte gesehen, wie die galoppierenden Pferde Andy niedergestoßen hatten, und eilte ihm, der Gefahr nicht achtend, zu Hilfe. Er taumelte auf die Beine, wischte sich den Staub vom Gesicht und fragte verblüfft: »Was ist geschehen? Wie bist du denn hier hereingeschneit, Michael? Mach dich sogleich aus dem Staub; es scheint, wir bekommen Krieg. Die Kanone ging unversehens los. Zum Glück ist alles vorherbestimmt; aber ich dachte nicht daran, aufs neue einen Brand anzuzetteln, nun, da wir in der Kasbah die Ordnung wiederhergestellt haben. Geh nun. Ich habe genug Unheil angerichtet und will dich nicht darein verwickeln.«

Er roch stark nach Wein; vielleicht hatte ihn auch ein Pferd an den Kopf geschlagen. Jedenfalls hob er mich auf und schleuderte mich weit aus dem Torbogen hinaus, und mir blieb keine Wahl, als Deckung zu suchen, denn die Spanier schossen und hieben um sich, die Menge verkündete den Heiligen Krieg, und die Schuppen, die Abu el Kasim angesteckt hatte, loderten zum Himmel.

Ich rannte, einer aufgescheuchten Henne gleich, hierhin und dorthin, bis Abu el Kasim und Mustafa ben Nakir mich an den Armen packten, schüttelten und fragten, warum Selim ben Hafs' Mameluken die Spanier angegriffen hätten. Ich antwortete freimütig, ich hätte nicht die leiseste Ahnung, beschwor sie aber, Andy zu retten, weil die Spanier ihn gewiß hängen würden.

Im Augenblick aber schienen die Spanier wenig geneigt, irgend jemand zu hängen, da sie Mühe genug hatten, den Hafen wieder zu erreichen. Viele von ihnen lagen in ihrem Blut, während unten in der Stadt der bewaffnete Pöbel den Fliehenden in den Weg trat. Von den Dächern regnete es Steine, siedendes Wasser und Holzbalken. Selims Mameluken aber, denen die mörderischen spanischen Arkebusen heilsamen Respekt eingeflößt hatten, zogen sich wieder in die Kasbah zurück und überließen den Städtern die Verfolgung. Derwische und andere heilige Männer verkündeten schäumenden Mundes, die Tore zum Paradies ständen allen offen, die von der Hand der Spanier fielen.

Abu el Kasim spürte keine allzugroße Neigung dazu, und Mustafa ben Nakir erklärte, wir hätten an wichtigere Dinge zu denken, als an die Houris des Paradieses. Als der Lärm sich einigermaßen gelegt hatte, faßten wir Mut und redeten die Wachen am Tor der Kasbah an, indem wir sie im Namen Allahs segneten. Ich bat sie, meinen Bruder Andy zu rufen, und als Abu einige Silbermünzen unter sie geworfen hatte, willfahrten sie unserer Bitte.

Bald darauf erschien Andy im Torbogen, die Hände prahlerisch in seiner Schärpe vergraben. Er betrachtete uns erstaunt und meinte: »Im Namen Allahs! Was steht ihr da draußen? Kommt herein und teilt unsere Freuden!«

Er hatte ganz vergessen, daß er mich eben erst gesehen hatte. Wir wagten seine herzliche Einladung nicht anzunehmen, und ich fragte: »Andy, du bist doch wohl nicht betrunken? Komm zu uns, wir wollen dich vor Selims Zorn verbergen.«

Er sah mich verblüfft an.

»Bist du verrückt, Michael? Selim ben Hafs ist tot, und ich diene seinem Sohn Mohammed ben Hafs. Gott segne den lieben Jungen.«

Abu el Kasim stieß einen lauten Schrei aus und fragte: »Wie ist das möglich?«

Andy wich unseren Blicken aus, rieb sich verlegen die Hände und antwortete: »Die meisten Leute glauben, er sei im Bad ausgeglitten und habe sich den Hals gebrochen. Die traurige Wahrheit aber ist, daß ich es war, der ihn ihm gebrochen hat. Es geschah ganz aus Versehen und in Notwehr – mag sein, daß ich auch nicht ganz nüchtern war.«

»Guter Gott im Himmel«, stammelte ich atemlos. »Hast du Selim ben Hafs getötet und so alle meine herrlichen Pläne vereitelt? Ich frage mich schon, wozu dir der Schöpfer überhaupt einen Kopf hat wachsen lassen; es sei denn, um deine Ohren auseinanderzuhalten.«

Andy brauste auf, noch hitzig vom Wein.

»Wozu Selims Schicksal beklagen? Trauert lieber um die beiden anderen Sultane, die heute hier regiert haben, denn wenn schon die Wahrheit heraus muß, Mohammed ist Selims dritter Nachfolger.«

In diesem Augenblick liefen vier oder fünf Soldaten in Filzkappen auf Andy zu und sagten ihm, der Aga rufe nach ihm. Andy folgte ihnen schwankend über den Hof und ließ uns im Schutz der Wachen zurück. Abu el Kasim und ich ließen uns schweren Herzens im Schatten nieder, Mustafa ben Nakir aber nahm sein persisches Buch heraus und begann Gedichte zu lesen; von Zeit zu Zeit betrachtete er wohlgefällig seine gefärbten Nägel.

Plötzlich sprangen wir auf. Aus des Agas Haus drangen unvermittelt Schreie und Schüsse. Ich dachte, ich würde Andy nie wieder sehen; ich hätte ihn freilich besser kennen sollen. Er torkelte über den Hof auf uns zu, und eine Schar brüllender Soldaten folgte ihm auf den Fersen. Auf dem Kopf trug er den Turban des Agas, geschmückt mit einer Feder, die in einer edelsteinbesetzten Hülse steckte. Er seufzte: »Möge Allah mir meine vielen Sünden vergeben. Ich muß gewiß besoffen sein. Ich mußte den Aga töten, obwohl ich wußte, daß ein tätliches Vorgehen gegen einen vorgesetzten Offizier das schlimmste Verbrechen ist, das ein Soldat begehen kann. Aber er plante den Sturz des kleinen Mohammed, und wäre ihm das gelungen, wäre niemand übriggeblieben, Selims Thron zu erben; um daher jede Verwirrung zu vermeiden, tötete ich den Aga und nahm ihm den Turban ab. Aber helft mir nun, Michael und Abu, mein lieber Herr, denn ich brauche einen Dromedar.«

Nun war ich überzeugt, daß er das letzte bißchen Verstand verloren hatte, bis es Abu aufdämmerte, daß Andy einen Dragoman zum Dolmetschen meinte. Ich aber rief: »In Allahs Namen! Mein Bruder weiß nicht mehr, was er tut. Gib ihm den für Selim zubereiteten starken Schlaftrunk, und wenn er seinen Rausch ausgeschlafen hat, können wir ihn wieder zur Vernunft bringen.«

Da kam ein zorniger Eunuch, gefolgt von Soldaten, aus dem inneren Hof; er trug des Sultans Siegelring in der Hand. Hinter ihm schleppten Diener eine schwere Eisentruhe. Die Soldaten riefen, hier brächten sie des Sultans Geld, das unter seine treuen Truppen verteilt werden müsse. War es vorhin schon laut gewesen, so schwoll nun der Lärm zum Getöse an, als sei ein ungeheures Handgemenge im Gange. Ich schlug die Hände vor die Augen und suchte hinter einem Strebepfeiler Schutz. Soldaten strömten von allen Seiten herbei, im Laufen einander tretend und die Schwächeren zu Boden trampelnd, bis der Eunuch, der vergeblich den Siegelring geschwenkt hatte, sich über die Truhe warf und seine Seele Allahs Schutz empfahl.

Andy sagte uns hastig Lebewohl und bahnte sich mit Püffen einen Weg zur Truhe. Er stieß den Eunuchen beiseite und befahl allen Schreibern, genau das Buch zu führen, auf daß jeder Mann seinen gebührenden Anteil erhalte. Seltsamerweise gehorchten ihm die grimmigen Burschen aufs Wort und traten der Rangordnung nach in Reih und Glied an. Sie fühlten sich geschmeichelt, wenn Andy ihnen Kopfnüsse versetzte und sie besoffene Schweine schalt. Die zitternden Schreiberlinge kauerten auf dem Boden, die Regimentslisten vor sich; der Eunuch breitete verzweifelt die Arme aus, schloß die Truhe auf und verschwand. Andy guckte in die Truhe und schrie verblüfft: »Verflucht sei der Name Selim ben Hafs', der uns noch im Tode betrügt! Er ging keinen Augenblick zu früh zugrunde.«

Die Wachtmeister drängten hinzu und starrten in die Truhe; auch sie glotzten erstaunt hinein, denn was sie darin erblickten, reichte nicht einmal hin, jeden Mann mit einer Goldmünze zu belohnen. Sie erholten sich aber bald von ihrem Staunen und meinten: »Wir sind arme Teufel, aber die Stadt ist reich. Wir wollen eilends hinab und nehmen, was wir können, bevor die Spanier es in die Klauen kriegen.«

Andy kratzte sich hinterm Ohr. »Wer bin ich, daß ich euch widersprechen sollte? Hundert Köpfe können gewiß besser denken als einer. Doch sollten wir es uns wohl überlegen, eine Stadt zu plündern, die der Sultan unserem Schutz anvertraut hat.«

Abu el Kasim brach in Tränen aus und sprach: »Alles ist vorherbestimmt, und nun ist die letzte Gelegenheit, zu retten, was zu retten ist. Geh hin, Mustafa ben Nakir, und rede vernünftig mit diesen Leuten, während ich und mein Sklave Michael nach Hause eilen um das Gold, das der Trost meiner alten Tage sein sollte. Es wird für vier Goldstücke für jeden Mann reichen und sie vielleicht bewegen, sich in Geduld zu fassen, bis der Befreier die Stadt erreicht.«

Mustafa trat, würdevoll wie stets, auf Andy zu, während Abu und ich zum Tor hinaus und hinab in die Stadt eilten. Wir sahen die letzten Spanier zu ihrer Festung zurückrudern und eine Menschenmenge auf dem Hafendamm stehen, die schreiend ihre Waffen schwang. Kaum aber hatten wir unser Haus erreicht, als die Kanonen der Festung aufbrüllten; eine Kugel zischte durch die Luft und riß ein Loch in unser Nachbarhaus. Hastig gruben wir den Schatz aus, der unter dem Fußboden vergraben lag, verstauten die Geldsäcke in eine Truhe und luden diese auf einen entlaufenen Esel, den uns das Schicksal bis an die Türschwelle gesandt hatte. Das Feuer hatte ihn erschreckt; er beruhigte sich aber unter seiner gewichtigen Last und trottete willig die steile Straße hinauf.

Als wir mit unserer Ladung im Vorhof der Kasbah ankamen, fanden wir die Soldaten auf dem Boden sitzen; sie lauschten ruhig Mustafa ben Nakirs begeisterter Beschreibung der Paradieseswonnen. Ab und zu las er ihnen aus seinem Buch persische Gedichte vor. Andy döste nickend auf dem Deckel der Truhe vor sich hin. Mustafa ben Nakir warf uns einen vorwurfsvollen Blick zu, als wir schwitzend unter Hüh und Hott mit unserem Esel auftauchten und seine wohllautenden Verse unterbrachen. Andy aber sprang auf und begrüßte uns mit Segenswünschen.

»Wir müssen nun Amina und ihren Sohn befragen, den ich zum Sultan gemacht habe, weil sie mir schwor, er sei Selim ben Hafs' rechtmäßiger Erbe. Zwar hatte sich diese bezaubernde Dame während der fraglichen Zeit oft bitter über Selims Ausbleiben beklagt; aber wir haben keine anderen Sultane zur Auswahl, nun, da sie die beiden älteren Söhne Selims erdrosselt hat.«

Mustafa ben Nakir schloß sein Gedichtbuch und meinte seufzend: »Wir wollen den Knaben suchen gehen, Michael, denn die Auszahlung dieser Leute wird lange dauern, und ich habe sie bereits auf die Ankunft des Befreiers vorbereitet.«

Andy befahl den Soldaten, Abu el Kasim und den Schreibern zu gehorchen, auf daß kein Streit um das Geld entstehe; dann begleitete er uns in den inneren Hof, wo wir viele Leichen und eine Anzahl Schußlöcher in dem Marmorsäulengang bemerkten. Andy aber führte uns geradewegs durch das goldene Tor der Seligkeit, schob die entsetzten Eunuchen beiseite und murmelte dann mit belegter Stimme: »Gehen wir ins Bad; ich glaube, dort habe ich zwei verschlossene Weinkrüge stehen.«

Mit der Sicherheit eines Schlafwandlers führte er uns durch viele gewundene Gänge ins Bad; dort kniete er am Beckenrand nieder, fischte einen Krug aus dem Wasser, erbrach das Siegel und trank begierig. Ich sah mich um und erblickte Selim ben Hafs' Leiche, die auf einer Marmorplatte lag – kein erfreulicher Anblick, denn sie war gedunsener und bleicher als je. Die Eunuchen, die sie aufgebahrt hatten, verschwanden bei unserem Herannahen wie Schatten. Mustafa ben Nakir setzte sich mit untergeschlagenen Beinen auf die Bank zu Füßen des Toten und sagte: »Wir müssen alle sterben, jeder Augenblick eines Menschenlebens ist vorherbestimmt. Es ist auch Allahs Wille, daß wir hier in dieser Badestube sitzen und du dein Gewissen reinigst, auf daß wir später alles zum besten ordnen. Sprich also, Ringer Antar!«

Andy glotzte ihn an, schluckte, griff nach den Federn auf seinem Turban und erwiderte gekränkt: »Ich bin kein Ringer, sondern des Sultans Aga – wenn ich nur den Sultan erwischen könnte. Geschehen ist weiter nichts, nur böse Zungen verbreiteten Verleumdungen über mich und redeten Selim ben Hafs ein, ich hätte sein Nest besudelt – was eine faustdicke Lüge ist; ich habe sein Bett niemals auch nur gesehen. Heute früh kam Selim splitternackt ins Bad, um das Opium auszuschwitzen. Eine Schar geschminkter Knaben begleitete ihn, um ihn zu waschen. Als er mich sah, fing er an, nach seinem Krummsäbel zu schreien. Sein Weib Amina, die nicht mehr am Leibe trug, als was einst im Paradies üblich war, versuchte ihn zu beruhigen und wenigstens Zeit zu gewinnen, damit ich in die Hosen schlüpfen könnte. Bei ihrem Anblick aber geriet der alte Mann erst recht außer sich. Glücklicherweise gaben seine hübschen Knaben Fersengeld, als sie Aminas ansichtig wurden; so konnte ich die Tür verriegeln und überlegen, was nun zu tun sei. Sie meinte, mir bleibe keine Wahl, als Selim mit Gewalt umzustimmen; so nahm ich ihn denn einfach mit den Fingerspitzen um den Hals, und der brach. Meine liebe Amina war ebenso bestürzt darüber wie ich selbst.«

Andy wischte sich mit dem Daumen die Tränen aus den Augen; aber Mustafa ben Nakir fragte, seine Nägel betrachtend: »Und dann?«

»Dann?« Andy rieb sich die Schläfen, um sein Gedächtnis aufzufrischen. »Ja nun, dann sagte Frau Amina, es sei Allahs Wille, aber zu unserem Nutzen wäre es am besten, zu behaupten, Selim sei auf dem glatten Boden ausgeglitten und habe den Hals gebrochen. Sie meinte dann zu mir, andere, wichtigere Aufgaben erwarteten sie, und sie verließ rasch das Bad und versprach, den Aga und die Eunuchen als Zeugen des Vorgefallenen zu schicken. Die Eunuchen legten Selim auf die Bank, banden ihm die Zehen zusammen und riefen den neuen Sultan aus, während ich den Aga am Arm faßte und mit ihm in die Kaserne zurückkehrte; mir schien nämlich, ich hätte im Trauerhaus nichts verloren. Ich hielt ihn für einen netten Burschen; darin muß ich mich aber wohl geirrt haben, da ich ihn eben umgebracht habe, soviel ich weiß.«

Er fingerte ein Weilchen nachdenklich an seiner Kopfbedekkung herum, stutzte dann und fragte: »Wo war ich stehengeblieben? Ach ja. Nun gab es Streit um den neuen Sultan, denn Selim ben Hafs hatte zwei Söhne außer dem von Amina, und die beiden wurden gleichzeitig zum Sultan ausgerufen. Der Lärm und der Kampf gingen weiter, bis man entdeckte, daß Amina die beiden älteren Söhne hatte erdrosseln lassen und deren Mutter dazu, zur Sicherheit. Als ich ihr darob Vorwürfe machte, fragte sie, ob ich lieber sie und ihren Sohn erdrosselt gesehen hätte; es ist hier scheint's der Brauch, daß der Herrscher keinen Rivalen am Leben läßt. Dann gab sie mir deutlich zu verstehen, sie wolle mich heiraten, damit ich ihren Sohn beschützen könnte, bis er erwachsen sei. Ich habe gar nichts, wirklich nichts gegen Amina — feine Frau — aber mit der Schlinge ist sie rascher bei der Hand, als ich das von meiner Frau wünschen würde.«

Er begann unwirsch nach Amina zu rufen und konnte sich vor Trunkenheit kaum auf den Beinen halten; Mustafa ben Nakir aber hatte genug gehört, erhob sich und sprach: »Antar, du hast deine Schuldigkeit getan und bedarfst der Ruhe. Es gibt keinen Sultan außer Suleiman, dem Sultan der Sultane. In seinem Namen ergreife ich Besitz von dieser Kasbah, bis der Befreier kommt, um Mann für Mann nach Verdienst zu belohnen oder zu bestrafen. Sklave Michael, nimm deines Bruders Schwert, das zu führen er jetzt nicht imstande ist, und schlage Selim das Haupt ab, auf daß es auf der Spitze einer Säule auf einer goldenen Schüssel vor aller Augen ausgesetzt werde. Mit ihm ist das Haus der Hafsiden erloschen; keine ränkevollen Weiber sollen in dieser Stadt herrschen, und der Thron soll bis zur Ankunft des Befreiers leerstehen.«

Mustafa sprach so entschieden, daß ich mich nicht zu widersetzen wagte; ich packte Andys Schwert und schlug Selim den Kopf ab, so unangenehm das Geschäft auch war. Als ich ihm aber die Waffe einhändigte, trat eine Schar prächtig gekleideter Eunuchen und schwarzer Sklaven ein. In ihrer Mitte führten sie einen Knaben in glänzendem Kaftan, der einen viel zu großen Turban auf dem Kopf trug. Er trat im Gehen auf den langen Kaftan und hielt seine Mutter an der Hand.

Andy sah überaus beschämt drein und begrüßte die Frau mit dem Namen Amina. Als sie seinen Zustand erkannte, vergaß sie, sich zu verschleiern, stampfte auf und kreischte: »Ich hätte nie einem Unbeschnittenen trauen sollen! Wo ist die Schatztruhe? Warum rufen die Soldaten nicht meinen Sohn zum Sultan aus? Und wie konntest du zulassen, daß meines Herrn Leichnam so entweiht wird? Das Beste, was ich tun könnte, wäre, dir den Hals abschneiden zu lassen, den du nur dazu benützt, ihn zu besudeln, dem Gesetz des Propheten zum Trotz!«

Ge-gelobt sei sein Name«, stammelte Andy, taumelnd und schluckend, während ich sprachlos, Selims Haupt in der Hand, danebenstand. Das erboste Weib zog den roten Pantoffel vom Fuß und begann ihn Andy über den Kopf zu schlagen, bis der Turban des Agas herabfiel. Ich weiß nicht, wie alles geendet hätte, wäre nicht Mustafa ben Nakir vorgetreten; er schellte mit den Glöckchen an seinem Gürtel und rief: »Verhülle dein Angesicht, schamloses Weib, und führe deinen Bastard zurück in den Harem! Wir haben mit dir nichts zu reden. Allah wird dich dafür bestrafen, daß du einen Mann so behandelst, der dir und deinem Sohn einen weit größeren Dienst erwiesen hat, als du verdienst.«

Sein Gebaren war so stolz und zwingend, daß das Weib zurückwich und fragte: »Wer bist du, schöner Jüngling, und wie wagst du es, zu mir, der Mutter des regierenden Sultans, so zu sprechen?«

»Ich bin Mustafa ben Nakir, der Sohn des Todesengels. Mein Amt ist es, dafür zu sorgen, daß jeder nach Verdienst belohnt wird.« Er wandte sich an die Eunuchen: »Führt das Weib zurück in den Harem; dieses besoffene Schwein aber soll in einem dunklen Winkel seinen Rausch ausschlafen. Dann holt mir einen Kaftan, der meinem Range geziemt, damit ich bis zur Ankunft des Befreiers den Befehl über die Stadt übernehmen kann. Dies alles tut, bevor ich noch ein geeignetes Ghasel aufschlagen kann, sonst werden viele von euch sich um einen Kopf kürzer finden.«

Er wandte Amina den Rücken, schlug sein Buch auf und fing an, mit seiner wohlklingenden Stimme laut vor sich hin zu lesen, so eindrucksvoll, daß niemand ihn zu fragen oder zu stören wagte, sondern seinen Befehlen gehorchte. Mir fiel ein Stein vom Herzen, zu sehen, daß inmitten der allgemeinen Verwirrung wenigstens ein Mann wußte, was er wollte. Aber meine unbezähmbare natürliche Neugier übermannte mich, und ich fragte: »Was für ein Mensch bist du, Mustafa ben Nakir, daß alle dir gehorchen?«

Er neigte lächelnd das Haupt.

»Ich folge nur den Eingebungen meines Herzens, die mich schon morgen in die Wüste hinausführen können. Vielleicht gehorchen mir die Menschen, weil ich freier bin als andere – so frei, daß mir nichts daran liegt, ob sie mir gehorchen oder nicht.«

Bald kehrten die Eunuchen mit Prachtgewändern zurück, die sie Mustafa ben Nakir anlegen halfen. Sie zogen ihm edelsteinbesetzte Pantoffeln an und gürteten ein blitzendes Schwert um seine Lenden; zuletzt setzte er den Turban des Aga auf seine wohlgepflegten Locken. Er befahl mir, Selim ben Hafs' Haupt auf die goldene Schüssel zu legen, welche die Eunuchen auf sein Geheiß gebracht hatten, gähnte dann leicht, die Hand vor dem Mund, und sagte: »Das Geld wird nun bald unter die Leute verteilt sein, und es wird klug sein, sie nicht müßiggehen zu lassen; dazu eignet sich wohl nichts besser als ein Angriff auf die Spanier. Ich muß daher einen Abgesandten, der Latein spricht, in ihre Festung schicken, um Ersatz für allen Schaden zu fordern, den sie angerichtet haben. Weigern sie sich, so müssen sie erfahren, daß der neue Sultan ihr Vorgehen nicht dulden wird und

Khaireddin zu seiner Unterstützung herbeirufen muß. Das wird uns Zeit geben, die Kanonen zum Hafen hinunterzuschaffen. Hast du aber einen besseren Plan, Michael, so sprich ohne Scheu!«

»Wen meinst du mit dem Sultan?« warf ich ein. »Ist der kleine Mohammed ben Hafs der rechtmäßige Sultan von Algier?«

»Ah«, erwiderte er, von neuem ein Gähnen unterdrückend, »wir glauben an Allah, obgleich wir ihn nie gesehen haben. Warum sollten die Spanier am Dasein eines Sultans zweifeln, den sie nie zu Gesicht bekamen? Erzähle ihnen von diesem unsichtbaren Sultan; das mag ihnen genügen.«

»Allah, Allah!« stammelte ich atemlos. »Du willst doch nicht etwa mich senden? Die Spanier sind grausam. Selbst wenn sie mir den Kopf auf den Schultern lassen, werden sie mir doch wahrscheinlich Nase und Ohren abschneiden.«

Mustafa ben Nakir schüttelte sanft den Kopf. »Ich ginge gerne selbst, weil ich gerne neue Örtlichkeiten und Gesichter sehe. Mir aber mangelt's am nötigen Latein; auch habe ich anderes zu tun. Du bleibst besser eine Weile in der Festung. Und nun darfst du mich nicht stören, denn ich verfasse ein türkisches Gedicht nach persischer Art und muß die Silben zählen.«

Um mich zu trösten, befahl er den Eunuchen, mich mit einem überaus prächtigen Kaftan auszustatten; dann blieb mir nichts anderes übrig, als Selims Haupt auf die goldene Schüssel zu legen und Mustafa ben Nakir zu folgen. Die bewaffneten Neger begleiteten uns. Wir schritten in feierlicher Prozession unter den erstaunten Rufen der Soldaten in den Vorhof. Abu el Kasim stürzte auf uns zu und fiel vor Mustafa auf die Knie, um seinen Pantoffel zu küssen. Bei diesem Anblick kniete auch der Eunuch nieder. Mustafa nahm ihm des Sultans Siegelring ab und drehte ihn nachdenklich zwischen den Fingern. Bald war der Hof voll Soldaten, die sich verneigten und Stirn und Boden mit den Fingerspitzen berührten.

Mustafa ben Nakir ließ die Wachtmeister zu sich kommen und befahl, Wachen an die Tore zu stellen und andere zum Löschen der Brände unten am Hafen zu entsenden. Dem Großteil aber befahl er, die Kanonen zur Küste hinunterzuschaffen. Kein Schiff durfte ohne seine Genehmigung nach der Festung auslaufen, und jeder, der aus dieser Richtung kam, sollte festgenommen und ihm vorgeführt werden.

Als er ausgesprochen hatte, betrachtete er seine Nägel und fragte, ob die Männer noch etwas wissen wollten. Sie murmelten untereinander, bis einer sich ein Herz faßte und schrie: »Schwatzhafter Geck! Was fällt dir ein, hier zu befehlen?«

Erwartungsvolles Gelächter begleitete den Ausruf; aber Mustafa ben Nakir nahm kaltblütig einem Neger den breiten Krummsäbel aus der Hand, trat auf den Sprecher zu und sah ihm unverwandt in die Augen. Die übrigen Soldaten wichen zur Seite, und Mustafa trennte mit einem blitzschnellen Hieb des Mannes Kopf vom Rumpf, bevor er einen Finger rühren konnte. Ohne den kopflosen Leichnam auch nur eines Blickes zu würdigen, kehrte Mustafa an seinen Platz zurück, reichte dem Neger sein Schwert und fragte, ob noch einer was zu sagen hätte. Den Neugierigen aber war das Lächeln auf den Lippen erfroren, und die dem Toten zunächst standen, begnügten sich damit, ihm die Börse zu leeren. Hierauf marschierten die verschiedenen Abteilungen in guter Ordnung ab, die erhaltenen Befehle auszuführen.

Abu el Kasim rieb sich die Hände und sagte: »Wir haben die Sache zu einem guten Ende geführt, wenn auch um einen beträchtlichen Preis. Doch ich zweifle nicht, daß der Befreier mich vollauf entschädigen wird. Wir müssen nun beraten, was wir ihm sagen sollen und wie wir es vorbringen, damit wir einander nicht widersprechen, wenn die Zeit kommt.«

Mustafa ben Nakir stimmte bei und fügte hinzu: »Und es wäre gut, wenn dein Sklave Michael sich sogleich zur Festung begäbe, um Verhandlungen mit den Spaniern anzuknüpfen.« Er wandte sich an mich: »Wenn du sie zum Abzug überreden kannst, um so besser. Wenn nicht, schadet es weiter nichts.«

Er befahl zwei Soldaten, mich zu begleiten, und kehrte in den Hof der Seligkeit zurück. Mir blieb nur übrig, mein Schicksal zu verfluchen und mich zum Hafen zu begeben, wo Soldaten Brände löschten, Verschanzungen aufwarfen und Geschütze in Stellung brachten.

Mein Bootsmann hatte mich nicht weit zu rudern, aber der runde Turm und die starken Festungsmauern ragten immer düsterer und drohender empor, je näher wir kamen. Als wir die

Hälfte des Weges zurückgelegt hatten, fiel ein Schuß aus der kleinen Kanone auf dem Festungswall, und die Kugel klatschte so dicht neben meinem Boot ins Wasser, daß sie mich durchnäßte. In meiner Angst fing ich an, umherzuspringen, mit den Schößen meines Kaftans zu winken und in meinem besten Latein zu kreischen, ich sei des Sultans Abgesandter. Wir wären gewiß gekentert, hätte mein Bootsmann mich nicht wieder auf die Bank niedergezogen. Das Feuer aber war verstummt. Sobald ich in Hörweite gelangt war, erschien ein Mönch in schwarzem Habit auf dem Pier und fragte mich auf lateinisch, was geschehen sei; er segnete meine Ankunft, da in der Festung große Angst herrschte.

Wir machten am Pier fest. Ich ersuchte im Namen des Sultans, mit dem Befehlshaber der Garnison sprechen zu dürfen. Während dieser Offizier sich ausstaffierte, um des Sultans Gesandten würdig zu empfangen, setzte mir der Mönch Wein vor und hätte mir auch Speise gebracht, wenn die Vorräte es gestattet hätten. Die aber schwanden nun rasch dahin, da in der Stadt keine Einkäufe mehr gemacht werden konnten. Der gute Mönch war so arglos, daß er mich bat, meinen Bootsmann zurückzuschicken, um Fleisch und Gemüse zu holen, unter deren Mangel besonders die Verwundeten litten.

Ich erkannte bald, daß niemand in der Festung auch nur ahnte, was in der Stadt vorgefallen war. Zehn Jahre lang hatte die Besatzung müßig und in Frieden dahingelebt, und man meinte, ich sei gekommen, um im Namen des Sultans Vergebung zu erbitten. Selim ben Hafs hatte diese Spanier stets als seinen einzigen Schutz gegen Khaireddin betrachtet. Um so mehr fürchtete ich nun den Zorn, den mein Auftrag bei Kapitän de Varga, dem spanischen Befehlshaber, erregen mußte, und ich versuchte, mir in tiefen Zügen Mut anzutrinken.

Endlich erschien Kapitän de Varga in schimmernder Rüstung, begleitet von dem spanischen Konsul, der mit den Soldaten aus der Stadt geflohen war. Der Konsul hatte eine Beule an der Stirn und war halb von Sinnen, weil sein Haus geplündert worden war. Kapitän de Varga sprach ein wenig Latein; er war ein stolzer, entschlossener Herr; allein er hatte infolge der müßigen Lebensweise Fett angesetzt, so daß die prächtige Rüstung ihn an verschiedenen Stellen drückte, was ihn mir keineswegs geneigter machte.

Zuerst fragte er, was in der Stadt geschehen sei, und warum sowohl des Sultans Truppen wie auch die Städter seine fast waffenlosen Männer so heimtückisch überfallen und solchen Schaden an ihrem Eigentum verursacht hätten. Hier fiel der Konsul, dessen Schläfenadern anschwollen, ein und rief, die Verluste, die er erlitten hätte, überstiegen an Wert bei weitem das Leben einiger Tölpel von Soldaten. Er forderte volle Entschädigung und ein neues, besseres Haus, dessen Bauplatz er schon ausgesucht hatte.

Als ich mich endlich vernehmbar machen konnte, wählte ich meine Worte mit Bedacht. »Edler Kapitän, erlauchtester Konsul, und ehrwürdiger Vater! Sultan Selim ben Hafs, gelobt sei sein Name, erlitt heute früh einen tödlichen Unfall. Er glitt im Bad aus, stürzte und brach den Hals. Nach langem Disput zwischen seinen vaterlosen Söhnen hat der siebenjährige Mohammed den Kaftan übernommen und den Thron bestiegen. Er hat seine Stellung gefestigt, indem er Geld unter seine treuergebenen Truppen verteilte, und ihm steht als Beraterin seine weise Mutter Amina zur Seite. Seine älteren Brüder werden sich nicht widersetzen, denn beim Mahl blieb ihnen beiden je ein Dattelkern in der Kehle stecken, und sie erstickten daran. Zweifellos griff hier die Hand des Schicksals ein, um Thronstreitigkeiten zu verhindern. Aber«, fuhr ich zitternden Herzens fort, obwohl ich Kapitän de Varga immer noch unverwandt in die Augen sah, »während dies alles in Übereinstimmung mit den altehrwürdigen Bräuchen der Stadt vor sich ging, traf eine Horde plündernder Spanier unter Artilleriebedeckung ein. Ich mache Euch, edler Kapitän, in keiner Weise für diese grobe Verletzung des Völkerrechts verantwortlich. Der zügellose Haufen muß die Festung ohne Eure Erlaubnis verlassen und des Herrschers Tod benützt haben, um Verwirrung in die Stadt zu tragen. Immerhin entweihten sie die Moschee, besudelten mutwillig das Grab des heiligen Marabuts und eröffneten sodann das Feuer auf die Kasbah, zweifellos in der Absicht, sich der Schatzkammer zu bemächtigen. Der Aga mußte einige Reiter ausschicken, sie so schonend wie möglich zu vertreiben. Dann ergossen sich die Spanier in die Stadt, plünderten die Häuser der Gläubigen und mißbrauchten ihre braven Frauen. Um weitere Wirren zu vermeiden, hat der Sultan gnädig geruht, den Verkehr zwischen Festung und Stadt einzustellen, damit nicht das Volk, erbittert über die Schändung der Moschee und des Grabmales, Böses mit Bösem vergelte und die Festung angreife. Der Sultan hat auch befohlen, Gräben um den Hafen auszuheben, wo er seine Geschütze aufgestellt hat, wie Ihr selbst sehen könnt. Diese Maßnahmen aber wurden einzig und allein ergriffen, um die Festung zu schützen und neues Blutvergießen zu vermeiden, das die freundlichen Beziehungen, die derzeit zwischen dem Kaiser von Spanien und dem Sultan von Algier bestehen, beeinträchtigen könnte.«

Der Wein hatte mir die Zunge derart gelöst, daß mich meine eigene Beredsamkeit hinriß. Der Konsul lauschte mit offenem Mund; der Dominikaner aber bekreuzigte sich des öfteren und meinte wohlgefällig: »Es ist nur recht und billig, daß unsere christlichen Soldaten Moschee und Grabmal der Ungläubigen entweihten, ich kann sie nicht genug loben. Allzuoft haben wir Muselmänner das Kreuz mit Füßen treten sehen, um uns zu erzürnen.«

Kapitän de Varga hieß ihn schweigen, blickte mich düster an und sagte: »Ihr lügt. Ich schicke die Patrouille an Land, um den Grund der Schießerei in der Kasbah zu erfahren, ausschließlich aus Sorge um Selim ben Hafs; meine Leute gingen aber in die vorbereitete Falle, und nur ihre gute Disziplin rettete sie davor, völlig aufgerieben zu werden. Wenn Plünderungen und Brandstiftungen vorgefallen sind, so haben sie die Moslems selbst begangen, um ihre eigenen Untaten zu verschleiern.«

Ich verneigte mich tief und sagte: »Ich habe Euch gehört, edler Kapitän. Mir bleibt nur übrig, dem Sultan zu berichten, daß Ihr die Wahrheit verdreht, Euer Herz verhärtet und Euch nach Kräften bemüht, die herzlichen Beziehungen zu trüben, die bisher zwischen den Hafsiden und dem Kaiser, Eurem Herrn, bestanden.«

»Wartet!« sagte Kapitän de Varga schnell. Er nahm vom Konsul eine Liste entgegen, überflog sie und fuhr fort: »Ich will nichts Besseres, als jene guten Beziehungen wiederhergestellt zu sehen, und bin bereit, den ganzen Vorfall zu vergessen, vorausgesetzt, daß wir für den Schaden an Eigentum und Waffen sowie die erlittene Unbill entschädigt werden und auch die Familien der Gefallenen das übliche Schmerzensgeld erhalten. Ich bin bereit, insgesamt achtundzwanzigtausend spanische Goldstücke in Empfang zu nehmen; die Hälfte davon ist vor dem Abendgebet der Ungläubigen zu entrichten, die andere binnen drei Monaten, da ich einsehe, daß der junge Sultan zu Beginn seiner Herrschaft andere Kosten zu bestreiten haben wird.«

Mir entfuhr ein Seufzer bei dem bloßen Gedanken an eine so märchenhafte Summe; Kapitän de Varga aber hob die Hand und fuhr fort: »Um künftige Mißverständnisse zu vermeiden, fordere ich das Recht, im Hafen unweit der Moschee einen Geschützturm zu errichten. Ferner soll der Sultan einen Spanier zum Vezier haben, dem eine bewaffnete Leibgarde zugestanden wird, die von des Sultans Schatzamt zu besolden ist.«

Aus diesen Bedingungen erkannte ich, daß er ein weitblickender Mann war, der dem Kaiser gar wohl diente, und in jeder Hinsicht ein achtenswerter Gegner. Echte Tränen stiegen mir in die Augen, als ich vor ihm niederkniete und ihn bat, mir lieber den Kopf abzuschlagen als mich mit einer solchen Botschaft zum Sultan zurückzusenden, der meiner gewiß nicht schonen würde. Dabei verließ ich mich auf seine Ehre als Edelmann und tat recht daran, denn er hieß mich aufstehen und sprach: »Dient mir treu, überzeugt den Sultan, daß ich es ernst meine, und niemand soll Euch ein Haar krümmen. Sagt ihm, daß meine Kanoniere mit glimmender Lunte bereitstehen, daß ich die Stadt mit rotglühenden Kugeln überschütten und den Hafen besetzen werde, wenn ich nicht spätestens morgen um die Stunde des Morgengebets günstigen Bescheid erhalte.«

»Allah ist groß«, versetzte ich. »Da Ihr mir vertraut, laßt Euch raten. Droht nicht allzusehr, sonst möchte etwa der Sultan – bewogen von tückischen Ratgebern und dem Zorn des Pöbels – dem großen Khaireddin Botschaft senden, mit ihm einen Vertrag schließen und Euch mit seiner Hilfe von Eurer Insel vertreiben.«

Er lachte. »Renegat, du bist mir ein schlauer Bursche! Aber selbst ein siebenjähriger Knabe würde kaum so töricht sein, sich den Ast, worauf er sitzt, abzusägen. Riefe er Khaireddin herbei, so käme ihm das teurer zu stehen, als er selber meinte. Ich will aber auf alle Vorschläge hören, die der Sultan etwa macht, wenn er meine Bedingungen gehört hat.«

Trotz seines Lachens merkte ich, daß schon der bloße Name

Khaireddin ihn erschreckt hatte; so versetzte ich denn: »Mein Herr und Beschützer! Ihr braucht mich nicht fortzuschicken, denn ich bringe Euch die Vorschläge des Sultans. Er fordert nichts als gebührenden Ersatz für den durch den spanischen Überfall angerichteten Schaden, und tausend Goldstücke, um Rosenwasser zur Reinigung der Moschee und des Grabes des Marabut zu kaufen. Er ist bereit, selbst die Frage des Schadenersatzes neu zu regeln, vorausgesetzt, daß Ihr alle Schießscharten, welche die Stadt beherrschen, unter der Aufsicht seiner Beamten vermauern laßt. Weist Ihr diese Vorschläge zurück, so wird der Sultan gezwungen sein, anzunehmen, daß Ihr Euch in innere Angelegenheiten einmengen wollt, und wird Hilfe suchen, wo immer er sie findet, um zukünftige Verschwörungen zu verhüten.«

»Gott helfe uns!« sagte Kapitän de Varga und bekreuzigte sich. »Die Bedingungen sind härter, als ich dachte, aber ich weiß, wie mißtrauisch diese Ungläubigen sind; weil sie selbst unablässig in Verschwörungen verstrickt sind, glauben sie, andere seien es ebenso. Aber ich bin ein Kastilianer; ich will lieber sterben als kapitulieren – denn das wäre es doch. Dies ist mein letztes Wort: Wir wollen beide nicht mehr von Entschädigung sprechen. Wir alle sind Menschen; wir alle machen Fehler. Ich will selbst die Schuldigen bestrafen, welche die heiligen Stätten entweiht haben – wenn anders diese Geschichte wahr ist. Rosenwasser aber kann ich nicht erschwingen.«

Der Konsul jammerte, und der Mönch beklagte die Bestrafung von Christen, die eine Belohnung verdient hätten. Kapitän de Varga aber sprach: »Wie Ihr seht, will ich eine Versöhnung erzielen, ganz gegen den Willen meiner Berater. Weiter kann ich nicht gehen. Wenn Euer Herr nicht hören will, müssen meine Kanonen sprechen. Warnt ihn vor allem vor Khaireddin, denn die geringste Annäherung an diesen gottlosen Piraten werde ich als Akt der Feindseligkeit gegen meinen Herrn, den Kaiser, betrachten.«

Er reichte mir einen schäbigen Lederbeutel mit zehn Goldstücken, und ich verbarg mein Erstaunen, daß der Kaiser diesen treuergebenen jungen Offizier in solcher Armut schmachten ließ. Dann wurde ich mit allen Ehren zum Pier geleitet. Er ließ auf meinen Wunsch – und vielleicht auch, um mich zu überzeugen, daß er genug Pulver habe – einen Salut schießen, als wir ablegten. Seine stolze Gutgläubigkeit verwunderte mich, und ich dachte bei mir, wie bei allen Unterhandlungen der redliche Mann den kürzeren zieht, während der Schwindler überall siegreich bleibt.

Die ganze Sache war glimpflicher abgelaufen, als ich hoffen durfte. Mein Gewissen war rein, weil ich ihm deutlich zu verstehen gegeben hatte, daß er mit Khaireddin als Gegner rechnen mußte. Ich ging hochzufrieden an Land und bemerkte, daß die Brände im Hafenviertel gelöscht und viele Geschützstellungen fertiggestellt worden waren. Diese Arbeiten wären durch ein Bombardement von der Festung aus ernstlich behindert worden. So hatten meine Unterhandlungen ihren Zweck erfüllt.

Bei meiner Rückkehr in die Kasbah wurde ich sogleich in den Garten im Hof der Seligkeit geführt, wo Mustafa ben Nakir, behaglich auf ein Daunenkissen unter einem Baldachin hingestreckt, meinem Herrn Abu el Kasim persische Gedichte vorlas. Sie erwähnten taktvoll, daß Amina nicht mehr am Leben war; dies tat mir zwar nicht sonderlich leid, doch dachte ich mit Sorge daran, mit welcher Verzweiflung Andy, aus dem totenähnlichen Schlaf des Trunkenen erwachend, vom Tod seiner Geliebten erfahren würde. Mustafa erriet meine Gedanken und sagte: »Allah ist ein schneller Richter. Wir sprachen mit dem Weib, und wisse, daß sie deines Bruders Einfalt für ihre eigenen üblen Zwecke ausnützte. Sie bestach die Eunuchen, Selim ben Hafs mit deinem Bruder allein in der Badestube zu lassen. Daher, Michael, darfst du dich nicht wundern, daß wir sie, in gerechter Entrüstung über solche Heimtücke, von den Eunuchen erdrosseln ließen. Wir hatten nur das Wohl deines Bruders im Auge.«

»Ja, fürwahr«, warf Abu el Kasim ein. »Doch in der Erkenntnis, daß der Apfel nie weit vom Stamm fällt, ließen wir zugleich auch Aminas Sohn beseitigen. Dies vereinfacht die Lage für Khaireddin, der etwa Scherereien gehabt hätte, wäre der Junge am Leben geblieben und zu den Spaniern übergegangen, womit er ihnen einen Vorwand geliefert hätte, sich in die Thronfolge einzumischen.«

Nun erkannte ich, daß Mustafa ben Nakir mich absichtlich fortgeschickt hatte, damit ich diese unlauteren Handlungen nicht verhindern konnte. Mich dauerte der kleine Junge, der seiner Mutter Hand gehalten und über den langen Kaftan gestolpert und nun so elend zugrunde gegangen war.

Ich kehrte dann nach Abu el Kasims Haus zurück. Schon funkelten die Sterne am Himmel. Viele Leute ergingen sich noch auf den Dächern, und in der Stille der Nacht hörte ich Gelächter, Saitenklang und ein Gegurre wie von Tauben. Mir war warm ums Herz, als ich ins Haus trat und rief, ich sei heimgekommen. Mein Hund lief im Dunkeln auf mich zu, mir die Hand zu lecken, während Giulia die Lampe entzündete und fragte: »Du bist's, Michael, und allein? Wo warst du die ganze Zeit, und wo ist Abu? Ich bin wach gelegen, weil ich nicht wußte, ob nicht etwas Schreckliches geschehen sei. In der Stadt gab es Kämpfe, und es heißt, der Befreier werde bald hier sein. Und als ich heimkam, fand ich ein großes Loch im Boden und fürchtete, Räuber hätten eingebrochen.«

Ihre liebevolle Sorge rührte mich noch mehr; ich erwiderte: »Nichts Schrecklicheres ist geschehen. Ja, es geht sogar alles besser, als ich hoffen durfte. Der Befreier kommt morgen beim Hahnenschrei, und dich erwartet Großes – ein größeres Glück, als du ahnen kannst. So laß uns miteinander recht zärtlich sein, denn es ist Frühling, und wir sind allein im Hause; niemand sieht uns als der Hund, vor dem wir uns nicht zu scheuen brauchen.«

Giulia schlug freudig die Hände zusammen und rief: »Wie brenne ich darauf, den großen Befreier zu sehen, der die Meere beherrscht! Er wird mich gewiß reichlich dafür belohnen, daß ich so umsichtig in seinem Sinne die Zukunft vorhergesagt und ihm den Weg bereitet habe. Vielleicht wird er mich allein mit ihm in den Sand sehen lassen. Es heißt, sein Bart sei weich und kastanienbraun. Er hat gewiß alle Frauen, die ihm das Gesetz erlaubt, und die Mutter seines Sohnes stammt in gerader Linie vom Propheten ab. Dennoch mag er Zuneigung zu mir fassen und mich bei sich behalten.«

Ihr Geplapper stimmte mich traurig. Als ich versuchte, sie in die Arme zu schließen, verschleierte sie rasch ihr Gesicht, trat mir auf die Zehen und fragte: »Bist du von Sinnen, Michael, daß du dich in Abwesenheit unseres Herrn so benimmst? Mäßige dich. Und woher hast du denn diesen schönen Kaftan? Wenn du ihn mir schenken wolltest, könnte ich eine reizende Jacke daraus machen.«

Sie begann den Stoff eifrig zu befühlen; im trüben Licht der

Lampe war sie so wunderschön, daß ich ihr nicht widerstehen konnte und ihr widerstrebend den Kaftan überließ, der in der Tat das prächtigste Kleidungsstück war, das ich je getragen hatte. Sie raffte ihn mit bloßen Armen zusammen; atmete begierig seinen angenehmen Moschusduft ein und rief: »Willst du ihn mir wirklich schenken, Michael? Wenn ja, so darfst du mich küssen, aber in allen Ehren. Ich bin eine feurige Frau und habe es ohnehin schwer genug, meine Tugend zu schützen.«

Sie erlaubte mir, sie auf die Wange zu küssen, und bot mir sogar die Lippen; als ich sie aber umarmen wollte, sträubte sie sich und drohte zu schreien; sie trat mir auf die Zehen, bis ich sie freigeben mußte. Kaum hatte sie sich losgemacht, floh sie mit dem Kaftan in ihren Alkoven, schlug das Gittertor zu, verriegelte es und spottete meiner Bitten und Tränen. Als ich halbnackt dastand und an dem schmiedeeisernen Tor rüttelte, fiel mir zum erstenmal ein, daß ich meine Sklavenkleider in der Kasbah gelassen und nun zur Begrüßung des Befreiers am Morgen nichts anzuziehen hatte.

Als ich mich in jener Nacht schlaflos auf meinem Bett hin- und herwarf, tröstete ich mich dennoch bei dem Gedanken, morgen würde Giulia meine Sklavin und mein rechtmäßiges Eigentum sein. Ich beschloß, sie für die Marter, die sie mich ausstehen ließ, voll büßen zu lassen und hoffte, sie sei nicht ganz gleichgültig, da sie solche Sorge um mich an den Tag gelegt und meinen Kaftan als Geschenk angenommen hatte. Getröstet schlief ich ein und erwachte erst, als die Hähne der Stadt zu krähen begannen und die freudige Stimme des Muezzins verkündete, Beten sei besser als Schlafen. Ich blickte hinauf und sah zu meiner Verwunderung den Muezzin auf dem Söller des Minaretts tanzen und springen; nun verkündete er die Ankunft des Befreiers. Ich erhob mich rasch, warf an Kleidern über, was ich gerade fand, packte Giulia bei der Hand und eilte mit ihr die steile Straße zum Palast hinauf. Der Hund folgte uns mit freudigem Gebell und versuchte, mich am Mantel zu zerren, den ich über die Schultern geworfen hatte.

Alles Volk war auf den Beinen. Einige liefen zum Palast; die meisten aber eilten zum Westtor, den Befreier vor den Mauern zu erwarten und ihn in die Stadt zu geleiten. Sie lachten und zeigten auf mich und den Hund, ich aber beachtete sie nicht und dachte, wer zuletzt lacht, lacht am besten. An den Palasttoren jedoch wurden wir aufgehalten; die Wachen weigerten sich nämlich rundweg, uns einzulassen. Zum Glück erschien ein verschreckter Eunuch, der mich erkannte. Stotternd vor Angst, versprach er, mich zu Abu el Kasim zu führen, und bat mich, dafür ein gutes Wort für ihn einzulegen. In meiner Bedrängnis versprach ich alles, was er erbat, und er führte mich durch den Hof der Seligkeit in ein kleines Gemach, wo Abu el Kasim mit rotgeränderten Augen und sichtlich schlechter Laune eben sein Frühstück beendete. Eine Schar Sklavinnen wartete ihm auf, doch obgleich sie einen herrlichen Kaftan nach dem anderen hochhielten und ihn beschworen, sich eilends anzukleiden, da Mustafa ben Nakir und sein Gefolge längst fortgeritten seien, den Befreier willkommenzuheißen, hieß er ihnen einen Rohrstock um die Beine und grollte: »Nein! Ich bin ein armer Mann und hasse es, in fremden Federn einherzustolzieren. Bringt mir meinen schlichten Gewürzhändlermantel, dessen Düfte mir vertraut sind und dessen Flöhe mich kennen. In diesem Gewand habe ich dem Befreier gedient, und darin will ich ihm entgegentreten, auf daß er meine Armut mit eigenen Augen sehe.«

Die Sklavinnen rangen die Hände und brachten jammernd den zerschlissenen alten Mantel herbei. Abu roch freudig daran, kämmte sich Haar und Bart mit den Fingern und ließ sich von dem verstörten Eunuchen in das abscheuliche Kleidungsstück helfen. Erst dann wandte er sich an mich und meinte zornig: »Wo in Allahs Namen bist du gewesen, Michael? Du hast doch hoffentlich nicht die goldene Schüssel und das Haupt des Sultans verloren? Wir sollten schon längst in der Moschee sein, um den Befreier zu empfangen.«

Ich hatte in der Tat nicht die geringste Ahnung, was aus diesen Dingen geworden war, und stürzte fort, um die vielen Höfe verzweifelt abzusuchen. Zum Glück kam mir der freundliche Eunuch zu Hilfe; er hatte sich des Hauptes wie der Schüssel angenommen und sie auf einer Säule aufgestellt. Es war also alles gut abgegangen; nur Selims Kopf war schon gar scheußlich anzusehen, und die Schüssel schien viel kleiner als zuvor.

Ich nahm beides unter den Arm und kehrte zu Abu el Kasim zurück; zu meinem Leidwesen mußte ich Giulia diesen außergewöhnlich häßlichen Mann umarmen, küssen und bestürmen sehen. Er weinte, ließ sich aber schließlich dazu bewegen, die Sklavinnen in die Kleiderkammer des Harems zu schicken, und sie kehrten mit einer so reichen Auswahl an Schleiern und Pantoffeln zurück, daß Giulia kaum wußte, was ihr am besten gefiel.

Mir gab Abu el Kasim Mustafa ben Nakirs Mendikantentracht, die ich nach einigem Zögern anlegte. Gewöhnt an Kleider, die bis zum Boden reichten, hatte ich darin das unbehagliche Gefühl, von den Hüften abwärts nackt zu gehen. Aber der Rock war von feinstem und weichstem Stoff, und bei jedem Schritt, den ich tat, läuteten die Glöckchen so lieblich, daß Giulia mich mit weitgeöffneten Augen betrachtete und mir versicherte, ich brauchte mich meiner bloßen Knie und stattlichen Waden nicht zu schämen. Sie schickte nach den nötigen Schminken und bemalte mir blitzschnell Hände und Füße mit Orangenfarbe; hierauf salbte sie, da zu dieser Tracht keine Kopfbedeckung getragen wurde, mein Haar mit kostbaren Ölen und trug Blau unter den Augen auf, so daß ich mich im Spiegel kaum wiedererkannte.

Bevor wir nach der Moschee aufbrachen, wollte Abu sich überzeugen, wie es Andy ergehe. Er führte mich in die Kellerräume des Palastes, hob eine eiserne Falltüre auf und wies auf Andy, der auf dem harten Steinboden unter uns hingestreckt lag und im Schlaf stöhnte. Seine schmale Zelle wurde durch ein kleines Fenster erhellt, das mit armdicken Stangen vergittert war. Er war splitternackt, neben ihm stand ein Wasserkrug, der bereits leer war. Der mitleidige Abu befahl den Wachen, ihn aufs neue zu füllen und einen großen Vorrat an Brot hinabzulassen. Ich empfand tiefes Mitleid mit Andy, sah aber ein, daß er in dieser Bärenhöhle festgehalten werden mußte, bis er sich ganz erholt hatte; sonst würde er versuchen, die Nachwirkungen seines Trinkgelages durch ein neues zu bekämpfen, und seine letzten Dinge würden ärger sein als die ersten. Damit er sich beim Erwachen nicht einsam fühlte, ließ ich meinen Hund in seiner Zelle zurück.

Als wir die übelriechenden Keller verlassen und unsere Augen sich an das Sonnenlicht auf der hohen Terrasse gewöhnt hatten, sahen wir den Befreier eben durch das Westtor der Stadt einreiten, gefolgt von einer stattlichen Reiterschar. Waffen blitzten in der Sonne. Die dichten Volksmengen, die gekommen waren, ihn zu empfangen, schwenkten Palmzweige, schrien und jubelten, bis ihre Stimmen wie das Brausen einer fernen See an unsere Ohren drangen. Durch die flimmernde Hitze sahen wir auch eine Anzahl Schiffe in der äußeren Bucht vor Anker liegen. Wir zählten ihrer fast zwanzig, alle mit Fahnen und Wimpeln bedeckt.

Wir eilten hinab in die Stadt und bahnten uns mit Mühe einen Weg in die überfüllte Moschee. Wir wären nie durchgekommen, wenn ich nicht mit meinen Glöckchen geschellt hätte, um die Leute glauben zu machen, ich sei ein heiliger Mann. Sie hätten uns freilich bereitwilligst Platz gemacht, wenn ich das, was ich unter dem Arm trug, zur Schau gestellt hätte; allein ich hatte die goldene Schüssel mit einem Tuch bedeckt, denn wer wußte, ob unter der Menge nicht ein Anhänger Selim ben Hafs' lauerte?

Im Inneren der Moschee herrschte ein unbeschreiblicher Lärm, der seinen Höhepunkt erreichte, als Khaireddins Janitscharen und Renegaten unterm Tor erschienen und anfingen, ihrem Herrn einen Weg zu bahnen. Khaireddin selbst schritt inmitten seiner Krieger einher, grüßte nach rechts und links und winkte mit der Hand. Ihm schritt eine Anzahl Fahnenträger voran; unmittelbar hinter ihm folgten der weißbärtige Faqih und die ältesten Söhne der Kaufherren, die offenbar von ihrer bedeutsamen Wallfahrt bereits zurückgekehrt waren. Auch Mustafa ben Nakir schritt im Gefolge; er trug einen prächtigen Kaftan und den Turban des Agas; von Zeit zu Zeit betrachtete er seine wohlgepflegten Nägel.

Ich war enttäuscht, als ich Khaireddin, von dem ich so viel gehört hatte, zum erstenmal erblickte. Er sah ganz und gar nicht majestätisch aus, war er doch von kleiner Statur und ziemlich dick. Als Zeichen seiner Würde trug er eine hohe Filzmütze, die von einem Turban aus weißem Musselin umwunden war. Seltsamerweise war der Turban nicht einmal rein, obwohl er vorn mit einem Halbmond aus funkelnden Steinen verziert war. Seine Hände waren leer; nicht einmal einen Dolch führte er im Gürtel. Sein Bart war gefärbt; auf seinem runden, katzenähnlichen Gesicht lag ein Lächeln, als er mit kurzen Schritten über den Boden der Moschee einherkam.

Als er des Vorlesers Platz erreichte, gab er ein Zeichen, daß er beten wolle. Er entblößte das Haupt, rollte die Ärmel auf und vollführte vor aller Augen die vorgeschriebenen Waschungen. Der Faqih goß ihm Wasser über die Hände, und die ältesten Söhne der Kaufleute trockneten ihm Haupt, Hände und Füße. Dann setzte er den Turban wieder auf und sagte die Gebete und drei Suren des Korans her, während die Versammelten aufmerksam lauschten. Hierauf ließ sich der Faqih auf dem Platz des Vorlesers nieder und stimmte einige Verse an. Er las wunderschön und fand mühelos Abschnitte, die sich für die Ankunft des Befreiers eigneten, und andere, die Milde, Gerechtigkeit und Freigebigkeit predigten.

Der Faqih las, bis die Menge anfing, unruhig zu werden; dann überließ er seinen Platz Khaireddin, der den hohen Sitz bestieg, sich mit untergeschlagenen Beinen darauf niederließ und, leicht stotternd, die heiligen Texte so mühelos und unterhaltsam auszulegen begann, daß unter den Zuhörern ab und zu ein Lachen aufklang. Endlich hob er milde die Hand und sprach: »Meine lieben Kinder, ich bin, bewogen durch einen günstigen Traum, zu euch zurückgekehrt und will euch nie wieder im Stich lassen. Von nun an will ich euch beschirmen, wie es einem guten Vater gebührt, und ihr sollt kein Unbill mehr erleiden, denn in dieser Stadt soll immerdar die Gerechtigkeit herrschen.«

Rührung drohte seine Stimme zu ersticken; er aber wischte sich die Tränen aus dem Bart und fuhr fort: »Ich möchte euch nicht traurig stimmen, indem ich unangenehme Dinge von neuem auftische; doch im Namen der Wahrheit muß ich gestehen, daß ich diese Stadt in tiefem Abscheu verließ, nachdem mein Bruder Baba Arusch in dem unglückseligen Krieg gegen den Sultan von Telmesan gefallen war. Die Ehrlichkeit zwingt mich, hinzuzufügen, daß ich überaus niedergeschlagen war über die Undankbarkeit und Falschheit, mit der die Einwohner meine Bemühungen, sie vor den Ungläubigen zu schützen, belohnten. Ein nachträglicher Mann in meiner Stellung möchte wohl Böses mit Bösem vergelten. Ich aber suche nur die Gerechtigkeit und habe oft Unbill mit Wohltat vergolten; so auch heute, indem ich zurückkehre, euch vor dem Feind zu beschützen. Allein ich bemerke, daß mir niemand antwortet, und nicht das kleinste Geschenk hat man mir zum Zeichen eures guten Willens gebracht. Ja, ich fürchte, mich wird von neuem der Widerwille gegen diese Stadt überkommen, und ich werde es für angezeigt halten, schneller abzufahren, als ich gekommen bin.«

Bestürzt fing die Menge an, ihn laut zu beschwören, sie nicht dem Zorn der Spanier preiszugeben; viele fielen auf die Knie, starke Männer weinten, und Greise rauften sich die Bärte, ihre Ergebenheit zu bezeigen. Geschenke, die den Mitteln und dem Rang der Geber angemessen waren, wurden eilends herbeigebracht, wobei jeder sorgfältig darauf achtete, daß sein Name und seine Spende genannt wurden, um in den Büchern verzeichnet zu werden. Und nun erhob sich vor dem Hochsitz des Vorlesers ein gewaltiger Berg von Ballen, Truhen, goldenen und silbernen Gefäßen, Juwelen, Körben mit Obst, und eine große Summe Geldes; selbst die Ärmsten bemühten sich, wenigstens eine Silbermünze zu spenden. Khaireddin aber sah lustlos auf den wachsenden Haufen; ja, sein Antlitz verdüsterte sich, und endlich hob er die Hand und sagte: »Ich wußte, daß die Stadt Algier arm ist; daß sie aber so arm sein würde, hätte ich nie gedacht. Unter diesem ganzen Haufen von Geschenken hier vor mir sehe ich auch nicht ein Geschenk von der Art, wie mir gefallen könnte. Nicht daß ich ein solches Geschenk zur Bedingung für meine Rückkehr machte; dennoch glaubte ich, ihr hättet meine Wünsche so weit bedacht, um euch daran zu erinnern.«

Die Gemeinde lauschte gedrückt und niedergeschlagen seinen Worten; aber Abu el Kasim kniff mich in den Arm, und gemeinsam bahnten wir uns einen Weg vor Khaireddins Thron. Abu el Kasim redete ihn also an: »Obgleich ein armer Mann, habe ich doch deine Ankunft mit Sehnsucht erwartet, o Beherrscher der See! Siehe, ich bringe dir ein schönes Geschenk, von dem ich gewiß bin, daß es Gnade finden wird vor deinen Augen. Auch zweifle ich nicht, daß du mich auf eine Weise belohnen wirst, die deiner würdig ist.«

Das Volk war gewöhnt, Abu als Gaukler zu betrachten; sie fragen sich, was für einen Streich er wieder im Schilde führe, und legten die Hand an den Mund, das Lachen, das ihnen aufstieg, zu unterdrücken. Das Lächeln erfror ihnen indes auf den Lippen, als ich, auf ein Zeichen von Abu, die goldene Schüssel enthüllte und er Selims aufgedunsenen Kopf an den Haaren packte und emporhielt, damit alle ihn sehen könnten.

Selim ben Hafs hatte einst Khaireddin gröblich verletzt; kein

Wunder also, daß er beim Anblick des Kopfes seines Feindes geschmeichelt lachte, in die Hände klatschte und rief: »Du hast meine heimlichsten Gedanken erraten, guter Kaufmann, und dein Geschenk wiegt alle Unbilden, die mir in dieser Stadt zugefügt wurden, auf; von nun an soll sie meine Hauptstadt sein. Sag mir deinen Namen.«

Abu schnitt vor Erregung Grimassen und nannte seinen Namen, und Khaireddin betrachtete verzückt das Haupt seines Feindes. Mit einer allumfassenden Gebärde rief er: »Nimm all diesen Plunder, Abu el Kasim, mein treuer Diener, und gib deinem Sklaven davon ab, soviel du für gut hältst. Die Spender dieser Sachen sollen sie dir nach Hause tragen und so die Wertschätzung ermessen, die ich für dich hege.«

Zum erstenmal sprachlos, stand Abu inmitten des ehrfurchtsvollen Gemurmels der Menge. Dann erwachte Khaireddin aus seiner Verzückung und fügte mit einem Seitenblick auf den Berg von Geschenken rasch hinzu: »Natürlich muß ein Zehntel davon meiner Schatzkammer abgeführt werden, wie bei Prisen, die auf hoher See aufgebracht werden. Und außerdem . . .«

Wie mit einem Zauberschlag fand Abu die Sprache wieder und versuchte, weitere Abzüge mit lauten Rufen und zahllosen Segenswünschen auf Khaireddins Haupt zu übertönen, wobei ich ihm aus Leibeskräften half. Der Herrscher schien schon geneigt nachzugeben und strich sich den gefärbten Bart. Doch hastig fiel der Faqih ein: »Allah segnet die Freigebigen, und du, Abu el Kasim, sollst nichts wegschaffen, bevor nicht die Moschee ihr Fünftel von dem Gold und Silber und ihr Zehntel von allen übrigen Spenden erhalten hat. Auf daß die Schätzung gerecht und unvoreingenommen erfolge, fordere ich die größten Kaufherren der Stadt auf, sie vorzunehmen.«

Abus Kinnlade klappte nach unten. Er blickte vorwurfsvoll auf Khaireddin und sagte: »Ach, warum handelst du vor aller Augen, o Beherrscher der See? Du hättest mir diese Spenden ebensogut allein und ohne Zeugen vermachen können. Ich hätte dann allein und nach meinem eigenen Gewissen entscheiden können, wem ich etwas davon schulde.«

Schadenfreude ist die reinste Freude, und Abu el Kasims verzweifeltes Gesicht ließ alle Herzen höher schlagen. Er warf sich wie von Sinnen über die Geschenke und gebärdete sich so verrückt, daß nicht einmal der große Khaireddin das Schmunzeln verbeißen konnte.

Schließlich aber wurde er des Auftritts müde, erinnerte sich seiner Würde, erhob sich und verließ, geleitet von seinen Offizieren, unter den Segenswünschen der Menge die Moschee. Draußen verteilte er reiche Almosen. Angesichts des allgemeinen Jubels begannen die türkischen Janitscharen, aus ihren Musketen Salven abzugeben, während unten im Hafen die Kanoniere einfielen und ihre Geschütze abfeuerten, bis wir halb taub und Marktplatz und Moschee in Rauchwolken gehüllt waren. Man konnte es Kapitän de Varga, dem spanischen Befehlshaber, kaum verargen, daß er das Feuer erwiderte, denn die Geschütze im Hafen waren auf die Festung gerichtet, und ihre Kugeln rissen Löcher in die Mauern des Festungsturms.

Ich glaubte, der ganze Lärm rühre von Salutschüssen und Salven her, bis etwas gegen die Mauer der Moschee krachte. Voll Schreck stürzte ich hinaus, um das große Minarett in einer Wolke von Kalkstaub einstürzen zu sehen. Nichts hätte Khaireddins Plänen besser zustatten kommen können, denn die mit Recht entrüstete Menge beschuldigte nun schreiend die Spanier, sie hätten absichtlich die Moschee beschossen.

Kapitän de Varga mußte über sein eigenes Vorgehen erschrokken sein, denn das Feuer schwieg bald. Khaireddin aber verkündete mit Donnerstimme, dies sollte das letzte Sakrileg sein, das Christen in Algier begingen. Für Abu el Kasim war der Vorfall ein wahres Geschenk des Himmels, weil die Kaufleute es eilig hatten, heimzukommen, und dem Faqih plötzlich einfiel, daß die Stunde seiner einsamen Meditation gekommen sei. Die Waren wurden daher recht oberflächlich und sehr zugunsten Abu el Kasims geschätzt, der sich bereit erklärte, den ganzen Tag in der Moschee zu bleiben, um eine gerechte und billige Einschätzung zu erzielen.

Unser Haus in der Straße der Gewürzhändler stand in einer ziemlich geschützten Ecke, und Abu el Kasim beeilte sich nicht ohne Mühe, seinen neuen Besitz nach Hause zu schaffen. Mit Hilfe einiger mutiger Eselstreiber brachten wir endlich alles hinter Schloß und Riegel in Sicherheit.

Ich begann mir große Sorgen um meinen Bruder Andy zu machen und wollte den Palast aufsuchen, um ihm zu helfen, so gut ich konnte. Zuerst weigerte sich Abu rundweg, mich gehen zu lassen, weil man den Taubstummen nicht allein als Hüter des Schatzes zurücklassen könne. Als ich aber spöttisch meinte, er werde zum Sklaven seiner eigenen Habgier, anstatt auf Allah als den besten Schatzhützer zu vertrauen, schimpfte und fluchte er statt dessen. Schließlich holte er aber doch den Taubstummen herbei, gab ihm eine Keule in die Hand und befahl ihm unter heftigem Gebärdenspiel, hinter der Tür zu wachen und jeden, der einzudringen versuchte, mit der Keule auf den Kopf willkommen zu heißen.

Sodann eilten Abu el Kasim und ich in den Palast. Unterwegs bemerkte Abu: »Große Männer haben ein kurzes Gedächtnis. Wir müssen ein Wörtchen für deinen Bruder einlegen und versuchen, mit Sinan dem Juden in Fühlung zu kommen. Und wenn wir sonst nichts erreichen, werden wir wenigstens zu einem Mahl im Palast eingeladen werden.«

Wir begegneten vielen Kaufherren und Scheichs, die den vornehmsten Familien in der Stadt angehörten. Sie kamen eben von einer Audienz bei Khaireddin und fuchtelten aufgeregt herum, als sie erörterten, was gesprochen worden war.

Bei unserer Ankunft wurden wir von Khaireddin herzlich empfangen; er saß unter einem Baldachin auf Selims rotem Samtkissen, umgeben von seinen höchsten Offizieren, von denen ich Sinan den Juden und den stolzen Kapitän Torgut bereits kannte. Eine Karte des Hafens von Algier lag zu Khaireddins Füßen ausgebreitet. Er wies auf die spanische Festung und die unweit davon gelegenen Sandbänke und sagte: »Allah ist mit uns; ich hätte keine geeignetere Stunde zur Eroberung dieser Festung wählen können. Es fehlt darin an Vorräten wie auch an Pulver, die Geschütze sind ausgeleiert, und ich habe einige meiner eigenen Leute dort, die so viel Schaden wie möglich anrichten und die Spanier von der Nutzlosigkeit eines Widerstandes zu überzeugen versuchen werden. Wir dürfen keine Zeit mit diesem kleinen Handstreich verlieren, weil unser Ankerplatz ungeschützt liegt; es mag auch sein, daß die Frühjahrsproviantflotte bereits mit Vorräten für die Garnison aus Cartagena ausgelaufen ist. Ich gebe euch acht Tage für die Eroberung der Festung.«

Khaireddin erklärte jedem einzelnen Offizier seine Aufgabe und befahl, die Schiffe sollten am nächsten Morgen die Anker lichten und die Festung von der See aus bombardieren. Die Küstenbatterie unterstellte er Torgut, weil dieser stolze Mann vom gemeinen Kanonier zu seiner gegenwärtigen Stellung aufgerückt war. Sodann empfahl er seine Offiziere Allahs Schutz und entließ sie; nur Sinan behielt er bei sich. Auch Mustafa ben Nakir blieb zurück, weil er im Skandieren eines persischen Gedichtes zu tief versunken war und nicht bemerkt hatte, daß die anderen sich entfernt hatten. Nun aber hob er den Kopf und starrte mich mit dem verschleierten Blick des Schlafwandlers an; dann erhob er sich, entkleidete mich ungeachtet meiner Einwendungen und gab mir dafür den prächtigen Kaftan und den Turban des Agas, den er getragen hatte. Er legte seine eigene Mendikantentracht wieder an, und der Klang ihrer Glöcklein inspirierte ihn so, daß er bald wieder tief in seine Verse versunken war.

Ich legte den Kaftan an und setzte den Turban auf, nahm ihn aber schnell wieder ab und sagte: »Ich bin nur ein Sklave und habe gewiß kein Recht auf den Turban des Agas. Mit deiner Erlaubnis, o Beherrscher der See, lege ich ihn zu deinen Füßen nieder. Verleihe ihn einem Würdigeren, dem deine Krieger gehorchen werden.«

Obwohl es bitter war, auf den federgeschmückten und juwelenbesetzten Turban zu verzichten, dachte ich doch an die bevorstehende Belagerung, und die Aussicht, eine so auffallende und gefährliche Kopfbedeckung zu tragen, lockte mich ganz und gar nicht. Die Falten des Kaftans aber fühlten sich ungewöhnlich dick an. Als wollte das Schicksal mich für meine Selbstlosigkeit belohnen, fand ich darin zwei Taschen, und in jeder steckte eine schwere Börse. Ich wollte aber niemand in Versuchung führen, indem ich sie herausgenommen und untersucht hätte. Um dem allen die Krone aufzusetzen, warf mir Mustafa verächtlich meine eigene Börse zu, die ich in der Gürteltasche seiner Tracht hatte stecken lassen, denn Angehörige seiner Sekte verachten das Geld mehr als alles andere.

Während ich den Kaftan anlegte, sprach plötzlich Sinan der Jude: »Was sehe ich? Ist das nicht der Engel Michael, mein Sklave, den ich Abu el Kasim lieh, auf daß er ihm helfe, dem Befreier den Weg zu bereiten?«

Er erhob sich und umarmte mich herzlich, wobei er sorgfältig den Stoff meines Kaftans befühlte; es war in der Tat ein prachtvolles Kleidungsstück, über und über goldbestickt, mit goldenen Knöpfen und grünen Steinen darauf. Abu el Kasim war blaß vor Neid, aber Sinan der Jude wandte sich an Khaireddin und sprach: »Glaube mir, Khaireddin, dieser Mann, der den rechten Weg gewählt hat, bringt Glück, denn er hat eine besondere Gabe, durch das kleinste Schlüsselloch aus und ein zu kriechen, und was ihm auch zustößt, er fällt wie eine Katze immer auf seine Beine. Bei alledem will er allen Menschen wohl und möchte jeden auf seine eigene Weise glücklich wissen.«

Abu el Kasim warf hitzig ein: »Höre nicht auf ihn, Beherrscher der See! Michael ist der faulste, habsüchtigste und undankbarste Mensch auf der Welt. Hätte er auch nur ein Quentchen Sinn für Schicklichkeit, so würde er mit mir den Kaftan tauschen; er ist doch nichts anderes als mein Sklave!«

Khaireddin erwiderte: »Dieser Kaftan steht ihm besser als dir, und er braucht, wie ich höre, einen solchen, um das Herz eines eitlen Weibes zu gewinnen. Deine Geheimnisse habe ich bereits von Mustafa ben Nakir hier erfahren, als er als das Auge und Ohr der Hohen Pforte vor mir erschien. Das hätte ich freilich nicht sagen sollen, und ich weiß nicht, wie es mir entschlüpfen konnte.«

Darob erschrak Abu el Kasim nicht wenig; eilends küßte er den Boden vor Mustafa ben Nakir, und hätte ihm auch die Füße geküßt, hätte der Dichter nicht nach ihm getreten. Ich aber sagte: »Herr, darf dein Sklave zu dir sprechen? Laß mich, während des Lächelns Falten noch strahlend um deine Augen liegen, ein Wort für meinen Bruder einlegen, der in Todesangst im Verließ zu unseren Füßen liegt. Laß ihn holen, und laß mich für ihn sprechen, denn er ist ein törichter Einfaltspinsel, der seine Worte nicht schicklich zu fügen weiß.«

Khaireddin erwiderte: »Nicht so; laßt uns selbst gehen und den berühmten Antar holen, von dessen Kraft ich so viel erzählen hörte. Aber verratet mich nicht. Laßt mich unerkannt dabeistehen und hören, was er sagt, wenn er erwacht.«

Wir ließen Mustafa ben Nakir über seinem Gedicht zurück und stiegen ins Kellergeschoß hinab – Khaireddin, Sinan, Abu el Kasim und ich. Der Schließer hob die eiserne Falltür auf, und wir wurden einzeln in die Zelle hinabgelassen, wo mein Hund Rael mich sogleich mit Freudengebell begrüßte. Andy erwachte und setzte sich auf, hielt sich mit beiden Händen den Kopf und starrte uns aus verschwommenen Augen an. Der Wasserkrug war leer, das Brot zur Gänze aufgegessen. Andy hatte den Boden rings um sich unbeschreiblich verunreinigt. Er glotzte uns eine Weile an und fragte dann mit schwacher Stimme: »Was ist geschehen? Wo bin ich? Warum warst du nicht bei mir, Michael, in der Stunde meiner Erniedrigung? Nur dies stumme Tier war Zeuge meines Erwachens und leckte mir mitleidig den Kopf.«

Er legte stöhnend die Hand auf den Magen.

»Du erinnerst dich wohl noch«, begann ich zögernd, »daß Sultan Selim ben Hafs tot ist?«

Andy sah nichtsahnend drein. Dann glimmte ein Funke des Erinnerns in seinen runden Augen auf. Er sah sich hastig um und flüsterte: »Ich erinnere mich sehr wohl. Aber wir kamen doch überein, es sei ein Unglücksfall gewesen? Du willst doch nicht sagen, daß die Wahrheit an den Tag gekommen ist? Wo ist die weise Amina? Sie wird alles erklären. Wie konnte sie zulassen, daß man mich in diese Jauchegrube warf und hier splitternackt und zerschlagen liegen ließ, nach allem, was ich für sie und die anderen Frauen getan habe?«

»Andy«, erwiderte ich sanft, »trage es wie ein Mann. Ich muß dir sagen, daß durch Allahs Willen Amina und ihr Sohn tot sind.«

Andy drückte sich mit schreckgeweiteten Augen an die Steinmauer und rief: »Du meinst doch nicht, ich war in meiner Trunkenheit so grob, sie zu töten? Nie, nie habe ich einem Weib Gewalt angetan.« Er schwankte, den Kopf in den Händen haltend, hin und her und stöhnte. »Es kann nicht wahr sein, es sei denn, der Teufel hat mich behext – denn er wohnt ohne Zweifel in den versiegelten Weinkrügen hierzulande.«

Mich dauerte Andy in seiner Not, und ich tröstete ihn nach Kräften.

»Du hast sie mit keinem Finger angerührt. Sie starb auf andere Weise für ihre Schandtaten. Es wird am besten sein, nicht mehr davon zu sprechen. Nur eins mußt du wissen. Sie war ein ränkevolles Weib, das dich mit Vorbedacht in seine Netze verstrickte; sie war es auch, entsinne dich, die dich verführte, Wein zu trinken und deine frommen Vorsätze zu vergessen.«

Er tat einen tiefen Seufzer der Erleichterung, entlockte seinen verschwollenen Augen ein paar Tränen und meinte: »So bin ich nun ein Witwer. Armes Geschöpf! Sie stand in der Blüte ihres Lebens, eine treue Gattin und zärtliche Mutter. Und wir sollten den Toten nichts Böses nachsagen, obgleich sie, um die Wahrheit zu sagen, von bösen Begierden nicht ganz frei war. Nun, ich hoffe, du und alle ihr guten Leute werdet in meinem Kummer mit mir fühlen und mich nicht allzu streng beurteilen, wenn ich auch versuchte, meine Sorgen im Wein zu ertränken und dadurch viele Torheiten begangen habe.«

Er sah hoffnungsvoll zu uns auf, aber Abu el Kasim sprach seufzend: »Antar, mein Sklave, du hast leider des Sultans Aga umgebracht und seinen Turban gestohlen. Wenn du etwas zu deiner Verteidigung vorzubringen hast, sage es jetzt. Sonst wirst du vor den Kadi geführt und dann gehängt, gevierteilt, verbrannt und den Hunden vorgeworfen.«

Andy streckte die Hand aus und rief: »Mach mit mir, was du willst. Ich habe alle diese Strafen verdient und werde mich wohler fühlen, wenn ich diesen brummenden Schädel verloren habe. In Wirklichkeit freilich verdiene ich nur für den ersten Schluck Wein Strafe; alles andere folgte von selbst. Ich tötete den Aga im Laufe eines Raufhandels – was unter Soldaten nur zu häufig vorkommt –, doch war dies kein strafbares Vergehen, denn damals befanden wir uns nicht im Kriegszustand, und die Kriegsartikel waren nicht verlesen worden. Von diesen Dingen verstehe ich mehr als du. Daher werde ich reinen Gewissens vor meinem Richter erscheinen. Nicht ich, sondern du wirst dich schämen müssen, wenn ich ob einer solchen Kleinigkeit auch nur zur Prügelstrafe verurteilt werde.«

Andy betrachtete uns sehr selbstsicher und schien von der Gerechtigkeit seiner Sache überzeugt. Als ich seine Worte verdolmetscht hatte – er hatte finnisch gesprochen –, konnte Khaireddin nicht länger an sich halten. Er brach in schallendes Gelächter aus, trat heran und schlug Andy auf die Schulter: »Du bist ein Mann nach meinem Herzen, und auf Grund deiner klugen Verteidigung verzeihe ich dir dein Verbrechen.«

Andy schüttelte Khaireddins Hand zornig ab und fragte mich: »Wer ist dieser Bursche, und was tut er hier? Ich habe genug von ihrem unschicklichen Tätscheln.«

Entsetzt über seinen Fehler sagte ich ihm, wer sein Besucher sei. Khaireddin aber machte gute Miene dazu und meinte: »Ich werde dir neue Kleider und einen Säbel schenken. Du sollst mir dienen und wirst mir gewiß auf mancherlei Weise nützlich sein.«

Andy aber antwortete bitter: »Man hat mich lange genug an der Nase herumgeführt, und ich mache mir nichts aus deinem Säbel. Ich werde in die Wüste gehen und meine Tage als Eremit beschließen. Ja, wenn du mir reine Kleider und ein paar Brotkrusten zum Knabbern gibst, magst du mich mit gutem Gewissen in dieser Höhle lassen.«

Dennoch überredeten wir ihn, aus seiner Zelle zu kriechen, und während er sich zur Vorbereitung auf seine lange vernachlässigten Gebete wusch, sandte Khaireddin ihm schöne Kleider und einen so herrlichen Krummsäbel, daß Andy nicht umhin konnte, dessen Schärfe auf seinem Nagel zu erproben, worauf er ihn mit einem erleichterten Seufzer umschnallte. Hierauf erzählte ich ihm alles, was während seiner Abwesenheit vorgefallen war, und schloß: »Nun siehst du selber, daß hier einmal Gnade vor Recht ergangen ist. Khaireddin hätte dir gar wohl zürnen können, daß du alle Pläne über den Haufen warfst, die Abu el Kasim und ich im Laufe des Winters so vorsorglich gesponnen hatten.«

Aber Andy entgegnete: »Wenn mein Schädel nicht so verdammt schmerzte, könnte ich Verdacht schöpfen, daß ich niederträchtig beschwindelt worden bin. Durch meine Heirat mit Amina wäre ich der mächtigste Mann in Algier geworden. Mit etwas Glück hätte ich von ihr einen Sohn haben können, der hier Sultan geworden wäre. Du aber in deiner blauäugigen Unschuld ließest Khaireddin ernten, wo ich gesät habe, und es wundert mich gar nicht, daß er mich mit einem schönen Säbel und einem teuren Kaftan zu beschwichtigen sucht.«

Nun aber brannte ich mehr denn je auf meinen eigenen Lohn. Nach dem Essen fragte ich Abu, wo Giulia sein könnte. Er tauschte Blicke mit Sinan dem Juden und seufzte: »Allah verzeihe mir, wenn ich unrecht tat, aber der große Khaireddin wünschte, sie sollte für ihn in den Sand blicken, und so ließ ich die beiden allein. Das ist aber schon eine Weile her, und ich fange an, mich zu fragen, was sie wohl tun mögen.«

Diese Worte erfüllten mich mit schlimmen Vorahnungen; ich warf Abu el Kasim einen finsteren Blick zu und erklärte: »Wenn Giulia etwas zugestoßen ist, werde ich dich mit eigenen Händen erwürgen, und niemand, glaube ich, wird mich dafür tadeln.«

Der Vorstellungen der Eunuchen nicht achtend, gelangten wir durch die goldene Tür in den Harem, und dort fanden wir Khaireddin auf einem Teppich vor einer Schüssel mit Sand sitzen; neben ihm saß Giulia und blickte hinein. Khaireddin traten vor Staunen die Augen schier aus den Höhlen, und als er uns gewahrte, rief er aus: »Diese Christin hat die sonderbarsten Dinge im Sande erblickt. Wenn ich euch alles erzählte, würdet ihr mich für verrückt halten; soviel aber kann ich euch sagen: sie sah in der Stadt des Großsultans, am Gestade des Bosporus, die Meereswogen sachte mein Grabmal umspülen. Und sie schwor, dies Grab soll von allen hochgehalten und verehrt werden, solange der ottomanische Name auf Erden lebt.«

Während er redete, vergaß Giulia ihr weibliches Schamgefühl und schmiegte sich an ihn. Der Beherrscher der See jedoch maß sie gleichgültig, und ich brauste auf: »Giulia, Giulia! Benimm dich gebührlich. Und wisse, daß du von nun an mir gehörst, als meine Sklavin. Wenn du dich aber nach Kräften bemühst, mir zu dienen, nehme ich dich vielleicht eines Tages zum Weib.«

Ich konnte mich nicht länger beherrschen, sondern packte sie an den Händen und zog sie begierig an mich, um sie zu umarmen und nach Herzenslust abzuküssen. Sie aber sträubte sich gleich einer Wildkatze, bis ich sie freigeben mußte. Ihre Augen funkelten vor Wut, als sie losplatzte: »Führt diesen verrückten Sklaven fort und schickt ihn ins Hospital der Moschee, damit man ihm dort den Wahnsinn aus den Knochen bleut. Sinan der Jude schenkte mich dem Befreier, um für ihn in den Sand zu schauen; *ihm* will ich gern in allem gehorchen, sobald er sich an meine unglückseligen Augen gewöhnt hat.«

Sie wütete so sehr, daß Sinan das Lächeln verging und er zögernd murmelte: »Allah verzeih mir, aber Michael el Hakim hat recht. Ich schwor beim Koran und bei meinem Barte, du solltest seine Sklavin sein, und einen solchen Eid kann ich nicht brechen. Du bist nun seine Sklavin, schöne Delilah, und mußt ihm in allem gehorchen. Dies erkläre ich jetzt und hier in Anwesenheit der nötigen Zeugen.«

Er sagte blitzschnell die erste Sure her, um die Sache zu entscheiden; doch als er Giulias Hand in meine legen wollte, fuhr sie zurück, verbarg die Hände hinter dem Rücken und keuchte mit erstickter Stimme: »Niemals! Sagt mir, ihr Schurken, die ihr eines Weibes Ehre hinter ihrem Rücken verschachert, weshalb darf dieser erbärmliche Sklave mich beleidigen? Ist das die Liebe, Abu el Kasim, die du mir unter so viel Seufzen und Jammern schworst?«

Sinan der Jude und Abu el Kasim hoben wie ein Mann die Hände und deuteten auf mich: »Nein, nein, wir sind unschuldig! Michael war es, der uns beständig in den Ohren lag und uns dazu trieb. Und wir waren ja außerdem überzeugt, er würde Selim ben Hafs in die Hände fallen und lange vor der Ankunft des Befreiers in der Stadt zugrunde gehen.«

Giulia sah mich starr und ungläubig an. Sie trat vor, näherte ihr Gesicht dem meinen und fragte, blaß vor Wut: »Ist das wahr, Michael? Dann will ich dir einen Vorgeschmack der Freuden geben, die dich erwarten!«

Damit versetzte sie mir eine schallende Ohrfeige, die mich taub machte und mir Tränen in die Augen trieb. Dann brach sie in heftiges Weinen aus und schluchzte: »Das kann ich dir nie verzeihen, Michael. Du bist ein böser Bube, der seine Mutter in die Hand beißt. Und welchen Dienst hast denn *du* dem Befreier erwiesen, der Lohn verdienen würde? Ich habe mehr als jeder andere getan, indem ich den Frauen des Harems die Zukunft voraussagte. Ja, ich und keine andere war es, die auf diese Weise Selim ben Hafs so gewiß tötete, als hätte ich es mit eigenen Händen getan.«

Ich glaubte, ihre Wut hätte Giulia den Verstand geraubt, und bemühte mich, sie zu beruhigen; die anderen bat ich, nicht auf ihre Worte zu hören. Sie aber stampfte mit dem Fuß auf. Blaue und gelbe Blitze schossen aus ihren Augen, und sie kreischte: »*Ich* wählte Amina für die Aufgabe aus, weil sie die liederlichste und die ehrgeizigste unter allen Haremsfrauen war. Auf ihren Befehl kam der schwarze Ringer auf den Marktplatz hinab, um Antar herauszufordern. Alles war geplant, und Antar gewann das Ringen, wie ich aus dem Sande geweissagt hatte. Allein durch meine Wahrsagerei wurde er in die Palastwache aufgenommen. Dann sah ich im Sand, daß Aminas Sohn Sultan sein würde, was er denn auch, freilich nur sehr kurze Zeit, war. Wird also eine Belohnung für die Beseitigung Selim ben Hafs' erteilt, so bin ich in der Tat die einzige, die sie mit Recht fordern kann.«

Ich lauschte ihr mit offenem Mund und bewunderte die Geschicklichkeit, mit der sie die Rolle der Unschuldigen gespielt hatte, während sie in Wirklichkeit die geheime Verschwörung genau kannte. Sie wütete und tobte, Abu schrie, Andy machte ihr Vorhaltungen, und sie schlug ihm die Zähne in die Hand, bis er sie mit einem handfesten Klaps auf das Hinterteil beschwichtigte. Nun aber war Khaireddin des Schauspiels überdrüssig geworden und befahl mir, mein Eigentum wegzuschaffen und ihn nicht länger zu belästigen.

»Wie man sich bettet, so liegt man«, meinte er. »Du bist selbst schuld daran.«

Mir blieb nur übrig, mich zu entfernen. Zögernd streckte ich Giulia die Hand entgegen und sprach: »Verstehst du nicht, daß ich dich liebe, Giulia? Nur um dich zu gewinnen, habe ich so lange gekämpft und gerungen und mein Leben gewagt.«

Aber Giulias Schultern fühlten sich unter meiner Hand wie Blei an, und sie antwortete mürrisch: »Rühr mich nicht an, Michael, oder ich weiß nicht, was geschieht. Du hast mich tief verletzt.«

Wir machten uns auf den Heimweg. Der Hund schlich hinter uns her, die Nase dicht am Boden. Als wir an unserer Haustür anlangten, steckte ich den Schlüssel ins Schloß; allein er klemmte, so sehr ich mich auch bemühte. Schließlich erbrach ich wutschnaubend die Tür und stolperte hinein. Der Hund winselte vor Schrecken, und eine Keule sauste mit solcher Gewalt auf meinen Kopf nieder, daß alles schwarz vor mir wurde und ich bis zum nächsten Morgen das Bewußtsein nicht wieder erlangte. Giulia und der Taubstumme trugen mich ins Bett; dieser Tölpel hatte mir, getreu seinem Auftrag, den Hieb versetzt. Er hatte gespürt, wie ich an der Tür riß und rüttelte, und hatte mich in der Dunkelheit für einen Dieb gehalten.

So verlief meine Hochzeitsnacht, und mehr habe ich davon nicht zu berichten. So will ich denn ein neues Buch beginnen und darin erzählen, wie ich die spanische Festung eroberte und wie ein Gedanke Mustafa ben Nakirs dazu führte, daß ich in die Dienste des Beherrschers aller Gläubigen trat – des Großsultans in Konstantinopel.

DRITTES BUCH

GIULIA

Ich erwachte in einem weichen Bett und glaubte, ein fortgesetztes Dröhnen zu vernehmen, gleich dem Rollen eines Donners, der das Gemach erschütterte und Becher und Schüsseln aneinanderklirren ließ. Erst meinte ich, der Lärm käme aus meinem schmerzenden Kopf, und grübelte, wo ich sei. Mir war, als sähe ich zwei Engel, einen weißen zu meiner Rechten und einen schwarzen zu meiner Linken, die beide meine guten und bösen Taten in ihre Bücher eintrugen. Allein der weiße Engel hatte sichtlich wenig zu schreiben, während der schwarze so eifrig bei der Arbeit war, daß ihm vor Anstrengung der Kopf wackelte. Ich flehte sie in kläglichen Tönen an, mir Wasser zu bringen, damit ich mich waschen und meine Gebete verrichten könne. Das Gemach erzitterte unter neuen Donnerschlägen, doch eben da sprang mir mein liebes Hündchen auf die Brust und leckte mir das Gesicht. Unter Tränen sagte ich: »*Bismillah* und *Inschallah!* Allah ist wahrhaft gnädig, daß er meinen Hund mir in der Hölle Gesellschaft leisten läßt. Rael verdient das Paradies tausendmal mehr als ich, doch ich wußte, er würde ihm den Rücken kehren und mir in den Abgrund folgen.«

Der weiße Engel hob meinen Kopf empor, was mir einen so stechenden Schmerz bereitete, daß mir die Schuppen von den Augen fielen und ich erkannte, daß ich in Giulias Bett lag. Giulia selbst beugte sich ängstlich über mich. Zu meiner Linken saß der Taubstumme und rührte Eier und Honig zu einem Brei. Ich schämte mich meiner schweifenden Phantasie und sagte unwirsch: »Laß meinen Kopf in Ruhe, Giulia. Wenn er noch nicht geborsten ist, so wird er es doch bald sein.« Verdrießlich schob ich den Hund beiseite und fragte, was der Lärm bedeuten und ob Giulia mich gestern abend auf den Kopf geschlagen habe. Giulia weinte und streichelte mir die Wange.

»Ach, Michael, lebst du denn wirklich? Obwohl ich dir böse war, will ich dich doch nicht sterben sehen. Der Lärm, den du hörst, ist Geschützfeuer; die Moslems belagern die spanische Festung. Und nicht ich habe dich geschlagen, sondern der treue Sklave hier.«

Ich befühlte vorsichtig meinen Kopf und merkte, daß er immer noch auf meinen Schultern saß, obgleich er sich wegen der vielen Verbände doppelt so groß als gewöhnlich anfühlte. Ich seufzte schwach und flüsterte: »Giulia, schicke sogleich nach einem Kadi und zwei Zeugen. Nimm die Börse aus meinem Kaftan und bezahle sie; den Rest behalte für dich. Meine Absichten waren nicht so schlimm, wie du dachtest; ich wollte dich nie zur Sklavin, obwohl ich das sagte, um dich zu necken. Ich wollte nach einem Kadi und den nötigen Zeugen senden und dir die Freiheit schenken; darum erbat ich dich zur Belohnung für meine Dienste. Es schien der einzige Weg, dich freizulassen.«

Ob dies die Wahrheit war, kann ich freilich nicht sagen. Vielleicht fiel es mir nur so ein, als ich das Bewußtsein wiedererlangte. Doch hatte ich schon früher mit dem Gedanken geliebäugelt, und so schien er mir ganz natürlich. Giulia aber starrte mich an, wie vom Donner gerührt und verwirrt, und stammelte: »Ich verstehe dich nicht, Michael. Wenn du mir die Freiheit schenkst, kannst du mich nicht länger zwingen, dir zu gehorchen. Ich dachte, du wolltest mich besitzen; nun aber weiß ich wahrhaftig nicht mehr, was du eigentlich willst.«

Ich bereute meine übergroße Milde bereits und versetzte gereizt: »Törichtes Zeug, Giulia! Wenn ich dich freigebe, so wegen deines fortgesetzten Nörgelns. Ich wollte dich immer schon wählen lassen, ob du bei mir bleiben oder fortgehen willst. Ich bin kein solcher Narr, daß ich dich zwingen wollte, mich zu lieben. Und jetzt eben erscheinst du mir etwa so verführerisch wie ein alter Schuh. Gelobt sei Allah, meine Liebe ist erloschen.«

Giulia stand, wog die Börse in der Hand und starrte vor sich hin; ab und zu schüttelte sie ein Schluchzen. Der Taubstumme versuchte verzweifelt, mir den Brei aus Eiern und Honig einzuflößen. Ich zwang mich, ihn zu schlucken, obwohl mich davor ekelte. In milderem Tone fragte ich: »Warum so unentschlossen, Giulia? Was heulst du denn? Bist du nicht froh, mich so leichten Kaufes loszuwerden? Das war immer dein Herzenswunsch.«

Sie antwortete mürrisch: »Ich heule nicht. Mich kitzelt's nur in der Nase.« Doch im nächsten Augenblick weinte sie laut auf und rief: »Du mußt noch in Fieberträumen liegen, und ich bin nicht so erbärmlich, das auszunützen, obgleich du anscheinend immer das Schlimmste von mir erwartest. Wohin sollte ich in diesem Heidenland gehen, und wer würde meine Unschuld beschützen? Nein, Michael, du möchtest dich wohl auf diese Art rächen, doch du sollst mich nicht so leicht loswerden.«

Ich breitete hilflos die Arme aus und versetzte: »Was immer ich vorschlage, scheint falsch zu sein, und ich werde es dir nie recht machen. Laß mich wenigstens jetzt in Frieden, denn mir dreht sich alles im Kopf und dieser Eierbrei hat mir speiübel gemacht. Bleib, wenn du willst; geh, wenn es dir besser paßt. Mir ist beides gleich, solange mir der Schädel so jämmerlich brummt.«

Giulia war es zufrieden, und zu ihrem Lob sei gesagt, daß sie mich brav und schweigend pflegte und sich so geräuschlos im Gemach bewegte, wie sie nur konnte. Das half mir freilich wenig, denn die Kanonen donnerten unaufhörlich, durch die Sprünge im Dach fiel mir Sand in die Augen, und der ganze Raum erzitterte. Nach dem Mittagsgebet konnten Abu el Kasim und Sinan der Jude ihre Neugier nicht länger bezähmen und statteten mir einen Besuch ab, um mir Hochzeitsgeschenke zu überbringen. Als Abu el Kasim mich bleich und verbunden in Giulias Bett liegen sah, schlug er die Hände zusammen und rief: »Was soll das heißen, Michael el Hakim? War es so schwer, das Weib zu zähmen? Ich hätte nie gedacht, daß eine Nacht mit ihr dich so jämmerlich zurichten könnte.«

Sinan der Jude bemerkte mit einem so feurigen Geschöpf an der Seite würde ich keine anderen Frauen brauchen und könnte so billig leben. Mir fehlte die Kraft, auf ihre witzigen Einfälle zu antworten; schweigend lag ich da. Als Abu el Kasim erfuhr, was wirklich geschehen war, war er aufrichtig besorgt. Er untersuchte mich und bereitete mir eine stärkende Arznei. Ich fiel bald in einen gesunden Schlaf, aus dem ich später gestärkt und erfrischt erwachte.

Mein erster Gedanke war Andy. Als ich nach ihm fragte, raufte sich Abu el Kasim den Bart und schrie: »Allahs Fluch über deine Torheit, Michael el Hakim! Warum hast du nie auch nur ein Sterbenswörtlein fallen lassen, daß dein Bruder ein ausgebildeter Kanonier ist und selbst Geschütze gießen kann? Dieser wichtige Umstand wurde ganz zufällig entdeckt. Als er nämlich heute den Kanonendonner vernahm, ging er an den Strand hinab, um, wie er sagte, sein Kopfweh mit dem heilsamen Geruch des Pulvers zu kurieren. Dort sah ihn Kaireddin, wie er unsere Leute beiseite stieß und die Kanonen selbst in Stellung brachte; er bewies auch bald sein Geschick, indem er, zur Raserei der Spanier, die kastilische Fahne vom Turm schoß. Khaireddin gab ihm den Turban eines Stückmeisters und zehn Goldstücke obendrein, und er wird, meine ich, bald das Gift aus seinem weinverseuchten Leibe ausgeschwitzt haben.«

Ich war entsetzt, zu hören, daß Andy auf seine christlichen Brüder geschossen hatte. Später, als das Feuer zum Mittagsgebet eingestellt worden war, kam er, mich besuchen. Sein Gesicht war pulvergeschwärzt. Ich stellte ihn für sein Verhalten zur Rede, er aber erwiderte: »Kanonen sind für mich Musik; ich hätte sie nie im Stich lassen sollen. Du darfst mich nicht schelten, daß ich zu meinem eigenen Handwerk zurückkehre wie der Schuster zu seinem Leisten, wie man in Rom zu sagen pflegt.«

»Aber mein lieber Andy, wie kannst du es übers Herz bringen, auf Menschen zu schießen, die durch Christi Blut erlöst wurden – Menschen, die unter ungeheuren Schwierigkeiten ihr Bestes tun, dem Kaiser zu dienen, unter dessen Fahnen du selbst gekämpft hast?«

Andy erwiderte: »Vergiß nicht, daß ich mit den Spaniern noch ein Hühnchen zu rupfen habe. In Rom benahmen sie sich mehr wie wilde Tiere, denn die Menschen; und wie sie mit Frauen umsprangen, brauche ich dir nicht zu erzählen. Nicht einmal Moslems würden tun, was sie taten.«

»Aber sie sind Christen! Wie kannst du mit Muselmännern gegen sie kämpfen, wo du doch im Herzen ganz und gar kein Muselmann bist?«

Andy maß mich erbost und sagte: »Ich bin ein so guter Muselmann wie du, Michael, wenn ich auch nicht so viele Koranverse auswendig weiß wie du. Aber die ganze Sache war mir klar, als ich entdeckte, daß Islam die Unterwerfung unter Gottes Willen bedeutet und daß der Gott, den sie Allah heißen, derselbe ist wie der *sang dieu* der Franzosen, der *Herrgott* oder *Donnerwetter* der Deutschen und der lateinischen *Deus* oder *Dominus*.«

Meine Vorwürfe glitten an ihm ab wie Wasser vom Bürzel einer Ente. Er beharrte darauf, Kanonen seien seine Musik und Sold sei Sold, ob die Münzen des Kaisers Bild oder einen arabischen Schnörkel trügen. Er blieb ein Weilchen nachdenklich sitzen, den Kopf in die Hand gestützt, und als er von neuem zu sprechen anhub, lag ein zärtlicher Ton in seiner Stimme.

»Ich habe nie gewußt, wie versessen ich auf Kanonen war, bis ich das heiße Metall und den beizenden Rauch wieder spürte. Ich konnte nicht umhin, sie zu streicheln – und glaube mir, nicht die üppigste Frau kann sich anfühlen wie eine heiße Kanone nach dem fünften Schuß. Als Mustafa ben Nakir meine Begeisterung sah, erzählte er mir, daß der Sultan der Türkei eine neue Art der Fortbewegung selbst der schwersten Stücke erfunden hat; wo die Straßen schlecht sind, belädt er Kamele mit Geschützmetall, so daß die Kanonen auf der Stelle gegossen werden können, wo man sie einsetzen will. Daran hat noch keiner gedacht, und ich möchte gerne selbst sehen, wie sie es zuwege bringen. Mustafa wußte es auch nicht, aber sein Bericht erweckte in mir den Wunsch, Istanbul, des Sultans Hauptstadt, aufzusuchen. Und er hat versprochen, mich dort dem Zeugmeister zu empfehlen.«

Ich war verblüfft über diese hochfliegenden Pläne, er aber fuhr eifrig fort: »Zuerst müssen wir für Khaireddin einen Hafendamm bauen, damit seine Schiffe im Hafen Schutz finden können. Sein einziger Beweggrund, die Festung anzugreifen, ist der, zubehauene Steine für den Damm und billige Arbeitskräfte zu bekommen. Gefangene erhalten keinen Sold. Brotkrumen und Wasser reichen aus, sie zu ernähren.«

So plapperte er fort, bis er seiner eigenen Geschwätzigkeit gewahr wurde, sich verlegen zu meinem Hund hinabbeugte und ihn streichelte.

Binnen wenigen Tagen war ich wiederhergestellt, obgleich ich stets eilig ins Bett schlüpfte, wenn ich jemand kommen sah. Ich hatte nicht den geringsten Wunsch, in die Belagerung verwickelt zu werden und vielleicht Kapitän de Varga, der gewiß ein Hühnchen mit mir zu rupfen hätte, Aug in Aug gegenüberzutreten. Abu el Kasim erzählte mir, de Varga hätte sogleich nach meinem Besuch eine schnelle Schaluppe nach Cartagena entsandt; daher schicke Khaireddin sich an, die Festung sogleich zu stürmen und presse alle in seine Dienste, die sich auf den Beinen halten könnten und unverzüglich das Paradies gewinnen wollten, indem sie im Kampf gegen die Ungläubigen fielen.

Dennoch waren Khaireddins Pläne von Kapitän de Varga

durchkreuzt worden, der trotz der Proteste des Dominikaners die beiden jungen Mauren hängen ließ, die Khaireddin als Spione eingeschmuggelt hatte. Wir erfuhren dies von einem spanischen Verräter, der die Belagerung satt hatte und in einer dunklen Nacht über die Bucht geschwommen kam, um zu Khaireddins Leuten zu stoßen. Er erzählte uns, daß es in der Festung viele Verwundete gab, daß die Mauern üble Risse und Sprünge aufwiesen, daß es den Spaniern an Lebensmitteln, Wasser und Pulver gebrach und alle, ausgenommen de Varga bereit waren, um freien Abzug zu verhandeln. De Varga aber wollte davon nichts hören, und als die kastilische Fahne abgeschossen wurde, stellte er sich selbst, ein lebender Fahnenmast auf die Spitze des Turms, die Fahne um den linken Arm gewunden, und erklärte, jeder, der von Übergabe auch nur zu flüstern wage, werde unverzüglich in Eisen gelegt.

Einige Tage darauf wurde jedoch eine verheißungsvolle Bresche in die Wälle gelegt, und Khaireddin befahl, Boote zu Flößen zusammenzubinden und vorne am Bug Schanzkörbe als Deckung zu befestigen. Dann zog er sich zurück, um die Nacht mit Stillgebet und Fasten zu verbringen und sich so auf den entscheidenden Ansturm vorzubereiten.

Nach dem Abendgebet versammelten sich Andy, Abu el Kasim und Mustafa ben Nakir an meinem Bett. Nachdem wir uns ein Weilchen über allgemeine Dinge unterhalten hatten, zerrten sie mich sanft, aber entschieden aus dem Bett, stellten mich auf die Beine, befühlten meinen Kopf und meine Glieder und priesen Allah, daß er mich in seiner Gnade so schnell hatte genesen lassen. Mustafa ben Nakir meinte: »Ach, Michael, wie froh bin ich, daß du nun am Sturm teilnehmen und dich mit uns des Paradieses wert erweisen kannst!«

Mir schlotterten die Knie, und ich wäre hingeschlagen, hätten nicht Andys starke Arme mich gestützt.

»Wehe!« schrie ich. »Ich bin schwindlig – ich kann nicht stehen. Ich will aber mit meinen letzten Kräften zum Strand hinabkriechen und die Verwundeten betreuen. Es wäre in der Tat ein Jammer, wenn die Gläubigen wegen Abu el Kasims Untüchtigkeit verbluten müßten. Ich will für mein Werk der Barmherzigkeit nicht einmal Entgelt fordern, sondern mich mit freiwilligen Spenden begnügen.«

Mustafa ben Nakir sah mich mit leuchtenden Augen an und fragte: »Du hast doch nicht etwa Angst? Dein Bruder Antar und ich haben beschlossen, das vorderste Schiff zu besteigen: wir werden als erste die Wälle ersteigen und Kapitän de Varga die kastilische Fahne entreißen. Aus Freundschaft werden wir dich mitnehmen, damit du den Ruhm und den Lohn unserer Heldentat mit uns teilest.«

Ich erwiderte gereizt: »Angst? Was ist denn das? Ein leeres Wort. Ich bin ein friedlicher Mann, ein kranker obendrein, und habe nicht den Ehrgeiz, als Held bejubelt zu werden.«

Giulia hatte, hinter einem Vorhang stehend, schweigend zugehört. Als sie mich schwanken sah, trat sie vor und half mir, mich wieder aufs Bett zu legen.

»Was behelligt ihr ihn denn?« fragte sie. »Ich werde ihn nie nach jener schrecklichen Insel mitgehen lassen. Er war selbst zur Liebe zu schwach. Ich würde eher selbst zum Schwert greifen als zulassen, daß er es führt.«

Diese Rede verstimmte mich aus irgendeinem Grund, und ich fuhr sie an: »Halt den Mund; du bist nicht gefragt worden. Es ist leichter, Wunden zu schlagen als sie zu heilen, und vielleicht gehe ich morgen doch mit euch.«

Mustafa ben Nakir blieb der Mund offenstehen, und da erkannte ich, daß er mich nur, seiner Gewohnheit getreu, zum besten gehabt hatte. Nichts hätte mich mehr ärgern können als dieser Gedanke. Vorsicht ist nicht Feigheit, und ich hatte im Laufe meines Lebens oft bewiesen, daß ich ebensooft und ebenso kühn mein Leben aufs Spiel setzen konnte wie jeder andere. Aber Giulias Fürbitte hatte mich gereizt, und der Hieb auf meinen Kopf hatte mein gesundes Urteil so getrübt, daß ich in meiner verbissenen Torheit schwor, ich sei wieder vollkommen bei Kräften und bereit, in die Schlacht zu ziehen. Als die anderen uns verlassen hatten, merkte ich wohl, daß Giulia mich versöhnen wollte; ich aber verhärtete mein Herz, um sie zu strafen und ihre Eitelkeit ein für allemal zu dämpfen. Ich täuschte Gleichgültigkeit gegen ihr Flehen vor, so daß sie endlich den Versuch aufgab und ihren Ärger an den Töpfen und Pfannen ausließ, wobei sie mir versicherte, ich sei der größte Lügner, den sie je gesehen habe, und sie glaube mir kein Wort.

Am nächsten Morgen aber bekam sie doch einen heilsamen

Schrecken, als ich lange vor Tagesanbruch mich erhob, im Hofe wusch und, das Gesicht nach Osten, die vorgeschriebenen Gebete hersagte. Zum weiteren Beweis meiner Tapferkeit packte ich eine handfeste Keule, ehe ich mit zitternden Knien auf die Straße wankte. Da erst erkannte sie, daß es mir ernst war. Sie stürzte mir nach, packte mich am Ärmel und rief: »O Michael! Ich war vielleicht unfreundlich und hochfahrend, allein ich hatte Gründe, die zu nennen meine Scham mir verbot. Wenn du durch ein Wunder aus der Schlacht heimkehrst, will ich dir mein Geheimnis mitteilen, und du sollst entscheiden, was geschehen soll. Sehen wir uns aber erst im Himmel wieder – und selbst dies scheint unwahrscheinlich, da du ein Moslem bist, ich aber eine Christin –, so wird das Geheimnis wenig zu bedeuten haben. Deshalb will ich es nicht hier auf der Straße ausschreien, damit alle es hören; zu einer solchen Stunde würde es dich nur betrüben.«

Ich glaubte nicht an die Geschichte mit dem Geheimnis, sondern dachte, sie wolle nur meine Neugier wecken und mich so zurückhalten, bis es zu spät wäre, den Sturm auf die Festung mitzumachen. So riß ich mich los und eilte zum Hafen hinab. Doch Giulia war nicht das einzige Weib, das ihren Mann beschwor, diesmal daheimzubleiben, und ihm unter Seufzen und Weinen versicherte, ein redliches, ersprießliches Handwerk sei den Paradieseswonnen bei weitem vorzuziehen.

Ich langte bei Sonnenaufgang im Hafen an, wo Khaireddin, umgeben von seinen Offizieren, eben die letzten Befehle erteilte.

»Heute ist Freitag, ein Glückstag. Möge er dem Islam Freude und Gewinn bringen. Heute stehen die hundert Tore des Paradieses weit offen; nie war eine Gelegenheit so günstig, in jenes herrliche Reich einzugehen, wo dunkeläugige Jungfrauen an murmelnden Bächlein den Gläubigen aufwarten. Gürtet mir mein Schwert um, denn ich will wie stets vorne sein und durch mein Beispiel auch die Ängstlichen anspornen, mir kühn durch die Bresche zu folgen.«

Wie auf Befehl fingen nun seine Offiziere an zu rufen und die Hände zu ringen; unter den eifrigsten waren Sinan der Jude und Abu el Kasim. Sie verwiesen Khaireddin entschieden sein Vorhaben, sich der Gefahr auszusetzen, und hielten ihm vor, welch unersetzlichen Verlust der Islam durch seinen Tod erleiden würde. Er aber stampfte wütend auf und rief: »O ihr ungehorsamen, unnatürlichen Kinder! Möchtet ihr mir diese Ehre versagen? Warum soll ich allein gezwungen werden, auf das Paradies zu verzichten, das heute selbst dem ärmsten Moslem offensteht?«

Er stürzte hin und her und rief nach seinem Schwert, und die Hauptleute mußten ihn an den Armen zurückhalten, weil er sonst ins Wasser gefallen wäre. Nun kannte die Begeisterung beim Volk keine Grenzen mehr; sie riefen seinen Namen und priesen seine Tapferkeit, mahnten ihn aber zugleich, sein unbezahlbares Leben nicht zu gefährden. Endlich mußte er sich darein fügen und meinte mit einem tiefen Seufzer: »Gut, ich will hier bei euch bleiben, da ihr mich so dringlich bittet. Aber ich werde den Sturm verfolgen und hinterher die Tapferen belohnen und die Feigen bestrafen. Nun bleibt nur noch ein Anführer zu wählen. Ihr werdet zweifellos um die Wette zur Insel eilen, aber der Brauch will es, daß einer vorher gewählt werde, um die Stürmenden in die Bresche zu führen.«

Sogleich verstummten die Offiziere und sahen scheel nach der Festung, die sich einen Pfeilschuß vom Festland aus dem Wasser erhob; unbehaglich ruhte ihr Blick auf dem Loch in der Mauer, das dunkel wie ein Höllenschlund gähnte. Sie erbleichten und flüsterten einander zu: »Es ist wahrhaft ein verlockendes Angebot, aber ich bin einer solchen Ehre unwürdig. Du bist älter als ich, ich verzichte zu deinen Gunsten.«

Während sie einander noch nach solchen Liebenswürdigkeiten überboten, trat Andy vor und bat: »Khaireddin, mein Herr, laß mich den Angriff führen und dir die kastilische Fahne zurückbringen!«

Ich hinkte vor, um Einspruch zu erheben; allein bevor ich unserem Befehlshaber noch auseinandersetzen konnte, Andy müsse von Sinnen sein, streckte Khaireddin mir die Hand entgegen und schrie: »Seht her, ihr guten Leute! Nehmt euch ein Beispiel an diesen Männern! Sie haben erst vor kurzem den rechten Pfad gefunden, doch um so brennender ist ihre Sehnsucht nach dem Paradies. Ich kann dir die Ehre nicht verweigern, die du von mir erbittest, el Hakim; geh mit deinem Bruder. Du sollst als erster den Fuß auf den Felsen von Penjon setzen, und ich werde dich zu belohnen wissen.«

Ich versuchte ihm zu erklären, daß er mich ganz und gar mißverstanden hatte, allein mein verstörtes Gestammel ging in den Beifallsrufen der Offiziere unter.

Mittlerweile hatte Khaireddins Flotte ihren Ankerplatz verlassen und war ein Stück die Küste entlanggesegelt; nun eröffnete sie ein Bombardement, um die Aufmerksamkeit der Besatzung von den Vorgängen an Land abzulenken. Bald darauf eröffneten auch die Küstengeschütze das Feuer, und der besonnene Andy forderte mich auf, eine Rüstung anzulegen. Ich dachte ein Weilchen nach und erwiderte dann: »Nichts geschieht gegen Allahs Willen. Ein gutes Schwert genügt mir. Geh voran, Andy, mein Bruder; ich folge dir auf den Fersen und will dich nach Kräften gegen Streiche aus dem Hinterhalt verteidigen.«

Mustafa ben Nakir sah mich zweifelnd an und bemerkte: »Du hast recht, Michael el Hakim; sollten wir in voller Rüstung über Bord gehen, so würden wir wie Steine versinken. Ich will mein Löwenfell ablegen, damit ich es im Getümmel nicht verliere, und in eurem Bund der dritte sein; ich hoffe, der mächtige Leib deines Bruders wird uns vor dem Schlimmsten schützen.«

Dann betraten wir das Führerfloß und suchten hinter den Schanzkörben, die mit Erde und Wolle gefüllt waren, Schutz. Eine Schar beherzter Männer folgte uns, die Ruderer legten die Riemen ein und fingen an, ums liebe Leben auf die Festung zuzurudern; laut riefen sie zu Allah um Hilfe und verwünschten die Spanier.

Alles ging gut ab. Nur wenige Schüsse begrüßten uns von den zerschrammten Schießscharten der Festung. Sollte ich jemals der Übertreibung oder Prahlerei beschuldigt werden, so will ich jetzt und hier bezeugen, daß sich nie wieder eine bessere Gelegenheit dazu bot; dennoch will ich mich damit begnügen, zu schildern, was wirklich vorging, und muß daher einräumen, daß die Eroberung von Penjon nicht zu den Heldentaten der Geschichte gezählt werden kann. In diesem Falle war die Beherztheit ihr eigener Lohn, und ich erwarb mir einen Ruf als tapferer und wagemutiger Mann, ohne besonderen Gefahren ausgesetzt zu sein.

Wenige Kanonenkugeln pfiffen über unsere Köpfe hinweg und sandten Wasserfontänen empor, als sie hinter uns einschlugen. Bald darauf liefen wir mit dem Bug auf die Küste auf, mit einem Stoß, der mich zurücktaumeln ließ. Andy zog mich am

Kragen empor und schleppte mich an Land; Mustafa ben Nakir folgte uns auf den Fersen, und wir stürzten wie von Sinnen auf die Bresche zu. Mir blieb kaum Zeit zum Nachdenken. Als ich schließlich aufblickte, waren wir schon mitten in dem gähnenden Loch; vor uns, in schimmernder Rüstung, die kastilische Fahne um den Arm gewunden, stand Kapitän de Varga, ein Schwert in der Hand und bereit, den letzten Blutstropfen für die Verteidigung der Festung zu geben. Er stand allein, weil seine Leute ihn zu ihrer ewigen Schande im Stich gelassen hatten. Hunger und Verzweiflung kann sie davon nicht freisprechen, obwohl ich für mein Teil mich über ihre weise Vorsicht nicht zu beklagen hatte.

So stand nun Kapitän de Varga allein vor uns; eine hagere, dunkle Gestalt. Er maß uns mit brennenden Augen; Schaum stand ihm vor dem Mund. Andy ließ erstaunt das Schwert sinken und forderte ihn auf, sich zu ergeben. Kapitän de Varga aber lachte und rief zurück: »Ich will dir meinen Stammbaum nicht aufzählen, denn ein de Varga brüstet sich nicht; aber ich will dir zeigen, was Treue zu Gott, König und Vaterland bedeutet.«

Hinter uns landeten nun weitere Boote und Flöße. Als die tapferen Moslems sahen, daß ein einziger Mann die Bresche verteidigte, eilten sie in hellen Scharen herauf und rissen mich mit sich fort, so daß ich strauchelte und fiel. Es war wohl Andy, der de Varga das Schwert aus der Hand schlug, und im nächsten Augenblick lag der Kapitän auf dem Rücken und ich auf ihm. Ungeachtet seiner vornehmen Abkunft, ungeachtet des Schutzes, den ihm mein Leib vor den wilden Moslems gewährte, die in einem um sich schlagenden und tretenden Knäuel auf mir lagen, vergaß er sich so weit, daß er mir seine langen Zähne in die Wange schlug.

De Varga wäre gewiß an Ort und Stelle ums Leben gekommen, wäre er nicht vom Scheitel bis zur Sohle in Eisen gehüllt gewesen, denn der Schmerz und die Wut brachten mich so von Sinnen, daß ich die erste Gelegenheit benützt hätte, ihm mein Schwert in die Gurgel zu stoßen. Allmählich aber linderte sich der Druck; der Kapitän gab meine Wange frei, und wir beide setzten uns auf und sahen die Moslems heulend in Scharen durch die Bresche strömen. Andy stellte sich breitbeinig vor de Varga auf, und Mustafa ben Nakir half uns, ihn zu beschützen. Mir lief das Blut über die Wange Ich machte dem Kapitän bittere

Vorwürfe für sein eines Edelmannes so unwürdiges Verhalten; ich wies darauf hin, daß ich nun höchstwahrscheinlich bis an mein Lebensende mit einer entstellenden Narbe herumlaufen müßte.

Als er erkannte, daß weiterer Widerstand zwecklos war, brach er in Tränen aus und bat mich, ihm nichts nachzutragen. Dafür bat ich ihn, mir die kastilische Fahne zu überlassen, die er nun doch nicht mehr brauchen konnte. Mit einem tiefen Seufzer nahm er sie ab und legte sie in meine Hände. So fiel mir die Ehre der Einnahme von Penjon zu.

Mittlerweile waren die Moslems in solchen Scharen an uns vorbei durch die Bresche eingedrungen, daß der Hof bald gedrängt voll war; in ihrer Raserei töten sie eine Anzahl Spanier, bevor Khaireddins Offiziere und Janitscharen eingreifen konnten. Khaireddin hatte ausdrücklich befohlen, so viele Spanier wie möglich zu schonen, denn er bedurfte dringend der Arbeitskräfte zum Abbruch der Festung, für die Aufbauarbeiten und die Ausbesserung der im Straßenkampf und durch die Beschießung entstandenen Schäden. Der wilde Blutdurst der Muselmänner widerte mich so an, daß ich auf der Stelle fort wollte, und auch Andy hatte es offenbar eilig, wegzukommen. Daher beschlossen wir, an Bord zu gehen und Kapitän de Varga vor Khaireddin zu führen.

Khaireddin wartete, umgeben von zahlreichem Gefolge, am Strande. Viele törichte Moslems waren zu ihm geeilt und hatten ihm die Köpfe Ungläubiger vor die Füße geworfen. Schließlich riß ihm die Geduld, und er brüllte: »Hundert Peitschenhiebe dem Nächsten, der es wagt, mir einen Christenkopf zu bringen. Die Spanier sind kräftige Burschen, und jeder Kopf macht mich ärmer.«

Doch vergaß er seinen Groll bald, als Andy, Mustafa ben Nakir und ich auf ihn zutraten und Kapitän de Varga vor uns herschoben. Mir lief immer noch das Blut aus der Wunde meiner Wange, als ich die kastilische Fahne vor Khaireddin hinwarf. Er trat darauf und rief fromm: »Allah ist groß, und wunderbar ist die Macht des Islam, der ein Lamm in einen reißenden Löwen verwandelt.«

Dann wandte er sich an Kapitän de Varga und sagte kurz: »Du verschlagener und halsstarriger Mann, wo ist nun dein

König und die Hilfe, die du aus Spanien erwartest? Willst du nun gestehen, du Götzendiener, daß Allah allein mächtig ist?«

Kapitän de Varga entgegnete: »Du hast deinen Sieg nur dem Verrat meiner Leute zu verdanken. Hätte ich auch nur die geringste Unterstützung gefunden, so hätte ich dich aus der Stadt vertrieben und den Hafen besetzt.«

Khaireddin betrachtete ihn eine Weile und strich sich den Bart. Er konnte nicht umhin, den unbeugsamen Mut seines Feindes zu bewundern, und sagte: »Ah, Kapitän de Varga! Hätte ich Männer wie dich zur Seite, so könnte ich gewiß den Kaiser von seinem Thron stürzen. Sage mir, was ich für dich tun kann, denn ich ersehne deine Freundschaft.«

Kapitän de Varga erwiderte: »Tapfere Männer verstehen einander immer, und Feiglinge können das nie fassen.«

»Es gibt viele Muscheln auf der Welt«, bemerkte Khaireddin, »aber nur wenige enthalten Perlen. Seltener noch ist ein wahrhaft tapferer Mann. Daher will ich dich mit Reichtümern überhäufen und dir selbst einen Befehl übertragen, unter einer Bedingung – daß du den Turban nimmst und bekennst, daß der eine Gott und sein Prophet mehr wert sind als der christliche Götzenkult. Du wärest nicht der erste Spanier, der diesen Schritt tut, wovon du dich durch einen Blick auf meine Offiziere überzeugen kannst.«

Kapitän de Varga war entsetzt, er sah seinen Gegner eine Weile unverwandt an. Sein Bart zitterte, und seine Augen funkelten, als er schließlich antwortete: »Verriete ich meinen Glauben, so wäre ich ein erbärmlicherer Wicht als der erbärmlichste unter denen, die mich verrieten. Beleidige mich nicht mit solchen Vorschlägen, und vergiß nicht, daß ich ein Spanier und ein Edelmann bin.«

Khaireddin seufzte. »Ich will dich keineswegs zwingen, denn der Islam verbietet eine Bekehrung unter Zwang. Du bist aber zu gefährlich, als daß ich dich unter die übrigen Gefangenen lassen könnte. Ich werde dich leider enthaupten lassen, wenn du den Turban zurückweist.«

Kapitän de Varga bekreuzigte sich ergeben und sagte: »Ich bin ein de Varga; mögen meine Ahnen sich nie ihres Nachkommen schämen müssen. Schlag also rasch zu, auf daß ich mich meines Gottes, meines Königs und meines Landes würdig erweise.«

Er betete kurz, bekreuzigte sich und kniete im Sande nieder. Der Henker schlug ihm mit einem einzigen Streich das Haupt ab und versagte seinem edlen Gebaren die Bewunderung nicht. Dann zog er ihm einen Lederriemen durch die Ohren und hängte das Haupt an den Zügeln von Khaireddins Pferd auf.

So ward die Erstürmung von Penjon beendet, lange bevor der Muezzin die Gläubigen zum Mittagsgebet gerufen hatte. Ich selbst konnte meinem Glücksstern nicht genug danken, daß er mich vor allen Gefahren bewahrt und mit Ruhm überhäuft hatte.

Später, als ich mich auf den Heimweg machte, begleitete mich Mustafa ben Nakir, versonnen mit den Glöckchen an seinem Gürtel spielend. Der Taubstumme bereitete eben das Mahl, als wir ankamen, während Giulia auf dem Bett saß und ihre Zehennägel bemalte. Sie schenkte uns wenig Aufmerksamkeit, woraus ich schloß, daß sie uns im Hafen nachspioniert und mich unversehrt in Khaireddins Gefolge gesehen hatte.

»Oh, du bist es, Michael?« rief sie mit gespieltem Erstaunen. »Ich hatte dich kaum so früh erwartet. Wo bist du wohl gewesen? Während die Gläubigen ihren heiligen Krieg führten, hast du dich gewiß in irgendeinem Harem herumgetrieben, denn du hast, scheint's, einen etwas leidenschaftlichen Kuß empfangen.«

Mustafa ben Nakir warf ein: »Delilah, ich verstehe, daß du mit deinem Schleier deiner augenblicklichen wichtigen Beschäftigung nicht obliegen könntest. Vergiß aber nicht, daß ich der Verlockung deiner Augen sehr schwer widerstehen kann. Ich bitte dich also, laß uns allein. Mein Freund Michael und ich haben vieles zu besprechen; wenn du einen Funken Mitleid in deinem grausamen Herzen hast, so laß nicht zu, daß jener verrückte Sklave uns mit den Abfällen, die er eben zubereitet, vergiften, sondern koch uns etwas mit deinen eigenen schönen Händen.«

So schmeichelte er Giulia und lehrte mich zugleich, wie man zu Frauen sprechen muß, wenn man etwas von ihnen will. Als Giulia ihre Schönheitsmittel versorgt und uns verlassen hatte, zog Mustafa ben Nakir sein persisches Buch heraus und begann laut zu lesen. Ich aber hatte seine sonderbaren Launen satt und ging daran, die Wunde auf meiner Wange zu verbinden. Endlich legte er sein Buch beiseite und sprach: »Du überraschst mich, Michael el Hakim. Ich werde kaum klug aus dir. Ich weiß nicht, ob du nicht doch ein bißchen einfältig bist? Anders kann ich mir dein törichtes Betragen nicht erklären.«

»Vielleicht folge auch ich, Mustafa, gleich dir ab und zu meinen Eingebungen. Frage mich nicht über das, was ich heute getan habe. Die Wahrheit zu gestehen, ich weiß kaum, warum ich so handelte, es sei denn, um Giulia zu beweisen, daß ich mir von ihr nicht befehlen lasse.«

Mustafa ben Nakir nickte: »Von Giulia später. Du brauchst dich nicht von ihr zu trennen: sie soll dich begleiten. Du weißt vielleicht, daß Khaireddin seit Jahren bei der Hohen Pforte in Ungnade ist. Er und sein Bruder sollen die Schiffe und Janitscharen, die der Sultan Baba Arusch sandte, zu unerlaubten Zwecken verwendet haben. Daran mag etwas Wahres sein, aber Khaireddin hat sich mittlerweile eines Besseren besonnen. Diesen Sommer will er seine Macht vergrößern und festigen; im Herbst aber soll sein Abgesandter mit reichen Geschenken für den Sultan nach Istanbul segeln, um die Bestätigung von Khaireddins Ernennung zum Beylerbey von Algerien zu erwirken. Hierauf will Khaireddin sich wieder unter den Schutz der Hohen Pforte stellen. Außer Geschenken wird der Gesandte dem Sultan auch viele Sklaven bringen, darunter dich, Michael el Hakim, deinen Bruder Antar und deine eigene Sklavin, Delilah, die du Giulia nennst.«

»Allah ist groß«, meinte ich bitter. »Ist das der Lohn für alles, was ich getan habe – daß man mich aufs neue an der Nase ins Unbekannte führt wie einen Ochsen an seinem Nasenring?«

Mustafa ben Nakir war empört. »Wie undankbar du bist, Michael el Hakim! Ein anderer würde aus Dankbarkeit den Boden zu meinen Füßen küssen. Du kannst nicht wissen, daß die mächtigsten Männer des ottomanischen Reiches, vom Großvezier herab, alle Sklaven des Sultans sind. Die meisten von ihnen wurden im Serail erzogen und sind, jeder nach seinen Gaben, zu den höchsten Ämtern aufgerückt. Sogar die allerhöchsten Beamten sind dem einen oder anderen Sklaven des Sultans untergeben. Sein Sklave zu sein ist daher ein Ziel für den Ehrgeizigsten; erreicht er es, so sind seinem Tatendrang keine Grenzen gesetzt.«

»Vielen Dank!« sagte ich spöttisch, obwohl ich ihm aufmerksam zugehört hatte. »Aber ich bin nicht im geringsten ehrgeizig und glaube, je höher ein Sklave auf dem Weg zur Macht emporklimmt, um so schrecklicher wird sein Sturz sein.«

»Du hast recht, Michael«, gab Mustafa zu. »Doch selbst auf ebenem Boden kann einer straucheln. Und das Emporklimmen ist schwierig; es erfordert Erfahrung und Übung. Auch ist es mit dem bloßen Emporstreben nicht getan. Man muß auch die Nachfolgenden abschütteln und wegstoßen – die, welche einen am Mantel zerren und auf jede Weise versuchen, einen hinabzuziehen. Das Klettern aber stärkt den Menschen und bildet einen Teil jener weisen Staatskunst, welche die Sultane von den byzantinischen Kaisern ererbt haben. Bedenke, daß die Ottomanen stets bereitwillig alles, was nützlich und praktisch ist, von jedem Volk übernommen haben. Nur der Klügste und Geschickteste kann die höchsten Machtstellungen im Serail erreichen, wo jeder seinen Nachbarn bespitzelt und ihn gern zu Fall bringen möchte. Aber die Nachteile dieser Ordnung werden durch das Element des Zufalls aufgewogen. Letzten Endes hängt alles Emporkommen von der Gunst des Sultans ab, die der ärmste Holzfäller ebenso leicht erringen kann wie der mächtigste Vezier.«

Mich überlief ein Frösteln.

»Wer und was bist du, Mustafa ben Nakir?« fragte ich.

Seine leuchtenden Augen ruhten auf mir, als er antwortete: »Habe ich dir nicht schon oft gesagt, daß ich nur ein wandernder Bettelmönch bin? Aber meine Bruderschaft hat mächtige Gönner. Wir sehen vieles auf unseren Reisen. Uns fällt es leichter, Pulsschläge zu fühlen und Herzen zu erforschen, als den grüngekleideten Sendboten der Hohen Pforte. So diene ich, indem ich meinen eigenen Launen folge, meinem Herrn, dem Sultan – oder besser seinem Großvezier Ibrahim Pascha, der in unserer Bruderschaft denselben Rang einnimmt wie der Großmeister im christlichen Templerorden. Dies ist ein strenggehütetes Geheimnis, das ich dir mitteile, um dir mein Vertrauen zu beweisen und zu erklären, warum ich dich als des Sultans Sklaven nach dem Serail sende.«

Er stand auf, trat geräuschlos zur Tür, zog rasch den Vorhang beiseite und packte Giulia an den Haaren, so daß sie vornüber ins Gemach fiel. Sie glättete ihr Haar und meinte gekränkt: »Das war sehr gemein von dir. Ich wollte eben fragen, ob ihr italienische Gemüsesoße zum Huhn möchtet. Aber du darfst mir Michael keineswegs in dein Ränkespiel verwickeln, denn er ist gar leichtgläubig und würde sich bald rettungslos darin verstricken. Die Angelegenheit geht auch mich an. Willst du mich in des Sultans Harem stecken? Er ist, höre ich, ein mürrischer Herr, der selten die Gesellschaft von Frauen sucht. Du tätest klüger daran, mich in deine Pläne einzuweihen, sonst könnte ich sie wohl durchkreuzen, wenn ich in den Serail komme.«

Mustafa ben Nakir hatte zweifellos erraten, daß Giulia lauschte, denn er fuhr nun fort, als sei nichts geschehen: »Sultan Suleiman, dessen Reich alle Völker und Sprachen umfaßt, ist in der Tat ein mürrischer, grüblerischer Mensch, der die Gerechtigkeit der Gewalt und Gesetzlosigkeit vorzieht. Doch liebt er als Gegenstück zu seiner ernsten Natur lächelnde Gesichter um sich, und Leute, die ihn aufheitern können. Der Großvezier ist ungefähr gleich alt; er ist der Sohn eines griechischen Seemanns und wurde als Kind seinen Eltern entrissen und einer türkischen Witwe verkauft. Sie entdeckte bald seine Gaben und verschaffte ihm eine gute Erziehung. Er ist rechtskundig, spricht viele Sprachen, hat Geschichte und Geographie studiert und ist ein hervorragender Künstler auf jenem italienischen Instrument, der Violine. Vor allem aber hat er des Sultans Gunst und Freundschaft in so hohem Maß gewonnen, daß der ihn keinen Tag missen mag und oft auch die Nacht in des Großveziers Schlafkammer zubringt. Der Sultan begegnete ihm, als er noch ein junger Mann war, in einer Provinzstadt, wohin der strenge Selim seinen Sohn als Statthalter geschickt hatte, um ihn den Ränken des Serails fernzuhalten. Als Suleiman den Thron bestieg, machte er ihn zum Obersten der Falkner des Palastes. Vier Jahre später ernannte er ihn zum Großvezier und vermittelte seine Hochzeit mit einer türkischen Prinzessin, die er nach dem Tod ihrer Eltern zum Rang und zur Würde seiner eigenen Schwester erhob.«

Giulia fiel ein: »Eine so übertriebene Männerfreundschaft ist in der Tat sonderbar. Selbst wenn sie ihre Tage gemeinsam verbringen, sollten sie sich doch nachts voneinander trennen, und ich hätte geglaubt, ausgerechnet der Sultan hätte reichlich Gelegenheit, einen natürlicheren Bettgenossen zu finden.«

Mustafa ben Nakir lächelte und blickte Giulia aus seinen

leuchtenden Augen an. »In der Freundschaft zwischen Männern gibt es vieles, was Frauen nicht verstehen oder billigen können. Doch in diesem Fall brauchst du keinen häßlichen Verdacht zu hegen, denn Sultan Suleiman ist ein großer Verehrer schöner Frauen und hat mehrere Söhne, deren ältesten ihm eine wunderschöne Tscherkessin gebar, welche die Frühlingsrose hieß. Aber sie war ein lästiges Geschöpf, und ihren Platz nimmt seit langem schon ein russisches Mädchen ein, das die Krimtataren nach Istanbul sandten. Ihr Frohsinn trug ihr den Namen Khurrem, die Lachende, ein. Sie hat Suleiman Söhne geboren, und ihr fröhliches Lachen vertreibt seine Schwermut, solange Ibrahim mit Staatsgeschäften zu tun hat. Des Sultans Glück ist daher vollkommen, da er einen guten Freund und ein liebendes Weib besitzt. Ich sehe keinen Grund, dich in den Harem zu senden, um mit Khurrem um seine Gunst zu wetteifern. Khurrem ist eine reizbare, schlecht erzogene Frau, und es könnte sein, daß du nicht unversehrt aus der Begegnung mit ihr hervorgingest. Aber der Harem hat gewiß Raum für eine gute Wahrsagerin, und du könntest seine erschlafften Insassinnen durch deine Küste angenehm unterhalten.«

Giulia war's zufrieden. Mustafa ben Nakir fuhr fort: »Ich vergaß zu erwähnen, daß mit dieser Gesandtschaft auch ein reicher Arzneihändler namens Abu el Kasim reisen wird. Er wird gewiß in Istanbul einen Laden eröffnen, und wenn du für ihn arbeitest, so wird dein Ruf die Mauern des Harems durchdringen. Michael el Hakim kann mit den gefeierten Hofärzten erst wetteifern, wenn sein Bart länger geworden ist. Aber seine Kenntnis der Sprachen, der Staaten und Königreiche der Christenheit kann den Kartographen von großem Nutzen sein, deren Aufgabe es ist, sich über die christlichen Länder zu unterrichten.«

»Doch wozu das alles?« fragte ich. »Du hast es noch immer nicht erklärt.«

»Nicht? Nun, ich könnte schöne Worte machen und sagen, es sei zum Nutzen des Islam und des Ottomanischen Reiches. Die Türken sind keine Seefahrer; Ibrahim aber, der Sohn eines Matrosen, ist unter Schiffen aufgewachsen und hofft, den Sultan als Beherrscher nicht nur der Länder, sondern auch der Meere zu sehen. In diesen Plänen spielt Khaireddin eine wichtige Rolle. Der Großvezier hat das Vertrauen zu den Seepaschas des Sultans verloren: Khaireddin ist der einzige wirkliche Seemann. Deshalb sollen ihm die Wege geebnet und im Serail nur Gutes von ihm gesprochen werden; sein Name und sein Ruf müssen dort hochgehalten, seine Siege in glühenden Farben gemalt und etwaige Niederlagen verwischt werden. Am wichtigsten aber ist, daß Khaireddin seine Beförderung nur dem Großvezier verdanken darf. Auch du darfst nicht vergessen, daß du, indem du Khaireddins Sache bei den Kartographen förderst, Ibrahim dienst. Ihm, und nur ihm allein mußt du dich dankbar erweisen, wenn du je eine Ehrenstelle erlangst.«

»Deine Worte sind sonderbar und unheimlich«, bemerkte ich. »Werde ich nicht auch dem Sultan dienen?«

»Gewiß, gewiß«, entgegnete Mustafa ungeduldig. »Die Macht des Großveziers stammt vom Sultan, und alles, was Ibrahims Stellung stärkt, muß schließlich dem Sultan zugute kommen. Aber der Großvezier kann den Serail nicht mit Sklaven seiner Wahl füllen, da dies Anlaß zu nichtswürdigem Verdacht geben könnte. Schickt hingegen Khaireddin dich, deinen Bruder und andere nützliche Sklaven nach dem Serail, kann niemand argwöhnen, sie ständen insgeheim unter Ibrahims Befehl. Seine Macht setzt ihn dem Neid aus, wie du verstehen wirst, und er muß um seiner selbst willen ein starkes Netz weben, das ihn auffängt, wenn er stürzen sollte, und ihn zu noch schwindelnderer Höhe emporschnellt.«

Mustafa ben Nakir schwieg eine Weile und fuhr dann fort: »Wir sind Weber, Michael el Hakim, die einen ungeheuren Teppich weben. Jeder von uns hat seinen Faden und seine Aufgabe in dem großen Muster. Das ganze Muster – das Bild der Welt – sehen wir nicht; allein es ist da. Einzelne Fäden mögen reißen, Farben verdunkelt werden, ja, der einzelne Weber mag an seiner Aufgabe scheitern, jedoch der große Aufseher hat das große Muster stets vor Augen und bessert die kleinen Fehler aus. Auch du, Michael, sollst ein Weber sein; dann werden alle deine Gedanken und Taten einen Zweck haben. Du wirst deinen Auftrag innerhalb des großen Rahmens erfüllen, und dein bisher so leeres Leben wird überaus sinnvoll sein.«

»Wenn du Allahs Teppich der Ewigkeit damit meinst«, sagte ich, »so bin ich schon ein Weber, ob ich will oder nicht. Meinst du aber Großvezier Ibrahims Teppich, der für den Sultan gewoben wird, so ist die Arbeit daran, fürchte ich, zu sehr mit Blut befleckt, als daß sie einen empfindsamen Menschen locken könnte. Ich fürchte auch, er wird gar ungeschickt zusammengeflickt sein und sich als nutzlos erweisen.«

»Allahs Wille geschehe«, entgegnete Mustafa geschmeidig. »Denke daran, daß du ein Sklave bist, Michael el Hakim, und weben *mußt*, ob gerne oder unwillig. Das Leben ist ein Spiel — ein seltsames Spiel —, und wenn wir das erst erkannt haben, vollbringen wir unsere Aufgabe leichter; denn alle Spiele finden einmal ein Ende. Die schönsten Blumen verwelken, der wohllautendste Sang muß früher oder später verklingen. Was verschlägt's, mein Freund, ob dir der Bart im Dienste des Serails wächst oder du in der Blüte der Jugend in die Arme der ewigen Nacht sinkst?«

Giulia, die geduldig zugehört hatte, erhob sich nun und sprach: »In den Badestuben habe ich die Weiber alle zugleich kreischen gehört, bis ich mein eigenes Wort nicht mehr verstand, aber selbst ihr Gegacker hatte mehr Vernunft als die großen, leeren Worte der Männer. Hier sitzt ihr und drechselt gewundene Phrasen über Weber und Herrscher und Michaels Bart, während unterdessen die Hühner im Topf vor Hitze zerfallen.«

Sie brachte uns das schmackhafte Essen und füllte Abu el Kasims kostbarsten Becher mit Würzwein. Sie meinte: »Euch verbietet freilich eure Religion, zu trinken; ich aber bedarf nach all dem herzerschütternden Gerede eines erfrischenden Tranks.«

Der Anblick ihrer weißen Arme machte mich ganz schwach, und auch die Wunde in der Wange schmerzte mich sehr. So bat ich sie denn inständig, auch mir Wein einzuschenken, da ich noch nicht beschnitten und daher dem Gesetz noch nicht ganz unterworfen sei. Mustafa ben Nakir lächelte geheimnisvoll und erklärte, auch seine Sekte sei nicht an den Buchstaben des Korans gebunden.

Nachdem wir das Obst und die Süßigkeiten, die dem Mahle folgten, verzehrt hatten, tranken wir fort, bis Giulia leicht gerührt wurde. Ein tieferes Rot stieg ihr in die Wangen; sie legte mir wie von ungefähr den Arm um den Hals und streichelte mich mit ihren weichen Fingerspitzen.

»Mustafa ben Nakir«, sagte sie, »du kennst die Dichtkunst und wohl auch die Geheimnisse der Frauenherzen besser als Michael. Sage mir, was ich tun soll, denn Michael hat mich lange begehrt, und ich bin seine hilflose Sklavin. Bisher widerstand ich ihm, wegen eines Geheimnisses, das ich nicht preisgeben wollte. Nun aber hat mir der Wein das Herz gerührt, und ich bitte dich, Mustafa ben Nakir, laß uns beide nicht allein, sondern sage mir, was ich tun muß, meine Unschuld zu bewahren.«

Mustafa ben Nakir versetzte: »Ich halte ganz und gar nichts von deiner Tugend, falsche Delilah; mich dauert nur der arme, kranke Michael; denn du würdest mich doch nie um Rat fragen, wenn du nicht schon einen Entschluß gefaßt hättest.«

Er erhob sich und wollte gehen, aber Giulia, deren Kummer echt war, erwischte ihm an Gürtel und bat: »Geh nicht fort, Mustafa ben Nakir! Verhilf uns zu einer Versöhnung. Ich hatte vor, Michael so betrunken zu machen, daß er mich nicht einmal sehen, geschweige denn mein Geheimnis entdecken könnte. Es wäre aber besser gewesen, er hätte mich schon längst mit der Peitsche gezüchtigt, denn dann hätte ich ihm vielleicht nachgegeben, obwohl ich ihm übel wollte.«

Mit diesen Worten warf sie sich mir zu Füßen und flehte laut weinend und schluchzend um Vergebung. Ich argwöhnte nichts Gutes, versuchte aber, sie emporzuheben und zu beruhigen. Sie weinte nur noch bitterlicher, bis Mustafa ben Nakir ungeduldig bemerkte: »Hör auf zu heulen, Delilah; in deinem Herzen wohnt doch nichts als Falschheit und Betrug. Was ist peinlicher und sinnloser als diese vertraulichen Enthüllungen? Das Verhältnis zwischen Männern und Frauen wäre unvergleichlich glücklicher, wenn jeder Teil seine eigenen Fehler und Geheimnisse für sich behielte.«

Giulia trocknete sich die Augen, erhob ihr tränenüberströmtes Gesicht und erwiderte: »Michael will es so haben, obwohl er es vielleicht nicht zugeben will. Und ich kann ihn aus irgendeinem unerklärlichen Grund nicht mit meinem Leibe belügen. Vielleicht kommt es daher, daß ich ihn wirklich liebe; wenn dem so ist, so liebe ich zum erstenmal in meinem Leben, und so leidenschaftlich, daß ich davor erschrecke. Welcher Teufelszauber hat mich an diesen törichten, leichtgläubigen Mann gebunden, so daß schon ein bloßer Blick in seine treuherzigen Augen macht, daß ich mich selbst hasse? Es ist, als wollte man einem Kind ein hübsches Spielzeug wegnehmen.«

Ich traute kaum meinen Ohren; doch von allen ihren Worten beachtete ich nur die, welche von ihrer Liebe zu mir sprachen, und ich konnte nicht begreifen, warum sie mich stets so schlecht behandelt hatte. Ich rief ihr zu, still zu sein. Hätte sie es doch getan! Aber der Wein hatte ihr das kühle Urteil geraubt, und sie sagte: »Michael, geliebter Michael! Verzeih mir, aber ich bin nicht die Unschuld, für die du mich hältst, und kann mir nicht denken, wie du auf eine solche Meinung verfallen konntest.«

»O Gott, steh mir bei! Wie ging es zu, daß du deine Unschuld verlorst? Habe ich nicht stets versucht, dich vor Angriffen zu schützen?«

Mir war, als hätte man mich vor den Kopf geschlagen. Giulia verflocht ihre schlanken Finger ineinander und fuhr fort: »Ich bin nicht einmal so jung, wie du glaubst; ich war fünfundzwanzig vor einiger Zeit — bin fast so alt wie du. Ich war zweimal vermählt, freilich beide Male mit einem Greis. Zum erstenmal geschah es auf Wunsch meiner Mutter; ich war erst vierzehn, aber meine Augen jagten meinem Gemahl einen solchen Schrecken ein, daß er in der Hochzeitsnacht an einem Schlaganfall verschied. Auch mein zweiter Gatte starb so plötzlich, daß ich mich nach dem Heiligen Land einschiffen mußte, wo ich bei einem entfernten Verwandten in Accra Schutz suchen und so den üblen Verdächtigungen entgehen wollte, die man gegen mich hegte. Auf dieser Reise bist du mir begegnet; ich hatte nämlich den Kapitän bestochen, mich ohne Wissen der venezianischen Behörden an Bord zu nehmen.«

Dies alles brach so plötzlich über mich herein, daß ich zunächst die ganze Tragweite ihrer Worte nicht erfaßte und stammelte: »Aber als wir einander begegneten, gabst du mir zu verstehen, du seiest noch unschuldig. Warum?«

»Nie, nie habe ich behauptet, eine Jungfrau zu sein. Als du aber auf der Insel Cerigo zum erstenmal meine Augen sahst, warst du so entsetzt, daß du nicht wagtest, mich anzurühren. Einer Frau kann keine tiefere Beleidigung widerfahren als diese, und ich versuchte, meiner verletzten Eitelkeit einzureden, du wolltest nur meine Unschuld schonen. Und so fing ich an, mich mit deinen Augen zu sehen, Michael, und bin seither so keusch gewesen wie eine Jungfrau.« Hier stockte sie, blickte zur Seite und setzte hinzu: »Beinahe.«

Wütend packte ich sie an den Haaren, schüttelte sie und zischte: »Was stotterst du und wendest den Blick ab? Hast du mich auch mit Moslems betrogen, du treuloses, schamloses Weib?«

Sie hob die Hände und erklärte: »So wahr mich Gott sieht, kein Moslem hat mich je berührt, außer Kapitän Torgut und Sinan der Jude, denen ich als wehrlose Sklavin in die Hände fiel. Doch hier in Algier habe ich um deinetwillen, liebster Michael, fast keusch gelebt. Wenn einige liederliche Weiber mich im Bad ein wenig liebkosten, so ließ ich es nur zu, weil sie es so haben wollten und es die Landessitten erfordern. Ich selbst fand kein Vergnügen daran.«

Als mir aufdämmerte, wie schamlos sie mich betrogen hatte, lockerte sich mein Griff, und Tränen liefen mir über die Wangen. Sie streckte die Hand aus, als wollte sie sie abwischen, wagte aber nicht, mich zu berühren und sah hilfesuchend auf Mustafa ben Nakir. Aber selbst Mustafa, der sonst wenig nach Sittengesetzen fragte, war über ihre Beichte erschüttert. Es dauerte eine Weile, bis er die rechten Worte fand.

»Vergiß nicht, Allah ist barmherzig und gnädig, Michael el Hakim! Dieses Weib liebt dich ohne Zweifel mit einer starken, leidenschaftlichen Liebe, sonst hätte sie dir nie ihren Unwert enthüllt. Für deinen Seelenfrieden wäre es besser gewesen, sie hätte dich betrunken gemacht, so daß du am nächsten Morgen keine Ahnung mehr von dem Vorgefallenen gehabt hättest. Doch Allah hat es anders gewollt. Nun kannst du dich nur damit abfinden und mußt Giulia als junge und unleugbar schöne Witwe betrachten; die Hauptsache ist, daß sie sich endlich dir ergibt.«

Sein klares Denken half mir, meinen eigenen zerrütteten Verstand wiederzugewinnen. Ich sah ein, daß es kleinlich wäre, Giulias Vergangenheit allzuviel Bedeutung beizumessen. Ich selbst hatte die schwerste Sünde begangen, indem ich meinen Christenglauben verleugnete und den Turban nahm. Giulia war ungeachtet aller ihrer Fehler Christin geblieben und war weniger sündhaft als ich. Diese Gewißheit bereitete mir bittere Schmerzen, und ich war mir seit dem Tag, da ich in Todesangst zum erstenmal den Namen Allahs, des Barmherzigen, angerufen hatte, nicht mehr so erbärmlich vorgekommen wie diesmal. Meine eigene Schlechtigkeit verbot mir, Giulia zu verdammen, und es war nur gerecht, daß ich für meine Sünden mit diesem falschen und ehrlosen Weib heimgesucht wurde. Ich sagte: »So sei es denn; ich bin nicht ohne Sünde. Wie sollte ich einen Stein werfen? Aber ich begreife immer noch nicht, warum du Unschuld vortäuschtest.«

Als Giulia meine Empörung in ergebene Niedergeschlagenheit übergehen sah, faßte sie neuen Mut, und Tränen schimmerten in ihren Augen, als sie erwiderte: »Ich tat es um deinetwillen, geliebter Michael. Außerdem glaubten die Leute nur deshalb an meine Wahrsagerei, weil sie mich für eine Jungfrau hielten. Hätte ich mein Geheimnis früher verraten, so hättest du mich verführt und dann sattbekommen, wie die anderen. Ich wollte sichergehen; und nun, da du dich an meine Augen gewöhnt hast, mußt du gestehen, daß du von nun an an gewöhnliche Frauen und ihrer billigen Liebe kein Entzücken mehr finden könntest. In Zukunft wollen wir einander vertrauen und keine Geheimnisse mehr haben. Und Gott steh' dir bei, wenn du einer anderen Frau auch nur einen flüchtigen Blick zuwirfst, jetzt, da ich mich bereitfinde, die deine zu sein.«

Mustafa ben Nakir lachte laut heraus, obwohl ich mir den Grund nicht denken konnte, da Giulias Augen liebevoll auf mir ruhten. Ich hatte nie gehofft, daß sie mich so verlangend anblicken könnte. So demütigte ich denn meinen Stolz und antwortete: »Ich vergebe dir, Giulia, und will mich bemühen, dich so zu sehen, wie du wirklich bist. Freilich hast du dich in meinen Augen aus einem goldenen Kelch in einen zersprungenen irdenen Topf verwandelt, aber die harte Kruste der Wahrheit ist gesünder als der frischeste Laib aus Weizenbrot. Wir wollen diese Kruste miteinander teilen.«

Giulia erwiderte eifrig: »Ah, Michael, wie tief ich dich liebe, wenn du so empfindest! Aber du mußt erst lernen, welch ein süßer Trank in einem zersprungenen irdenen Topf ruhen kann. Wir bedürfen nun wohl nicht mehr der Hilfe Mustafa ben Nakirs, der gewiß im Palast viele Geschäfte zu besorgen hat; wir wollen ihn daher nicht länger zurückhalten.«

Sie wollte ihn hinausschieben, er aber zog ein persisches Buch heraus, zweifellos in der Absicht, ein erbauliches Hochzeitsgedicht zu deklamieren. Endlich aber schob ihn Giulia hinaus, schlug die Gittertür zu, versperrte sie und zog den schweren Vorhang vor. Ihr Gesicht glühte vor Leidenschaft, als sie sich mir zuwandte, ihre Augen leuchteten gleich verschiedenfarbigen Edelsteinen; sie war so atemberaubend schön, daß mir wider Willen all der Ärger einfiel, den sie mir bereitet hatte. Ich biß die Zähne zusammen und versetzte ihr eine derbe Ohrfeige. Darüber war sie so verblüfft, daß sie mir kraftlos zu Füßen sank. Hingerissen nahm ich ihren Kopf zwischen die Hände und küßte sie – küßte sie leidenschaftlich und ohne Unterlaß –, und wir lagen und liebten uns die ganze Nacht.

Als ich endlich, meine geschwollene Wange an ihrer Brust ausruhte, erwachte meine Vernunft wieder, und ich sprach: »Giulia, wir müssen an die Zukunft denken. Wenn du mich willst, wie ich dich will, so wird es das beste sein, wenn ich dich von der Sklaverei befreie und dich nach dem Gesetz des Islam zum Weibe nehme. Dann bist du eine freie Frau und brauchst niemand zu gehorchen, selbst wenn ich des Sultans Sklave werden sollte.«

Giulia seufzte tief. Dieser Seufzer tönte noch lieblicher in meinen Ohren als die raschen, leidenschaftlichen Atemzüge der herannahenden Verzückung. Sie küßte mir mit ihren weichen Lippen die Wange und sagte: »Ah, Michael, im innersten Herzen habe ich dich stets bewegen wollen, mich zu freien, wenigstens nach dem Gesetz des Islam. Doch du kannst nicht wissen, welche Freude du mir machst, indem du es mir aus freien Stücken sagst. Geliebter Michael, mein ganzes Herz schlägt dir entgegen. Ja, ich will deine Gattin sein – eine so gute Gattin, wie ich nur sein kann, obwohl ich ein trügerisches Frauenzimmer bin und ab und zu eine giftige Zunge habe. Wir wollen uns morgen früh trauen lassen, ehe uns jemand daran hindern kann.«

Sie sprach noch weiter, ich aber schlief, ihr weiches Haar über meinem Gesicht. Am nächsten Morgen lief alles so ab, wie wir es geplant hatten. Vor dem Kadi und vier zugelassenen Zeugen schenkte ich Giulia zuerst die Freiheit und erklärte hierauf, daß ich sie zum Weibe nähme: dann sagte ich die erste Sure her, um beide Schritte zu bekräftigen. Kadi und Zeugen erhielten reiche Geschenke, und Abu el Kasim gab ein Bankett, zu dem bekannte wie unbekannte Gäste geladen waren, so viele in Haus und Hof Platz fanden.

»Eßt, bis ihr erstickt«, ermahnte uns Abu fortwährend. »Eßt, bis ihr berstet, und denkt nicht an einen armen Greis, der nicht einmal ein Kind hat, das ihn in seinen alten Tagen betreuen könnte.«

Ich überhörte sein gewohntes Jammern, wußte ich doch, daß er uns recht wohl bewirten und überdies noch etwas für die Armen beiseitelegen konnte, und im Überschwang meiner Freude schickte ich von den guten Speisen den spanischen Gefangenen, die im Schweiße ihres Angesichts an der Schleifung der Festung Penjon arbeiteten. Giulia empfing viele Geschenke; Khaireddin selbst sandte ihr einen goldenen Kamm mit elfenbeinernen Zähnen, und Andy verehrte ihr zehn Goldstücke. Er sah mich aus seinen runden grauen Augen zweifelnd an und meinte: »Ich weiß nicht, ob du klug daran tatest, dies widerspenstige Weib zu freien. Schon ihre Augen hätten dich warnen sollen. Ich an deiner Stelle würde fürchten, daß mein Sohn sie erben könnte.«

Ich dachte, er neide mir mein Glück und sei vielleicht sogar eifersüchtig wegen Giulia; so klopfte ich ihm auf die Schulter und sagte: »Fürchte nichts mein lieber Bruder Andy. Ich habe mich nun einmal gebettet und will auch so liegen. Du darfst nicht glauben, daß meine Ehe uns trennen werde. Wir werden Brüder bleiben wie bisher. Mein Haus soll immer dein Haus sein, und ich werde mich nie schämen, einen einfachen Burschen wie dich zum Freund zu haben, selbst wenn mein Verstand und Wissen mich in Höhen emportragen sollten, wohin du mir nie folgen kannst.«

In meiner augenblicklichen weichen Stimmung rührte mich meine eigene Rede zu Tränen, und ich legte ihm die Arme um die breiten Schultern und versicherte ihn meiner Freundschaft, bis Giulia mich fand und am Ellbogen erhaschte. Unter dem Schall der Trommeln und Tamburine betraten wir gemeinsam das Brautgemach. Als ich sie aber in die Arme schließen wollte, schob sie mich fort und meinte, ich sollte ihr herrliches Brautkleid nicht zerdrücken. Dann fing sie an, die Geschenke zu betasten und die Spender zu zählen, bis ich dessen gründlich müde war; erst dann ließ sie sich von mir küssen und beim Entkleiden helfen. Ihr Leib aber war mir nun vertraut und konnte mir nicht mehr dieselben Freuden schenken. Mein Kopf schmerzte von dem schweren Weihrauch, und als wir endlich im Bett lagen, begnügte ich mich, neben ihr zu ruhen, die Hand auf ihrer Brust, und ihrem endlosen Geplapper zu lauschen.

Mir war, als sei all dies schon einmal geschehen, und ich begann, halb im Traum, mich zu fragen, wer sie wirklich war und was mich an sie band. Sie entstammte einem fremden Volke, dessen Sprache und Denkweise nicht die meine war. Ich war so tief in meine düsteren Betrachtungen versunken, daß ich es nicht beachtete, als sie verstummte. Sie aber setzte sich plötzlich im Bett auf und sah mich erschreckt an.

»Woran denkst du Michael?«, fragte sie mit leiser Stimme. »Gewiß an eine meiner üblen Eigenschaften.«

Ich konnte sie nicht belügen und antwortete erschauernd: »Giulia, ich muß an meine erste Frau Barbara denken – und wie selbst tote Steine zum Leben erwachten, wenn wir zusammen waren. Dann wurde sie als Hexe verbrannt, und nun fühle ich mich mutterseelenallein auf der Welt, obgleich ich hier an deiner Seite liege, die Hand auf deiner lieblichen Brust.«

Giulia war nicht empört, wie ich gedacht hatte; sie betrachtete mich neugierig, ihr Gesicht nahm einen fremden Ausdruck an. Mit einem leisen Seufzer bat sie: »Schau mir in die Augen, Michael!«

Selbst wenn ich gewollt hätte, hätte ich mich nicht aus dem Bann dieser Augen, die mich unter den gesenkten Lidern hervor unverwandt ansahen, befreien können. Sie sprach mit leiser Stimme, und obgleich ich kaum zuhörte, wußte ich doch, was sie sagte: »Du hast meine Fähigkeit, Ereignisse im Sande vorauszusehen, bezweifelt, Michael, aber als Kind konnte ich mit Wasser dasselbe tun. Vielleicht weiß ich selber kaum, wieviel daran echt und wieviel Trug und Einbildung ist. Nun aber schau mir tief in die Augen, wie in einen grundlosen Brunnen. Dann antworte mir. Wer lebt jetzt in dir, dein totes Weib oder ich?«

Ich starrte und konnte den Kopf nicht mehr abwenden. Es war, als weiteten sich Giulias eigentümliche Augen zu tiefen Brunnen; ich fühlte, wie mein Innerstes sich auftat und in ihre Dunkelheit versank. Die Zeit schien stillzustehen und sich dann zurückzudrehen, bis alles ein einziger, alles verschlingender Wirbel war. Mir war, als blickte ich in die grünen Augen meines Weibes Barbara und als sähe ich ihr Gesicht voll unauslöschlicher, trauriger Zärtlichkeit. Sie schien so zum Greifen nahe, daß mir war, als könnte ich ihre Wange berühren. Ich wagte es aber nicht.

Ich sah lange unverwandt in dieses Antlitz; zugleich wußte ich aber, daß Barbara seit vielen Jahren tot und ihr Leib auf dem Marktplatz einer deutschen Stadt zu Asche verbrannt worden war. Ich empfand Schmerz – einen so brennenden Schmerz, daß er einer Verzückung gleichkam, die alle körperlichen Freuden übertraf. Denn als ich nun die eine wiedersah, die man mit Gewalt von meiner Seite gerissen hatte und die ich lange betrauert und vermißt hatte, erkannte ich mit herzzerbrechender Deutlichkeit, daß ihr Antlitz mir nichts mehr zu sagen hatte – daß es einer anderen Welt, einem anderen Dasein angehörte – und daß ich nicht mehr der Mann war, der jene kurzen zwei Jahre mit ihr geteilt hatte. Meine Erfahrungen und Fehler, meine guten und bösen Taten hatten eine unüberwindliche Mauer zwischen uns aufgerichtet, und sie hätte mich nicht einmal mehr erkannt. Es war eitel, sie unter den Lebenden zu suchen. Im Herzen hatte ich sie verloren, und für immer.

Ich nannte ihren Namen nicht, streckte auch nicht die Hand nach ihr aus. Binnen kurzem verwandelte sich ihr sehnsüchtiges Antlitz in die ernste Miene Giulias. In diesem Augenblick geschah etwas in meinem Herzen, das mich fühlen ließ, ich verstände Giulia nun besser als zuvor, und ich glaubte nun, sie wirklich zu kennen. Dann zerteilten sich die Nebel. Wieder lag ich in dem wohlbekannten Gemach und hob die Hand, ihr das Gesicht zu streicheln. Sie schloß die Augen und zog seufzend die Brauen zusammen.

»Wo warst du, Michael?« flüsterte sie. Ich aber konnte ihr nicht antworten. Wortlos schloß ich sie in die Arme, und geborgen in ihrer Wärme erfuhr ich die grenzenlose Einsamkeit des Menschenherzens. Meine Seelenqual war zu groß, als daß ich Zärtlichkeit oder Begierde empfunden hätte. Ein Schaudern der Verzweiflung überlief mich. Ich ließ die Hand über ihren herrlichen Körper gleiten und dachte daran, wie er eines Tages altern würde, wie die weiche Haut welken, der runde Hals einschrumpfen und das parfümierte Haar stumpf und grau werden würde. So würde auch meine Sehnsucht nach ihr vergehen und in Nichts zerrinnen. Liebte ich sie, so mußte ich sie einfach darum lieben, daß sie das einzige Geschöpf auf der Welt war, das mir nahestand, obgleich selbst dies eine grausame Täuschung sein mochte.

Gegen Ende des Sommers war Khaireddin überzeugt, seine Stellung in Algerien endlich gefestigt zu haben, und begann, die langgeplante Gesandtschaft an den Hof Sultan Suleimans vorzubereiten. Solange nämlich die Bestätigung durch die Hohe Pforte ausblieb, war der Titel eines Beylerbey, den er bereits angenommen hatte, wertlos. Er war klug genug, einzusehen, daß er nicht an der algerischen Küste sein eigenes Königreich errichten konnte, ohne des Sultans Vasall zu werden.

Als die Schiffe die letzten Ladungen an Bord nahmen, befahl Khaireddin mir und den übrigen Sklaven, uns fertig zu machen. Er schenkte mir einen Ehrenkaftan und ein kupfernes Schreibzeug und erklärte mir die Land- und Seekarten sowie die Aufzeichnungen, die ich den Kartographen des Serails als Geschenk von ihm überbringen sollte. Er versah mich auch mit zweihundertfünfzig Goldstücken, die ich unter den niederen Hofbeamten verteilen sollte, die zwar geringen Einfluß besaßen, aber doch von Zeit zu Zeit bei ihren Herren Gehör fanden. Er riet mir, dies Geld nicht zu sparen, sondern lieber zu verschleudern, und versprach, meine Barschaft aufzufüllen, wenn die Saat, die ich säte, auf guten Grund fiele. Sollte ich aber mehr als fünfzig Goldstücke davon stehlen, so wollte er mir, schwor er, eigenhändig bei lebendigem Leib die Haut abziehen.

Schon zwei Wochen nach unserer Hochzeit bemerkte ich, daß Giulia meinen Hund Rael nicht ausstehen konnte. Sie verbot ihm, an meiner Seite zu schlafen, und jagte ihn in den Hof hinaus; er habe Flöhe, meinte sie, und lasse Haare auf den Teppichen zurück. Ich war erstaunt über ihren Wankelmut, hatte sie doch vor unserer Heirat nur zu gern den Hund gefüttert, mit ihm gesprochen und ihn nie hinausgejagt. Rael jedoch war ihr immer schon mißtrauisch begegnet und pflegte sich bei ihrem Herannahen mit gesträubtem Haar in eine Ecke zurückzuziehen, bereit, zuzubeißen, obwohl er nie jemand anderen anfiel.

Nach unserer Hochzeit nahm der Hund allmählich ab, und sein Fell wurde schäbig. Oft saß er nun leise winselnd draußen im Hof. Ich bemerkte, wie widerwillig er die guten Brocken, die Giulia so ungeduldig in seine Schüssel warf, verzehrte, obwohl er aus meiner Hand gierig auch den härtesten Knochen oder die trockenste Kruste annahm. Ich machte mir um den armen Rael ernstliche Sorgen und fing an, ihn insgeheim zu füttern und ihm im Hof Gesellschaft zu leisten. Nach wie vor vertraute ich ihm meine Sorgen an; Freuden hatte ich nun freilich keine mehr mit ihm zu teilen.

Auch Andy gegenüber benahm Giulia sich sehr hochfahrend. Sie achtete seine Körperkraft und seine Geschicklichkeit im Kanonengießen; im übrigen aber sah sie in ihm einen Einfaltspinsel, der einen schlechten Einfluß auf mich ausübte, weil sie bemerkt hatte, daß ich in seiner Anwesenheit ihr oft gereizt entgegentrat. Sie tat, was sie konnte, uns einander zu entfremden.

Ihre Schönheit und unsere gemeinsamen Freuden konnte jedoch meine üble Laune und meine Zweifel immer wieder zerstreuen. Ich brauchte ihr nur in die wundersamen Augen zu schauen, die in ihrem schön bemalten Gesicht gleich braunen und blauen Edelsteinen schimmerten, um alles andere zu vergessen; dann hielt ich mich wohl für einen Narren, mich um ein armes, seelenloses Geschöpf von Hund oder auch um den einfältigen Andy zu sorgen. Zu anderen Zeiten wieder, wenn ich niedergeschlagen im Hof saß, den Kopf meines treuen Rael auf den Armen, sah ich mit erschreckender Deutlichkeit die Leere sinnlicher Lust und sah in Giulia eine Fremde, die ihr Äußerstes tat, mich von meinem einzigen wahren Freund zu trennen.

Es war bereits Oktober, als wir mit knarrenden Riemen und prallen Segeln stromaufwärts durch die befestigten Meerengen glitten, die in das Marmarameer führen. Die verschwommenen gelben Hügel im Osten ragten schon auf asiatischem Festland empor, während im Westen jener Teil Europas lag, der in alten Zeiten zu Griechenland gehört hatte, später aber von den Osmanen erobert worden war. Irgendwo in dieser Gegend lagen die Ruinen Trojas, der Stadt, von der Homer gesungen hatte, und hier lag auch Alexander der Große begraben. Ich stand an Deck, blickte über die vorbeigleitenden Gestade hin und dachte an alte Erzählungen und an die vielen Völker, welche diesen Spalt zwischen den beiden Erdhälften auf der Suche nach Glücksgütern durchfahren hatten.

Giulia beklagte sich über die Strapazen der Reise und verlangte sehnlich nach frischem Wasser, Obst und einem ordentlichen Bad. Nach unserem langen Aufenthalt auf hoher See herrschte in der Tat ein abscheulicher Gestank an Bord unseres hübsch bemalten Schiffes. Wir liefen einen kleinen Ort an der Einfahrt in die Meerengen an und lagen dort zwei Tage und zwei Nächte, während wir uns selbst und unser Schiff reinigten. Lange Wimpel flatterten im Wind und kostbare Teppiche hingen von der Reling herab, als wir unter Trommelschall und Tamburinenklang die Anker lichteten und mit langen Ruderschlägen auf das türkische Istanbul zufuhren – einst Konstantinopel, die märchenhafte Stadt Byzanz.

Am nächsten Tag herrschte herrliches Wetter. Die blauen Hügel der Prinzeninseln erhoben sich aus der Umarmung der See, während fern am Horizont die Kaiserstadt wie ein Traum aus Weiß und Gold herüberleuchtete. Je näher uns Riemen und Segel unserem Ziel brachten, um so deutlicher traten weniger poetische Züge zutage. Wir sahen die hohen, grauen Mauern, die die Küste säumen, und die buntfarbigen Häuser, die sich an den Abhängen scheinbar in Trauben zusammenballen. Als wir das Fort der Sieben Türme passiert hatten, fiel unser Blick auf die Sophienmoschee, einst die herrlichste Kirche der Christenheit, deren mächtige Kuppel und Minarette immer noch die große Stadt beherrschten. Genau dahinter, umgeben vom üppigen Grün der Gärten, lagen die zahllosen Prachtbauten des Serails, kenntlich an den Türmen, die das Tor des Friedens flankierten. Gegenüber dem Serail, auf der anderen Seite des Goldenen Horns, dehnten sich die Abhänge von Pera und der Fremdenstadt unter dem Turm von Galata, mit seiner wehenden Fahne – dem Löwen des heiligen Markus.

Als wir an der Landspitze vor dem Serail vorbei und den marmornen Hafendamm des Sultans entlangglitten, schossen wir Salut, allein der Wind verwehte den Lärm der Abschüsse. Wir hatten jedoch unsere Ankunft angemeldet, und unsere Salve wurde von drei Kanonenschüssen von der Landspitze her erwidert. Auch ein französisches Schiff, das uns am Wege vor Anker lag, feuerte eilig einen Salut ab, woraus wir schlossen, daß König Franz wahrlich in Nöten sein mußte; sonst hätten seine Schiffe sich nicht herbeigelassen, ein dem Piratenkönig Khaireddin gehöriges zu begrüßen. Wir wurden dennoch ohne weitere Förmlichkeiten empfangen, und wir standen wohl alle, gleich welchen Ranges, unter dem Eindruck, daß wir hier, in der Hauptstadt des Sultans, herzlich wenig bedeuteten.

Die beturbanten Dockarbeiter schimpften und fluchten bei

ihrer Plackerei. Nur sehr langsam konnten wir uns einen Weg durch den dichten Schiffsverkehr zu unserem Liegeplatz bahnen, wo wir den Anker achtern auswarfen und am Bug festmachten. Vor uns erhoben sich unzählige Lagerhäuser. Dahinter stiegen die hohen, zinnengekrönten Mauern des Hafenviertels empor. Niemand beachtete uns oder hieß uns willkommen. Mir war zumute wie dem Bäuerlein, das zum erstenmal in die Stadt gekommen ist. Kapitän Torgut erging es offenbar nicht anders, denn als er seine besten Gewänder angelegt, ein juwelenbesetztes Schwert umgürtet und lange Zeit auf dem Quarterdeck gewartet hatte, verfinsterte sich sein Gesicht, und er zog sich wortlos in seine Kabine zurück.

Zu meinem Bedauern hatte Khaireddin Torgut-Reis zu seinem Abgesandten bei der Hohen Pforte erwählt, weil Torgut der jüngste und hübscheste unter seinen Offizieren war. Seine stolze Männlichkeit und seine Schweigsamkeit machten starken Eindruck auf jeden, der ihm zum erstenmal gegenübertrat und seine Grenzen nicht kannte. Er war der Sohn eines anatolischen Räubers und daher rein türkischer Abstammung. Khaireddin wußte, daß er ihm vertrauen konnte, denn in seinem Kopf hatte außer Schiffen und der Seefahrt, außer Kämpfen und schönen Gewändern nichts Platz. Als Ratgeber in Hofintrigen hatte ihm Khaireddin einen erfahrenen Eunuchen mitgegeben, der Selim ben Hafs gehört hatte. Der Bursche war bestechlich und unverläßlich, allein Torgut war ermächtigt worden, ihn im Notfall enthaupten zu lassen. Unter diesen Umständen dachte Khaireddin, er könnte sich als nützlich erweisen; er werde, so hoffte Khaireddin, von den Eunuchen des Serails Auskünfte erhalten, da diese Leute rasch untereinander Bekanntschaften schließen und zueinander offener sind als zu Unverschnittenen.

Wir hatten den ganzen Tag ungeduldig gewartet, als plötzlich einer der weißen Serailsklaven, auf einem Maulesel reitend und geleitet von einer starken Abteilung Janitscharen, erschien. Er hieß uns willkommen, versprach, uns einige Janitscharen als Wächter zurückzulassen, und teilte uns mit, der Diwan würde vielleicht innerhalb der nächsten Wochen Khaireddins Briefe behandeln, wenn Allah es so wolle.

Torgut-Reis war über des Boten Unhöflichkeit erbittert und erwiderte scharf, wenn es so stände, wolle er sogleich ablegen und mit all den reichen Geschenken nach Algerien zurückkehren. Sein Gesicht lief vor Zorn rot an, als er rief, Khaireddin schulde dem Sultan nichts, der Sultan stehe im Gegenteil tief in Khaireddins Schuld, der ihm eine neue Provinz erobert habe und dem Kaiser arg zusetzte. Torgut denke nicht daran, wie ein Bettler vor der Tür des Reichen zu warten, und nichts hindere Khaireddin, des Sultans Namen aus den Freitaggebeten in der Moschee wegzulassen.

Der Eunuch wunderte sich zweifellos im stillen über Torguts unbeherrschtes Benehmen. Er verneigte sich jedoch mehrmals tief und erklärte, es sei eine große Ehre, überhaupt vor dem Diwan zu erscheinen, und Gesandte des Kaisers und des Bruders des Kaisers, des Königs von Wien, müßten bisweilen Monate warten, bevor ihnen Audienz gewährt werde. Sie könnten sogar eingesperrt werden und ihre Wartezeit in den Zellen des Forts der Sieben Türme verbringen müssen. Was aber uns betreffe, so versprach der Eunuch, wobei er gedankenverloren Zeigefinger und Daumen aneinanderrieb, so wolle er uns ein Haus zur Verfügung stellen, das unserem Rang entspräche, und eine Summe Geldes, um daraus unseren Aufenthalt in Istanbul zu bestreiten.

Es blieb uns nichts anderes übrig, als ihm einen Vorgeschmack von dem Schatz zu geben, den Khaireddin geschickt hatte. Als er gegangen war, ließen sich die Janitscharen an Deck und auf dem Hafendamm nieder. Sie nahmen ihre Filzkappen ab und fingen an, ihre Haarlocken zu Zöpfen zu flechten, wobei sie scharf Ausschau hielten, daß kein Unberechtigter an Bord und keiner von uns an Land ging. Diese blaugekleideten Krieger mit ihren langen Schnurrbärten und dem scharf ausgeprägten Kinn hatten die Köpfe bis auf eine einzige Locke oben auf dem Schädel geschoren, so daß ihre Überwinder, wenn es zum äußersten kam, ihnen nicht die Ohren zu durchbohren brauchten, sondern ihre abgeschnittenen Köpfe bequem an den Haaren mitführen konnten. Wir erkannten, daß wir Gefangene waren, und Torgut sah zu spät ein, daß er einen Fehler begangen hatte, als er keinen vertrauenswürdigen Mann zu einer geheimen Vorsprache beim Großvezier vorausgeschickt hatte. Um Blutvergießen in der Hauptstadt des Sultans zu vermeiden, war das Waffentragen verboten, und die Janitscharen waren lediglich mit Ruten aus indischem Bambus versehen; dennoch glaubte Torgut, unsere Lage würde kaum gebessert, wenn wir den Leuten vom Serail mit Gewalt begegneten.

Als die Muezzins von den Söllern der Minarette die Stunde des Abendgebets verkündeten, saßen wir kleinlaut in Torguts Kabine beisammen und hoben nicht einmal den Kopf von den Händen. Die Dämmerung schluckte die gelben, roten, grauen und purpurnen Farben der Bauten, in denen nun unzählige kleine Lichter entzündet wurden, so daß man die ungeheure Ausdehnung dieser Stadt noch deutlicher erkennen konnte. Jenseits des Goldenen Horns flammten die Feuer der Gießereien in des Sultans Arsenal, woher unablässiges Hämmern zu uns herüberdrang. Der Eunuch sagte uns, dieser Klang bedeute in der Regel Krieg, und man dürfe daher annehmen, der Sultan habe an wichtigere Dinge als an uns und unsere Geschenke zu denken.

Abu el Kasim aber sprach: »Obwohl uns der mohammedanische Teil dieser Stadt verschlossen ist, steht uns doch das venezianische Viertel offen, und es sollte uns nicht schwerfallen, einen Fergen zu finden, der uns hinüberrudert. Soviel ich von den Venezianern weiß, gehen sie spät zu Bett, und ein gewiegter Mann könnte nützliche Auskünfte über die Sitten und Gebräuche dieser Stadt einholen, wenn er die Tavernen nach einer genügend hochstehenden — und angeheiterten — Person durchsucht. Michael el Hakim kann immer noch als Christ gelten, und wenn Antar verspricht, nüchtern zu bleiben, darf er ihn als Leibwache begleiten.«

Er hatte kaum ausgeredet, als wir den leichten Aufprall eines Ruderbootes an unserem Schiffsraum fühlten und einen Mann nach Almosen winseln hörten. Für zwei Asper versprach dieser Bursche, jeden an die gegenüberliegende Küste und ihre wunderbaren Vergnügungsstätten zu führen, wo die Gebote des Korans nicht gälten und wo Frauen, freundlicher als die Houris des Paradieses, sich ihren Gästen so lange widmeten, wie deren Geld reichte. Die Nacht im Hafenviertel sei nicht zum Schlafen da, versicherte uns der beredte Ruderer flüsternd. Es dauerte denn auch nicht lange, und Andy und ich glitten über die dunklen Wogen des Goldenen Horns; in der Dunkelheit konnten wir nicht einmal die Züge unseres Fährmanns erkennen.

Als wir uns der jenseitigen Küste näherten, spiegelten die

Wasser den Schein von Fackeln, und wir hörten Musik von Saiteninstrumenten. Wir legten an einer steinernen Mole an. Ich gab dem zerlumpten Fergen das Fährgeld, das er forderte, obgleich es für eine so kurze Fahrt sündhaft hoch war. Der Wächter beachtete uns nicht, und wir schritten geradewegs durch das Hafentor auf die hellerleuchtete Straße hinaus, wo uns unverschleierte Frauen gar nicht verlegen in vielen verschiedenen Sprachen anredeten. Plötzlich riß Andy die Augen weit auf, packte mich am Arm und rief: »So wahr ich lebe, dort steht ein redliches Faß Bier an der Tür, mit einem Strohbündel darauf!«

Er trug mich über die Türschwelle, als wäre ich leicht wie eine Feder, und als unsere Augen sich an das Licht gewöhnt hatten, erblickten wir eine Schar rauher Burschen, die an Tischen saßen und tranken. Ein fetter, grauhaariger Mann machte sich an einem Faß zu schaffen und füllte einen Humpen nach dem anderen mit schäumendem Bier. Als er unser ansichtig wurde, sagte er: »Bei Allah, ihr seid nicht die ersten Moslems, die diese achtbare Schenke betreten, denn der Prophet hat seinen Anhängern nie verboten, Bier zu trinken. Die heiligen Bücher sprechen nur vom Wein, und so könnt ihr reinen Gewissens hier einen Humpen leeren.«

Während er sprach, beäugte er uns mißtrauisch, als frage er sich, wo er uns schon einmal gesehen habe. Ich maß ihn ebenso, erkannte plötzlich die borstigen Augenbrauen und die purpurnen Nase vor mir und rief verblüfft: »Jesus, Maria! Das ist ja Meister Eimer! Wie in aller Welt seid Ihr hiehergeraten?«

Der Mann wurde totenblaß und bekreuzigte sich mehrmals. Dann erhaschte er ein Vorschneidemesser, stürzte sich auf mich und heulte: »Und du bist der verfluchte Michael Pelzfuß, Madame Genevièves Spießgeselle! Nun kann ich endlich Hackfleisch aus dir machen.«

Andy aber entriß ihm das Messer und drückte ihn an seine Brust, um seinen Zorn zu ersticken; während er sich in Andys Armen wand und tobte, schlug ich ihm herzhaft auf den Rücken, und Andy sprach freundlich zu ihm: »Wie schön, an unserem ersten Abend in der Hauptstadt des Sultans einen alten Freund zu treffen! Möge es ein gutes Vorzeichen für unsere Aufgabe hier sein. Beschimpft Michael nicht, lieber Meister Eimer; wart Ihr es nicht, der sie von seiner Seite weglockte und sich so selbst diese höllische Suppe einbrockte? Er kann nichts dafür, daß Madame Geneviève Euch um Euer Geld prellte und dann auf die Galeeren verkaufte. Das kommt von Euren eigenen Sünden. Madame Geneviève ist nun Besitzerin eines hochgeachteten Bordells in Lyon, das mit Eurem Geld gegründet wurde.«

Meister Eimer war puterrot im Gesicht.

»Auf dem Scheiterhaufen will ich brennen, wenn ich mit Schurken Eures Schlages Worte wechsle! Ihr beide halft mit, mich zu berauben, und ich war verrückt, daß ich solchen vom Teufel besessenen Ketzern traute. Daß ihr das Kreuz mit Füßen getreten und den Turban genommen habt, soll mich gar nicht wundern. Von Luthers abscheulichen Irrlehren zum Propheten und seiner Lehre ist es nur ein Schritt.«

Als ihn aber Andy an der Kehle packte und ihm drohte, ihm sein Haus über die Ohren zu stülpen, wurde Meister Eimers Ton versöhnlicher. Er bat uns, ihm zu verzeihen, daß er sich in der Überraschung über unser Zusammentreffen vergessen habe, und fragte, was wir von seinem Bier hielten, da er mit dem ungarischen Hopfen, daraus es gebraut werde, nicht recht zufrieden sei. Andy jagte einen Krug voll auf einen Zug durch die Kehle, leckte sich die Lippen und gestand, es schmecke ein wenig sonderbar; freilich sei es lange her, daß er auch nur einen Tropfen redlichen Bieres gekostet habe. Nach einem weiteren Zug nickte er und meinte: »Nun schmecke ich es. Es ist wie früher und kitzelt die Nase so wohlig. Gewiß wird diesseits von Wien kein besseres Bier gebraut.«

Als wir einige Humpen dieses wirklich vortrefflichen Starkbieres getrunken hatten, waren wir drei wieder gut Freund, und es tat wohl, nach all den Muselmännern wieder einen guten Christen zu treffen. Ich bat Meister Eimer, uns von seinen Abenteuern zu erzählen, er aber wollte kein Wort über seine Leiden als Galeerensklave an Bord des venezianischen Kriegsschiffes verlieren. Dennoch zeigte er uns, nachdem wir weiter gezecht hatten, seinen fetten Rücken, der von Striemen übersät war – ein ewiges Mahnmal an die Peitsche des Aufsehers. Er hielt sich beim Gehen schief, was von den zwei Jahren herrührte, die er an dasselbe Ruder gekettet war. Meister Eimer war nun über fünfzig, und er meinte, er wäre zugrunde gegangen, hätte er nicht von Vater und

Großvater ein starkes Brauerherz geerbt und es durch den eigenen Genuß guten Bieres noch gestärkt.

Im Verlauf einer Schlacht mit der kaiserlichen Flotte war die venezianische Kriegsgaleere so stark beschädigt worden, daß Meister Eimer in der herrschenden Verwirrung den Bolzen, an den er gekettet war, heraushämmern und an Land schwimmen konnte. Bald darauf nahmen ihn die Moslems gefangen und verkauften ihn auf dem Sklavenmarkt von Kairo. Ein mitleidiger Jude, der zum islamischen Glauben übergetreten war, hatte ihm die Freiheit erkauft; dann brachte er ihn nach Istanbul und richtete ihm eine Brauerei ein. Die Schenke hatte sich gut bezahlt gemacht, weil Bier bei den Muselmännern so selten war, daß der Preis hochgehalten werden konnte. (Diese letzte Bemerkung war an uns gerichtet, weil er bemerkt hatte, wie rasch uns der gute Trank durch die Kehle lief.) Ich klingelte mit meiner Börse und fragte ihn kühl nach unserer Schuldigkeit, und er nannte eine Ziffer, die mir die Haare zu Berge stehen ließ. Nun wunderte es mich nicht mehr, daß er in so kurzer Zeit den Grund zu einem ansehnlichen Vermögen gelegt hatte.

Ich bat ihn um Rat, wie ein unbedeutender Mensch wie ich eine Audienz beim Großvezier erlangen könnte, da ich höchst wichtige Angelegenheiten mitzuteilen hätte. Zu meiner grenzenlosen Verwunderung antwortete Meister Eimer: »Nichts leichter als das! Ihr braucht nur hier den Hügel hinaufzusteigen und ein Wörtlein mit Messer Aloisio Gritti zu sprechen. Ihr könnt sicher sein, er wird Eure Angelegenheit fördern, wenn sie wirklich von Bedeutung ist. Versucht es mit ihm. Schlimmstenfalls können Euch seine Diener nur hinauswerfen.«

Ich fragte, wer Messer Aloisio Gritti wohl sei. Eimer erwiderte: »Im ganzen Viertel von Pera hat keiner einen schlechteren Ruf als er. Aber er ist reich – ein natürlicher Sohn des Dogen von Venedig und einer griechischen Sklavin. Es heißt, er sei ein enger Freund des Großveziers und leite die Geheimverhandlungen zwischen den christlichen Ländern und der Hohen Pforte.«

Ich zweifelte sehr, ob ich Khaireddin einen Dienst erweisen würde, wenn ich die Venezianer in seine Angelegenheiten hineinzöge. Diese Bedenken kamen mir aber zu spät, denn eben da stand ein Mann in der Tracht eines christlichen Schreibers auf und fragte, ob ich Messer Aloisio Gritti suche. Er erklärte sich bereit, mich zu dessen Haus zu führen, wohin er selbst unterwegs sei. Ich war nicht geneigt, mich in einer solchen Hafenstadt mit Fremden einzulassen, aber Meister Eimer verwies mir mein Mißtrauen und meinte: »Des Sultans Hauptstadt ist die sicherste und friedlichste Stadt der Welt, besonders nachts, weil der Sultan weder Lärmen noch Stehlen erlaubt. Während der Nachtstunden durchziehen seine Janitscharen die Straßen und halten überall Zucht und Ordnung aufrecht. Ihr könnt diesen Mann ruhig begleiten, Michael Pelzfuß, denn ich kenne sein Gesicht; er gehört meines Wissens zu Messer Grittis Dienern.«

Wir nahmen herzlichen Abschied von Meister Eimer und gingen mit dem Schreiber hinaus. Kaum waren wir auf der Straße, als er sagte: »Ihr beide gehört zum Gefolge des Piratenkönigs und seid heute aus Algerien angekommen. Aber ich wollte euch nicht stören, bis ihr eure Humpen geleert hattet.«

Ich fragte ihn, wie in Allahs Namen er wissen konnte, wer wir waren. Er erwiderte glattzüngig: »Als Messer Gritti erfuhr, daß Janitscharen euer Schiff bewachten, sandte er einen Fährmann, um euch zu holen. Er wartet schon darauf, zu erfahren, ob ihr ihm etwas von Bedeutung mitzuteilen habt.«

Mir verschlug es die Sprache; Andy aber meinte: »Wir sind wahrhaftig Schafe, die auf des Schäfers Geheiß hierhin und dorthin geführt werden. Doch vielleicht ist auch dies Allahs Wille, und wenn er es ist, so müssen wir uns fügen.«

Über die Abfallhaufen in der engen, gewundenen Straße stolpernd, bahnten wir uns einen Weg den Hügel hinan; als wir hierauf einige breite, bequeme Stufen emporstiegen, sah ich den mächtigen Turm von Galata gleich einem scharfumrissenen dunklen Schatten in den Sternenhimmel ragen. Der zunehmende Mond spendete nur wenig Licht, allein der Halbmond ist das Sinnbild der ottomannischen Macht, und als ich ihn nun erblickte, durchdrang mich plötzlich die seltsame Gewißheit, an einer Schicksalswende in meinem Leben zu stehen.

Endlich kamen wir an einer Mauer an, in die ein schmales Tor eingelassen war. Unser Gefährte schloß es auf, wir traten ein. Das Haus jenseits lag im Dunkel, und mir kam der Verdacht, daß wir in eine Falle gegangen waren. Sobald wir aber die Vorhalle betraten, sahen wir Licht aus den inneren Gemächern dringen; bei seinem Schein erkannten wir, daß das Haus im venezianischen Stil verschwenderisch eingerichtet war. Ich vernahm auch die Töne einer fröhlichen Weise, die auf der Violine gespielt wurde.

Unser Gefährte schritt einen dunklen Gang entlang und betrat einen erleuchteten Raum, um unsere Ankunft zu melden. Als ich ihm aus purer Neugier folgen wollte, schoß eine schwarze Hand aus dem Schatten hervor und packte mich so unsanft am Arm, daß ich vor Angst laut aufschrie. Zwei Neger traten schweigend vor und versperrten uns mit gekreuzten Krummsäbeln den Weg. Nun war ich überzeugt, die Venezianer wollten mich aus irgendeinem Grunde entführen. Andy aber meinte in seiner gewöhnlichen direkten Art: »Mach dir nichts draus, Michael. Mit diesen beiden werden wir schon fertig, wenn ich den einen ordentlich zu fassen kriege und dem anderen einen Tritt versetze, wo es am meisten schmerzt.«

Er lächelte den Negern gewinnend zu und fing an, sie zu necken, indem er sie in die Arme kniff; mir blieb nur übrig, ihn zurückzuhalten. Zum Glück kam der Schreiber zurück und forderte uns auf, sogleich in das erleuchtete Gemach zu treten, worauf er hinter einem Vorhang verschwand.

Wir traten beherzt ein und verneigten uns tief, wobei wir Stirn und Boden mit den Fingerspitzen berührten, denn Höflichkeit konnte bei einem so bedeutenden Mann wie Messer Gritti nicht schaden. Als ich aufblickte, sah ich einen Tisch, worauf es von Gold und Silber funkelte; unzählige Kerzen in einem Luster aus venezianischem Glas erhellten ihn. Zwei Männer hatten eben ihr Mahl beendet; der eine, in der prächtigen Tracht eines venezianischen Edlen, lehnte sich in seinem Stuhl zurück. Er hob den Becher und hieß mich in italienischer Sprache willkommen. Nur aus den vielen feinen Falten in seinem Gesicht war zu ersehen, daß er beträchtlich älter war als ich; seine Gestalt war so schlank wie meine. Ich bemerkte auch, daß seine Augen vom Trunk gerötet und geschwollen waren. Neben ihm stand ein Mann, der einen türkischen Seidenkaftan und einen federgeschmückten, juwelenbesetzten Turban trug und eine Violine in der Hand hielt. Er war die prachtvollste Erscheinung, die ich je gesehen hatte, und es war, als gingen Strahlen von ihm aus, die einen den Blick nicht von ihm abwenden ließen. Seine Haut war glatt und milchweiß wie die eines Knaben, obwohl er gewiß über dreißig Jahre alt war. Seine leuchtenden dunklen Augen ruhten mit einem spöttischen Lächeln auf Andy und mir, als wüßte er, daß niemand ihn unbewegt ansehen konnte; in seiner Selbstsicherheit lag aber keine Spur von Dünkel. Er war nicht einmal reich gekleidet; abgesehen von den Juwelenknöpfen seines Kaftans und den herrlichen Diamanten an seinen Fingern und in den Ohren war sein Äußeres von so ruhiger Würde, daß es einem unerfahrenen Auge schlicht erschienen wäre. Als ich ihm aber in die Augen sah, zitterte ich; ich fiel vor ihm auf die Knie und drückte die Stirn an den Boden. Andy zögerte einen Augenblick, dann folgte er meinem Beispiel. Messer Gritti brach in gekünsteltes Lachen aus und fragte, während er das Weinglas zwischen den Fingern drehte: »Was erweist ihr einem gewöhnlichen Fiedler solche Ehrfurcht, und nicht mir, der ich der Herr dieses Hauses bin?«

Ich erwiderte bescheiden: »Ein Fiedler mag er sein, aber die ganze Welt ist seine Violine, und die Völker der Erde sind die Saiten darauf. Aus seinem stolzen Blick spricht der Fürst, während Eure verquollenen Augen, Messer Gritti, von einem Menschen erzählen, der durch Fraß und Völlerei die Sittsamkeit ein für allemal verlernt hat. Während er steht, räkelt Ihr Euch in Eurem Stuhl und behandelt mich auch nicht mit der gebührenden Achtung, obwohl ich mich als Khaireddins Vertreter Euch in jeder Weise für ebenbürtig halte.«

Messer Gritti war verletzt und fragte verächtlich: »Wie kannst du, der Sklave eines Piraten, dich einem venezianischen Edlen für ebenbürtig halten? Wenn du etwas von mir wünschest, mußt du einen bescheideneren Ton anschlagen.«

Das Wissen um seine uneheliche Geburt verlieh mir Mut, denn darin wenigstens waren wir einander wirklich ebenbürtig. So erwiderte ich: »*Ich* wünsche etwas von *Euch*? Ihr irrt. Ihr hättet nicht auf so verstohlene Weise nach mir geschickt, hättet Ihr Euch nicht einen Gewinn davon erhofft. Ihr mögt die erlauchte Republik vertreten, ich aber bin der außerordentliche Gesandte Khaireddins, des Beherrschers der See. Wer von uns beiden, glaubt Ihr wohl, hat den Vorrang beim Diwan – Ihr, ein christlicher Götzendiener, oder ich, der ich dem wahren Glauben angehöre?«

Der Violinspieler legte sein Instrument beiseite, setzte sich und redete mich in fehlerlosem Italienisch an: »So seid Ihr Michael el Hakim, und dies ist Euer Bruder Antar, der Ringer und Kanonengießer. Ich habe von Euch gehört, und Ihr tut recht, die Ehre Eures Herrn zu verteidigen. Allein Ihr dürft nicht zanken mit diesem Mann, der mein persönlicher Freund und ein ausgezeichneter Musiker ist. Sagt mir lieber, weshalb Ihr mir eine so unverkennbare Ehrerbietung erzeigtet. Wußtet Ihr, wer ich war? Wenn ja, so hat Messer Gritti seinen Auftrag unvollkommen ausgeführt.«

Ich blickte ihn mit ungeheuchelter Bewunderung an, denn er war dessen in der Tat würdiger als alle anderen Männer, die ich je gesehen hatte. Und ich antwortete: »Ich weiß nicht, wer Ihr seid, vermute aber, daß der Wanderer Mustafa ben Nakir, dem ich in Algerien begegnete, oft von Euch sprach. Wenn Ihr dieser Mann seid, so übertrifft wahrlich die Wirklichkeit seine Worte, wie die Sonne den Mond an Glanz überstrahlt, und ich kann nur den Glücksstern preisen, der mich vor Euch geführt hat. Preis sei Euch, o glücklichster Ibrahim, Säule des Ottomanischen Reiches – Ihr, dem der Sultan mehr Macht verliehen hat, als sie je ein Untertane innehatte!«

Er neigte den stolzen Kopf und antwortete mit edler Bescheidenheit: »Ich bin nur der Sklave meines Herrn.«

Dann aber erlangte seine Lebhaftigkeit wieder die Oberhand, und er fuhrt fort: »Wie Ihr wohl seht, habe ich diese Zusammenkunft veranstaltet, um von Euch gewisse notwendige Auskünfte über Khaireddins Absichten einzuholen. Wenn es Euch überrascht, daß wir uns im Fremdenviertel und im Hause eines Venezianers treffen, so müßt Ihr verstehen, daß es für uns günstig ist, die erlauchte Republik wissen zu lassen, was wir von Eurem Herrn erwarten dürfen. Auch Venedig liegt mit dem Kaiser im Krieg. Wenn Khaireddin den Roßschweif eines Beylerbey erhält, darf er nur dem Sultan gehorchen und die Schiffe unserer französischen und venezianischen Verbündeten nicht mehr behelligen. Glaubt er, daß er für seine plündernden Offiziere einstehen und eines Tages zu den verbündeten Flotten Frankreichs und Venedigs zu einer großen Seeschlacht gegen den Kaiser stoßen kann?«

Ich entgegnete: »Khaireddin ist ein ungewöhnlicher und sehr kluger Mann. Seit dem Tode seines Bruders hatte er genug mit

Schwierigkeiten zu kämpfen, um zu erkennen, daß er auf die Dauer sein Königreich ohne die mächtige Unterstützung des Sultans nicht behaupten kann. Sein Ehrgeiz kennt keine Grenzen, seine Offiziere vertrauen ihm aufs Wort, und er nennt sie seine Kinder. Die kostbaren Geschenke, die er nun gesandt hat, beweisen am besten seine Aufrichtigkeit, und Euch und den Sultan verehrt er, wie ich weiß, so hoch, daß er sich im Vergleich zu Euch wie ein kleiner Schüler vorkommt. Es würde seiner Eitelkeit schmeicheln, den Roßschweif, einen Ehrenkaftan und einen eigenhändigen Brief vom Sultan zu erhalten. Und meines Erachtens wäre das ein mäßiger Preis für Khaireddins mächtige Flotte und hervorragende Seeleute.«

Unter Ibrahims Blicken wollte ich nicht zu schnöder Schmeichelei oder Übertreibung Zuflucht nehmen und meinte, Khaireddins Sache am besten zu dienen, wenn ich meine ehrliche Meinung über ihn sagte. Dennoch sehnte ich mich von ganzem Herzen danach, das Vertrauen des Großveziers zu erringen. Sein Zauber war so stark, daß ich seine Gunst um ihrer selbst willen ersehnte, ohne an die Vorteile zu denken, die sie mir einbringen konnte. Er fragte mich sehr gründlich und mit Sachkenntnis über Khaireddins Bauarbeiten und andere Unternehmungen aus, bis Messer Gritti ihn unterbrach, sich an mich wandte und fragte: »Kann dieser Khaireddin nicht nur kleine, sondern auch die Weltmeere befahren, um den portugiesischen Gewürzhandel zu vernichten und Spaniens Verkehr mit der Neuen Welt zu unterbinden?«

Ibrahim sagte: »Der Sultan der Sultane und Beherrscher aller Völker ist kein Gewürzkrämer. Wo es um die Anliegen der erlauchten Republik geht, Aloisio Gritti, siehst du nur so weit, wie deine Nase lang ist und dein unmittelbarer Vorteil reicht. Der kürzeste Weg zur Beherrschung des Gewürzhandels führt übers Rote Meer und den Persischen Golf. Haben wir erst Persien erobert, so kann die ottomanische Flotte ungehindert auslaufen, um die portugiesischen Handelsniederlassungen in Indien zu zerstören. Nichts kann uns dann hindern, zwischen Mittelmeer und Rotem Meer einen Kanal zu graben, wodurch die portugiesische Entdeckung des Seeweges um die Südspitze Afrikas zwecklos wird. Aber alles zu seiner Zeit; zunächst gilt es, den Kaiser zu besiegen.«

Messer Gritti schwieg verlegen. Der Großvezier wandte sich an mich und fuhr fort: »Nein, wir sind keine Gewürzkrämer, und der Sultan hat keinen wirklichen Feind außer dem Kaiser, Karl V., denn wir sind nun mit Venedig und dem Franzosenkönig und in gewissem Grad sogar mit dem Papst verbündet. Der König von Frankreich steckt wieder einmal in Schwierigkeiten, und um ihn zu entlasten, muß der Sultan dem Kaiser entgegentreten oder wenigstens von ihm günstige Friedensbedingungen für Frankreich erwirken. Khaireddins Aufgabe wird es sein, die kaiserliche Seemacht in Schach zu halten, wenn unser Heer im Frühling den Feldzug eröffnet. Will's Allah, so werden wir des Kaisers Bruder Ferdinand schlagen und von seinen Ländern Besitz ergreifen, denn solange der Krieg gegen Frankreich andauert, kann Karl ihm keine Hilfe senden. Es ist richtig, daß der Kaiser insgeheim mit Tahmasp, dem Schah von Persien, verhandelt, und früher oder später muß der Sultan den Kaiser auch auf persischem Boden bekriegen, wobei er zugleich die heiligen Grabmäler des Islam aus den Händen der rothaarigen Schiiten befreien wird. Der Grundpfeiler der ottomanischen Politik aber ist nicht mehr und nicht weniger als die Eindämmung der kaiserlichen Weltherrschaft, die, wenn sie anhielte, die Freiheit aller Völker vernichten würde. Daher nützt alles, was dem Kaiser schadet, dem Sultan, und umgekehrt. Hast du dies erst erfaßt, so hast du alles begriffen.«

Messer Gritti, der sich sichtlich langweilte, leerte einen neuen Becher Wein und bemerkte: »Messer Michael Carvajal – Ihr erlaubt mir doch, Euch so zu nennen, denn ich weiß zufällig, daß Messer Venier aus Venedig Euren Paß auf diesen Namen ausstellte. Also, Messer Michael, das ottomanische Wappen ist der kahlhalsige Geier, der Osman im Traum erschien. Natürlich muß der Geier, um weitere Gebiete zu übersehen, als gewöhnliche Sterbliche sie je erblicken, sich hoch zum Himmel emporschwingen. Mir armem erdgebundenem Menschen liegt mehr am Gewürzhandel und daran, wie man die venezianische Kauffahrteischiffahrt am besten vor den Piraten des Islam schützt. Das sind nämlich nüchterne Alltagsfragen, und ihre Lösung wird viel Gutes bringen. Unser Violinspieler sollte sich damit begnügen, Wien zu erobern und die Krone Ungarns meinem Freunde Zapolya aufzusetzen, der demütig um die Hilfe der Hohen

Pforte nachgesucht hat. Er ist nämlich der rechtmäßig erwählte König des unterdrückten ungarischen Volkes, dessen hochmütige Herren König Ferdinand als ihren Herrscher anerkannt haben. Nach dem Gesetz darf nur ein gebürtiger Ungar die heilige Stephanskrone tragen, aber die deutschen Reisigen des Wiener Königs toben immer noch zu Buda umher. Die Streitkräfte des Halbmonds hätten Ungarn schon im vergangenen Sommer vom deutschen Joch befreien sollen.«

Der Großvezier lächelte nur und entlockte seiner Violine ein paar liebliche Töne.

»Im letzten Sommer legte uns Allah schwere Regenfälle und Überschwemmungen in den Weg«, sagte er, »aber im nächsten Sommer soll Wien erstürmt werden und der treue Zapolya seinen wohlverdienten Lohn erhalten. Denn der Sultan hat, wie Ihr vielleicht wißt, beim Propheten und bei seinem Schwerte geschworen, Zapolyas wahrer Freund zu sein und ihn vor all seinen Feinden zu schützen.«

Aloisio Gritti schnitt eine Grimasse und entgegnete: »Auch König Zapolya schwor durch seinen Gesandten. Er schwor beim lebendigen Gott und bei Jesus Christus, der auch Gott ist, daß er stets der Freund der Freunde Sultan Suleimans und der Feind seiner Feinde bleiben werde. Während du aber die Fiedel strichest, unterdrückten die habgierigen Großgrundbesitzer das Volk und saugten es aus.«

»Allahs Wille geschehe«, erwiderte der Großvezier. Mir bedeutete er: »Ihr dürft Euch mit vollem Vertrauen um alle Auskünfte über die christlichen Länder an Messer Gritti wenden. Durch ihn erfahren wir nicht nur die Geheimnisse der erlauchten Republik, sondern auch Nachrichten von König Zapolya über große und kleine Ereignisse in Deutschland und am Wiener Hof.«

Sein Gesicht verfinsterte sich. Er sprang auf und rief: »Kronen und Krönungen sind nur ein Schauspiel, um die Narren zu täuschen. Nicht die Krone, sondern das Schwert verleiht die Herrschaft. Länder, über die einmal die Hufe der Rosse des Sultans hinweggingen, bleiben für immer mit seinem Reiche vereint. Daher brenne auch ich vor Ungeduld, den größten Feldzug in der Geschichte des Ottomanischen Reiches zu eröffnen. Wenn dann Zapolya als König von Ungarn regiert, so durch die Gnade des

Sultans, um zu allen Zeiten den freien Durchzug durch sein Gebiet zu sichern.«

Wenn ich auch gar wohl verstand, daß diese Vorbereitungen zu einem Feldzug, der mittelbar die ganze Christenheit bedrohte, meine eigenen Angelegenheiten an Bedeutung weit übertrafen, bemühte ich mich doch, wie Messer Gritti, den Boden unter den Füßen nicht zu verlieren; ich fragte, wie Khaireddins Gesandter empfangen werden sollte. Der Großvezier entgegnete: »Der Sultan betrachtet Khaireddin immer noch als gewöhnlichen Seeräuber, der zusammen mit seinem Bruder das Vertrauen mißbrauchte, das des Sultans Vater Selim ihm geschenkt hatte. Khaireddin hat auch den Zweiten und Dritten Vezier gegen sich, und ich rate Euch, gewichtige Geschenke für diese Männer vorzubereiten. Zu seinen erbittertsten Gegnern aber gehören des Sultans Seepaschas, die ihn fürchten und beneiden. Er hat einen verläßlichen Freund im Obersten Lotsen, dem gelehrten Navigator Piri-Reis. Piri-Reis hat eine Seekarte gezeichnet, mit deren Hilfe jeder ungefährdet das Mittelmeer befahren kann; wenn Ihr zu ihm kommt, lobt dieses Werk. Seit ein paar Exemplare davon in Christenhand fielen, ist es kein Geheimnis mehr. Piri-Reis ist ein älterer Mann, der zwischen seinen Papieren lebt und Khaireddin nicht grollt. Die einzigen Geschenke, die ihm Freunde machen, sind christliche Karten, die er mit den seinen vergleichen kann. Morgen will ich Khaireddins Angelegenheit beim Diwan aufgreifen; ich werde die herrlichen Gaben erwähnen, die er geschickt hat, und seine feste Absicht hervorheben, Algier zu einer unüberwindlichen Flottenbasis zu machen. Will's Allah, so soll der Sultan selbst die Abordnung empfangen, und die übrigen Veziere müssen sich darein schicken, so gut sie können.«

Nachdem er mir weitere Weisungen erteilt und ein paar freundliche Worte an Andy gerichtet hatte, entließ er uns. Messer Gritti geleitete uns, vorbei an den Negerwachen, zu einer Seitentür und meinte beim Abschied: »Wenn Ihr wirklich ein Mann von Bildung seid, Messer Michael, und Euch langweilt, so besucht mich ohne Scheu; Ihr werdet mich nicht stören; ich lausche gerne dem Klatsch aus dem Serail. Der Serail ist womöglich eine noch schlimmere Brutstätte für Klatsch und Ränke aller Art als selbst der Vatikan oder der Kaiserhof. Ich kann Euch auch einige ungewöhnliche Vergnügungen bieten und Euch mit Lastern bekanntmachen, die Euch bei Eurer Jugend vielleicht noch fremd sind. Ich bedaure, daß ich Euch heute abend keine junge Sklavin anbieten konnte, denn ich besitze eine Anzahl davon, von verschiedener Rasse und Hautfarbe, und alle wohlgeübt in den Liebeskünsten ihrer Länder. Ja, ich glaube, Ihr werdet Euch wundern.«

Ich dankte ihm höflich für seine große Freundlichkeit und versprach, ihn zu besuchen, sobald ich Nachrichten aus dem Westen hätte; dann könnten wir nützliche Auskünfte tauschen. Im Inneren aber beschloß ich, diesem Falschen so fern wie möglich zu bleiben, dessen meisterhafte Ränke mir seine Gesellschaft gefährlich machten, während ich seine gastlichen Angebote um Giulias willen nicht einmal zu überlegen wagte. Der schweigsame Schreiber führte uns an die Küste zurück, sprach mit den Wachen und führte uns auf den Hafendamm, wo unser Fährmann döste; er war halbnackt, obgleich die Herbstnacht kühl war. Der Halbmond leuchtete wie ein gezückter Krummsäbel über der großen Kuppel der Moschee, als wir über das Goldene Horn auf unser Schiff zuglitten. Niemand behelligte uns, obwohl uns zwei Janitscharen am Ufer anstarrten, als wir an Bord kletterten.

Am nächsten Morgen erzählte ich Torgut-Reis und dem Eunuchen alles, was geschehen war, und legte ihnen nahe, die Ladung in den Serail zuversichtlich abzuwarten, da es meiner Staatskunst gelungen sei, den Großvezier für Khaireddins Sache zu gewinnen. Zuerst wollte der Eunuch nicht glauben, daß ich dem Großvezier in Person begegnet war; während wir aber noch redeten, kam ein Reiter und befahl uns, uns fertigzumachen, um vor dem Sultan zu erscheinen. Bald darauf tauchten Köche und Küchenjungen in großer Zahl auf, die in chinesischen Schüsseln ein verschwenderisches Mahl aus der Küche des Diwans mit sich führten. Nach dem Mittagsgebet trafen plötzlich hundert purpurgekleidete Spahis zu Pferde ein. Ihre juwelenbesetzten Waffen blitzten in der Sonne, ihre Satteldecken waren mit großen Türkisen geschmückt. Ihr Aga überbrachte Torgut ein Geschenk des Sultans – ein herrliches Pferd, dessen Zügel und Sattel mit Silber, Perlen und kostbaren Steinen verziert waren.

Voll Entzücken über dies herrliche Geschenk gab mir Torgut-Reis dreißig Dukaten, und der Eunuch fügte eine etwas kleinere

Summe hinzu. Dann machten wir uns in feierlichem Zug nach dem Serail auf. Ungeheure Menschenmengen jubelten uns unterwegs zu und flehten Segnungen auf uns herab. Schwarze und weiße Sklaven trugen Khaireddins Geschenke; die prächtigsten führte man unverhüllt mit, daß alle sie sehen konnten. Zehn schöne Mädchen und Knaben trugen Münzen und Goldstaub in aus Palmblättern geflochtenen Körben, so daß wir den Schutz unseres berittenen Geleites gar wohl zu schätzen wußten. Ich hielt einen weißgesichtigen Affen in den Armen, der sich auf der Reise so an mich gewöhnt hatte, daß er sich von keinem anderen tragen ließ. Er legte mir die Arme um den Hals und schnatterte und schnitt den Umstehenden Grimassen, bis mir eine Schar Kinder lachend und schreiend auf den Fersen folgte.

Wir wurden an der großen Moschee vorbei und durch das Tor der Glückseligkeit in den Vorhof des Serails geführt, der von der Kaserne der Janitscharen, den Ställen des Sultans, der Bibliothek und dem Soldatenbad umgeben war. An den weitverzweigten Ästen uralter Platanen hingen unzählige eiserne Kochtöpfe, und auf dem Rasen ergingen sich Gruppen von Janitscharen. Der Aga unserer Begleitmannschaft übergab uns den Wachen am Tor des Friedens, und hier blieben die Geschenke, die Sklaven und Seeleute zurück, während Torgut-Reis, der Eunuch und ich in einen Warteraum im Torbogen geführt wurden. Dort ließen wir uns auf harten, schmutzigen Kissen nieder, von wo wir in einen anderen Raum gegenüber im Torbogen sehen konnten. Dort hingen Henkersäxte mit breiten Klingen an eisernen Haken von der Wand, und auf dem Boden stand eine Pyramide von etwa dreißig Menschenköpfen. Der Gestank war unerträglich, weil viele Köpfe nicht mehr ganz frisch waren, da man sie aus verschiedenen Gegenden des Ottomanischen Reiches herbeigebracht hatte, als überzeugende Beweise für die Veziere, daß die Urteile vollstreckt worden waren.

Der Anblick stimmte uns nicht eben zuversichtlich; da ich aber stets wißbegierig war, zog ich den Wächter in ein Gespräch. Gegen einen Dukaten zeigte er mir seine blutbefleckte Schürze und auch die Grube, in die die Leichen geworfen wurden, um von dort durch einen unterirdischen Kanal langsam ins Marmarameer zu treiben. Er erzählte mir, selbst die höchsten Botschafter müßten auf denselben Kissen warten wie wir, weil ihnen das Gelegenheit gebe, über die unbegrenzte Macht des Sultans, die Eitelkeit des Lebens und die Wechselfälle des Geschickes heilsame Überlegungen anzustellen. Ich erfuhr, daß im Tag nur etwa fünfzig Köpfe in die Gewölbe geworfen wurden, was von der milden Herrschaft des Sultans und der Zucht und Ordnung zeugte, die in seinen Ländern herrschte. Der Sultan wollte nicht einmal die Folter bei Verhören zulassen. Außer den Taubstummen waren noch einige geübte Scharfrichter da, schwarze und weiße, die in den Diensten Selims, des Unerbittlichen, gestanden hatten, ferner ein Chinese und ein Inder, beide in den Foltermethoden ihrer fernen Heimatländer wohl erfahren.

»Aber«, fügte der freundliche Wächter hinzu, »wenn unser Herr, der Sultan, etwa einen Sklaven loswerden will, der in Ungnade gefallen ist, nachdem er mit seiner Freundschaft und einem hohen Amt beehrt wurde, so läßt man einen solchen Sklaven nicht am Block niederknien. Statt dessen schickt ihm der Sultan einen schwarzen Kaftan und eine starke seidene Schnur. Noch keiner hat diesen Gunstbeweis mißbraucht; alle haben gerne mit eigener Hand ihrem Leben ein Ende gemacht und ein ehrenvolles Begräbnis erhalten. Hierauf zieht der Sultan Haus, Sklaven und alles ein, was der Verblichene benützte und genoß, solange die Sonne des Glückes und der Gunst im Zenit stand. Besonders während der Herrschaft unseres geliebten Sultans Selim erlebten wir solche plötzliche Wechselfälle des Glückes, und er sparte nicht an den Ausgaben für schwarze Kaftane. In den Werkstätten der Schneider ging es allzeit geschäftig zu, und in jenen Tagen pflegten wir unseren Feinden den Fluch zuzuschleudern: ›Mögest du Selims Vezier werden!‹«

Kaum hatte er geendet, da traten zwei riesenhafte Männer auf mich zu, packten mich fest an den Armen und führten mich zwischen sich in den Hof des Friedens. Torgut-Reis und dem Eunuchen erging es nicht anders. Ich sträubte mich und rief laut, ich hätte nichts Unrechtes getan, aber einer der Kämmerer eilte, seinen Amtsstab in der Hand, auf mich zu und ermahnte mich flüsternd, den Mund zu halten.

Ich wurde der atemlosen Stille gewahr, die über dem Hof des Friedens hing, der sich, strahlend in Weiß und Gold, vor mir ausbreitete, und verstummte. Ohne Sträuben ließ ich mich von den beiden in den großen Kammersaal des Diwans führen, wo eine

Schar der höchsten Würdenträger des Serails, in festliche Kaftane gekleidet, versammelt war. Mir blieb keine Zeit, sie näher zu betrachten, denn wir wurden geradewegs durch den Saal vor einen niedrigen Thron geführt. Ich fiel sogleich auf die Knie und drückte die Stirn an den Boden. In dieser Stellung verharrte ich, wie auch Torgut-Reis und der Eunuch, bis mein Begleiter mir durch einen leichten Druck auf die Arme bedeutete, daß ich nun die Augen erheben durfte, um den Herrn der beiden Erdhälften zu erblicken, den Sultan der Sultane, Allahs Schatten auf Erden.

Hier schickt es sich wohl, dies Buch zu beenden und das nächste zu beginnen, darin ich von Sultan Suleiman und meinen eigenen neuen Würden im Serail erzählen will.

VIERTES BUCH

PIRI-REIS UND DER PRINZ DSCHEHANGIR

Der Sultan der Ottomanen, Allahs Statthalter, König der Könige, Beherrscher der Gläubigen und Ungläubigen, Kaiser des Ostens und des Westens, Schah der Schahs, Großkhan der Khane, das Tor des Sieges, die Zuflucht aller Völker und der Schatten des Ewigen – kurz, Sultan Suleiman, der Sohn einer Sklavin – war damals vierunddreißig Jahre alt. Mit untergeschlagenen Beinen auf den Kissen seines niedrigen Thrones sitzend, bot er in der märchenhaften Pracht seiner Kleidung einen überwältigenderen Anblick als jedes juwelenbesetzte Götterbild. Von einem mit leuchtenden Rubinen und Saphiren übersäten Baldachin hing eine Schnur riesiger Perlen über seinem Haupt herab. Eine Damaszenerklinge mit edelsteinbesetztem Knauf lag in Reichweite; auf dem Kopf trug er den Turban der Sultane, der von einer dreifachen Tiara aus Diamanten umgeben war. Ein diamentener Halbmond hielt den nach hinten überfallenden Federbusch; Myriaden kostbarer Steine funkelten an seinem Gewand; es mußte schwerer zu tragen sein als Eisenketten. Bei jeder Bewegung, jedem Atemzug glänzte er in allen Farben des Regenbogens. Meine Aufmerksamkeit aber wurde gebannt von dem Menschen, der hinter all der Pracht steckte.

Sein eher schmächtiges Gesicht und sein schlanker Hals nahmen sich neben den blitzenden Edelsteinen bleich aus; sein Gesicht war von jenem rauchigen Blaß, das man oft an schwermütigen Menschen findet. Die scharfe Adlernase erinnerte mich an das Symbol der ottomanischen Herrschaft, den Geier. Die Lippen unter dem schmalen Schnurrbart waren dünn, und die kalte Strenge seines Blickes konnte in denjenigen unter seinen Untertanen, welche das allerhöchste Vorrecht genossen, vor ihm die Stirn an den Boden zu drücken, tiefste Ehrfurcht erwecken. Als ich aber sein Gesicht durchforschte, um sein Geheimnis zu ergründen, schien mir, als spräche daraus ein abgrundtiefes, verzweifeltes Weh, das mir zu sagen schien, er erkenne am besten von allen Menschen die Vergeblichkeit der Macht und wisse gar wohl, daß er ebenso sterblich sei wie der geringste seiner Untertanen. Vielleicht trug auch er einen unbestechlichen Richter in sich.

Zu seiner Rechten stand der Großvezier Ibrahim, so prächtig gekleidet wie der Sultan selbst, freilich ohne Tiara. Zu seiner Linken standen der Zweite und Dritte Vezier, Mustafa Pascha und Adschas Pascha, deren lange Bärte und schlecht verhohlenes Mißtrauen die offene, edle Haltung Ibrahims erst ins rechte Licht rückten. Ich betrachtete diesen hervorragenden Mann mit noch größerer Anteilnahme als den Sultan selbst, da ich in ihm die ruhmreiche Zukunft verkörpert sah, die am ottomanischen Thron Wache hielt; die beiden Greise hingegen stellten nur die überwundene Vergangenheit dar.

Ibrahim redete Torgut-Reis im Namen des Sultans an und empfing von ihm Khaireddins Brief in einer seidenen Hülle. Diener des Serails brachten sodann einige der fürstlichsten Gaben Khaireddins herbei, die Sultan Suleiman gnädig zu betrachten geruhte. Zum Zeichen seiner Gunst reichte er Torgut die Hand zum Kusse hin; ohne Zweifel gefiel ihm Torguts kühnes Kriegergesicht. Damit war die Audienz zu Ende. Wir wurden wieder in den Hof geführt, wo unsere Begleiter unsere Arme losließen und uns, ihren Lohn heischend, die Hände hinstreckten.

Während wir noch im Vorhof am Tor des Friedens verweilten, geblendet von der Ehre, die uns widerfahren war, trat ein schmächtiger kleiner Gehilfe des Defterdars heran und befahl seinen Schreibern, ein Verzeichnis der von Khaireddin übersandten Geschenke anzulegen. Andy und ich erschienen darin unter den Sklaven, und wären nicht Torgut-Reis und der Eunuch gewesen, so hätte man uns sogleich mit den italienischen Knaben zur ärztlichen Untersuchung geführt. Torgut aber trat so warm für uns ein, daß der Gehilfe uns für besondere Dienste vormerkte. Seinetwegen, so meinte er, könnten wir gehen, wohin wir wollten; er könne nicht für jeden Esel, den man ihm schicke, eine Krippe auftreiben.

Wir belohnten ihn für seinen guten Willen und kehrten zu unserem Schiff zurück, wo allsogleich die Diener des Zweiten und Dritten Veziers auftauchten, um uns von der Bereitwilligkeit ihrer Herren zu verständigen, von Khaireddin als Zeichen, daß sie uns gewogen seien, Geschenke anzunehmen. Wir sandten unseren Eunuchen mit einer Auswahl köstlicher Stoffe und Schmuckstücke für des Sultans Mutter in den Alten Serail und erhielten dafür einen in Gold und Silber gebundenen Koran, von dem sie hoffte, er werde Khaireddin zum eifrigen, unablässigen Kampf gegen die Ungläubigen anspornen.

Mittlerweile wanderte Abu el Kasim im großen Basar umher und verhandelte über den Ankauf eines Ladens. Unweit der Küste fand er ein verfallenes Haus und lud Giulia und mich ein, dort bei ihm zu wohnen, wenn wir unseren Anteil zu den Kosten des Haushaltes beitragen wollten. Ich aber hielt es für das Beste, vorläufig in dem Haus zu verbleiben, das man Torgut zur Verfügung gestellt hatte; wenigstens so lange, bis ich weitere Befehle für meine Zukunft erhielt.

Bald stieg mir freilich der Verdacht auf, daß meine Zukunft ganz allein vom Zufall abhing; der erste Eindruck nämlich, den ich vom Serail empfing, war der einer heillosen Verwirrung und Unordnung. Seine Beamten wälzten Pflichten und Verantwortung aufeinander ab oder vernachlässigten sie ganz und gar, aus Angst, Fehler zu begehen. Und während in allen Alltagsangelegenheiten eine überaus peinliche, ja lästige Genauigkeit eingehalten wurde, verursachte alles Neue den Beamten endloses Kopfzerbrechen. Vom Holzfäller bis zum Bäcker, vom Pferdeknecht bis zum Hundewärter hatte jeder Sklave seine aufs genaueste vorgeschriebenen Pflichten, die er nicht um Haaresbreite überschreiten durfte. Ob er ein hohes oder ein niedriges Amt bekleidete, seine Aufgaben, sein Rang und sein Gehalt waren in den Vorschriften festgelegt. So blieb Andy und mir nichts anderes übrig, als zu warten, bis geeignete Stellen frei würden, sei es durch den Tod oder dadurch, daß einer in Ungnade fiel. Nur durch einen Befehl von allerhöchster Stelle konnte ein neues Amt für uns geschaffen werden, und die Achtung vor dem Sultan gebot, wie ich später erfuhr, daß solche neugeschaffene Stellen auch nach unserem Tod immerfort weiterbesetzt wurden, ob sie notwendig waren oder nicht.

So erkannte ich allmählich, daß es nicht so leicht war, einen Haushalt von mehreren tausend Menschen zu führen, und man versicherte mir, es müsse die strengste Ordnung herrschen, um Reibungen zu vermeiden. Beispielsweise war eine besondere Summe für den Unterhalt einer Sklavin ausgesetzt, deren einzige Aufgabe es war, in einem feuerfarbenen Kleid schweigend vor den Sultan zu treten, wenn in der Stadt ein großer Brand ausgebrochen war. Die Bauten waren mit Ausnahme der Moscheen aus Holz, und ein solcher Brand konnte unsägliche Verheerungen bewirken. Auf meinen Streifzügen durch die Hauptstadt stieß ich auf ungeheure verheerte Flächen, wo Ziegen und Esel zwischen den Trümmern weideten. Die abergläubischen Moslems bauten nicht gerne neue Häuser auf Grundstücken, die vom Feuer heimgesucht worden waren.

Meine Angst erwies sich als grundlos. So schwer es für einen Neuankömmling geschienen hatte, im Serail Fuß zu fassen, so glatt ging alles, nachdem der erforderliche Befehl von oben einmal ergangen war. Als wir Khaireddins Geschenke zum strahlenden Palast des Großveziers hinter dem Exerzierplatz der Janitscharen trugen, deutete mir Ibrahim mit keinem Zeichen an, daß er mich wiedererkannte. Tags darauf aber sandte der Oberste Lotse des Kartographenamtes, Piri-Reis, einen Sklaven nach mir, der mich in sein Haus führen sollte, während fast zur gleichen Zeit ein Artillerist in Lederhosen nach Andy fragte.

Ich folgte dem barfüßigen Sklaven, der mich am Serail vorbei ans Gestade des Marmarameeres führte. Hier stand auf einem Abhang unweit der Kaimauer das Haus des Piri-Reis, umgeben von einem hölzernen Zaun und einer Reihe Akazien, deren Blätter sich bereits gelb verfärbten. Um das übliche Steinbecken lag ein Häufchen ausgedienter oder invalider Seejanitscharen. Viele waren verstümmelt oder narbenbedeckt und hatten diesen bequemen Wachdienst offenbar zum Lohn für lebenslangen Kriegsdienst zur See erhalten. Sie waren aber nicht müßig, sondern schnitzten mit großem Geschick Schiffsmodelle, die sie mit Rudern und Segeln versahen. Sie verneigten sich ehrerbietig, als ich sie im Namen des Barmherzigen begrüßte.

Das Haus war klein und schäbig, aber unerwartet geräumig. Ich wurde in einen dürftig mit Teppichen ausgestatteten Raum geführt, wo Modelle vieler Arten von Schiffen von der Decke herniederhingen. Der Oberste Lotse saß auf einem schmutzigen Kissen und blätterte in einem großen Atlas, der vor ihm auf einem Stehpult lag. Zu meiner Überraschung bemerkte ich, daß er zu Ehren meiner Ankunft einen kostbaren Kaftan und einen festlichen Turban trug. Ich warf mich vor ihm zu Boden, küßte seinen Pantoffel und begrüßte ihn als das Licht der See, das für die, welche entlegene und unbekannte Gewässer befuhren, die Nacht zum Tag gemacht habe.

Meine Bescheidenheit nahm ihn so für mich ein, daß er mich herzlich aufforderte, aufzustehen und mich an seiner Seite niederzulassen. Er war beinahe sechzig Jahre alt, sein Bart silbergrau, und zahllose Runzeln lagen um seine kurzsichtigen Augen. Ich fand an ihm einen prächtigen alten Herrn.

»Ihr seid mir als gebildeter Mann empfohlen worden«, hob er auf italienisch an. »Ihr sprecht ja wohl viele Sprachen und wißt in den christlichen Ländern und ihrer Staatskunst Bescheid. Ihr wollt nun Eure Kenntnisse in der Seefahrt und im Kartenlesen erweitern, um der Zuflucht aller Völker zu Diensten zu sein. Ich werde Euren Gönner nicht nennen, weiß ich doch gar wohl, wer es ist. Von ihm mag man mit dem Propheten sagen: ›Allah macht es leicht, seine Wünsche zu erfüllen.‹ Ihr habt mir daher nur zu befehlen, Michael el Hakim, und ich will gehorchen und mein Können in den Dienst Eures Wohltäters stellen. Sagt ihm das, wenn er Euch einmal Gehör schenkt.«

Ich erkannte, daß dieser vornehme Greis mich wahrhaftig fürchtete, und glaubte, ich erfreute mich der besonderen Gunst des Großveziers. Ich versicherte ihm daher allsogleich, daß ich nichts anderes im Sinne hätte, als ihm treu zu dienen, so gut ich das mit meinen schwachen Kräften vermöge, und mir keine Arbeit zu gering sei, obwohl ich am liebsten an der Herstellung von Karten arbeiten würde. Ich hoffte, bald genug Türkisch zu können, um dem Kartographenamt als Dolmetsch nützlich zu sein.

Piri-Reis sagte mit einer umfassenden Gebärde: »Das Kartographenamt im Dienste der Wohnung der Seligkeit seht Ihr vor Euch. Ich bitte Euch, nehmt keinen Anstoß daran, wenn ich Euch sage, daß mich so mancher gelehrte christliche Navigator aufsuchte, der laut prahlte und unverschämte Ansprüche erhob. Einige von ihnen nahmen den Turban, um der Hohen Pforte zu gefallen, während sie im Herzen Götzendiener blieben und durch ihre Lebensweise Ärgernis gaben und Entrüstung hervorriefen. Sie stahlen und beschmutzten meine Seekarten, stolperten betrunken herein und zerbrachen meine Modelle, beleidigten meine Sklavinnen mit Unzüchtigkeiten und belästigten selbst verheiratete Frauen. Sie schadeten mir mehr, als sie mir nützten, und deshalb habe ich nicht gerne christliche Renegaten in meinem Hause wohnen. Ersucht mich daher nicht, hier leben zu dürfen, wenigstens nicht, bevor ich Euch besser kenne; zürnt mir nicht ob meiner Worte, denn ich bin ein alter Mann und liebe Ruhe und Frieden.«

Seine Worte vernahm ich mit Bestürzung, dachte ich doch, er wolle mich ganz und gar los sein. Ich sagte: »Ich habe ein Weib und möchte lieber mit ihr in der Stadt wohnen. Aber schickt mich nicht fort, denn ich muß mich und mein Weib standesgemäß ernähren und kleiden; dazu bedarf ich aber eines festen Einkommens.«

Er hob die Hände, rief zu Allah und erwiderte: »Versteht mich nicht falsch. Gemäß den Wünschen Eures hohen Gönners werdet Ihr natürlich das höchste Gehalt beziehen — und das gönne ich Euch von Herzen, denn Ihr gefallt mir. Ich bitte Euch aber, schreit und brüllt nicht wie die anderen Christen, stampft auch nicht auf und reißt Euch nicht den Turban vom Kopf, wenn ich Euch versichere, daß ich Euch nicht mehr als zwölf Asper täglich und ein neues Gewand einmal im Jahr geben kann.«

Er sah mich beschwörend an, während ich blitzschnell überschlug, daß zwölf Asper täglich etwa sechs Golddukaten im Monat ausmachten — keine geringe Summe für einen Mann, der höchstens ein Ruder von einem Segel unterscheiden konnte. Daher küßte ich seine Hand mit ihren hervortretenden Adern und segnete ihn im Namen des Barmherzigen, daß er einen verbannten Renegaten so hochherzig bedenke. Meine aufrichtige Dankbarkeit entzückte ihn, und er fügte hinzu: »Glaubt mir, dies bescheidene Gehalt wird Eure Zukunft besser sichern als die gewichtigste Börse, wenn Ihr wirklich nach Wissen dürstet und Land- und Seekarten so leidenschaftlich liebt wie ich. Niemand wird Euch beneiden, und Ihr werdet Euch keine Feinde machen, die sich gegen Euch verschwören, Euch verleumden und aus Euren Fehlern Nutzen ziehen, um Euch zu Fall zu bringen. Ihr könnt täglich kommen und gehen, wie es Euch gefällt. Ihr dürft mit meinen Sklaven, Schreibern und Kartenzeichnern sprechen und mich um alles bitten, was Ihr braucht, als wäret Ihr mein Sohn. Nur um eines bitte ich Euch. Kommt mir nie betrunken ins Haus, sondern gebt mir in einem solchen Fall Nachricht, Ihr läget krank zu Bett.«

Es lag auf der Hand, daß er mit den Renegaten die schlimmsten Erfahrungen gemacht hatte. Ich wollte ihn aber nicht merken lassen, daß er mich verletzt hatte. Statt dessen beschloß ich, ihm durch die Tat zu beweisen, daß sein Mißtrauen mir gegenüber unbegründet war. Ich sprach zu ihm wie zu einem Vater und befolgte Großvezier Ibrahims Rat, indem ich sagte: »Edler Oberster Lotse Piri-Reis ben Mohammed. Wenn ich Euch nicht schon allzusehr zur Last gefallen bin, so möchte ich vor allem Euer berühmtes Handbuch der Seefahrt, genannt Bahridsche, sehen. Sein Ruhm ist bis in die christlichen Länder gedrungen, und mit seiner Hilfe können die Seefahrer des Islams die griechischen Gewässer bei Tag wie bei Nacht, bei gutem wie bei schlechtem Wetter getrost befahren.«

Nichts hätte ihm willkommener sein können; sein braunes, runzliges Gesicht strahlte, als er mir das Lesepult hinschob und sagte: »Dies ist mein eigenes Exemplar dieses bescheidenen Werkes, das so vollkommen wie möglich zu machen ich nichtsdestoweniger versucht habe. Außer meinen eigenen Beobachtungen habe ich alte mohammedanische und christliche Seekarten, Landkarten und Bücher zu Rate gezogen und im Laufe der Jahre fortwährend Änderungen und Zusätze angebracht. Doch muß ich auf der Hut sein vor unwissenden Seeleuten, die mir aus Dünkel und Prahlerei viel Unsinn zu verzapfen suchen. Eben war ich dabei, den Abschnitt über Algerien zu überprüfen, da ich gehört habe, daß Khaireddin, das Licht des Islam, die spanische Festung dort geschleift und dafür einen Hafendamm errichtet hat. Da er ohne Zweifel von den besten Absichten beseelt war, vergebe ich ihm die Mühe, die er mir verursacht hat, da ich meine Karte nun entsprechend ändern muß.«

Er öffnete das Buch bei dem Abschnitt über Algerien und las mir mit singender Stimme laut die Beschreibung der Stadt Algier und ihres Hafens vor. Ich klatschte vor Entzücken in die Hände und versicherte ihm, sie treffe in allen Einzelheiten zu, obwohl es kaum glaublich scheine, eine solche Vollkommenheit zu erzielen. Dann überreichte ich ihm Zeichnungen von den Baumeistern und Kartenzeichnern in Khaireddins Diensten, welche die Veränderungen im Hafen zeigten; ebenso einen Plan des Arsenals. Ich sagte: »Verglichen mit Euch, ist Khaireddin ein Unwissender, wenngleich sehr tüchtig im Aufbringen christlicher Schiffe. Nur sehr zögernd befahl er mir, Euch diese Pläne zu schenken, und er bittet demütig um Verzeihung, daß er ohne Eure Erlaubnis die Festung schleifen und den Hafendamm errichten mußte und so der Vollkommenheit Eures Werkes Abbruch tat. Um Eure Gewogenheit wieder zu erlangen, sendet er Euch alle Land- und Seekarten, die an Bord der spanischen Schiffe aufgefunden wurden, und dazu diese fein gearbeiteten Sextanten aus Nürnberg, die nach dem großen Sieg auf der Höhe von Algier aus der Kajüte des spanischen Kapitäns gerettet wurden. Ihr werdet gewiß damit umzugehen verstehen; er kann es freilich nicht, ungeachtet der Bemühungen der spanischen Gefangenen, seine Gunst zu erringen, indem sie ihm ihren Gebrauch erklärten. Überdies läßt er Euch diese seidene Börse mit hundert Golddukaten überreichen, zum Teil als Entschädigung für die Auslagen, die Euch erwachsen, wenn Ihr Euren ausgezeichneten Atlas neu bearbeiten müßt.«

Piri-Reis frohlockte über die Sextanten wie ein Kind über ein neues Spielzeug, streichelte sie zärtlich und sagte: »Ich kenne diese neuen nautischen Instrumente gar wohl; mit ihrer Hilfe befahren Spanier und Portugiesen den unermeßlichen westlichen Ozean. Und ich nehme mit Freuden die Land- und Seekarten für meine Sammlung an, welche die größte im Ottomanischen Reich und vielleicht auf der ganzen Welt ist. Sollte der Diwan mich nach meiner Meinung über Khaireddin fragen, so will ich ganz gewiß zu seinen Gunsten sprechen. Nehmt Euch zehn Goldstücke aus der Börse, denn Ihr habt mir große Freude bereitet. Und nun wollen wir zusammen aus meiner Bahridsche lesen.«

Mein Bericht über Piri-Reis ben Mohammed mag einige Leser dazu verleiten, ihn für einen zerstreuten alten Bücherwurm zu halten, der dem Sultan wenig von Nutzen war. In Wahrheit aber war er ein Mann von durchdringendem Verstande in allen Dingen, welche die See und die Seefahrt betrafen, ein ausgezeichneter Schiffsbauer und ein gelehrter Astronom. Seine Schwäche war sein Seeatlas des Mittelmeeres, die Bahridsche; wie alle Verfasser verabscheute er Überarbeitungen und war betrübt, wenn auch nur der geringste Zusatz notwendig wurde. Insgeheim litt er an gefährlichem Ehrgeiz und träumte sogar davon, eine große Flotte zu befehligen. Aber wie eifrig er auch seine Modellgeschwader in der Sandkiste umherbewegte, so erkannte man doch auf den ersten Blick, daß er keine Kämpfernatur war.

Ich gewann seine Neigung, indem ich mir die phantasievolleren Abschnitte seiner Bahridsche vorlesen ließ; er aber hatte keine Ahnung von meinen Gaben und behandelte mich mehr als teilnehmenden Zuhörer denn als nützlichen Gehilfen. Seine Gespräche bestanden lediglich in einer Darlegung seiner eigenen Ansichten; dennoch schied ich von ihm in dem angenehmen Gefühl, den ersten Schritt auf dem Weg zum Erfolg getan zu haben. In der blauen Dämmerung schlenderte ich an den Ruinen ungeheurer byzantinischer Paläste vorbei, wo arme Moslems immer noch nach Schätzen suchten, vorbei an den hohen Mauern des Serails und weiter, hinab zum Hafen und dem Haus, das Abu el Kasim gemietet hatte.

Giulia hatte von den beiden inneren Gemächern für uns Besitz ergriffen und sie mit Einrichtungsgegenständen ausgestattet, die wir von Algier mitgebracht hatten. Hinter dem Eisengitter und dem Schilfvorhang ihres Fensters konnte sie ungesehen die Straße überblicken. Sie hatte bereits die Bekanntschaft von Nachbarsfrauen gemacht und ihren Rat über Lebensmitteleinkäufe und andere Haushaltsfragen eingeholt. Der arme Taubstumme war in dieser fremden Umwelt gar jämmerlich daran; er wagte sich nicht auf die Straße hinaus, sondern saß im Hof und streute sich Staub auf das Haupt. Mein Hund saß, ebenso verwirrt, neben ihm, schnupperte all die neuen Gerüche ein und beäugte mißtrauisch die Katzen, die an den Abenden behende auf die Mauern sprangen und wie weinende Säuglinge schrien. Rael war ein verträglicher Geselle; Katzen aber konnte er nicht ausstehen, und in einer Stadt, in der es so viele gab, war ihm gar nicht wohl zumute.

Als ich zurückkehrte, brannten Lampen in allen Räumen, und Giulia stürzte, die Röte der Erregung im Gesicht, auf mich zu, umarmte mich und erzählte mir von ihren vielen Einkäufen. Sie bat mich, einen Eunuchen zu kaufen, der sie auf ihren Wegen durch die Stadt begleiten sollte, während Abu sich den schütteren Bart raufte und abwechselnd auf Giulia und auf seine Stirn zeigte. Im Schein der neuen Lampen nahm sich unser Haus wie ein Palast aus einem Märchen aus. Der teure Wasserkühler würde zweifellos in der Sommerhitze seinen Zweck erfüllen, aber an jenem kühlen Herbstabend sehnte ich mich nach einem heißen Trank; zu meinem Entsetzen aber mußte ich erfahren, daß Giulia von meinem ganzen Vermögen nur noch eine Handvoll Asper übrig hatte. Ich rief: »Giulia, Giulia! Alles ist wirklich reizend, und ich weiß, wie gut du es gemeint hast; von meinem Vermögen aber hast du offenbar eine falsche Vorstellung. Was sollen wir einen faulen Eunuchen kaufen und auf unsere Kosten durchfüttern, wo er uns doch nur Ungelegenheiten bereiten würde? Eunuchen sind die teuersten unter allen Sklaven, und selbst hochgeborene Frauen begnügen sich mit einer Sklavin als Begleiterin.«

Meine kühle Antwort ernüchterte Giulia gar sehr; sie sagte: »Ich bin todmüde von dem Herumlaufen in der Stadt; mich schmerzen die Füße, und ich wurde ausgelacht, als ich im Basar und mit dem habgierigen Träger feilschte, der mir die Sachen nach Hause trug. Und das ist nun mein Dank dafür, daß ich versucht habe, dein Geld so nützlich wie möglich anzulegen? Natürlich sind Eunuchen teuer. Aber du könntest einen russischen Jungen ganz billig erwerben und ihn zum Eunuchen machen.«

»Wie kannst du dergleichen vorschlagen, Giulia! Ich würde nie zulassen, daß irgendein Mann, sei er Christ oder Moslem, verschnitten würde, nur um deine Eitelkeit zu befriedigen. Überdies ist die Operation gefährlich; deshalb ist der Preis der Eunuchen so hoch. Wir könnten unser Geld verlieren. Ich muß sagen, ich habe noch nie einen törichteren Vorschlag gehört.«

Giulia brauste auf. »So! Selbst der Heilige Vater in Rom läßt jedes Jahr eine Schar Jungen für seinen Chor verschneiden, und viele gewissenhafte italienische Eltern schicken ihre Jungen aus freien Stücken zu diesem Zweck nach Rom, um ihnen eine bessere Zukunft zu sichern, als sie sie ihnen bieten können. Und es ist auch nicht so gefährlich, wie du sagst; du willst mich nur ärgern, und du liebst mich überhaupt nicht.«

Sie brach in bittere Tränen aus und erklärte sich für die unglücklichste Frau, da niemand ihre guten Absichten schätze. Und weil ich sah, daß sie unsere Armut und ihre vereitelten Pläne aufrichtig betrauerte, setzte ich mich zu ihr, legte ihr den Arm um den Hals und wollte sie trösten, indem ich ihr von meinem Erfolg bei Piri-Reis berichtete. Sie wischte sich die Tränen aus den Augen und sah mich grenzenlos erstaunt an.

»Michael Carjaval! Du, der du vor Allahs Schatten auf Erden

gekniet hast – ist es denn möglich, daß du so verrückt warst, dich mit zwölf Asper täglich zu begnügen, und zwar dafür, daß du einem kindischen Greis wie Piri-Reis bescheiden dienst? Dann bist du für dein Tun und Lassen nicht länger verantwortlich. Wenn auch nur eine Spur von Männlichkeit in dir lebt, Michael, so gehst du sogleich zum Großvezier und beschwerst dich über diese ungebührliche Behandlung.«

Tief verletzt erwiderte ich: »Versuche zu begreifen, Giulia, daß mein heller Kopf mein ganzes Vermögen darstellt, und ich werde dankbar und zufrieden sein, wenn ich uns mit dessen Hilfe ein ausreichendes Einkommen verschaffen kann, ohne Gefahren zu laufen. Ich habe dich nie gezwungen, mein Weib zu werden; du hättest hingehen können, wohin du wolltest. Es ist noch nicht zu spät. Bist du wirklich so enttäuscht, wie du mich glauben machen möchtest, so hindert uns nichts daran, morgen zum Kadi zu gehen. Um eine kleine Summe wird er unsere Ehe trennen, und du kannst dich mit deinen verschiedenfarbigen Augen nach einem besseren Mann umsehen.«

Es war nicht schön von mir, sie an den Makel zu erinnern, der zwar auf mich den größten Reiz ausübte, jeden Vernünftigen aber nach dem ersten Blick vor ihr zurückschrecken ließ; sie war denn auch schwer getroffen. Schluchzend beteuerte sie, mich zu lieben; freilich wisse sie selbst nicht, weshalb sie sich einem Manne anvertraut habe, der jeglichen Ehrgeizes so gänzlich bar sei. Wir weinten und küßten einander, bis Abu el Kasim die Zeit für gekommen hielt, sich zurückzuziehen, und bald schmiedeten wir in schönster Eintracht Pläne, wie wir am besten von zwölf Asper täglich leben könnten. Giulia mußte gestehen, die Summe sei wenigstens doppelt so hoch wie das, was ein ausgebildeter, kriegserfahrener Söldner mit kinderreicher Familie in christlichen Ländern verdienen konnte. Endlich legte sie mir die weißen Arme um den Hals und meinte zärtlich: »Ah, Michael! Ich liebe dich mehr, als ich sagen kann, aber laß mich wenigstens träumen von dem Leben, das wir führen könnten. Durch meine Wahrsagerei aus dem Sande kann ich gewaltige Summen Geldes verdienen, sobald mein Ruf sich einmal in der Stadt verbreitet hat. Laß mich träumen! An dem Eunuchen liegt mir nichts. Vielleicht kann ich unseren Taubstummen lehren, mir Sachen nachzutragen. Ich will dich um nichts mehr bitten, Michael, wenn ich nur ein paar

Katzen haben darf. Die Katzen hier haben herrlich buschige Schweife und ein blauschimmerndes Fell; jede vornehme Dame hat eine, und der Prophet hat sie geliebt. Es ist nur recht und billig, daß ich ein paar Katzen habe; du hast ja auch deinen Hund.«

Sie küßte mich heiß, und ich ließ mich überreden. Aber schon tags darauf – oder war es etwas später – bemerkte ich traurig, wie gekränkt mein Hund war, als zwei Katzen mit buschigen Schweifen auftauchten und von unseren zwei Gemächern Besitz ergriffen. Rael mußte sich von nun an im Hof aufhalten und wagte sich selbst zu den Mahlzeiten kaum in die Küche. Giulia kaufte diese beiden sündteuren Kreaturen mit dem Geld, das Piri-Reis mir gegeben hatte, und mußte den Preis noch zum Teil schuldig bleiben.

Eines Abends in der Dämmerung tauchte Andy auf; sein Antlitz war vom Trunk gerötet; er grölte deutsche Soldatenlieder und überbrachte mir Grüße von Meister Eimer, in dessen Schenke er seinen Erfolg im Arsenal gefeiert hatte. Der Artilleriekommandant des Sultans hatte geruht, Andy die Hand zum Kusse zu reichen und ihn über die Bewaffnung der Kaiserlichen zu befragen. Darauf ernannte er Andy zum Werkmeister in der Gießerei mit einem Gehalt von zwölf Asper täglich. Andy hatte dort eine Schar italienischer und deutscher Facharbeiter vorgefunden, die entweder als freie Renegaten oder als Sklaven des Sultans dort arbeiteten, und alle erklärten, sie hätten von den Türken viel gelernt und achteten den Artilleriekommandanten und seine Lieutenants. Andy mußte nun im Arsenal wohnen und durfte es aus Gründen der militärischen Geheimhaltung nicht ohne Erlaubnis verlassen.

Ich war beruhigt, zu hören, daß Andy den gleichen Sold wie ich erhielt, was bewies, daß die Beträge gesetzlich festgelegt waren und es zwecklos wäre, sich darüber zu beschweren. Es war gewiß betrüblich, daß Andy als Lediger, der noch dazu nicht einmal seinen Namen schreiben konnte, ebensoviel bekam wie ich; allein ich freute mich über seinen Erfolg und gönnte ihn ihm von Herzen.

So begann unser Leben in Istanbul, und so ging es den ganzen Winter fort – wenn man so etwas überhaupt Winter nennen konnte. Der Schnee fiel sehr selten und schmolz sogleich dahin, obwohl Wind und Regen häufig waren. Bald nach unserem Staatsempfang erhielt Torgut-Reis aus der Hand des Großveziers einen goldgefaßten Roßschweif, den er Khaireddin als äußeres Zeichen seiner neuen Würde als Beylerbey überbringen sollte. Auch einen Brief des Sultans und drei Ehrenkaftane bekam Torgut mit.

Während meines Lebens mit Giulia wurde ich wohl reifer und erwarb mehr Lebenserfahrung als in allen meinen früheren Wanderjahren. Im Vergleich zu ihr war mein erstes Weib Barbara eine schlichte, anspruchslose Frau gewesen – freilich eine Hexe oder doch von Hexerei nicht ganz frei. Barbara war es zufrieden gewesen, daß wir wie zwei Mäuslein in unserem Loch hausten und kaum eine trockene Brotkrume verdienten, wenn wir nur beisammen sein konnten. Giulia hingegen fürchtete das Leben nicht, Ruhe und Frieden sagten ihr gar nicht zu. Müßiggang machte sie krank, und in ihrem Tatendrang vollbrachte sie die närrischesten Dinge, überzeugt, daß alle ihre Handlungen wohlüberlegt seien und den löblichsten Beweggründen entsprängen. Überdies war sie nie zufrieden. Kaum waren die Katzen im Haus, da mißfiel ihr ihre Farbe. Als sie ohne meine Erlaubnis ein kostbares Halsband erstand, meinte sie, sie hätte kein dazu passendes Kleid, und wollte ihre Garderobe erneuern oder wenigstens Pantoffel erwerben, die mit denselben Steinen besetzt waren, welche die Halskette zierten. Sie war erstaunt, als ich versuchte, sie zur Vernunft zu mahnen, und erklärte mir geduldig wie einem Kind: »Siehst du, Michael, das Halsband allein nützt mir nichts. Und es wäre doch schade, es wegzuschließen und nie zu tragen. Ich überlege nur, wie ich es am besten zur Geltung bringen kann.«

»Warum, zum Teufel, hast du das Ding dann gekauft?« brüllte ich zornig. Sie sah mich nachsichtig an, schüttelte die goldenen Locken und erwiderte: »Es war eine nie wiederkehrende Gelegenheit, und ich hatte zum Glück dein Monatsgehalt in der Börse. In Venedig würde eine solche Kette das Drei- oder Vierfache kosten. Ich wäre verrückt gewesen, hätte ich sie nicht genommen, besonders weil solche Dinge ihren Wert nie verlieren und das Geld dadurch ausgezeichnet angelegt ist.«

»Allah stehe mir bei«, stöhnte ich. »Ich bin kein Knauser, freilich auch kein Galeerensklave, daß ich wegen deiner Verschwendungssucht tagein, tagaus von Erbsensuppe und Brotkrusten leben soll.«

Giulia hob die Hände zum Himmel, als bete sie um Geduld. Dann kreischte sie: »Verschwendungssucht! Wo ich doch nur an unsere Zukunft denke und unser Geld in Wertsachen anlege, die weder Rost noch Motten verzehren! Wenn du ein besseres Essen begehrst, so verdiene in Gottes Namen ein besseres Gehalt.«

»Allah, Allah!« versetzte ich. »Ich spioniere dir nie nach, Giulia, aber ich weiß, daß du viele gute Sachen in der Speisekammer hast – teure Fruchtsäfte zum Beispiel, in Honig eingelegtes Obst und süßes Gebäck vom Zuckerbäcker. Diese Naschereien tun einem Manne nicht gut, aber ich kann deine Gepflogenheit nicht ertragen, schwatzhafte Weiber dazu einzuladen und von früh bis spät mit ihnen zu tratschen, während dein Gemahl, wenn er nach einem harten Tagewerk heimkommt, sich mit Erbsensuppe und steinharten Brotrinden begnügen muß.«

Giulia errötete und jammerte weinerlich: »In meinem ganzen Leben bin ich keinem so undankbaren Mann begegnet wie dir! Natürlich muß ich meinen Nachbarinnen ebenso gutes Gebäck vorsetzen, wie sie es mir in ihren Häusern anbieten, wenn nicht besseres. Es ist der einzige Weg, deinen guten Ruf bei ihnen zu erhalten. Du liebst mich nicht mehr, sonst würdest du nicht so mit mir umspringen.«

Unsere Zerwürfnisse endeten meistens damit, daß ich Giulia demütig um Verzeihung bat und ihr versicherte, sie sei die liebste, gütigste und klügste Gattin, die ein Mann je gehabt habe. Ich pflegte mich auch selbst für mein schlimmes Betragen zu tadeln. Aber diese Wendungen kamen mir nun immer häufiger nur von den Lippen, nicht vom Herzen, und ich rang sie mir ab, weil meine Sinne nach ihr verlangten und die Enthaltsamkeit nicht ertrugen, die sie sonst zu verhängen pflegte. Eine unsichtbare Kluft tat sich zwischen uns immer weiter auf, und manchmal bekam ich alles satt und gesellte mich zu meinem Hund im Hof unter dem kalten Winterhimmel; seine Wärme war dann mein einziger Trost. In solchen einsamen Stunden fühlte ich mich wieder als Fremdling auf dieser Welt und fragte mich, für welches sonderbare Muster der große Weber einen so struppigen und brüchigen Faden wie mich benötige.

Giulias Reizbarkeit rührte zum Teil von ihren Mißerfolgen als Wahrsagerin her, denn ihre Nachbarinnen klatschten zwar höflich in die Hände und bewunderten ihre Gaben, doch verdiente sie nichts dabei. In der Hauptstadt wimmelte es förmlich von Wahrsagern, Astrologen und Hühnerknochenwerfern aller Rassen und Religionen; dazu kamen noch die Eingeweidebeschauer, die aus Blut und Innereien wahrsagten, so daß ein Neuankömmling sich schwer unter ihnen behaupten konnte. Obwohl Abu el Kasim auf dem Basar eifrig ihr Lob sang, war er nicht der Mann, Vertrauen einzuflößen. Wir fühlten uns allgemach wieder aus dieser geheimnisvollen Stadt ausgeschlossen, wo der Erfolg weniger von überlegtem Handeln als vom Zufall abhing.

Ich glitt unvermerkt in die Lebensgewohnheiten der Ottomanen hinüber und galt bald nicht mehr als Fremder; zu meiner Begabung für Sprachen kam noch meine Fähigkeit, gleichsam meine Haut zu wechseln und ein neues Wesen anzunehmen. Piri-Reis' alte Seejanitscharen waren freundlich zu mir; seine Schreiber und Kartographen gewöhnten sich daran, mich täglich in ihrer Mitte zu sehen. Ab und zu übertrug man mir eine Aufgabe, die meinen Gaben angemessen war – etwa einen Gang in die Bibliothek des Serails, wo gelehrte Muselmänner und Griechen emsig alte Manuskripte übersetzten und abschrieben. Allein unter diesen Gelehrten fand ich keinen Freund.

Einmal sah ich aus der Ferne den Sultan, umgeben von einem glänzenden Gefolge. Eine Schar Bogenschützen umringte ihn, als er dahinritt, und da sie das Gesicht nicht von ihm wenden durften, mußten die vorderen rückwärts ausschreiten. Wenn der Sultan an Freitagen zur Moschee seines Vaters ritt, durfte ihm jeder, selbst der Ärmste, am Ende eines langen, gespaltenen Stockes eine Bittschrift überreichen. Viele dieser Bittschriften wurden wirklich gelesen und vom Diwan den zuständigen Beamten zur Behebung der darin beklagten Mißstände zugeleitet.

Je mehr ich über dieses Riesenreich nachdachte, das die Ottomanen aus kleinen Anfängen heraus errichtet hatten und das nun in seinen Grenzen mehr Völker beherbergte, als ich nennen konnte, desto tieferen Eindruck machte mir die denkwürdige Staatskunst, die es zusammenhielt und das Leben darin angenehm und sicher machte. In diesem Reich herrschten mildere und gerechtere Gesetze als in christlichen Ländern, und die mäßigen

Steuern waren nicht zu vergleichen mit der unbarmherzigen Ausbeutung, der so viele christliche Herrscher frönten. Überdies war die Duldsamkeit, welche die Ottomanen anderen Religionen erwiesen, anderswo unerhört; niemand wurde wegen seines Glaubens verfolgt, ausgenommen die persischen Schiiten, die Ketzer des Islam. Christen und Juden hatten ihre eigenen Gotteshäuser und durften selbst ihre eigenen Gesetze einhalten, wenn es ihnen beliebte.

Die Christen hatten freilich einen harten Zoll zu entrichten; sie mußten nämlich jedes dritte Jahr ihre stämmigsten Söhne ausliefern, auf daß sie vom elften Lebensjahr an als Janitscharen des Sultans ausgebildet wurden. Aber diese Jungen klagten nicht; sie waren stolz auf die Ehre und wurden eifrigere Vorkämpfer Allahs als die, welche als Moslems geboren und aufgewachsen waren.

Die Hohe Pforte war in der Tat die Zuflucht aller Völker. Einmal bestand der Kern der Armee des Sultans aus Berufssoldaten, die als Söhne christlicher Eltern von Türken an Sohnes Statt angenommen, erzogen und ausgebildet waren; ferner waren die höchsten Stellen des Reiches von Angehörigen aller Rassen besetzt, die Sklaven des Sultans waren. Ihm allein verdankten sie ihre Beförderung, ihm waren ihre Häupter verfallen, wenn sie es an der ungesäumten, peinlich genauen Durchführung seiner Befehle fehlen ließen. Der Sultan verlieh diesen Männern große Macht, aber seine unbestechlichen Agenten bereisten unablässig jeden Bezirk jeder Provinz und hörten die Klagen der Bevölkerung an; so wurden die örtlichen Machthaber daran gehindert, die Grenzen der Befugnisse zu überschreiten, welche ihnen die Landessitte und die Gesetze des Sultans verliehen hatten.

Mein Leben war nun mit der Wohlfahrt und dem Erfolg dieses Reiches verknüpft; so bemühte ich mich denn, zunächst alles im günstigsten Licht zu sehen. Es lagen Anzeichen vor, daß der Sultan einen großen Feldzug vorbereitete, und ohne irgend jemand Böses zu wünschen, brannte ich doch darauf, zu erfahren, was aus dem König in Wien werden würde. Ich hatte des Kaisers Armut am eigenen Leibe erfahren und glaubte nicht, daß er seinem Bruder beträchtliche Hilfe schicken könnte; überdies war der Drang, sich auszudehnen, ein wesentliches Merkmal des Ottomanischen Reiches. Darin folgte es den Lehren des Islam, der den unablässigen Kampf gegen die Ungläubigen predigte. Auch die Janitscharen wurden unruhig und unzufrieden, wenn der Sultan sie nicht wenigstens einmal jährlich in einen Krieg führte, wo sie Beute und neue Ehren einheimsen konnten.

Während die Feldzüge Kaiser Karls ungeheure Summen verschlangen und seine Hilfsquellen bedeutend überstiegen, machten sich die Kriege des Sultans dank einer klugen, weitblickenden Einrichtung von selbst bezahlt. Seine reguläre Kavallerie, die Spahis, bezogen ihre Einkünfte von Gehöften, die sie vom Sultan erhielten und auf denen kriegsgefangene Sklaven arbeiteten. Daher dienten die Spahis dem Sultan beinahe ohne Sold. In den den christlichen Ländern benachbarten Grenzbezirken lebte eine leichte Reiterei, die Akindschas, in stetem Kriegszustand; ihr ererbtes Räuberleben bewog sie, in des Sultans Dienste zu treten. Ähnliche Neigungen führten eine ungeheure Schar von Müßiggängern als Hilfstruppen unter des Sultans Fahnen; die wurden gewöhnlich als Kanonenfutter bei jedem Angriff zuvörderst in die Schlacht geworfen. Daher befand sich der Sultan in weit günstigerer Lage als die christlichen Heerführer und konnte, selbst während er Verluste erlitt, den Widerstand des Feindes langsam, aber sicher zermürben. Daher sah ich denn auch, wenn ich gleich Giulia von einer glänzenden Zukunft träumte, nichts Absonderliches in dem Gedanken, ich könnte eines Tages zum Lohn für meine Dienste Statthalter einer reichen deutschen Stadt werden.

Als ich aber mit Giulia Angelegenheiten des Serails erörterte, warnte sie mich, allzusehr auf Ibrahims Gunst zu vertrauen, und fragte mich etwas spöttisch, was sie mir denn bisher eingetragen habe. Von unseren Nachbarn und in den Bädern hörte sie genug Tratsch und wußte, daß die Lieblingssklavin des Sultans, die Russin Khurrem, ihm bereits drei Söhne geboren hatte. Dies junge und stets muntere Weib hatte das Herz ihres Herrn so gefangengenommen, daß er sich um seinen übrigen Harem nicht im geringsten kümmerte und sogar die Mutter seines erstgeborenen Sohnes verstoßen hatte. Über diese ungebildete Russin ergossen sich nun die Geschenke der fremdländischen Gesandten; sie nannten sie Roxelana und versuchten mit allen Mitteln, ihre Gunst zu erringen. Ihr Einfluß auf den Sultan war so groß, daß er alles tat, um ihr den leisesten Wunsch zu erfüllen; neidische

Stimmen im Harem hatten schon von Zauberei gesprochen. Giulia sagte: »Großveziere kommen und gehen, die Macht der Frau über den Mann aber ist ewig und ihr Einfluß stärker als selbst der des besten Freundes. Könnte ich auf irgendeine Art Sultana Khurrems Gunst erwerben, so könnte ich gewiß viel mehr für uns beide tun, als der Großvezier es je vermöchte.«

Ich lächelte über ihre Einfalt, warnte sie aber: »Sprich leise, Weib, denn in dieser Stadt haben die Wände Ohren. Ich bin hierhergekommen, um dem Großvezier zu dienen und durch ihn Khaireddin, dem Beherrscher der See. Und du irrst dich – nichts auf der Welt ist so vergänglich wie die Leidenschaft der Sinne. Wie kannst du glauben, der Sultan werde auf immer an eine Frau gebunden sein, wo doch die auserlesensten Jungfrauen aller Völker und Länder nur auf den leisesten Wink von ihm warten? Nein, Giulia, für Frauen ist kein Platz in der hohen Politik; auf eine launische Houri des Harems läßt sich keine Zukunft gründen.«

Giulia versetzte mit einiger Schärfe: »Wie erbaulich, von dir zu hören, wie vergänglich Liebe und Leidenschaft sind. Ich werde es nicht vergessen. Aber vielleicht gibt es andere Männer, die weniger wankelmütig sind als du.«

Einige Tage später hielt der Sultan einen Diwan zu Pferd, auf dem nach alter ottomanischer Sitte Fragen des Krieges und Friedens erörtert wurden. Er ernannte Ibrahim zum Obersten Befehlshaber oder Seraskier des ganzen türkischen Heeres und bestätigte aufs neue Ibrahims Stellung als Großvezier, dessen Befehlen und Anordnungen hoch und niedrig, reich und arm so zu gehorchen hatte, als kämen sie vom Sultan selbst. Der Wortlaut der Kundmachung war so umfassend und ausführlich, daß jedermann überzeugt war, von nun an sei Seraskier Ibrahim nach dem Sultan der mächtigste Mann im Reiche.

Zum Zeichen seiner Gunst verlieh ihm der Sultan neben einer Menge prächtiger Geschenke sieben Roßschweife an Stelle der vier, mit denen er früher ausgezeichnet worden war, und dazu sieben Banner – ein weißes, ein grünes, ein gelbes, zwei rote und zwei gestreifte –, die stets vor ihm hergetragen werden sollten. Der Sultan hatte ihm ferner ein Gehalt von zehntausend Asper täglich angewiesen – das Zehnfache von dem, was der Aga der Janitscharen erhielt, der unter allen Agas den höchsten Rang einnahm. Bei meiner bescheidenen Stellung erhaschte ich nicht einmal einen Blick vom Großvezier, war aber entzückt darüber, daß mein Glaube an ihn gerechtfertigt war. Als ich zu Giulia davon sprach, antwortete sie: »Tu nur, was du für recht hältst, Michael. Setze dein Vertrauen auf den Großvezier, der deiner so oft und so tatkräftig gedacht hat! Mir aber erlaube, mein Glück anderswo zu suchen.«

Drei Tage später ließ der Sultan die Gesandten König Ferdinands frei, die im Fort der Sieben Türme gefangen gesessen hatten, und beschenkte jeden von ihnen zur Entschädigung für das, was sie ausgestanden hatten, mit einer wohlgespickten Börse. Er richtete, wie ich erfuhr, folgende Worte an sie: »Grüßt mir Euren Herrn und sagt ihm, er weiß noch nicht, was unsere beiderseitige Freundschaft alles vermag. Er wird aber bald dahinterkommen, und ich will ihm mit eigener Hand alles geben, was er von mir wünscht. Heißt ihn rechtzeitige Vorbereitungen für meine Ankunft treffen.«

Auf diese launigen Worte erwiderte König Ferdinands Gesandter, aller Feinheit bar, sein Herrscher würde überglücklich sein, den Sultan willkommen zu heißen, wenn er als Freund käme; doch wüßte er ihn auch als Feind zu empfangen. So war der Krieg erklärt. Doch sowohl die beamteten wie die heimlichen Vertreter der christlichen Länder zu Istanbul hatten bereits Eildepeschen an ihre Herren gesandt, sobald sie erfahren hatten, daß der Diwan zu Pferde getagt hatte.

Als die Trommeln und Trompeten erklangen, herrschte der Frühling; unablässige Regengüsse verwandelten den Boden in Schlamm. Es war Sitte, wenn der Seraskier vorausmarschiert war, seine Truppen zu sammeln, daß der Sultan etwas später an der Spitze seiner Janitscharen folgte. Nun aber brachen Tag für Tag kleinere Abteilungen in festgesetzter Ordnung an die Grenze auf, und mit den ächzenden, polternden Geschützlafetten zog mein Bruder Andy. Zum zweitenmal in seinem Leben fand er sich nun auf der Straße nach Ungarn, diesmal freilich, um für die Muselmänner zu kämpfen, nicht mehr gegen sie. Er schien dem Unternehmen zu mißtrauen und fragte sich, wie die Kanonen über verschlammte Straßen und über vom Frühlingshochwasser angeschwollene Flüsse gebracht werden sollten. Er dachte aber, die Moslems hätten einen Weg gefunden, diese Hindernisse zu überwinden, weil sie ungeachtet des schlechten Wetters vorwärts marschierten.

Auch in Piri-Reis' Amt herrschte geschäftiges Treiben, weil die Flotte zum Krieg rüstete. Sie sollte die Küsten des Schwarzen und des Ägäischen Meeres überwachen, und einige Schiffe sollten die Donau hinauffahren, um das vorrückende Heer zu unterstützen. Um diese Zeit hatte ich viele Gänge ins Arsenal und in den Vorhof des Serails zu machen.

An einem außergewöhnlich schönen, sonnigen Tag nach einer langen Regenzeit saß ich wartend im Hof des Friedens; das Warten war überhaupt meine Hauptaufgabe als Bote. Ich kannte nun schon die verschiedene Kleidung der Serailbeamten – die Stoffe, Farben, Abzeichen und Kopfbedeckungen – und gaffte nicht mehr wie ein Fremder um mich. Plötzlich sah ich einen Eunuchen auf mich zuwanken. Sein Gesicht war vom Weinen geschwollen. Er rang verzweifelt die Hände, als er mich fragte: »In Allahs Namen, bist du nicht der Sklave Khaireddins, der den Affen mitbrachte? Du kannst mich noch vor der Schlinge und der Grube retten. Komm rasch mit mir; ich werde den Kislar-Aga bitten, dich in den Hof der Seligkeit einzulassen, um den Affen vom Baum herunterzulocken, worauf er die ganze Nacht gesessen hat. Ein junger Eunuch, der ihn fangen wollte, hat schon das Bein gebrochen.«

Ich erwiderte: »Ich kann meinen wichtigen Auftrag nicht vernachlässigen, um mit Affen zu spielen.«

»Bist du von Sinnen? Nichts kann wichtiger sein als das, denn der kleine Prinz Dschehangir weint, und es geht uns allen an den Kragen, wenn er nicht aufhört.«

Ich dachte nach. »Vielleicht wird die Äffin Koko sich meiner erinnern, denn ich pflegte sie, als sie auf der langen Reise von Algerien hieher seekrank war. Meines Hundes wird sie sich gewiß erinnern.«

Rael lag zusammengerollt neben mir und genoß den warmen Sonnenschein; als er Kokos Namen hörte, spitzte er die zottigen Ohren. Wir eilten mit dem Eunuchen durch den zweiten und dritten Hof, wo weitere Eunuchen zu uns stießen und kleine Trommeln schlugen, zum Zeichen für die Frauen, sich zu verbergen. Wir gelangten an das schimmernde Kupfertor zu den Gärten, wo der Kislar-Aga uns erwartete – der höchste Haremsbeamte und Oberste der weißen Eunuchen. Vergebens suchte er seine Angst hinter einem würdevollen Gehaben zu verbergen. Ich warf mich vor ihm zu Boden, und er befahl, mich unverzüglich in die Haremsgärten zu führen. Den Harem zu betreten bedeutete den Tod für jeden, der kein Eunuch war, und nur mit einem Geleit von Eunuchen und auf Befehl des Sultans durften Kaufleute ihre Waren darin feilbieten. Nicht einmal ein Arzt durfte hier ohne Genehmigung des Sultans seines Amtes walten. Ich aber wurde nun mit so hastiger Eile in die behütetsten Gärten der Welt gezerrt, daß die Eunuchen keine Zeit hatten, mich zu baden oder mir reine Kleider zu geben, wie es Brauch war; zu meinem Ärger mußte ich hinein, wie ich ging und stand.

Wir hetzten gewundene Kieswege entlang, während meine Begleiter unaufhörlich ihre Trommeln schlugen und mir verboten, mich umzusehen. Endlich langten wir vor einer riesigen Platane an, auf der vier oder fünf Eunuchen mit dem Mut der Verzweiflung Jagd nach der Äffin machten. Die Äffin hing mit Händen, Füßen und Schwanz am obersten Ast. Mit Schreien, Jammern und freundlichen Worten versuchten die Eunuchen, sie anzulocken, und ermahnten einander kreischend, darauf zu achten, daß sie nicht falle und sich verletze. Eben als ich herankam, glitt eins von den schwerfälligen Geschöpfen aus und fiel schreiend aus ansehnlicher Höhe herab. Der Baumwipfel schwankte, als er kopfüber herabsauste und besinnungslos inmitten der Frühlingsblumen auf dem Rasen lag.

So bedauerlich der Unfall war, so hatte er doch auch seine lustige Seite. Drei wohlgekleidete Knaben, deren ältester vielleicht elf Jahre zählte, brachen bei dem Anblick in schallendes Gelächter aus. Der vierte aber weinte leise. Er war höchstens fünf Jahre alt. Er saß auf dem Arm eines Mannes, der einen Kaftan aus geblümter Seide trug und in dem ich zu meinem Erstaunen Sultan Suleiman selbst erkannte. Seine rauchgetönte Gesichtsfarbe war nicht zu verkennen, obwohl er in seinem schlichten Gewand und dem niedrigen Turban von sonderbar kleinem Wuchs schien. Ich warf mich sogleich nieder und küßte den Boden vor ihm und seinen Söhnen.

Um den Baum herum sah es bunt aus. Stricke lagen umher, Leitern lehnten am Stamm, und man hatte auch offensichtlich den Versuch gemacht, die Äffin mit Wasserstrahlen herunterzuscheuchen. Selbst aus dieser Entfernung sah ich, daß sie krank war; sie stöhnte, als sie so hilflos am Baum hing. Der Kislar-Aga verneigte sich tief vor dem Sultan und schlug ihm vor, mich auf den Baum zu schicken, da ich die Äffin kenne und es sogar gewesen sei, der das verhexte Tier ins Serail gebracht habe. Gelänge es mir nicht, seiner habhaft zu werden, so wolle er mich enthaupten lassen, und so könne auch meine Zulassung zu den verbotenen Gärten nicht weiter schaden.

Seine rauhen Worte verletzten mich so, daß ich mich allsogleich erhob und erwiderte: »Ich habe nicht darum gebeten, hieherkommen dürfen; vielmehr wurde ich unter Tränen und Bitten verleitet, meine Hilfe anzutragen. Ruf diese Tölpel herunter. Sie erschrecken das arme Tier. Und laß das Trommeln einstellen. Dann gib mir etwas Obst, und ich will versuchen, es herabzulocken.«

Der Kislar-Aga sagte: »So sprichst du zu mir, erbärmlicher Sklave? Und wisse, seit dem frühen Morgen versuchen wir schon, es mit Obst herunterzuholen.«

Sultan Suleiman aber fiel kurz ein: »Ruf sie herab und schicke alle fort. Auch du hast meine Erlaubnis, dich zurückzuziehen.«

Als die schnatternden Eunuchen mit ihren Stricken, Leitern und Spritzen verschwunden waren, herrschte vollkommene Stille. Der kleine Junge auf den Armen des Sultans hatte zu weinen aufgehört, und nur das Stöhnen des Äffchens war zu vernehmen. Da ich nicht wagte, den Sultan anzureden, wandte ich mich an seinen ältesten Sohn und sagte: »Edler Prinz Mustafa, die Äffin ist krank. Deshalb floh sie auf den Baum. Ich werde versuchen, sie herabzulocken.«

Der dunkle, hübsche Junge nickte hochmütig. Ich ließ mich mit Rael auf dem Arm auf den Boden nieder und rief leise und beschwörend: »Koko! Koko!« Das Äffchen lugte mißtrauisch durch die Zweige und stieß ein paar schwache Schreie aus, rührte sich aber nicht. Da sagte ich zu Rael, in der Hoffnung, der Sultan würde mich hören: »Mein lieber, treuer Hund! Koko kennt mich in meinen neuen Kleidern nicht wieder und hält mich für einen der Eunuchen. Ruf du sie. Vielleicht fällt ihr ein, wie sie mit dir an Bord des Schiffes spielte. Versuche, sie herabzurufen.«

Rael sah zum Wipfel des Baumes auf, spitzte die Ohren, winselte leise und bellte zweimal. Das Äffchen kletterte ein Stück herab, um besser zu sehen, und Prinz Dschehangir, der noch auf seines Vaters Armen saß, streckte ihm die Händchen entgegen und rief: »Koko! Koko!« Das Äffchen zögerte, als aber Rael fortwinselte, kletterte es entschlossen herab. Es huschte auf mich zu, sprang in meine Arme und umfing mich, seine Wange mit dem weißen Schnurrbart an meine gedrückt; den kleinen, ausgemergelten Körper schüttelte das Fieber.

Koko streckte einen Arm aus und streichelte Rael; dann zupfte sie ihn an den Ohren und am Schwanze, worauf Rael ihre Hand behutsam zwischen die Zähne nahm und warnend knurrte. Zu Beginn unserer Seereise hatte das Äffchen Rael schier zu Tode gequält, indem es ihn bei jeder Gelegenheit zwickte und dann behende auf die Mastspitze floh, während der Hund unten wie rasend bellte. Später aber gewannen beide Freude an dem Spiel und wurden Freunde; zuweilen räkelten sie sich gemeinsam an Deck, und Koko lag da, die Arme um Reals Hals geschlungen, oder holte ihm mit flinken Fingern Flöhe aus dem Fell.

Nun aber unterbrach ein schwerer Hustenanfall ihr Spiel; die eine winzige Hand drückte sie gegen die Brust. Tränen entströmten ihren abgehärmten Augen, und zwischen den Anfällen stieß sie herzzerreißende Schreie aus, als wolle sie mir sagen, wie elend und einsam sie sich fühle. Rael begann vor Mitleid zu winseln und leckte Kokos kraftlose Hand, als verstände er, was sie sagen wollte. Die Prinzen kamen herbei, das kranke Äffchen zu streicheln, und zu meiner Überraschung näherte sich auch der Sultan, breitete die Schöße seines Kaftans aus und setzte sich neben mich auf den Rasen, so daß Prinz Dschehangir das Tierchen berühren konnte. Der Sultan sagte zu mir: »Du mußt ein guter Mensch sein, weil die Tiere dir vertrauen. Ist der Affe krank?«

Ich erwiderte: »Ich habe sowohl in christlichen Ländern als auch bei den Moslems Medizin studiert und weiß, daß dieses arme Tier Fieber hat. Es wird sterben, wenn Allah es so will. Es konnte das Klima hierzulande nicht überleben, und die Nacht auf dem Baum hat seine Erkältung noch verschlimmert. Ich glaube, es flüchtete auf den Baum, um dort allein zu sterben, denn die meisten Geschöpfe, die wir zu zähmen versuchen, sterben lieber einsam und fern von den Menschen.«

Prinz Mustafa warf hitzig ein: »Der Affe hat in warmen Gemächern gewohnt und jeden Tag warme Kleider getragen, weil er der Liebling meines Bruders Bschehangir ist. Der Sklave, der an seiner Krankheit schuld ist, soll dafür mit seinem Kopf bezahlen.«

Ich antwortete: »Niemand ist schuld an seiner Krankheit, denn Affen sind überaus empfindlich gegen Klimawechsel; selbst in den Palästen des sonnigen Italien kränkeln und sterben sie. Sollte auch dies Äffchen zugrunde gehen, so wird es durch den Willen Allahs geschehen, und wir können es nicht hindern. Dennoch will ich eine Hustenmedizin bereiten, um seine Schmerzen zu lindern.«

Der Sultan sprach: »Willst du wirklich dem armen Tier Medizin geben? Die meisten Ärzte halten es für unter ihrer Würde, Tiere zu behandeln. Doch der Prophet liebte sie, besonders Kamele und Katzen. In der Tat sind Tiere, im Gegensatz zu den Menschen, ohne Arg, und ich sehe sie nicht gerne leiden. Aber ich haben viele Tierärzte in meinen Diensten und werde deiner nicht mehr bedürfen. Selim, gib ihm die Kleider des Äffchens. Mustafa, gib ihm die Kette. Und du, Michael, kleide den Affen an und befestige die Kette an seinem Hals; dann verlaß uns.«

Die Knaben reichten mir einen kleinen wollgefütterten Seidenkaftan und eine dünne Silberkette; Koko aber sträubte sich, als ich sie ihm anzulegen versuchte. Endlich gelang es mir, und ich legte das Ende der Kette in Prinz Dschehangirs kleine Hand und wies die Jungen an, dem Äffchen etwas warme Milch zu geben. Dann erhob ich mich, rief meinen Hund herbei und schickte mich an, die Gärten zu verlassen. Da aber wurde Koko wütend, stieß und strampelte und schnappte nach den Prinzen; dann riß sie sich los und lief mir nach. Die Kette klirrend hinter sich herschleifend, klomm sie in meine Arme und hielt sich da fest.

Der Sultan war um guten Rat verlegen. Er stellte den kleinen Jungen nieder; dieser lief weinend auf mich zu, schlang mir ein Ärmchen um das Bein und hob das andere, das Äffchen zu streicheln. Da erst bemerkte ich, daß der arme Kleine Klumpfüße hatte und ein Höker sich unter seinem Seidenröcklein abzuheben begann. Sein fahles Gesicht war so häßlich wie das des Affen; er erstickte fast vor Schluchzen. Dann faßte sich Selim, der dritte Prinz, an den Kopf und rief mit schriller Stimme, er falle in Ohnmacht. Der Sultan schrie: »Mustafa und Mohammed! Führt

Dschehangir sogleich hinein, und auch diesen Mann, damit er nach dem Affen sieht. Schickt mir den Kişlar-Aga und ruft die Tselebs.«

Als ich mich über Prinz Selim beugte, um ihm die Schläfen zu reiben, bedeutete mir der Sultan durch Zeichen, zu gehen; er meinte ohne Zweifel, die Knaben sollten mich aus dem Harem und ihn ihre eigenen Gemächer im inneren Hof führen. Die jungen Prinzen aber mißverstanden ihn und führten mich statt dessen in Prinz Dschehangirs Gemächer, wo der Affenkäfig stand. Ich fühlte die Blicke erregter Eunuchen mir hinter den Büschen folgen, war aber damals noch unwissend genug, mich nicht zu fürchten.

Den Affen auf dem Arm und Prinz Dschehangir an der Hand, folgte ich den Knaben in Sultana Khurrems Pavillon aus buntfarbigen Ziegeln und beging dadurch nichtsahnend den schwersten denkbaren Verstoß. Mustafa, Mohammed und Selim, die alle über sieben Jahre alt waren, wohnten mit ihren Erziehern oder Tselebs im dritten Hof; der kränkliche Dschehangir jedoch, der erst fünf Jahre zählte, verblieb im Pavillon seiner Mutter und durfte dort auch seinen Affen bei sich haben. Freilich war ich etwas überrascht, als ich die Frauen des Gefolges unverschleiert auf uns zueilen sah, weil sie mich für einen Eunuchen hielten, doch hatte ich immer noch keine Bedenken und betrat Prinz Dschehangirs geräumiges Gemach, in dem der vergoldete Käfig des Äffchens sowie sein Bett standen. Ich befahl den Frauen, sogleich warme Milch für das kranke Tier zu holen, während die Jungen sich auf Kissen niederließen und alle meine Handlungen aufmerksam verfolgten. Rael huschte im Gemach umher und schnupperte in alle Ecken, und Prinz Dschehangir fing, gleich jedem anderen tränenüberströmten und verdrossenen Kind, an, nach seiner Mutter zu rufen.

Alles, was bis dahin geschehen war, schien ein bloßes Ergebnis des Zufalls zu sein. Ich erfuhr erst später, daß Prinz Selim an der Fallsucht litt. Während seiner Kindheit ließen sich die Anfälle überwachen und durch Beruhigungsmittel unterdrücken. Sie wurden ernst, als er als Jüngling anfing, zuviel Wein zu trinken. Sultan Suleiman wollte dieses fürchterliche Leiden natürlich geheimhalten; darum schickte er mich so hastig aus dem Garten; er fürchtete, die Aufregung könnte einen Anfall herbeiführen.

Prinz Mustafa war ein Sohn jener tscherkessischen Sklavin, die Suleiman zugunsten Khurrems verstoßen hatte. So war er nur ein Halbbruder Dschehangirs, und es war augenscheinlich des Sultans Absicht gewesen, daß Mustafa mich in seine eigenen Gemächer führen sollte; Mustafa aber war großmütig und hielt es natürlich für das beste, das Äffchen sogleich in seinen warmen Käfig zu bringen.

Maßlos erschrak ich aber, als ich perlendes Lachen hörte und eine unverschleierte reichgekleidete Frau mit einem juwelenbesetzten Netz über dem Haar auf uns zukommen sah. Sie legte die Arme um Prinz Dschehangir, und ich warf mich sogleich zu Boden und barg das Gesicht in den Händen. Wie gewöhnlich gelang es mir auch diesmal nicht, meiner Neugier Herr zu werden, und ich warf zwischen den Fingern einen verstohlenen Blick auf sie; ich dachte nun, da ich auf jeden Fall die Todesstrafe für das Betreten des Pavillons der Sultana verdient hätte, käme es nicht mehr darauf an, einen Blick auf die Frau zu erhaschen, von der so viel erzählt wurde und die die christlichen Fürsten mit Geschenken überhäuften.

Auf den ersten Blick war ich freilich enttäuscht, weil ich erwartet hatte, eine hinreißende Schönheit zu erblicken. Das also war die Frau, die als einzige unter zahllosen lieblichen Jungfrauen aus allen Teilen der Welt des Sultans Taschentuch empfangen und sich jahrelang nach der Hochzeitsnacht seine Gunst bewahrt hatte. Sie war eine ziemlich hochgewachsene, füllige Frau, noch jung, aber ihr Gesicht war ungewöhnlich rund und ihre Nase alles eher als vornehm. Ihr Reiz lag in ihrem lebendigen Mienenspiel und ihrem beständigen Lachen, obwohl mir scheinen wollte, als hätten ihre blauen Augen keinen Teil an ihrer Fröhlichkeit. Als sie den sich tief verneigenden Mustafa über den Kopf Dschehangirs hinweg betrachtete, sah ich darin eine ungewöhnliche Kälte.

Prinz Mustafa erklärte ihr, daß ihm befohlen worden war, mich mitzunehmen, damit ich das kranke Äffchen behandle und ihm einen Trank zubereite. Nun erhob sich mein Hund anmutig auf den Hinterbeinen und streckte der Sultana, in der er offenkundig eine Spenderin von Leckerbissen vermutete, die Nase entgegen. Prinz Dschehangir kicherte, und die Sultana sandte unverzüglich ihre Frauen nach Süßigkeiten, die sie dann selbst dem Hund reichte; dazu lachte sie ihr silberhelles Lachen. Inzwischen hatte man eine Schale warmer Milch gebracht; es gelang mir, dem Äffchen etwas davon einzuflößen; es wollte mich aber nicht verlassen und hielt einen Arm eng um meinen Nacken geschlungen, während es mit dem anderen den Hund herbeizulokken versuchte.

Sultana Khurrem wandte sich nun an mich und fragte auf türkisch: »Wer bist du, und wie kann ein Eunuch einen Bart haben? Kannst du wirklich kranke Affen behandeln?«

Ich drückte vor ihr meine Stirn an den Boden, während mir der Affe im Nacken saß und versuchte, mir den Turban vom Kopf zu reißen.

»Edle Herrscherin«, sagte ich, »ich habe auch nicht einen flüchtigen Blick auf deine strahlende Schönheit gewagt. Um meines Hündchens und des kranken Äffchens willen schütze mich, denn ich bin kein Eunuch. Ohne meine Schuld wurde ich in die Gärten geführt, um den Affen aus dem Wipfel der Plantane herabzulocken, und ich weiß wahrhaftig nicht, wie es kam, daß ich mich nun vor dir finde, o lieblichste aller Frauen der Welt.«

Sie antwortete lachend: »Kopf hoch, und sieh mich an, du Einfältiger, nun da du einmal hier bist. Du hast meinen Sohn Dschehangir lachen gemacht, und er liebt deinen Hund. Aber der Kislar-Aga wird ohne Zweifel für seine Nachlässigkeit die seidene Schnur erhalten; so wirst du in guter Gesellschaft sterben. Prinz Mustafa verdient Strafe für seine Torheit.«

Tief betroffen und niedergeschlagen entgegnete ich: »Mir ist der Tod willkommen, wenn es Allahs Wille ist. Vorher aber erlaube mir, meinen Hund dem Prinzen Dschehangir zu schenken, wenn er ihn mag. Nach meinem Tod wird niemand für das arme Tier sorgen. Ich will auch dem Äffchen einen Trank bereiten und seine Schmerzen lindern. Ich bin mir nicht des geringsten Verstoßes gegen dich oder den Beherrscher aller Völker bewußt, denn es geschah weder freiwillig noch in böser Absicht, daß ich vor dein Angesicht trat. Auch deine Schönheit kann mich nicht in unlauteren Ruf bringen, denn wie könnte ich niedriger Sklave es wagen, meine Augen zu dir zu erheben?«

Das arme Äffchen, das immer noch auf meinem Nacken saß, erlitt nun wieder einen Hustenanfall. Ich mußte mich wieder aufsetzen und es in die Arme nehmen. Es hustete so heftig, daß blutiger Schaum aus den Mundwinkeln hervortrat, und war zu schwach, sich zu sträuben, als ich es auf das weiche Kissen im Käfig legte, der durch ein Kohlenbecken erwärmt wurde. Rael, der sich den Wanst voll Süßigkeiten geschlagen hatte, sprang auch in den Käfig und rollte sich neben dem Äffchen zusammen, das ihm einen Arm um den Hals legte und ihn an den Ohren zupfte. Prinz Dschehangir kroch aus den Armen seiner Mutter, zog ein Kissen an den Käfig heran, ließ sich darauf nieder und starrte mit seinen großen traurigen Augen auf seinen Liebling. Ich sah, daß er ein sanftmütiger Junge war, der meinen Hund nicht mißhandeln würde. So sagte ich denn blitzschnell die erste Sure her und sprach: »Prinz Dschehangir, mein Hund ist der klügste Hund der Welt und hat viele Länder gesehen. Ich vermache ihn dir, da ich vor den Einen treten soll, der die Bande der Freundschaft zerschneidet und die Stimme des Glückes verstummen heißt. Sorge für Rael und sei ihm ein guter Herr, und Allah wird dich gewiß belohnen.«

Ich war überzeugt, daß ich, gemäß den unbarmherzigen Gesetzen des Serails, sterben mußte. Die Prinzen aber kümmerten sich nicht um mein trauriges Los; sie klatschten in die Hände und fingen an, sich um ihren niedergeschlagenen Bruder Dschehangir zu bemühen, in der Hoffnung, daß auch sie mit meinem Hund spielen dürften. Sultana Khurrem meinte: »Ein solches Tier ist kein sehr angemessenes Geschenk für den Sohn des Sultans; aber er selbst ist nicht ohne Fehler, und das Tier wird ihn vielleicht trösten, wenn der Affe stirbt — wie ich hoffe, weil der Gestank seines Käfigs die Luft im Gemach verpestet. Allein ich bin nicht hartherzig, und ich will mit dem Sultan sprechen, wenn mir die Gunst zuteil wird, ihn zu sehen, bevor die Stummen dir die Schlinge um den Hals gelegt haben. Dein Eintritt in diesen Pavillon ohne Erlaubnis ist freilich eine so abscheuliche Schande für den Kislar-Aga, daß er dein Leben kaum schonen wird, und ich muß als Sklavin des Sultans dem Kislar-Aga in allem gehorchen.«

Ich kannte die Gesetze des Serails gut genug, um zu erkennen, daß sie die Wahrheit sprach und daß sie ohne Vermittlung des Kislar-Aga nicht die geringste Aussicht hatte, an den Sultan heranzutreten. Suleiman selbst mußte sich dem verwickelten Zeremoniell dieses Hofbeamten unterwerfen, wenn er das Haus, in dem seine Sklavinnen wohnten, aufsuchen wollte, und hätte eine von diesen gewagt, ihn ohne Erlaubnis anzusprechen, so wäre das einer Majestätsbeleidigung gleichgekommen. Aus demselben Grund konnte Suleiman seine Lieblingsfrau nicht besuchen, ohne vorher diese Absicht kundzutun. Er konnte nach seinen Kindern schicken, um mit ihnen in den Gärten zu lustwandeln, aber währenddessen mußten alle Frauen, bei Strafe seiner Ungnade und ihrer Entlassung, im Hause und außer Sichtweite bleiben. Nur durch diese strenge Vorschrift konnte der Sultan Ruhe genießen; ohne sie wären seine Frauen ihm fortwährend nachgeschlichen, um seine Gunst zu erlangen.

Nachdem ich meine wenig beneidenswerte Lage so kühl wie möglich überdacht hatte, sprach ich: »Der Sultan selbst befahl mir, nach dem Affen zu sehen; daher muß ich jetzt die nötigen Arzneien holen. Sollte jemand mich töten, während ich diesen Auftrag vollführe, so wird er gegen des Sultans ausdrücklichen Befehl handeln. Ich will nun gehen; wenn – und falls – ich zurückkomme, mag der Kislar-Aga mit mir nach Wunsch verfahren.«

Die Sultana brach aufs neue in ein girrendes Gelächter aus, und ihre stete Heiterkeit flößte mir ein seltsam unbehagliches Gefühl ein. Sie meinte: »Denke keinen Augenblick, du könntest entfliehen. Indem du mir ins Gesicht sahst, hast du die strengste Vorschrift des Harems gebrochen. Der Kislar-Aga wird dich um seiner selbst willen erdrosseln lassen müssen, sobald er deiner habhaft wird, und erwartet dich gewiß jetzt schon am Tor des Serails.«

Prinz Mustafa schrie erregt: »Das wird schön! Auf, Jungen, wir wollen ihm folgen und sehen, was geschieht. Mein Vater, der Sultan, vertraute diesen Mann meiner Obhut an, aber wenn ich schon sein Leben nicht retten kann, so will ich ihn wenigstens sterben sehen. Obwohl ich des Sultans ältester Sohn bin, habe ich noch nicht viele Menschen sterben sehen. Komm, Mohammed!«

Auf den Lippen Sultana Khurrems erstarb das Lächeln, und der Blick ihrer blauen Augen wurde eiskalt, als sei der Schatten des Todes durch das Gemach geglitten. Vielleicht hatte die Gefahr meinen Witz geschärft, denn ich erkannte sogleich, daß Mustafa bei seiner Thronbesteigung nach seines Vaters Tod seine Brüder hätte töten lassen. Er hätte das Gesetz auf seiner Seite gehabt, war doch der Bürgerkrieg zwischen Brüdern von jeher die schwerste Bedrohung des Ottomanischen Reiches gewesen. Ich hatte mich in die Gärten des Todes verirrt – welche Hoffnung blieb mir noch?

Ich glaube, nur das anmaßende Gebaren des Prinzen Mustafa rettete mich, denn da es Khurrem schmerzte, ihn mit seinem Alter gegenüber seinem Halbbruder prahlen zu hören, betrachtete sie es nun als Ehrensache, mich zu schützen. So befahl sie: »Mustafa und Mohammed, suchet sogleich den Kislar-Aga auf. Sagt ihm, er möge sich, bei Strafe meiner äußersten Ungnade, unverzüglich hier einfinden.«

So mußten die Prinzen auf die erregende Jagd verzichten, in der ich das Wild sein sollte. Sie schüttelten die Köpfe und murrten, gehorchten aber schließlich. Kaum waren sie draußen, da wandte Khurrem sich an mich und fragte schnell: »Wer bist du, und was ist dein Beruf? Ich vergebe mir hoffentlich nichts, indem ich einen Unwürdigen beschütze.«

Mit Windeseile erzählte ich ihr von meinen Reisen und wie ich den Turban nahm, wie Khaireddin von Algier mich wegen meiner Sprachkenntnisse und meiner Vertrautheit mit den Verhältnissen in christlichen Ländern als Sklaven des Sultans hieher gesandt hatte. In diesem Augenblick erschien der Kislar-Aga, vor Erregung schier von Sinnen, drückte in wiederholten Kniefällen die Stirn an den Boden und flehte: »O Herrscherin! Erhabenste Sultana! Ich weiß nicht, wie der Irrtum geschah, aber die Stummen erwarten diesen unverschämten Sklaven schon am kupfernen Tor. Der Vorfall soll ein Geheimnis, dein guter Name unbefleckt bleiben. Nicht einmal der Herr aller Völker braucht von dem Geschehenen zu erfahren.«

Der schwabbelige, aschfahle Eunuch stand da in seiner strahlenden Amtskleidung und starrte mich mit wuterfüllten, finsteren Augen an. Sultana Khurrem aber sagte: »Diesem Sklaven wurde vom Sultan selbst befohlen, den Affen Prinz Dschehangirs zu betreuen. Sorge dafür, daß man ihm die Arzneien ausfolgt, die er braucht, und daß er unversehrt wieder in meinen Pavillon zurückkehrt; es sei denn, du erhieltest andere Befehle vom Sultan.«

Der Kislar-Aga mußte gehorchen. Er geleitete mich aus dem

Pavillon, und zwei starke Eunuchen ergriffen mich und schleppten mich noch geschwinder aus den Gärten, als ich sie betreten hatte. Der Kislar-Aga überschüttete mich mit Scheltworten und ließ mich keinen Augenblick aus den Augen, bis wir zur Apotheke im Vorhof kamen. Hier mischte des Sultans jüdischer Arzt Salomon flink die Arznei, die ich verlangte, obwohl er eifersüchtig schien, mich in Begleitung des Kislar-Aga zu sehen, und gehässig fragte, an welcher hohen Universität ich meinen medizinischen Doktorgrad erworben hätte. Des Sultans Ärzte wurden unter den berühmtesten Fachärzten der Welt ausgewählt und duldeten keinen Wettbewerb von Außenseitern. Ich erklärte ihm bescheiden, ich betreute nur ein seelenloses Tier, das zu behandeln kein berühmter Arzt sich herablassen würde, und hätte bei hervorragenden Professoren Medizin studiert, aber kein Diplom erworben. Da griff sich der Kislar-Aga plötzlich mit beiden Händen an den Kopf und rief: »Allah sei gelobt! Sag mir noch einmal, wo du studiert und dein Wissen erworben hast. Wenn du ein Arzt bist, so darfst du natürlich selbst im Harem in Gegenwart von Eunuchen deine Kunst ausüben, wenn der Sultan es befiehlt.«

Er bot mir hier die Gelegenheit zu einer bequemen Lüge, denn ich hätte jede beliebige Universität nennen und erklären können, ich hätte meine Papiere verloren, als ich von den Moslems in die Sklaverei geführt wurde. Hätte ich aber eine solche Ausflucht gebraucht, so hätte ich mich als unzuverlässig erwiesen und so seinen früheren Verdacht nur bestärkt. Nach sorgfältiger Überlegung antwortete ich daher: »Nein, nein. Allah sei mein Zeuge, daß ich ein ehrlicher Mann bin und nicht lüge, nicht einmal um mein Leben zu retten. Wenn ich dem Affen die Medizin gereicht habe, so laß mir das Haupt abschlagen, edler Kislar-Aga. Ich kann mich auf keinen akademischen Grad berufen.«

Der Kislar-Aga starrte mich an und schien seinen Ohren nicht zu trauen. Er wandte sich an den jüdischen Arzt und sagte: »Wahrhaftig, dieser Mann ist verrückt und von Allah geschlagen! Er will sich nicht einmal einer vollkommen unschuldigen Lüge bedienen, um sich und mir Scherereien zu ersparen, obwohl er damit dem Sultan am besten dienen würde.«

Ich entgegnete hartnäckig: »Nein, nein, ich kann nicht lügen.«

Der Arzt strich sich den Bart und meinte lächelnd: »Dieser

Mann mag noch kein Doktor sein, kann aber jederzeit einer werden. Dazu bedarf es nur eines mit dem Siegel der Madrasseh versehenen und von drei gelehrten Tselebs unterzeichneten Diploms.«

Der Vorschlag schmeichelte meiner Eitelkeit, denn der Arzt hielt mich offenkundig für wohlbeschlagen in der Medizin. Ich aber wußte, daß ich vor den gelehrten Examinatoren nie bestehen könnte.

»Mein Wissen ist unzulänglich«, gestand ich, »und überdies studierte ich meine Texte in der lateinischen, und nicht in der arabischen Sprache.«

Der jüdische Arzt antwortete schlau: »Du kennst die Suren und Gebete; du bist ein frommer Moslem, wie dein Turban zeigt. Sollte ein so mächtiger Mann wie der Kislar-Aga in der Madrasseh für dich bürgen, so würden sie in deinem Fall zweifellos eine Ausnahme machen und dir gestatten, die schwierigeren Fragen durch einen Dolmetsch zu beantworten. Und wäre ich der Dolmetsch, so könnte ich gewiß das, was du zu sagen hast, auf das überzeugendste ausdrücken und deine außergewöhnliche Gelehrsamkeit bestätigen.«

Dieser Vorschlag lockte mich gar sehr; freilich schmeckte er nach Unlauterkeit; das aber würde der Jude verantworten müssen, nicht ich. Ich dachte, ich wisse genug, um meinen Kranken nicht mehr zu schaden als andere Doktoren auch, und frohlockte bei dem Gedanken, daß der Spitzname »El Hakim«, den Abu mir im Scherz verliehen hatte, nun durch ein gesiegeltes und gezeichnetes Dokument bekräftigt werden sollte. Ein solches Dokument war viel gutes Gold wert, und ich wäre ein Narr gewesen, ein so glänzendes Angebot auszuschlagen.

So meinte ich denn mit schicklichem Widerstreben: »Ich möchte deinem Vorschlag zustimmen, um dem edlen Kislar-Aga einen Gefallen zu tun, aber ich bin ein armer Mann und kann das Siegel nicht bezahlen.«

Salomon der Arzt rieb sich die gelben Hände und erwiderte rasch: »Mach dir darum keine Sorgen. Ich will für das Siegel und alles übrige aufkommen, wenn du mir als ehrenwerter Kollege die Hälfte all dessen abtreten willst, was du für die Behandlung des Affen an Entgelt erhalten magst. Ich werde natürlich dabei verlieren, aber im Namen des Barmherzigen mir auch Verdienste erwerben.«

Der Kislar-Aga rief: »Möge Allah dich segnen! Du wandelst auf dem rechten Weg, und seiest du auch ein Jude. Wenn du aus diesem Mann einen verbrieften Arzt machst, und zwar stillschweigend und ohne ungebührliches Gerede, so kannst du meines Wohlwollens sicher sein.«

Er lieh Salomon seinen Siegelring und gab ihm einen jungen Eunuchen zur Begleitung. Dann bestieg der Arzt einen Maulesel und ritt fort, um mit den gelehrten Tselebs an der medizinischen Fakultät der Madrasseh zu sprechen. Mich vertraute der Kislar-Aga der Obhut dreier bewaffneter Eunuchen an und befahl ihnen, mich in Sultana Khurrems Pavillon zurückzubringen und keinen Augenblick aus den Augen zu lassen. Versuchte ich zu entlaufen, so sollten sie mir ungesäumt den Kopf abschlagen.

Prinz Dschehangir saß immer noch auf seinem Kissen, den Kopf in die Hand gestützt, und betrachtete den fiebernden Affen. Mein Hund lag neben Koko und leckte ihr ab und zu die Nase. Sie hatte sich den Seidenkaftan vom Leib gerissen und die saftigen Früchte, die man ihr vorgesetzt hatte, nicht berührt. In den dunklen Ecken des Gemaches saßen einige stumme Sklavinnen, tief gerührt durch den Kummer des kleinen Prinzen.

Ich vergaß meine eigene Angst und wußte nicht, wen ich mehr bemitleiden sollte – das sterbende Tierchen oder den mißgestalteten Prinzen, der tränenüberströmt und reglos auf seinem Kissen saß und selbst einem reichgekleideten Affen aufs Haar glich. Ich verabreichte dem Äffchen den lindernden Trank und legte ihm einen Umschlag auf die Brust; dann setzte ich mich hin und nahm es in die Arme. Prinz Dschehangir saß neben mir und streichelte dem Tierchen von Zeit zu Zeit das Fell.

Ich kämpfte einen harten Kampf mit mir selbst. Obwohl ich Prinz Dschehangir nur für den Fall meines Todes meinen Hund versprochen hatte, konnte ich Rael nicht wieder mitnehmen, ohne dem Kleinen tiefen Schmerz zu bereiten. Es war klar, daß ich auf jeden Fall von Rael scheiden mußte, und der Hund konnte in der Tat keinen besseren Herrn haben als dieses ernste Kind. Hier würde es ihm an nichts fehlen; Giulia hingegen würde, wie ich im innersten Herzen wußte, bald alle Geduld mit ihm verlieren; es fragte sich nur, wie lange sie ihn noch dulden wollte. Sie würde anfangen, ihn zu mißhandeln, ja ihn vielleicht überhaupt aus dem Weg zu räumen. Auch ich war nun tief bekümmert; Tränen stiegen mir in die Augen, als ich an die Abenteuer meiner Vergangenheit dachte, und ich wußte, ich würde nie mehr einen besseren und treueren Freund finden als meinen Hund Rael.

Der lindernde Trank hatte die Äffin in tiefen Schlaf versenkt. Ich legte sie in den goldenen Käfig und deckte sie warm zu. Dann befahl ich meinem Hund, bei ihr zu wachen, und versprach dem Prinzen, am nächsten Morgen wieder zu kommen. Die Eunuchen führten mich fort. Rotgoldene Wolken hingen über dem Marmarameer, und die Luft war kristallklar, wie so oft nach einem langen Regen. Der schwere Duft von Hyazinthen lag über den Gärten. Als meine Wachen mich an das kupferne Tor führten, bemächtigte sich meiner eine unaussprechliche Schwermut: alles schien mir seltsam unwirklich, so als schritte ich neben mir her und verfolgte meinen Weg durch eine unfaßbare Welt. In jenem Augenblick fürchtete ich den Tod nicht. Allahs Wille führte mich von der Wiege bis zum Grab; mein Leben war ein unbedeutender Faden in seinem unermeßlichen Gewebe, dessen Muster ich nicht sehen konnte.

Als wir den Hof des Sultans erreichten, übernahmen mich die unbewaffneten weißen Eunuchen und führte mich in ihr Bad, wo man mir ein Dampfbad bereitete, mich gründlich durchknetete und mit wohlriechenden Salben einrieb. Im Ankleideraum wurde ich in schöne neue Leinengewänder und einen ansehnlichen Kaftan gesteckt. Kaum war ich angekleidet, als auch schon die Stunde des Abendgebetes schlug; nun konnte ich nach einer vollkommenen Waschung meine Andacht in der besten Gemütsverfassung verrichten. Hierauf wurde ich unverzüglich in den Empfangsraum des Kislar-Aga geführt, wo ich Salomon den Arzt und drei langbärtige und kurzsichtige Tselebs vorfand. Salomon selbst hatte sich in respektvoller Entfernung von diesen uralten Gelehrten niedergelassen. In einer Ecke des Gemaches saß der Schreiber der Tselebs, das Schreibzeug auf den Knien. Von der Decke hingen mehrere Lampen, die ein klares Licht im Raum verbreiteten.

Ich grüßte die Tselebs ehrfürchtig und wurde aufgefordert, vor ihnen auf einem niedrigen Lederkissen Platz zu nehmen. Hierauf hielt Salomon eine lange Lobrede auf mich. Trotz meiner

Jugend, so erzählte er ihnen, hätte ich an den ersten Universitäten der Christenheit Medizin studiert; sodann den rechten Weg gefunden, den Turban genommen und so wertvolles Wissen aus alten arabischen Schriften erwerben können. Er erklärte, ich bewunderte vor allem die Schule, die Moses ben Maimon und seine Jünger gegründet hätten; freilich bedürfe ich wegen meiner unvollkommenen Kenntnis der Sprache der Hilfe, um mein Wissen auszubreiten, obwohl ich arabische Texte gut lesen könne. Über Empfehlung des edlen Kislar-Aga habe man in meinem Falle eine Ausnahme gemacht, und ich dürfe den Prüfern durch einen Dolmetsch antworten.

Es war natürlich höchst erbaulich zu hören, welche hohe Meinung der gelehrte Doktor nach einer so kurzen Unterredung von meinen Fähigkeiten gewonnen hatte. Die Tselebs hörten aufmerksam zu, nickten und betrachteten mich wohlwollend. Jeder stellte der Reihe nach Fragen an mich, die ich mit durcheinandergewürfelten lateinischen Brocken beantwortete. Salomon gab sich den Anschein, mir aufmerksam zu lauschen, worauf er einschlägige Abschnitte aus den Werken Avicennans und Moses ben Maimons auswendig hersagte.

Im Laufe der Prüfung gerieten die Tselebs mehrmals in angeregte Streitgespräche und verloren sich in weitläufige Erörterungen, um ihre eigene Gelehrsamkeit und ihr tiefschürfendes Denken ins rechte Licht zu stellen. Nachdem sie so eine vergnügte Stunde verbracht hatten, erklärten sie einstimmig, ich hätte meine medizinischen Fähigkeiten zu ihrer Zufriedenheit unter Beweis gestellt. Der Schreiber hatte bereits mein Diplom in Reinschrift ausgeführt, und alle drei Tselebs unterzeichneten es nun und drückten ihre tintengeschwärzten Daumen auf das Pergament. Salomon küßte ihnen dankbar die Hände und überreichte jedem eine lederne Börse zum Lohn für ihre Mühe, während der Kislar-Aga ihnen ein Festessen aus seiner eigenen Küche sandte. Ich durfte jedoch den Serail nicht verlassen und verbrachte die Nacht hinter Schloß und Riegel.

Sogleich nach dem Morgengebet führten mich die Eunuchen in Sultana Khurrems Pavillon zurück, und das schimmernde Kupfertor schien mir nun so vertraut, als sei ich ein täglicher Besucher der verbotenen Gärten gewesen. Prinz Dschehangir lag in tiefem Schlaf auf seinem Bett neben dem Affenkäfig, und sein armseliges Gesicht zeigte Tränenspuren. Der Hund lag da, den Kopf quer über die Beine des Kleinen gelegt, und grüßte mich schweifwedelnd, als ich näher trat.

Koko aber hatte in der Nacht einen Blutsturz erlitten. Ihr kleines Herz war vom Fieber so geschwächt, daß sie kaum meinen Finger halten konnte. Sie stöhnte leise, dann überlief sie ein Zucken, und sie war tot. Was hätte ich nun getan, überlegte ich, wenn Prinz Dschehangir mein eigener Sohn gewesen wäre? Ich legte zuerst dem toten Äffchen seine schönen Kleider an, zog die Bettdecke darüber und trug es mitsamt seinem Bett in den Garten hinaus. Die Eunuchen blieben mir dicht an der Seite. Ich befahl einem alten Gärtner, der dort arbeitete, am Fuß der hohen Platane ein Grab zu schaufeln. Er gehorchte. Ich legte meine Last hinein, füllte die Grube, warf einen kleinen Grabhügel darüber auf und hieß den Gärtner dort einen blühenden Strauch pflanzen, bevor Prinz Dschehangir erwachte. Dann kehrte ich ins Gemach des Prinzen zurück und blieb mit untergeschlagenen Beinen neben seinem Bettchen auf dem Boden sitzen. Nur einmal erschien die Sultana in der Tür und gab den Eunuchen ein Zeichen, Prinz Dschehangir ausschlafen zu lassen. Ich saß, in Gedanken versunken, bis mir die Beine steif wurden und die Zeit sich ins Endlose zu dehnen schien. Prinz Dschehangir aber, der in der vergangenen Nacht lange wach geblieben war, schlief zum Entzükken seiner Dienerschaft lange und gesund.

Er erwachte gegen Mittag, und als er sich mit den schmalen Händchen die Augen rieb, kroch der Hund schweifwedelnd hinzu, um ihm die Finger zu lecken. Ein schwaches Lächeln verklärte das Gesicht des Knaben. Dann fuhr er auf und sah auf den Käfig, den er leer fand. Sein Gesicht verzog sich. Ich fürchtete einen neuen Tränenausbruch und sagte rasch: »Edler Prinz Dschehangir, du bist des Sultans Sohn. Sieh wie ein Mann dem Einen ins Auge, der die Bande der Freundschaft auf immer trennt, denn ein sanfter Tod hat deinen Freund, das Äffchen, von Schmerz und Fieber erlöst. Stell dir vor, Koko tritt nun eine Reise in ein fernes Land an. So, wie wir ein Paradies haben, so haben es auch, meine ich, Äffchen und treue Hunde – ein Paradies mit murmelnden Bächlein.«

Prinz Dschehangir lauschte in seinem Kummer auf meine Worte wie auf eine schöne Geschichte und drückte Rael an die

Brust. Ich fuhr fort: »Mein Hund war ein guter Spielgefährte deines Äffchens, und wenn du heute einen Freund verloren hast, so hast du dafür einen neuen gewonnen. Ich glaube, Rael wird dir brav dienen, obwohl er mich, treuer Hund, der er ist, zuerst wohl vermissen mag.«

Während ich sprach, ließ Prinz Dschehangir sich waschen und ankleiden, worauf Diener viele erlesene Gerichte herbeibrachten und ihm vorsetzten. Er weigerte sich, zu essen, und die Sklavinnen fingen vor Angst zu weinen an. Da meinte ich zu ihm: »Du mußt deinen neuen Freund füttern und mit ihm essen, damit er weiß, daß du sein Herr bist.«

Der verhätschelte Prinz sah mich mißtrauisch an; ich aber begann sogleich, ihm jene Bissen zu reichen, die, wie ich wußte, meinem Hund zusagen würden. Der Knabe biß gehorsam von jedem ein Stück ab und reichte das übrige Rael, und Rael erkannte, daß er von nun an nicht mehr von mir, sondern von Prinz Dschehangir gefüttert würde. Er sah erstaunt zu mir auf, verschlang aber gierig die leckeren Speisen, und um die Wahrheit zu gestehen, ich kostete selbst ein paar Gerichte, weil sie in der Tat köstlich waren und mich hungerte. So speisten Prinz Dschehangir, Rael und ich gemeinsam, während die Sklavinnen lachten, in die Hände klatschten und mich in Allahs Namen segneten, weil der Prinz nicht mehr weinte und wie ein Mann aß.

Als wir fertig waren, legte er zutraulich seine Hand in meine, und ich führte ihn in den Garten, um ihm das Grab des Äffchens am Fuß der Platane zu zeigen. Der Gärtner hatte einen frühblühenden Kirschbaum auf den Hügel gepflanzt, und Prinz Dschehangir, der von Gräbern und vom Tod freilich noch wenig wußte, betrachtete entzückt den Baum. Dann unterwies ich ihn, um ihn abzulenken, wie er Stöcke werfen konnte, die Rael holen und zu seinen Füßen niederlegen würde, wie er Rael auf den Hinterbeinen gehen oder etwas aufheben lassen konnte, das der Prinz fallen gelassen hatte. Über seinem Staunen über Raels Klugheit vergaß Prinz Dschehangir seinen Kummer und lachte sogar zuweilen, wenn auch schüchtern.

Sein mißgestalteter Körper ermüdete bald. Ich führte ihn daher in den Pavillon zurück und hielt es nun für angezeigt, mich zu entfernen. Ich küßte ihm zum Abschied die Hand und sagte meinem Hund Lebewohl, wobei ich ihm auftrug, seinen neuen

Herrn so treu zu schützen, wie er mich in vergangenen Jahren beschützt und bewacht hatte. Kopf und Schwanz gesenkt, stand Rael gehorsam neben Prinz Dschehangir und sah mir sehnsüchtig nach. Als ich wieder im Garten war, konnte ich mich der Tränen nicht mehr erwehren, obwohl ich mir sagte, ich hätte keinen besseren Herrn für meinen Hund finden können. Sein Leben war unter Giulias eiserner Herrschaft unerträglich geworden.

Die Eunuchen führten mich vor die Tür des Kislar-Aga, wo ich mehrere Stunden warten mußte, bis er mich zu empfangen geruhte. Er saß fett und aufgeschwemmt auf seinem Kissen, hatte die Pantoffel abgeworfen und maß mich, das Kinn in die Hand gestützt, lange und eingehend, ohne ein Wort zu sagen. Dann redete er mich ganz leutselig an: »Du bist mir ein Rätsel. Du bist entweder aufrichtig in deiner Einfalt, oder aber ein sehr gefährlicher und verschlagener Mann, dessen Ränke ich nicht ergründen kann, obwohl ich an jede Schlechtigkeit gewöhnt bin. Man erzählt mir, du hast dir Prinz Dschehangir zum Freund gemacht, indem du ihm deinen Hund schenktest; daß du nichts dafür verlangtest und im Pavillon der Sultana nicht länger verweiltest als nötig — obwohl du, wärest du länger geblieben, fürstliche Geschenke hättest verlangen können. Ich höre auch, daß die Sultana sehr zufrieden war über die Art, in der du ihrem Wink folgtest und den schmutzigen Affen vergiftetest. Doch wenn ich für dich beim Sultan ein gutes Wort einlege, könnte ich mir selbst schaden, indem ich einen Mann empfehle, der Böses im Schilde führt. Erzähle ich ihm freilich Schlimmes über dich, wie ich es gerne möchte, so könnte ich den Sultan beleidigen, weil ihn Prinz Dschehangir wegen seiner Mißgestalt dauert und er nur an sein Wohl denkt. Es gibt aber einen Lohn, den ich dir verschaffen kann, denn es wäre überaus unschicklich, sollte ein Sklave dem Sultan ohne Entgelt dienen.«

Er starrte versonnen zur Decke empor, rieb sich das weiche, bartlose Kinn und fuhr fort: »Du wirst natürlich einsehen, daß die Höhe deines Lohnes vollkommen von meiner Gnade abhängt, da der Sultan meiner Einsicht vertraut. Ich habe Erkundigungen über dich eingezogen und weiß, daß du seit deiner Ankunft in Istanbul ein geregeltes Leben geführt, all deine Glaubenspflichten erfüllt und nicht versucht hast, heimlich mit Christen in Fühlung zu kommen. Doch mag alles dies nur deiner

Schlauheit zuzuschreiben sein. Man hat dich bei der Arbeit im Kartographenamt beobachtet, und niemand hat dich beim Kopieren von Geheimdokumenten ertappt. Sage ich aber dem Sultan, daß du zwölf Asper täglich verdienst, so wird dein Lohn entsprechend sein und kann zweihundert Asper nicht übersteigen. Spreche ich zu deinen Gunsten, lobe deine Fähigkeiten und hebe in jeder Weise hervor, daß man dir infolge eines Irrtums eine viel zu niedrige Stelle verliehen hat, so kannst du eine Handvoll Gold und überdies die Möglichkeit erhalten, dich auf einem anderen Gebiet zu bewähren. Du hängst daher ganz und gar von meiner Gnade ab, und ohne mich bist du so viel wert wie der Mist im Hofe.«

»Das verstehe ich natürlich gar wohl«, versetzte ich, »aber ich habe Doktor Salomon bereits die Hälfte meines Lohnes versprochen. Ich hoffe, du wirst dich gnädig mit einem Viertel begnügen, so daß auch mir noch etwas bleibt. Es wäre doch grausam, wenn meine Mühe mein einziger Lohn sein sollte.«

Der Kislar-Aga strich sich das Kinn, neigte den Kopf schief und sah mich an.

»Der Serail ist ein seltsamer Garten«, sagte er, »darin ein heimlich gesäter Samen unerwartete Blüten treiben kann. Keiner ist so niedrig, daß ihn nicht ein Zufall mit Allahs Willen zu hohem Rang emportragen könnte. Aus demselben Grunde hält der Tod im Serail reiche Ernte; und sollte ein Mann einen anderen züchtigen müssen, so täte er gut daran, es mit der Schlinge oder dem Richtblock zu tun, sonst mag er eines Tages sein Opfer über sich gesetzt finden. Wenn ich dich leben lasse, so muß ich dich zum Freund gewinnen, auf daß dein Aufstieg mir zustatten kommt. Und um die Wahrheit zu sagen, ich bin über deine Aufrichtigkeit so erstaunt, daß ich mit gleicher Redlichkeit für dich tun will, was ich kann.«

Ich ersah daraus, daß ich wirklich die Gunst Prinz Dschehangirs und seiner Mutter errungen hatte, so daß mein Leben vorläufig gerettet war. Dennoch würde mir auch der gute Wille des mächtigen Kislar-Aga von höchstem Nutzen sein. Ich sprach: »So laß mich dein Freund sein und dir vor allem gewisse Dinge verraten, die dir von Nutzen sein können. Wenn du Erkundigungen über mich eingezogen hast, so mußt du wissen, daß mein Weib Augen von verschiedener Farbe hat und daher in die Zukunft blicken kann. Laß sie nur ihre Künste dir vorführen, und du wirst als kluger Mann sogleich den Vorteil erkennen, den du daraus ziehen kannst. Sie ist eine begabte Frau, scharfsinniger als ich, und würde gewiß nie etwas vorhersagen, was dir schaden könnte. Zuerst aber mußt du sie in die Angelegenheiten des Serails einweihen und ihr die Verhältnisse mitteilen, die etwa eine verständige Weissagung erfordern.«

Der Kislar-Aga kratzte sich heftig die Fußsohlen und versetzte: »Allah steh mir bei! So war deine Einfalt nur eine Maske. Doch wage ich nichts, wenn ich dein Weib empfange, und was du mir von ihr erzählst, hat mich sehr neugierig gemacht.«

Wir nahmen herzlich Abschied voneinander, unseren gegenseitigen Witz keineswegs unterschätzend. Zum Zeichen seines Wohlwollens erlaubte er mir, ihm die Hand zu küssen, ließ mich aber beim Propheten, beim Koran und bei meinem Flaumbart schwören, kein Sterbenswörtchen von dem verlauten zu lassen, was ich im Serail gesehen und getan hatte.

Am selben Abend kam ein von Bewaffneten geleiteter Eunuch in unser Haus und überreichte mir eine seidene Börse mit zweihundert Goldstücken – ein Geschenk vom Sultan. Das waren zwölftausend Asper oder mein Gehalt für tausend Tage – viel mehr, als ich zu hoffen gewagt hatte. Als ich aber diese gewaltige Summe betrachtete, erkannte ich, wie voreilig ich gewesen war, als ich Doktor Salomon die Hälfte von dem versprach, was immer ich erhalten würde, wo er sich doch gewiß auch mit weniger begnügt hätte.

Als der Eunuch sein Maultier wieder bestiegen hatte, dessen Sattel mit Silber beschlagen und mit gelben Steinen besetzt war, seufzte Giulia: »Ach, Michael, hast du gesehen, wie verächtlich jener herrliche Mann unseren engen Hof und unsere baufällige Hütte betrachtete, wenn er auch wohlerzogen genug war, sein Staunen zu verbergen? Eine solche Behausung mag für Abu el Kasim passen, der nichts Besseres kennt; nun aber, da du beim Sultan in Gunst stehst, solltest du unverzüglich ein Haus in einem besseren Viertel ausfindig machen. Es braucht nur fünf oder zehn Räume zu haben, wenn es nur geschmackvoll und deinem Range angemessen eingerichtet ist, so daß ich nicht vor Scham zu erröten brauche, wenn ich den Besuch hoher Gäste empfange. Unser bester Plan wäre, einen schönen Bauplatz an der Küste des Marmarameeres oder des Bosporus auszuwählen und dort ein bescheidenes, unserem Geschmack und unseren Bedürfnissen angepaßtes Haus zu errichten. Es sollte nicht zu weit vom Serail sein, obwohl wir natürlich unser eigenes Boot oder eine Gondel haben würden und ein paar Ruderer dazu. Sie könnten auch den Garten betreuen, und wir könnten ihnen eine Unterkunft neben dem Bootshause bauen. Wenn einer von ihnen verheiratet wäre, so könnte sein Weib meinen Frauen im Hause helfen, und wir könnten ihre Söhne in feine Kleider stecken und sie auf Botengänge in die Stadt schicken, so daß alle, die sie sähen, die richtige Vorstellung von deinem Rang und deiner Würde bekämen.«

Ich griff mir bei Giulias hochfliegenden Plänen an den Kopf und stand ein Weilchen sprachlos da. Endlich holte ich tief Atem und erwiderte: »Giulia, Giulia! Du planst meinen Untergang. Wenn wir klug wären, so würden wir jeden Asper, den wir zusammenscharren können, für schlimmere Zeiten aufsparen. Ein neues Haus würde mein gegenwärtiges und zukünftiges Einkommen verschlingen; es wäre, als schütte man Geld in einen grundlosen Brunnen, und ich hätte keinen Tag mehr Ruhe.« Giulias Gesicht verhärtete sich; Zorn sprühte aus ihren kalten Augen, als sie mich anherrschte: »Warum mußt du stets meine liebsten Träume zunichte machen? Mißgönnst du mir ein Heim, einen Ort, den wir unser nennen könnten? Denke nur, was wir sparen könnten, wenn wir Obst von unseren eigenen Bäumen ernten und unser eigenes Gemüse ziehen würden, statt uns von den Betrügern auf dem Marktplatz ausrauben zu lassen. Und wie wäre es, wenn wir Kinder hätten! Ach, Michael! Du könntest nicht so hartherzig sein, ihnen eine schmutzige Straße als Spielplatz anzuweisen und sie wie die Kinder von Eseltreibern heranwachsen zu lassen.«

Nun liefen ihr die Tränen über die Wangen, und ihre Worte rührten mich so, daß auch ich begann, mir ein kleines Häuschen am Bosporus auszumalen, mit einem Garten, unter dessen Obstbäumen ich die Sterne heraufziehen sehen und die Wellen die Küste bespülen hören könnte. Die Vernunft aber sagte mir, daß ich nicht wußte, ob ich in der Gunst des Sultans bliebe, und man für zwölf Asper täglich weder Häuser bauen noch Gärten anlegen konnte.

Ein schrilles Quieken unterbrach unser Gespräch, und als wir in die Abendsonne auf den Hof hinausliefen, erblickten wir Giulias blauschimmernde Katze, die sich auf dem Rasen krümmte. Giulia versuchte, sie in die Arme zu nehmen, die Katze aber kratzte sie, versteckte sich schließlich im Haus und war nicht zu bewegen, hervorzukriechen. Ihr Gejammer wurde immer schmerzlicher und erstarb endlich ganz.

Totenblaß und mit geballten Fäusten ging Giulia zur Ecke im Hofe, wo die Schüssel des Hundes stand. Nachdem sie Raels Futter hineingeschüttet hatte, hatte sie einen Deckel daraufgelegt, den eine der Katzen in ihrer Gier herabgestoßen hatte; das Futter war verschwunden, und ich brauchte Giulia nur anzusehen, um zu wissen, daß sie in meiner Abwesenheit dem Futter Gift beigemischt hatte, um meinen Hund zu vergiften und mir für mein Ausbleiben während der Nacht eine Lektion zu erteilen.

Als sie sah, daß ich sie durchschaut hatte, wich sie zurück und sagte leise: »Verzeih mir, Michael! Ich habe es nicht bös gemeint; aber ich war blind vor Zorn, nachdem ich die ganze Nacht schlaflos umhergewandert war und Schlimmes von dir gedacht hatte. Dein böser Hund hat meine Geduld lang genug auf die Probe gestellt und meine Katzen gequält, wenn du nicht hinsahst. Er ließ Flöhe auf meinen Kissen zurück, beschmutzte mir die Böden und stieß meine Krüge um. Und nun, um das Maß vollzumachen, hat er meine Lieblingskatze vergiftet und ich werde euch beiden nie, nie verzeihen.«

Sie redete sich in Wut gegen mich und meinen Hund, aber dies traurige Zwischenspiel lenkte sie wenigstens von ihren Bauplänen ab. Wir hatten keine Zeit mehr, auf diesen Gegenstand zurückzukommen, denn wir hatten kaum die Bodenbretter zu heben angefangen, um die tote Katze darunter hervorzuholen, als wir das regelmäßige Stampfen marschierender Füße hörten. Jemand schlug donnernd mit einem Schwertknauf an das äußere Tor. Als ich es öffnete, trat ein Onbaschi der Janitscharen in voller Kriegsrüstung ein, die weiße Filzmütze auf dem Kopf. Er grüßte mich und überreichte mir einen Befehl seines Agas, des Inhaltes, ich müsse sofort aufbrechen und in der Stadt Philippopel an der Maritza zum Heer stoßen; dort sollte ich mich bei der Nachrichtentruppe des Seraskiers als Dolmetsch melden.

Als ich diese Schreckensnachricht las, überfiel es mich so, daß ich nur stammeln konnte, hier müsse wohl ein schwerer Irrtum vorliegen, und der Onbaschi möge mich zu seinem eigenen Besten sogleich zu seinem Aga führen und die Sache aufklären lassen. Der Onbaschi aber war ein stumpfer, einfallsarmer, alter Haudegen und meinte, er habe seine Befehle, dafür zu sorgen, daß ich noch vor der letzten Gebetsstunde außerhalb der Stadtmauern und zum Kriegsschauplatz unterwegs sei. Ich solle mich lieber beeilen, meinte er, wenn ich noch Vorräte für die Reise und die nötigen Kleider einpacken wolle.

Alles ging so schnell, daß mir nichts wirklich zu Bewußtsein kam, bis ich mich unbehaglich in einem Korb auf dem Rücken eines Kamels wiederfand, das mit Windeseile auf das Stadttor an der Straße nach Adrianopel zuschwankte. Ich hob die Hände gen Himmel und weinte und bejammerte mein Schicksal; da aber begannen die zehn Janitscharen, die mein Kamel mit dem Stachel antrieben, aus vollem Hals zu singen; sie priesen Allah und verkündeten, sie seien nach Wien unterwegs, um den König vom Thron zu stürzen.

Ihre Kampfeslust, der wolkenlose Abendhimmel – durchsichtig klar nach so vielen Regentagen – und nicht zuletzt der Absatz im schriftlichen Befehl des Agas, der mich zu dreißig Asper täglich aus der Schatztruhe des Defterdars berechtigte, heiterten mich allmählich auf und flößten mir neuen Mut ein. Ich versuchte mich auch mit dem Gedanken zu trösten, daß nichts gegen Allahs Willen geschehe. Wenn ich aus irgendeinem Grund vom Serail entfernt werden sollte, so konnte es nur sein, weil der Sultan meine Tüchtigkeit in einem Feldzug erproben und so ergründen wollte, in welcher Ehrenstelle er mich am besten verwenden könnte.

Wir schwankten unter dem niedrigen Bogen in der Stadtmauer durch, als die Sonne eben unterging. Die welligen Hügel in der Ferne leuchteten von roten und gelben Tulpen, und die weißen Säulen moslemitischer Grabmäler fingen die letzten ersterbenden Sonnenstrahlen auf. Die Dämmerung brach herein, der Himmel verdüsterte sich zu purpurnem Rot, und als seltsame Begleitmusik zum Trott der Soldaten und dem Grunzen des Kamels hörte ich die heiseren, fernen Stimmen der Muezzins die Gläubigen zum Gebet rufen. Plötzlich war mir, als hätte man eine schwere, erstickende Decke von mir gehoben; ich atmete wieder frei und sog die frische Frühlingsluft durch alle Poren ein.

Obwohl ich nun an einem Feldzug teilnehmen sollte, der die ganze Christenheit bedrohte, wurde ich von einem Trupp erfahrener Janitscharen eskortiert, die mit dem Kopf für meine Sicherheit bürgen mußten. Ich hatte dreißig Asper täglich, und wenn mir das Glück hold war, so hatte ich viel zu gewinnen und wenig zu verlieren. Mein Hund war in guten Händen. Giulia konnte von dem Geld, das mir der Sultan geschenkt hatte, bis zu meiner Rückkehr behaglich leben, und vielleicht würde ich bald meinen lieben Bruder Andy unter den Kanonieren treffen; seine Treue und Stärke konnten mir in der Not von großem Nutzen sein.

So hatte ich keinen Grund, den Kopf hängenzulassen. Wohl roch das Kamel gar übel, wohl waren mir die Beine steif und machte mich das beständige Schwanken seekrank; dennoch schaukelte ich ohne Anstrengung durch die würzige Frühlingsnacht vorwärts. Sultan Suleimans Feldzug gegen des Kaisers Bruder in Wien sollte nun beginnen, und aus Ehrfurcht vor dem Sultan will ich dies Buch beenden und ein neues anfangen.

FÜNFTES BUCH

DIE BELAGERUNG WIENS

Über die Strapazen, die ich auf jener Reise erduldete, will ich mich kurz fassen. Es brach wieder schlechtes Wetter herein, und ich lag Nacht für Nacht durchnäßt und zitternd im Zelt der Janitscharen. Abteilungen zu Fuß, Reiterschwärme und Kamelkarawanen kämpften sich auf allen Straßen nach Philippopel mühsam vorwärts; nachts war jedes Bauerngehöft so zum Bersten voll, daß weder für Geld noch gute Worte ein Quartier aufzutreiben war. Ich habe nie begriffen, wie ich, der ich nun an ein ziemlich bequemes Leben gewöhnt war, diese Entbehrungen überstehen konnte, ohne krank zu werden.

Zur Ehre des Onbaschi muß ich erwähnen, daß er seinen Leuten befahl, alle erdenkliche Sorge für mich zu tragen. Sie kochten mir das Essen und trockneten meine Kleider. Ich wurde bald von Bewunderung für die ausgezeichnete Disziplin erfüllt, die in unserer kleinen Schar zu herrschen schien. Wann immer wir uns zur Nächtigung anschickten, hatte offenbar jeder Mann seine bestimmte Aufgabe. Der eine sammelte Brennholz, ein anderer kochte, ein dritter reinigte Waffen und Ausrüstung. Während ein vierter die Kamele fütterte, schlugen andere die Zelte auf. Alles ging so glatt und schnell, daß gar bald ein lustiges Feuer unter dem Kessel prasselte, während ein Zelt eine einigermaßen trockene Schlafstätte bot. Diese abgehärteten Männer machten sich wenig aus dem unaufhörlich strömenden Regen, ja sie setzten ihre Ehre darein, ohne ein Wort der Klage alle Strapazen zu ertragen, und verrichteten sogar regelmäßig die fünf täglichen Andachten, obwohl sie dabei im Schmutz knien und sich in voller Länge hinwerfen mußten.

Am meisten überraschte mich jedoch ihre schonende Behandlung der Bauern. Nie schlugen sie diese, nie stahlen sie ihnen das Vieh oder rissen sie ihre Hütten nieder, um Brennholz zu gewinnen. Sie steckten auch nie ihre Heuschober an oder belästigten ihre Frauen, wie es unter christlichen Soldaten Brauch war. In den gesitteten Staaten Westeuropas galten diese Ausschreitungen als das gute Recht jedes Söldners; die Opfer beklagten sich zwar bitterlich darüber, nahmen sie aber ebenso hin wie Überschwemmungen, Erdbeben oder irgendeine andere Gottesgeißel. Mein Onbaschi jedoch berappte allen Proviant und alles Futter in reinem Silber zu vom Seraskier festgesetzten Preisen und sagte mir, jeder Janitschar, der innerhalb der ottomanischen Grenzen auch nur ein Hühnchen stehle oder den kleinsten Flecken Getreide niedertrete, müsse baumeln.

Es darf den Leser nicht wundernehmen, daß ich ihn fragte, was denn ein armer Soldat an einem Feldzug finden konnte, bei dem diese unschuldigen und wohlverdienten Freuden untersagt waren. Aber der Onbaschi beruhigte mich und erklärte mir, das werde alles in dem Augenblick anders werden, da wir den Fuß in die Länder der Ungläubigen setzten. Dort könne einer nach Herzenslust rauben, plündern und alle beliebigen Gewalttaten begehen, denn so gefalle es Allah. Der Onbaschi hoffte, er und seine Leute würden sich dort für die Entbehrungen auf dem Marsch durch des Sultans Herrschaftsgebiet reichlich schadlos halten können.

Die angeschwollenen Flüsse waren schwer zu durchqueren, und Bauern berichteten mir, seit Menschengedenken habe es keinen so regenreichen Frühling mehr gegeben. Überschwemmungen bedeckten ihre Felder, verhinderten die Frühjahrsaussaat und bedrohten das ganze Land mit Hungersnot. Ihre Worte bedrückten mich, allein der Onbaschi lächelte säuerlich und meinte, er habe noch nie einen Bauern gekannt, der mit dem Wetter zufrieden gewesen wäre. Einmal sei es ihnen zu heiß, dann wieder zu kalt, es regnete zuviel oder zuwenig, nicht einmal Allah könne ihnen alles recht machen — darob wolle er, der Onbaschi, freilich nicht für einen Zweifler an der Allmacht Allahs angesehen werden.

Als wir uns endlich Philippopel näherten und ich die Ebene am hochgehenden Fluß mit einem endlosen Meer von Zelten übersät erblickte, rief ich voller Staunen: »Ich habe viele Wunder auf dieser Welt gesehen, doch noch nie ein so ungeheures Lager. Ich möchte wetten, hier sind wenigstens hunderttausend Menschen und ebenso viele Tiere versammelt.«

Der Onbaschi erwiderte, es könnten gar wohl einhundertfünfzigtausend Bewaffnete auf der Ebene zusammengezogen sein. Dazu kämen noch etwa zwanzigtausend Janitscharen unter dem persönlichen Befehl des Sultans, abgesehen von den tatarischen Hilfstruppen und den Akindschas, die an der Grenze zu uns stoßen würden. Dies tröstete mich gar sehr, und ich stieg mit wirklicher Freude am Tor von Philippopel von meinem tückischen, unzuverlässigen Kamel. Ein paarmal hatte das hinterlistige Biest mich kopfüber in den Kot geworfen. Kamele sind für die glühendheiße Wüste bestimmt, die kalte Luft und der unaufhörliche Regen setzen ihnen sehr zu. Sumpfiger Boden läßt sie unsicher auftreten, und mein Reittier stolperte so oft und so halsbrecherisch, daß seine knotigen Beine nach allen Seiten auseinanderstrebten; es war ein Wunder, daß es nicht entzweiriß. Ich beschloß, mir in Philippopel um jeden Preis ein Pferd zu verschaffen.

Dieses Labyrinth von engen Straßen mag einst ein liebliches Städtchen am Fluß gewesen sein; als ich aber dort anlangte, war es von Truppen überfüllt. Die feuchten Häuser und schmutzigen Straßen verbreiteten einen abscheulichen Gestank. Allenthalben wimmelte es von zornigen Männern. Nach vielen Mühen wurde ich endlich zum Haus eines griechischen Kaufmannes geführt, wo ich einen bunten Haufen von Schreibern, Kartenzeichnern, Offizieren, Meldern, Müßiggängern, Trödlern, Juden, Zigeunern und selbst einen entlaufenen Mönch vorfand, der in jenem Winter barfuß durch Ungarn gewandert war, um der Sache des Sultans zu dienen.

Als ich mich beim Aga der Kundschafter meldete, brach dieser Vielgeplagte in Flüche aus und meinte, er könne nicht für jeden Esel, den der Sultan ihm zu schicken geruhe, eine Krippe auftreiben. Immerhin befahl er mir, die Landkarten von Ungarn zu studieren und eine Liste der darauf verzeichneten Brunnen und Weideplätze anzufertigen, so daß ich im Notfall von den Gefangenen genauere Auskünfte erfragen könne. Ich möge mich einquartieren, wo ich Platz fände, denn – so setzte er trocken hinzu – er könne mich jederzeit finden, und zwar durch den Zahlmeister, den aufzusuchen ich gewiß nicht versäumen würde.

Dieser unfreundliche Empfang ernüchterte mich, doch war er mir nach allen meinen rosigen Erwartungen nur heilsam und lehrte mich Bescheidenheit und Geduld. So machte ich denn gute Miene zum bösen Spiel und kehrte zu meinen Janitscharen zurück, die am Flußufer ihre Zelte aufgeschlagen hatten. Nicht einmal mein Kamel wurde ich los, da sich kein Tölpel fand, der mir ein Pferd dafür in Tausch gegeben hätte.

Darüber war der Monat Mai angebrochen. Als ich eines Nachts fröstelnd in meinen nassen Kleidern lag, trat der Fluß über die Ufer. Da entstand in der regnerischen Finsternis eine heillose Verwirrung, und ich hatte es nur meinen wachsamen Janitscharen zu danken, daß ich in der Morgendämmerung noch am Leben war; ich fand mich hoch im Wipfel eines Baumes, an einen stämmigen Ast gebunden. Unter uns wirbelten und gurgelten die gelben Fluten und rissen ertrunkene Menschen und Tiere und alle möglichen Vorräte mit sich fort. Ich war noch schlaftrunken, die Zähne klapperten mir, und der Magen verlangte stürmisch nach Speise. Zuerst war ich meinen Rettern nicht einmal dankbar, sondern trauerte über den Verlust meines Zeltes, meiner Kleider und Waffen und selbst meines unbrauchbaren Kamels, das in den Fluten umgekommen war. In der Morgendämmerung aber priesen der Onbaschi und die sechs Janitscharen, die seine Geistesgegenwart gerettet hatte, Allah und verrichteten ihre Andacht, so gut sie es in solch trostloser Lage konnten. Der Onbaschi versicherte uns, unser unfreiwilliges Bad im Hochwasser käme einer vollkommenen Waschung gleich und Allah würde unsere Notlage anerkennen und unsere unvollkommenen Kniefälle nachsehen. Die Gebete dieser Männer, die sie auf so einzigartige Weise in der Baumkrone verrichteten, brachten ihre Dankbarkeit so recht zum Ausdruck. Ich aber, niedergeschlagen über meine Verluste, konnte bei diesem so absonderlichen Anblick keine Ehrfurcht empfinden. Bei zunehmender Helligkeit jedoch wurde das Ausmaß der Verwüstung auf der überschwemmten Ebene, wo eben erst ein so ungeheures Lager gestanden hatte, deutlich. Ich wußte nun erst meine wunderbare Rettung zu würdigen und sah ein, daß ich allen Grund hatte, einen dankbaren Stoßseufzer gen Himmel zu senden.

Stellenweise ragten Baumgruppen aus dem Wasser hervor, in deren Kronen die Überlebenden gleich Trauben hingen. Andere Männer klammerten sich unter Entsetzensschreien an schwimmende Dächer, an Bottiche und selbst an die Leichen ertrunkener Tiere und beschworen uns im Namen Allahs, ihnen ein Tauende zuzuwerfen. Unser Baum aber konnte nicht mehr Männer aufnehmen; wir brauchten alle unsere Seile, um uns selbst über

Wasser zu halten. Drei Tage und Nächte verbrachten wir so und wären wohl jämmerlich zugrunde gegangen, wäre es uns nicht gelungen, Fleischstücke aus dem Leichnam eines Esels zu schneiden, der sich weiter unten im Geäst unseres Baumes einquartiert hatte.

Ich hatte schon alle Hoffnung auf Rettung so gut wie aufgegeben, als eine flache Zille in Sicht kam, die von mehreren Männern mit Stangen vorwärtsgetrieben wurde und auf ihrem Weg von Baum zu Baum, wo sie die Überlebenden aufnahm, fortwährend auf Grund lief. Als sie näher kam, schrien und winkten wir, bis ihr Führer sie an den Baum heranlenkte und uns hineinspringen hieß. Meine Finger waren so steif, daß ich die Knoten in meinem Seil nicht lösen konnte; so schnitt ich es durch und purzelte kopfüber ins Boot; ich hätte mir gewiß den Hals gebrochen, wenn mich nicht der Anführer der Rettungsmannschaft in seinen Armen aufgefangen hätte. Sein breites Gesicht, ja sein ganzer Körper waren über und über mit gelbem Schlamm beschmiert. Er sah mich an und schrie erstaunt: »Du bist's, Bruder Michael? Was in aller Welt machst du denn hier? Hat dich Piri-Reis hergeschickt, um diese neuen türkischen Gewässer auszuloten?«

»Lieber Himmel, du bist es, Andy!« rief ich. »Aber wo sind deine Kanonen?«

»In Sicherheit unter diesen Strudeln und Wirbeln; und da das Pulver etwas feucht geworden ist, würden sie mir jetzt wenig nützen. Daraus ersehen wir, wie gerecht und billig das Schicksal unser Los lenkt. Aber du hast Glück, denn ich habe Befehl, dich stracks vor den Sultan zu bringen, der dir eine Entschädigung für dein unfreiwilliges Bad ausbezahlen wird. Andere, die klüger und weiser waren als du und zur rechten Zeit sich vor den Fluten auf Anhöhen retteten, gewinnen keinen Preis. Was hat es wohl für einen Zweck, daß man so die Dummheit belohnt und die Vernunft bestraft?«

Wir nahmen so viele Männer an Bord, daß unsere Zille gerade noch um Haaresbreite über Wasser lag. Dann bahnte ihr Andy mit der Stange einen Weg zurück. Er war mit der Fahrrinne schon so vertraut, daß er einen Schiffbruch an den zerstörten Häusern und anderen Riffen vermeiden konnte. Bald erreichten wir den Fuß einer Anhöhe, wo uns hilfreiche Hände an Land zogen, die erstarrten Glieder rieben und warme Milch in die

Kehlen schütteten. Dann wurden wir auf den Hügel geführt, wo Sultan Suleiman und Seraskier Ibrahim standen, in Prachtgewänder gekleidet und von Bogenschützen umgeben. Auf ihren Befehl zahlte der Defterdar jedem Geretteten an Ort und Stelle seine Entschädigung aus. Janitscharen erhielten jeder neun Asper, Onbaschis achtzehn; ich wies meinen schriftlichen Befehl vom Aga der Janitscharen vor und empfing nicht weniger als neunzig Asper. Ich wußte kaum, ob ich wachte oder träumte. Hatte ich denn Dank verdient, indem mich die Flut überraschte? Der Onbaschi aber pries laut den Sultan und erklärte mir: »Die Janitscharen haben nach altem Brauch ein Recht auf Entschädigung für unfreiwillige Bäder. Wenn wir auf einem Zug mit dem Sultan bis an die Knie im Wasser waten, bekommen wir einen Tagessold als Zusatz. Reicht uns das Wasser an die Hüften, das Doppelte. Und haben wir das Glück, in seinem Dienst bis an den Hals im Wasser zu stehen, so beziehen wir dafür einen dreifachen Tagessold. Daher vermeidet der Sultan nach Möglichkeit Teiche und Ströme; daß er freilich das Hochwasser der Maritza voraussehen sollte, konnte man nicht erwarten. Ich hoffe jedoch, daß nicht allzu viele gerettet wurden, sonst ist die Kriegskasse leer, bevor wir noch Buda erreichen.«

Die Sonne schien. Nach dem dreitägigen Fasten wärmte mir die Milch den Magen, und die guten Silbermünzen fühlten sich angenehm schwer an. Weder der Sultan noch der Großvezier schienen über die erlittenen Verluste entmutigt; sie lachten im Gegenteil laut und hießen fröhlich die Gruppen von Überlebenden, die immer noch an Land gebracht wurden, willkommen. Ihre augenscheinliche Heiterkeit war freilich nur ein herkömmlicher Brauch, um die Truppen nach Rückschlägen zu ermuntern; allein es war ein guter Brauch, denn kaum im Besitz meines Geldes, begann auch ich, die erlittenen Strapazen zu vergessen. Am Hügelhang hatte man drei Säulen aufgestellt, auf deren jede ein Kopf aufgesteckt war. Einige der Geretteten vergnügten sich damit, diese Köpfe an den Bärten zu zupfen; es waren nämlich die Häupter dreier Paschas, die der Seraskier für die Wahl des Lagerplatzes verantwortlich gemacht und enthaupten hatte lassen, um den Sultan gnädig zu stimmen und seine Gunst zu bewahren.

Mein Führer bürstete sich den Kot vom Kaftan und hieß mich die neuen, mir vom Sultan versprochenen Gewänder holen und mich dann ins Zelt der Straßenbauer verfügen, um dort weitere Befehle vom Großvezier abzuwarten. Andy aber lenkte seine Schritte entschlossen den Feldküchen zu, und ich mußte ihm folgen, denn er hielt mich am Arm fest. Die Köche waren an ihren weißen Schürzen und Mützen leicht zu erkennen. Andy redete sie höflich an und meinte, er sei ein wenig hungrig; sie aber meinten, er solle sich zu seinem Vater in die unterste Hölle scheren. Dies behagte Andy gar wenig; er vergewisserte sich erst, daß der Brei in dem einen Kessel noch nicht brühheiß war; dann erwischte er den zunächststehenden Koch an den Ohren und steckte ihm den Kopf hinein. Hierauf zog er ihn wieder heraus, hielt ihn hoch empor und bemerkte sanft: »Vielleicht behandelst du ein andermal einen Erwachsenen wie einen Mann und nicht wie einen schlimmen Buben.«

Darob erhoben die Köche ein gewaltiges Gezeter und schwangen ihre Vorlegemesser; da aber Andy immer noch fest und wuchtig wie ein Granitblock stand und zuerst auf seinen Mund, dann auf seinen Bauch wies, kamen sie als kluge Leute zu dem Schluß, sie würden ihn am ehesten loswerden, indem sie ihm gäben, was er verlangte.

Wir ließen uns zum Essen nieder. Andy schlug sich dermaßen voll, daß er sich hinterher kaum rühren konnte. Er machte einige schwache Versuche und streckte sich dann auf dem Rücken aus; ich legte ihm, erschöpft nach den drei Tagen und Nächten auf dem Baum, meinen Kopf auf den Magen und fiel in den tiefsten Schlaf meines Lebens.

Ich muß wohl einen Tag und eine Nacht geschlafen haben, denn als ich endlich von einem gewaltigen Bedürfnis, mein Wasser abzuschlagen, erwachte, hatte ich keine Ahnung, wo ich war, und glaubte mich an Bord eines schlingernden Schiffes. Als ich aber den Kopf hob, erkannte ich, daß ich bequem in einer von vier Pferden getragenen Sänfte lehnte. Neben mir saß auf niederem Kissen ein jüngerer, nachdenklicher Mann, der, als er mich wach sah, das Buch, in dem er aufmerksam gelesen hatte, beiseite legte und mich freundlich mit folgenden Worten begrüßte: »Schutzengel haben über dir gewacht und dich vor Ungemach bewahrt. Hab keine Furcht, du bist in guten Händen. Ich bin Sinan der Baumeister, einer von den Vorgesetzten der Straßenbauer des Sultans. Du bist zu meinem Dolmetscher in christlichen Ländern ernannt, die wir, wenn Allah es will, erobern sollen.«

Ich bemerkte, daß man mich in neue Kleider gesteckt hatte, und vergewisserte mich rasch, daß ich meine Börse noch hatte; dann aber konnte ich an nichts anderes mehr denken als an mein dringendes Bedürfnis und sagte: »Wir wollen alle schönen Worte lassen, o Sinan der Baumeister, und deinen Leuten befehlen, die Pferde anzuhalten, auf daß ich deine kostbaren Kissen nicht durchnässe.«

Sinan der Baumeister, der im Serail erzogen worden war, war keineswegs beleidigt. Er hob den Deckel eines runden Loches im Boden der Sänfte und meinte: »In solchen Dingen sind Sklave und Herrscher einander gleich. Möge es uns gemahnen, daß Allah am Jüngsten Tag keinen Unterschied zwischen hoch und niedrig machen wird.«

Unter anderen Umständen hätte ich seine feinfühlenden Worte wohl besser zu schätzen gewußt; nun aber hatte ich keine Zeit mehr, auf ihn zu hören. Nachdem ich mich erleichtert hatte, wandte ich mich ihm wieder zu und bemerkte, daß er mich stirnrunzelnd betrachtete; ich bat ihn um Vergebung für mein unschickliches Betragen. Er erwiderte: »Ich beklage mich nicht über dein Betragen, aber infolge deiner großen Eile blieb mir keine Zeit mehr, das Gesicht abzuwenden; so bemerkte ich zu meinem großen Schrecken, daß du unbeschnitten bist. Bist du etwa ein christlicher Spion?«

Bestürzt über diese Folge meiner Nachlässigkeit, begrüßte ich ihn hastig im Namen Allahs des Barmherzigen, bekannte meinen Glauben an Allah, den einen Gott, und Mohammed, seinen Propheten, und sagte die erste Sure her, um mich als wahren Gläubigen auszuweisen. Ich fügte hinzu: »Ich habe mich dem Willen Allahs unterworfen und den Turban genommen, aber ein absonderliches Geschick hat mich hierhin und dorthin geworfen und mir weder Zeit noch Gelegenheit gegönnt, mich jener unangenehmen Operation zu unterziehen. Ich will dir gerne meine Geschichte erzählen und dich so von meiner Redlichkeit überzeugen, muß dich aber bitten, diese meine Unterlassungssünde keinem anderen zu verraten; es kann ja Allahs Wille sein, daß ich dem Sultan und dem Großvezier so diene, wie ich bin.«

Er erwiderte lächelnd: »Wir haben einen langen Weg vor uns,

und ich höre lehrreiche Geschichten gern, aber deine Worte fließen zu glatt von der Zunge, um wahr zu sein. Wenn jedoch der Großvezier dein Geheimnis kennt, so habe ich keinen Grund, dir zu mißtrauen.«

Schon etwas gefaßter entgegnete ich: »Der Großvezier kennt mich und weiß über mich Bescheid; freilich wird er jetzt an Wichtigeres zu denken haben als an die Beschneidung eines Sklaven.«

»Ich bin kein Frömmler«, erwiderte er, »und will dir nicht verhehlen, daß auch ich eine geheime Sünde habe; dann braucht sich keiner von uns beiden dem anderen überlegen zu dünken.«

Er brachte ein schön gemaltes Fäßchen zum Vorschein, füllte zwei Becher und reichte mir den einen. Freudig trank ich den Wein, in der Überzeugung, meine Sündenlast dadurch nicht erheblich zu vermehren. Ich hatte diese Vorschrift schon oft gebrochen, und viele Ausleger des Gesetzes waren der Meinung, die Wiederholung der Sünde stelle keine Erschwerung dar – daß also am Jüngsten Tag der hartgesottene Säufer dieselbe Strafe erleiden würde wie der, der im Bewußtsein einer sündhaften Tat zum erstenmal trank. Wir beflissen uns eines höflichen Schweigens in jener schwankenden Sänfte und genossen im Schatten ihrer Vorhänge die Wärme, die durch unsere Adern rollte und die Farben der Landschaft in unseren Augen vertiefte. Endlich meinte ich: »Ich bin nicht ängstlich besorgt für den morgigen Tag. Jeder Tag hat genug seiner eigenen Plage, und alles, was geschieht, geschieht nach Allahs Willen. Nur aus purer menschlicher Neugier frage ich dich nun, wohin wir ziehen.«

Sinan der Baumeister antwortete bereitwillig: »Wir sollen die Flüsse meines Heimatlandes Serbien überschreiten und müssen uns beeilen, denn morgen werden die Janitscharen marschieren, und nach ihnen die Spahis, und für jede Verzögerung von einem Tag, die der Marschplan erleidet, muß mein Vorgesetzter, der Pascha der Straßenbauer, einen Zoll seines Bartes opfern. Ist der Bart ab, muß sein Kopf folgen. Daher ist er sehr freigebig mit Strafen für seine Untergebenen. Bete, daß die Sonne scheinen und der Wind die Straßen trocknen möge, denn ein einziger Regenguß könnte viele Männer einen Kopf kürzer machen.«

Ich hatte nun über nichts zu klagen. Wir reisten bequem und schnell Tag und Nacht, und in festgesetzten Abständen an unserer Marschroute erwarteten uns schon frische Pferde, der Proviant und Staffeln von Akindschas, uns zu führen. Trat irgendeine Stockung ein, so ließ Sinan der Baumeister die Schuldigen unbarmherzig durchpeitschen. Mich dauerten die armen Teufel, und ich schalt Sinan ob seiner Strenge. Er aber erwiderte: »Ich selbst bin ein bescheidener Mensch, aber man hat mir eine wichtige Aufgabe übertragen, und ich wäre ein Narr, wollte ich mich nutzlos strapazieren oder hungern. Ich muß alle meine Kräfte für eine Arbeit aufsparen, die nur ich als einziger von all diesen Männern vollbringen kann. Unser größtes Hindernis wird die Drau sein, die nun vor uns liegt. Bisher war jedesmal, wenn die Frühjahrshochwasser die Brücken hinwegrissen, nicht einmal der Teufel selbst imstande, vor dem Spätsommer neue fertigzustellen. Und doch muß ich jetzt einen Übergang errichten.«

Wir zogen jedoch nicht stracks auf unser Ziel los, sondern machten einen Umweg nach dem anderen, entsprechend den Befehlen, die uns von Eilboten überbracht wurden. Sinan der Baumeister zeichnete die geänderte Marschroute auf seinen Karten ein und schickte seine Leute voraus, um die Furten zu bezeichnen und sie zur Sicherheit mit Baumstämmen zu überspannen, falls jemand beim Überqueren von der Strömung mitgerissen würde. Mein Mut stand außer Frage, denn er verließ sich nie ganz auf die Berichte der Kundschafter, sondern watete selbst in das eiskalte Wasser hinaus, einen Stock in der Hand, um den Boden abzutasten und dort, wo er sich weich anfühlte, Steine versenken zu lassen. Mehrmals verlor er in der Strömung den Halt und mußte an einem Rettungsseil ans Ufer gezogen werden.

Nach unserer Ankunft am Save-Fluß schickte er seine Leute zu Tausenden in die Wälder, um Bäume zu fällen, oder ans Ufer, um Bretter zu sägen. Wo immer er auftauchte, traten Ordnung und Zucht an die Stelle des herrschenden Durcheinanders. Doch aufs neue öffneten sich die Schleusen des Himmels und Hochwasserfluten spülten seine Bauten wie Spinnweben hinweg. Vom bleiernen Firmament schoß der Regen in Bächen herab, und als Sinan der Baumeister den Fluß zu einem donnernden Wasserfall anschwellen sah, fügte er sich, schickte seine Leute in ihre Quartiere und befahl, viele Schafe und Kühe zu schlachten. Er sagte ihnen: »Eßt, trinkt und rastet, bis der Regen aufhört, denn nichts geschieht gegen Allahs Willen, und der Sultan kann es kaum eiliger haben als der Gnädige und Barmherzige. Obwohl diese Verzögerung mir den Kopf kosten sollte, frohlocke ich doch, denn dieser Kopf schmerzt mich von Ziffern und Plänen, und des Nachts kann ich nicht schlafen, weil ich stets an die Brücke denken muß, die wir über die Drau schlagen müssen, sobald wir sie erreichen.«

Sinan, der Entschlossene, der weder sich noch seine Leute geschont hatte, brach nun in Tränen der Erschöpfung aus. Ich brachte ihn in der Hütte des Fergen zu Bett und flößte ihm heißen Wein ein, so daß er endlich in Schlaf fiel. Im Traum murmelte er von einer großen Moschee, die er bauen würde, wie sie die Welt noch nicht gesehen habe.

Fünf Tage lang regnete es in Strömen. Ich durchlitt mit meinem Freund Sinan alle Ängste des langen Aufenthalts, während wir mit rastlosen Schritten den Boden der kleinen Hütte durchmaßen. Jeden Augenblick konnte das Heer am Ufer eintreffen, dann würde uns der Großvezier die Köpfe abschneiden und sie in den Fluß werfen lassen. Meine Angst war freilich grundlos, denn nicht einmal Khosref, der Pascha der Straßenbauer, erschien. Endlich erreichte uns bei strömendem Regen ein durchnäßter, schlammbedeckter Bote und meldete, die ganze Armee stecke im Sumpf fest und der Sultan habe Halt befohlen, bis der Regen aufhöre. Der Bote war so erschöpft, daß er seine Axt weggeworfen hatte. Seine Glocke war von Schlamm verstopft; ihm selbst fehlte die Kraft, Wohlgerüche aus seinem Fläschchen zu träufeln; er sank zu Boden, indem er verkündete, Allah sei eins und unteilbar und Mohammed sein Prophet. Dann schoß ihm das Blut aus dem Mund, weil er viele Tage und Nächte auf schlüpfrigen Seitenpfaden durch den strömenden Regen gelaufen war. Er war mit seinen Kräften am Ende, obwohl diese Läufer unter normalen Verhältnissen die Strecke von Instanbul nach Adrianopel an einem einzigen Tag zurücklegen konnten.

Suleiman und Ibrahim schickten sich in den Willen Allahs, und niemand wurde für die durch den Regen hervorgerufene Verzögerung bestraft. Als das Heer langsam weitermarschierte, gingen viele in den angeschwollenen Flüssen ungeachtet aller Vorsichtsmaßregeln unter. Zahllose Packkamele schlossen, erschöpft von den kotigen Straßen, die Augen und brachen unter ihrer Last zusammen, um sich nie wieder zu erheben.

Der Sommer war schon weit vorgeschritten. Helle Mohnblumen blühten auf Ungarns Steppen, und ich war der Weidendickichte und Sümpfe auf unserem Weg schon höchst überdrüssig, als wir endlich an der Spitze des Heeres die Ufer der immer noch hochgehenden Drau bei Esseg erreichten. Die türkische Garnison der Stadt hatte längst alle Hoffnung aufgegeben, die Drau zu überschreiten. Sie hatte ihre kläglichen Versuche, eine Brücke zu schlagen, mit Scharen Ertrunkener bezahlt.

In der Stadt Esseg trafen wir endlich unseren großen Befehlshaber Khosref Pascha. Er strich sich den Bart und betrachtete sinnend die schäumende Drau. Endlich meinte er demütig: »Allah ist groß. Allah ist der eine Gott, und Mohammed ist sein Prophet, der Friede sei mit ihm. Der Sultan kann kaum das Unmögliche von mir verlangen, da ich durch meine Heirat mit seiner Base sein Blutsverwandter geworden bin. Aber Ibrahim, der Großvezier und Seraskier, ist unbarmherzig. Ich muß daher von meinem grauen Bart Abschied nehmen. Ihr, meine lieben Kinder und wackeren Bauleute, tätet klug daran, euren Frieden mit Allah zu machen.«

Seine Leute hatten vordem Selim den Unversöhnlichen auf seinen vielen Feldzügen begleitet; sie hatten viele Brücken über zahllose Flüsse von Ungarn bis Ägypten geschlagen und als geschickte Sappeure viele befestigte Städte wie Belgrad und Rhodos zu Fall gebracht. Aber selbst diese altgedienten Soldaten huben nun an, zu weinen und sich die Bärte zu raufen; sie verwünschten die Drau, das verräterische Land Ungarn, den König Ferdinand und besonders seinen Bruder, den Kaiser der Ungläubigen. Sinan aber wartete, bis der Älteste unter ihnen ausgesprochen hatte; dann trat er vor und begann: »Warum, glaubt ihr, habe ich wohl tausende Kamele und Ochsen riesige Baumstämme von den Hügeln von fünf Ländern an die Ufer der Drau schleppen lassen? Warum habe ich die tüchtigsten Schmiede und Zimmerleute auf Eilmärschen auf unaussprechlichen Straßen in dieses Elendsnest Esseg gesandt? Schon im letzten Winter wurden mir im Serail verläßliche Auskünfte über die Breite der Drau, die Beschaffenheit ihrer Ufer und die Stärke ihrer Strömung hinterbracht. Tag und Nacht habe ich mich mit Zahlen abgequält, um eine mächtige Brücke über diesen Fluß zu schlagen. Soll dies alles umsonst gewesen sein? Nein! Ich will mein Lineal, meinen

Zirkel und meine Tafeln nicht wegwerfen, ohne die große Aufgabe wenigstens versucht zu haben.«

Die Baumeister, welche die Erfahrung eines langen Lebens hinter sich hatten, sahen mitleidig auf den Jüngeren und fragten: »Wer ist schon dieser Sinan, der sein Wissen auf den seidenen Pfühlen des Serails erwarb? Die tiefste Weisheit liegt in der Ergebung in den Willen Allahs, und in dieser Angelegenheit hat Allah wahrhaftig seinen Willen deutlich kundgetan.«

Sinan warf einen Blick auf den breiten Fluß, auf die am Ufer aufgestapelten Balken und die schon gebauten Flöße. Dann fiel er auf die Knie, küßte den Boden vor Khosref Pascha und sagte: »Ich bin jung, aber ich habe zu den Füßen der berühmtesten Brückenbauer unserer Zeit gesessen und ihrer Weisheit gelauscht. Ich habe die Werke der griechischen Heerführer gelesen und die Beschreibung der Brücke studiert, die Alexander der Große über den Indus schlug. Gib mir deinen Hammer, edler Khosref Pascha, und erhebe mich vor aller Augen zu deinem Sohn. Dann will ich, allen Hindernissen zum Trotz, die Drau überbrücken. Reite inzwischen zum Sultan, und bitte ihn um gnädigen Aufschub von drei Tagen. Er wird diese drei Tage selbst benötigen, um seinen Truppen Ruhe zu gönnen. Ich aber muß um die Hilfe aller dreißigtausend Janitscharen bitten.«

Khosref Pascha schüttelte den Kopf und zögerte lange. Allein in Sinans des Baumeisters sicherem Gehaben lag etwas so Überzeugendes, daß er schließlich nachgab.

»Gut, ich will dir ein Vater sein«, stimmte er zu, »und deine Ungnade teilen, wenn du scheiterst. Ich will aber auch Anteil an deiner Ehre haben, wenn du mit Hilfe Allahs und seiner Engel das Unmögliche vollbringst. Nimm meinen Hammer — und ihr alle, meine Söhne, gehorcht dem jungen Sinan!«

Er reichte Sinan seinen juwelenbesetzten Hammer mit dem Goldgriff, legte ihm die Hand auf die Schulter und erklärte vor vielen Zeugen: »Du bist Fleisch von meinem Fleisch, mein Sohn Sinan der Baumeister.«

Dann sagte er blitzschnell die erste Sure zur Bekräftigung her, sandte nach seinem Pferd und machte sich mit seinem Gefolge auf den Weg zum Sultan.

Ich weiß mir Sinans kühnes Vorgehen nur damit zu erklären, daß er, ein Sohn des Landes, die Tücken serbischer Flüsse kannte oder mit gutem Grund das Ende der Regenzeit für gekommen hielt. Wie immer dem auch sei, tags darauf war der Wasserspiegel gesunken, und Sinan schickte Tausende in den Fluß, um Senkkasten in den Fluß zu lassen, sie mit Felsbrocken zu füllen und an sorgfältig berechneten und auf seinen Plänen gekennzeichneten Stellen mächtige Pfeiler ins Flußbett zu treiben.

Beide Brückenköpfe wurden durch starke Stützpfeiler verstärkt, um jedem zukünftigen Hochwasser zu trotzen. Die Arbeit ging auch nach Einbruch der Dunkelheit weiter. Beim Schein von Kienspänen und Fackeln wateten Schwärme nackter Männer durch die dunklen Wasser. Die Hammerschläge und das Kreischen der Sägen übertönten das Rauschen der Strömung und waren selbst noch in Esseg vernehmbar. Sinan der Baumeister bediente sich seiner neuen Stellung auch dazu, jedem, der die Arbeit beschleunigte, unerhörte Geldsummen zu versprechen, und er befahl den Marabus, zu verkünden, jeder, der ertrinke, von stürzenden Balken erschlagen werde oder sonstwie ums Leben komme, werde so schnurstracks ins Paradies eingehen, als wäre er im Kampf gegen die ungläubigen Götzendiener gefallen. Selbst die Janitscharen ließen sich von seiner unentwegten Tatkraft anstecken, konnten sie sich doch im Gegensatz zu den erfahrenen Baumeistern von der Größe der Aufgabe keine rechte Vorstellung machen.

Sinan konnte freilich die Brücke nicht am dritten Tag vollenden, als der Sultan und der Großvezier mit der Hauptmacht eintrafen, erklärte aber nicht verlegen, die von ihm erbetenen drei Tage müßten vom Eintreffen des Sultans an den Ufern der Drau an gerechnet werden. Als der Sultan sah, daß die Arbeit ungeachtet scheinbar unüberwindlicher Schwierigkeiten wirklich fortschritt, ließ er es bei dieser neuen Auslegung bewenden. Er und der Großvezier bahnten sich, in schlichten Kleidern und mit Pickelhauben auf dem Kopf, einen Weg an den Arbeitsplatz, begleitet von ein paar grüngekleideten Tschauschen. So konnten sie selbst beurteilen, welche Männer am schwersten arbeiteten und sich in gefährlichen Augenblicken am meisten hervortaten. Und obgleich Khosref Pascha, dem nun der Argwohn aufstieg, es könne Sinan doch gelingen, sich eilends ins Zelt des Jüngeren setzte, dessen Pläne studierte und mit Befehlen nur so um sich schleuderte, als wäre er der führende Kopf des Unternehmens, ließ sich der Sultan doch nicht täuschen. Er beobachtete Sinan mit ausdruckslosem Gesicht, obwohl er während der Arbeit kein einziges Mal das Wort an ihn richtete.

Im letzten Augenblick trafen auch die Kamele ein, mit ihnen eine Schar abgerichteter Elefanten, die, soviel ich sah, von großem Nutzen waren. Zwischen ihren großen Ohren saßen indische Mahuts wie kleine Affen; die gescheiten, schweren Dickhäuter gehorchten ihnen auf das geringste Zeichen, watschelten im Gänsemarsch in den Fluß, tasteten nach einem festen Stand und packten einander an den Schwänzen, um einen lebenden Wellenbrecher für die Arbeiter zu bilden. Auf ihren vergoldeten Stoßzähnen hoben sie Balken, die keine zehn Männer fortbewegen konnten, und trugen sie mit Leichtigkeit dahin, wo sie gebraucht wurden. Aber Sinan der Baumeister meinte: »Diese Tiere schaden mehr, als sie nützen; sie spritzen herum und stehen jedermann im Weg. Dafür unterhalten sie freilich den Sultan und die Janitscharen und halten meine Arbeiter bei guter Laune. Allein dein starker Bruder Andy ist mir zehn Elefanten wert.«

Ich bemerkte, daß Andy unter den Zimmerleuten zu hohen Ehren gekommen war und den Turban eines Bimbaschi trug. Doch wußte er sich nicht in seine neue Würde zu schicken; er arbeitete drauflos, die Axt in der Hand, stets bereit, einen Balken aufzuheben und auf den Schultern zu tragen, den die Anstrengungen vieler Männer nicht von der Stelle gebracht hatten. Seine Kraftakte flößten den Leuten Ehrfurcht und Angst ein; doch in meinen Augen gebrach es ihm an den für einen Bimbaschi, einen Anführer einer Tausendschaft, erforderlichen Eigenschaften. Er konnte die Arbeit anderer nur schwer dirigieren und zog es vor, bei allen schwierigen Aufgaben selbst Hand anzulegen, um zu zeigen, wie er sie gemeistert wissen wollte. Ich sah seinem törichten Treiben ein Weilchen zu; dann konnte ich nicht länger schweigen, trat um unserer alten Freundschaft willen an ihn heran und sagte: »Es geziemt sich nicht für einen Bimbaschi, vor den Augen seiner Untergebenen wie ein Bauer zu schuften, du beschämst deine Standesgenossen, wenn du mit verschmutztem Gesicht und teerigen Händen hier erscheinst. Du hast deine schöne Feder geknickt, und ein Bimbaschi darf erst dann die Ärmel aufkrempeln, wenn er in der Schlacht vom Leder zieht.«

Andy aber erwiderte: »Diese Arbeit ist nur vorübergehender

Art, und es tat mir wahrhaftig in der Seele weh, zusehen zu müssen, wie diese fahrigen Moslems mit der Axt umgehen. Überdies bat mich Sinan auf den Knien, zu helfen, und er ist ein guter Kerl, der nur einen Fehler hat: dich herumlungern und dumme Bemerkungen machen zu lassen.«

Am sechsten Tag war die Brücke vollendet. Vier Tage und Nächte lang überschritt sie das Heer in ununterbrochenem Zuge, während der vorsichtige Sinan darüber wachte, daß sie nicht allzugroßen Belastungen ausgesetzt wurde. Sultan Suleiman berief am ersten Abend jenes Marsches Khosref Pascha und Sinan mit ihren unmittelbaren Helfern in sein Zelt. Daher mußte sich Andy die Hände waschen und einen roten Kaftan anlegen, den Khosref ihm geschenkt hatte. Doch in dieser Stunde des Triumphes verlor Sinan seine selbstsichere Gelassenheit ganz und gar und war niedergeschlagen, als die Janitscharen ihm mit lauten Lobpreisungen auf den Fersen folgten und mit ihren Schöpflöffeln an die Kochtöpfe schlugen. Als wir an dem prächtigen Vorhang anlangten, der den Eingang zum Zelt des Sultans beschattete, wandte sich Sinan in seiner Not an Khosref Pascha und fragte ihn geradeheraus: »Lieber Vater! Ein Adoptivsohn hat dasselbe Erbrecht wie andere Söhne, nicht wahr? Und du hast mich vor allen Bauleuten als deinen Sohn angenommen und es mit der ersten Sure bekräftigt?«

Khosref Pascha umarmte, außer sich vor Freude, Sinan liebevoll und versicherte ihm, ein Stiefsohn beerbe den Stiefvater, und umgekehrt. Hierauf betraten wir das Zelt, und Khosref Pascha hielt den Arm zärtlich um Sinans Schulter geschlungen, zum Zeichen, daß er gewillt sei, die Ehren des gelungenen Unternehmens mit seinem lieben Sohn zu teilen. Zur Rechten Suleimans stand der Großvezier, angetan mit Gewändern, die von Edelsteinen funkelten. Er rühmte mit beredten Worten unsere Tat, und der Sultan selbst richtete einige Worte an Khosref Pascha und Sinan den Baumeister. Doch draußen vor dem Zelt hieben die Janitscharen immer begeisterter auf ihre Kochtöpfe ein, und schließlich konnte Sinan nicht mehr länger an sich halten. Er zog ein Papier aus dem Busen, entfaltete es mit zitternden Händen und fing an, die Belohnungen, die er den Janitscharen und Bauleuten versprochen hatte, laut herunterzulesen. Als er geendet hatte, sah er dem Sultan geradewegs in die Augen und sprach:

»Herr, wie du hörst, wird die Brücke zwei Millionen und zweihunderttausend Asper allein an Prämien kosten. Darin sind jedoch die Baustoffe, die Herbeischaffung und die Arbeitsleistung noch nicht enthalten, geschweige denn das Schweißen, die Zubereitung der Steine und andere kleine Ausgaben. Aber mein lieber Vater Khosref hat sein Vermögen zum Pfand gesetzt, auf daß mein Wort gehalten werde, und ich für meinen Teil opfere freudig die Erbschaft, die er mir versprochen hat, dieweil ich sonst nichts besitze. Wenn ich nach dem Lärm draußen schließen darf, so erwarten die Janitscharen ungeduldig ihre Entlohnung. Ich flehe dich an, ihnen sogleich die zwei Millionen und zweihunderttausend Asper auszuzahlen. Mein Vater und ich werden sodann gemeinsam eine Quittung darüber ausstellen. Ich werde mein Bestes tun, meinen Teil daran einzulösen, so du mich in Zukunft mit einträglichen Bauaufgaben betrauen wirst.«

Puterrot im Gesicht stieß da Khosref Pascha Sinan den Baumeister von sich und kreischte: »Es ist wahr, daß ich die erste Sure hersagte, da ich ihn an Sohnes Statt annahm, aber er erschlich sich mit falschen Vorspiegelungen mein Vertrauen, und ich kann nicht mit meinem ganzen Vermögen für das Versprechen eines Verrückten einstehen. Ich werde ihn im Gegenteil sogleich enthaupten lassen.«

Er hob die Hand, seinen Sohn Sinan unmittelbar vor den Augen des Sultans zu züchtigen; glücklicherweise aber konnte er diese schändliche Tat nicht vollführen, denn in jenem Augenblick barst ein Blutgefäß in seinem Hirn, und er sank kraftlos zu Boden.

Dieser bedauerliche Vorfall bedeutete gewiß unsere Rettung, weil er dem Sultan Zeit ließ, sich von seinem Staunen zu erholen; sein rauchfarbenes Gesicht gewann seine übliche Gelassenheit wieder. Ibrahim hatte gespannt seine Miene beobachtet, aber Suleiman wurde seinem Ruf eines hochherzigen Mannes gerecht und meinte nur: »Es scheint, mein Kleingeld wird zur Neige gehen, bevor wir noch Buda erreichen. Allein wir müssen Allah danken, daß Sinan den Janitscharen nicht den Mond vom Himmel versprach.«

Der Großvezier lachte, und wir alle fielen ein, so herzlich wir nur konnten, bis selbst der Sultan lächelte. Nur Sinan der Baumeister blieb ernst. Dann befahl der Sultan dem Defterdar, die

Belohnungen laut Sinans Liste auszuzahlen. Sinan verlieh er eine prächtige Börse mit tausend Goldstücken darin, während seine Mitarbeiter kleinere Summen erhielten. Ich brachte es zuwege, mich an so hervorragender Stelle zu postieren, daß ich zehn Goldstücke für meine Dienste als Brückenbauer einstecken konnte, während Andy eine neue Feder in juwelenbesetzter Fassung an Stelle seiner geknickten und obendrein noch hundert Goldstücke empfing.

Die höchste Belohnung strich aber Khosref Pascha ein, und zwar für seinen Scharfblick – wie der Sultan richtig bemerkte –, den er bewiesen hatte, indem er den Besten für diese Aufgabe auswählte. Und Sinan war's zufrieden. Aber noch lange nachher sprach Khosref mit belegter Stimme und erteilte seine Befehle mit Kopfnicken und Zeichen, die Sinan auslegte, wie es ihm am besten paßte.

Nachdem die Brücke überschritten war, teilte sich das Heer und zog auf getrennten Wegen in die weiten Ebenen von Mohács, wo János Zapolya, der erwählte Herrscher des ungarischen Volkes, mit seinen Streitkräften des Sultans Truppen verstärken sollte. Sinan und ich reisten in unserer Pferdesänfte die Donau entlang, oberhalb deren Stromschnellen an die achthundert Schiffe bereitgestellt worden waren, um Geschütze, Munition, Futter und Proviant flußaufwärts zu schaffen. Wir hielten auf der Weiterreise mit diesen Frachtschiffen Schritt.

Nachdem wir viele Tag lang durch Dickicht und Sümpfe gezogen waren, erreichten wir endlich jenes düstere Schlachtfeld, wo vor drei Jahren Ungarns Schicksal besiegelt worden war. In der Tat war es freilich schon lange vorher entschieden worden, als nämlich der König von Frankreich den Sultan um Hilfe gegen den Kaiser bat. Das Bündnis des Allerchristlichsten Königs mit dem Beherrscher der Moslems fiel stärker ins Gewicht als jede Schlacht. Auf den Grabhügeln wehten schon die Mohnblumen im Wind; ein Mahnmal – wenigstens für mich – an die vergeblichen Opfer, welche die Zwietracht der Christen gefordert hatte.

Als Sinan und ich über diese unheimlichen Steppen dahingetragen wurden, überwältigte uns das Bewußtsein, wie nichtig das menschliche Leben, wie eitel die Staatskunst ist. Uns zu Füßen lagen Gebeine, welche die Regenschauer aus der Erde gespült hatten. Nichts unterschied die Schädel der Ungarn von denen der Türken. Beide starrten aus leeren Augenhöhlen in ein leeres All. Die Krieger lagen zwischen Kanonenkugeln und zerbeulten Schilden, die zerbrochenen Schwerter noch in den Knochenhänden, ihr einziges sichtbares Denkmal die fremdartigen Blumen, die rings um sie blühten. Deren Samen waren von türkischen Wagen gefallen oder hatten sich in dem Unrat von Pferden und Kamelen mit dem blutgetränkten Boden vermischt. Beim Anblick der dornigen Gewächse mit ihren breiten Blättern und blauen Blüten überfiel mich die Schwermut, und ich rief aus: »Sei mir gegrüßt, Schlachtfeld von Mohács! Du Grab Europas, Denkmal abendländischer Staatskunst! Deine gebleichten Schädel zeugen von einem Erdteil, der sich selbst in Stücke riß, gleich einem Verrückten, der sich selbst zerfleischt. Bittere Klage führen sie gegen die Fürsten des Abendlandes, die verräterisch einander zu Fall brachten, während die Nacht über Europa hereinbrach und der Halbmond des Islam drohend von Osten herüberleuchtete. Mohács! Düsteres Mal des abendländischen Verfalls; freudiges Vorzeichen auch einer Zukunft, da die Menschen nicht mehr um der blinden Machtgier anderer Menschen willen ihr Leben zu lassen brauchen und Ost und West von ein und demselben gerechten Herrscher im Namen des Allmächtigen regiert werden! Sein Gesetz wird reich und arm gleichermaßen binden. Keiner soll mehr den anderen um seines Glaubens willen verfolgen, henken, verbrennen oder foltern. In Eintracht werden die Menschen unter einer weisen Herrschaft leben und ihren Glauben frei bekennen können, ohne darum Kriege führen zu müssen. Das müssen wir vollbringen, und zwar schleunigst, sonst hat die Welt keinen Sinn und unser Dasein keinen Zweck.«

So hochtrabend redete ich zu den vergilbten Gebeinen von Mohács. Dann aber packte mich ein unaussprechliches Grauen, als ich der herrlichen Dome und der lieblichen Städte der Christenheit gedachte, von deren Türmen die heisere Stimme der Muezzins nun bald die Gläubigen zum Gebet rufen konnte. Mein Blut, der Glaube, in welchem ich erzogen worden, und das Andenken meiner Väter banden mich an die Völker des Abendlandes, die durch ihre Zwistigkeiten sich selbst das Grab geschaufelt hatten. Von den Toten von Mohács freilich trennte mich der Wunsch zu leben, und sei es auch unter geänderten Verhältnissen. Ich verspürte keinen Drang in mir, für einen Glauben zu sterben, der sich selbst zum Untergang verurteilt hatte.

Da hörten wir plötzlich den Donner vieler Hufschläge, und der Wind trug uns die schmetternde Musik von den Trommeln und Zimbeln der Janitscharen zu; das Leben selbst schien auf dem Marsch zu diesem Feld der Toten. Sultan Suleiman näherte sich dem Schauplatz seines größten Sieges, und wenn auch seine Truppen sonst schweigend wie die Schatten dahinzogen, ließ der Sultan doch an diesem Tag die Musikanten spielen und die Banner wehen, bevor er zur Nachtruhe haltzumachen befahl. Die Klänge dieser kriegerischen Musik in den Ohren, erkannten wir, wie nichtig unsere Überlegungen waren, und eilten zu unserem Zelt am Flußufer.

Wie durch einen Zauberschlag wuchs das Lager auf der verlassenen Steppe aus dem Boden. Jeder Mann wußte, was er zu tun hatte, und bald saßen die Janitscharen in Gruppen zu zehn um die Kochtöpfe und die prasselnden Feuer. Des Sultans Pavillon mit seinem Sonnendach stand auf dem höchsten Hügel, dessen Abhänge seine Leibgarde gleich einem lebendigen Teppich bedeckte. Diese Männer mußten auf der bloßen Erde rund um des Sultans Zelt schlafen, ihre Bogen neben sich. Während Hirten die Kamele und Ochsen am Flußufer tränkten und Mäher Heu für die Pferde der Spahis schnitten, ritt Großvezier Ibrahim mit glänzendem Gefolge voraus, König Zapolya entgegen.

Als wir uns am nächsten Morgen gewaschen und unser Morgengebet gesprochen hatten, traf ich Messer Gritti, der augenscheinlich an den Nachwirkungen eines Zechgelages litt. Er eilte auf mich zu, umarmte mich und sprach: »Um der Liebe Gottes willen, Messer Carvajal, sagt mir, wo in diesem verfluchten Lager ein Fäßchen frischen Weines zu haben ist! Ich muß heute noch König János zum Sultan begleiten, auf daß er das ungarische Bistum nicht vergesse, das er mir versprochen hat!«

Ich war gar nicht erbaut, diesen ausschweifenden Ränkeschmied zu sehen, aber in seinen menschlichen Nöten mußte ich ihm wohl helfen. Ebenda trat Andy, der in der Nacht seine Geschütze an Bord der neuangekommenen Flöße besichtigt hatte, zu uns, und ich fragte ihn um Rat. Nach einigem Nachdenken borgte er für Messer Gritti und mich zwei Reitpferde aus und schritt an unserer Seite einher, dem eine halbe Meile entfernten

Lager der christlichen Akindschas zu. Die waren im Gegensatz zu den Moslems ungewaschene, schmutzige Gesellen und hatten einen lieblichen Buchenhain mit ihren Abfällen und ihrem Unrat verunreinigt. Die Janitscharenpatrouillen dachten gar nicht daran, dieses Lager zu beaufsichtigen, sondern blieben ihm so fern wie möglich. Angesichts des Goldes von Messer Gritti gruben die ungeschlachten Akindschas ein Fäßchen ausgezeichneten Tokayers, das sie vergraben hatten, aus und luden ihn eifrig ein, seinen Durst zu löschen.

Geeichter Säufer, der er war, trank Messer Gritti nur so viel, daß ihm das Blut wieder zu Kopfe stieg und ihn in gute Laune versetzte; seiner harrten nämlich noch wichtige Aufgaben. Dann verließen wir das Lager. Er eilte in sein Zelt, um sich umzukleiden und für sein Auftreten im Gefolge König Zapolyas vorzubereiten. Um den König würdig zu empfangen, stellte der Sultan sein großes Heer zu beiden Seiten des Empfangszeltes in Parade auf, so daß der rechtmäßige König Ungarns, als er nach dem Mittagsgebet mit seinem Gefolge nahte, einem Tropfen glich, der jeden Augenblick vom Ozean verschlungen werden konnte. Ich wurde zu diesem feierlichen Aufzug nicht zugelassen, aber Messer Gritti schilderte mir später, wie es zugegangen war. Offenbar hatte der Sultan geruht, Zapolya drei Schritte entgegenzugehen und ihm die Hand zum Kusse zu reichen, worauf er ihn einlud, sich neben ihm auf dem Thron niederzulassen. Ich dachte, der Sultan hätte dadurch, daß er Zapolya solche Ehre erwies, nur sich selbst geehrt, aber Messer Gritti wußte das besser zu erklären.

»Die Sache hat einen tieferen Grund. János Zapolya ist zwar ein unbedeutender Mann und bringt nur sechstausend Reiter mit, doch besitzt er einen wundersamen Talisman, der viel mehr bedeutet als ein Heer, und dieser war es, in dessen Besitz sich der Sultan durch den schmeichelhaften Empfang setzen konnte. Zapolya ist als Kundschafter besser denn als Soldat, und seine Leute haben mit List den Bewahrer der Krone des heiligen Stephan gefangengenommen. Ich mußte meinem Bruder Ibrahim dies Geheimnis mitteilen, sonst hätte sich der Sultan wohl kaum die Mühe gemacht, den Burschen zu empfangen.«

Ich entgegnete höflich, ich könne nicht recht fassen, was er sage, da eine Krone allein noch keinen zum König mache. Messer

Gritti aber erwiderte: »Die heilige Stephanskrone unterscheidet sich von allen anderen Kronen. Die Ungarn sind immer noch ein Volk von abergläubischen Barbaren und wollen einen König von Ungarn erst anerkennen, nachdem er mit dieser Krone gekrönt worden ist. Daher ist sie ihr größter Schatz, und der Wojwode Zapolya räumte mindestens die Hälfte aller Hindernisse, die noch vor ihm lagen, aus dem Wege, als er ihr geheimes Versteck entdeckte. Und nun hat dieser Leichtgläubige sie um den Pappenstiel von vier Pferden und drei Kaftanen dem Sultan verkauft, und fünfhundert verläßliche Spahis sind unterwegs, um sie zu holen, bevor König Zapolya den Handel bereut.«

Messer Gritti hatte wohl recht, denn ich beobachtete während unseres Weitermarsches auf Buda, daß niemand sich viel um König Zapolya kümmerte. Er und sein Gefolge ritten am Ende der Heersäule, und die Janitscharen sprachen von ihm geringschätzig als Januschka. Drei Tage nach unserem Aufbruch von Mohács schlugen wir in den Weingärten um Buda unser Lager auf. Die Stadtmauern schienen ungeheuer dick zu sein, und die deutsche Besatzung hielt ein so reges Feuer aufrecht, daß ich eilends die warmen Quellen dieser Gegend aufsuchte, während Sinan der Baumeister graben und schanzen ließ, um die Belagerung vorzubereiten.

Der Sultan und der Großvezier machten, in schlichten Kaftanen und Helmen und von wenigen Leibwachen begleitet, einen Rundgang, um die Truppen zu besichtigen und ihre Männer vor dem Angriff zu ermutigen. Ich hatte das Glück, ihnen zu begegnen, als ich Sinan das Essen brachte, denn der war so in seine Arbeit versunken, daß er oft die Mahlzeiten vergaß. Als mich der Sultan, gewiß um sein ausgezeichnetes Gedächtnis zu beweisen, freundlich mit Namen anredete, ließ mich eine unerklärliche Eingebung einen Traum erwähnen, den ich geträumt hatte.

»Ich höre, daß auch deine Frau Träume hat«, bemerkte der Sultan, »und kommende Ereignisse in einem Sandbecken sehen kann. Sag mir also, was du im Traume sahst.«

Ich prallte zurück und stammelte und warf einen Blick auf den stattlichen Ibrahim, der über des Sultans Worte gar nicht erfreut schien. Es war mir ein Rätsel, wie Suleiman überhaupt von Giulia wissen konnte; da ich aber einmal begonnen hatte, mußte ich wohl oder übel fortfahren.

»Gestern badete ich in den wundervollen Quellen dieser Gegend und war nachher so müde, daß ich einschlief. Ich träumte und sah die Festung Buda und einen Geier, der mit schweren Flügelschlägen darüber hinzog und eine seltsame Krone im Schnabel trug. Die Tore der Zitadelle taten sich auf, und die Verteidiger warfen sich vor dem Geier nieder. Dann trat der Sohn des Barmherzigen vor, und der Geier setzte ihm die Krone aufs Haupt. Dieses erblickte ich im Traume; ihn auszulegen, bedarf es freilich eines Weiseren.«

Ich hatte in der Tat diesen Traum geträumt, der zweifellos auf Messer Grittis Erzählung von der Stephanskrone zurückging; allerdings hatte ich in Wirklichkeit die Krone den Fängen des Geiers entgleiten und ganz Buda unter sich begraben sehen. Mein Traumgesicht von den offenen Toren war unzweifelhaft dem Wunsch entsprungen, die Stadt so rasch wie möglich in des Sultans Hände fallen zu sehen, damit ich den Gefahren eines Angriffes entginge.

So machte ich, wie es Brauch ist, den Traum ein wenig zurecht, freilich nicht allzu durchsichtig, da ja weder der Sultan noch der Großvezier wissen konnten, was Messer Gritti mir von der Stephanskrone vorgeplaudert hatte. Sie argwöhnten daher auch keine Täuschung, sondern sahen einander starr vor Staunen an, und der Sultan rief: »Allahs Wille geschehe!« Selbst Ibrahims hübsches Gesicht hellte sich auf. Später erhielt ich vom Sultan einen neuen Rock und eine wohlgespickte Börse zum Lohn für meinen Traum.

Es ist schwer, den Wert von Träumen als Vorzeichen zu bestimmen, da nämlich Buda nach sechstägiger Belagerung fiel, bevor noch eine einzige Bresche in die Mauern gelegt worden war. Niemand war darüber mehr erstaunt als ich, da ich ein so rasches Ende wahrhaftig nicht erwartet hatte.

Als die beiden Befehlshaber der Besatzung die gewaltigen Streitkräfte des Sultans und die zahllosen Geschütze erblickten, die man von den Flößen gelandet hatte, eröffneten sie die Verhandlungen und gingen auf freien Abzug im Besitz ihrer Waffen und ihres persönlichen Eigentums ein. Diesen bescheidenen Bedingungen stimmte der Sultan gerne zu, weil der Sommer schon weit vorgeschritten war und das Hauptziel des Feldzuges noch in weiter Ferne lag.

Unter Trommelschlag und Zimbelschall paradierten die Janitscharen in Reih und Glied zu beiden Seiten der Stadttore, um die deutsche Besatzung vorbeizulassen und ihnen mit Worten und Gebärden zu sagen, was sie von ihnen hielten. Zuerst schritten die Deutschen bescheiden dahin und ermahnten einander, der Leiden und des Spottes zu gedenken, dem unser Herr Jesus Christus sich ausgesetzt habe; als aber die Janitscharen um die Wette das Kreuz mit Füßen traten und die Besiegten auf alle erdenkliche Weise verhöhnten, konnten die sich nicht länger zurückhalten. Ihre Gesichter verfinsterten sich, als sie ihre Offiziere verwünschten und einander erinnerten, sie seien deutsche Landsknechte, vor denen die ganze Welt zitterte. Einige blieben stehen, um jenen Janitscharen, die deutsch sprachen, zu entgegnen; die Gegner standen mit gestreckten Hälsen wie Kampfhähne dicht voreinander und schrien aufeinander ein. Dies gab mir Gelegenheit, die neuen Radschloßmusketen, die viele Deutsche als ihren kostbarsten Besitz schätzten, zu sehen und selbst zu handhaben. Die Janitscharen, welche im Wortgefecht am schlechtesten abgeschnitten hatten, konnten ihre Diebesgelüste nicht länger bezähmen und versuchten nun, den Deutschen diese Waffen mit Gewalt zu entreißen. Balgereien folgten, der Streit griff mit immer größerer Erbitterung um sich, und binnen kurzem lag die Mehrzahl der Deutschen erschlagen und ihre Waffen und Vorräte waren den Türken in die Hände gefallen.

Es entkamen wohl nur fünf oder sechs Mann von der Besatzung dem Blutbad und versteckten sich im Weidendickicht. Der Boden zwischen den Stadttoren und dem Flußufer war von Köpfen, Armen, Beinen und anderen Resten deutscher Landsknechte übersät. Die Janitscharen kehrten in gehobener Stimmung in ihr Lager zurück, um ihre neuen Waffen zu erproben oder miteinander darum zu raufen. Der Vorfall schadete dem Ansehen des Sultans in der Welt gar sehr. Sowohl Kaiser Karl als auch sein Bruder in Wien verkündeten eilends den Verrat des Sultans, obwohl der edle Suleiman von dem Vorgehen seiner Janitscharen so tief getroffen war, daß er sich in sein Zelt zurückzog und sich drei Tage lang nicht zeigte.

Bald darauf wurde ich von Messer Gritti in Ibrahims Zelt geladen. Er begleitete mich dahin. Der Großvezier saß mit untergeschlagenen Beinen auf einem Kissen und studierte eine Landkarte. Er forderte uns freundlich auf, uns an seiner Seite niederzulassen, und meinte dann mit einem spöttischen Lächeln in seinen dunklen, blitzenden Augen: »Ich bin dir für deinen Traum verbunden, Michael el Hakim, aber ich verbiete dir, weitere Träume zu haben – oder wenigstens, sie dem Sultan ohne meine Erlaubnis zu erzählen.«

Einigermaßen gekränkt erwiderte ich: »Ich kann nichts für meine Träume und wollte nur das Beste. Überdies ging mein Traum in Erfüllung, denn Buda fiel ohne Schwertstreich.«

Ibrahim warf mir einen forschenden Blick zu und sagte: »In diesem Fall ging dein Traum in der Tat in Erfüllung, und deshalb habe ich dich rufen lassen. Wie konntest du erraten, was geschehen würde? Was hattest du dabei im Sinn? Wer legte dir die Worte in den Mund? Wolltest du etwa beim Sultan den Argwohn erregen, ich, sein Sklave, strebte nach der Krone Ungarns?«

Mich überlief es eiskalt bei diesen Worten; er aber fuhr unbarmherzig fort: »Wie kann ich dir trauen? Glaubst du, ich wüßte nicht, wie du dich im Serail um Gunst bemüht hast und in Sultana Khurrems Dienste getreten bist? Zum Zeichen deiner Ergebenheit schenktest du selbst deinen Hund ihrem Sohn, obwohl sie ein hinterlistiges Frauenzimmer ist und mir zu schaden hofft. Gestehe, sie war es, die dich dafür bezahlte, mir ins Feld zu folgen und diese schädlichen Träume zu träumen!«

Ich war zu verblüfft, um auch nur ein Wort von dem zu erfassen, was er mir vorwarf. Messer Gritti sah mich aus zusammengekniffenen Augen an und schüttelte den Kopf. Plötzlich holte der Großvezier eine schwere seidene Börse unter seinem Kissen hervor und warf sie mir in den Schoß. Eine zweite und dritte folgten, bis mir die Knie unter ihrem Gewicht zitterten. Dann schrie er, fast, als habe er Furcht: »Wäge dies Gold in deinen Händen, und überlege wohl, wer von uns beiden reicher ist, ich oder der Sultan, und wer von uns dich am reichlichsten belohnen kann. Ich muß gestehen, daß du bisher nicht viel Gewinn von mir hattest. Aber dieses Gold ist dein, sobald du gestehst, daß die Russin Khurrem dich für sich gewonnen und dich auf meine Spur gehetzt hat, denn es ist schwer, einen Gegner im Dunkel zu fassen, und ich muß ihre Absichten kennen.«

Trotz meiner Erregung konnte ich schätzen, daß jeder der drei

Geldsäcke wenigstens fünfhundert Goldstücke enthielt – ein ungeheures Vermögen für einen Mann in meiner Stellung. Mit diesem Geld konnte ich ein prächtiges Haus am Bosporus, einen Garten dazu und überdies Sklaven, Boote und alles kaufen, was mein Herz begehrte. Ich sah das rundliche Antlitz der Sultana Khurrem vor mir, die kalten, blauen Augen, die unregelmäßigen Züge, den ewig lächelnden Mund und die Wangen mit ihren Grübchen. Ich verdankte ihr nichts und war ihr in keiner Weise verbunden – dennoch zögerte ich mit der Antwort, nicht um ihretwillen, sondern weil ich den Großvezier nicht belügen mochte. Ibrahim beobachtete meine Miene aufmerksam und sagte: »Fürchte nichts, sondern sprich offen. Du brauchst es nie zu bereuen, denn nur ich brauche Gewißheit über diese Sache. Dies ist mein Geheimnis, und der Sultan soll nie davon erfahren.«

Endlich erwiderte ich: »Du hast mich in eine grausame Versuchung geführt, aber ich kann dich nicht belügen – nicht einmal für all dieses Gold.«

Tränen der Entrüstung stiegen mir in die Augen, als ich die Säcke beiseite stieß. Ich erzählte ihm, wie ich den Harem betreten hatte und wie es zugegangen war, daß ich dem Prinzen Dschehangir meinen Hund schenkte. Bitter schloß ich: »Ich bin ein Narr, dir dies zu erzählen, wo eine Lüge mich zum reichen Mann machen würde. Aber ich habe es nie verstanden, ausschließlich meinen eigenen Vorteil zu wahren – ein Fehler, den mein Weib fortwährend beklagt.«

Der sinnlose Verlust des Geldes ließ mich in Tränen ausbrechen und meine Schwäche verwünschen. Messer Gritti und Seraskier Ibrahim blickten einander erstaunt an. Dann streichelte mir Ibrahim begütigend die Schulter und fragte: »Wie kann dann der Kislar-Aga dein Weib mit der Sultana bekannt gemacht haben, so daß sie nun fast täglich den Harem aufsucht, um in den Sand zu sehen und alle Arten Gesichtswasser und Salben zu verkaufen?«

Ich schlug verblüfft die Hände zusammen und erwiderte: »Davon weiß ich nicht das geringste, obwohl es wahr ist, daß ich beim Kislar-Aga ein Wort für mein Weib einlegte und ihre Gaben rühmte.«

Giulias großes Glück ermutigte mich, und ich plapperte weiter über sie, bis endlich der letzte Schatten eines Verdachtes von seiten des Seraskiers dahinschwand und er lächelnd meinte: »Ich glaube dir. Ich kann an deiner Aufrichtigkeit nicht zweifeln, obwohl ich mir noch nicht klar bin, ob du ein Einfaltspinsel oder ein überaus gerissener Schlaukopf bist.«

Zu meinem Schmerz nahm er die Geldsäcke fort und verbarg sie wieder unter seinem Kissen. Dann aber klatschte er in die Hände und entließ den Stummen, der hinter einem Vorhang mit einer Strähne bunter Seidenschnüre über der Schulter bereitgestanden hatte. Der Anblick dieses Mannes jagte mir kalte Schauer über den Rücken; der Großvezier aber sagte: »Hättest du dich als Verschwörer gegen mich bekannt, so wäre dir zwar das Gold zuteil geworden, aber nur kurze Zeit, dich seiner zu freuen, denn ich hätte dich nicht am Leben lassen können. Aber deine Redlichkeit verdient ihren Lohn. Erbitte daher von mir, was du willst, innerhalb der Grenzen der Vernunft.«

Ich bebte vor Angst und Dankbarkeit zugleich, warf mich vor ihm zu Boden und rief: »Ich will stets dein treuer Diener sein wie bisher – aber sage mir, was du mit ›Vernunft‹ meinst, denn ich möchte deiner Freigebigkeit nicht zu nahe treten, indem ich etwa ein allzu nichtiges Zeichen deiner Huld von dir erbitte.«

Da lachte der Großvezier laut, half mir aber nicht. Ich war in der Tat in Verlegenheit; freilich widerstrebte es mir, zu wenig zu erbitten, doch fürchtete ich auch, ihn durch einen zu kühnen Wunsch zu erbosen. In quälender Unentschlossenheit rieb ich mir die feuchten Hände, bis ich endlich Mut faßte und sprach: »Ich bin ein Mann von geringen Ansprüchen, aber mein Weib wünscht sich schon lange ein Haus, das wir als unser eigenes Heim betrachten könnten. Ein kleines Haus, wenn auch noch so bescheiden, mit einem eigenen Garten, irgendwo am Bosporus, nicht zu weit vom Serail, wäre das herrlichste Geschenk, das du mir machen könntest. Ich würde dich mein Leben lang segnen. Du hast große Besitzungen draußen am Stadtrand – unzählige Gärten, Paläste und Sommerhäuser – und würdest das Fehlen eines kleinen Fleckchens an der Küste nie bemerken.«

Keine Bitte hätte dem Großvezier willkommener sein können. Ein Lächeln lag auf seinem schönen Gesicht, als er mir die Hand zum Kuß reichte und antwortete: »Deine Bitte ist der beste Beweis deiner Aufrichtigkeit, denn hättest du auf Verrat gesonnen, so hättest du gewiß nicht ein Haus in der Nähe der Hauptstadt erbeten, sondern eher einen Lohn, den du in fremdes Land mitnehmen könntest. Und es gibt keine schönere Stadt als Istanbul. Allah selbst bestimmte sie zur Hauptstadt der Welt, und wenn er es will, so werde ich sie mit Prachtbauten und Moscheen noch weiter verschönern. Ich will dir ein großes Grundstück neben meinem eigenen Sommerpalast am Bosporus übereignen. Sinan soll dir und deiner Familie ein geräumiges Holzhaus errichten, das sich in die Landschaft fügt und Herz und Augen erfreut. Er darf die nötigen Mittel aus meiner Schatzkammer beziehen und auch Azamoghlans zum Bau heranziehen. Zum Zeugnis dessen bete ich nun die erste Sure.«

Messer Gritti schüttelte den Kopf über meine Torheit, ich aber war überglücklich und erkannte, daß mich doch ein gutes Schicksal in diesen Krieg gesandt hatte.

Allein wir vergeudeten viele kostbare Tage in Buda, und als das Heer sich endlich in Bewegung setzte, öffneten sich die Schleusen des Himmels aufs neue, so daß selbst die hartgesottensten Janitscharen schon fürchteten, Ungarn sei von wütenden Dschinn heimgesucht, während die zitternden Derwische eine zweite Sintflut ankündigten. Allein das Heer des Sultans war zu groß, als daß einer an seinem Endsieg hätte zweifeln können. Nicht einmal die Ungarn bezweifelten ihn, denn als wir auf unserem Marsch die Donau aufwärts zur Festung Gran kamen, kapitulierte Bischof Varday sogleich und ließ sich sogar herbei, sich dem Gefolge des Sultans anzuschließen, um vom ungarischen Kirchengut zu retten, was zu retten war.

Wir marschierten unter großen Schwierigkeiten weiter. Es war ein Jammer, die Kamele in jenem eisigen Regen auf den sumpfigen Straßen gleiten und torkeln und sich die Fußballen aufreißen zu sehen, bis sie sich hinlegten und verendeten. Als wir vor Wien anlangten, hatten wir kaum noch zwanzigtausend Kamele, obwohl wir mit über neunzigtausend ausgezogen waren. Daraus wird man erkennen, wie schwierig der Nachschub für ein so ungeheures Heer nun zu bewältigen war.

Der September ging gerade zu Ende, als unsere Streitkräfte endlich vor Wien in Stellung gingen, und in seinem Prunkpavillon saß der Sultan frierend vor einem Kohlenbecken. Das goldgestickte Futter des Zeltes schützte kaum vor der Kälte und war nicht einmal wasserdicht.«

Doch von den Höhen des Wienerwaldes schien die wohlhabende und volkreiche Stadt mit dem Turm ihres Domes, der in die Wolken ragte, schier zum Greifen nahe. Die Mauern nahmen sich so dünn wie Fäden aus; die hastig aufgeworfenen Brustwehren und Palisaden dräuten keineswegs Tod und Verderben. Ich weiß wahrhaftig nicht, wie es zuging, daß wir Wien mit seinen schwachen Befestigungen und seiner verhältnismäßig geringen Besatzung nicht einnehmen konnten; letztere freilich war durch einige altgediente Soldaten verstärkt worden, die König Ferdinand dort eingesetzt hatte, bevor er wohlweislich nach Böhmen floh.

Doch um der Wahrheit die Ehre zu geben, muß ich erwähnen, daß die Verteidiger ihrem Ruf gerecht wurden und alles taten, was in ihren Kräften stand, um das Heimweh der Belagerer noch zu verstärken. Ihnen kam der feste und wohlbegründete Glaube zustatten, daß die Zeit und die Natur auf ihrer Seite standen, und sie hielten sich, glaube ich, auch für die Hüter des letzten christlichen Bollwerks. Fiel dies, so konnte nichts mehr die Welle des siegreichen Islam hindern, sich über Deutschland und ganz Europa zu ergießen. Dessen wurde ich mir so recht bewußt, als ich auf Wien blickte, und ich wußte nicht, obzwar Renegat, welcher Seite ich den Sieg gönnte. Als ich die unglaubliche Tapferkeit der Belagerten gewahr wurde, fühlte ich gar schmerzlich die Qualen meines Abfalles, obwohl der einsichtige Leser meine Aufrichtigkeit und Redlichkeit in Glaubenssachen wohl zu würdigen wissen wird.

Mit blieb wenig Zeit für diese müßigen Überlegungen, denn Sinan der Baumeister gab mir bald alle Hände voll zu tun. Als Dolmetscher mußte ich jeden Gefangenen verhören, den wir bei der Übergabe von Buda gemacht hatten; er schickte mich selbst in das Gefangenenlager, um Flüchtlinge zu befragen, welche die Akindschas gefangengenommen hatten, und von ihnen genaue Auskünfte über Straßen, Häuser, Mauern, Türme und neue Befestigungen Wiens zu erfahren. Er ließ mir keine Ruhe. Keuchend stürzte ich von einem Gewährsmann zum anderen und zeichnete auf meiner Karte ein, welche Häuser aus Stein und welche aus Holz errichtet waren; welche ihre Dächer verloren hatten und welche niedergerissen worden waren, um Raum für die Geschütze zu schaffen; wo man Gräben ausgehoben hatte; welche Straßen für Pferdefuhrwerke gesperrt waren und wer die verschiedenen Tore, Türme und Bastionen befehligte. Zuletzt riß mir wahrhaftig die Geduld, und ich rief: »Allah steh mir bei, was du dir für Mühe machst! Schlag eine Bresche in die Mauern, gleich wo, und die Janitscharen werden das übrige besorgen – und sei es auch nur, damit sie sich endlich an einem tüchtigen Feuer wärmen können.«

Aber Sinan der Baumeister erwiderte: »Nein, nein. Zuerst muß ich das Gefälle des Bodens aufzeichnen und etwa vorhandene unterirdische Quellen kennen, den Grundwasserspiegel feststellen und die Tiefe des Bodens ermitteln, damit meine Sappen nicht überschwemmt werden oder an felsigem Gestein scheitern. Ich muß alles wissen, was es über Wien zu wissen gibt.«

Ich kannte den Plan der Stadt bereits so gut, daß ich mich darin fast mit verbundenen Augen zurechtgefunden hätte. Tausende ihrer nicht waffenfähigen Bewohner waren grausam und unbarmherzig vertrieben worden und den grimmigen Akindschas als leichte Beute in die Hände gefallen. Ihre Zahl wuchs nun dermaßen, daß sie in den Sklavenhürden kaum Platz fanden; auch konnte man sie nicht hinreichend bewachen. So gelang es vielen, zu fliehen und den Verteidigern wertvolle Auskünfte zu liefern.

Hätten diese Verteidiger ihre geringe Anzahl recht bedacht und die Kriegsregeln befolgt, indem sie hinter ihren Mauern ruhig unseren Angriff abgewartet hätten, so wäre das Leben in unserem Lager wohl erträglich gewesen, ungeachtet des schlechten Wetters und der Lebensmittelknappheit. Allein diese draufgängerischen Deutschen und Böhmen behelligten uns, wo sie nur konnten. Als Sinan endlich nach langer Überlegung und genauen Berechnungen begann, in Richtung auf das Kärntnertor Stollen vorzutreiben, stiegen die deutschen Kanoniere in der Stadt in die unterirdischen Gänge unter den Mauern hinab. Dort saßen sie, die Ohren gespitzt, den Blick gespannt auf den Wasserspiegel in einem Eimer und auf eine Handvoll Erbsen gerichtet, die auf einem Trommelfell verstreut lagen. Wenn die Erbsen durch die Erschütterung unserer Minierarbeiten zu tanzen und der Wasserspiegel zu zittern anfing, trafen diese gottlosen Kerle alsogleich

Maßnahmen dagegen. Als wir daher endlich bis unmittelbar unter die Stadtmauer gegraben und dort unser Pulver aufgestapelt hatten bis zu dem Zeitpunkt, da wir alle Minen zugleich sprengen könnten, stießen diese unverschämten, diebischen Deutschen von innen in unsere Stollen durch, stahlen unser ganzes Pulver und schafften es in die Stadt, nicht ohne zuvor alles, was wir in wochenlanger harter und gefährlicher Arbeit geschafft hatten, durch Sprengungen zu zerstören.

Eines Abends brachte der Seraskier, ungeduldig über die langsamen Fortschritte der Sappeure, seine leichten Feldschlangen vor dem Kärntnertor in Stellung und bombardierte dessen Türme eine ganze Nacht, während wahre Sturzfluten von Regen niedergingen. Die türkische Artillerie hätte ihr unvergleichliches Geschick nicht handgreiflicher beweisen können, denn sie hielt ihr Feuer ununterbrochen aufrecht und lud und feuerte ihre Geschütze fast ebenso blitzschnell ab wie bei trockenem Wetter und bei Tageslicht. Das ununterbrochene Dröhnen dieser Kanonen hob meinen Mut gewaltig, allein Andy hielt es für nutzlos, die Kanoniere dem strömenden Regen auszusetzen und ihre Erkältung noch zu verschlimmern. Das Gehuste von hunderttausend Moslems sei noch furchterregender als eine Kanonade, meinte er, und würde allein schon die Mauern Wiens erschüttern.

Mich verlangte gar nicht danach, mein ziemlich trockenes Quartier zu verlassen, für das Sinan der Baumeister ein Kohlenbecken aufgetrieben hatte. Ich verbrachte dort mit ihm bei einigen Flaschen Wein einen fröhlichen Abend; die Folge war, daß wir in tiefen Schlaf fielen. Plötzlich weckte uns eine entsetzliche Explosion. Ausgewählte Truppen der Besatzung – Deutsche, Spanier und Ungarn – hatten einen überraschenden Ausfall durch das Salztor unternommen und unsere arglosen Leute überfallen. Sie steckten alles Reisig, das wir so mühsam gesammelt hatten, in Brand, ferner Sinans Vorratsschuppen, die Sklavenhürden und alle Zelte, die sie erreichen konnten. Es wäre dem ganzen Lager schlimm ergangen, wäre nicht alles so durchnäßt gewesen, daß es nicht richtig brannte.

Die heilloseste Verwirrung riefen die Granaten hervor, welche die Angreifer in die Zelte schleuderten und deren zischende, rauchende Lunten im Dunklen wie Kometenschwänze glühten. Ihre irdenen oder gläsernen Schrapnelle waren mit Steinen, Nägeln und anderem Zeug gefüllt, das im Augenblick der Explosion nach allen Richtungen flog und viele verwundete.

Sinan und ich waren noch schlaftrunken, als der Sturm losbrach, und hätten gewiß ein trauriges Ende gefunden, wäre es uns nicht gelungen, in einen Sturmgraben zu kriechen und weiter in einen Stollen, dessen Mündung ein Gebüsch verbarg. Der Schlachtenlärm zu unseren Häupten jagte mir solchen Schrecken ein, daß ich an allen Gliedern zitternd dalag; Sinan der Baumeister aber wickelte sich den Mantel um den Kopf und fiel sogleich in einen tiefen Schlaf.

Als die Janitscharen in der Morgendämmerung in geschlossenen Reihen die Hügel herab zum Gegenangriff marschierten, bemächtigte sich, wie zu erwarten war, panischer Schrecken der Feinde, und wenigstens ihrer fünfhundert wurden niedergemäht. Den übrigen folgten die Janitscharen, erbittert über die Störung ihrer Nachtruhe, so dicht auf den Fersen, daß sie die Fliehenden wohl in die Stadt verfolgt hätten, wenn die Deutschen nicht hastig die Tore geschlossen und dadurch eine Anzahl ihrer Offiziere ausgesperrt hätten.

Zu Hunderten wurden Köpfe und Stangen vor des Sultans Zelt getragen, während die Janitscharen ihre Musik machten und die Agas sich ihres großen Sieges rühmten. Allein die Verheerungen im Lager überstiegen die deutschen Verluste um ein Vielfaches, und die Agas erlaubten keinem, die türkischen Toten zu zählen, deren Leichen man eilends in die Donau warf. Die Vorbereitungen für unseren Angriff wurden verzögert, und das unterhalb der Wälle bereitgestellte Pulver wurde feucht. Die Zeit war auf seiten der Verteidiger. Tag und Nacht hallte das Lager vom ewigen Husten der Türken wider, das den Sultan im Schlaf störte und erbitterte, weil er darin ein Anzeichen eines Aufruhrs erblickte. Wer weiß, vielleicht war sein Verdacht nicht grundlos.

Es ging auf Mitte Oktober zu, und die Vorräte wurden bedenklich knapp. Da gelang es uns endlich, zwei Minen zu sprengen und einen Teil der Stadtmauer in der Nähe des Kärntnertores zum Einsturz zu bringen. Der aufwirbelnde Schutt hatte sich kaum gelegt, als auch schon die Agas mit Krummsäbel und Peitsche ihre Leute zum Angriff trieben. Drei Tage lang wurde dieser Ansturm wiederholt, aber die Leute glaubten nicht mehr an den Sieg; die Kampflust war ihnen vergangen, und viele gestanden, sie möchten lieber unter den Krummsäbeln ihrer eigenen Führer als unter den furchtbaren Bihändern der Deutschen fallen, die einen Mann auf einen Streich in zwei Hälften spalten konnten.

Selbst Sinan dem Baumeister drohte die Ungnade des Seraskiers, weil zu viele Minen explodiert waren, ohne Schaden anzurichten. Neuen verzweifelten Anstrengungen glückte es jedoch, die Bresche zu erweitern, und nun begann der letzte entscheidende Ansturm. Eine Abteilung nach der anderen wurde mit Peitschenhieben und Stöcken ins dichteste Kampfgetümmel getrieben, bis der Boden vor dem Kärntnertor von gefallenen Türken übersät war. Über der Landschaft lag dichter Nebel, aus dem die Spitzen der Türkenzelte gleich weißen Grabmälern hervorragten. Alle Geräusche klangen seltsam gedämpft in diesem gespenstischen Nebelmeer; es schien, als kämpften Legionen von Geistern vor den Wällen. Kein Wunder, daß den Janitscharen der Kampfgeist verging. Als in der Abenddämmerung ihr letzter Ansturm abgeschlagen worden war, strömten sie in hellen Scharen zurück und fingen an, ihre Zelte abzubrechen, um dieser unheimlichen Stadt unverzüglich den Rücken zu kehren.

Als die Deutschen dies gewahr wurden, läuteten sie alle Glokken und feuerten Salven zur Feier ihres freudigen, unerwarteten Sieges ab. Nach Einbruch der Dunkelheit aber leuchteten in unserem Lager ganz andere Freudenfeuer auf. Die ergrimmten Janitscharen verbrannten alles, was ihnen vor die Hände geriet — Zäune, Vorratsschuppen, Kornsäcke und einen Großteil der Beute, welche die streifenden Akindschas aus einem Umkreis von sechzig Meilen herbeigeschleppt hatten und die aus Mangel an Tragtieren nicht weggeschafft werden konnte. Sie töteten die Gefangenen, pfählten sie oder warfen sie ins Feuer, und obwohl in dem herrschenden Durcheinander ganze Scharen entkamen und an Stricken über die Mauern in die Stadt gezogen wurden, wurden doch Hunderte Christen aus Rache lebendig verbrannt, auf daß ihre Wehschreie in die Stadt hinübergellen und den unschicklichen Jubel der Verteidiger dämpfen sollten.

So endete unser Triumphzug in die deutschen Länder. Die entsetzliche Gefahr, die über der Christenheit geschwebt hatte, schwand dahin; statt dessen sollte ich nun zum Zeugen der ersten und schlimmsten Niederlage Sultan Suleimans werden. Es war offenbar doch nicht Gottes Wille, daß die Christenheit untergehe.

Bis dahin hatte die Erfahrung anscheinend gezeigt, daß Gott sich wenig um kriegerische Unternehmungen kümmerte; allein die jüngsten Ereignisse bewogen mich, meine Meinung zu ändern. Beim Verlassen Roms hatte ich die Christenheit als pestverseuchten und schon dem Untergang geweihten Leichnam betrachtet; nun aber erkannte ich, daß doch noch Gutes darinnen stecken mußte, da Gott in seiner Langmut ihr eine kurze Gnadenfrist gewährte, wie er sie auch Sodom und Gomorra gegönnt hätte, hätten sich nur zehn Gerechte darin gefunden.

Ich pflegte diesen feierlichen Gedankenaustausch mit Andy, als wir still die aufgestapelten Leichenhaufen entlangwanderten, den Toten die Börsen leerten und die juwelenbesetzten Dolche der Offiziere einsteckten. Die abergläubischen Moslems wagten nicht, auch nur ihre eigenen Gefallenen nach Einbruch der Dunkelheit zu durchsuchen. Andy und ich aber kannten derlei Skrupel nicht, und wenn auch ein solches Vorgehen manchen unziemlich dünken möchte, so wäre es doch noch schlimmer gewesen, es den Türken nachzutun und christliche Gefangene bei lebendigem Leib zu verbrennen. Wir betreuten auch die Verwundeten, so gut wir konnten, und krönten unser Werk der Barmherzigkeit, indem wir einen stöhnenden Subaschi ins Lager geleiteten.

Nachdem wir so ungeschoren die Wachen passiert hatten, kehrten wir ins Quartier Sinans des Baumeisters zurück — gerade noch zur rechten Zeit, denn er traf bereits Anstalten zum Aufbruch, und ein Mann von der Leibgarde des Sultans war gekommen, um Andy und mich vor den Seraskier zu führen. Über diese unvorhergesehene Ladung erschrak ich dermaßen, daß die Last, die ich unter meinem Kaftan trug, mit lautem Plumps zu Boden purzelte. Ich hatte, mit oder ohne Grund, ein schlechtes Gewissen; fürchtete ich doch, der Großvezier könnte von unserem kleinen Streifzug auf dem Schlachtfeld gehört haben und würde uns wegen Leichenfledderei hängen lassen.

Eine kurze Überlegung sagte mir freilich, daß dies nicht sein konnte. So verstaute ich denn meine Beute in einer Kiste und vertraute sie Sinan an, der als einziger Träger zur Verfügung hatte. Ich hätte mir freilich die Mühe sparen können, denn bevor wir noch auf dem Rückmarsch Buda erreicht hatten, ging unser ganzer Troß in einem Sumpf verloren. Uns blieb keine Zeit, unsere blutbefleckten Gewänder abzulegen, denn es war schon spät, und der Großvezier durchmaß mit ungeduldigen Schritten sein Zelt. Als er unser ansichtig wurde, hielt er überrascht inne und rief bitter: »Bei Allah, so gibt es doch noch Männer, die sich nicht scheuen, ihre Kleider im Dienste ihres Herrschers mit Blut zu beflecken? Sollen Renegaten mir meinen Glauben an den Islam wiedergeben?«

Es lag auf der Hand, daß er aus unserem Äußeren falsche Schlüsse zog, doch wagte ich nicht, einen so hohen Herrn über seinen Irrtum aufzuklären. Mit schier unziemlicher Hast schickte er seine Diener aus dem Zelt, ließ uns neben sich niedersetzen und begann, im Flüsterton zu uns zu sprechen. Während er redete, blickte er fortwährend scheu um sich, als fürchte er ungebetene Lauscher.

»Michael el Hakim und Antar! Sultan Suleiman ist zur Überzeugung gekommen, daß Allah uns die Eroberung Wiens nicht gönnen will. Wir werden daher morgen das Lager abbrechen und mit der Hauptmacht nach Buda aufbrechen; ich werde mit den fünftausend Spahis als Nachhut folgen.«

»Allah ist Allah, und so weiter«, erwiderte ich mit ungeheuchelter Erleichterung. »Mögen seine Engel Gabriel und Michael unsere Flucht schützen. Der Entschluß ist wahrhaftig weise, und ich kann des Sultans Klugheit nicht genug rühmen.«

Der Großvezier aber knirschte mit den Zähnen und sprach: »Du wagst es, von Flucht zu reden! Nicht einmal irrtümlich darfst du ein so verhaßtes Wort gebrauchen, und jeder, der es wagt, die Wahrheit über unseren großen Sieg über die Ungläubigen zu entstellen, soll hundert Rutenstreiche auf die Fußsohlen erhalten. Doch das Spiel ist noch nicht aus, Michael el Hakim; will's Allah, so werde ich Wien doch noch dem Sultan zu Füßen legen.«

»Und wie in Gottes Namen soll dies geschehen?«

»Ich werde dich und deinen Bruder Antar in die Stadt schikken!« Sein leuchtender Blick durchbohrte mich, als er drohend fortfuhr: »Wenn dir das Leben lieb ist, kehr nicht zurück, ohne deinen Auftrag erfüllt zu haben. Ich gebe dir eine einmalige Gelegenheit, der Sache des Islam zu dienen.«

Ich dachte, der Schicksalsschlag habe ihm den Verstand geraubt, und entgegnete beschwichtigend: »Edler Seraskier, ich weiß, wie sehr du auf meine Geistesgaben und Antars Tapferkeit vertraust, aber wie sollen wir eine Stadt erobern, die zweihunderttausend Mann und hunderttausend Kamele nicht bezwingen konnten?«

Auch Andy sah mißtrauisch drein und meinte: »Zwar hat man mich schon mit Samson verglichen – fern sei es freilich von mir, mit einem Heiligen aus der Schrift mich zu messen –, Samson, heißt es, brachte die Mauern von Jericho zu Fall, indem er in sein Horn stieß. Ich aber habe kein solches Horn und bitte dich demütig, einen Würdigeren mit diesem Auftrag zu betrauen.«

Großvezier Ibrahim aber erwiderte: »Ihr sollt in Wien nicht allein sein, denn ich habe aus den deutschen Gefangenen ein Dutzend Männer ausgewählt und bestochen; die werde ich jeweils zu zweien mit demselben Auftrag wie euch in die Stadt entsenden. Auch ihr müßt euch als deutsche Landsknechte verkleiden und unter die anderen mischen. In der dritten Nacht von heute an müßt ihr Feuer an die Stadt legen, zum Zeichen für mich, daß euer Auftrag geglückt ist, und dann das Kärntnertor öffnen, so daß in der durch den Brand hervorgerufenen Verwirrung meine Spahis einreiten können. Sollte ich kein Feuer erblikken, so muß ich mich dem Willen Allahs beugen und dem Sultan nachreiten, in der Hoffnung, eines Tages dich und deinen kühnen Bruder Antar im Paradies zu treffen.«

Er hielt ein, um Atem zu schöpfen, fuhr aber sogleich fort: »Den Deutschen, die ich bestochen habe, traue ich wenig; euch aber vertraue ich, und ich werde einen gewissen verläßlichen Juden namens Aron bitten, euch zu helfen. Ihr werdet ihn in einem Viertel treffen, das bei den Christen Jammerstadt heißt, wo die Juden Wiens hinter Brettern und Verschanzungen zusammengepfercht leben. Durch die Verfolgungen von seiten der Christen erbittert, vertraut Aron auf den Sultan, in dem er seinen Befreier sieht. Daher wird er euch gewiß helfen, wenn ihr ihm diesen Ring zeigt.«

Der Seraskier hob die schöngeformte Hand und spreizte die Finger, um einen seiner herrlichen Ringe auszuwählen. Er zog einen Diamantring vom kleinen Finger, dessen Stein nicht größer als eines Kindes Fingerspitze war, allein so rein und leuchtend, daß er blaues Feuer sprühte, als Ibrahim ihn im Licht wendete und drehte.

»Aron kennt diesen Stein. Er kann euch keine tatkräftige Unterstützung leihen, weil er fürchten muß, seine Glaubensgenossen ins Unglück zu stürzen, da die Christen gewöhnlich das Vergehen eines einzigen Juden an allen anderen in der Stadt vergelten, manchmal auch an den Juden anderer Städte obendrein. Er wird euch aber beraten und im Notfall verbergen. Sagt ihm, ich will den Ring gern für zweitausend Dukaten einlösen. Ihr sollt deutsche Gewandung tragen und mit Schlägen in den Verschlag der Gefangenen geführt werden. Geht nun in Frieden, und seid meiner Gunst versichert, wenn es euch glückt und ich euch lebend zwischen den verbrannten Trümmern Wiens wiederfinde.«

Nun aber verwahrten Andy und ich uns entschieden dagegen. Ich erklärte Ibrahim, wenn er es so eilig habe, einen treuen Diener loszuwerden, so solle er mir lieber auf der Stelle das Haupt abschlagen. Ibrahim sah ein, daß er davon keinen Nutzen hätte, und bemerkte nach vergeblichen Versuchen, mich umzustimmen: »Gut denn, es sei, wie du wünschest. Doch warum, glaubst du wohl, ersparte ich euch die Beschneidung, wenn nicht zu dem Zweck, euch mit Aufgaben wie dieser zu betrauen? Da ihr euch weigert, kann ich die Erfüllung meiner Glaubenspflichten nicht länger aufschieben und muß die Sache sogleich vornehmen lassen.«

Mit diesen Worten klatschte er in die Hände und schickte den Wächter nach einem Wundarzt. Dann drückte er seine Genugtuung darüber aus, daß Sinan der Baumeister seine Aufmerksamkeit auf einen Umstand gelenkt habe, den er über seinen vielen Pflichten und Sorgen vergessen habe. Andy und ich hatten kaum Zeit, einen verzweifelten Blick zu tauschen; da erschien auch schon der Wundarzt mit einer Röhre und einem Messer, das er zu schleifen begann, wobei er uns versicherte, alles sei im Nu vorüber und täte nicht mehr weh als das Ziehen eines Zahnes. Mir aber widerstrebte diese Operation, durch die das letzte Band mit der Christenheit zerschnitten werden sollte, zutiefst; dort konnte ich bis dahin ja immer noch Zuflucht suchen, sollte mich im Reiche des Sultans ein Unheil treffen. Auch Andy wurde unruhig und meinte schließlich: »Ich glaube, ich will doch lieber dem Islam dienen, indem ich nach Wien gehe, vorausgesetzt, daß von dieser Verstümmelung nicht mehr die Rede ist, wenn ich heil zurückkomme. Obzwar ich ein guter Moslem bin, kann ich doch nicht glauben, daß Allah am Jüngsten Tag nichts Besseres anzuschauen hätte als ...« Ich fiel rasch ein, ich wolle wie stets meines Pflegebruders Schicksal auch hier im Guten wie im Bösen teilen, und was die Beschneidung betreffe, so wolle ich sie aufschieben, bis mein Gewissen danach verlange, und mich ihr dann freiwillig unterziehen.

Der Großvater entließ den enttäuschten Wundarzt und meinte lächelnd, er vertraue uns und sei überzeugt, wir würden als ehrliche Männer unser Bestes tun. Dann überreichte er jedem von uns hundert deutsche und ungarische Golddukaten in abgeschabten Lederbeuteln, wie die Söldner sie häufig mit sich führten. In seiner Gegenwart legten wir sodann die Gewänder gefallener Deutscher an. Andy hatte kaum die vertrauten gestreiften Hosen am Leib, als ihm auch schon die alten deutschen Flüche ungebeten auf die Lippen traten und er aufs neue den unstillbaren Durst des Söldners verspürte. Der Wein, den uns der Großvezier hierauf vorsetzte, ließ uns die Schläge und Püffe ertragen, mit denen wir in den Verschlag der Gefangenen getrieben wurden; freilich dünkte mich unsere Begleitmannschaft allzu gewissenhaft bei der Ausführung von Ibrahims Befehl, uns wie die übrigen zu behandeln und so jeden Verdacht zu zerstreuen.

So geschah es, daß ich ein blaues Auge und eine geschwollene Lippe hatte, als wir im rauhen Morgennebel ausbrachen, über das vertraute Schlachtfeld dem Kärntnertor zutaumelten und dort kläglich in Gottes Namen um Einlaß baten. Viele unserer Mitgefangenen waren schier zum Stehen zu schwach gewesen; zu entfliehen ging ganz und gar über ihre Kräfte; allein mindestens ein Dutzend Frauen zwängten sich durch das Loch, das Andy in den Zaun gebrochen hatte, und folgten uns jammernd und wehklagend. Als die Wachen auf den Wällen das Geschrei dieser armen Weiber hörten, die offenbar dachten, je lauter sie kreischten, desto schneller könnten sie laufen, hielten sie Stricke und Leitern für uns bereit und ließen sie herab; zugleich überschütteten sie unsere Verfolger, die der Nebel verbarg, mit einem Hagel von Pfeilen.

Zitternd und schwindlig krochen wir die Mauern empor, und hilfsbereite Hände holten uns hinüber. Sie klopften uns auf die

Schultern und setzten uns Brot und Wein vor. Wir halfen, noch kauend, mit, die Frauen emporzuziehen, die mit Gekreisch und flatternden Unterröcken gleich Hennen aus dem Nebelmeer tauchten.

Diese Frauen waren gar jung und hübsch, weil die Akindschas auf ihren Streifzügen stets die besten für den Sklavenmarkt auswählten und die übrigen töteten. Deutsche wie Böhmen heulten vor Entzücken bei ihrem Anblick und hießen sie als ein Geschenk des Himmels willkommen. Sie halfen ihnen von der Mauer, warfen sie sogleich auf die nackte Erde und vergewaltigten sie im Handumdrehen, so daß sie kaum wußten, wie ihnen geschah.

Dies bunte Schauspiel wurde von einem rothaarigen Fähnrich unterbrochen, der aus der Wachstube herbeigestürzt kam, seine Männer mit der flachen Klinge auf den Hintern hieb und sie mit schriller Stimme ärgere Hurenböcke als die Türken schalt. Dann befahl er sie zurück auf ihre Posten, damit der Feind sich nicht durch einen überraschenden Angriff in den Besitz des Stadttores setze.

Die hartgesottenen Veteranen mit ihren blutdurchtränkten Verbänden, versengten Bärten und geschwärzten Wangen lachten dem Bürschlein ins Gesicht und forderten ihn auf, dies und das zu lecken. Doch ließen sie die Frauen frei, zogen die Hosen empor und kehrten auf den Wachtturm zurück. Nun wandte sich der Fähnrich barsch an uns und drohte, uns zu hängen, wenn wir als türkische Spione überführt würden. Er wies auf eine Reihe Gehenkter in deutscher Soldatentracht, die an Galgen auf der Mauer baumelten, und erklärte, uns blühe dasselbe Los, wenn wir nicht sogleich geständen.

Aber Andy wußte mit solchen jungen Hähnchen umzugehen. Er trat an ihn heran, rülpste ihm seinen weingeschwängerten Atem in Schwaden ins Gesicht und meinte, er werde ihm beibringen, wie er mit treuen Dienern des Kaisers umzugehen habe, die unter Lebensgefahr entkommen seien und eine Schar Christenfrauen von dem Los, das sie in den türkischen Harems erwarte, gerettet hätten. Seine Redekunst überzeugte das junge Herrchen so, daß es zurückwich, Andy mit ›Herr‹ ansprach und uns versicherte, er selber hege keinerlei Verdacht, aber seine Pflicht erheische es, streng vorzugehen. Er ersuche uns daher, den Vorschriften zu entsprechen, vor seinen Augen Wasser zu lassen und unsere Namen sowie die unseres Regimentes und seines Befehlshabers anzugeben. Hätte er diese in sein Wachbuch eingetragen, so könnten wir im Rathaus Pässe erhalten.

Eine so bescheidene Bitte konnten wir nicht abschlagen. Nachdem wir den erbetenen augenfälligen Beweis, keine Moslems zu sein, erbracht hatten, erklärte ihm Andy, wir gehörten der Vorhut der Landsknechte an, die aus Italien zum Entsatz Wiens geschickt worden seien; unser Befehlshaber sei des Kaisers berühmter Feldherr Bock von Teufelsburg. Es schien uns am klügsten, keinen bekannten Namen zu nennen, damit wir nicht überführt würden; ich fügte aber eilends hinzu, der Name dieses Mannes, der in siebzehnjährigen Feldzügen Ruhm und Ehre erworben habe, spreche wahrhaftig für sich selbst, und unser Befehlshaber könne nichts dafür, daß unsere Truppe von den Akindschas überrascht und zu Verhören verschleppt worden sei. Wir beide seien die einzigen Überlebenden.

Der Fähnrich lauschte mit offenem Mund und beteuerte eifrig, der Name Bock von Teufelsburg sei ihm gar wohl vertraut. Er schärfte uns abermals ein, uns sogleich auf dem Rathaus zum weiteren Verhör zu melden. Dann schien er zu zögern; er biß sich etwas verlegen die Lippe und meinte: »Der öffentliche Ankläger und der Generalprofos sind angesichts der türkischen Listen etwas streng, was nur natürlich ist. Sie würden lieber zehn Unschuldige hängen als einen Verdächtigen laufen lassen. Deserteure werden auch nicht gerade freundlich aufgenommen. Als guter Christ warne ich euch, ihr werdet auf jeden Fall eingelocht, bis ihr jemand findet, der für euch bürgt. Glückt euch das nicht, so werdet ihr baumeln.«

Dann fuhr er in einer Anwandlung von Offenherzigkeit fort: »Du und dein Kamerad, ihr tätet klug daran, das Rathaus und die Leute des Generalprofosen wie die Pest zu meiden, bis die Türken abgezogen sind. Das wird euch nicht schwerfallen, weil sich schon viele andere Deserteure in den Schenken und in den Quartieren weichherziger Frauen verbergen. Geht in Frieden, und das Glück sei mit euch. Leert zuweilen einen Becher auf meine Gesundheit und meine Zukunft.«

Mit diesen Worten warf uns der gutmütige Junge einen Silberschilling zu und ließ uns stehen. Andy und ich verschwanden im Oktobernebel.

Ich war dafür, sogleich Aron ausfindig zu machen. Andy aber, der meinen Arm lässig zwischen Daumen und Zeigefinger hielt, trottete die schmutzigen Straßen, in denen uns verbrannte Häuser ohne Dach aus leeren Fensterhöhlen anstarrten, dahin und schnupperte im Gehen die Luft ein. So wie eine Kompaßnadel sich zitternd immer wieder nach Norden richtet, so hielt Andy inmitten dieser verwüsteten Stadt unbeirrbar auf eine Schenke zu, wohin vor uns ein wüster Haufen betrunkener, streitsüchtiger, prahlerischer, würfelnder Deutscher, Spanier und Böhmen gekommen war. Als wir uns auf zwei Weinfässern niedergelassen hatten, den Weinkrug vor uns, meinte Andy zufrieden: »Ich werde mit jedem Augenblick ein immer besserer Christ und kann kaum glauben, daß ich noch gestern einen Turban trug und mir fünfmal am Tag Hals und Kopf wusch.«

»Ich habe nichts gegen einen Morgentrunk«, bemerkte ich einigermaßen zurückhaltend, »allein unser Auftrag lastet schwer auf mir. Wir täten gewiß klug daran, rechtzeitig einen Vorrat von Stroh, Holz und Pech einzukaufen, um aus dieser unfreundlichen, schmutzigen Stadt ein lustig Feuerlein emporzüngeln zu lassen.«

Andy aber klimperte mit der Börse, bestellte neuen Wein und entgegnete: »Die Haare unseres Hauptes sind gezählt, und kein Sperling fällt vom Dach, er werde denn erschossen, drum frommt es uns nicht, schon heute an das Morgen zu denken.«

Bald war er mit zwei verdächtigen Gestalten ins Gespräch versunken, die habgierig in seine Börse spähten, ihn umarmten und schworen, er sei ihr bester Freund. Andy knallte drei ungarische Dukaten auf den Tisch und hieß den Schenkwirt diesen zwei wackeren Verteidigern Wiens Wein vorsetzen. Jedoch ein pockennarbiger, schurkischer Geselle, der einen blutbefleckten türkischen Kaftan um die Schultern geworfen hatte, nahm Anstoß an Andys Freigebigkeit und schleuderte nun seinerseits einen Haufen Gold auf die klebrige, bespiene Tischplatte, hustete krächzend und rief: »Im Namen Christi, der Heiligen Jungfrau und aller Heiligen! I c h will zahlen, denn ich bin aus türkischer Gefangenschaft entronnen, habe einem ihrer Paschas das Lebenslicht ausgeblasen und Taten vollbracht, die keiner glauben würde, wenn ich sie erzählte. Diese türkischen Münzen sollen für mich sprechen; wollte mich einer hier ausstechen, so würde ich's übel aufnehmen.«

Andy streifte gelassen sein Geld wieder in die Börse und erklärte, er wolle einem so großen Helden nicht zu nahe treten.

Mit der Zeit hatten sich alle ringsum weidlich bezecht, und der Grobian mit dem Gold hieß den Schenkwirt die Tür verriegeln. Dann hielt er folgende Rede:

»Sind wir nicht alle wackere Männer? Haben wir nicht alle Taten vollbracht, die auf tausend Jahre hinaus von Christen allerorten werden gerühmt werden? Aber wer weiß uns Dank? Wir haben weder Sold empfangen noch die geringste Gelegenheit gehabt, zu plündern – und doch, ist nicht die Stadt unser, da wir sie vor der Vernichtung retteten? Es ist nur recht und billig, daß die Einwohner uns zahlen, was man uns schuldet, und sobald die Reiterei zur Verfolgung der Türken aufgebrochen ist, ist unsere Stunde gekommen.«

Die Zecher grölten, das sei die vernünftigste Rede, die sie seit Beginn der Belagerung vernommen hätten. Aber, so meinten sie, unser sind nur wenige, und der Generalprofos kennt keinen Pardon. Strick und Scheiterhaufen erwarten jeden, der Gerechtigkeit sucht.

Der Pockennarbige senkte die Stimme, und seine Augen glühten, als er entgegnete: »Laßt uns allen verläßlichen Kameraden die frohe Botschaft verkünden und morgen abend nach der Vesper die Stadt in Brand stecken! Des Profosen Büttel werden mit dem Löschen so beschäftigt sein, daß sie uns an unserem guten Werk nicht hindern können.«

Die Nüchternsten in der Runde verstummten und begannen, sich nach einen Fluchtweg umzusehen. Andere aber überlegten und meinten, der Plan sei nicht übel. Der Sprecher fuhr fort: »Wir sind dabei nicht allein. Unser sind viele! Ich habe Kameraden, die an anderen Orten den Plan verbreiten, und eben jetzt, zu dieser Stunde, sind gewisse kühne Krieger daran, für die Sache zu werben.« Er zog eine zweite Börse hervor und leerte sie auf den Tisch. »Ich will jedem fünf Gulden zahlen, der verspricht, ein ihm bekanntes Haus in Brand zu stecken.«

Da überließ der Schenkwirt das Weinfaß seinem Schicksal und schlich davon, gefolgt von ein paar weniger betrunkenen Gesellen. Andy aber lief zu meiner großen Bestürzung im Gesicht rot an und brüllte: »Dieser Kerl ist ein Spion und Verräter und bietet tapferen Männern türkisches Gold an! Schlagt ihn aufs Maul, und liefert ihn dem Generalprofosen aus!«

Vergeblich zupfte ich Andy am Ärmel und versuchte, ihn zu beschwichtigen. Als der Pockennarbige mit gezücktem Schwert auf ihn losstürzte, stieß Andy den Tisch um, schleuderte ihm ein leeres Faß an den Kopf, haschte nach seiner Waffe und begann, nach dem Generalprofosen zu brüllen. In der folgenden Verwirrung rafften die betrunkenen Soldaten mit Windeseile die verstreuten Münzen an sich und stürzten sich dann mit grimmigen Flüchen auf den Aufwiegler, den sie packten und fesselten. Draußen erdröhnten die Trommeln der Büttel des Profosen, und bald folgten wir fluchend und mit geballten Fäusten dem unglücklichen Verräter aufs Rathaus, um dort gegen ihn zu zeugen.

Solche Vorfälle wie dieser in unserer Schenke ereigneten sich auch an anderen Orten, und die Büttel des Profosen durchzogen, verstärkt durch ein paar gepanzerte Soldaten, alle Straßen Wiens, durchsuchten jedes Wirtshaus und arretierten jeden, der allzu auffallend mit Geld um sich warf. Als wir am Rathaus anlangten, fanden wir dort bereits eine Menschenmenge vor, die heulend allen Verrätern Tod und Verderben an den Hals wünschte. Wir brüllten nicht weniger laut mit. Andy meinte: »Es war schade, daß wir das Gelage so früh abbrechen mußten. Aber der Kerl war zu geschwätzig und wäre auf jeden Fall ergriffen worden. Es gibt schon genug Zeugen, auch ohne uns; laß uns aber hier im Hintergrund bleiben, denn hier würde man uns nicht im Traum suchen.«

Ich entgegnete bitter: »Du hättest ihn weiterreden lassen sollen; dann hätten wir mit gekreuzten Armen dabeistehen und warten können, bis alles bereit war. Nun ist keine Zeit zu verlieren, und wir müssen rasch unseren Brennstoff besorgen, sonst ziehen wir uns des Großveziers Ungnade zu.«

Andy starrte mich aus weitaufgerissenen Augen an und fragte: »Bist du ganz von Sinnen, Michael? Dieser Bursche hat die ganze Verschwörung verraten; wir haben keine Aussicht mehr, die Behörden zu überraschen. Wir können nur noch unsere eigene Haut retten. Der Großvezier hätte daran denken sollen, daß zu viele Köche den Brei verderben.«

Mittlerweile nahm das Verhör seinen Lauf, und zum großen Entzücken der Menge wurden zwei Deserteure, die man in einer Taverne aufgegriffen hatte, auf der Stelle gehenkt. Fünf Verdächtige, die mit ihrem Geld allzu freigebig um sich geworfen hatten, wurden auf die Folter gespannt. Ihr Geheul drang durch die festen Steinmauern und war draußen auf dem Marktplatz zu hören. Es dauerte nicht lange, und schon wurde vom Tor des Rathauses verkündet, die fünf hätten gestanden, sie seien vom Aga der Janitscharen bestochen worden, zurückzukehren, die Stadt anzuzünden und dann in der herrschenden Verwirrung den Türken die Tore zu öffnen.

Um das Volk zu befriedigen, wurden die fünf Männer auf den Marktplatz geschleppt – sie konnten nicht mehr gehen –, aufs Rad geflochten und hierauf gevierteilt; dann wurden ihre zerrissenen Leichen vor aller Augen auf Pfähle gesteckt. Als diese Pfähle aufgerichtet wurden, fröstelte ich durch und durch und erbrach meinen Wein. Ich beschwor Andy mit schwacher Stimme, mich fortzuführen.

Allein die Menge war nun in gefährlicher Erregung. Einer sah den anderen scheel an, und Soldaten riefen plötzlich, die Juden müßten mit dem Sultan im Bunde sein, weil sie unseren Herrn gekreuzigt hätten. Sie machten sich über einen schreckensbleichen Juden her, der sich zufällig auf den Marktplatz verirrt hatte, steinigten ihn, warfen ihn zu Boden und traten ihn ins gelbe Gesicht; sodann strömten sie in Scharen zum Ghetto.

Meines jämmerlichen Zustandes nicht achtend, packte mich Andy am Arm. Bald standen wir vor dem verrammelten Tor zur Jammerstadt, die ihren Namen nach allem, was wir sahen, wohl verdiente. Das Sonnenlicht konnte nie in die übelriechenden Gäßchen dringen, alle Türen und Fenster waren geschlossen, und keine lebende Seele war zu sehen. Sobald die Soldaten anfingen, gewaltsam in die Häuser einzudringen, sandten die Rabbiner und Ältesten, die in die Keller geflohen waren, einen Eilboten auf geheimen Wegen zum christlichen Herzog, um ihm das übliche Schutzgeld anzubieten.

Die Offiziere erlaubten ihren Männern zunächst, die Häuser aufzubrechen, die Möbel herauszuwerfen und zu zertrümmern und zwei unglückliche Jüdinnen zu vergewaltigen; sodann schickten sie Berittene, um dem Tumult ein Ende zu machen und den erregten Pöbel in die Stadt zurückzutreiben. Die Reiter ließen sich dabei Zeit und redeten freundlich mit den Plünderern; sie erklärten ihnen, sie möchten wahrhaftig nicht für die Verteidiger der Schlächter Christi angesehen werden, es sei aber doch klug, sie am Leben zu lassen, weil sie von Nutzen seien und ein Christ jederzeit ihnen im Notfall ein paar Scherflein abpressen könne. Inzwischen verbargen Andy und ich uns in einem Stall unter dem Stroh, leerten die letzten Tropfen aus einem kleinen ungarischen Fäßchen, das er aus dem Lager mitgebracht hatte, und fielen in den Schlaf der Erschöpfung.

Es war Nacht, als wir erwachten. Die Juden aber sangen immer noch Klagelieder und streuten sich Asche aufs Haar, während sie ihre heimgesuchten Wohnstätten betrachteten. So wehmütig und unheimlich klang ihr Gesang in die dunkle Nacht, daß mir kalte Schauer über den Rücken liefen. Andy aber sprach: »Das ist ein altes Lied; ich hörte es in jeder christlichen Stadt, wo kaiserliche Truppen im Quartier lagen. Wir wollen Aron suchen, denn in meinen Eingeweiden wütet der Hunger.«

Ich begleitete ihn zu dem Haus, aus dem der fürchterliche Klagegesang schallte. Allein das Singen erstarb, als wir unter die gebückten Gestalten traten und nach Aron fragten. Ich glaube, sie waren daran gewöhnt, mitten in der Nacht Fremde unter sich auftauchen zu sehen, weil sie keineswegs erschreckt schienen. Nachdem sie sich überzeugt hatten, daß sie uns trauen durften, öffneten sie eine verborgene Falltür und führten uns in einen Keller, aus dem wir durch übelriechende unterirdische Gänge in Arons Haus gelangten.

Aron war ein abgezehrter Mann mit leidvollem Ausdruck. Beim Anblick von Ibrahims Ring schien er keineswegs überrascht, küßte ihn aber ehrfürchtig. Er neigte sich tief vor uns und sprach: »Wir hofften auf ein Wunder Jehovas und glaubten, der neue Salomon werde auf weißem Zelter in die Stadt einreiten! Wir hätten ihn mit grünen Zweigen als Eroberer willkommen geheißen. Allein Jehova hat es nicht gewollt.«

Er rieb den Diamanten am Ärmel seines schwarzen Kaftans und bewunderte sein Feuer im Licht einer rauchenden Öllampe. Dann seufzte er: »Behaltet den Ring, wenn ihr ihn bei euch für sicherer haltet als bei mir. Ich würde ihn nur dem Großvezier zurückschicken, weil ich in dieser Sache nichts unternehmen kann.«

Wir verbrachten die Nacht und auch den nächsten Tag in Arons Haus, weil wir nicht wußten, was wir sonst anfangen sollten. Als aber die Nacht hereinbrach – die Nacht, die der Großvezier für den Brand vorgesehen hatte –, sagte Andy: »Ich möchte gerne wenigstens etwas tun, den Ring zu verdienen, den Aron nicht annehmen will, und habe es satt, in diesem Elendshaus eingesperrt zu sein. Gehen wir in die Stadt zurück, Bruder Michael, und untersuchen wir des Königs Pulvermagazin und Kornspeicher. Vielleicht glückt uns wenigstens ein kleines Feuerchen, wenn auch der Großvezier es jetzt wohl kaum mehr braucht.«

Um den Wachsoldaten an den Ghettotoren auszuweichen, krochen wir nach Arons Weisungen durch die Kanäle. Ich möchte erwähnen, daß dieser redliche Jude für seine Hilfe und seinen Schutz keinen Pfennig annahm und uns bloß bat, beim Großvezier für ihn ein gutes Wort einzulegen. Wir fanden das Pulvermagazin und die Ställe des Herzogs von vielen Soldaten bewacht und hatten daher keine Aussicht, auch nur das unschuldigste Feuerchen zu entfachen und so dem Seraskier unser Versprechen wenigstens teilweise zu halten.

Auf dem Marktplatz hatte sich eine große Schar Weiber um die Kochtöpfe versammelt, aus denen mitleidige Mönche Essen an die Flüchtlinge verteilten, die sonst vor Hunger gestorben wären. Aber auf der Schwelle eines verlassenen Hauses erblickte ich ein junges Mädchen. Sie hatte sich den Unterrock über den Kopf geworfen und wiegte sich schweigend hin und her. Ihre stumme Verzweiflung rührte mich so, daß ich sie anredete und ihr ein Almosen bot; sie aber sah auf und versetzte herb, sie sei keine Dirne, die man mit Geld kaufe. Ich war überrascht, als ich sah, wie schön sie war, und erfuhr, daß sie unter den Frauen gewesen war, die mit Andys Hilfe aus dem türkischen Lager entronnen waren. Auch sie erkannte uns und fragte mit einem Ausruf des Staunens, wie wir mit dem Leben davongekommen seien, wo doch alle anderen Gefangenen als Deserteure gehenkt worden waren.

Ich bat sie, um der Liebe Gottes willen zu schweigen und nicht die Aufmerksamkeit der Wächter zu erregen, da unser Leben nun in ihrer Hand liege. Sie war sehr schön, obgleich ihr Haar nun vom Regen durchnäßt und ihre Kleider zerlumpt und von Kot bespritzt waren. Wir erfuhren von ihr, sie und ihre Eltern seien aus Ungarn geflohen – wo ihr Vater ein Gut nahe der transsylvanischen Grenze besessen habe –, um zu König Ferdinand zu stoßen; auf der Flucht nach Wien aber hätten die Akindschas die ganze Familie bis auf sie erschlagen. Sie selbst habe man in die Sklaverei geführt.

Als sie ihren Namen nannte und bei den Militärbehörden Wiens Schutz suchte, begegnete man ihr mit Verachtung und schmähte ihren toten Vater als rebellischen Ungarn. Jedes ungarische Hirtenmädchen, so sagte man ihr, das den Türken entkam, würde zur Tochter eines Edelmannes, sobald sie Wien betrete. Um ihrer Schönheit willen aber versprach ihr einer der Edlen des Hofes, regelmäßig mit ihr zu schlafen, wenn sie sich in die Liste der Dirnen eintrüge und so redlich ihr Brot verdiene wie die anderen Flüchtlinge. Zweimal hatte sie vor Hunger Soldaten auf der Straße angesprochen und sie gebeten, ihr um der Liebe Gottes willen Speise und ein Dach über dem Kopf zu geben. Diese aber führten sie, nachdem sie ihr eifrigst ihre Hilfe versprochen hatten, nur in ein Seitengäßchen, um sie zu mißbrauchen; dann ließen sie sie im Schmutz der Straße stehen. Sie sagte: »Ich gäbe alles darum, in meine Heimat zurückzukehren und den Schutz der Türken und König Zapolyas zu erbitten. Vielleicht würde er mich meines Vaters Gut behalten lassen, da ich die einzige Überlebende bin, und mich dann einem aus seinem Gefolge vermählen. Nicht einmal die Türken könnten mir so übel mitspielen wie die Christen.«

Da begann der Regen in schweren Tropfen zu fallen. Andy sah zu den trüben Wolken auf und bemerkte: »Es zieht ein Unwetter auf; wir wollen Schutz suchen. Dann können wir die Sache des weiteren besprechen, meine schöne junge Dame, denn Eure Jugend und Not schneiden mir ins Herz.«

Aber das arme Mädchen bekreuzigte sich und schwor, sie wolle nie wieder mit fremden Männern in Seitengäßchen gehen, sondern lieber an Ort und Stelle vor Kälte und Hunger sterben. Wir aber redeten ihr so eindringlich zu, und der Regen fiel in solchen Strömen, daß sie sich nach ängstlichem Zögern zum Mitgehen bewegen ließ. Mit niedergeschlagenen Augen und leiser Stimme sagte sie uns, sie heiße Eva. Sie nannte auch den Namen ihrer Familie; der aber war eines jener heidnischen ungarischen Wörter, die kein Mensch aussprechen kann. Wir klopften an viele Türen, doch niemand wollte uns einlassen. Zum Glück begegneten wir einem jener Trödler, welche die Landsknechte versorgten; er schob seinen Handkarren die Straße entlang vor sich her und sah sich nach einem schützenden Dache um. Er verkaufte uns Brot, Fleisch und Käse und erzählte uns von einem angesehenen Bordell – dem einzigen Ort, wo wir vor den Bütteln des Generalprofosen sicher seien, weil die Bordellwirtin dem Profosen ein rundes Sümmchen für die Erlaubnis bezahle, ihrem Gewerbe ungestört nachzugehen.

Die Bordellwirtin empfing uns herzlich, sobald sie merkte, daß wir mit Geld wohl versehen waren, und versuchte auch nicht, uns ihre eigenen Mädchen aufzudrängen. Die hatten, nach dem Lärm zu urteilen, ohnedies schon alle Hände voll zu tun. Sie gab uns ein sauberes Dachkämmerchen und versicherte uns, bis zum Morgen würde uns niemand stören; sie machte sogar Feuer, so daß wir unsere Kleider trocknen konnten. Dafür, und um sicher zu gehen, daß sie uns nicht anzeigte, kauften wir ihr einen Krug Wein zu einem Wucherpreis ab. Bordellwirte sind in Geschäftssachen so verläßlich wie Juden, und zwar aus demselben Grund – ihr Leben hängt davon ab. Freilich können Dummköpfe ihr Geld dort ebensoleicht loswerden wie anderswo, ja selbst in Unterwäsche auf die Straße gesetzt werden und obendrein noch einen Nachttopf als Zugabe nachgeworfen erhalten. Derlei ist nicht zu vermeiden, wenn sich einer nicht dem Hausbrauch fügt.

Wir aßen, tranken und wärmten uns, und nachdem Andy und ich unsere Kleider abgelegt hatten, um sie am Ofen zu trocknen, wagte unsere Gefährtin, unserem Beispiel zu folgen, und behielt nur einen ihrer Unterröcke an. Obgleich ihre Kleider zerrissen waren, sah ich doch, daß sie aus haltbarem, kostspieligem Stoff waren, was meinen Glauben an ihre Geschichte beträchtlich vermehrte. Ich lieh ihr meinen Kamm, und nun, da der Wein ihren Wangen Farbe verliehen hatte, gewahrte ich, daß sie ungewöhnlich schön war, mit klaren Augen und reiner Haut. Auch Andy betrachtete sie nach dem Essen lange, während der Regen auf das Dach über uns trommelte. Endlich meinte er: »Eure anderen Unterröcke werden jetzt trocken sein, Ihr legt sie besser an. Die Heilige Schrift gebietet uns, einander nicht in Versuchung zu führen. Es täte mir leid, wenn meine Gedanken wegen Eurer bloßen Schultern auf Abwege gerieten.«

Dennoch starrte er das liebliche Mädchen immer hingerissener an. Sie war augenscheinlich wohlerzogen, weil sie ihre Augen mit den langen Wimpern bescheiden gesenkt hielt und sehr zierlich aß. Während er sie so betrachtete, wurden seine Augen immer runder. Er begann unruhig herumzurücken und schwer zu atmen. Ich hatte Andy noch nie in Gegenwart eines Weibes so aus der Fassung geraten sehen. Er trommelte auf seinen Knien, faßte sich mit seinen Pranken an den Hals oder kratzte sich den Bukkel; ein Weilchen bemühte er sich, die Hände gesittet zu falten; als alles andere nichts fruchten wollte, steckte er sie entschlossen unters Gesäß und blieb darauf sitzen. Überzeugt, daß er genug gegessen und geruht hatte, mahnte ich endlich: »Mir ist, als hörte ich die Vesperglocke; nun haben wir die letzte Gelegenheit, unsere Pläne auszuführen.«

Im selben Augenblick erdröhnte zu unseren Häupten ein gewaltiger Donnerschlag. Die Schleusen des Himmels öffneten sich, und Hagelkörner, so groß wie Taubeneier, rasselten auf die triefenden Dächer und überschwemmten Straßen herab. Andy lauschte dem Getöse eine Weile, dann meinte er mit einem Seufzer der Erleichterung: »Es war nicht Allahs Wille. Diese Sintflut würde das wütendste Feuer im Nu löschen. Hätten wir sie vorausgesehen, hätten wir nie in diese vom Teufel heimgesuchte Stadt zu kommen brauchen.«

Nichts deutete auf ein Nachlassen des Gewitters, es nahm sogar an Heftigkeit zu. Aus irgendeinem Grund wurde Andys Gegenwart mir immer lästiger, und ich sagte: »Vielleicht wäre es gut, wenn du draußen vor der Tür Wache stündest, denn dieses scheue, reizende Mädchen möchte mit mir ungestört besprechen, wie wir ihm in seiner großen Not am besten beistehen könnten.«

Ich war, glaube ich, von den besten Absichten beseelt. Das Mädchen aber verstand mich falsch, faßte Andy mit beiden Händen am Arm und rief verschreckt: »Lieber Meister Andreas, ich bitte Euch, laßt mich nicht mit Eurem Bruder allein, denn er funkelt mich so lüstern an wie ein Wolf, und ich traue keinem mehr.«

Andy errötete, schüttelte die Faust gegen mich, hob dann das

Mädchen sachte auf sein Knie, legte ihr den Zeigefinger unters Kinn und sagte: »Fürchtet Euch nicht, edles Fräulein Eva. Vertraut mir, und ich werde, will's Allah, Euch sicher in Eure Heimat zurückführen. Ich muß Euch wohl offenbaren, daß mein Bruder und ich in türkischen Diensten stehen, und auch wir wollen aus dieser elenden Stadt herauskommen.«

Das Mädchen sträubte sich nicht gegen seine Umarmung, sondern sah ihm gerade in die runden, grauen Augen und erwiderte: »Und wärt Ihr Kalmücken, Teufel oder Zauberer, so wollte ich dennoch lieber mit Euch gehen als hier bleiben. Die Türken haben mir mehr Barmherzigkeit erwiesen als die Christen. Ich habe die Christenheit in diesen wenigen Tagen so verabscheuen gelernt, daß ich gar wohl verstehe, wie ein tapferer Mann lieber dem Sultan als König Ferdinand dienen will. Ich bewundere Euch, seit ich Euch zum erstenmal unter den Gefangenen sah, wegen Eurer Stärke, Eurer Ritterlichkeit und Eures guten Herzens. Ihr seid ohne Zweifel ein Deutscher von edler Abkunft, da Ihr diese verhaßte Sprache so gut beherrscht.«

Schweißtropfen standen Andy auf der Stirn, als er entgegnete: »Ich habe diese Sprache auf meinen Feldzügen erlernt, und nur Eure Freundlichkeit konnte mein Lagerkauderwelsch gutes Deutsch nennen. Ich bin in der Wildnis geboren, in einem Land der Tannen, Wölfe und Bären, und bisher war noch kein Fürst so klug, mir die Sporen des Ritters zu verleihen. Aber im Heer des Sultans trage ich die Reiherfeder des Stückmeisters, die bestimmt ein Paar goldener Sporen aussticht.«

Jungfer Eva hörte dies gern; sie lehnte das dunkle Köpfchen vertrauensvoll an Andys Schulter. Sogleich hob er sie von seinem Schoß und legte sie sanft auf den Rand des Bettes; dort blieb er ein Weilchen stehen, über sie gebeugt und seufzend.

»Ach, wie warm Ihr in meinen Armen wart, Jungfer Eva! Eure rosigen Wangen sind glatt und flaumig wie Pfirsiche, und für mich seid Ihr schöner als der Mond!«

Jungfer Eva schlug die Augen nieder und widersprach: »Nein, ich bin nicht schön. Ich bin nur eine hilflose Waise und habe nicht einmal an König Zapolyas Hof einen Beschützer, der mir meines Vaters Güter wieder zurückgewinnen könnte.«

Andy drückte beide Hände an die Brust und zitterte wie ein Baum, der sich eben zum Sturze neigt.

»Allah sei mir gnädig!« flüsterte er. »Dies muß im Buch des Schicksals schon lange vor meiner Geburt verzeichnet gewesen sein. Sagt mir, wie groß sind Eure Güter? Wie viele Pferde und Vieh habt ihr? Sind die Gebäude in gutem Zustand? Und wie steht's mit dem Boden?«

Entsetzt über den Verlauf, den die Dinge zu nehmen drohten, schickte ich mich an, sie zu verlassen, wobei ich Andy in unserer Muttersprache beschwor, lieber gleich mit ihr kurz zu verfahren, als sich durch so unüberlegte Worte zu binden. Er aber flehte mich an, zu bleiben, sagte, er hätte dergleichen noch nie erlebt und wisse sich nicht auszudrücken und ich müsse für ihn sprechen.

Jungfer Eva betrachtete uns erstaunt, antwortete aber unterwürfig auf Andys Fragen. »Mein Vater teilte mir wenig von seinen Geschäften mit, aber unsere Güter waren groß genug, daß bescheidene Landadelige wie wir davon leben konnten. Wir hatten feuchten und trockenen Boden, Lehm und Sand. Wir hatten auch Wälder und Wild in Hülle und Fülle. Anfang und Ende unserer Besitzungen lagen eine Tagereise auseinander, obwohl mein Vater fortwährend Gerichtshändel mit seinen Nachbarn hatte, die er beschuldigte, die Grenzsteine zu versetzen und ihre Herden auf seinen Wiesen weiden zu lassen. Wir hatten wohl einige hunderttausend Schafe, tausend Pferde und etwas Vieh. Jedenfalls gab der jüdische Verwalter meines Vaters ihm Geld, sooft er es wollte.«

Andy seufzte, räusperte sich und bat flehentlich: »Michael, ich mag vom Teufel besessen sein, aber ich liebe dieses Mädchen wirklich von Herzen und will sie freien, damit ich für sie sorgen und ihr ihres Vaters Eigentum wiedergewinnen kann. Sprich für mich, Michael, denn du weißt deine Worte schicklicher zu wählen als ich. Willst du nicht, so muß ich es tun – glückt mir's dann aber nicht und weist sie mich ab, so breche ich dir alle Knochen im Leib!«

Obwohl ich sein Benehmen tief bedauerte, blieb mir doch keine Wahl. So wandte ich mich denn in gewählten Worten an das Mädchen: »Ich glaube, mein Bruder hat den Verstand verloren, aber er will Euch heiraten. Als Hochzeitsgeschenk will er bei König Zapolya die Rückgabe Eurer Güter bewirken. Mag sein, daß es ihm sogar glückt, denn er ist ein Günstling des Großveziers, dessen bester Freund, Messer Gritti, König Zapolyas Ratgeber ist. Mein Bruder ist nicht von edler Abkunft, obwohl er sich guten Gewissens von Wolfenland zu Fichtenbaum nennen darf, und er schwört, sein Herz glühe für Euch, seit er Euch zum erstenmal erblickte.«

Jungfer Evas Kirschlippen taten sich in stummem Erstaunen auf; ihr Antlitz überzog tiefe Röte. Nun war das Zittern und Händeringen an ihr. Dann aber legte sie alle weibliche Scheu ab, warf sich zu Andys Füßen nieder, umfaßte seine Knie und schluchzte: »Von ganzem Herzen will ich Euer Weib sein, edler Meister Andreas, und könnte mir nichts Schöneres träumen lassen, bin ich doch eine arme Waise, meiner Habe und meiner Unschuld beraubt. Wollt ihr mich zum angetrauten Weibe haben, so will ich Glück und Unglück mit Euch teilen und Euch in allem untertan sein. Nur um eines bitte ich Euch: laßt mir meinen Christenglauben und bezahlt einen guten Priester, auf daß er uns im Sakrament der Ehe vereine.«

Andy lief der Schweiß über die Stirn. Er wandte sich an mich: »Erweise mir einen letzten Dienst, Bruder Michael, und schaffe mir einen Priester herbei. Hast du binnen einer Stunde keinen aufgetrieben, so nehme ich dieses Mädchen unter den Arm und fliehe mit ihr aus Wien; du magst dann zusehen, wo du bleibst.«

Aus seinen Worten klang solche Verzweiflung, daß ich fürchtete, er könne seine Drohung wahrmachen. Daher biß ich grimmig die Zähne zusammen und machte mich auf die Suche nach unserer Wirtin. Diese wachsame Frau war noch auf, verkaufte ihren Kunden Wein und leerte die Börsen der Schlafenden. Sie erzählte mir von einem verläßlichen Priester, der zu jeder Tages- und Nachtstunde bereit sei, ohne zudringliche Fragen seines heiligen Amtes zu walten, wenn er nur großzügig entlohnt würde. Es sei nicht zum erstenmal, daß er in dies Haus gerufen werde, und erst in der vergangenen Woche habe er zweimal Kunden die Wegzehrung und die Letzte Ölung gespendet, nachdem sie über Glaubensfragen handgemein geworden waren. Ich gab ihr ein Goldstück. Sie sandte einen Kellner nach dem Priester, in der Meinung, ich sei im Kampf mit Andy um das Mädchen auf die eine oder andere Weise Sieger geblieben und er liege in den letzten Zügen. Als ich in unser Dachstübchen zurückkam, zog Andy fluchend die Hand von Evas Hals zurück. Rasch gewann er aber seine gute Laune wieder und bat: »Vergib mir, mein lieber Michael, daß ich dich eben so barsch angefahren habe. Dies ist die glücklichste Stunde meines Lebens. Ich hätte nie zu hoffen gewagt, daß ein so schönes, hochgeborenes Mädchen mich liebgewinnen könnte.«

Da hörten wir des Priesters Glöcklein draußen läuten. Wer beschreibt mein Erstaunen, als ich ihm öffnete: ich kannte dies bläuliche, aufgedunsene Gesicht mit seinem rötlichen Nasenerker! Vor mir, angetan mit einer Soutane, die Tonsur auf dem Schädel und Bartstoppeln im Gesicht, stand der Mann, der mir in meinen Pariser Studentenjahren die erste teuer bezahlte Lektion in Lug und Trug der Welt erteilt hatte.

»Im Namen des Barmherzigen!« rief ich. »Mögen alle Heiligen uns beschützen, Ehrwürdiger Vater, aber seid Ihr nicht Meister Julien d'Avril, der Lump aus Paris? Wo habt Ihr dies Priesterkleid gestohlen, und wie ging es zu, daß Ihr noch nicht am Galgen baumelt? Ein klein wenig Gerechtigkeit gibt es ja wohl noch auf der Welt?«

Es war wahrhaftig Julien d'Avril, wenn auch stark gealtert und versoffener denn je. Zuerst wurde er aschfahl. Dann aber, alter Fuchs, der er war, faßte er sich rasch, schloß mich in die Arme, blies mir seinen übelriechenden Atem ins Gesicht und rief unter Tränen der Rührung: »Ach, mein lieber Junge, mein lieber Michael de Finlandia! Welches Glück, Euer offenes, ehrliches Gesicht wiederzusehen! Gesegnet sei die Stunde, die uns aufs neue vereint. Wie geht es Euch, und wozu bedürft Ihr der Dienste der heiligen Kirche so dringend, daß Ihr einen alten Mann aus dem Bett holt?«

Mit dieser unerwarteten Begegnung kann ich die Geschichte der Belagerung Wiens zu einem schicklichen Ende führen. Nachdem ich nun gewissenhaft alles berichtet und von meinem Anteil an diesem unglückseligen Feldzug nichts verschwiegen habe, will ich ein neues Buch über meine weiteren Abenteuer beginnen.

SECHSTES BUCH

DAS LICHT DES ISLAM KEHRT HEIM

Auch Andy stand wie vom Donner gerührt, als er Julien d'Avril erkannte; er faßte sich jedoch bald und erwies ihm die seinem Priestergewand gebührende Ehrfurcht.

»Die Vergangenheit ist vergessen«, meinte er, »und ich hege keinen Groll gegen Euch, Meister Julien, obgleich es eine Zeit gab, da ich Euch mit Freuden die Haut bei lebendigem Leib abgezogen und sie zum Trocknen auf einen Ast gehängt hätte. Aber niemand ist frei von Schuld, und wer bin ich, daß ich den ersten Stein werfen sollte? Sagt mir nur eins — seid Ihr ein rechtmäßig geweihter Priester, mit der Vollmacht, die Sakramente zu spenden?«

Julien sah ihn vorwurfsvoll an und antwortete: »Könnt Ihr daran zweifeln? Vergeßt meinen früheren, sündebefleckten Namen und nennt mich Pater Julianus; unter diesem Namen kennt mich ganz Wien als frommen Feldkuraten. Ich habe die Hostie und das heilige Öl mitgebracht und stehe Euch zu Diensten, wenngleich ich hier niemand in den letzten Zügen sehe.«

Andy erwiderte: »Ehrwürdiger Pater Julianus, hier bedarf es des Sakramentes der Ehe; sprecht die notwendigen Worte über mich und dieses ungarische Waisenmädchen; sie muß Euch ihren Namen selbst sagen; ich breche mir dabei meine ungelenke Zunge.«

Pater Julianus zeigte sich keineswegs überrascht; seine Augen wanderten zerstreut über die bloßen Schultern der Braut, als er bemerkte: »Euer Vorsatz ist lobenswert, allein was hat die Herrin des Hauses dazu zu sagen? Habt Ihr sie für das Mädchen entschädigt? Sie hat bei ihrem Gewerbe viele Scherereien und Auslagen, und ich möchte sie wahrhaftig nicht zu kurz kommen lassen, weil wir füreinander gute Kunden sind.«

Andy starrte ihn verständnislos an. Pater Julianus aber hob die Hand und fuhr fort: »Glaubt nicht, ich bezweifle Eure Redlichkeit oder wollte Eure Braut irgendwie herabsetzen. So manche Ehe, die in der Hitze des Augenblicks oder in Trunkenheit geschlossen wird, geht gut aus, und eine Dirne gibt oft das beste

Eheweib für einen Berufssoldaten ab. Sie sammelt Brennholz für ihn, trägt seinen Kochtopf und wäscht seine Kleider. Gestattet mir als einem erfahrenen Seelenarzt dennoch den Hinweis, daß es klug wäre, den Gedanken zu überschlafen.«

Als Andy endlich merkte, worauf der Feldkurat hinauswollte, geriet er in Wut, zog sein Schwert und hätte Pater Julianus gewiß durchbohrt, wäre ich nicht dazwischengesprungen. Ich machte unserem Gast die beredtesten Vorwürfe wegen seines Verdachtes und erklärte ihm, Andy Liebste sei von edler Abkunft und Erbin eines großen Besitzes in Ungarn. Die Hochzeit müsse notwendigerweise still vor sich gehen, meinte ich, weil in ihrem Heimatland so unheilvolle Zustände herrschten. Pater Julianus solle drei Dukaten für die Eheschließung und einen obendrauf für den Opferstock erhalten.

Pater Julianus aber traute mir nur halb; er sah uns alle drei aus scheelen Augen mißtrauisch an und meinte: »Es stinkt etwas an der Geschichte. Ihr hättet mich nicht zu dieser Nachtstunde und überdies in ein Brodell holen lassen, wenn Ihr nichts zu verbergen hättet. Ich will nicht den Hals riskieren, indem ich mitmache – wenigstens nicht für vier Dukaten.«

Verrückt wie er war, versuchte Andy gar nicht erst, mit dem Lumpen zu feilschen, sondern bot ihm zwanzig ungarische Dukaten, was ihn nur noch mißtrauischer machte. Dennoch schlug er sein Buch auf, las die erforderlichen Segenssprüche und vereinte die beiden im Sakrament der Ehe ohne weiteren Disput. Selbst von seinen gottlosen Lippen hatten die uralten lateinischen Worte einen feierlichen Klang.

Schließlich fragte er Andy nach dem Ring, um ihn der Braut an den Finger zu stecken und sie für Mann und Frau zu erklären. In seiner Not bat mich Andy um Großvezier Ibrahims kostbaren Diamantring; eine so ungeheuerliche Bitte, daß sie mich mehr als alles andere davon überzeugte, daß er nicht mehr bei Trost war. Da half kein Toben und Fluchen; er holte ihn mir mit Gewalt aus der Börse und reichte ihn Pater Julianus, der ihn dem Mädchen an den Finger steckte. So verloren wir ihn für immer.

Beim Anblick dieses wundervollen Steines sah Pater Julianus gar ängstlich drein und ging augenscheinlich mit sich zu Rate, was für Menschen wir wirklich seien. Er beendete die Zeremonie eilends, sprach den Segen mit aller Kraft und Machtvollkommenheit der Kirche, strich die Münzen blitzschnell in seine fettige Börse und schickte sich zum Gehen an. Er sagte: »Mir ist vom vielen Reden die Kehle ausgedörrt, ich will gerne mit Euch auf Eure Wohlfahrt und Euer Glück trinken, so Ihr wollt. Ihr werdet gewiß für den Rest der Nacht hierbleiben, um die ersten Ehepflichten zu erfüllen, und ich will Euch noch einmal besuchen, um Euch beiden den Segen des Herrn zu erteilen.«

Ich argwöhnte, daß wir in eine Falle gegangen waren. Andy aber erwischte Pater Julianus am Ohr, schüttete ihm Wein in die Kehle und meinte gastfreundlich: »Trinkt, lieber Pater. Einmal wenigstens schluckt so viel, daß Ihr wißt, daß Ihr getrunken habt. Heute nacht frage ich nicht nach den Kosten. Michael kann uns zwei weitere Flaschen dieses Nektars besorgen.«

Pater Julianus sträubte sich heftig, spuckte und protestierte, aber Andy tauchte ihm die geschwollene Nase in den Krug und hieß mich neuen Wein holen. Als er ihn einen Augenblick freigab, hub der fromme Pater sogleich an, uns des Verrates zu bezichtigen und als Renegaten zu verfluchen; er schwor, er hätte schon damals, als er uns zu Paris zum erstenmal begegnet sei, die Schwefeldämpfe der Ketzerei an uns gerochen. Andy aber beschwichtigte ihn: »Dies tue ich Euch zuliebe, teurer Pater Julianus; wollt Ihr aber lieber die Kehle durchschnitten haben, so habe ich auch nichts dagegen. Reizt mich nicht allzusehr, denn ich kann nicht vergessen, wie Ihr uns in der Schenke vor Paris so schnöde im Stich ließet und uns Euer kurz angebundener Brief als einziges Andenken für all unsere Sorgen und Mühen blieb.«

Er zog sein Messer, spuckte in die Hand und begann die Klinge zu schärfen. Pater Julianus verstummte sogleich, und sein Gesicht wurde fahl. Der Schurke hatte alle Wechselfälle und Launen des Schicksals erlebt und sah ein, daß er klug daran tat, sich ins Unvermeidliche zu fügen. Mit zitternder Stimme bat er um neuen Wein, und ich ging sogleich welchen holen.

Es dauerte nicht lange, und schon versicherte er uns, er hätte immer Mohammed für den hervorragendsten Propheten gehalten, die Kirche habe der Vielweiberei gegenüber eine gar engstirnige Haltung eingenommen, trotz des guten Beispieles der Patriarchen. Sodann jammerte er über den strengen Generalprofosen, der einem armen Feldkuraten seinen bescheidenen Verdienst mißgönne. Als er aber zu stammeln und zu schlucken anfing und sich an den Tischrand lehnte, bedeutete mir Andy, mich aus dem Staub zu machen und Pater Julianus mitzunehmen. Nach vielen vergeblichen Einwänden torkelte ich mit dem Kuraten die steile Treppe hinab. Unsere freundliche Wirtin half mir, ihn in ein anderes Gemach zu befördern. Sodann bot sie mir die Dienste ihres Hauses an; ich aber war viel zu niedergeschlagen, um darauf einzugehen, und kroch neben den schnarchenden Pater Julianus ins Bett, wo ich zur größeren Sicherheit sein linkes Bein an mein rechtes band. Dann schlief ich ein. Mein einziges Ruhekissen war mein gutes Gewissen.

Ich schlief sehr tief und erwachte erst, als Pater Julianus heftig an meinem Bett zerrte. Er saß neben mir aufrecht im Bett, sprach ein Gebet und flüsterte mir zu: »Rührt Euch nicht; wir sind Räubern in die Hände gefallen. Sie haben mich so gebunden, daß ich nicht aus dem Bett kann, und mein linkes Bein ist so steif, daß ich keine Spur Gefühl darin habe, obwohl ich mein Bestes tat, es durch Reiben wieder zum Leben zu erwecken.«

Verzweifelt stieß er gegen mein Bein, bis ich es mitleidig von dem seinen losband und ihm zeigte, daß sein rechtes unversehrt unter der Decke lag. Als er sich wieder ermannt hatte, fiel ihm ein, was geschehen war. Sein Gesicht verdüsterte sich, und ich erhaschte ihn gerade noch am Hemd, als er zur Tür hinausschleichen wollte. Ich warnte ihn, ich sei schneller zu Fuß als er und könnte ihm leicht das Lebenslicht ausblasen, wenn er versuche, uns zu verraten. Er tat einen ergebenen Seufzer und schlug vor, gemeinsam einen Tropfen Glühwein zu verkosten.

Dagegen hatte ich nichts einzuwenden. So schlichen wir denn höchst einträchtig die Treppe hinab, schritten auf den Fußspitzen zwischen schlafenden Soldaten und den widerlichen Überresten des nächtlichen Gelages hindurch und erhitzten unseren Wein über der glimmenden Asche auf dem Herd. Ich dachte an Andy und seine Braut und sparte auch für sie Brot und Wein, und da ich den Staub der Stadt so schnell wie möglich von den Füßen schütteln wollte, begab ich mich in Gesellschaft des Kuraten unverzüglich in ihr Kämmerlein.

Andy lag schnarchend auf dem Rücken, während sein junges Weib in tiefem Schlummer lag, das Gesicht an Andys zottige Brust gedrückt, die Arme um seinen Hals geschlungen. Ich verhüllte flugs ihre Blöße mit einer Decke, um Pater Julianus' Gefühle zu schonen, aber das Zischen des heißen Eisens im Wein weckte Andy wie durch einen Zauberschlag. Er riß die Augen auf, stieß das nackte Mädchen hastig von sich, zog die Decke bis ans Kinn hinauf und rief: »Was in Allahs Namen ist geschehen? Wer ist dieses schamlose Weib? Schafft sie fort!«

Ich redete ihm begütigend zu, während er mit gesträubtem Haar und dem Ausdruck äußersten Staunens im Gesicht einen Becher Wein hinabstürzte. Allmählich kehrte ihm die Erinnerung zurück; er saß da und murmelte in sich hinein, ungewiß, ob er sich über seine plötzliche Heirat freuen oder ärgern sollte. Er schaute gar absonderlich drein, daß ich nicht wußte, sollte ich lachen oder weinen.

Aber ein Becher heißen Glühweins ist das beste Heilmittel gegen Verblüffung. Wir vergaßen unserer Sorgen und stimmten gar ein französisches Lied an, als Morgenständchen für die junge Braut.

Allein ungeachtet unseres Rumorens rührte sich das Mädchen nicht; ja, sie schien kaum zu atmen. Regungslos lag sie da, das Mündchen offen, die reine Haut noch blässer gegen das dunkle Haar, das in wirren Strähnen das Kissen bedeckte, und die langen dunklen Wimpern, welche die Ringe um ihre Augen beschatteten. Andy betrachtete sie ängstlich und stupste sie mit dem Zeigefinger, sie aber regte sich nur leise und schlief weiter. Andy stiegen die Tränen hoch, als er uns bat, leise zu sein. Kopfschüttelnd sagte er: »Laßt das arme Kind schlafen. Sie ist ein zartes kleines Füllen und muß recht müde sein, obwohl ich sie so zärtlich in meinen Armen hielt, wie ich nur konnte. Ich weiß nun schon, dies ist eine der ganz wenigen Ehen, die im Himmel geschlossen werden; doch dessenungeachtet will ich mein gesetzliches Recht fordern und mit Klauen und Zähnen um meines Weibes Besitz kämpfen. Wir sollten lieber ungesäumt nach Ungarn eilen, um zum Viehzählen rechtzeitig an Ort und Stelle zu sein.«

Pater Julianus' Augen funkelten, als er einwarf: »Was wollt Ihr mir außer meiner Freiheit noch schenken, wenn ich Euch helfe, ungeschoren durch das Stadttor zu gelangen?«

»Nein, nein, teurer Pater Julianus«, erwiderte Andy und winkte ab. »Was sollten wir scheiden, nun, da wir einander wiedergefunden haben? Wollt Ihr uns hinausgeleiten, so können wir hinterher mit Muße überlegen, wie wir Euch entschädigen können.«

Der Wein hatte mir einen ausgezeichneten Gedanken eingegeben, und ich warf rasch ein: »Seid vernünftig, guter Pater Julianus, Ihr sollt es nicht bereuen. Es mag sein, daß Ihr in die christlichen Lande zurückkehrt, um Euch ganz anderen Aufgaben zu widmen. Vertraut mir nur. Aber guter Rat ist nun teuer, und wir wollen nicht knausern, wenn Ihr uns wirklich aus dieser streng bewachten Stadt herausführen könnt.«

Nach vielem Hin und Her bequemten wir uns, während wir seine Habgier verwünschten, dazu, ihm hundert Dukaten für das sichere Geleit zu zahlen, davon fünfundzwanzig an Ort und Stelle.

»Ich habe nicht vor, zu Fuß zu gehen«, meinte er. »Ihr müßt für uns alle gute Pferde beschaffen und Euch so reich wie möglich kleiden.«

Er weigerte sich, zu erklären, warum dies notwendig sei, und da wir ihm vertrauen mußten, blieb uns keine andere Wahl, als den Schenkjungen mit einer Nachricht zu Aron zu senden. Dank diesem redlichen Juden standen vier leidlich gute Pferde gesattelt um Mittag vor unserer Tür. Andy und ich konnten in Kürassen einherstolzieren, die mit Silber eingelegt waren; freilich wiesen sie Blutflecke auf. Für die junge Frau hatte Aron ein Kleid aus Seide und Samt und einen Schleier von der Art beschafft, wie Frauen sie auf Reisen tragen, um ihr Gesicht zu verbergen.

Zugleich mit diesen Dingen traf aber auch eine Rechnung ein, die mir den Atem stocken ließ. Der Preis jedes einzelnen Stükkes erschien darin, und die Gesamtsumme belief sich auf nicht weniger als neunzehnhundertachtundneunzig Dukaten. Hätten wir jedoch, so schrieb Aron, diese Summe nicht bei uns, so sei er bereit, den Ring des Großveziers als Sicherheit anzunehmen. Er habe dem Überbringer zwei Dukaten in Bargeld mitgegeben, um die Anleihe auf zweitausend Gulden, den Wert des Ringes, aufzurunden.

Die verschlagene Art, wie Aron aus unserer verzweifelten Lage seinen Vorteil zog, schnitt mir ins Herz, und als ich Andy einen Seitenblick auf den Ring am Finger seines schlafenden Weibes werfen sah, erklärte ich, wenn auch er etwa imstande wäre, ihren Ehering zu stehlen, brächte ich es doch nie übers

Herz, eine so niederträchtige Tat zu verüben. Daher nahm ich dem Boten die zwei Dukaten ab und stellte im Namen des Großveziers eine Quittung auf zweitausend Dukaten aus, einzulösen vom Schatzmeister des Sultans. Gewiß erkannte ich, daß dieses Papier uns Ungelegenheiten bereiten könnte, wenn es je vorgelegt würde, doch dachte ich, Aron würde nie Gelegenheit haben, es zu unterbreiten, wenn wir nur rasch fortkämen.

Darin hatte ich mich freilich gründlich getäuscht, weil ich die verblüffend schnellen Geschäftsverbindungen der Juden nicht kannte. Es mag unglaublich klingen, aber die Rechnung wurde beim Schatzamt des Sultans in Buda, lange bevor wir selbst dort eintrafen, vorgelegt. Der Großvezier löste sie ein, obwohl sie durch so viele Hände gegangen und um so viele Gebühren und Spesen gestiegen war, daß sie zur Zeit, als sie ihm vorgewiesen wurde, schon zweitausenddreihundertzweiundvierzig Dukaten betrug. Zu spät erkannte ich, daß den Juden in Kriegszeiten und wo es um große Entfernungen ging, ein solches Dokument fast als sicherer galt denn Bargeld; Aron erlitt daher bei dem Handel nicht nur keinen Schaden, sondern verdiente eher noch dabei.

Das Rauschen des Seidenkleides weckte die junge Dame. Sie rieb sich den Schlaf aus den langbewimperten Augen und setzte sich, um ihrem Gatten einen zärtlichen Morgengruß zu entbieten. Andy bedeutete uns scharf, uns abzuwenden, und drängte sein Weib, das neue Kleid in aller Eile anzulegen. Dennoch wurde unsere Reise noch verzögert, da sie sich weigerte, das Kleid zu tragen, wenn es nicht geändert würde, so daß es ihre Gestalt enger umschlösse. Es erfolgte ein verzweifeltes Gerenne hierhin und dorthin mit Schere, Nadel und Zwirn, und viele Tränen flossen, bevor wir endlich zu Pferd steigen und jenes gastliche Haus verlassen konnten, nachdem wir seine Besitzerin für alle Mühe und Plage, die wir ihr bereitet, reichlich belohnt hatten.

Zu meiner Überraschung hielt Pater Julianus stracks auf das Salztor zu, das weit offenstand. Scharen von Menschen strömten zu Fuß oder auf Ochsenwagen durch das Tor aus der Stadt. Angesichts unserer silbernen Kürasse stießen die Wächter den Pöbel beiseite, um uns Platz zu machen, und begrüßten Pater Julianus mit derben Späßen; er antwortete mit Segenssprüchen, in die er salzige Flüche mischte, wie es einem erfahrenen Feldkuraten ziemte. Der Anführer der Wache stieß seine Lanze mißtrauisch in eine Wagenladung Heu, die zur Stadt unterwegs war, achtete aber nicht auf die, welche die Stadt verließen, und fragte Pater Julianus mehr aus Neugierde denn aus Diensteifer, wohin die Reise gehe. Der alte Fuchs antwortete, er geleite die edle Frau von Wolfenland zu Fichtenbaum zurück auf ihre Güter. Damit ritten wir durch den Torbogen und ließen die Stadt Wien hinter uns.

Mein Herz, das mir bis zum Hals hinauf geschlagen hatte, beruhigte sich. Mir fiel eine solche Last von der Seele, daß ich Pater Julianus freudig seine zweiten fünfundzwanzig Dukaten ausbezahlte und ihn fragte, wie in Gottes Namen er habe wissen können, daß wir die Stadt so leicht verlassen konnten. Er erwiderte: »Erst gestern zogen Landstreicher und Vagabunden scharenweise aus, und keiner hielt sie zurück, weil sie den Bürgern ja nur zur Last fielen. Zur Sicherheit bat ich Euch, reiche Gewänder zu tragen, so daß Ihr im Notfall als Edelleute auftreten und Neugierige mit der Peitsche abwehren könntet. Ihr denkt doch nicht etwa, ich hätte mich bereitgefunden, Euch zu geleiten, wenn ich an Gefahr geglaubt hätte?«

Wir ritten weiter, die aufgeweichten Straßen entlang, vorbei an den Trümmern muselmanischer Lager, die einen großen Bogen um die Stadt bildeten und sich bis zu den fernen Hügeln hinzogen. Bald überholte uns eine Reiterschar, die den Türken auf den Fersen war. Sie begrüßten uns mit freundlichen Zurufen und warnten uns vor türkischen Streifscharen, die immer noch in der Umgebung lauern mochten. Gegen Abend brach der klare Himmel durch Risse in der Wolkendecke. Es wurde kälter, und wir wußten, daß bald Schnee zu erwarten war.

Er fiel denn auch noch in derselben Nacht, aber Andy und ich hießen ihn als lieben alten Bekannten aus der fernen Heimat willkommen; auch war er dem herbstlichen Schmutz und Kot jedenfalls vorzuziehen. Allein der Schnee schmolz bald, und die Straßen sahen schlimmer aus als zuvor. Über unsere Marschrichtung waren wir nie im unklaren, weil uns bei Tag die Rauchsäulen und bei Nacht der Feuerschein am Horizont den Rückzugsweg des türkischen Heeres anzeigten. Noch deutlichere Wegweiser waren die geköpften, ausgeraubten Leichname, die wir in den verbrannten Dörfern, auf Pfähle gespießt, vorfanden. Alle Häuser und Scheunen im Umkreis eines Tagesmarsches von der

Rückzugsroute waren verbrannt, die Bewohner erschlagen; nicht einmal die seelenlosen Tiere hatte man verschont.

Diese abscheulichen Bilder erfüllten mich mit Grauen; ich sehnte mich danach, all diese mutwilligen Verheerungen hinter mir zu lassen und die Segnungen des Friedens aufzusuchen. Binnen ein oder zwei Tagen wurden die Spuren des zurückgehenden Heeres frischer. Der Rauch stieg noch aus den Aschenhaufen empor, als wir vorüberritten; Blut floß noch aus den Wunden der Ermordeten. Schließlich holten wir ein paar Bogenschützen ein, die emsig daran waren, Leichen in einen Brunnen zu werfen, um das Wasser zu vergiften. Wir ritten auf sie zu und zeigten ihnen an Stelle eines Beglaubigungsschreibens den Ring des Großveziers an Jungfer Evas Finger.

Als sie Pater Julianus in seinem Priesterkleid erblickten, wollten sie ihm ungesäumt den Garaus machen und hatten ihn schon vom Pferd gezerrt, als Andy seine gewaltigen Kräfte gebrauchte und sie davon abhielt. Sie zogen sich einige Schritte zurück und legten ihre Bogen an; ich kenne kein schlimmeres Geräusch als das Einschnappen einer Bogensehne an einem frostigen Morgen.

Nun aber besann ich mich meines türkischen Wortschatzes, drohte den Spahis mit der Wut des Großveziers, wenn sie ihre Drohungen wahrmachten, und verhieß ihnen zugleich fürstlichen Lohn, wenn sie uns unverzüglich zu ihm führen wollten. Dennoch aber glaube ich, daß Jungfer Evas Anblick es war, der sie einhalten ließ. Gewiß hofften sie, für sie eine hohe Summe zu lösen und etwa Andy und mich obendrein verkaufen zu können. Den Pater Julianus würden gewiß die Janitscharen erstehen, denen es eine Lust war, ihren Glaubenseifer anzufachen, indem sie Christenpriester lebendig an ihren Lagerfeuern brieten. So begnügten sich die Männer damit, uns die Pferde wegzunehmen, und machten sich nicht einmal die Mühe, uns eine Schlinge um den Hals zu werfen; sie stießen uns nur mit den Lanzenschäften vor sich her.

Wir sahen den Seraskier erst bei unserer Ankunft in Buda; es hatte vielleicht nicht geschadet, daß wir ihn mit unseren Sorgen erst behelligen konnten, als das Heer hier Rast gemacht hatte, bevor es den Rest des Rückmarsches antrat. Der Sultan erklärte nun Ungarn zum befreundeten Land und verbot seinen Truppen, die Dörfer auszuplündern und ihre Bewohner in die Sklaverei zu verschleppen. Wieweit die ergrimmten Janitscharen diesen Erlaß befolgten, will ich lieber verschweigen.

Trotz des vom Sultan begünstigten Siegestaumels erkannte ich gar bald, daß die Stimmung im Heer viel zu wünschen übrigließ. Bei seiner Ankunft in Buda hatte der Großvezier die heilige Stephanskrone bringen und in seinem Zelt öffentlich zur Schau stellen lassen. Andy und ich standen wie Bettler am Eingang des Zeltes und sahen, wie die hohen Paschas herauskamen, die Achseln zuckten und ein verächtliches Lächeln tauschten. Wir sahen ein, daß unser Willkommen nicht gerade wärmer ausfallen würde, wenn wir noch länger zögerten, und ließen uns bei Ibrahim melden, der uns wie gewöhnlich mitten in der Nacht empfing. Er betastete eben die Krone, als wir eintraten, und neben ihm saß jener Unglücksrabe Messer Gritti. Wir warfen uns nieder und küßten den Boden zu Füßen des Seraskiers; der empfing uns aber nicht so herzlich, wie wir erwartet hatten.

»Ihr Hunde, ihr Teufelsbrut!« schrie er. Sein hübsches Gesicht war vom Wein heftig gerötet. »Ich habe euch wahrhaftig nicht nach Wien geschickt, damit ihr dort in einem Bordell herumliegen und prassen solltet! Wo sind eure Turbane? Wo ist mein kostbarer Ring? Habe ich euch aufgetragen, für eure Huren Schulden zu machen? Ich mußte mich stundenlang mit dem Defterdar herumzanken, bevor er eure Rechnung einlösen wollte.«

Andy antwortete nachsichtig: »Verurteile uns erst, wenn du uns angehört hast. Dein Ring ist nicht verloren; ich schenkte ihn meinem Weib und will ihn bezahlen, sobald ich kann.«

Der Seraskier wandte sich an Messer Gritti und warf ihm einen verzweifelten Blick zu.

»Was sollen wir mit diesen verrückten Hunden anfangen? Sie rühmen sich sogar noch ihrer Schandtaten.« Zu uns gewandt, fuhr er fort: »Ihr hättet wenigstens als wackere Männer Wien anzünden sollen; ihr habt euch aber, scheint's, in einem verrufenen Haus niedergelassen und dort zweitausend Dukaten verschlemmt, bevor ihr nun angekrochen kommt, um mich durch den Anblick eurer Galgengesichter zu beleidigen.«

Andy errötete und warf erregt ein: »Allah steh dir bei! Wie du die Wahrheit entstellst! Ich sage dir, ich habe eine christliche Ehe geschlossen, somit kann von Ausschweifungen keine Rede sein; und was Michael anlangt, so fürchtet er den französischen

Ausschlag zu sehr, um daran auch nur zu denken. Als großer Feldherr solltest du wissen, daß es einer ganzen Rotte Soldaten bedürfte, zweitausend Dukaten in einem Bordell loszuwerden. Dank unserer Kühnheit und Unternehmungslust sind wir einem jämmerlichen Tod entronnen und haben dir so zwei unersetzliche Diener gerettet. Schäme dich deiner häßlichen Anschuldigungen und erbitte unsere Verzeihung, bevor ich mich vergesse.«

Er sah so feierlich drein, daß Seraskier Ibrahim in schallendes Gelächter ausbrach; er wischte sich die Tränen der Heiterkeit aus den Augen und meinte begütigend: »Ich habe euch nur auf die Probe gestellt, weil ich weiß, ihr habt euer Bestes getan. Aber selbst der Tapferste kann Unheil nicht zum Guten wenden, und Aron hat durch seine Genossen ein gutes Wort für euch eingelegt. Meinen Ring freilich vermisse ich, denn der Stein war von seltener Reinheit. Darf ich deine Braut sehen und mich überzeugen, daß sie seiner würdig ist, oder willst du mir als guter Moslem ihr Angesicht vorenthalten?«

Andy erwiderte freudestrahlend, sein Weib kenne als Christin keine übertriebene Zurückhaltung, wo es um ihr Gesicht gehe; so ließ man sie holen, und mit ihr schlich auch Pater Julianus in das Zelt. Bei seinem Anblick krümmte der abergläubische Seraskier unwillkürlich seine Finger zu Hörnern und fragte: »Wie könnt ihr zulassen, daß ein christlicher Priester mein Zelt besudelt? Ich sehe an seinem Kleid und seinem bartlosen Kinn, daß er der gefährlichsten Sorte der Götzendiener angehört.«

Ich erklärte hastig: »Ich rettete Pater Julianus aus Wien und brachte ihn unter eigener Lebensgefahr hieher; dadurch habe ich dir einen größeren Dienst erwiesen, als du denkst, weil ich einen Plan hege, den ich dir lieber ungestört vorlegen möchte.«

Inzwischen schob Jungfer Eva ihren Schleier beiseite und enthüllte ihr scheu lächelndes Gesicht und ihre dunklen Augen. Der Großvezier betrachtete sie mit Wohlgefallen und bemerkte höflich: »Sie ist in der Tat schön. Ihre Stirn ist weißer als Jasmin, ihre Augenbrauen sind Moschus und ihr Mund gleicht dem Granatapfel. Ich trauere meinem Ring nicht mehr nach und freue mich mit dir, Antar, daß du einen so lieblichen Preis errungen hast. Ich will auch gestehen, daß du und dein Bruder eure Treue zu mir bewiesen habt; freilich bewahre mich Allah vor weiteren so kostspieligen Ergebenheitsbeweisen.«

Ich war entzückt, zu vernehmen, daß er als echter Edelmann sich aus freien Stücken Allahs Willen beugte und uns auch fürder in seinem Dienst behalten wollte. Andy machte sich den günstigen Augenblick zunutze und sagte unvermittelt: »Natürlich heische ich für meine vergeblichen Mühen keinen Lohn, doch wäre ich überglücklich, wolltest du mir deine Gunst beweisen, indem du bei König Zapolya ein Wörtlein für mein Weib einlegtest, so daß ihr die Besitzungen an der transsylvanischen Grenze zurückerstattet werden können. Eva, mein teures Weib, sag dem edlen Seraskier den Namen deiner Familie.«

Messer Gritti raufte sich bereits das Haar, und als Jungfer Eva bescheiden ihren Namen nannte, brach er in lautes Gejammer aus: »Höre nicht auf diesen Antar, teurer Großvezier! Jeder Renegat im Heer hat schleunigst die Tochter eines Edelmannes gefreit, um ihre Erbschaft zu fordern, und Ungarn wäre verloren, wollte man alle diese unberechtigten Ansprüche erfüllen. Daher ist König Zapolya meinem Rat gefolgt und legt nun diese Besitzungen zusammen, um sie einigen wenigen Verläßlichen anzuvertrauen. Von den heute bestehenden zehntausenden kleinen Gütern werden nur etwa tausend große übrigbleiben. Du wirst einsehen, wie sehr dies die Arbeit der Steuereinnehmer vereinfachen und die gegenwärtige Regierung stärken wird, weil die neuen Grundbesitzer gar wohl wissen werden, daß sie mit König Zapolya stehen und fallen.«

Der Großvezier erwiderte gelangweilt: »Ich will mich nicht in Ungarns innere Angelegenheiten mengen, allein ich muß die Untertanen des Sultans und die Rechte meiner eigenen Diener schützen. Deshalb soll Antar seines Weibes Güter in Besitz nehmen; um aber König Zapolyas ausgezeichnete Landreform nicht zu beeinträchtigen, will ich ihm gerne gestatten, seinen eigenen Gütern noch andere hinzuzufügen und seinen Besitz dadurch ebenso groß zu machen wie die übrigen. Sorge dafür, daß meinen Wünschen Rechnung getragen wird. Aloisio Gritti, so du mein Freund bleiben willst.«

Ich stieß Andy an, auf die Knie zu fallen und dem Großvezier die Hand zu küssen, und die überglückliche Braut folgte dem Beispiel ihres Gemahls. Sodann entließ sie der Seraskier. Ich aber blieb zurück, um das Eisen zu schmieden, solange es heiß war, und hielt Pater Julianus am Arm fest. Als Messer Gritti gegangen war, überschattete eine große Müdigkeit Ibrahims hübsches Gesicht; ich bemerkte, daß er während des Feldzuges schlanker geworden war und Falten sich in seine glatte, weiße Stirn gegraben hatten. Gähnend meinte er: »Es ist spät, Michael el Hakim. Was behelligst du mich noch mit deiner Gegenwart?«

Ich erwiderte: »Der Mond scheint, während die Sonne ruht. Die Nacht ist die Zeit des Mondes. Laß mich sprechen und dir einen Dienst erweisen, wenngleich ich ein niedriger Sklave bin.«

Er sprach: »Setz dich, mein Sklave, und auch der Christenpriester soll sitzen, ist er doch so viel älter als wir.«

Er holte eine Flasche und drei Becher unter seinen Kissen hervor und erlaubte uns, auf sein Wohl zu trinken. Er nahm selbst einen kleinen Schluck und meinte: »Nun frei heraus, Michael el Hakim.«

Ich entgegnete in sorgfältig gewählten Worten. »Es gibt nur einen Krieg – den zwischen Sultan und Kaiser, Islam und Europa, Halbmond und Kreuz. Der Kaiser selbst hat oft gesagt, sein größtes Ziel sei die Vereinigung aller christlichen Länder zu einem gemeinsamen Kreuzzug zur Vernichtung der ottomanischen Macht. Jeder Christ, der sich gegen den Kaiser stellt, ist daher – ob er es weiß oder nicht – des Sultans Verbündeter. Der Ketzer Luther und seine Anhänger sind die Besten darunter, und du tätest gut daran, ihn heimlich zu unterstützen, seine Ziele zu fördern und vor allem für die Religionsfreiheit einzutreten.«

Der Großvezier sah mich forschend an und fragte: »Hast du auf deiner Wanderung durch Deutschland jemals von einem gewissen Markgrafen Philipp, dem Herrscher über ein Fürstentum Hessen, gehört? Er hat Luther unter seinen Schutz genommen. Ist er mächtig? Wie groß ist sein Gebiet? Kann man ihm trauen?«

Ich fühlte einen Stich im Herzen, als er den Namen nannte. Vor meinem geistigen Auge stieg das Bild eines blonden, blauäugigen Mannes in schimmernder Rüstung herauf, der auf die verstümmelte Leiche eines Priesters hinabsah, die in einer Blutlache lag; ich sah ihn vor einer Kirchentür in Frankenhausen in der Sonne sitzen, die Hände um die Knie geschlungen. Seit jenen stürmischen Tagen war eine Ewigkeit vergangen, und ich hatte viele Leben gelebt; nun aber erkannte ich überrascht, daß zwischen mir und jener zufälligen Begegnung nur fünf Jahre lagen.

Ich antwortete eifrig: »Ich kenne ihn. Er sagte mir einmal scherzend, er denke daran, Luther zu seinem Hauskaplan zu machen. Seine Provinz ist nicht gar groß, und er steckt in Schulden, wenn er sich nicht inzwischen durch den Diebstahl von Kirchengütern bereichert hat. Aber er ist ein kriegerischer Herr und ein glänzender Reiter. Ob er verläßlich ist, kann ich nicht sagen; mich dünkte er ein außergewöhnlich kaltblütiger Geselle, dem die Religion weniger der Weg zum ewigen Leben, sondern vielmehr ein Mittel zur Erlangung irdischer Güter war.«

Der Großvezier warf mir seinen goldenen Becher an den Kopf und schrie: »Warum hast du mir dies alles nicht früher erzählt, du Hund? Ich hätte es im vergangenen Frühjahr gut brauchen können, als König Zapolya mit Herzog Philipps geheimen Gesandten verhandelte.«

Ich rieb mir die anschwellende Beule an der Stirn und erwiderte gekränkt: »Warum hast du mich nie gefragt? Nun siehst du vielleicht ein, was du verlierst, wenn du mir dein Vertrauen versagst und mein Wissen um die Politik der Christen übersiehst. Du hast mich wie den erbärmlichsten deiner Sklaven behandelt und mich mit jenem kindischen Greis Piri-Reis eingesperrt, um mit Spielzeugschiffen in einem Sandkasten zu spielen. Nun aber sag mir aufrichtig, welche Abmachungen du mit Herzog Philipp und den Protestanten getroffen hast. Achte nicht auf Pater Julianus, denn der versteht kein Wort unserer Sprache und wird ruhig sein, solange er den Weinkrug in Reichweite vor sich hat. Ich bin gespannt, darüber zu hören, und will dich gerne beraten.«

Der Großvezier sah ein wenig beschämt über seine Voreiligkeit drein und meinte: »Es ist wahr, daß ich deine Fähigkeiten unterschätzt habe, Michael el Hakim, und ich hätte mehr auf deine Sterne vertrauen sollen, wie Khaireddin und mein Freund Mustafa ben Nakir es taten. Nach seinem Protest vor dem Reichstag versuchte dieser Philipp von Hessen im vergangenen Frühjahr, die übrigen protestantischen deutschen Fürsten zu einem Bündnis zu vereinen, um ihren Glauben gegen den Kaiser und seine Macht zu verteidigen. Aus demselben Grunde schickte er heimlich Gesandte an den französischen Hof und zu König Zapolya um Hilfe. Er war klug genug, den unvermeidlichen Zusammenstoß zwischen dem Kaiser und den Protestanten vorauszusehen, und sobald er vom Vormarsch des Sultans nach dem Westen hörte, erklärte er sich bereit, in den deutschen Ländern das Banner des Aufruhrs aufzupflanzen. Allein die anderen Fürsten fürchteten, sie würden das ganze übrige Deutschland gegen sich haben, wenn sie sich mit uns verbündeten; auch ihm selbst traute ich nicht ganz, wußte ich doch, daß diese Ketzer einander selbst in den Haaren liegen und verschiedenen Glaubensrichtungen angehören. Deshalb forderte ich durch König Zapolya den feurigen Herzog auf, zuerst innerhalb seiner Partei die Einheit des Glaubens herzustellen. Zweifellos sind zu dieser Stunde schon die führenden Propheten – der Prophet der Schweizer Eidgenossenschaft zum Beispiel, und die aus Deutschland – in irgendeiner deutschen Stadt versammelt, um eine gemeinsame Grundlage ihrer Religion auszuarbeiten. Unter diesen Verhältnissen werden sich die deutschen Katholiken zwischen den protestantischen Fürsten im Norden und der Eidgenossenschaft im Süden eingeklemmt finden, wie ein Blick auf die Karte lehrt.«

Ich erwiderte aufrichtig: »Luther ist, wie ich weiß, ein widerspenstiger Geselle. Er will der Hahn im Korb sein und duldet keinen anderen Propheten neben sich. Das Sektenwesen liegt in der Natur der Ketzerei begründet, denn wenn die Menschen einmal anfangen, die heiligen Schriften selbst auszulegen, springt jeder nach Gutdünken damit um, bis alles heillos verwirrt ist und jeder Prophet schwört, aus ihm spreche Gott unmittelbar. Dennoch sind sie alle Christen, und ein geeintes protestantisches Deutschland würde sich mit gleichem Abscheu vom Islam wie vom Papst abwenden.«

»Nein, nein, du irrst, Michael el Hakim. Es gibt keinen grimmigeren Haß als den zwischen den Sekten derselben Religion. Hast du vergessen, daß die griechische Kirche, als Mohammed der Eroberer Konstantinopel unter ottomanische Herrschaft brachte, sich für den Sultan und gegen den Papst entschied, und daß nicht so sehr die osmanischen Waffen als vielmehr dieses Schisma den Sturz des griechischen Kaisers herbeiführte? Auch in diesem Fall werden, glaube ich, die Protestanten lieber mit dem Sultan gehen, als sich dem Willen des Kaisers und den Lehren des Papstes fügen.«

Er versank in tiefes Nachsinnen und winkte uns, ihn zu verlassen. Pater Julianus schritt an meiner Seite durch das Lager und in die Stadt zurück; er schwankte so sehr, daß ich ihn am Arm führen mußte. Er hatte kein Wort von unserer Unterredung verstanden, erklärte aber dennoch lallend, Großvezier Ibrahim sei ein äußerst begabter Staatsmann, denn nicht einmal der Kaiser habe einen besseren Tropfen im Keller als er.

Am nächsten Morgen sandte mir der Großvezier einen fürstlichen Ehrenkaftan und ein Pferd, dessen Sattel und Zaumzeug mit Silber beschlagen und mit Türkisen besetzt waren. Mein Gehalt wurde auf zweihundert Asper täglich erhöht, so daß ich nun ein Mann von einigem Rang war und der Zukunft kühn ins Gesicht sehen konnte. Freilich mußte ich Pater Julianus nähren und kleiden und ihn reichlich mit Wein versorgen. Ich schenkte ihm die Tracht eines gelehrten Tseleb, um ihn vor der Feindseligkeit der Janitscharen zu schützen, die Christenpriester grimmig haßten.

Andy erhielt vom Großvezier Urlaub, um nach Transsylvanien zu reisen und seine Güter zu besichtigen; es wurde ihm jedoch ausdrücklich untersagt, in König Zapolyas Diensten zu bleiben. Er sollte spätestens im kommenden Frühling nach Istanbul zurückkehren und einen verläßlichen Pächter auf seinem Besitz zurücklassen. Diese Lösung befriedigte Andy freilich gar nicht, hatte er doch gehofft, von nun an in herrschaftlichem Müßiggang auf seinen Gütern zu leben. Nun mußte er geeignete Geschenke für den Großvezier, Messer Gritti und seinen neuen Herrn, König Zapolya, beschaffen. Da aber die Andenken, die wir vor Wien gesammelt hatten, alle mit des Großveziers Gepäck in einem Sumpf verlorengegangen waren, besaß der arme Andy nicht einen Asper mehr als ich. In unserer Not wandten wir uns an Sinan den Baumeister; der aber hatte, was er vom Sultan erhalten hatte, schon für Berge von Büchern und Stöße von Handschriften ausgelegt. Endlich mußte Andy zu seiner tiefen Beschämung sein Weib um des Großveziers Ring bitten, um ihn zu verpfänden. Jungfer Eva aber war bei all ihrer Jugend eine vernünftige Frau. Überrascht fragte sie ihn: »Warum gehst du nicht zu einem Juden? Das pflegte mein Vater stets zu tun. Der Jude kann seinen Lohn bei deinem Verwalter einfordern, und du ersparst dir diese unschicklichen Sorgen.«

Andy billigte diesen Rat und suchte sogleich einen Juden auf, der ihm von einem Schreiber des Defterdars empfohlen worden war. Er empfing uns in einem stickigen Kellerloch und jammerte über die schlechten Zeiten, die jedes einträgliche Geschäft zunichte machten. Andy sah ein, daß er von diesem Mann, den augenscheinlich viele Sorgen drückten, nicht allzuviel fordern konnte. Er hatte vorgehabt, ihn um ein Reisegeld von hundert Dukaten zu bitten; nun aber brachte er's nicht übers Herz.

»Allah verhüte, daß ich deinen Kummer noch erschwere«, meinte er. »Wir könnten wohl schon auskommen mit zehn —«

Bevor er noch das Wort »Dukaten« aussprechen konnte, schrie der Jude laut zu Abraham und erklärte wortreich, für eine so große Summe bedürfe er einer größeren Sicherheit als nur eines Versprechens und eines Schuldscheines. Ich hatte zwar schon immer Zweifel gehegt an Jungfer Evas Gütern, nun aber argwöhnte ich, der Schreiber des Defterdars habe uns über den großen Reichtum dieses Mannes Märchen erzählt, weil er von zehn Dukaten schon so viel Aufhebens machte. Ich meinte zu Andy: »Komm, laß uns gehen! So viel kann ich dir im Notfall auch leihen. Ich hoffe nur, daß du es mir zur Zeit der Schafschur zurückerstatten kannst.«

Ich trug den Kaftan, den der Großvezier mir geschenkt hatte, und der Jude überschätzte ohne Zweifel meinen Rang und meine Stellung, denn nun verneigte er sich dienstbeflissen gegen mich und sagte in einem anderen Ton: »Ihr sollt mich nicht mit leeren Händen verlassen, werteste Herren; das brächte mir Unglück. Wir wollen die Sache besprechen. Ich weiß um die Gunst, die Euch König Zapolya erwies, aber erlaubt mir, Euch zu sagen, daß die Schafschur in Ungarn nicht so ergiebig ist, wie Ihr zu denken scheint. Wie sollen wir wissen, wer sie im nächsten Frühjahr scheren wird? Die Tataren, Moldauer und Polen sind eben daran, die allgemeine Verwirrung zu benützen, um Schafe und anderes Vieh zu stehlen, und sie tun das ohne Zweifel auch auf Euren Gütern, mein werter Herr. Ja, es war in der Tat ein verzweifelt gewagter Schritt von Euch, diese Ländereien in Besitz zu nehmen, und ich fürchte, Ihr werdet Euch ohne verläßlichen Rückhalt im Laufe der Zeit dadurch nur noch tiefer in Schulden stürzen.«

Er sprach so redlich und wohlwollend, daß Andy ihm glaubte und selbst ich mich fragte, ob er mit gutem Gewissen auch nur zehn Golddukaten auf Andys fragliche Herden vorstrecken konnte. Andy meinte: »Wenn es in Buda so schlimm steht, wie du uns glauben machen willst, so will ich lieber Januschka seine Pergamente und Siegel zurückgeben und ihm sagen, er soll sich einen größeren Einfaltspinsel suchen, der die Güter übernimmt.«

Der Jude rieb sich die Hände und machte einen Bückling, daß seine Schraubenzieherlocken den Boden fegten; er bat, König Zapolyas Schenkungsurkunde sehen zu dürfen, und sagte sodann: »Edler Herr Andreas von Wolfenland, ich sehe schon, Ihr seid im Reiche des Sultans an ein besseres Leben gewöhnt gewesen, als es in unserem armen Land üblich ist. Sollten die Schafe nicht werfen oder der Krieg Eure Ländereien verheeren, so könnte Euch ein Schuldschein Ungelegenheiten bereiten. Überdies müßte ich mich in Unkosten stürzen, wenn ich mein Geld in Istanbul einzutreiben hätte. Aber Risiken müssen in Kauf genommen werden, wenn überhaupt Gewinne erzielt werden sollen. Wir wollen daher nicht länger von Schuldscheinen und Wechseln sprechen. Ich will Euch die erbetene Summe vorstrekken, wenn Ihr mir die Schurrechte Eurer Herden für die nächsten zwei Jahre abtretet. Mag sein, daß ich dabei schwere Verluste erleide, aber alles liegt in Gottes Hand.«

Andy warf mir einen zweifelnden Blick zu, und ich flüsterte rasch, er solle auf das Angebot eingehen, weil zehn Dukaten in der Hand hundert Schafe in einem gottverlassenen Winkel der ungarischen Steppen wert seien. Andy aber wurde schwach, als er sah, wie der Jude sich die Tränen aus den Augen wischte, und entgegnete: »Nein, nein. Ich bin ein ehrlicher Mann, und du hast Weib und Kinder zu ernähren. Ich kann nicht zulassen, daß du dein bescheidenes Vermögen um meinetwillen aufs Spiel setzt. Wir wollen einen bindenden Schuldschein ausstellen, und ich bin bereit, für deine Mühe und Auslagen zehn oder selbst fünfzehn Prozent zu zahlen.«

Der Jude trocknete sich die Tränen, und sein Gesicht verdüsterte sich, als er erwiderte: »Ihr seid habgieriger, als Edelleute es gewöhnlich sind; Ihr mißgönnt mir einen redlichen Verdienst. Dennoch sollt Ihr, um das gute Einvernehmen zwischen uns zu bekräftigen, das Geld für die Schurrechte nur eines einzigen Jahres haben. In diesem Falle muß ich freilich auf dem Handelsmonopol in allen Euren Dörfern, einschließlich des Salzhandels, bestehen. Meine Agenten sollen die Schafzucht in der Gegend und alle anderen Angelegenheiten untersuchen, die Eure Güter betreffen. Ihr könnt Euch verlassen, daß ich Euch die besten Bedingungen gewähre, denn ich bin ein redlicher Mann und möchte Euch ein Vater sein.«

Andy dankte ihm höflich und antwortete: »Wie könnte ich widerstehen, wo du so erpicht bist, dein Geld daran zu wagen? Ich bitte dich nur um eines: mach mir keine Vorwürfe, wenn die Sache schiefgeht. Du mußt aber meine Herden füttern und meine Schäferhunde und Pferde ordentlich pflegen, sonst werde ich bei meinem nächsten Besuch auf meinem Besitz keine Geschäfte mehr mit dir machen.«

Des Juden Antlitz hellte sich auf. Er beteuerte eifrig: »Vom ersten Augenblick, da ich Euch sah, war ich von Eurem redlichen Wesen eingenommen, weil Ihr mich nicht mit Verachtung behandelt habt, wie es die meisten ungarischen Edelleute tun. Ich achte Euch, weil Ihr Euch auf Euren eigenen Vorteil versteht; daher gehe ich auf Euren Vorschlag unter der Bedingung ein, daß ich Euch die Summe in Silber auszahlen und sie Euch selbst in Gold umwechseln darf. So verdiene ich am Wechselkurs, das heißt also, sechs Asper auf den Golddukaten, womit ich Weib und Kinder werde ernähren können, selbst wenn ich an dem Geschäft verlieren würde.«

Dies schien mir eine gar bescheidene Bitte, obwohl ich mir leicht ausrechnen konnte, daß er dabei an den zehn Dukaten einen verdienen würde. Er bat uns nun, ihn zu entschuldigen, weil er seinen Gewinn entsprechend dem herrschenden Wechselkurs errechnen und das Geld herbeischaffen müsse, das er in Kriegszeiten verborgen halte. Wir wurden in ein anstoßendes Gemach geführt, das zu meiner Überraschung mit kostbaren Teppichen, vergoldeten Stühlen, Samtvorhängen und venezianischen Spiegeln reich ausgestattet war. Ein Diener brachte uns eine riesige Silberschüssel, darauf sich Trauben, Birnen und anderes gutes ungarisches Obst türmten. Der Jude erkundigte sich noch, ob wir strenge Muselmänner seien, und ließ uns hierauf auch Wein vorsetzen. Es lag auf der Hand, daß er mit Andy auf gutem Fuße bleiben wollte, obwohl seine verschwenderische Gastfreundschaft in keinem Verhältnis zu unserem Geschäft zu stehen schien.

Wir verzehrten das Obst und tranken den Wein, und als der Jude wieder eintrat, waren nur Kerngehäuse und das Gerippe der Trauben auf der Schüssel zurückgeblieben. Doch war er darüber keineswegs betrübt. Mit strahlendem Lächeln führte er uns in sein schäbiges Kontor zurück. Und hier gingen uns schier die Augen über: auf dem Tisch lag ein Haufen Gold säuberlich aufgestapelt neben einer Reihe versiegelter Lederbeutel. Der Jude verstand unser Staunen offenbar falsch, denn er rieb sich etwas verlegen die Hände und fragte: »Zehn war die vereinbarte Summe, nicht wahr? Zehntausend Dukaten in Silber sind nach dem Gesetz sechshunderttausend Asper; nach dem derzeitigen Wechselkurs aber nur fünfhundertvierzigtausend, wenn Gold in Silber, und fünfhundertsiebzigtausend, wenn Silber in Gold umgewechselt wird. Ich nehme in der Regel einen Asper per Dukaten für Gebühren und Spesen. Daher gebe ich Euch fünfhundertvierzig Asper in Silber. Wechseln wir dies zum gängigen Kurs in Gold um, so erhaltet Ihr neuntausendvierhundertunddreiundsiebzig Dukaten und neununddreißig Asper in Silber. Ein Asper per Dukaten macht hundertfünfundsiebzig Dukaten und dreiundzwanzig Asper. Eure Gesamtnettosumme beträgt daher neuntausendzweihundertachtundneunzig Dukaten und sechzehn Asper; diese Summe habe ich hier auf den Tisch gelegt. Wollt Ihr sie gefälligst selbst nachzählen; jeder versiegelte Beutel enthält fünfhundert Dukaten. Als reine Formsache, Herr, möchte ich Euch bitten, diesen Pachtvertrag zu unterzeichnen. Ich vertraue Eurem Wort ganz und gar, aber ich bin ein alter Mann und kann jederzeit sterben, und auch Euer Leben hängt von den Launen des Schicksals ab.«

Andy fragte mürrisch: »Du willst mich nicht zum Narren halten, guter Vater?«

Der Jude raufte sich den Bart und meinte etwas erregt: »Herr, solche Knauserei ist Euer nicht würdig! Ich bin berechtigt, meine Spesen mit vierundfünfzig Asper auf den Dukaten zu berechnen, obwohl Ihr siebenundfünfzig bezahlt. Der Unterschied beläuft sich auf nur fünfhundertfünfundzwanzig Asper, und ein hoher Herr wie Ihr sollte sich schämen, mir ob einer solchen Kleinigkeit Unredlichkeit vorzuwerfen.«

Andy entgegnete: »Nein, nein. Aber ich bin schwach im Kopfrechnen; deshalb mußt du die Summe auf neuntausenddreihundert Dukaten aufrunden; dann will ich gerne den Empfang von zehntausend Dukaten für die einjährige Pacht meiner Schafherden bestätigen.«

Seufzend nahm der Jude sechzehn Asper vom Tisch und ersetzte sie durch zwei abgegriffene Golddukaten, die ich sogleich als untergewichtig erkannte. Die Münzen auf dem Tisch jedoch waren alle neu geprägt und vollgewichtig; daher sah ich ihm den kleinen Betrag gerne nach.

Andy bat mich, ihm den Vertrag laut vorzulesen, und wir fanden, daß er genau mit unseren Abmachungen übereinstimmte; von der Pflege des Viehstandes war darin zwar nicht die Rede, allein der Jude erklärte uns, ihm käme es ja selbst zustatten, wenn er sich um die Gehöfte kümmere, weil er hoffe, wir könnten den Vertrag im nächsten Jahr zu etwas günstigeren Bedingungen auf weitere fünf oder zehn Jahre verlängern. Nun endlich waren uns beiden die Augen darüber aufgegangen, welch glänzendes Geschäft Andy nichtsahnend gemacht hatte, als er die arme Kleine zu Wien aus der Gosse zog und zu seinem Weibe machte.

Unsere Geschäfte mit dem Juden waren jedoch noch nicht abgeschlossen, denn wenn auch König Zapolya und Messer Gritti, wie ich vermutete, Bargeld vorziehen würden, so mußte wenigstens der Großvezier ein persönlicheres Geschenk erhalten, und darin konnte uns niemand besser beraten als der schlaue Jude. Dinge wie Edelsteine, Schmuckstücke, Sättel und damaszierte Goldharnische besaß der Großvezier bereits im Überfluß; daher galt es, etwas Besonderes ausfindig zu machen. Schließlich erstand Andy von dem Juden eine wunderbare Uhr Nürnberger Herkunft, die sowohl die vollen als auch die Viertelstunden schlug. Sie zeigte auch Tag, Monat und Jahr an und würde so einem zerstreuten Menschen gute Dienste leisten, obwohl ihr unglücklicherweise die christliche Zeitrechnung zugrunde lag. Wir glaubten jedoch, der Großvezier möchte angesichts seiner Kriege und seiner anderen Beziehungen zu europäischen Ländern gerne über die christliche Zeitrechnung im Bilde sein.

Diese Uhr war so kompliziert und sinnreich gebaut, daß ich mir nicht vorstellen konnte, wie ein menschliches Gehirn sie erdacht haben konnte. Das Gehäuse war von kundiger Hand sorgfältig gearbeitet, und der Jude brachte sie in Gang, eben lang genug, daß wir sahen, wie zu jeder vollen Stunde ein kleines, verborgenes Türchen aufflog und ein Schmied, gefolgt von einem Priester und einem gewappneten Ritter, vortrat, um auf einer kleinen, silbernen Glocke die Stunde zu schlagen, worauf er wieder durch ein anderes Türchen auf der gegenüberliegenden Seite verschwand.

Ihr einziges Gebrechen war, daß sie nicht ging, und der Uhrmacher, dem man sie zur Überholung geschickt hatte, war von den Türken in die Sklaverei verkauft worden. Dennoch hoffte der Jude, er könne noch aufgefunden werden; dann könnten wir ihn dem Großvezier zusammen mit der Uhr schenken, daß er sie reguliere und in Gang halte. Da der Mechanismus augenblicklich nicht in Ordnung war, verkaufte uns der Jude diesen Schatz für nur zwölfhundert Dukaten, die Andy gerne aufbrachte; dann nahmen wir herzlichen Abschied von diesem reichen Manne.

Als wir später nach vielen Mühen den Uhrmacher ausfindig machten, bezahlte Andy für ihn nicht weniger als sechzig Dukaten, obwohl von ihm außer Haut und Bart kaum noch etwas übriggeblieben war. In seiner Großmut schenkte er dem Alten sogar neue Kleider und gab ihm reichlich zu essen. Der Mann vergoß viele Tränen, wollte Andy die Hände küssen und segnete ihn als seinen Wohltäter. Er machte sich sogleich an die Uhr, meinte, er kenne ihre Tücken, und konnte sie selbst ohne die nötigen Werkzeuge und Bestandteile wieder soweit in Gang bringen, um den Großvezier von ihrer hervorragenden Güte und ihrem außerordentlichen Wert zu überzeugen. Er schwor bei den Heiligen, er werde, sei er erst in Istanbul, die Uhr zum Wunder des Serails machen und den Rest seines Lebens ihrer Wartung widmen. So geschah es, daß die Uhr ihm ein sorgenfreies Leben als Sklave des Großveziers bescherte.

Nun befahlen wir vier starken Sklaven, sie vorsichtig in Ibrahims Zelt zu schaffen, wo der Uhrmacher sie in Gang brachte; der Großvezier wunderte sich darüber und dankte Andy für die fürstliche Gabe. Ich glaube, Andy stieg gewaltig in der Achtung des Großveziers, denn Ibrahim sandte ihm als weiteren Beweis seiner Gunst zwei prächtig gesattelte und gezäumte Pferde für sich und sein Weib für die Reise zu seinen Gütern und stellte ihm ein Geleit von hundert Spahis bei.

Nachdem Andy nun alles, was in seinen Kräften stand, getan hatte, um seine Stellung zu festigen, schickte er sich zum Aufbruch nach der transsylvanischen Grenze an. Als ich erkannte, daß er mich in seiner schwarzen Undankbarkeit vergaß, ergrimmte ich im Herzen ob seines unverdienten Glückes und sagte: »Der Frosch blähte sich auf, bis er platzte. Das Geld gehört dir; du kannst es in den Abtritt werfen, wenn du willst. Aber deine Kälte gegen mich schmerzt mich sehr, und ich denke doch, du schuldest einem Manne einige Rücksicht, der beinahe dein leiblicher Bruder ist und dem du allein deinen Wohlstand zu danken hast.«

Meine Worte und meine ungeheuchelten Tränen bewirkten, daß Andy sich eines Besseren besann; und wie nun eiskalte Winde die Schneewolken über die Türme von Buda trieben, fühlten wir uns in unsere Heimat zurückversetzt. Wir weinten einer an des anderen Brust; wir schworen, nichts auf der Welt könne unserer Freundschaft ein Ende machen, und wir würden unseren Kindern gegenseitig Pate stehen. Als wir endlich Abschied nahmen, drängte mir Andy tausend Dukaten auf und meinte, selbst diese Summe sei nur ein kleiner Dank für meine lange, treue Freundschaft.

Darüber war es Ende Oktober geworden. Der Sultan ließ das Lager abbrechen, und die Janitscharen begannen mit vielen düsteren Ahnungen den langen Rückmarsch. Bevor wir Buda verließen, lud der Großvezier mich und Pater Julianus noch einmal zu einer nächtlichen Besprechung zu sich und sprach: »Mag sein, daß du recht hast, Michael el Hakim, und von den Religionsfragen in Deutschland mehr verstehst als ich. König Zapolyas geheimer Abgesandter am Hof des Markgrafen Philipp meldet, daß die ketzerischen Propheten in der hessischen Hauptstadt Marburg zusammentraten, sich jedoch nach zweitägiger Erörterung in offener Feindschaft trennten, ohne sich über einen einzigen Punkt zu einigen. Es scheint, Luther und Zwingli taten nichts, als einander des Irrtums und der Anmaßung zu zeihen. Ich billige daher deinen Plan, Michael el Hakim, und will dich in die deutschen Lande entsenden, auf daß du noch schärfere Zwietracht zwischen den Protestanten säst und sie so dem Islam näherbringst.«

Ich war entsetzt über seine Rede und entgegnete hastig: »Du hast meine Absicht ganz und gar mißverstanden, edler Großvezier; ich bin nämlich kein Redner. Nein, nein, Pater Julianus ist es, den du nach Deutschland schicken sollst; der ist nämlich ein erfahrener Prediger, der Ketzerei schon von weitem riecht. Er wird in jeder Stadt den richtigen Mann für die Aufgabe auswählen; er wird die Saat des Islam in die Herzen der Menschen senken, so daß sie in ihrem Eifer für die neuen Gedanken alles gemeinsame Christliche vergessen und sich um verschiedene Glaubensartikel scharen werden. Der eine wird den einen Gott, ein anderer die Schändlichkeit des Götzendienstes, ein dritter die Prädestination und ein vierter die Vielweiberei als eine Forderung der Heiligen Schrift predigen. Pater Julianus kennt meines Wissens die Bibel so gut, daß er binnen wenigen Tagen darin Belegstellen für alle diese Argumente finden könnte.«

Pater Julianus starrte mich an, als hätte sich die Erde zu seinen Füßen aufgetan und als sei der Teufel in all seiner Scheußlichkeit ihm erschienen.

»Hebe dich hinweg von mir, Satan«, rief er aus. »Möchtest du mich zum Ketzer machen? Nie werde ich mich dazu herbeilassen; lieber will ich den glorreichen Märtyrertod sterben.«

»Aber versteht Ihr denn nicht, Pater Julianus«, entgegnete ich, »daß Ihr der heiligen Kirche den größten Dienst erweist, indem Ihr unter den Ketzern Zwietracht sät? Ich bin überzeugt, der Großvezier wird Euch genug Geld aussetzen, daß Ihr in den deutschen Ländern mit Wein und Bier nicht zu kargen braucht – ja selbst genug, daß Ihr andere dazu einladen könnt. Sollte man Euch der Verbreitung von Irrlehren verdächtigen, so braucht Ihr nur alles zu widerrufen und Euch auf Eure unvollkommene Beherrschung der deutschen Sprache herausreden; deshalb sei Euch eben der eine oder andere Irrtum unterlaufen. Geht aber alles gut – in zwei Jahren solltet Ihr die Aufgabe erfüllt haben – und laßt Ihr mir ausführliche Mitteilungen über alle zukommen, jung oder alt, gelehrt oder einfältig, arm oder reich, die irgendwie geneigt sind, die neue Lehre anzunehmen und zu verkünden, so wird Euch der Großvezier – dessen bin ich sicher – so reich belohnen, daß Ihr Eure alten Tage in Frieden und Wohlstand vor einem stets gefüllten Weinkrug hinbringen könnt.«

Widerstreitende Gedanken spiegelten sich auf Pater Julianus' aufgedunsenem Gesicht; ich konnte daraus noch vorwaltende Ängste um seine unsterbliche Seele ablesen. So fuhr ich eindringlich fort: »Wer weiß, etwa tritt der Großvezier durch ein Venediger Bankhaus an die Kurie heran und kauft Euch einen Bischofssitz in einem abgelegenen Winkel Frankreichs oder Italiens? Dort könntet Ihr unbehelligt von Neugierigen Eure wohlverdiente Ruhe genießen.«

Ein warmer Glanz trat in Pater Julianus' Augen; träumerisch blickte er in die Ferne, und endlich rief er schluchzend: »Wie eifrig wollte ich jenes hohe Amt verwalten, obgleich ich ein Wicht und armer Sünder bein! Wahrlich, Michael, von nun an will ich mich bessern und alles tun, was ich kann, mich der mir anvertrauten hohen Aufgabe würdig zu erweisen.«

Er fiel auf die Knie, küßte des Großveziers Hand und benetzte sie mit seinen Tränen. Ich fürchtete, Ibrahim würde vor den Kosten meines Planes zurückscheuen, und bemerkte rasch auf türkisch: »Sorge dich nicht um die Auslagen, edler Großvezier, denn Pater Julianus wird kaum lebendig aus Deutschland entkommen, um seinen Bischofssitz einzufordern. Diese neuen Propheten sind wenigstens ebenso erbitterte Verteidiger der Reinheit ihres Glaubens wie das Heilige Offizium. Kommt er durch ein Wunder dennoch lebend davon, so wäre es für dich nicht zu verachten, wenn ein christlicher Bischof dem Islam seine Stellung zu verdanken hätte.«

Ibrahim nickte und sagte: »Wie du willst, Michael el Hakim. Ich vertraue dir und überlasse dir die Einzelheiten. Mißlingt dein Plan, so werden dir Tschauschen den schwarzen Kaftan und die seidene Schnur bringen und an deiner Seite bleiben, damit du dieses Geschenk nicht falsch auslegst.«

Vielleicht war diese Mahnung an meine Sterblichkeit heilsam für mich. Jedenfalls erkannte ich nun, daß ich mich gar unüberlegt in Dinge mengte, die mich in keiner Weise angingen. Dennoch wurden der Plan gebilligt und die Maßnahmen getroffen, durch die Pater Julianus seine Berichte geheim nach Istanbul weiterleiten konnten.

Allmählich wurden die türkischen Truppen aus Buda zurückgezogen, und Pater Julianus machte sich wohlgemut auf den Rückweg nach Wien, wo er über seine wunderbare Errettung aus den Händen der Türken predigen wollte. Sodann wollte er sich in die deutschen Lande begeben. Nachdem ich ihm noch das Geleit gegeben hatte, kaufte ich einige Kriegsandenken und andere Geschenke für Giulia und ging an Bord eines Lastschiffes. Dies trug mich donauabwärts, bis ich wieder zu Sinan dem Baumeister stieß, in dessen Sänfte ich die Reise nach Istanbul behaglich zurücklegte.

Von den Hindernissen und Strapazen, die das Heer auf dem Rückmarsch zu überwinden hatte, will ich nur erwähnen, daß die dabei entstandenen Verluste jene bei der Belagerung Wiens noch überstiegen und wenigstens zehntausend ungarische und deutsche Sklaven unterwegs ums Leben kamen. Ich meinerseits konnte nur an Giulia und unser zukünftiges Heim an der Küste des Bosporus denken. Sinan der Baumeister, abgemagert, übermüdet und schlaflos nach seinen unaufhörlichen Mühen und Sorgen, wurde meines Geplappers lange vor Istanbul schon überdrüssig; schließlich griff er nach seinem Hammer und drohte, mir den Schädel einzuschlagen, wenn ich nicht schwiege.

Je näher wir Istanbul kamen, um so mehr brannte ich darauf, Giulia wieder in den Armen zu halten, wie einst in den Stunden unserer größten Seligkeit. Ich sehnte mich danach, ihr zu erzählen, wie weit ich es gebracht hatte, denn bei meinen zweihundert Asper täglich konnte sie mich nun nicht mehr für unfähig und tatenlos halten. Durch eine außergewöhnliche, spöttische Laune des Schicksals besserte sich das Wetter, als wir der Heimat näherkamen. Der Regen hörte auf, die Winterkälte wich frühlingshafter Wärme. Unsere Augen, die sich an düsteren Bergen und dichten Wolken sattgesehen hatten, erfreute nun das frische Grün zahlloser Gärten, obwohl die Platanen und Akazien ihre Blätter längst verloren hatten.

Die Luft war wie gutgekühlter Wein, die Sonne leuchtete vom wolkenlosen Himmel hernieder, und der Wind trug uns den herben Duft der See zu, als der Sultan an der Spitze seiner Janitscharen unter ohrenbetäubendem Lärm in seine Stadt einritt. Trommeln und Zimbeln dröhnten, und die gefangenen Sklaven schleppten sich dahin und starrten mürrisch um sich, als sie der ungeheuren Ausdehnung der ottomanischen Hauptstadt gewahr wurden. Allerorten flammten in jener Nacht die Freudenfeuer auf. Sogar in Pera, dem venezianischen Stadtviertel, leuchteten sie wie Perlenschnüre.

Selbst von brennender Sehnsucht verzehrt, ritt ich stracks nach Abu el Kasims Haus, auf dem Pferd, das ich vom Sultan erhalten hatte. Auf dem Kopf trug ich einen breiten Turban, geschmückt mit einem Federbusch in juwelenbesetzter Fassung. Am Gürtel unter dem Ehrenkaftan baumelte und klingelte mir eine wohlgespickte Börse, und neben meinem kupfernen Schreibzeug trug ich einen Säbel in silberner Scheide. Ich hatte gehofft, das Tor weit offen und Giulia, von der Musik geweckt, zitternd auf der Schwelle zu finden, den Tag segnend, der mich aus aller Kriegsgefahr wohlbehalten heimgeführt hatte. So hatte ich mir die Heimkehr ausgemalt. Nachdem ich aber vor dem geschlossenen Tor so lange gewartet hatte, daß sich schon neugierige Nachbarn um mich sammelten, zog ich meinen Säbel, beugte mich im Sattel vor und hämmerte mit dem Knauf ans Tor.

Mein Pferd wieherte und tanzte, und ich hatte alle Mühe, mich im Sattel zu halten, als ich endlich die Riegel knarren hörte und Abu el Kasims Taubstummer vor mir in der Einfahrt stand. Als er mich erkannte, geriet er ganz aus dem Häuschen und riß das Tor mit lautem Krach weit auf, während er viele unverständliche Laute ausstieß. Das Pferd stieg, scheute und sprengte in den Hof, wo Giulias langhaarige Katze erschreckt davonstob, den buschigen Schweif hochgereckt. Da schlug mein Pferd aus, sprang zur Seite und warf mich kopfüber aus dem Sattel. Es war ein Wunder, daß ich nicht den Hals brach; immerhin fuhr mir mein gezückter Säbel tief in die Wade – die erste und einzige Wunde, die ich aus dem Feldzug davongetragen hatte.

Der Taubstumme warf sich reuig zu Boden und schlug sich mit geballten Fäusten auf Stirn und Brust, so daß ich es nicht übers Herz brachte, ihn zu züchtigen. In diesem Augenblick erschien ein dunkelhäutiger Italiener auf der Schwelle, den Rock aufgeknöpft, die gestreiften Hosen um die Hüften offen. Er glättete sich das glänzende, schwarze Haar und fragte zornig, wer es wage, den Schlummer seiner edlen Herrin zu stören. Er war jung und wohlgebaut, obwohl seine dunkle Gesichtsfarbe auf niedere Abkunft schließen ließ; seine Gesichtszüge waren so untadelig wie die einer griechischen Statue und ebenso ausdruckslos. Seine glänzenden Augen schienen hell im Vergleich zu seiner Haut, und seine dünnen Lippen deuteten auf Entschlossenheit, obwohl er sie im Augenblick zu einem höhnischen Lächeln verzogen hatte.

Ich habe ihn so ausführlich beschrieben, um zu zeigen, daß sein Äußeres in keiner Weise abstoßend wirkte; dennoch empfand ich vom ersten Augenblick an ein tiefes Mißtrauen gegen ihn. Daran trug sein anmaßendes Auftreten keine Schuld. Als er nämlich erkannte, wer ich war, trat er mir mit schmeichelnder Ehrerbietung entgegen, brachte seinen eigenen Anzug einigermaßen in Ordnung und fing an, mir unterwürfig den Sand aus dem Kaftan zu schütteln. Dann redete er mich in wohlgesetzten Worten an. »Ich bitte Euch, nehmt an diesem armseligen Willkomm keinen Anstoß, edler Herr. Wir konnten nicht ahnen, daß Ihr so bald heimkehren würdet. Rücksicht auf Eure Frau hätte Euch bewegen sollen, sie von Eurer Heimkehr in Kenntnis zu setzen, so daß sie das Haus zur Feier herrichten und Euch geziemend empfangen hätte können. Eben pflegt sie der Mittagsruhe; doch will ich sie sogleich wecken.«

Dies untersagte ich ihm streng und meinte, ich wolle sie lieber selbst wecken und ihr so eine angenehme Überraschung bereiten. Dann fragte ich ihn etwas gereizt, wer er sei und weshalb er es wage, wie der Herr des Hauses aufzutreten und mich zu hindern, meine eigene Frau zu sehen. Er schlug sogleich einen anderen Ton an und antwortete unterwürfig: »Ach, Messer Michael, ich bin nur der Sklave Alberto aus der Stadt Verona, wo mein Vater heute noch als redlicher Schneider arbeitet. Ich hätte sein Handwerk erlernen sollen, aber die Abenteuerlust lockte mich in die Fremde, und später fingen mich türkische Seeräuber. Eine Weile mühte ich mich als Galeerensklave ab, dann wurde ich hier auf dem Markt in Istanbul als Sklave feilgeboten. Frau Giulia erbarmte sich meiner Not, kaufte mich und setzte mich hier als Majordomo ein. Doch habe ich keine Diener unter mir, ausgenommen diesen taubstummen Schwachkopf, der nicht das Salz in seiner Suppe wert ist.«

Ich fragte, wie Abu el Kasim diesen Kauf billigen konnte, wo doch sowohl das Haus wie der Sklave ihm gehörten. Alberto schien überrascht. Er erwiderte: »Ich habe diesen Abu el Kasim nie gesehen, obwohl die Nachbarn einen verdächtigen Gewürzkrämer dieses Namens erwähnten. Ich glaube, er reiste im Sommer von hier nach Bagdad. Wer weiß, ob er je zurückkommt.«

Ich erkannte, daß sich seit meiner Abreise vieles geändert hatte; ich herrschte den Italiener an, die Augen niederzuschlagen, wenn er mit mir sprach, wie es einem Sklaven gezieme; dann trat ich ins Haus. Er blieb mir dicht auf den Fersen und versuchte, sich an mir vorbeizudrängen, wenn ich einhielt und mich umsah. Ich erkannte die Räume kaum wieder, weil sie mit Plunder aus dem Basar so vollgestopft waren, und stolperte fortwährend über Schemel, Kissen, Rauchfässer und Vogelkäfige. Als ich endlich vor dem Vorhang anlangte, der die Tür zu Giulias Gemach verbarg, stellte sich Alberto dicht vor mich, fiel auf die Knie und rief: »Weckt sie nicht zu ungestüm, edler Herr! Laßt sie mich durch einen Beckenschlag warnen.«

Gerührt über seine Sorge um die Frau des Hauses, war ich dennoch entschlossen, mir die Freude zu gönnen, sie zu überraschen. Ich stieß den aufgeregten Italiener zur Seite, zog die Vorhänge zurück und trat auf den Zehenspitzen ein. Und hier belohnte, nachdem meine Augen sich an das Halbdunkel gewöhnt hatten, der Anblick Giulias meine verschmachtenden Sinne überreich.

Sie mußte sich im Schlaf ruhlos umhergeworfen haben, weil sie ganz nackt inmitten des zerwühlten Bettzeugs lag. Ihr Gesicht schien mager, und um die Augen lagen dunkle Ringe, aber ihr goldenes Haar lag in reicher Fülle auf dem Kissen, ihre Brüste glichen Rosenknospen, ihre Glieder waren wie Moschus und Ambra. Nie, nicht einmal in meinen wildesten Liebesträumen hatte ich sie so hinreißend schön gesehen.

Ich rang nach Luft und pries Allah, daß er seinem Streiter eine so glorreiche Heimkehr beschieden habe. Dann beugte ich mich über sie, liebkoste sie zart mit den Fingerspitzen und flüsterte ihren Namen. Ohne die Augen aufzuschlagen, streckte sie sich wollüstig, schlang mir die weißen Arme um den Hals und seufzte im Schlaf: »Nicht mehr, nicht mehr, du Grausamer!«

Doch rückte sie zur Seite, tastete mit den Händen nach mir und flüsterte: »Aber du darfst dich entkleiden und zu mir legen.«

Ich stutzte über ihre Bereitwilligkeit, bis ich erkannte, daß sie einen herrlichen Traum hatte und im Schlafe redete. Lächelnd tat ich, wie mir geheißen ward, warf die Kleider ab und schlüpfte zu ihr ins Bett. Sie schlang mir die Arme um die Hüften und bat mich schläfrig, sie zu liebkosen. Es überraschte mich, daß ihr Schlummer so tief war, ich sah aber, daß sie ihren Traum nicht unterbrechen und den Augenblick des Erwachens hinausschieben wollte.

Ich willfahrte ihr, bis ich in meiner Erregung eine unbedachte

Bewegung machte, die sie weckte. Ihre wunderbaren Augen öffneten sich weit. Hätte ich im geringsten an ihrem tiefen Schlaf gezweifelt, so hätte ich mir keinen deutlicheren Beweis dafür wünschen können als ihr Gebaren beim Erwachen; als sie nämlich gewahr wurde, was geschah, war sie außer sich vor Schrekken; sie riß sich los und verbarg ihre Blößen unter den Decken. Dann brach sie in Schluchzen aus, das Gesicht in den Händen vergraben, und stieß mich fort, sooft ich sie trösten wollte. Voll Reue über den Streich, den ich ihr gespielt hatte, bat ich sie demütig um Verzeihung. Als sie endlich sprechen konnte, fragte sie mit zitternder Stimme: »Bist du es wirklich, Michael? Wann bist du gekommen, und wo ist Alberto?«

Als Alberto, der hinter dem Vorhang stand, dies hörte, rief er ihr zu, sich zu beruhigen und sich wegen des Blutes auf meinen Hosen nicht zu ängstigen. Die Wunde sei nur leicht, meinte er, und ich hätte sie davongetragen, als ich im Hof vom Pferd fiel. Sein Geplapper erboste mich so, daß ich ihn verwünschte und ihm zurief, nicht herumzustehen und uns nachzuspionieren. Giulia aber sprach: »Bangend und zitternd habe ich die Wochen und Monate deiner Abwesenheit gezählt – und Flüche sind die ersten Worte, die ich aus deinem Mund höre, nun, da du endlich heimkehrst? Schilt meinen treuen Diener nicht, der mich so wacker beschützt hat, seit Abu el Kasim mich im Stich ließ. Kennst du so wenig Rücksicht für mich, daß du mit Gewalt hier eindringst und mich vor meinem Diener so peinlich erniedrigst?«

Das war die Giulia, die ich kannte, allein sie war offensichtlich unsanft überrascht worden, und es erleichterte sie, mich zu schelten. Selbst ihre Schimpfworte klangen mir nach so langer Abwesenheit lieblich in den Ohren, und ich wollte sie umarmen; sie aber riß sich aufs neue los und kanzelte mich ab: »Rühr mich nicht an, Michael. Nach den Gesetzen deiner Religion müßte ich mich erst waschen, und auch du bist noch staubig von der Reise. Rücksicht auf mich hast du freilich nie gekannt, aber vergiß wenigstens deine Pflichten als Moslem nicht, und laß mich in Ruhe, bis ich gebadet und mich schön gemacht habe.«

Ich beteuerte aber, sie sei nie lieblicher gewesen als in ihrer augenblicklichen Unordnung, und flehte und bettelte so lange, daß sie sich endlich fügte und mir ergab; die ganze Zeit aber murrte sie wegen meiner Rücksichtslosigkeit und meines verletzenden Gebarens und raubte mir dadurch das halbe Vergnügen. Sodann erhob sie sich rasch, kehrte mir den Rücken und begann, sich wortlos anzukleiden. Als ich auf keine meiner bescheidenen Fragen Antwort erhielt, ergrimmte auch ich und rief: »Das also ist die Heimkehr, die ich so lange ersehnte! Wie konnte ich aber auch etwas anderes erwarten – du hast dich nicht einmal nach meinem Ergehen erkundigt – und was jenen Lumpen Alberto betrifft, so will ich ihn stracks wieder auf die Galeeren schicken, wohin er gehört.«

Giulia fuhr herum und fauchte wie eine Wildkatze. Mit funkelnden Augen rief sie: »Auch ich finde dich gar nicht verändert! Du redest nur so von Alberto, um mir weh zu tun. Er ist so viel wert wie du – und vielleicht mehr, weil er wenigstens von redlichen Eltern stammt und aus seiner Geburt kein Hehl zu machen braucht. Und wer weiß, was du in Ungarn getrieben hast! Ich hätte nie geglaubt, wie es auf diesen Feldzügen zugeht, wenn ich nicht im Harem davon gehört hätte.«

Obzwar ihr unwürdiger Verdacht mich verletzte, sah ich doch ein, daß das böswillige Gewäsch, das sie vernommen hatte, ihre Eifersucht angestachelt hatte. Die Frauen des Harems pflegten nämlich die Eunuchen des Defterdars zu bestechen, damit sie dem Sultan und dem Großvezier nachspionierten, so daß diese hohen Herren jedes kleine Abenteuer, daran sie sich etwa ergötzen wollten, teuer bezahlen mußten.

Ich sagte: »Der Sultan und der Großvezier sind tugendhafte Männer. Es ziemt sich nicht, in diesem Ton von ihnen zu sprechen. Allein deine grundlose Eifersucht beweist vielleicht, daß du mich immer noch liebst und dir um mein Wohl Sorgen machst. Daher will ich beim Koran schwören – und beim Kreuz, wenn dir das lieber ist –, daß ich keinem Weibe je nahe kam, obwohl mich bisweilen heftig danach verlangte. Keine ist wie du, Giulia. Und wenn ich dich je vergaß, so bewahrte mich die heilsame Angst vor dem französischen Ausschlag vor unüberlegten Streichen.«

Bei diesen meinen ernsten Worten faßte sich Giulia wieder etwas, obwohl sie immer noch abwechselnd weinte und lachte, als kitzelte sie einer. Dann meinte sie: »Immer noch derselbe alte Michael! So erzähle mir, was du getrieben und welche Geschenke du mir mitgebracht hast; dann sollst du hören, wie ich mich nach meinen besten Kräften bemüht habe, uns beiden eine gesicherte Zukunft zu gründen.«

Ich konnte nicht länger an mich halten und erzählte ihr von allen meinen Erfolgen – von den zweihundert Asper täglich und von dem Versprechen des Großveziers, mir ein Stück Land und ein Haus zu schenken. Ich geriet in immer größeren Eifer und prahlte immer unverschämter, bis ich endlich bemerkte, daß auf Giulias Stirne düstere Gewitterwolken lagen und sie den Mund verzog, als hätte sie in einen sauren Apfel gebissen. Erschreckt hielt ich inne und fragte unsicher: »Mißgönnst du mir meinen Wohlstand, Giulia? Warum freust du dich denn nicht? Wir sind nun alle Sorgen los, und ich kann mir nicht denken, was dich bewegt.« Giulia schüttelte betrübt den Kopf und entgegnete: »Nein, nein, lieber Michael. Natürlich freue ich mich über dein Glück, aber ich fürchte für dich. Leichtgläubig, wie du immer warst, hast du dich auf Gedeih und Verderb diesem ehrgeizigen Ibrahim ausgeliefert. Er ist gefährlicher, als du denkst, und ich sähe es lieber, wenn du rechtzeitig einhieltest, als dich in solche Höhen emportragen zu lassen, indem du dich an die Schöße seines Kaftans klammerst.«

Ich versetzte hitzig, der Großvezier sei der edelste Mensch und klügste Staatsmann, dem ich je begegnet sei. Es sei eine Freude, ihm zu dienen, nicht allein wegen seiner Freigebigkeit, sondern auch wegen seines fürstlichen Gebarens und seiner leuchtenden Augen. Giulias Antlitz verfinsterte sich noch mehr; sie schwor, der habe mich behext, wie er den Sultan behext habe – denn nur so könne sie sich die starke und unheilvolle Freundschaft erklären, die Suleiman an seinen Sklaven binde.

Gründlich verärgert, meinte ich, sie mit ihren verschiedenfarbigen Augen täte gut daran, nicht von Hexerei zu reden, worauf sie in bittere Tränen ausbrach und klagte, nie hätte ich sie noch so tief, so unverzeihlich gekränkt. Ich war überrascht, daß sie darin so feinfühlig war, denn sie hatte lange nicht mehr über ihre Augen geklagt, sie vielmehr allmählich als einen Vorzug betrachten gelernt, der sie ja in der Tat auch waren.

»Du weißt, ich liebe diese Augen über alles«, versicherte ich ihr. »Das linke ist ein glänzender Saphir, das rechte ein funkelnder Topas. Warum bist du heute so reizbar?«

Sie stampfte vor Wut den Boden und schrie: »Narr! Ich weiß

am besten, was meine Augen wert sind. Aber ich kann dir nicht verzeihen, daß du hinter meinem Rücken vom Großvezier Haus und Grund erlangt hast. Das war mein Plan von Anfang an, und du warst dagegen. Ich habe schon einen Bauplatz und die nötigen Baustoffe beschafft. Ich wollte dich überraschen und dir zeigen, was für eine außergewöhnliche Hausfrau du hast. Nun hast du alles vereitelt. Nichts hätte mich bitterer kränken können.«

In meiner zärtlichen Stimmung konnte ich gar wohl ermessen, wie bitter sie enttäuscht war. Sie hatte, so gut sie es als Weib vermochte, uns ein Heim verschafft; freilich konnte es nicht so schön und geschmackvoll sein wie jenes, das ich bauen wollte. Ich fiel vor ihr auf die Knie, bat sie um Vergebung für mein unüberlegtes Handeln, dankte ihr für das Opfer, das sie gebracht hatte, küßte ihre schlanken Finger und versicherte ihr, ich hätte nur unser gemeinsames Wohl im Auge gehabt und ihr wahrhaftig nicht zuvorkommen wollen.

»Doch«, fragte ich, »welchen Bauplatz hast du da ausgewählt? Vor allem, wie konntest du das Geld dafür auftreiben, weiß ich doch, daß nichts teurer ist als Bauen.«

»Es ist ein vortrefflicher Platz«, sagte Giulia, »und braucht erst zu gelegener Zeit bezahlt zu werden. Für die Baustoffe konnte ich Geld zu wirklich günstigen Bedingungen aufnehmen. Die Frauen gewisser reicher Griechen und Juden wünschen meine Freundschaft wegen meiner Verbindungen im Serail, und ihre Männer ließen mir sowohl ihren Rat wie auch Anleihen reichlich zukommen; als Sicherheit diente ihnen dein Gehalt. Ich hoffte, das Haus werde zu deiner Heimkehr fertig sein; dann hättest du es als Geschenk von mir annehmen dürfen und weiter keinen Finger zu rühren brauchen, nur es zu bezahlen.«

Ich war starr vor Entsetzen, sie aber sah mich mit so ungeheuchelter Freude an, daß ich es nicht über mich brachte, sie zu tadeln. Sie drückte ihr Gesicht an mich und meinte, unter Tränen seufzend: »Ich bin froh, daß du wieder daheim bist, obwohl du mich so grausam erschreckt hast. Nun kannst du mir in allen meinen Nöten beistehen und dich um diese ewigen Rechnungen kümmern. Das Haus könnte jetzt fertig sein, wenn nicht die Räumungsarbeiten wären. Der Bauplatz liegt nämlich an der Küste des Marmarameeres nahe dem Fort der Sieben Türme, inmitten der Ruinen des alten griechischen Klosters. Deshalb konnten die

Griechen es verkaufen, ohne die Genehmigung des Sultans einzuholen. Dort hat noch keiner gebaut, weil die Kosten für die Räumung des Bauplatzes so hoch sind; deshalb konnte ich ihn so billig erstehen.«

Ich erinnerte mich von ungefähr an jenes öde Trümmerfeld, das seit dem Fall Konstantinopels nur von umherstreunenden Hunden heimgesucht wurde. Ihr törichtes Handeln ließ mich an allen Gliedern zittern, während ich vergeblich versuchte, meiner Erregung Herr zu werden. Giulia starrte mich aus weitaufgerissenen Augen an. Plötzlich überzog grünliche Blässe ihr Gesicht. Sie stand auf und erbrach sich, während ihr Tränen über die Wangen liefen. In meiner Bestürzung vergaß ich alles andere; ich nahm sie zart bei den Schultern und sagte ängstlich: »Mein Liebstes! Meine einzige Frau! Was ist – was hast du? Hast du Fieber, oder hast du zu viel Salat oder frisches Obst genossen?«

Giulia stöhnte: »Sieh mich nicht an, Michael, wenn ich so häßlich bin. Es ist nichts – vielleicht waren die Sorgen um das Haus zuviel – und dann sahst du so finster drein. Sorge dich nicht. Sag mir, ich bin ein verschwenderisches Weib, mit dem dich Gott für deine Sünden heimgesucht hat.«

Ich konnte sie nur von ganzem Herzen um Vergebung bitten. Ich machte ihr kalte feuchte Umschläge auf die Stirn und ließ sie Essig einatmen, bis die Farbe wieder in ihre Wangen zurückkehrte. Die beste Arznei jedoch war meine Satteltasche, aus der ich nun alle Geschenke, die ich in Buda für sie gekauft hatte, hervorholte – Halsbänder, Ohrringe und einen herrlichen venezianischen Spiegel, dessen Griff die vollendete Kunst des Silberschmiedes zu einem Konterfei Ledas mit dem Schwan verarbeitet hatte. Ich war kein so strenger Moslem, daß ich Bilder von Tieren und Menschen verabscheut hätte; und Giulia war ja Christin.

So herrschte endlich vollste Eintracht zwischen uns, und Alberto bereitete uns eilig ein würziges italienisches Mahl. Er bediente mich aufmerksam und erwies mir alle Ehren; allein obwohl ich in meiner augenblicklichen Stimmung aller Welt Freund und Bruder sein wollte, war offenbar doch ein kleiner Stachel in meinem Herzen zurückgeblieben, und ich konnte mich nicht mit diesem Kerl abfinden, der fortwährend um uns herumscharwenzelte und mit seinen eigentümlich farblosen Augen jede Miene auf meinem Gesicht verfolgte. Am meisten verdroß mich, daß

Giulia ihn aufforderte, sich zu uns auf den Boden niederzulassen und mit uns zu speisen. Zum Glück war er so anständig, sich in eine Ecke zurückzuziehen und sich mit den Überresten der Mahlzeit zu begnügen. Als er endlich alle Teller abräumte, damit die Katzen und der Taubstumme sie reinlecken konnten, hielt ich nicht länger an mich und erklärte etwas gereizt, mir liege nichts daran, mit meinem Sklaven gemeinsam zu speisen, und überdies könne ich die Art, wie der abstoßende Kerl um mich herumschlurfe und schleiche, nun einmal nicht ausstehen.

Giulia erwiderte tief gekränkt: »Aber, Michael, er ist ein Christ wie ich. Möchtest du mir das Vergnügen rauben, zuweilen in meiner Muttersprache mit einem Landsmann zu plaudern? Du hast deinen Bruder Andreas; ihr redet in eurer Muttersprache miteinander, so daß ich kein Wort davon verstehe. Was mißgönnst du mir diesen kleinen Trost in meiner Einsamkeit?«

Mich rührte Giulias arglose Unschuld in dieser Sache, wo sie doch sonst so klug und erfahren war. Ich antwortete nachsichtig: »Liebe Giulia, verstehe nicht falsch, was ich dir sagen will. Nicht in meinen schlimmsten Träumen könnte ich dich der Untreue verdächtigen. Doch als Gatte finde ich es höchst lästig, mein Haus mit einem jungen Mann gemeinsam zu bewohnen; noch dazu einem, den Einfältige vielleicht für hübsch halten könnten. Ich weiß, daß ich dir vertrauen kann, doch ist es meine Pflicht, deinen guten Ruf zu schützen. Ich könnte ihn eher ausstehen, wenn er ein Eunuch wäre – und wahrhaftig«, fuhr ich fort, hingerissen von dem Gedanken, »es ist noch nicht zu spät, einen aus ihm zu machen; er ist noch ziemlich jung. Obwohl ich einst die Operation für zu kostspielig und unsicher hielt, weil sie häufig tödlich verläuft, so sah ich doch ihrer viele in Buda – einige älter als Alberto –, die sie recht gut überstanden. Wir wollen gleich dafür sorgen. Dann kann weder ich noch sonst jemand das geringste gegen seinen Aufenthalt im Hause einwenden.«

Giulia sah mich lange prüfend an, als fragte sie sich, ob ich es ernst meinte. Dann trat ein sonderbares Lächeln auf ihre Züge; wortlos klatschte sie in die Hände, um Alberto zu rufen. Als er eintrat, sprach sie zu ihm: »Alberto, dein Herr fürchtet, deine Anwesenheit hier könnte meinem Ruf schaden, und will einen Eunuchen aus dir machen. Er erklärt, die Operation werde deiner Gesundheit nicht schaden. Was hast du dazu zu sagen?«

Albertos dunkles Gesicht verfärbte sich wohl ein wenig. Er warf mir einen Blick zu, als prüfe er, wie breit mein Hals sei. Dann wandte er sich mit ausdruckslosem Lächeln an Giulia und erwiderte demütig: »Madame, wenn ich zwischen der Verschneidung und den Galeeren wählen soll, so wißt Ihr, wie meine Antwort ausfallen wird. Ich will nicht behaupten, daß ich einer so peinlichen Prüfung freudig entgegensehe, allein mein Trost ist meine vollkommene Gleichgültigkeit gegen Frauen. Mein einziger Wunsch ist es, mein Leben Eurem Dienst zu weihen, und wenn ich meinem Herrn einen Gefallen erweise, indem ich mich diesem Eingriff unterziehe, so will ich unverzüglich einen tüchtigen Wundarzt ausfindig machen.«

Der edle Freimut seiner Worte bewirkte, daß ich mich meiner beabsichtigten Grausamkeit schämte. Gleichzeitig fiel mir eine große Last von der Seele, denn wenn ihm in der Tat Frauen nichts bedeuteten, wie er beteuerte, so hatte ich für Giulia nichts zu befürchten. Giulia, die mein Mienenspiel gespannt verfolgt hatte, meinte: »Nun, Michael, ich hoffe, du bist aufrichtig beschämt. Soll ein Sklave dich Edelmut lehren? Du siehst nun: es gibt noch selbstlose, treue Menschen auf der Welt, und nicht jeder ist so böse wie du. Mach ihn zum Eunuchen, wenn du willst; tust du es aber, so will ich dich nie wieder sehen, so abscheulich dünktest du mich dann.«

Ich kam mir schon selbst wie ein widernatürliches Ungeheuer vor. Alberto aber, der meine Unentschlossenheit bemerkte, fiel vor mir auf die Knie und rief unter Tränen: »Nein, nein, mein teurer Herr! Hört nicht auf sie, sondern laßt mich alsogleich verschneiden, denn ich kann Euer Mißtrauen nicht ertragen. Ich schwöre, ich werde deshalb nicht ärmer; für mich sind Frauen nicht mehr als Stöcke und Steine. Der gute Gott hat mir trotz meines Bartes das Herz eines Eunuchen verliehen.«

Sie bearbeiteten mich gemeinsam, bis ich zu meiner eigenen Überraschung Giulia bat, diesen selbstlosen Mann nicht so barsch zu behandeln. Sie weinte und ließ sich herbei, alles beim alten zu lassen, vorausgesetzt, daß ich die Angelegenheit nie wieder erwähnte oder ihren treuen Diener durch meinen niedrigen Verdacht kränke. Überdies, meinte sie, wenn der Sultan mit seinem Sklaven speisen könne, so könnte wohl auch ich es tun; schließlich sei Alberto ja kein Küchenjunge, sondern ein Majordomo, wie man sie in den vornehmsten Familien Venedigs antreffe.

Immer noch widerwillig, war ich dennoch bereit, alles zu tun, was Giulia besänftigen konnte. Wir gingen an jenem Abend früh zu Bett, und sie zeigte sich vollkommen versöhnt mit mir.

Von ihren Geschäften im Serail wollte sie nicht sprechen. Alles zu seiner Zeit, meinte sie; augenblicklich brauchte ich nur zu wissen, daß ihr der Kislar-Aga besonders wohlgewogen sei und sie zahllose Geschenke von den Haremsfrauen und ihren griechischen und jüdischen Freunden erhalten habe. Ich drang nicht in sie und wollte sie auch nicht durch die Bemerkung betrüben, daß ich den Großteil der Geschenke für wertlosen Plunder hielt.

Früh am nächsten Morgen kam ein reichgekleideter Eunuch, um mich in den Serail zu führen, wo ich dem Kislar-Aga meine Aufwartung machen sollte. Dieser fette, unbarmherzige Mann, dessen Negerblut seinen Wangen einen fahlen Schimmer verlieh, empfing mich überaus herzlich und ließ sich von mir auf die Beine helfen, um mich in den Hof der Seligkeit zu geleiten.

Seine ungewohnte Höflichkeit überraschte mich sehr, allein im ganzen Serail herrschte eitel Sonnenschein über die Heimkehr des Sultans. Nirgends war ein verdrossenes Gesicht zu sehen. Vom geringsten Sklaven bis zum höchsten Hofbeamten lächelte alles – alles warf mit Segenswünschen um sich. Auf mein Haupt regneten sie nur so nieder; meine Fußstapfen, ja noch meine Zehennägel wurden gesegnet, und ich bekam zu hören, ich sei schöner als der Mond, trotz der Narbe auf der Wange, die de Vargas Zähne hinterlassen hatten und die mir den einen Mundwinkel etwas entstellt hatte. Ich mußte mit dem Strom schwimmen und bemühte mich, noch freundlicher zu sein, indem ich Gottes Segen selbst auf die Schatten derer herabflehte, denen ich begegnete.

Der Kislar-Aga teilte mir mit, Sultana Khurrem habe dem Sultan während seiner Abwesenheit eine Tochter geschenkt, der man den Namen Mirmah ins Ohr geflüstert habe. Sie sei schöner als der Mond, und der Kislar-Aga konnte die Sultana nicht genug preisen, daß sie ihrem Herrn jedesmal ein Kind schenkte, sooft er in den Krieg zog, und daher bei seiner Rückkehr stets froher und schöner war als bei seinem Auszug. Der Kislar-Aga war offensichtlich überzeugt, daß Sultana Khurrem nach wie vor des Sultans Gunst besaß.

In dieses angeregte Gespräch vertieft, blieb mir keine Zeit, mich umzusehen, bis mir der Kislar-Aga plötzlich einen Tritt in die Kniekehle versetzte, zum Zeichen, daß ich mich niederwerfen sollte. Wir waren durch den Hof der Seligkeit in das Spielzimmer der Prinzen gelangt, und dort fand ich mich zu meiner Überraschung vor Suleiman selbst. Den Großvezier wie gewöhnlich an seiner Seite, unterwies er eben seine Söhne in der Handhabung von Spielzeug aus Nürnberg, das er ihnen mitgebracht hatte. Darunter war ein Pferd, das die Beine bewegen und einen Wagen ziehen konnte, ein Tambour, der seine Trommel schlug, und viele andere wunderbare Spielsachen, wie man sie im Palast zu Buda in Mengen gefunden hatte.

Die Knaben knieten rings um ihn auf dem Boden. Mustafa, der älteste, sah in würdevollem Schweigen zu; er war so auffallend schön, wie seine Mutter es sein sollte, die nun in Ungnade gefallen war. Der rührige Mohammed jauchzte vor Entzücken. Selim streckte seine Hand nach jedem Spielzeug aus, während der kleine Prinz Dschehangir seinem Vater zunächst stand. Das Kinn hatte er zutraulich auf Suleimans seidenen Ärmel gelegt, so daß sich sein Höker leider nur zu deutlich unter dem kleinen Kaftan abzeichnete. Seine dunklen Augen starrten die buntbemalten Spielsachen an, als durchschauten sie ihre Nichtigkeit, als sinne er bei sich, obgleich ein Kind, über die rätselvollen Geheimnisse von Leben und Tod nach.

Als der Sultan mich erblickte, ließ er das Spielzeug fallen, lächelte endlich einmal ungezwungen und meinte fröhlich: »Gesegnet seist du, Michael el Hakim, vom Scheitel bis zur Sohle! Gesegnet sei jedes Haar deines Hauptes und Bartes, und dein Weib möge dir nur Söhne gebären. Aber im Namen Allahs, antworte du mir nicht wieder mit Segenswünschen, denn ich habe davon schon einen solchen Hagel ausgelöst, daß ich nun schon lachen muß, wenn einer auch nur den Mund auftut. Kümmere dich nicht weiter um mich, denn Prinz Dschehangir ist es, der dich würdig empfangen will.«

Ich richtete mich auf, um kniend Prinz Dschehangirs schmales Händchen zu küssen. Sein fahles Gesicht rötete sich vor Freude, und er tätschelte mir die Wangen und rief, stotternd vor Eifer: »O Michael el Hakim, Michael el Hakim! Ich habe eine Überraschung für dich — eine größere, als du je erraten kannst!«

Daraus ersah ich, daß meinem Hunde wenigstens kein Unheil zugestoßen war, und nun sollte ich erfahren, daß Rael es zu Würden und Ehren gebracht und eine Familie gegründet hatte. Prinz Dschehangir zog mich eilends mit sich, um die drei entzückenden, schwarzweißen Hündchen zu sehen, die mit ihrer Mutter in einem Käfig lagen, den man zum prächtigen Zwinger ausgebaut hatte.

»Allah ist Allah«, rief ich aus, und Tränen liefen mir bei Raels stürmischem Willkomm über die Wangen. »Wie ist denn das geschehen?«

Prinz Mustafa erklärte es mir in seiner altklugen Art. »Wir kannten diese Hunderasse nicht, und der Hundestallmeister verachtete Rael. Als ich aber sah, wie treu er meinem kleinen Bruder diente, beschloß ich, mich danach zu erkundigen. Der venezianische Gesandte kannte den Schlag und meinte, Rael habe trotz früherer grober Behandlung alle Eigenschaften der besten Spielart der italienischen Haushunde. Wir erstanden vom Herzog von Mantua eine Gefährtin für ihn, und was daraus wurde, siehst du dort im Korb. Sag mir, wie Rael in deinen Besitz gelangte und welchen Stammbaum er hat, damit wir ihn mit den Namen der jungen Hündchen im Zuchtbuch verzeichnen können.«

Ich war um eine Antwort verlegen, hatte ich doch Rael im Rathaushof zu Memmingen, wo er herrenlos herumstreunte, aufgelesen. Ich wußte nur, daß er ein wackerer und frommer Hund war, der die Folter der heiligen Inquisition tapfer überstanden hatte und freigesprochen worden war. Dies setzte ich dem Prinzen Mustafa auseinander und erzählte ihm, wie treu Rael mir gedient und wie er mir das Leben gerettet hatte, als ich pestkrank inmitten der Leichen zu Rom auf der Straße im Sterben lag.

Der Sultan und seine Söhne lauschten teilnehmend meiner Geschichte, und der Großvezier meinte nachdenklich: »Sorge dich nicht um den Stammbaum des Hundes, edler Prinz Mustafa. Er wird einen eigenen beginnen. Es liegt vielleicht mehr Ehre darin, ein edles Geschlecht zu begründen, als seine Stellung auf altes, entartetes Blut zu stützen.«

Damals achtete ich nicht auf Ibrahims Worte; später freilich hatte ich Anlaß, mich ihrer zu entsinnen, weil sie schreckliche Bedeutung erlangt hatten. Er hatte denn auch kaum zu Ende gesprochen, als er plötzlich innehielt, sich mit der Hand über die Stirn strich, lächelte und eilends fortfuhr: »Ei, Prinz Dschehangir, die Audienz ist noch nicht vorüber. Denke daran, der Sohn des Sultans hat das Recht, Geschenke mit noch reicherem Lohn zu vergelten.«

Prinz Dschehangir klatschte in die Hände. Ein rotgekleideter Eunuch trat ein. Er trug eine versiegelte, lederne Börse, die er mir überreichte und die meiner Schätzung nach mindestens hundert Dukaten enthielt. Ich entbot dem Prinzen Dschehangir meinen besten Dank, und wir kehrten ins Spielzimmer zurück. Allein meines Glückes war noch kein Ende, denn dort sagte mir der Sultan: »Mein Freund, der Großvezier hat mir von dir erzählt, und ich weiß, daß du dich in meinem Dienst großen Gefahren ausgesetzt hast. Ebendeshalb warst du auch nicht zugegen, als ich meinen Kriegern vor Wien Entschädigungen überreichte, und kamst dadurch um deinen Anteil. Ich darf meinen Sohn Dschehangir nicht kränken, indem ich dir mehr gebe als er; daher sollst du den gleichen Betrag beim Defterdar erhalten. Mit dem Großvezier aber kann ich und soll ich an Großmut wetteifern; daher sag mir, was er dir versprochen hat.«

Der Tag stand wahrhaftig unter einem Glücksstern. Ich warf dem Großvezier einen Blick zu; er blinzelte ermunternd herüber; so warf ich mich zu Boden und stammelte beflissen einige ganz und gar unverständliche Worte. Ich muß mich überaus närrisch aufgeführt haben, weil der Sultan Tränen lachte. Auch die Prinzen lachten und versuchten, mein Gestammel nachzuäffen. Dann meinte Suleiman: »Ich entnehme deinen Worten, daß der Großvezier dir viel Schönes verheißen hat; aber sprich doch ein bißchen deutlicher.«

»Ein Stück Land«, stieß ich endlich hervor. »Der Großvezier hat mir ein kleines Stück Land von seinen Gärten am Bosporus und ein kleines Häuschen zugesagt, denn mein innigster Wunsch war es von jeher, dir zu dienen, o Beherrscher der Gläubigen, und nach allen meinen buntbewegten Wanderjahren sehne ich mich nun nach einem Heim. Der Großvezier hat sich sogar erboten, auch dieses aus seinen Mitteln zu bestreiten.«

Der Sultan entgegnete lachend: »Nun, da kann ich nicht zurückstehen. Ich ermächtige dich, aus den Lagerhäusern des Serails alle Teppiche, Kissen, Matratzen, Kochtöpfe, Schüsseln und anderes Gerät zu nehmen, das du brauchst, dein Haus wohnlich einzurichten. Aus dem Arsenal nimm dir ein leichtes Ruderboot mit überdachtem Heck, so daß du auf deinen Wegen zum und vom Serail vor Sonne und Regen geschützt bist.«

Damit war aber dieser Tag der Wunder noch nicht zu Ende, denn als ich beim Defterdar Iskender vorsprach, um meine zweite Börse einzufordern, warf mir dieser edle, graubärtige Tseleb einen feindseligen Blick zu und sagte streng: »Aus irgendeinem Grunde, der meinen Verstand übersteigt, kommst du nach und nach in hohe Gunst, Michael el Hakim, und ich halte es für meine Pflicht, dich an deine Stellung zu erinnern. Als Defterdar kann ich keinem Sklaven des Sultans gestatten, Schulden zu machen, geschweige denn zu griechischen und jüdischen Wucherern Zuflucht zu nehmen. Warum sollte ich das Geld so vergeuden, statt es frei im Serail umlaufen und schließlich wieder ins Schatzamt zurückfließen zu lassen? Du solltest für deine Bauarbeiten durch mich bezahlen, Michael el Hakim; ich würde dir nämlich günstige Bedingungen gewähren. Du behandelst mich äußerst unbillig, indem du götzendienerisches Pack für Arbeiten verwendest, die sonst dem Schatzamt wenigstens einen Teil dessen wieder einbringen könnten, was man für Geschenke an dich verschleudert hat.«

Arg verstört, stammelte ich: »Edler Defterdar-Tseleb, du irrst ganz und gar, denn die Arbeiten soll Sinan der Baumeister ausführen, und ich will das Schatzamt keineswegs um seine Gebühren bringen. Aber mein Weib ist leider eine Christin, und sie war während meiner Abwesenheit töricht genug, auf meinen Namen Schulden zu machen. Sie ist, fürchte ich, schurkischen Griechen in die Hände gefallen. Diese Kerle sogleich zu enthaupten wäre der einfachste Weg, mich von einer Schuldenlast zu befreien, deren Gesamtbetrag ich noch gar nicht zu errechnen wagte.«

Der Defterdar überflog die Liste in seiner Hand, knirschte mit den Zähnen und zischte: »Deine Schulden haben die schwindelnde Höhe von achthundertdreiundfünfzig Dukaten und dreißig Asper erreicht, und ich kann mir nicht denken, wie die schlauen Griechen deinem Weib einen so unumschränkten Kredit einzuräumen wagten.«

Ich riß mir den Turban vom Kopf und weinte. »Edler Defterdar, verzeih mir und nimm diese beiden Börsen als Teilzahlung entgegen. Sei versichert, daß ich von Wasser und Brot leben und mich in Sackleinen kleiden will, bis ich diese unerhörte Schuld beglichen habe. Du hast mein Gehalt als Sicherheit.«

Meine aufrichtige Zerknirschung rührte den hartherzigen Defterdar, und er sagte: »Laß dir das zur Warnung dienen. Ein Sklave kann nicht Schulden machen, denn schließlich muß das Schatzamt sie begleichen und sieht dann vielleicht keine andere Möglichkeit, sich schadlos zu halten, als die Zusendung der seidenen Schnur. Dennoch hat dein Glücksstern noch alles zum Guten gewendet, denn ich habe über Auftrag von Sultana Khurrem bereits alle Schulden, die dein Weib so leichtfertig anhäufte, bis auf den letzten Asper eingelöst. Sei daher deinem unverdienten Glück dankbar, und halte in Zukunft dein Weib besser im Zaum!«

Er reichte mir ein Verzeichnis der Quittungen und sah mich dabei forschend an, als grüble er, was für ein Mensch ich eigentlich sei. Er wußte, daß mein Gehalt durch Vermittlung des Großveziers erhöht worden war, und mußte sich wohl gewundert haben, wie mein Weib gleichzeitig die Gunst von Ibrahims Nebenbuhlerin, der Sultana, genießen konnte. Es lag auf der Hand, daß er selbst zu den Anhängern der Sultana zählte, ich hatte denn auch allen Grund, für ihre Großmut gegen mein betrogenes Weib dankbar zu sein. Doch wollte ich nicht so töricht sein, deshalb dem Großvezier weniger treu zu dienen.

Zu Hause angekommen, hatte ich Giulia kaum von diesen Vorgängen zu erzählen begonnen, als ihr Gesicht sich verfinsterte und sie unwirsch fragte, was ich denn zu klagen hätte, wo doch die Sultana unsere Schulden so großzügig eingelöst habe. Jeder andere Mann, fuhr sie fort, hätte seiner Frau gedankt und ihre Geschicklichkeit gepriesen; von nun an aber dürfe ich meine Angelegenheiten selbst besorgen, und sie würde nicht einen Finger rühren, mir zu helfen. Ich erwiderte: »Mehr will ich auch gar nicht. Nun aber laß uns unser Grundstück besichtigen und überlegen, wie wir es am besten loswerden.«

Wir mieteten ein Boot und glitten zuerst an der Küste des Bosporus entlang, vorbei an Galata und dem Derwischkloster. Nachdem wir Großvezier Ibrahims herrliche Gärten eine Weile betrachtet hatten, verfiel Giulia in sehr nachdenkliches Schweigen. Wir kehrten über das Goldene Horn mit seinen zahllosen

Schiffen zurück und fuhren weiter, vorbei am Serail, bis der Palast der Sieben Türme vor uns lag. Wir gingen unter den Ruinen an Land, ein steiler Ziegensteig führte uns durch das Trümmerfeld zu einem kleinen Kräutergarten und einem Stapel feuchten Bauholzes. Auf dem Grund des Loches, das die Arbeiter für die Grundmauern von Giulias Haus ausgehoben hatten, waren die zerfallenen Bogen alter Ziegelgewölbe zu erkennen. Die Stätte war düster, unfruchtbar und als Wohnort für Menschen alles eher als einladend; die Aussicht über das Marmarameer war freilich wunderschön. Wie ich so schweigend stand und überlegte, was zu tun sei, kam mir ein herrlicher Einfall, und ich sagte: »Da Andy verheiratet ist, Giulia, braucht er bestimmt ein Haus in Istanbul. Warum sollten wir ihm nicht diesen wertvollen Grund für eine bescheidene Summe abtreten? Er liebt die Arbeit an Steinen überaus; hier kann er sich nach Herzenslust austoben. Ich könnte ihn auch schön betrunken machen, bevor wir ihm das Grundstück zeigen.«

Aus irgendeinem Grund hatte ich es nicht die Mühe wert gefunden, von Andys Reichtum zu erzählen oder zu gestehen, daß er es war, dem ich meine wohlgespickte Börse und die Geschenke verdankte, die ich ihr gekauft hatte. Mein glänzender Einfall begeisterte mich so, daß ich ihr von seinem Glück und von den Gütern seines Weibes berichtete. Giulias Haltung versteifte sich zusehends, ein häßlicher Ausdruck trat in ihr Gesicht. Sie rief: »O Michael, du Tölpel! Warum, in Gottes Namen, hast du das Mädchen nicht selbst geheiratet? Als Moslem sind dir ja nicht weniger als vier Frauen erlaubt. Aber das sah dir ganz ähnlich, die Gelegenheit deines Lebens wegen dieses Tölpels von einem Pflegebruder durch die Finger gleiten zu lassen.«

In ihrer Wut erbleichte sie von neuem unter einem Anfall von Brechreiz. Als sie sich aber erholt hatte, meinte ich begütigend: »Giulia, meine Liebe, wie kannst du nur glauben, ich dächte je an eine andere Frau als dich?«

Giulia antwortete schluchzend: »Ich hätte ein solches unreifes Ding aufs beste erziehen und wie eine Schwester halten können. Später, wenn sie dir ein Kind geboren hätte, hätte sie etwa ein ungesundes Pilzgericht verzehren oder dem Fieber erliegen können, das in Istanbul so häufig ist. Es sind schon seltsamere Dinge geschehen. Wir hätten dann ihren Besitz erben können. Ich denke nur an dein Wohl, Michael, und möchte deinem Glück nie im Wege stehen.«

Nun reute es mich mehr denn je, daß ich die Vorzüge der jungen Ungarin so wenig zu würdigen gewußt hatte; doch tröstete ich mich mit dem Gedanken, das unnütze Grundstück an Andy zu verkaufen. Auf dem Heimweg starrte mich Gulia mehrmals an und schüttelte den Kopf, als könne sie mein unvernünftiges Handeln nicht fassen.

Als wir daheim beim Mahl saßen, erboste mich Albertos geschäftige Anwesenheit so sehr, daß ich zornig bemerkte: »Als ich jüngst im Serail war, hatte ich einen ausgezeichneten Einfall, wie wir jeden Verdacht gegen Alberto zerstreuen und deinen Ruf schützen können, Giulia. Morgen werde ich ihm eine Eunuchentracht kaufen, die er in Zukunft stets tragen muß. Keiner wird Fragen stellen, solange er außer Haus diese Rolle spielt.«

Mein vernünftiger Vorschlag mißfiel den beiden; sie tauschten Blicke, die ihre verhaßte Eintracht verrieten, und Giulia vergaß sich so weit, zu bemerken: »Aber Eunuchen sind doch bartlos! Albertos schöner, lockiger Bart macht eine solche Verkleidung zunichte.«

Sie streckte mit der Freizügigkeit der Besitzerin die Hand nach seinem kurzen Bart aus, ich aber erhaschte sie und versetzte: »Er muß ihn abscheren – im Notfall zweimal täglich – und muß fette Speisen essen, bis seine Wangen voll und gedunsen sind. So wie bisher kann es nicht weitergehen.«

Trotz heftiger Einwände setzte ich in dieser Sache meinen Willen durch. Der weinende Alberto mußte sich den Bart scheren und die gelbe Eunuchentracht anlegen. Giulia erkannte nämlich bald die Vorteile dieser Lösung – Eunuchen erzielten einen weit höheren Preis als gewöhnliche Sklaven, und sie fühlte sich reich und angesehen, wenn sie in die Stadt ging, begleitet von dem vermeintlichen Eunuchen. Ich mästete ihn nun nach Kräften und ließ ihn bisweilen eine ganze Schüssel mit fettigen Speisen verzehren, ohne auf sein Jammern um Gnade zu achten. Bald erlebte ich die Genugtuung, seine Wangen rund und feist und seine seelenlose italienische Schönheit zur Plumpheit entstellt zu sehen. Je feister er wurde, desto besser mochte ich ihn leiden.

So verlief unser Leben allmählich wieder in ruhigeren Bahnen. Schon nach wenigen Wochen kam Giulia zu mir, drückte ihre

Wange an meine und murmelte, ich würde bald Vater sein. Ich staunte, daß sie dies so früh entdeckt hatte. Sie aber erklärte, in diesen Dingen sei sie erfahren; auch habe sie im Traum mein Kind auf den Armen gewiegt. Ich schwankte zwischen Zweifel und Hoffnung; bald aber erspähte ich mit dem Auge des Arztes die äußeren Zeichen ihres Zustandes.

Unaussprechliche Freude erfüllte mein Herz. Nun dachte ich nicht mehr nur an mich, weil mir der erwartete Familienzuwachs neue Pflichten auferlegte. Ich träumte ehrgeizige Träume für meinen ungeborenen Sohn. Giulia war sehr zärtlich zu mir, und ich tat, was ich konnte, ihr jeden Kummer zu ersparen. So lebten wir jenen ganzen herrlichen Frühling wie zwei Turteltauben, die ihr Nest bauen.

Ich werde in einem neuen Buch von meinem Haus und meinem Aufstieg im Serail, von Großvezier Ibrahims Staatskunst und von Abu El Kasim und Mustafa ben Nakir berichten, die so lange aus meinen Augen entschwunden waren.

SIEBENTES BUCH

DAS HAUS AM BOSPORUS

Jener hoffnungsfrohe Frühling verging keineswegs müßig. Meine neuen Pflichten im Dienste des Großveziers gaben mir vollauf zu tun. Die Zeitläufte schienen für das Ottomanische Reich nicht eben günstig zu sein, weil Kaiser Karl, dem es gelungen war, mit dem Franzosenkönig und dem Papst Frieden zu schließen, nun bestrebt war, seine Macht in den europäischen Ländern zu festigen und sie zum Entscheidungskampf gegen den Islam zu einigen. Nach der erfolgreichen Verteidigung Wiens bewog er den Papst, ihn in Bologna zum Kaiser zu krönen, und noch im Frühling berief er einen deutschen Reichstag nach Augsburg, um den letzten Schlag gegen die Protestanten vorzubereiten.

Einzig und allein Khaireddin führte von seinem Stützpunkt in Algerien aus Krieg gegen ihn und trug einen gewaltigen Sieg über Admiral Portundo davon, der die Krönungsgäste auf ihrer Heimkehr von Italien nach Spanien geleitete. Für diese Edlen und Höflinge allein erpreßte Khaireddin Lösegelder, die sich auf zehntausende Dukaten beliefen; für Admiral Portundo freilich forderte er nur Kapitän Torgut zurück. Der war nämlich von den Christen gefangengenommen und an eine Ruderbank gekettet worden, wo er Zeit hatte, über die traurigen Folgen seines voreiligen, tollkühnen Vorgehens nachzudenken.

Auch ich hatte meinen Anteil an diesem Seesieg, der überzeugend bewies, welch furchtbarer Gegner Khaireddin selbst für die vereinigten Flotten des Kaisers geworden war. Nachdem ich die Lage sorgfältig studiert und die verächtliche Abneigung der Seepaschas gegen diesen Helden, den sie nach wie vor als barbarischen, unzuverlässigen Piraten betrachteten, beobachtet hatte, sandte ich eine Botschaft an Khaireddin nach Algerien, darin ich ihm riet, seine vergeblichen Überfälle auf die italienische und spanische Küste einzustellen und statt dessen einen wirklichen Sieg über des Kaisers Flotte zu versuchen. Ich legte ihm auch nahe, seinen Bart nicht mehr zu färben. Des Sultans Seepaschas waren alle bejahrte Männer, und im Serail galt ein langer grauer Bart für das sicherste Zeichen von Erfahrung und Tüchtigkeit.

Sobald die Nachricht von dem großen Sieg im Serail eintraf, beauftragte ich einen jungen Dichter namens Baki und zwei Straßensänger, geeignete Verse zu Ehren Khaireddins zu verfassen und zu singen, bis sein Name in aller Munde war. Im Basar und in den Bädern wurde er als ein Licht des Islam gepriesen. Sein Bart, so hieß es, reiche ihm bis auf die Hüften, und der Prophet selbst sollte ihm im Traum erschienen sein.

Um nach seiner Niederlage zur See das Gleichgewicht wiederherzustellen, verlieh der Kaiser die Insel Malta und die Festung Tripolis den Johannitern. Das war der ärgste Schlag, den er Khaireddin, ja überhaupt der gesamten Seemacht des Sultans versetzen konnte, denn diese unbarmherzigen Kreuzfahrer, die seit dem Fall von Rhodos unstet hierhin und dorthin gezogen waren, ohne festen Fuß zu fassen, und welche die Muselmänner die Bluthunde der Meere nannten, wurden nun von neuem zu einer Gefahr für Kauffahrer und Pilger. Auch ihre Kriegsgaleeren, die fortwährend die Seewege befuhren und Christenschiffe geleiteten, würden bald Khaireddins rechtmäßigen Handel gewaltig behindern.

Als ich eines Tages heimkam, lief mir Alberto in seiner gelben Eunuchentracht bis ans Tor entgegen und verkündete mir in großer Erregung, Giulias Wehen hätten eingesetzt. Diese Schreckensbotschaft entlockte mir einen Angstschrei, waren doch seit meiner Heimkehr aus dem Feld erst sieben Monate verflossen, und ein so früh geborenes Kind konnte wohl kaum am Leben bleiben.

Trotz meiner ärztlichen Kenntnisse war ich keine Hebamme; ich hatte ja in der Hauptsache als Feldscher gearbeitet, und wie ich nun so über den zarten Organismus einer Frau nachsann, fühlte ich mich der Sachlage wahrhaftig nicht gewachsen. Daher fiel mir ein Stein vom Herzen, als ich hörte, man habe nach dem tüchtigen Salomon geschickt, der eben bei Giulia sei. Da er Sultana Khurrem im Wochenbett betreut hatte, wußte ich, daß ich keinen Tüchtigeren hätte wünschen können. Er trat nun in den Hof heraus, die Arme bis an die Ellbogen von Blut gerötet, und versicherte mir heiter, alles gehe erwartungsgemäß gut. Bei seinem grauenerregenden Anblick schlotterten mir die Knie; ich flehte ihn an, sein Bestes zu tun, und versprach ihm reichliche Geschenke, wenn nur mein Sohn am Leben bleibe. Der redliche

Jude aber gestand mir, Sultana Khurrem habe ihn gesandt, und er dürfe aus bestimmten Gründen von mir nichts annehmen. Er wurde meiner schließlich überdrüssig, meinte, mein Jammern schade mehr, als es nütze, und forderte mich dringend auf, einen tüchtigen Spaziergang zu unternehmen, damit meine Wangen wieder Farbe bekämen.

Vergeblich sagte ich mir, daß schon Millionen und aber Millionen Knaben vor diesem geboren worden waren; davon viele frühzeitig. Ich fand keinen Trost darin. Die Sonne sank hinter den Hügeln, als ich wie ein Dieb zu Abu el Kasims Haus zurückschlich, in der Hoffnung, irgendeine Fremde würde freudig auf mich zulaufen und rufen: »Was gibst du mir für die Frohbotschaft, die ich dir bringe?«

Allein ich hörte keine frohen Stimmen, und die Weiber hockten gleich Krähen in jenem totenstillen Haus umher und wichen meinem Blick aus. Ich fürchtete schon das Schlimmste, als Salomon mit einem Kind auf den Armen auf mich zutrat und in mitleidigem Ton sagte: »Es war nicht Allahs Wille, Michael el Hakim. Es ist nur ein Mädchen. Aber Mutter und Kind sind wohlauf.«

Ich beugte mich ängstlich über den Säugling und erkannte zu meiner unaussprechlichen Freude, daß er kein mißgestalteter Balg, sondern voll entwickelt und gesund war. Auf dem Köpfchen hatte das Mädchen einen Anflug von dunklem Flaum. Es schlug seine tiefen, blauen Augen auf und sah mich aus dem Paradies seiner Unschuld mit einem Blick an, der mich in die Hände klatschen und Allah für dies Wunder preisen ließ.

Als Alberto sah, welche Last mir von der Seele gefallen war, lächelte auch er zufrieden und wünschte mir Glück. Bis dahin hatte er zweifellos gefürchtet, ich würde als Moslem über eine Tochter nicht erbaut sein. Als ich aufs neue mein Staunen über Giulias kurze Schwangerschaft ausdrückte, versicherte er mir, er habe von vielen ähnlichen Fällen gehört, überdies auch von solchen, wo das Gegenteil eingetreten sei. In Verona beispielsweise habe er eine vornehme Frau gekannt, deren Kind achtzehn Monate nach dem Tod ihres Gatten das Licht der Welt erblickt habe. Darum könne, so meinte Alberto, nicht einmal der berühmteste Arzt solche Ereignisse mit Sicherheit voraussagen; es hänge dabei so viel vom Körperbau der Frau und von anderen Umständen ab, ja vielleicht selbst vom Gatten. Ehrerbietig die Augen niederschlagend, fuhr er fort: »Reisen, Feldzüge und Pilgerfahrten, die einem Mann lange Enthaltsamkeit auferlegen, erhöhen offenbar seine Manneskraft, so daß Kinder, die nach solcher Abwesenheit gezeugt werden, früher zur Welt kommen als die meisten übrigen. So glaubt man wenigstens in Italien allgemein.«

In meinem großen Glück schwand meine ganze Abneigung gegen Alberto, ja er tat mir insgeheim leid, weil ich ihn gezwungen hatte, seinen Bart zu scheren und die gelbe Eunuchentracht anzulegen. Daher sprach ich freundlich mit ihm und ließ ihn das Kind auf meinen Armen bewundern. Er zeigte mir, wie sehr es mir glich, bis auch ich erkannte, daß es nicht nur mein Kinn, sondern auch meine Ohren und meine Nase hatte; am meisten entzückte mich freilich die vollkommene Schönheit seiner Augen. Beide waren blau wie Saphire, wie Giulias linkes Auge.

So viel einstweilen von meiner kleinen Tochter, die durch eine bloße Berührung ihrer winzigen Fingerchen mein Herz wie Wachs schmelzen ließ. Um ihretwillen verhätschelte und verwöhnte ich Giulia, während sie, im Bett liegend, mich für alles, was ich vergaß oder ungetan ließ, auszankte.

Wegen einer gewissen Schwäche, an der sie noch litt, und auch um ihre Brüste jugendlich zu erhalten, bestand sie darauf, daß ich eine Amme für das Kind finden sollte. So kaufte ich denn von einem Tataren auf dem Basar eine Russin, die ihren einjährigen Sohn immer noch stillte. Freilich hatte ich Bedenken, sie würde meine Tochter vernachlässigen und die meiste Milch für ihr Söhnchen sparen; als sich aber der Tatar erbötig machte, dem Kind den Schädel einzuschlagen, ohne den Preis zu erhöhen, konnte ich einem so ruchlosen Ansinnen doch nicht zustimmen und tröstete mich mit dem Gedanken, ich könnte den Kleinen behalten und ihn als nützliche Kraft im Haus heranziehen.

Der Kauf der Amme war aber nicht die einzige große Auslage, zu der ich mich damals verstehen mußte, denn als das von Sinan dem Baumeister entworfene und von Giulia mit allen möglichen Zusätzen und Abänderungen versehene Haus sich endlich allgemach an der abfallenden Küste des Bosporus erhob, gewahrte ich entsetzt seine Ausmaße. Ohne mein Wissen war es ständig gewachsen, bis es nun fast so groß war wie die Paläste der Agas. Giulias Eitelkeit verlangte ferner, daß der ganze Besitz mit einer hohen Steinmauer umgeben werde – dem wichtigsten Kennzeichen einer vornehmen Niederlassung. Mir brach der Angstschweiß aus, als Sinan immer längere Rechnungen vorlegte, obwohl er junge Azamoghlans aus der Janitscharenschule zur Arbeit verwendete und ich das Baumaterial durch das Schatzamt der Defterdars zu den Preisen des Sultans erstehen durfte.

Noch lange bevor wir in unser neues Herrenhaus einzogen, mußte ich zwei Neger kaufen, den einen als Ruderer, den anderen als Hilfsgärtner, und natürlich einen griechischen Obergärtner dazu. Giulia kleidete die Neger in Rot und Grün, mit silbernen Glöcklein, und dieweil der Gärtner bei allen griechischen Heiligen schwor, er habe noch nie zwei so faule und unverschämte Schwarze gesehen wie unsere, mußte ich auch einen schmächtigen kleinen Italiener erstehen, der ihm helfen sollte. Ein so großer Haushalt brauchte natürlich eine Köchin, diese wieder eine Sklavin, und die Sklavin einen Holzfäller und einen Wasserträger, und ihr bei der Arbeit zu helfen, bis mir endlich zumute war, als sei ich in einen Strudel geraten, der mich zu verschlingen drohte.

Als Abu el Kasim nach zweieinhalbjähriger Abwesenheit aus Bagdad heimkehrte, steckte sein Haus so voll von schreienden, plappernden Dienstboten, daß er es nicht wiedererkannte und noch einmal auf die Straße hinaustreten mußte, um sich zu vergewissern, daß er nicht fehlgegangen sei. Und, um die Wahrheit zu sagen, auch ich hatte längst vergessen, daß ich nur ein Gast in seinem Haus war, und benützte nun die Sachen, die ihm gehörten. Allein der Taubstumme, halbverhungert, zerlumpt, voll Ungeziefer und längst in die finsterste Ecke des Hofes verbannt, wo er unter einem Dach aus Weidengeflecht ein elendes Dasein fristete, erkannte seinen Herrn sogleich. Er kreischte, hüpfte umher und schwänzelte um ihn herum gleich einem treuen Hund, der seinen heimkehrenden Herrn willkommen heißt.

Zuerst erkannte ich Abu kaum wieder. Er trug einen großen Turban, einen Kaftan mit juwelenbesetzten Knöpfen und an den Füßen Pantoffel aus rotem Leder. Mit herrischer Gebärde befahl er seinen drei Eseltreibern, die Warenballen vom Rücken ihrer Lasttiere abzuladen. Die Esel waren graue, wackere Gesellen; an ihren Geschirren klingelten Silberglöckchen, und aus den großen Bündeln, die sie trugen, drang der Wohlgeruch von Moschus und Gewürzen. Abu el Kasim selbst duftete nach Moschus und Rosenwasser und hatte sogar seinen schütteren Bart gesalbt. Er hatte augenscheinlich auf seinen Reisen gute Geschäfte gemacht.

Bevor ich hinauseilte, ihn zu begrüßen, sah ich mich verstohlen um und wurde zu meiner Schande des abscheulichen Durcheinanders gewahr, das in seinem Haus herrschte. Seine Kochtöpfe und Krüge wiesen schartige Ränder auf, seine kostbaren Teppiche waren fadenscheinig geworden. Im Hof hingen die Windeln zum Trocknen, die beiden Neger lagen schnarchend vor der Tür, und inmitten des Chaos saß die Russin mit gespreizten Knien und halbgeschlossenen Augen und stillte mein Töchterlein und ihr Söhnchen. Nun endlich fiel es mir wie Schuppen von den Augen, und ich erkannte, wie sträflich Giulia Abu el Kasims Haus vernachlässigt hatte. Sie war nun nicht einmal zu Hause, sondern in den Serail oder ins Bad gegangen, »um ihrer Arbeit nachzugehen«, wie sie zu sagen pflegte, wenn ich ihr mit Fragen zusetzte.

Meine Finger waren voll von Tintenflecken. Ich hatte schlecht geschlafen und war von Angst und Sorgen erschöpft, aber trotz meiner Müdigkeit und meiner Scham wurde mir warm ums Herz, als ich nun Abu el Kasim umarmte und ihn unter Freudentränen daheim willkommen hieß, nach all den Strapazen seiner gefährlichen Reise, von der er, wie ich gefürchtet hätte, vielleicht nie mehr zurückgekehrt wäre. Abu sah sich mit seinen kleinen Affenäuglein um und wollte sich schon den Bart raufen, faßte sich aber noch und meinte bitter: »Ich sehe selbst, daß ich unerwartet heimgekehrt bin. Ich will mich aber bemühen, meine Zunge im Zaum zu halten, wenn du mir sogleich etwas Wasser holen willst, auf daß ich die kleine Waschung vornehmen und das Gebet bei der Heimkehr verrichten kann.«

Während er seiner Andacht oblag, gelang es mir, unter grimmigen Flüchen und Hieben die Ordnung einigermaßen wiederherzustellen. Die Sklaven räumten einen Teil unseres Hauses, indem sie unsere eigenen Habseligkeiten hinauswarfen und den Eseltreibern die Ballen hereintragen halfen. Nachdem ich der Köchin befohlen hatte, unverzüglich ein Mahl zu bereiten, geleitete ich Abu el Kasim feierlich ins Haus und führte ihn zum Ehrenplatz. Abu aber blieb vor der Russin stehen, die nie gelernt hatte, in Gegenwart von Männern ihr Gesicht zu verhüllen, blickte wie gebannt auf sie und die beiden Kleinen an ihrer Brust und meinte: »Du hast, wie ich sehe, eine zweite Frau genommen, Michael el Hakim, und offenbar keinen Augenblick zu früh, da Allah deinen Haushalt bereits gesegnet hat. Nie habe ich einen schöneren Knaben gesehen. Er ist schöner als der Mond und das Ebenbild seines Vaters.«

Er nahm das Kind in die Arme und weinte vor Freude, als der Kleine ihn mit seinen Fingerlein am Barte zupfte. Die Russin war überglücklich über seine Leutseligkeit; sie bedeckte bescheiden ihre Brust und zog sich sogar einen Schleier übers runde Gesicht, während sie Abu el Kasim aus feuchten Augen anblickte. Ich fiel erbost ein: »Sie ist nicht meine Frau, sondern eine gekaufte Sklavin. Und meine Tochter ist es, die schöner ist als der Mond; aus Achtung vor dem Sultan habe ich ihr nach der Art der Muselmänner den Namen Mirmah ins Ohr geflüstert, weil des Sultans eigene Tochter denselben Namen erhielt. Allein ich vergebe dir, Abu el Kasim: du hast dir gewiß den Reisestaub noch nicht aus den Augen gerieben.«

Er reichte widerstrebend den Knaben seiner Mutter zurück, streichelte aus Höflichkeit meiner Tochter die Wange und ließ sich auf dem Ehrenplatz nieder. Ein Küchenjunge brachte, zitternd vor Furcht, Sorbet in einem silbernen Becher und verschüttete einige Tropfen des klebrigen Getränks auf Abus Knie. Abu fischte eine tote Fliege aus dem Becher, kostete, schnitt eine Grimasse und meinte: »Welch köstlicher Sorbet! Sein einziger Fehler ist, daß er zu warm ist — aber dafür ist er um so saurer. Jedoch um deines Kindes willen vergebe ich dir alles, Michael el Hakim; freilich will ich dir gestehen, mein erster Gedanke war, nach dem Kadi und zwei Zeugen zu senden, um den Schaden festzustellen, den du in meinem schönen Haus angerichtet hast. Aber seit dreißig Jahren hat mich kein kleines Händchen mehr am Bart gezupft. Ich will nicht kleinlich sein. Ich kann es mir leisten, darüber hinwegzusehen; ich war ja überhaupt stets großzügig.«

Um ihn aufzuheitern, setzte ich ihm auseinander, mein neues Haus werde bald fertig sein, und versprach ihm sogar, in seinem eigenen Haus gewisse Ausbesserungsarbeiten durchführen zu lassen. Nachdem wir gemeinsam ein gutes Mahl verzehrt und einen Weinkrug angebrochen hatten, schwand alle Mißstimmung zwischen uns. Unser Gespräch wurde immer lebhafter, und Abu el Kasim schilderte mir die Wunder Bagdads, das nicht einmal Dschingis Khan oder Tamerlan hatten zerstören können. Er sprach auch von den persischen Rosengärten, von Täbris und Isfahan, und lobte in glühenden Worten jenes altehrwürdige Land der Dichter. Über seine eigenen Angelegenheiten aber schwieg er und wollte auch seine Ballen nicht öffnen, obgleich bald das ganze Haus davon duftete. Der Moschusduft drang auf die Straße hinaus und lockte die Nachbarn ans Tor, die Abu el Kasim zu seiner so glücklichen Heimkehr mit Segenswünschen überschütteten. Zu Tränen gerührt, verteilte er die Überreste unseres Mahles unter sie – mehr, als ich hatte verschenken wollen – und schluchzte, voll der Wehmut, die aus dem Wein geboren wird: »Ach, Michael el Hakim! Mein Name ist Abu el Kasim, aber du hast mich nie gefragt, warum ich mich so nenne und was aus meinem Sohn Kasim geworden ist. Heute fühlte ich zum erstenmal seit vielen Jahren wieder ein Kinderhändchen mit meinem Bart spielen. Die Vergangenheit stieg wieder herauf, die Quelle der Tränen erschloß sich, und ich schaute für einen Augenblick die Abgründe meines eigenen Lebens. Weh, weh mir! So sehr habe ich meinen einzigen Sohn geliebt, daß ich bei seiner Geburt Allah versuchte, indem ich meinen Namen in Kasims Vater, Abu el Kasim, änderte.«

Er verfiel aufs neue in wehmütiges Sinnen. Plötzlich aber sah er auf und fuhr in anderem Ton fort: »Da fällt mir ein, ich traf auf meiner Reise unseren Freund Mustafa ben Nakir. Derzeit studiert er Poesie unter der Anleitung der berühmtesten Dichter Persiens. Er verkehrt auch mit enttäuschten Würdenträgern, welche die Tyrannei des jungen Schah Tahmasp hassen und die schiitische Irrlehre aufgeben wollen, solange noch Zeit ist, um zur Sunna, dem wahren Pfad, zurückzukehren.«

Da erkannte ich in meiner Einfalt erst, daß Abu el Kasim und Mustafa ben Nakir nach Bagdad und Persien gereist waren, um Wissen zu sammeln, das von Nutzen sein konnte, falls es im Osten zum Krieg käme. Besürzt rief ich: »Allah! Du meinst doch nicht etwa, der Großvezier säe insgeheim Zwietracht in den persischen Ländern? Der Sultan hat seinen Friedenswillen öffentlich beteuert und bedarf aller seiner Kräfte zur Verteidigung des Islam gegen den geplanten Überfall des Kaisers.«

Abu el Kasim versetzte: »Leider hat Mustafa ben Nakir unwiderlegliche Beweise in der Hand, daß Schah Tahmasp zur Schande des Islam Verhandlungen mit dem Kaiser angebahnt und ihn um Hilfe im Krieg gegen den Sultan gebeten hat. Die Zeit ist wahrlich reif, da alle Muselmänner ihre Stimme erheben und es in alle Welt hinausschreien müssen: ›Zu Hilfe, all ihr wahren Gläubigen!‹«

Ich vermeinte aus seinen Worten das Donnern einer Lawine zu vernehmen und verschluckte mich am Wein. Sollte nämlich der Sultan zu einem gleichzeitigen Krieg gegen Kaiser und Schah gezwungen werden, dann brach in der Tat eine unheilvolle Zeit für uns alle an. Abu el Kasim blinzelte mir zu und fuhr fort: »In ihrer Blindheit würden diese höllischen Schiiten lieber auf der Seite der Ungläubigen kämpfen, als sich der Sunna und der Herrschaft der ungebildeten Türken zu unterwerfen. Große Entrüstung rief auch das Gerücht hervor, der Großmufti habe eine *fatwa* ausgestellt, nach der in jedem zukünftigen Krieg die Schiiten ihres Eigentums beraubt und in die Sklaverei verkauft werden dürfen, obwohl sie selbst Moslems sind.«

»Das ist kein Gerücht«, meinte ich unschuldig. »Es ist wahr, denn welches Heer würde den beschwerlichen Zug nach Persien nur unternehmen, um Leben und Eigentum seiner Bewohner zu schützen? Doch das ist alles ungereimtes Zeug. Der Sultan denkt nicht daran, Persien anzugreifen. Er rüstet insgeheim ein neues Heer zu einem neuen Zug gegen Wien und die deutschen Länder aus.«

Abu el Kasim aber war der Wein in den Kopf gestiegen und hatte ihn streitsüchtig gemacht. »Du bist ein Renegat und im Westen aufgewachsen, Michael, du bist ganz verrückt mit deinem Abendland. Aber was könnten uns diese verarmten und uneinigen Länder nützen? Sie haben nicht einmal denselben Glauben. Nein, die Länder im Osten sind das Herrschaftsgebiet für den Sultan. Der Islam ist aus einem winzigen Samenkorn zu einem Baum herangewachsen, in dessen Schatten die ganze Welt Ruhe finden kann. Zuerst muß Suleiman den Islam einigen und sein Reich auf das reiche Indien ausdehnen; dann mag er, wenn er will, sich dem kalten, kargen Abendland zuwenden. Du hättest

Bagdad mit seinen tausend Minaretts, die unzähligen Schiffe im Hafen von Basra, die Moscheen von Täbris und die Schätze in den Basaren von Isfahan sehen müssen! Dann würdest du dem blutarmen Kaiser der Ungläubigen den Rücken kehren und dein Angesicht dem Osten zuwenden.«

Er seinerseits war ganz verrückt mit seinem Morgenland, und ich wollte mit ihm nicht in einen Wortwechsel über Dinge geraten, die ich besser verstand als er, noch dazu, wo ich durch das Vertrauen des Großveziers ausgezeichnet worden war. Ich rief die Amme und legte ihr ihr Söhnchen Abu in die Arme; dann hob ich mein Töchterlein Mirmah empor und berührte ihr Haar mit den Lippen, während ich aufs neue die Laune der Natur bewunderte, die ihr schwarzes Haar beschert hatte, wo Giulia goldblondes und ich eher helles als dunkles hatte.

Entweder der Wein oder Abu el Kasims Reden hatten meinen Witz geschärft, und ich erkannte, daß meine Stellung als Vertrauter Ibrahims nicht so einfach war, wie ich geglaubt hatte. Ich erhielt als Ratgeber in deutschen Angelegenheiten ein hübsches Gehalt ausbezahlt; sollten nun aber Fanatiker wie Abu el Kasim und Mustafa ben Nakir den Sultan überreden, im Westen Frieden zu halten, so würde dem Großvezier allmählich weniger an Deutschland liegen, und ich konnte mein Gehalt verlieren. Daher mußte ich zu meinem eigenen Vorteil Abus und Mustafas Plänen unbeugsamen Widerstand entgegensetzen. Freilich, überlegte ich, sollten wir abermals einen solchen Rückschlag wie den vor Wien erleiden, so würden alle Anhänger des Angriffsplanes gegen den Westen in Ungnade fallen und müßten den Verfechtern eines Krieges gegen Persien weichen.

Als ich in meinen Überlegungen an diesem Punkt angelangt war, fiel mir ein, daß alle Ratgeber des Sultans – der Großvezier vielleicht inbegriffen – in derselben Lage waren wie ich. Ihre Politik mußte sich nach ihrem persönlichen Vorteil richten, gleichgültig, was dem Staat am meisten frommte. Diese Gedanken verwirrten mich so, daß ich Recht nicht mehr von Unrecht unterscheiden konnte.

Bei Einbruch der Dunkelheit kam Giulia zurück, begleitet von Alberto. Sie tobte über die Unordnung im Haus, schalt Abu, daß er unangemeldet wie ein Dieb in der Nacht heimkehre, und riß mir mein Töchterlein aus den Armen, damit ich sie in meiner

Trunkenheit nicht fallen ließe. Ich errötete über ihr unbeherrschtes Gebaren, Abu el Kasim jedoch packte eine Flasche echtes persisches Rosenwasser für sie aus und bat sie, ihn den Damen des Harems zu empfehlen, so daß sie ihn hinter einem schützenden Vorhang empfingen und seine prächtigen Waren besichtigten. Giulia gefiel seine Gabe. Sein Ersuchen um ihre Hilfe schmeichelte ihr, und bald berieten sie in schönster Eintracht, wieviel der Kislar-Aga, wieviel die Türhüter und wieviel sie selbst erhalten sollte.

Ich mischte mich nicht in Giulias Angelegenheiten, da ich selbst genug Sorgen hatte. Ich mußte nun Albertos Verdienste anerkennen, weil er während der schwierigen Tage unserer Übersiedlung stets das Wohl des Haushaltes im Auge behielt. Er begleitete Giulia überallhin und ersparte mir jede Sorge um sie. Am meisten aber rührte mich seine Zuneigung zu meiner Tochter Mirmah. Bei jeder Gelegenheit nahm er sie in die Arme, und wenn sie weinte, konnte er sie viel rascher beruhigen als ich. Sein ganzes Benehmen bewies, wie gut er sich in seine Rolle als Majordomo gefunden hatte, und mehr als einmal schämte ich mich meiner grundlosen Abneigung gegen diesen überaus dienstwilligen Mann.

Sobald wir uns im neuen Haus am Bosporus eingerichtet hatten, trat sein Wert noch klarer zutage, denn die Sklaven gehorchten ihm, und bald erzielte er im Haushalt eine so vollkommene Ordnung, daß ich nur mehr an eines zu denken brauchte, nämlich, wie ich genug verdienen konnte, unsere stetig wachsenden Ausgaben zu bestreiten. Deren gab es unzählige; zuweilen war ich zu arm, Papier und Tinte zu kaufen für die Übertragung des Korans, die ich insgeheim begonnen hatte. Ich hatte nun mehr als zehn Menschen zu ernähren und zu kleiden, mußte einen teuren Tragsessel sowie Geschirr und Sattelzeug kaufen, durfte mit Almosen nicht kargen. Wenn ich törichterweise geglaubt hatte, wenigstens unser Garten würde Erträge abwerfen, so stellte sich nun das Gegenteil heraus. Ja, er verschlang sogar mehr als alles andere zusammen, denn ich wurde gezwungen, dieselben Blumensorten zu züchten, wie sie in den Gärten des Serails blühten. Ich wunderte mich bald nicht mehr, daß eine augenscheinlich so bescheidene Stelle wie die des Serailgärtners für eine der wünschenswertesten und einträglichsten im ganzen

Reiche galt. Allein die indischen und chinesischen Zierfische kosteten ein kleines Vermögen. Da viele davon aus Mangel an Pflege eingingen, überredete mich Giulia, es sei schließlich billiger, einen kundigen Sklaven zu ihrer Pflege zu erwerben. Den Preis dieses ausgedörrten, frostzitternden Inders will ich lieber nicht erwähnen.

Meinem Glück waren also Grenzen gesetzt, wenn ich auf meinen schwellenden Daunenkissen saß, inmitten der herrlichen Blumen meines Gartens lustwandelte oder am Teich die bunten Fische fütterte. Fortwährende Geldsorgen drückten mich wie ein schlechtsitzender Schuh. Ich hatte gehofft, Giulia und ich würden unseren neuerworbenen Überfluß in friedlicher Abgeschiedenheit genießen, sie aber bedeutete mir bald, wir könnten weder Nutzen noch Freude an unserem Haus haben, wenn wir nicht hochgestellte Gäste einlüden, es zu besichtigen.

Als Sultana Khurrem selbst in Begleitung einiger Hofdamen in der Vergnügungsbarke ihres Herrn eintraf, um unser Haus zu bewundern und sich im Park zu ergehen, fühlte ich mich unleugbar geschmeichelt, obwohl ich dadurch einen Tag lang von meinem Besitz verbannt war. Die Ehre, die uns durch diesen Besuch zuteil wurde, wog die Kosten einer neuen Landungsbrücke aus Marmor reichlich auf, dachte Giulia. Bewaffnete Eunuchen standen den ganzen Tag rund um unser Haus auf Posten, so daß selbst der Dümmste merken mußte, in welch hohem Ansehen meine Frau und ich standen. Bald kam auch der Großvezier mit seinem Gefolge zu Besuch, um zu sehen, was aus seinem Geld geworden sei. Sinan der Baumeister und ich mußten uns einem eingehenden Kreuzverhör unterziehen, bis er lächelnd zu verstehen geruhte, daß wir einzig und allein aus Achtung vor seiner Würde ein so schönes und so gefällig ausgestattetes Haus hatten bauen müssen.

Sinan der Baumeister war stolz auf seine Arbeit und brachte oft hohe Paschas und Sandschaks mit, die es besichtigten und ihm neue Aufträge erteilen sollten. So hatte ich Gelegenheit, nützliche Bekanntschaften zu schließen, wenngleich einige Höhere unter ihnen mich hochmütig behandelten, weil ich ein Renegat war. Die Gäste verursachten mir hohe Kosten, weil jeder von ihnen entsprechend seinem und meinem Rang bewirtet werden mußte.

Über diesem üppigen Leben wurde ich schmal und blaß. Bei dem Gedanken an die Zukunft durchfuhr es mich heiß und kalt. Eines Tages aber kam Giulia zu mir, schlang mir ausnahmsweise die Arme um den Hals und sagte zärtlich: »Liebster Michael, so kann es nicht weitergehen. Das mußt du selbst einsehen.«

Gar gerührt erwiderte ich: »Ach, liebste Giulia, du hast ganz recht. Mir genügen ein Dach über dem Kopf und eine trockene Brotrinde, wenn ich nur dich bei mir habe. Wir haben uns selbst goldene Fesseln geschmiedet, und ich fühle bereits die seidene Schnur um den Hals. Wir wollen bescheiden unseren Irrtum eingestehen, dieses Haus verkaufen und jenes einfache Leben wiederaufnehmen, das uns beiden gewiß besser bekommt.«

Aber ihr Gesicht verdüsterte sich, als sie entgegnete: »Du verstehst mich falsch. Eine Brotrinde und ein Glas Wasser in deiner Gesellschaft würden mir freilich genügen, aber wir müssen an die Zukunft unserer Tochter Mirmah denken. Ich habe mich schon zu lange mit deinem Mangel an Ehrgeiz abgefunden. Ich muß die Zügel selbst in die Hand nehmen, da du unfähig scheinst, sie zu führen.«

Sie hielt inne, um ihre Worte sorgfältig zu wählen, ehe sie fortfuhr: »Es geziemt sich nicht für ein einfaches Weib, sich in die Staatskunst zu mischen, aber eine gewisse hochgestellte Frau ist beunruhigt über die Gefahren, die dem Ottomanischen Reich drohen, und ist nicht überzeugt, daß des Großveziers Maßnahmen dagegen die besten sind. Sein Stolz und sein Dünkel sind ihr nicht verborgengeblieben.« Sie nahm meinen Gesichtsausdruck wahr und sprach eilends weiter: »Doch wozu sich darüber ausbreiten? Ich wollte nur sagen, viele der einflußreichsten Männer des Reiches mißtrauen jenen gefährlichen Eroberungsplänen gegen den Westen. Wenn die Janitscharen schon in die Schlacht geschickt werden sollen, so sind sie in Persien weit besser am Platz; das ist ein schwaches, uneiniges Land.«

Ich erwiderte: »Alles zu seiner Zeit. Die große Gefahr, die uns vom Kaiser droht, muß zuerst beseitigt werden. Das ist das Ziel der Politik des Großveziers.«

»Du redest wie ein Narr, Michael«, erwiderte Giulia ungehalten. »Wie kann der Sultan den Kaiser schlagen, der selbst den König von Frankreich und den Papst besiegt und gefangengenommen hat? Vielleicht führt Karl gegen den Sultan nichts im

Schilde und hätte nichts gegen dessen Ausdehnungsbestrebungen im Osten, solange er mit ihm und seinem Bruder Frieden hält. Soll doch der Kaiser den Westen und der Sultan den Osten beherrschen; die Welt hat Raum genug für beide.«

Sie sprach so überzeugt, daß ich mißtrauisch wurde, weil sie nie von selbst auf diese Dinge gekommen wäre. Sie faßte mich an beiden Händen, schüttelte mich und flüsterte: »Es geht um gewaltige Summen, Michael! Mag auch der Großvezier sich seiner Unbestechlichkeit rühmen, es gibt noch andere Börsen, die sich leichter auftun. Ich habe guten Grund zu glauben, daß der Sultan insgeheim einen dauernden Frieden mit dem Kaiser wünscht, weil er die verheerenden Folgen einer Niederlage erkennt. Und ich weiß aus verläßlicher Quelle, daß der Kaiser nichts sehnlicher wünscht als einen Geheimvertrag mit dem Sultan zur Teilung der Welt. Das sind natürlich streng geheime Dinge, der Sultan muß sich den Anschein geben, als stände er allen solchen Plänen ablehnend gegenüber.«

»Aber«, warf ich ein, »wie kann der Sultan dem Kaiser vertrauen? Eben jetzt weilt der persische Gesandte an Karls Hof. Wie können wir wissen, ob Karl dies Reich nicht überfällt, sobald ihm der Sultan den Rücken kehrt?«

»Der Sultan muß gegen Persien Krieg führen und Schah Tahmasp vernichten, ob er will oder nicht, denn der würde ihn sonst mit Unterstützung des Kaisers angreifen. Das würde aber Karl teuer zu stehen kommen, der sich nicht gerne in Angelegenheiten des Orients einmischt, die ihn nicht unmittelbar betreffen. Wie du die Lage auch betrachtest, Michael, du mußt einsehen, daß der Friede mit dem Kaiser dem Sultan nur Vorteile bringen kann. Du wirst nichts verlieren, wenn du für eine so gute Sache arbeitest.«

Diese verschwörerischen Reden behagten mir ganz und gar nicht, weil in meinen Augen die Vernunft, nicht heimliche Geldgeschenke, über Recht oder Unrecht einer Sache entschied. Als ich dies aber Giulia zu verstehen gab, schüttelte sie den Kopf über meine Einfalt und sprach: »Gott erbarme sich deiner, Michael! Was du auch sagen magst, kein Wort von dir wird das Zünglein an der Waage für oder gegen den Frieden bilden; allein unsere Lebensart hat gewisse leichtgläubige Leute davon überzeugt, daß du das Vertrauen des Großveziers genießt. Daraus siehst du, wie wichtig der äußere Schein ist. Hunderttausend Dukaten sind für den Frieden ausgesetzt, obwohl ich nicht einmal dir anzudeuten wage, woher dieses Geld kommt. Aber Gold spricht für sich selbst, und hier sind tausend Dukaten, zum Beweis, daß die, von denen ich spreche, es ernst meinen. Hat der Sultan erst mit Ferdinand Frieden geschlossen, so werden weitere fünftausend für dich abfallen.«

Giulia zog ein Ledersäckchen hervor, erbrach das Siegel und ließ die Münzen klirrend über den Boden rollen. Ich gestehe unumwunden, daß ihr Klang beredter für die Sache des Friedens sprach, als Giulia das je vermocht hätte. Doch sie fuhr eindringlich fort: »Selig sind die Friedfertigen. Die hochstehende Dame, von der ich sprach, will dem Sultan jede unnötige Gegnerschaft ersparen, und Großvezier Ibrahim kann man leicht als Seraskier nach Persien schicken. Die Dame hofft zuversichtlich, des Großveziers Vertrauen und Freundschaft zu erringen, weil sie glaubt, sie hätten beide nur das Wohl des Sultans im Sinn. Aus diesem Grund ist sie tief gekränkt über die böswilligen Gerüchte, die er über Sultana Khurrem und ihre Söhne in Umlauf gesetzt hat. Es ist Verleumdung, zu behaupten, Prinz Selim leide an der Fallsucht. Prinz Dschehangirs Mißgestalt ist eine von Allah gesandte Prüfung, wie sie jeder Frau widerfahren kann, und die beiden anderen Prinzen sind ohne Zweifel begabter als der hochmütige Mustafa, der unter keinen Umständen auf Kosten seiner Halbbrüder begünstigt werden sollte.«

Giulia hatte sich wohl von ihrer Begeisterung mitreißen lassen und mehr gesagt, als sie sagen wollte. Mich bewegte ihr Vorschlag so sehr, daß ich bis in die frühen Morgenstunden wach lag. Widerstreitende Gedanken gingen mir durch den Kopf. Als ich endlich einschlief, quälten mich Angstträume, darin ich über einen Sumpf wanderte und vergeblich festen Fuß zu fassen suchte. Ich strauchelte und fiel; meine Börse zog mich immer tiefer hinab, bis ich den Mund voll Brackwasser hatte und schier erstickte. Ich erwachte mit einem Schrei, in kalten Angstschweiß gebadet.

In diesem Traum glaubte ich eine Weisung zu erkennen. So ließ ich mich denn am frühen Morgen in die Stadt rudern. Nachdem ich in der großen Moschee meine Andacht verrichtet hatte, lenkte ich meine Schritte nach Ibrahims Palast, wo ich einen Beamten des Geheimen Nachrichtendienstes aufsuchte und ihm sagte, ich hätte dem Großvezier persönlich eine Sache von größter Wichtigkeit mitzuteilen.

Ich mußte den ganzen Tag und bis in die späte Nacht hinein auf Ibrahims Rückkehr vom Serail warten. Als er mich endlich empfing, tat er es mit dem kühlen Ersuchen, ich möchte seine große Sorgenlast nicht noch vermehren.

Ich erzählte ihm alles, was Giulia mir berichtet hatte, und hätte ihm zur Bekräftigung gerne auch die tausend Dukaten überreicht, wenn Giulia sie nicht schon eingestrichen und in Albertos grundlose Börse gesteckt hätte. Der Großvezier sprach, zornrot und zähneknirschend: »Genug ist genug! Wenn jenes falsche, fanatische, ränkesüchtige Weib es wagt, sich in die Staatsgeschäfte zu mengen, so werde ich ihr einen Denkzettel dafür erteilen. Gott weiß, welcher Teufel den Sultan verleitet hat, seinen Mantel um ihre Katzenschultern zu legen. Sie hat ihm nichts gebracht als ihr kränkliches, fallsüchtiges Blut. Ihre schwächlichen Bälger hätte man besser in der Wiege erdrosseln sollen – was freilich nicht einmal der beste Freund des Sultans hätte vorschlagen dürfen.«

Nachdem er sich ein Weilchen ausgetobt hatte, wagte ich ihn zu fragen, was ich mit dem Geld anfangen sollte.

»Behalte es«, meinte er. »Es liegt nichts daran. Ich bin es, der über Krieg und Frieden entscheidet, weil niemand so mächtig ist, mir Trotz zu bieten. Der Sultan folgt meinem Rat, weil er mich als den einzigen kennt, der nicht käuflich ist – den einzigen, dem sein Wohl zuvörderst am Herzen liegt. Er hat mit den heiligsten Eiden des Islam geschworen, mich nie meines Amtes als Großvezier zu entkleiden und mir nie irgendeine Unbill zuzufügen, weil ich auf der ganzen Welt sein einziger Freund bin. Das machte ich zur Bedingung, unter der ich meinen Platz zu seiner Rechten einnahm.«

Er ließ seine großen, leuchtenden Augen auf mir ruhen, lächelte und fuhr fort: »Vielleicht habe ich in jüngster Zeit meinen Freund, den Sultan, vernachlässigt. Ich muß ihm eine neue Zerstreuung verschaffen und jene Hexe daran hindern, ihm Nacht für Nacht mit ihrem Geflüster zuzusetzen. Messer Gritti ist in Buda, wie du weißt; du aber hast ein schönes Haus, Michael el Hakim, in geeigneter Entfernung und von einer Mauer umschlossen; sei also nicht überrascht, solltest du eines Abends von zwei Wandermönchen aufgesucht werden. Du tätest klug daran, ein paar arme Dichter unter deinen Schutz zu nehmen und sie mit einem Glas Wein und einem Kaftan zu beehren. Herrliche Gedichte, guter Wein und hinreißende Saiteninstrumente können schwer wiegen für die Schicksale der Völker. Deine Stellung wird beträchtlich gestärkt werden, wenn bekannt wird, daß du hohe Gäste insgeheim bewirtest. Zur Sicherheit aber schicke dein Weib fort, und laß sie die Nacht mit Wahrsagungen im Harem verbringen.«

Er hielt inne und lächelte, und zum erstenmal sah ich einen grausamen Zug um seinen Mund, als er hinzufügte: »Wie, wenn ich Sultana Khurrem eine Weissagung zum Geschenk machte! Dein Weib sieht ja im Sande, was ihr beliebt. Überrede sie, wenn du kannst, die Thronfolge eines ihrer Söhne zu weissagen. Jede Prophezeiung muß, soll sie überzeugend klingen, etwas Absonderliches, Unerwartetes an sich haben. Laß sie die Thronfolge Selims des Fallsüchtigen verkünden, und wir werden sehen, was daraus wird.«

Er lächelte breit, mir aber war gar nicht heiter zumute.

»Warum des kränklichen Selim?« fragte ich. »Meines Weibes Prophezeiungen gehen unangenehmerweise gewöhnlich in Erfüllung, und ich möchte mit diesen Dingen nicht spielen.«

Ibrahim beugte sich vor; seine Augen leuchteten vor Zorn. »Die Sultana ist so blind wie jede andere Mutter auch. Sie würde in einer solchen Weissagung nichts Absonderliches sehen. Aber sollte sie auch nur ein Sterbenswörtlein davon gegenüber dem Sultan verlauten lassen, so würde es ihm wie Schuppen von den Augen fallen. Er hat doch Mustafa, diesen prächtigen Jungen. Wie könnte er auch nur einen Augenblick daran denken, daß ein fallsüchtiger Schwachkopf den Thron der Osmanlis besteigen könnte?«

Nach einer Weile setzte er hinzu: »Ich kann nicht mehr auf Messer Gritti vertrauen, der nur an seinen eigenen Vorteil denkt. Ich brauche einen neuen Treffpunkt, wo ich insgeheim mit fremden Abgesandten sprechen kann. Warum solltest du daraus nicht ebensolchen Nutzen ziehen wie Messer Gritti, wo ich so ungeheure Summen in dein Haus gesteckt habe? Verbreite das Gerücht, daß du gegen fürstliche Geschenke geheime Zusammenkünfte mit mir vermitteln kannst, und ich will es auf mich nehmen, dies Gerücht als wohlbegründet zu erweisen, sofern du mich nicht unnütz oder mit Kleinigkeiten behelligst. Damit ich dir aber unumschränkt vertrauen kann, mußt du sorgfältig alle Geschenke verzeichnen, die du erhältst, und die gleichen Summen von meinem Schatzamt beziehen. Nur so bin ich sicher, daß du mich nicht aus purer Habgier hintergehst.«

Ich stand wie vom Donner gerührt über seine Freigebigkeit und stammelte Segenswünsche; er aber lachte, hieß mich schweigen, nahm seine Geige und fing an, eine heitere Weise zu spielen, die venezianische Schiffe nach Istanbul mitgebracht hatten. Erst jetzt erkannte ich die ganze Tragweite seines Vorschlags, denn wenn der mächtigste Mann im Ottomanenreich mich zu seinem Vertrauten machte, brauchte ich meinen ehrgeizigen Träumen keine Grenzen mehr zu setzen. Ich beugte mich nieder, um den Boden zu seinen Füßen zu küssen, und murmelte: »Warum, Ibrahim, mein Herr? Warum erwählst du mich?«

Er berührte mich nachlässig mit seinen hennagefärbten Fingern.

»Vielleicht ist das leben nicht mehr als ein Fiebertraum. Warum also nicht einen Schlafwandler zum Führer erwählen? Mag sein, daß ich dich gut leiden mag, Michael el Hakim, obwohl du schwach und nachgiebig bist. Hätte ich dich ein wenig lieber, als ich dich habe, so würde ich dich aller Reichtümer entkleiden und dich als Wandermönch aussenden, um Allah in der Wüste und auf den Berggipfeln zu suchen. Erwarte nicht zuviel von meinem Vertrauen, denn kanntest du auch meine verborgensten Geheimnisse, mich selbst würdest du nie kennen. Aber einmal sprachst du ein Wort, das mir das Herz rührte – ein Mensch müsse wenigstens einem einzigen Menschen treu sein. Vielleicht ist das die Aufgabe, die mir gestellt ist – in Wahrheit kann nämlich ein Mensch nur sich selbst treu sein. Mein Stern, mein Schicksal, ein Fluch, oder vielleicht eine innere Kraft hat mich über alle anderen Menschen erhoben. Die unbedingte Voraussetzung meines Daseins ist daher die unwandelbare Treue zu meinem Herrn, dem Sultan. Sein Wohl ist mein Wohl, seine Niederlage die meine, und sein Sieg ist auch für mich ein Sieg.«

Ich kehrte durch die Dunkelheit zu meinem von Lampen erleuchteten Haus zurück, in dem alle Treppen von Rosenwasser dufteten. Giulia war noch wach und kam mir mit glühenden Wangen und funkelnden Augen entgegen. Mich aber hielt immer noch ein sonderbares Gefühl der Unwirklichkeit in seinem Bann, und ich starrte Giulia an wie ein Gespenst, das ich nicht kannte.

»Wer bist du, Giulia, und was willst du von mir?«

Sie wich erschrocken zurück. »Was hast du, Michael? Du bist leichenblaß. Dein Turban sitzt schief, und du starrst mich an wie ein Verrückter. Wenn du törichte Geschichten über mich vernommen hast, so glaube ihnen nicht. Mir wäre lieber, du kämst gleich zu mir, statt grundlosen Verleumdungen dein Ohr zu leihen.«

»Nein, nein, Giulia. Was könnte auch irgendwer gegen dich sagen? Ich verstehe mich nur selber nicht und weiß nicht, was ich will. Wer bin ich, Giulia, und wer bist du?«

Sie rang die Hände und brach in Tränen aus.

»O Michael! Habe ich dich nicht tausendmal davor gewarnt, so viel zu trinken? Es steigt dir zu Kopf. Wie kannst du mich nur so erschrecken! Sag mir gleich, was geschehen ist und was der Großvezier zu sagen hatte.«

Unter ihrem eindringlichen Geflüster erwachte ich aus meiner seltsamen Berückung. Die Wände des Gemaches nahmen wieder Gestalt an, der Tisch unter meiner Hand hatte Form und Gestalt, und Giulia war wieder ein Wesen von Fleisch und Blut, und ich erkannte, daß sie über die Maßen zornig war. Ich aber betrachtete sie wie eine Fremde, und diesmal in hellerem Lichte als zuvor. Ich sah tiefe Falten um ihre Augen und einen harten Zug böswilliger Schläue um den Mund. Schwere Schmuckstücke hingen ihr von Handgelenken und Hals; die Halsketten hatten auf dem leblosen Weiß ihrer Brust rote Spuren hinterlassen. Mich verlangte nicht danach, in ihren Augen Frieden und Vergessen zu suchen, wie ich es gewöhnt war.

Schmerzlich bewegt wandte ich mich ab und meinte: »Mir fehlt nichts, Giulia. Ich bin nur müde von einer etwas anstrengenden Unterredung mit dem Großvezier. Aber er vertraut mir und wird mir wohl einen Großteil von Messer Grittis früheren Aufgaben übertragen. Über den Krieg hat er sich nicht geäußert, mir aber nicht untersagt, für den Frieden einzutreten. Der Becher des Glücks ist gefüllt bis zum Rand, aber warum – ach, warum ist er so bitter?«

Ich hatte kaum ausgesprochen, als ich an allen Gliedern zu zittern anfing und erkannte, daß ich schwer krank war. Giulia dachte erst, man habe mich im Palast des Großveziers vergiftet; nachdem sie sich aber vom ersten Schrecken erholt hatte, brachte sie mich zu Bett und verabreichte mir schweißtreibende Mittel. Ich war dem Fieber verfallen, das in Istanbul so häufig war; ja, es war ein Wunder, daß ich ihm so lange entgangen war. Es war nicht gefährlich, jedoch von grausamen Kopfschmerzen begleitet.

Als Großvezier Ibrahim von meiner Krankheit erfuhr, erwies er sich überaus besorgt um mich. Er lieh mir seinen Leibarzt und ließ für mich eine astrologische Diät- und Arzneitabelle anlegen. Er besuchte mich auch selbst und verursachte damit viel Getuschel im Palast. Die Folge war, daß ich eine Reihe Geschenke von der Art erhielt, wie sie im Serail ständig von Hand zu Hand gehen.

Giulia war überglücklich und plapperte unaufhörlich von den Geschenken, den Spendern und den Gegengeschenken, die ich machen müßte. Das vernünftigste wäre gewesen, die Dinge einfach weiterzugeben, weil dies dem herrschenden Brauch keineswegs widersprach. Giulia aber vermochte es nicht, Dinge, die sie einmal in Besitz hatte, aus der Hand zu geben, wie häßlich oder unnütz sie auch waren. So erwies sich meine Krankheit als sehr kostspielig, weil ich so viele Geschenke kaufen mußte, während man sich im Serail verwundert fragte, was aus all den großen Bronzeurnen, gewappneten Nubiern und anderen seltsamen Dingen geworden sei, die seit Jahren im Serail in Umlauf gewesen waren.

Als ich endlich genas, zeigte sich Giulia freundlicher und liebevoller, als sie seit langem gewesen war. Eines Tages nahm sie meine Hand und fragte: »Michael, wie kommt es, daß du nicht mehr so offen mit mir sprichst wie früher? Hat ein böswilliges Gerücht dein Herz gegen mich verhärtet? Du weißt, welch ein Klatschnest der Serail ist, und meine enge Freundschaft mit Sultana Khurrem hat solche Eifersucht erregt, daß es mich gar nicht wundern würde, wenn man die schrecklichsten Dinge von mir erzählte. Glaub nichts davon, mein lieber Michael. Du kennst mich besser als alle anderen – du weißt, wie offenherzig ich bin.«

Ihr unnötiges Mißtrauen machte mich traurig, und ich erwiderte freundlich: »Meine düstere Laune hat keinen besonderen

Grund. Sie ist ein Teil meiner Krankheit und wird bald vergehen. Vergib mir, und hab Geduld mit mir, wie stets.«

Darin war ich freilich nicht ganz aufrichtig, weil ich eingesehen hatte, daß ich mir Giulia gegenüber Zurückhaltung auferlegen mußte, wollte ich Ibrahim treu bleiben. Ich war überzeugt, daß sie alles, was ich ihr etwa erzählte, Sultana Khurrem berichten würde, und war von da an auf der Hut. Bis dahin war ich unumwunden aufrichtig gewesen, was mir nun sehr zustatten kam, weil Giulia mich nun für unfähig hielt, etwas vor ihr zu verbergen.

Eingedenk des Rates des Großveziers fing ich nun an, Dichter und redekundige Derwische in mein Haus einzuladen — zerlumpte Kerle, die sich wenig darum scherten, wie sie ihr Brot verdienten, wenn sie nur ungeschoren unter Gleichgesinnten leben konnten. Obgleich Muselmänner, waren sie doch dem Wein sehr ergeben und nahmen meine Einladung mit Freuden an. Ich glaube, sie faßten sogar eine gewisse Zuneigung zu mir, weil ich mich gewöhnlich damit begnügte, schweigend ihren Reden und Gedichten zu lauschen.

Als ich sie näher kennenlernte, erstaunte ich ob ihrer Kühnheit. Sie scheuten sich nämlich nicht, beißende Epigramme auf die Eitelkeit des Großveziers, das hochmütige Schweigen des Sultans und die verschiedenen Irrtümer zu verfassen, deren sich andere berühmte Männer schuldig gemacht hatten. Sie schrieben sogar zweideutige Verse über die Gesetze des Korans. Die persische Kunst des Versemachens war ihr unerreichtes Vorbild. Viele von ihnen übertrugen eifrig persische Gedichte ins Türkische. Sie feilten und glätteten an ihren Werken wie ein Juwelier an seinen Steinen, und wenn sie auf eine neue, gelungene Redewendung verfielen, frohlockten sie, als hätten sie einen Schatz gefunden. Ich konnte ihr geschicktes Spiel freilich nicht so ernst nehmen wie sie. Ihnen dünkte die Schöpfung eines Gedichtes so wunderbar und bedeutsam wie die Eroberung eines Königreiches oder eine Seefahrt in die unbekannte Welt; ja sie behaupteten sogar, im goldenen Buch der Geschichte würden die Namen der Barden die der hervorragenden Feldherren und gelehrten Erklärer des Korans überdauern.

Ihr größter Vorzug war, daß sie nie langweilig wurden. Der irdischen Güter wenig achtend, konnten sie ihre zerschlissenen

Mäntel mit dem Goldstaub der Phantasie übersäen, und waren sie auch stets bereit, den Reichen und Mächtigen Lobgedichte auf Bestellung zu schreiben, so galt ihnen doch die Freude an der Arbeit mehr als reicher Lohn; fiel ihnen gar ein gelungener Spottvers auf einen Gönner ein, so wollten sie lieber seines Entgeltes denn ihres Spaßes verlustig gehen.

Die Freundschaft dieser eigentümlich freien Männer fiel mir zur guten Stunde zu, denn ich schwelgte noch immer in ungebührlicher Selbstzufriedenheit über mein Amt, mein Haus, meine Reichtümer und mein irdisches Glück. Es war mir heilsam, ihre ätzenden Bemerkungen über juwelenbesetzte Gürtel, federngeschmückte Turbane und silberbeschlagene Sättel zu hören. Eine schöne Blume oder ein scharlachfarbener Fisch, der durch kristallklares Wasser schwamm, war für sie ein ebenso atemberaubender Anblick wie jeder Edelstein. Als ich ihnen erklärte, ein Edelstein habe außer seiner Schönheit noch andere Vorzüge, zog der Dichter Baki, der weder seine Waschungen noch seine Gebete verrichtete, den Zipfel seines Mantels über seine staubigen Füße und erwiderte: »Der Mensch besitzt nichts. Ja, eigentlich besitzen die Dinge den Menschen. Der einzige wahre Wert eines Edelsteins ist die darin verborgene Schönheit, und schöne Dinge können den Menschen ebensoleicht versklaven wie häßliche. Daher ist es weiser, ein Mädchen mit Tulpenwangen von weitem zu lieben, denn wer sie besitzt, mag leicht zu ihrem Sklaven werden und seine Freiheit verlieren, und der Verlust der Freiheit ist ein langsames Dahinsiechen.«

Giulia verstand nicht, wie ich an der Gesellschaft dieser übel beleumundeten Gesellen, aus deren Mitte ich sehr sorgfältig einige verläßliche Freunde auswählte, Vergnügen finden konnte. Sie verbrachte viele Tage und Nächte im Serail und war nicht neugierig. Ohne ihr Wissen bereitete ich mich auf die Stunde vor, da der Sultan und der Großvezier verkleidet in mein Haus kämen, um den Abend in Gesellschaft von Dichtern und Schöngeistern zu verbringen, wie sie es in Messer Grittis Haus zu tun pflegten.

Bald darauf erlitt der Sultan einen seiner argen Anfälle von Schwermut, und der Großvezier gab mir ein vereinbartes Zeichen. Spät am selben Abend klopfte es an mein Tor, und zwei leicht angetrunkene Männer, die Gesichter in den Falten ihrer

Kaftane verborgen, traten ein und begrüßten den Türhüter mit Versen. Sie waren natürlich von mehreren Wachen begleitet; die aber blieben draußen vor dem Haus, und mit ihnen zwei Taubstumme. Ibrahim hätte mir sein Vertrauen nicht überzeugender beweisen können. Ich führte meine Gäste ins Haus, wo sie sich etwas abseits niederließen, um Wein zu schlürfen und einem gelehrten Derwisch zu lauschen, der eben seine Übertragung eines persischen Gedichtes laut vorlas.

Die übrigen aber waren zu klug, um sich von den Neuankömmlingen täuschen zu lassen, und erkannten bald, daß sie keine gewöhnlichen Gäste waren. Es wäre auch einer Beleidigung gleichgekommen, hätten sie es nicht erkannt, denn Ibrahim hielt sich mit Recht für den schönsten Mann im Ottomanischen Reich, während der Sultan ebenso überzeugt war, daß sein Auftreten ihn trotz der Maske vor seinem Gesicht als den Edelmann verriet, der er war. Aber meine Gäste waren vernünftig genug, sich unwissend zu stellen. Auf seine Bitte redeten sie ihn als Muhub den Dichter an und drangen eifrig in ihn, seine Verse laut vorzutragen. Er zögerte eine Weile, zog aber endlich eine Rolle hervor, die mit schöner Handschrift bedeckt war, und las daraus mit klangvoller Stimme vor. Dabei zitterten seine Hände, weil er sich für unerkannt hielt und sich in Gesellschaft der führenden Geister der Stadt wußte. Er fürchtete offenbar ihre aufrichtige Kritik. Soweit ich es beurteilen konnte, wies sein Werk keine anderen Mängel auf als einen leicht übertriebenen Wortreichtum, eine leichte Eintönigkeit und eine leichte Spur von Alltäglichkeit, wenigstens im Vergleich zu Bakis anspielungsreichem, eigenwilligem Stil.

Seine Zuhörer spendeten höflichen Beifall, aber nicht mehr, weil ihre Selbstachtung als Dichter ihnen nicht gestattete, selbst dem Sultan zu schmeicheln, wo es um ihre Kunst ging. Sie tranken Muhub zu und lobten ihn, bis ein offenes Lächeln der Freude auf des Sultans bleichem Antlitz lag. Baki aber, der junge, freimütige, setzte hinzu: »Muhub der Dichter hat uns mit freigebiger Hand Perlen und Gold vorgeworfen, und es wäre jetzt überaus unziemlich, geringeren Werken zu lauschen. Wenn aber einer von uns ein Instrument spielen kann, so könnten wir auf diese Weise versuchen, mit dem unvergleichlichen Muhub zu wetteifern.«

Mit dieser blumigen Rede wollte er wohl nur sagen, daß er des Sultans geschraubte Gedichte nicht länger ertragen konnte und hoffte, Ibrahim würde zu seiner berühmten Geige greifen. Es war jedoch nicht zu erwarten, daß der Sultan den feinen Spott aus Bakis Bemerkung heraushören würde. Er stimmte denn auch eifrig bei und bat Ibrahim, zu spielen. Und keiner von uns sollte es bereuen; denn als Ibrahim, nachdem er einen Schluck Wein genommen hatte, das Gemach mit seiner herrlichen Musik erfüllte, sang uns aus jedem Ton all die Leidenschaft, die Freude und die Sehnsucht unseres unsteten Lebens entgegen, bis ich zitterte und mich der Tränen nicht mehr erwehren konnte. Selbst Baki weinte laut.

Von jener Nacht brauche ich nicht mehr zu berichten. Sie verging auf gesetzte und schickliche Art, und als die Gäste sich ungebührlich betranken, griff der Großvezier aufs neue zur Geige, um sie zu besänftigen. Keiner fiel in Schlaf, nur Murad-Tseleb, der freilich von Musik wenig verstand. Wir übrigen waren bei bester Laune, und als die Sterne verblichen, trugen wir Murad-Tseleb hinaus und warfen ihn in den Fischteich, um ihn zu ernüchtern, wobei ihm Baki den Kopf am Bart über Wasser hielt. Der Fischwärter erwachte von den Schreien und dem Geplätscher und stürzte, nur mit seinem Lendentuch bekleidet, aus seiner Hütte herbei; er warf mit Steinen nach uns und überschüttete uns mit den grimmigen Flüchen seiner Heimat, bis wir Fersengeld gaben und unsere Pantoffel in den Blumenbeeten verloren. Muhub der Dichter verlor sogar seinen Turban und lachte, bis ihm die Tränen über die Wangen liefen.

Nun aber im grauen Dämmerlicht wurden die Stummen über die lange Abwesenheit ihres Herrn unruhig und klopften an die Tür. Beim Anblick dieser beiden dunkelhäutigen Riesen wurden wir alle plötzlich ganz nüchtern, als hätten wir ein kaltes Sturzbad erhalten. Noch atemlos von der Jagd und bespritzt mit der Erde aus den Blumenbeeten, kroch Muhub der Dichter in seine Sänfte und zerrte den Großvezier mit viel Mühe zu sich hinein.

Sultan Suleiman besuchte mein Heim etwa ein dutzendmal und traf dort nicht nur Dichter und weise Derwische an, sondern auch französische und spanische Schiffskapitäne und gutunterrichtete Abenteurer, von denen die meisten keine Ahnung hatten, wer er war. In Gegenwart von Ausländern und Ungläubigen blieb er schweigend im Schatten und begnügte sich, ihnen aufmerksam zu lauschen, wobei er ab und zu eine Frage über das Leben und die Verhältnisse in den europäischen Ländern einwarf.

So lernte ich Sultan Suleiman kennen, den die Christen den Prächtigen, sein eigenes Volk aber nur den Gesetzgeber nannten. Niemand gilt als Prophet im eigenen Lande. Und je besser ich ihn kennenlernte, um so weniger gefiel er mir. Die Schwermut, die ihn gefangenhielt, machte ihn zu einem langweiligen Gesellschafter. Ibrahim blieb trotz all seiner Fehler ein Mensch unter Menschen; der Sultan hingegen zog sich in seine abgeschlossene Einsamkeit zurück und schien dann seinen Mitmenschen so fern wie der Himmel der Erde.

Das war es vielleicht, was ihn leiden ließ und ihn zuweilen mit jener ruhelosen, nagenden Furcht erfüllte. Da sein Vater ihm mißtraute, hatte er einen Großteil seiner Jugend im Schatten eines lauernden Todes verbracht, wo er Nacht für Nacht wach lag und bebend die Ankunft der Stummen erwartete. In seiner unnatürlich leidenschaftlichen Freundschaft zum Großvezier lag, wie mir schien, etwas Gezwungenes, als wolle er sich, indem er Ibrahim mit Gunstbezeigungen überhäufte und mit unbegrenzter Machtfülle ausstattete, überzeugen, daß er wenigstens einem einzigen Menschen auf der Welt trauen durfte.

Je länger ich über Sultan Suleiman nachdenke, um so klarer wird mir, wie wenig ich von seinem innersten Wesen und Denken weiß. Als Gesetzgeber machte er seinen Untertanen das Leben leichter und freudiger, als es vordem gewesen war — und gewiß besser als in christlichen Ländern. Seine eigenen Sklaven bildeten freilich eine Ausnahme. Es stand ihnen zwar frei, die steile Leiter zum Erfolg zu erklimmen, doch wußten sie nie, ob an der obersten Sprosse ein Roßschweif ooder die seidene Schnur auf sie wartete.

Mein eigenes Amt als Vertrauter des Großveziers war von ganz besonderer Art. Gewöhnlich pflegte ich ihn nach Einbruch der Dunkelheit aufzusuchen, wobei ich den Palast durch ein Seitentor oder den Eingang der Diener betrat. Doch war es im Serail allgemein bekannt, daß Bittschriften und Berichte an den Großvezier ihn am schnellsten auf dem Weg über mich erreichten. Daher war es allen ein Rätsel, daß Giulia im Harem so ungehindert aus und ein gehen konnte, als wohne sie dort, daß sie die Gunst der Sultana genießen, ihr und ihren Frauen die Zukunft vorhersagen, für sie auf dem Basar Einkäufe machen und gewissen reichen Griechinnen und Jüdinnen – zweifellos für schweres Geld – Audienzen bei der Sultana vermitteln konnte.

Kein Wunder, daß im Serail und im Fremdenviertel bald die absonderlichsten Gerüchte über mich umliefen. Bald wurde mein Einfluß übertrieben, dann hieß es wieder, ich sei harmlos, weil ich mit Dichtern und gelehrten Derwischen verkehrte. Als ich begann, christliche Abenteurer in meinem Hause zu empfangen, drang mein Ruf nach dem Westen, ja selbst bis an den Kaiserhof. Die Christen, die mich besuchten, kamen entweder in geheimer Mission oder in der Absicht, in des Sultans Dienste zu treten, oder auch, um in Istanbul gewinnbringende Geschäftsverbindungen anzuknüpfen. Öfter als einmal konnte ich diesen Männern namhafte Dienste leisten, und es hieß, ich nähme zwar Geschenke an, gäbe aber dafür richtige und verläßliche Auskünfte.

Es war freilich nur recht und billig, daß ich von Freund und Feind Geschenke annahm. Jeder einflußreiche Mann im Serail hielt es so, und ohne Geschenke konnte kein Bittsteller sich eine Audienz auch nur träumen lassen. Stellung und Ansehen eines Beamten hingen keineswegs von seinem Gehalt ab; die Geschenke, die sein Amt ihm einbrachte, machten weitaus den Großteil seines rechtmäßigen Einkommens aus. Der Großvezier höchstpersönlich nahm Geschenke an, selbst von den Gesandten König Ferdinands; diese Gaben wurden offen dargebracht und galten lediglich als höfliche Anerkennung seines hohen Ranges.

Infolge meiner besonderen Aufgaben erhielt ich viele Geschenke im geheimen, obwohl ich um meiner selbst willen davon eine genaue Liste dem Großvezier überreichte. Davon ahnten die Spender nichts, und ich geriet, da ich anscheinend so leicht zu bestechen war, bei den Christen in üblen Ruf, weil sie glaubten, ihre Gaben seien der Preis für die ihnen erwiesenen Dienste. Dank Ibrahims Freigebigkeit aber blieb mein Gewissen rein; nie erlag ich der Versuchung, ihn zu betrügen.

Erwähnen will ich noch, daß die Christen gar töricht mit dem Geld um sich warfen, indem sie versuchten, die Politik der Ottomanen in günstige Bahnen zu lenken; dafür ließ man sie oft mit leeren Worten und schönen Versprechungen zappeln. Erst auf dem Heimweg pflegte ihnen aufzudämmern, wie sehr man sie über den Löffel balbiert hatte. Offizielle Gesandte wurden in der Regel mit königlichen Ehren empfangen. Während ihres Aufenthaltes in Istanbul gab man ihnen ein glänzendes Gefolge und eine eigene Wache von Janitscharen; Häuser und Dienerschaft wurden ihnen zugewiesen und zwanzig Dukaten täglich für Unterhaltskosten ausbezahlt; häufig wurden sie auch vom Großvezier empfangen, einem Meister in der Kunst der Verzögerung.

Nach langer Wartezeit wurden die Gesandten endlich in den Ratssaal des Diwans mit seinen goldenen Kolonnaden geführt, freilich erst nachdem sie vorher durch einen Prunkaufzug im Hof der Janitscharen geblendet worden waren. Dort gab es Elefanten mit vergoldeten Stoßzähnen zu sehen sowie die glänzende Prozession der Veziere und ihres Gefolges. Benommen und verwirrt durch diese Prachtentfaltung, fanden sie sich plötzlich in tiefer Verbeugung vor dem Sultan – einem Sultan, der auf einem perlenübersäten Thron saß. Bei jedem Atemzug glitzerten und funkelten die tausend Edelsteine seines goldenen Talars, und die Gesandten erkannten bald, welch hohe Ehre ihnen widerfuhr, daß sie jene juwelengeschmückte Hand küssen und den nichtssagenden Komplimenten lauschen durften, mit denen der Sultan sie zu begrüßen geruhte. Während ihres ganzen Aufenthaltes in Istanbul hatten sie sich in die Maschen eines unsichtbaren Netzes verstrickt gefühlt: nun erhielten sie im besten Fall einen vom Sultan unterzeichneten Brief auf die Heimreise mit und mußten bald gestehen, daß das Dokument nicht mehr wert war als das gestickte Futteral, in dem es lag.

So also verfuhr man mit bevollmächtigten Unterhändlern. Nicht besser erging es etwa einem spanischen Edelmann oder italienischen Abenteurer, der im Auftrag des Kaisers um eine Privataudienz nachsuchte, wenn der Großvezier sich herbeiließ, zu mir ins Haus zu kommen und sie dort beim Glas Wein zu befragen. Durch solche Mittelsmänner suchte der Kaiser dem Großvezier über die Frage der Teilung der Welt auf den Zahn zu fühlen. Ibrahim pflegte sich dann seines Einflusses beim Sultan zu rühmen und so sein Gegenüber zu verleiten, seine wahren Beweggründe und Ziele preiszugeben. Doch wie eifrig Ibrahim dann auch die Vorschläge billigte, so achtete er doch sorgfältig darauf, sich nicht zu binden. Der Sultan selbst äußerte sich nicht dazu, und wo es um diese Frage ging, wollte er überhaupt mit fremden Unterhändlern nichts zu tun haben. Dennoch brannte er stets darauf, durch den Großvezier in Erfahrung zu bringen, wie weit ihm der Kaiser entgegenkommen wolle.

Ich glaube, damals wünschten sowohl Sultan wie Großvezier aufrichtig den Frieden, doch alle tastenden Unterhandlungen blieben erfolglos, weil keine Seite der anderen traute. Dem Sultan als Beherrscher der Gläubigen war es grundsätzlich unmöglich, einen dauernden Frieden mit Ungläubigen zu erwägen, weil der Koran eine solche Politik ausdrücklich untersagte. Der Kaiser wiederum würde als gewiegter Staatsmann, der er war, natürlich die erste Gelegenheit ergreifen, die christlichen Länder ungeachtet seiner schönen Versprechungen und Geheimverträge gegen den Sultan zu vereinen, weil er im Ottomanischen Reich mit Recht eine beständige Gefahr für die kaiserliche Macht und die Christenheit selbst erblickte.

Bekümmert erkannte ich nun die Vergeblichkeit aller Politik und sah ein, daß der Mensch den Lauf der Dinge nicht ändern kann, wie erhaben seine Beweggründe auch seien. Der Großvezier verlangte, daß ich bei diesen Unterhandlungen zugegen sei, um im Notfall bezeugen zu können, wie er stets zum Besten seines Herrn gehandelt habe. Und als Zuhörer erwarb ich mir ein immer größeres Wissen in politischen Fragen. Ich lernte, daß man lange und geschliffen reden und doch nichts sagen konnte, und erkannte nur allzu deutlich die Kleinlichkeit, Selbstsucht, Eitelkeit und Schwäche der Menschen. Der Umgang mit Dichtern und Derwischen hatte mich die Nichtigkeit weltlicher Ehren durchschauen gelehrt. Ich bemühte mich, nicht allzusehr auf mein Amt zu vertrauen, wenn ich nur mein Vermögen behalten konnte, denn damit konnte Giulia das Leben führen, das sie ersehnte, und mir blieb ihr ewiges Nörgeln erspart. Sie maß den Erfolg nach Geldsummen und Wertgegenständen. Wenn sie bisweilen eine gute Stunde hatte, pflegte sie sogar einzuräumen, ich hätte mich nicht ganz so untätig erwiesen, wie sie befürchtet habe. Sie hätte mich gerne bei der Verleihung der Ehrenkaftane mit gefalteten Armen und bescheiden niedergeschlagenen Augen im Säulensaal des Diwans stehen sehen; zum Glück aber fand sie unter den Haremsdamen genug Nahrung für ihre Eitelkeit.

Selbst die Mutter des Sultans empfing sie im Alten Serail, obwohl sie durch Giulias Prophezeiungen einen bösen Herzanfall erlitt. Ich hatte nämlich Giulias Weissagungen behutsam in die richtigen Bahnen gelenkt, und sie war so unbesonnen, zu prophezeien, Sultana Khurrems Sohn Selim werde den ottomanischen Thron besteigen. Das Seltsamste daran war, daß Giulia stillschweigend an ihre eigene Weissagung glaubte und anfing, Prinz Selim mit ausgesuchter Achtung und Ehrerbietung zu behandeln.

Von Zeit zu Zeit überbrachte sie mir Nachrichten oder Warnungen, die offensichtlich von Sultana Khurrem stammten und die jenes ränkesüchtige Weib durch mich an den Großvezier weitergeleitet wissen wollte. Ibrahim seinerseits konnte es jedoch nicht mit seiner Würde vereinbaren, durch Vermittlung Giulias irgendwelche Verbindungen mit der Sultana aufzunehmen. Darin beging er einen folgenschweren Fehler, indem er die gewaltige Willenskraft und den wachsamen Ehrgeiz der Sultana unterschätzte. Aber wer hätte damals nicht gehandelt wie er?

An den Höfen des Abendlandes war die Sultana als Roxelane, die Russin, bekannt. Geschenke selbst von christlichen Fürsten strömten ihr durch die goldenen Pforten des Harems zu. Unglaubliche Geschichten über ihr üppiges Leben und ihre Prachtgewänder machten die Runde. Eines ihrer Kleider sollte hunderttausend Dukaten gekostet haben. Auch erzählte man sich von ihrer grausamen Eifersucht, die das Leben im Harem zur Hölle mache. Versuchte dort eine Frau, des Sultans Aufmerksamkeit auf sich zu lenken, oder warf er ihr zufällig einen Blick zu, so lachte Sultana Khurrem fröhlich und sorgte hinterher dafür, daß sie verschwand.

Welche Geschenke ihr durch die Gesandten des Kaisers oder des Königs zu Wien überbracht wurden, vermag ich nicht mit Sicherheit zu sagen; ich wußte aber von Giulia, daß sie in jenen schwierigen Monaten sich nach besten Kräften bemühte, den Sultan zu einem Vertrag mit dem Kaiser zu bewegen. Vom politischen Standpunkt aus war das natürlich Wahnsinn, weil der Kaiser eben vom Papst gekrönt worden war, mit Frankreich Frieden geschlossen hatte und somit auf der Höhe seiner Macht stand. Auf dem Reichstag zu Augsburg verstand er es sogar, die protestantischen Fürsten so einzuschüchtern, daß sie ihm gehorchten;

und nun bereitete er siegesgewiß den Krieg gegen den Sultan vor. Ja, in seiner Eigenschaft als Allerkatholischeste Majestät befolgte er sogar stillschweigend die Mahnung der Heiligen Schrift, daß die Rechte nicht wissen soll, was die Linke tut. Während er nämlich insgeheim die Linke dem Sultan zum Zeichen des Friedens hinstreckte, schlüpfte er mit der Rechten in den eisernen Handschuh, um einen vernichtenden Schlag zu führen. Das Ottomanische Reich schwebte wohl nie, weder vorher noch nachher, in so tödlicher Gefahr, und der Friedenswille des Sultans war leicht zu verstehen.

Zum Glück war der einzige Erfolg des Ultimatums Karls V. an Deutschland die Gründung eines Fürstenbundes durch Philipp von Hessen zum Schutz der lutherischen Lehre. Auch König Zapolya und der König von Frankreich hatten dabei ohne Zweifel die Hand im Spiel. Der geheime und meines Erachtens entscheidende Grund für den Trotz der Fürsten aber war Ibrahims Versprechen, ihnen im Falle eines Krieges mit dem Kaiser beizuspringen.

Ich weiß nicht, welche Fürsten ihrem Glaubenseifer mit türkischem Gold nachhelfen ließen, aber Philipp von Hessen wenigstens fand Mittel und Wege, seine Truppen in einer den Christen unerklärlichen Weise zu besolden und auszurüsten. Ich hatte meine besonderen Gründe, nun oft an das schmale Gesicht und die kalten, blauen Augen dieses Mannes zu denken. Verglichen mit dem Bunde, den er begründet hatte, bedeuteten die harmlosen Predigten Pater Julianus' in ganz Deutschland wenig. Luther und seine Pastoren begannen nun, über die Reinheit ihrer Lehre ebenso ängstlich zu wachen, wie es die heilige Kirche seit je getan hatte, und ich muß zu meinem aufrichtigen Bedauern vermelden, daß Pater Julianus nie zurückkehrte, seinen Bischofssitz einzufordern. Er wurde in einer kleinen Landstadt zu Tod gesteinigt.

Dank dem Schmalkaldischen Bund waren wir unsere ärgsten Sorgen los, und der Sultan brauchte nicht mehr auf die Anhänger des Friedens zu hören. Großvezier Ibrahim nahm im Gegenteil seine ehrgeizigen Pläne zur Eroberung der deutschen Länder mit Unterstützung der protestantischen Fürsten wieder auf.

Mir war der Krieg zuwider, allein für das Wohl des Heeres war ein neuer Feldzug unerläßlich, und so dachte ich, wir hätten viel zu gewinnen und nichts zu verlieren, wenn wir aufs neue gegen Ungarn zögen. In den Bergen und öden Wüsteneien Persiens konnte auch ein großes Heer wie eine Nadel in einem Heuschober verschwinden. In Deutschland aber band der Schmalkaldische Bund dem Kaiser die Hände, und eine so günstige Gelegenheit mochte nie wiederkehren.

Ich betrachtete den Krieg vor allem um Andys willen als unbedingt notwendig und schämte mich, daß ich meinen treuen Freund so lange vernachlässigt hatte. An einem Frühlingsmorgen, als die Tulpen in meinem Garten ihre frischen roten und gelben Becher entfaltet hatten und ein frischer Seewind vom leuchtenden Bosporus herüberwehte, klopfte Andy an mein Tor. Ich hörte den Türhüter schelten, eilte hinaus und erkannte meinen alten Freund zunächst nicht wieder. Er kam barfuß herein, einen Sack auf dem Rücken, in schmutzigen Lederhosen und einem zerfetzten Turban, und ich hielt ihn für einen der Bettler, die in Scharen vor meiner Tür hockten. Als ich ihn erkannte, schrie ich vor Überraschung auf, denn Andys starke Beine zitterten vor Müdigkeit, und sein blasses Gesicht mit dem leeren Blick zuckte. Er ließ den Sack fallen, nahm den Turban ab, starrte mich eine Weile stumpf an und sagte: »Beim gelobten Namen des Propheten, Michael, schaff mir was zu trinken – was Starkes – ehe ich meinen armen Verstand ganz verliere.«

Ich führte ihn in den Bootsschuppen, jagte die Neger hinaus, die dort schliefen, und holte ihm eigenhändig ein Fäßchen erlesenen Malvasier aus dem Keller. Andy schlug es oben ein, führte es an den Mund und leerte es in tiefen Zügen zur Hälfte. Bald legte sich das Zittern in seinen Gliedern; er schlug auf den Boden hin, mit einem Plumps, der die Bretter erzittern und den Staub aus den Fugen rieseln ließ. Dann barg er das Gesicht in den Händen, holte tief Atem und schluchzte so herzzerreißend und verzweifelt, daß nun ich vor Angst zu schlottern begann.

»Michael«, meinte er, »ich weiß freilich nicht, warum ich dich mit meinen Sorgen behellige, aber in solchen Zeiten braucht der Mensch einen Freund. Ich will dir keinen Kummer bereiten – aber mit mir steht's schlimm – es könnte nicht schlimmer sein. Oh, wäre ich doch nie in das Elend dieser Welt geboren worden!«

»Was in Allahs Namen ist geschehen?« rief ich aus, zutiefst erschüttert. »Du siehst aus, als hättest du einen umgebracht.«

Seine blutunterlaufenen Augen ruhten auf mir, als er erwiderte: »Man hat mich aus dem Arsenal entlassen. Sie rissen mir die Federn vom Turban und stießen mich hinaus – schüttelten die Faust gegen mich und warfen mir meine Habseligkeiten nach. O ich armer, armer Teufel!«

Froh, daß es nichts Schlimmeres war, redete ich ihm zu: »Ist das alles? Du hättest wissen müssen, was der Suff alles mit sich bringt. Doch selbst wenn du deinen Sold verloren hast, kannst du dich ja immer noch an das Vermögen deiner Frau halten.«

Den Kopf noch in beiden Händen, erwiderte er: »Mir liegt nichts am Arsenal. Wir zankten uns über die Geschütze, und ich bedeutete ihnen, ihre Kriegsgaleeren seien nur als Brennholz zu brauchen. Ich wollte sie größere Schiffe bauen lassen, die schwerere Bestückung tragen könnten, wie die der Venezianer und Spanier. So ging ich denn. Wer zuletzt lacht, lacht am besten. Aber ich bin zu Tode betrübt und werde wohl auf dieser Welt nie mehr lachen.«

Er ergriff das Fäßchen und schüttete sich aufs neue Wein in die Kehle; dann fuhr er fort: »Dein wackerer Amtsbruder, Messer Gritti, haust in Ungarn wie ein Verrückter, und die transsylvanischen Herren liegen einander in den Haaren. Ob aber Ungarn oder Moldauer, Walachen oder Tataren, sie alle sind sich einig, daß kein Moslem in Ungarn Land besitzen soll. Meine Schenkungsurkunde von König Zapolya führten sie vor meinen Augen ihrer nach ihrem Ermessen geeigneten Bestimmung zu; meine Herden haben sie längst unter sich geteilt, mein Vieh geschlachtet und alle Bauten dem Erdboden gleichgemacht. Jener arme Jude wird große Verluste erleiden, und ich kann von allen meinen Ländereien keinen Pfennig ergattern, obwohl sie so groß sind, daß man von einem Ende zum anderen einen Tag und eine Nacht reiten muß. Süße Freud' ist kurze Freud', heißt es, und ich besitze wenig mehr als die Hosen, die ich am Leibe trage.«

»Aber – aber –«, stammelte ich, da ich erkannte, ich müßte wieder einmal für den armen Andy sorgen, trotz des Zanks mit Giulia, der daraus entstehen würde. Dann ermannte ich mich, klopfte ihm auf die Schulter und meinte: »Wir werden schon einen Ausweg finden, mein lieber Andy. Aber was sagt deine Frau zu alledem?«

»Meine Frau«, sagte Andy zerstreut. Er hob das Fäßchen und

leerte es auf einen Zug. »Das habe ich dir wohl zu erzählen vergessen. Die arme Kleine ist tot. Und sie starb keines sanften Todes. Drei Tage lang mußte sie leiden, ehe sie verschied.«

»Jesus, Maria!« rief ich und schlug die Hände zusammen. »Ich meine, Allah ist Allah – warum hast du mir das nicht gleich gesagt? Ich fühle deinen großen Schmerz innig mit. Wie starb sie?«

»Im Wochenbett, im Wochenbett!« erwiderte Andy in erstauntem Ton. »Und das war noch nicht das Schlimmste, auch das Kind starb.«

So erfuhr ich endlich alles, was Andy zugestoßen war. Er barg aufs neue das Gesicht in den Händen und fing an, so herzzerreißend zu schluchzen, daß die Wände des Bootsschuppens bebten. Ich fand keine Worte, ihn in seinem grenzenlosen Schmerz zu trösten.

»Es war ein Knabe«, stieß er endlich hervor. Dann fluchte er, ergrimmt über seine eigene Schwäche, zum erstenmal seit langen Monaten in seiner rauhen Muttersprache: *»Perkele!«*

Schweigend stieg ich in den Keller hinab und holte ein neues Weinfaß herauf. Er wischte sich mit dem Handrücken die Augen.

»Mein kleines Füllen! Ihre Wangen waren wie Pfirsiche, ihre Augen wie Heidelbeeren. Ich kann es nicht fassen. Aber schon früh riet ihr der jüdische Arzt, das Bad in Bursa aufzusuchen, und ich freue mich nun, daß sie die Reise dahin wie eine Fürstin machte, obwohl ich damals wie ein Tor über die Kosten murrte. Der Arzt sagte mir in seinem gelehrten Kauderwelsch, ihre Organe hätten sich verschoben, weil sie als junges Mädchen zuviel geritten sei. Und ihre Lenden waren hart wie Eschenholz, weil die jungen Edelfrauen in Ungarn die vertrackte Gewohnheit haben, rittlings im Sattel zu sitzen wie die Männer.«

»Lieber Andy, mein Bruder und Freund! Dies alles stand in den Sternen geschrieben, bevor du geboren wurdest. Süße Freud' ist kurze Freud', wie du sagst, und du hast dein Glück genossen, solange es Allah gefiel. Wer weiß – wäre sie am Leben geblieben, so wäre sie vielleicht deiner überdrüssig geworden und hätte einem anderen schöne Augen gemacht.«

Andy schüttelte den schweren Kopf. »Hör auf zu plappern, Michael, und sag mir – war ihr Tod die Strafe dafür, daß ich den Christenglauben verleugnete? Ich glaube, ich bin ein so guter Moslem wie nur einer, wenn ich auch nicht alle Gebete hersagen kann. Im Herzen habe ich Unseren Herrn und Seine Mutter nie verleugnet – auch die Muselmänner verehren sie ja –, und ich habe mich zum Gespött gemacht, weil ich nie das Kreuz mit Füßen treten wollte. Als ich aber in meiner Qual ziellos in der Stadt umherwanderte, geriet ich in die christliche Kirche. Als ich dort den Priester singen und das Glöckchen läuten hörte, war mir, als vernehme ich zugleich das Hohnlachen des Teufels, weil ich Gott aus freien Stücken und auf dein Geheiß hin verlassen hatte. Um Gottes willen, Michael, hilf mir und gib mir den Frieden wieder. Mein Sohn wurde nicht getauft, und mein Weib ging nach unserer Hochzeit nicht mehr zur Beichte und Kommunion, wenngleich sie sonst eine gute Christin war. Furchtbar, zu denken, daß sie beide um meines Abfalles willen im ewigen Feuer brennen müssen.«

Seine Worte zwangen mich zu ernstem Nachsinnen. Zitternd hob ich den Wein an die Lippen und suchte darin den Mut, der mir fehlte. Ich hielt es für unbillig, daß Andy seine Schuld mir in die Schuhe schieben wollte, und meinte etwas hitzig: »Vergiß gefälligst nicht, daß wir jeder für sich den Turban nahmen; ich habe dich nie gebeten, es zu tun. Freilich gestehe ich, daß wir Seite an Seite zur Hölle fahren werden, wenn es schon sein muß – ja, diesmal werde ich dir einen Schritt vorangehen müssen, weil ich als Gelehrter für meine Taten in höherem Maße verantwortlich bin als du.«

Andy erwiderte ungehalten: »Ich werde dem Herrn schon selbst für mein Handeln Rechenschaft ablegen und dich damit nicht bemühen. Doch warum raffte er mir Weib und Kind dahin? Welche Sünde kann mein kleines Bübchen begangen haben? Als Kind schon habe ich gelernt, wie töricht es für den Armen ist, auf Gerechtigkeit in dieser Welt zu hoffen; um so zuversichtlicher aber erhoffte ich sie im Jenseits.«

Ich weiß nicht, ob mir der Wein Mut eingeflößt oder nur mein Urteil umwölkt hatte; allein ich bekannte mich zum erstenmal in meinem Leben als den schlimmsten aller Ketzer.

»Andy«, erwiderte ich ernst, »ich bin des Zankes und Streites um Worte überdrüssig. Gott findet der Mensch nur im eigenen Herzen, und keiner kann den anderen erlösen, indem er ihm Schriften auslegt, seien sie nun in lateinischer, arabischer oder hebräischer Sprache abgefaßt. Gibt es wirklich einen ewigen, allmächtigen und allwissenden Gott, würde er sich dann wohl die Mühe nehmen, seinen Zorn auf einen armen Wurm wie dich zu richten?«

Andys Kopf zitterte, und Tränen liefen ihm in die großen Hände, da er erwiderte: »Vielleicht hast du recht, Michael. Wer bin ich, daß Gottes großes Geschütz auf mich gerichtet sein sollte? Gib mir eine Schütte Stroh, darauf ich mich ein paar Tage ausruhen kann, Michael, und ein Stück trockenes Brot. Ich will damit fertig werden, so gut ich kann, und überlegen, wie ich mein Leben neu beginnen soll. Nur in den Märchen erringen Männer eine Prinzessin und ein halbes Königreich dazu. In den Tagen meines großen Glückes meinte ich stets zu träumen, und bald werde ich wohl wirklich glauben, alles nur geträumt zu haben. Zuerst will ich meinen ärgsten Schmerz im Wein ersäufen; dann, im ganzen Jammer des Erwachens, werde ich in aller Bescheidenheit die Vergangenheit als einen Traum sehen, der für einen Tölpel wie mich zu schön war.«

Seine Entsagung rührte mich so tief, daß auch ich weinte, und wir trauerten gemeinsam über den Kummer und die Vergänglichkeit des Lebens. Da Andy bereits volltrunken war, holte ich einen Schlaftrunk aus meiner Arzneitruhe und mischte ihm davon so viel in seinen Wein, daß es einen Ochsen betäubt hätte. Bald fiel er denn auch besinnungslos hintenüber zu Boden; nur leises Pfeifen durch die Nase verriet, daß noch Leben in ihm war.

Er schlief zwei Tage und Nächte, und als er erwachte, nahm er ein wenig Nahrung zu sich. Ich setzte ihm nicht mit nutzlosem Gerede zu, sondern ließ ihn in Frieden. Er saß auf dem Landungssteg, ließ die Beine ins Wasser baumeln und starrte über die ruhlosen Wellen des Bosporus hin.

Einige Tage darauf kam er zu mir und meinte: »Ich weiß, ich falle hier dir und besonders deiner Frau zur Last; darum will ich mich abseits halten und mit deinen Negern im Bootsschuppen wohnen, wenn du es erlaubst. Aber gib mir Arbeit – je schwerer, desto besser. Müßiggang bedrückt mich, und ich möchte mir Nahrung und Liegestatt gerne verdienen.«

Mich beschämten seine Worte, weil Giulia wirklich etwas gehässig bemerkt hatte, Andy verschlinge täglich wenigstens drei Asper und benütze eine Matratze und eine Decke, die eigentlich den Negern gehörten; sie meinte auch, er solle sich ein wenig rühren, um seinen Unterhalt zu verdienen. So ließ ich denn, obwohl ich Andy lieber als alten Freund der Familie behandelt gesehen hätte. Alberto kommen und gebot ihm, geeignete Arbeit für Andy zu finden – ein Geheiß, worauf Alberto offensichtlich nur gewartet hatte. Er führte Andy sogleich nach der Nordwestecke des Gartens, die noch nicht gesäubert worden war, und hieß ihn dort Steine brechen und eine Terrasse bauen. Diese Verschönerung war schon lange geplant, wegen der Kosten aber aufgeschoben worden. Andy hackte auch Holz und trug Wasser in die Küche und verrichtete alle diese Arbeiten so eifrig, daß selbst die Sklaven anfingen, ihm ihre Pflichten zu überlassen. Er bemühte sich, uns aus dem Weg zu gehen, aber Giulia trat ihm oft absichtlich in den Weg, um sich an seiner Erniedrigung zu weiden. Dennoch schien es mir bisweilen, als lache Andy sie heimlich aus, wenn er sich verneigte und davontrottete, ihre Aufträge auszuführen.

Abermals stand ein Krieg bevor. Diesmal aber brachen Kamelkarawanen schon Monate zuvor auf, um Bauholz für die Brükken an die Ufer der Nebenflüsse der Donau zu schaffen. Karl V. verkündete die Türkengefahr in allen deutschen Ländern, versetzte so das Volk in Unruhe und brachte es zugleich zuwege, es gegen die protestantischen Fürsten zu erbittern. Ich konnte nicht umhin, ihn zu bewundern, daß er sich dieselbe Lage, auf die der Großvezier seine Hoffnungen auf einen erfolgreichen Feldzug gründete, so geschickt zunutze machte. Ich beobachtete diese Vorgänge mit dem unparteiischen Auge eines Zuschauers, der noch dazu die deutschen Länder aus eigener Anschauung kannte, während Ibrahim als Moslem davon nur verschwommene Vorstellungen haben konnte.

Zu meiner großen Freude hielt es Ibrahim für angezeigt, daß ich in Istanbul als Leiter seines Geheimdienstes zurückbleiben sollte, obwohl ich ihm nicht vom Gesicht ablesen konnte, ob dieser Befehl ein besonderer Gunstbeweis oder ein Zeichen schwindenden Vertrauens war. Mustafa ben Nakir war vor kurzem in der Hauptstadt des Sultans angekommen, nachdem er zuerst in Gesellschaft des alten Suleiman des Eunuchen, Vizekönigs von Ägypten, von Persien nach Indien gereist und sodann nach unzähligen Abenteuern an Bord eines arabischen Schmugglers nach Basra zurückgekehrt war. Er war schlanker geworden, und seine

Augen schienen größer als zuvor, im übrigen aber hatte er sich nicht verändert. Der Duft der kostbaren Öle, mit denen er sein Haar gesalbt hatte, verbreitete sich wohltuend im Gemach, die Silberglöckchen klangen ihm am Gürtel und am Knie, und das Buch persischer Gedichte war vom fleißigen Gebrauch abgenützt. Ich begrüßte ihn als lang vermißten Freund, und auch Giulia freute sich über seine Ankunft. Er suchte Andy auf und sah ihm, mit untergeschlagenen Beinen im Gras sitzend, lange zu, wie er Steine für die Terrasse brach. Doch obgleich es schien, als sei Mustafa ben Nakir lediglich in der Absicht gekommen, die Wunder und die Kriege Indiens in glühenden Farben zu schildern, hatte er doch einen geheimen Auftrag an mich und führte mich zu einer Zusammenkunft mit dem berühmten Eunuchen Suleiman.

Suleiman der Eunuch war dazumal ein Greis von siebzig Jahren und so dick, daß seine Äuglein verschwunden waren. Hatte er sich einmal niedergelassen, so bedurfte es vier starker Sklaven, ihm wieder auf die Beine zu helfen. Zum Vizekönig von Ägypten war er durch seine unwandelbare Treue geworden. Früher waren des öfteren sonst tüchtige Vizekönige des reichen, entarteten Ägypten allen möglichen ehrgeizigen Träumen zum Opfer gefallen, bis ein Fluch förmlich auf dem uralten Land zu lasten schien.

Suleiman aber war bei seiner ungeheuren Körperfülle und seinem Alter zu faul und zu klug, an eine Rebellion gegen den Sultan zu denken, und hatte natürlich keine Söhne, denen eine Krone zu hinterlassen er sich versucht hätte fühlen können, und auch kein ehrgeiziges Weib, das ihn dazu getrieben hätte. Wohl betrachtete er schöne Sklavinnen mit Entzücken und hielt sich deren zwei, die ihm die Fußsohlen kratzen mußten. Dies war aber meines Wissens sein einziges Laster. Er wollte nicht einmal den Sultan um namhafte Summen betrügen und stattete pünktlich seinen jährlichen Tribut ab, ohne bei seinen Untertanen das übliche Gezeter wachzurufen. Er war daher ein ganz außergewöhnlicher Mann und auf Grund seines unabhängigen Amtes im Range beinahe dem Großvezier gleichgestellt. Es war eine große Ehre für mich, von ihm empfangen und angesprochen zu werden.

»Wenngleich ich die unnütze Mühe tief beklage«, begann er, »die Mustafa ben Nakir sich gibt, und seine ruhlosen Wanderfahrten von Ort zu Ort, so kann ich doch wegen seiner schönen Augen und seiner bezaubernden Art, Gedichte laut vorzutragen, nicht umhin, auf ihn zu hören. Nun aber hat er, zweifellos wegen seiner schlimmen Erfahrungen mit portugiesischen Seeräubern in Indien, es sich in den Kopf gesetzt, die Ehre des Islam erfordere die Befreiung der Fürsten von Diu und Kalikut vom portugiesischen Joch. Im Laufe seiner langen Reisen hat er zu diesem Zweck nützliche Freundschaften geschlossen und aus verläßlicher Quelle erfahren, daß diese beiden unglücklichen Fürsten des Sultans Seejanitscharen mit Freuden als Befreier willkommen heißen würden.«

Mustafa ben Nakir betrachtete mich aus seinen klaren, unschuldigen Augen und bemerkte: »Diese Piraten haben den Gewürzhandel der Moslems unterbunden und die Ladungen auf ihren eigenen Schiffen rund um Afrika nach Europa befördert. Sie unterdrücken die Bewohner von Diu und rauben die arabischen Kaufleute aus – ja, sie berauben selbst ihren eigenen König, indem sie minderwertige Gewürze nach Lissabon schicken und den Pfeffer behalten, um ihn an muselmanische Schmuggler zu Wucherpreisen zu verkaufen. Die Portugiesen haben in Indien eine Schreckensherrschaft errichtet, die dem ganzen Islam zur Schande gereicht – ganz zu schweigen von den Handelsverlusten, die sowohl des Sultans Länder als auch unsere treuen Freunde, die Venezianer, dadurch erleiden. Die unglücklichen Inder sehnen die Ankunft des Befreiers herbei.«

»Allah ist Allah!« sagte ich. »Von Befreiern will ich nichts mehr hören, Mustafa ben Nakir; ich bin nun älter und klüger als damals in Algier, und das Wort schmeckt nach Blut. Sprich offen und sage mir, was du wünschest und was ich dabei gewinnen soll, und ich will dir um unserer Freundschaft willen helfen, so gut ich kann.«

Suleiman der Eunuch seufzte schwer, warf Mustafa ben Nakir einen Blick zu und meinte: »In welcher Zeit leben wir doch! Ihr Grünschnäbel habt keine Ahnung von dem Vergnügen des gemächlichen Feilschens, und ihr vergeht euch an der Kunst des Zwiegesprächs, wozu sich nun so wunderbare Gelegenheit bietet. Was für ein Fieber hat die Welt befallen? Wohin eilt ihr? Dem Grabe zu? Aber du magst deinem habgierigen Freund meine Börse reichen, wenn du sie unter meinen Kissen hervorziehen kannst.«

Mustafa ben Nakir griff unter die niedergewuchteten Kissen und zog eine wohlgespickte Börse hervor, deren Gewicht mich sogleich von Suleimans ehrlicher Absicht überzeugte. Die Hände über dem gewaltigen Bauch gefaltet, saß er da und stöhnte behaglich, während ein liebliches Mädchen ihm die rechte Fußsohle kratzte. Er schloß die Augen, krümmte die Zehen wollüstig und bemerkte: »Obgleich alles eitel und eine Jagd nach bloßen Schatten ist, habe ich mich doch trotz meines Alters durch die Blumengewalt von Mustafa ben Nakirs Worten hinreißen und zu Heldentaten begeistern lassen. Als alten Seemann plagt mich auch die Eifersucht auf den vielgerühmten Khaireddin, der ein Seeräuber ist und immer bleiben wird. Für einen Mann von meinem Umfang ist ein großes Schiff das sicherste und bequemste Beförderungsmittel, und ich kenne kein größeres Vergnügen, als unter einem Sonnensegel auf dem Achterdeck zu sitzen, sanft gewiegt von der Seebrise. Meine Verdauung ist auf See unvergleichlich besser als an Land, und das ist für einen Mann in meinen Jahren und von meinen Maßen von höchster Wichtigkeit. Bei Stürmen oder wenn die Kanonenkugeln über das Schiff hinpfeifen, werden meine Eingeweide unglaublich rege. Regelmäßigkeit ist die Grundlage der Gesundheit, ihr jungen Leute, und allein aus diesem Grund möchte ich gerne eine Rotmeerflotte bauen und so möglichst viel Zeit zu Wasser hinbringen. Ich hätte nichts dagegen, sollten ottomanische Geschichtsschreiber einmal berichten, Suleiman Pascha der Eunuch eroberte Indien um seiner Verdauung willen. Da gibt es nichts zu lachen, Michael el Hakim. Magenkrankheiten haben schon immer den Lauf der Weltgeschichte mitbestimmt und werden es auch in Zukunft tun. Nichts ist so gering oder unbedeutend, daß Allah sich seiner nicht bediente, wenn er seinen großen Teppich webt.«

Ich konnte mich des Lächelns über den ausgefallenen Vorwand, dessen er sich bedient hatte, nicht erwehren; Mustafa ben Nakir aber sah mich tiefernst an und sprach: »Du bist ein Mann von Einsicht und Verstand, Michael el Hakim, aber selbst überlegte Schlüsse können einen irreführen. Mein Freund Suleiman hat es im Gegensatz zu den meisten Menschen nicht nötig, zu lügen. Wenn er Gold begehrte, so fände er in Ägypten mehr als genug. Was den Kriegsruhm anbelangt, so schätzt er ihn etwa so hoch wie jene Tätigkeit des Körpers, von der er so beredt gesprochen hat. Ich lese aber in deinen Augen, daß du ihm nicht glaubst – woraus ich zu meinem Bedauern schließen muß, daß ihm auch im Serail niemand glauben wird – vielleicht nicht einmal der Großvezier selbst.«

Suleiman der Eunuch fiel schnaufend ein: »Deshalb bedürfen wir deines Rates, Michael el Hakim. Überdies wollen auch die Seepaschas nur ihre eigenen Flotten billigen. Das Geld, die Schiffe und das Kriegsgerät, das mir die Signoria heimlich angeboten hat, machen den Fall nur noch heikler. Kurz, ich kann meine Pläne nur dem Großvezier selbst unterbreiten. Du mußt ihn überzeugen, daß ich damit keine Hintergedanken verfolge. Er soll dann den Sultan überreden, Ägypten die nächsten drei Jahre, sagen wir, ein Drittel des jährlichen Tributes zu erlassen. Mit diesem Betrag kann ich die Rotmeerflotte bauen. Kriegsschiffe sind die teuersten Spielsachen, die je erfunden wurden, und ich möchte Ägypten um keinen Preis neue Steuern auferlegen. Zugleich wäre es unter der Würde des Sultans, wollte er seine Flotte zur Gänze von fremden Mächten bezahlen lassen.«

Wie ich die Sache auch drehen und wenden mochte, ich konnte nur schließen, daß Suleiman es aufrichtig meinte und daß ihn, abgesehen von seiner Verdauung, nur die Sorge für den Sultan zu diesen Vorschlägen bewog, um die ungeheuren Gewinne aus dem Gewürzhandel wieder dem Sultan zufließen zu lassen. Mustafa ben Nakir verfolgte mein Mienenspiel mit gespannter Aufmerksamkeit und sagte: »Du mußt einsehen, daß Suleiman Pascha dies nicht selbst vorschlagen kann. Nach scheinbarem Widerstreben wird er auf den Plan eingehen, die Flotte bauen und nach Indien führen, wenn der Sultan es befiehlt. Michael, das ist die Gelegenheit deines Lebens. Gelingt es dir und hast du von Anfang an teil an diesem Unternehmen, so werden dich die Fürsten des Westens eines Tages um deine Reichtümer beneiden.«

Suleiman streckte die fetten Beine und krümmte genießerisch die Zehen. »Ich habe wenige Leidenschaften, doch sammle ich überaus gerne Menschen. Ich liebe es, die mannigfachen Gestalten zu sehen, die Allah aus seinem Staub formt, um ihnen aus seinen Nasenlöchern Leben einzuhauchen. Ich habe deine ängstlichen Augen liebgewonnen, Michael el Hakim, und bewundere die tiefe Furche, die dir so frühzeitig die Stirn durchzieht. Du wirst zu Kairo stets als mein Gast willkommen sein. Es mag eine Zeit kommen, da du über einen Schirmherrn und eine Zufluchtsstätte außerhalb der Reichweite der Geschütze des Sultans froh sein wirst. Sieg und Niederlage liegen in Allahs Hand, und wer weiß, was das Morgen bringen mag?«

Die Pläne mit Indien nahmen mein Denken so gefangen, daß ich Ibrahim nach besten Kräften für Suleimans Plan zu gewinnen suchte. Und der Seraskier unterließ es, obwohl er angesichts des bevorstehenden Krieges viele andere Dinge zu bedenken hatte, dennoch nicht, mit dem Sultan darüber zu sprechen, der Suleiman dem Eunuchen heimlich auftrug, seine Flotte zu bauen, nach außen hin zu dem Zweck, die immer gewagteren Streifzüge der portugiesischen Piraten zu unterbinden. Dafür aber wollte der Sultan keine Hilfe von Venedig annehmen.

Abermals will ich nun ein neues Buch beginnen, diesmal im Namen Allahs des Gnädigen und Barmherzigen. Mein achtes Buch wird nämlich dartun, wie der Wurm bereits an der schönsten Blüte nagte und wohl auch schon mein eigenes armes Renegatenherz vergiftet hatte.

ACHTES BUCH

ROXELANE

Vom nächsten Feldzug des Sultans ist nur wenig zu berichten. Er dauerte vom Frühjahr bis zum Herbst des christlichen Jahres 1532 und verlief erfolglos. Den Marsch aber erleichterten diesmal weise Voraussicht und herrliches Wetter. Unter den Truppen wurde strenge Manneszucht aufrechterhalten, und die dreitausend Geschütze folgten den marschierenden Heersäulen ohne Stocken. Kein Feldherr hätte sich bessere Bedingungen wünschen können. Wer aber den Vormarsch auf den Landkarten verfolgte, bemerkte überrascht, daß er sich im Lauf des Sommers immer mehr verzögerte. Von der Sommersonnenwende an mußte selbst der unerfahrenste Beobachter erkennen, daß Unschlüssigkeit den Marsch hemmte, bis endlich das ganze ungeheure Heer zum Stehen kam und im August und September vor der unbedeutenden Festung Güns lagerte.

Die Fürsprecher eines Friedens im Westen nützten diese Zeit des Zauderns und Zweifelns aufs beste. Gesandte vom persischen Statthalter von Bagdad und vom Fürsten von Basra überbrachten dem Sultan versöhnliche Botschaften, und ihre Ankunft schien zeitlich so bemessen, daß es in die Augen sprang, wie der Seraskier zum günstigsten Zeitpunkt für ein tatkräftiges Einschreiten im Osten das Heer in einen unnützen, fruchtlosen Krieg gegen den Kaiser geschickt hatte. So war es kein Wunder, daß der Sultan so unschlüssig vor Güns zauderte, erbittert über dessen hartnäckigen Widerstand; um des äußeren Ansehens willen aber mußte er ausharren. Statt aber weiter gegen Wien vorzurücken, zog er von Güns gegen das kaiserliche Kärnten, und seine Vorhut hatte schon Graz erreicht, bevor er angesichts der vorgerückten Jahreszeit mit guter Miene den Rückmarsch antreten konnte. Und obwohl das gräßliche Gemetzel, das seine Truppen allerorten auf ihrem Zug anrichteten, alle Christenherzen mit Schauder erfüllte, erwies sich doch dies große Unternehmen als ein ungeordneter, planloser Raubzug, der Suleiman keine Ehre machte und in seinem Reich eine Unruhe hervorrief, die zum Ergebnis des Feldzuges in keinem Verhältnis stand.

Die lachenden Dritten waren die protestantischen Fürsten Deutschlands, denen dieser Feldzug zu einem Abkommen mit dem Kaiser in Augsburg verhalf, das ihnen vorläufig ihre Glaubensfreiheit sicherte. Dank diesem Vertrag konnte Karl sogar Luther dafür gewinnen, für einen gemeinsamen Kreuzzug gegen die Türken zu predigen. So sanken die Hoffnungen Großvezier Ibrahims dahin, und es stellte sich heraus, daß die Christen ihre heimlichen Verbindungen mit der Pforte wieder einmal schamlos ausgenützt hatten, um dem Kaiser zu ihrem eigenen Vorteil Zugeständnisse abzuringen.

Ich habe jedoch den zwar verborgenen, aber entscheidenden Grund für des Sultans eigentümliches Zaudern vor den Wällen von Güns noch nicht erwähnt. Zu Beginn des Frühjahrsfeldzuges war eine siebzig Schiffe starke Flotte in See gestochen, um die Küsten Griechenlands zu schützen. Früh im August, fast am selben Tag, da Ibrahim seinen Pavillon vor Güns aufschlug, wurde diese Streitmacht von den vereinigten Flotten des Kaisers, des Papstes und der Johanniter, die in der Bucht von Preveza vor Anker lagen, gesichtet. Im selben Augenblick tauchte eine venezianische Flotte von vierzig Kriegsgaleeren auf, die mit Windeseile näher kam; diese neutralen Schiffe ankerten in geeigneter Entfernung und harrten der Dinge, die da kommen sollten. Ich bin überzeugt, daß die heißen, windstillen Augusttage des Jahres 1532 das Schicksal der Welt auf Jahrhunderte hinaus entschieden. Die kaiserliche Flotte stand unter dem Befehl Andrea Dorias, zweifellos des größten Admirals aller Zeiten, den Karl zum Fürsten von Malfi erhoben hatte. Befehlshaber der venezianischen Flotte war Vincenzo Capello, der streng an die geheimen Weisungen der Signoria gebunden war. Die Namen der türkischen Seepaschas aber will ich nicht erwähnen. Von ihrem schändlichen Betragen erfuhr ich durch Mustafa ben Nakir, der diese Ereignisse als Augenzeuge miterlebte.

Gleich seinem Herrn war auch Doria ein vorsichtiger Mann, der sich erst dann auf eine Schlacht einließ, wenn er seines Sieges sicher war. Vielleicht hielt er die türkischen Kriegsgaleeren für zu gefährlich, obwohl er die furchtbare Karake zu seinen Fahrzeugen zählte, jenes Wunder der Meere — eine schwimmende Festung, und so hoch, daß ihre dichtgedrängt aufgestellten Geschütze über die Kriegsgaleeren, die gewöhnlich vor ihr einherfuhren, hinwegfeuern konnten. Doria also griff nicht an, sondern ging heimlich an Bord des venezianischen Flaggschiffes, um den Befehlshaber zu bitten, seine Streitkräfte mit denen Dorias zu vereinen. Keine muselmanische Flotte der Welt könne ihnen dann widerstehen, meinte er; sie könnten unbehelligt über das Ägäische Meer in die Dardanellen eindringen und die Festungen dort im Handumdrehen zerstören. Dann würde Istanbul selbst, dessen alte Mauern wegen des ungarischen Feldzuges von Verteidigern entblößt seien, den christlichen Flotten als leichte Beute in den Schoß fallen.

Für die Signoria aber war es keineswegs von Vorteil, daß der Kaiser so mit einem Schlag die Weltherrschaft erlangte; sie wünschte auch nicht, des Sultans Pläne zu durchkreuzen. Der hielt ja als einziger ebenbürtiger Gegner des Kaisers die Völker der Welt in heilsamem Gleichgewicht. So lehnte denn Capello als gehorsamer Sohn der Erlauchten Republik Dorias Ansinnen mit dem Hinweis auf die geheimen Weisungen, die er erhalten habe, höflich ab, obwohl kein Mensch weiß, wie sie lauteten. Dann unterrichtete Capello, eingedenk des Freundschaftsbandes, das Venedig mit der Pforte verknüpfte, die beiden türkischen Seepaschas von Dorias Plänen. Darüber verloren diese beiden Wackeren nun ganz den Kopf, lichteten in derselben Nacht die Anker und ruderten, was die Riemen hergeben wollten, zurück in den Schutz der Dardanellen, während sie die griechischen Küsten ihrem Schicksal überließen.

Die in größter Unordnung heimkehrende Moslemflotte, deren Ruderer von Erschöpfung halb tot waren, versetzte Istanbul in panischen Schrecken. Jeden Augenblick erwartete man die Ankunft der vereinigten Flotten der Christenheit vor der Stadt. Reiche Juden und Griechen schickten sich eilends an, ihre Sachen zu packen und nach Anatolien vorauszusenden, und viele höchste Beamte entdeckten plötzlich, daß ihre Gesundheit eine unverzügliche Badereise nach Bursa erforderte. Die Besatzungen der Dardanellenfestungen wurden verstärkt und mit allen verfügbaren Waffen ausgerüstet, die verfallenen Wälle Istanbuls ausgebessert. Der tapfere Kaimakam, hieß es, habe geschworen, er wolle lieber, das Schwert in der Faust, vor den Toren des Serails fallen als die Stadt übergeben. Diese Nachricht, die ermutigend hätte wirken sollen, gab den letzten Anstoß zur heillosen Flucht aus der Stadt.

Die türkische Flotte hatte sich so töricht und feige erwiesen, daß sich noch viel später kein Kriegsschiff des Sultans auf hoher See zu zeigen wagte. Es blieb einem jungen dalmatinischen Piraten überlassen, einem bartlosen Bürschchen, das später unter dem Spitznamen ›Der junge Mohr‹ bekannt wurde, Istanbul die freudige Nachricht zu bringen, Doria habe seinen Plan aufgegeben, weil seine Schiffe ohne die Hilfe der venezianischen Flotte zu schwach waren, den Sieg zu sichern. Statt dessen belagerte er nun die Festung Koroni auf Morea. Der junge Mohr war nach Istanbul gekommen, um christliche Gefangene von einem Vorratsschiff Dorias, das er vor Koroni gekapert hatte, zu verkaufen. Er hatte eine kleine Felucke und ein Dutzend junger Kerle vom selben Schlag wie er selbst unter sich; seine einzige wirksame Bestückung bildete eine rostige, eiserne Kanone. Er wußte offenbar nicht, welche Heldentat er vollbracht hatte, da er Dorias ganze Flotte mit seiner Nußschale angegriffen hatte, wo doch die Seepaschas des Sultans Reißaus genommen hatten, ohne erst mit ihr anzubinden.

Die Nachrichten, die er mitbrachte, stellte die Ruhe wieder her. Der Kaimakam sandte einen Eilboten zum Sultan nach Güns, um ihm zu melden, alles stehe gut und der Feldzug könne fortgesetzt werden; indessen feierte das Volk von Istanbul den jungen Mohren als Helden und wies verächtlich mit Fingern auf die Seepaschas.

Mustafa ben Nakir war mit der entmutigten Flotte nach Istanbul heimgekehrt und fand, als er mein Haus betrat, Giulia und Alberto beim Packen meiner kostbarsten Güter, wobei die schreckensbleichen Sklaven ihnen halfen, während ich auf den Karten den besten Weg nach Ägypten suchte, wo ich den Schutz des wackeren Suleiman des Eunuchen erbitten wollte. Er überbrachte uns die guten Nachrichten des jungen Mohren.

»Rolle deine Karten zusammen, mein lieber Michael«, setzte er hinzu. »Doria ist zu alt und zu vorsichtig für ein solches Glücksspiel. Venedig hat uns gerettet.«

Giulias Augen funkelten vor Entrüstung.

»Sultana Khurrem wird dem Großvezier nie verzeihen, daß er den Beherrscher der Gläubigen in diesen wahnsinnigen Krieg fortgelockt und uns schutzlos diesen Gefahren preisgegeben hat. Und wenn du auch nur ungefähr ahntest, welche Mühe es kosten wird, all diese Töpfe, Pfannen, Ziergeräte, Krüge und Spiegel wieder auszupacken und alle Vorhänge und Teppiche wieder an Ort und Stelle zu bringen, würdest du nicht so lachen. Ich glaube, die Sultana ist so erschreckt worden, daß sie Khaireddin herbeirufen wird. Sie hätte ja schon längst nach ihm gesandt, hätte ihn der Großvezier nicht so beredt gepriesen. Die Sultana mißtraut bald allem, was jener ehrsüchtige Ränkeschmied vorschlägt. Doch ist zu hoffen, daß nach diesem Mißerfolg seine Tage gezählt sind.«

Mustafa ben Nakir antwortete begütigend: »Wir wollen einen schon Gestürzten nicht noch mit Füßen treten. Kehrt das Heer wohlbehalten und unversehrt aus Ungarn zurück, so können wir dem Großvezier zubilligen, daß er auch fürder seinem Glücksstern vertraut, diesmal in Persien. Früher oder später wird er selbst den Hals brechen. Der Sultan und Ibrahim sind beisammen. Gemeinsam bestehen sie dort Gefahren und überwinden Hindernisse; gemeinsam schlafen sie zweifellos auch im selben Zelt. Die Sultana täte höchst unklug daran, wollte sie den Großvezier bei seiner Heimkehr mit Anschuldigungen überhäufen, weil die Hälfte davon auf den Sultan zurückfallen würde, und nicht einmal der gemeine Mann kann nach einem Unternehmen, das er im innersten Herzen als Fehlschlag erkannt hat, Vorwürfe ertragen.«

Giulia öffnete den Mund zur Widerrede, doch sie hatte aufmerksam zugehört und ließ Mustafa ben Nakir fortfahren, ohne ihn zu unterbrechen.

»Persien ist ein weites Land; seine Bergpässe sind trügerisch, und Schah Tahmasp mit seiner goldenen Reiterei ist ein furchtbarer Feind – besonders, wenn er, wie ich höre, von Spanien Waffen erhält. Wäre es nicht klüger, den Großvezier allein in dies wilde Land zu entsenden? Der Sultan ist nicht verpflichtet, das Heer zu begleiten; er kann auch einmal im Serail bleiben, um sein Volk zu regieren und gute Gesetze zu machen, und so dem allzu mächtigen Einfluß seines Freundes entzogen bleiben. Wenn ich nur Gelegenheit bekäme, mit der strahlenden Sultana selbst zu sprechen, sei es auch hinter einem Vorhang. Ich könnte ihr viele gute Ratschläge in ihr zweifellos verführerisches Ohr flüstern. Die Haremssklaven würden sich nicht versündigen, wenn sie mit einem Angehörigen meiner heiligen Bruderschaft sprächen, falls der Kislar-Aga es erlaubte.«

Er warf Giulia einen flüchtigen Blick zu und betrachtete dann seine gepflegten Fingernägel, um ihr Zeit zu lassen, seinen Vorschlag zu erwägen. Allein ihre geröteten Wangen und abgewandten Augen verrieten, daß sie nur zu sehr darauf brannte, Mustafa ben Nakirs Bitte so schnell wie möglich der Sultana zu hinterbringen. Und als ich bald darauf unser zierliches Boot über die Wellen auf den Serail zuhalten sah, meinte ich warnend zu Mustafa ben Nakir:

»Du jagst mir Angst ein. Zähle nicht auf mich, daß auch ich meinem Herrn Ibrahim in den Rücken fiele. Und vergiß nicht, er ist der Großmeister deines Ordens.«

Mustafa ben Nakirs schöne Augen blitzten, da er erwiderte: »Wie kurzsichtig du bist, Michael! Wir müssen der Russin in die Hände spielen, solange die Umstände sie begünstigen. Und ich brenne darauf, selbst zu sehen, ob sie eine Hexe ist oder nicht. Der Großvezier wird bei seiner Heimkehr schutzlos dastehen; eben deshalb müssen wir Khurrem davon überzeugen, daß sie ihren eigenen Einfluß schwächen würde, wenn sie seinen Sturz herbeiführen wollte. Keiner könnte ihn ersetzen; er ist nämlich der klügste Staatsmann, den das Ottomanenreich je besessen hat. Und er wird der Herr der Zukunft sein, wenn alle unsere Hoffnungen in Erfüllung gehen. Ohne ihn wäre der Sultan ein schwankendes Rohr, das sich jedem Winde beugen würde. Du willst doch nicht diesen seinen fallsüchtigen Knaben den Thron besteigen sehen?«

»Aber Prinz Mustafa ist doch der älteste, nicht Prinz Selim!« rief ich erstaunt aus.

»Sollte der Sultan sterben, so würde keiner als Ibrahim es wagen, den Söhnen Khurrems die Stummen zu schicken. Solange einer von ihnen lebt, kann man Prinz Mustafa mit Sicherheit nur einen Pfeilschuß voraussagen!«

Mir fiel der kleine Prinz Dschehangir mit seinen todtraurigen Augen ein, und ich dachte auch an meinen Hund. Sultana Khurrem hatte mich nicht schlecht behandelt; sie hatte mir im Gegenteil das Leben gerettet und meinem Weib Giulia viel Freundlichkeit erwiesen. Mich packte ein Ekel, als ich daran dachte, was meine Treue zum Großvezier eines Tages von mir fordern könnte. Mustafa ben Nakir fuhr fort: »Großvezier Ibrahim wird in Persien gewiß nicht geschlagen werden. Bagdad und Basra werden noch vor Kriegsausbruch in unserer Hand sein, und unser Ziel ist diesmal, daß Ibrahim das Heer allein führt und die ungeteilten Ehren des Sieges einheimst. Das Heer muß lernen, in Ibrahim seinen obersten Befehlshaber zu erblicken, und in den Augen des Volkes wird ihn die Ausrottung der schiitischen Irrlehre mit Ruhm bedecken. Der stärkste Wille und der klügste Kopf werden den Islam beherrschen – mit oder ohne Sultan. Nur so kann der Islam die ganze Welt regieren und die Weissagung des Propheten in Erfüllung gehen. Der Friede sei mit ihm.«

Ich maß ihn mit wachsendem Argwohn, da ich ihn noch nie so von seinen eigenen Worten hingerissen gesehen hatte, und ich konnte mich des Gefühls nicht erwehren, daß er trotz aller anscheinenden Aufrichtigkeit nicht mehr preisgeben wollte, als in seinen Absichten lag.

»Aber«, fing ich zweifelnd an. »Aber . . .«

Ich wußte nicht weiter, und wir ließen es dabei bewenden. Inzwischen hatte ich ja mein sicheres Haus am Bosporus und flüchtete mich aus der beschwerlichen Welt in die Gleichgültigkeit, ließ mich geduldig mit dem Strom treiben und wußte dabei, daß ich den vorherbestimmten Lauf der Dinge ja doch nicht ändern konnte, wollte ich auch alle meine Kraft und Entschlossenheit zusammennehmen.

Der Schrecken, den ich erlitten hatte, gemahnte mich daran, daß mein Vermögen und mein Besitz nur eine Anleihe waren, eine Niederlage oder eine Laune des Sultans konnten sie mir jederzeit wieder rauben. Das Glück war mir so unvermutet in den Schoß gefallen, daß ich nicht an seine Dauer zu glauben vermochte, und so fing ich an, die große Moschee zu besuchen, wo ich unter der himmlischen Kuppel, umgeben von den Porphyrsäulen Kaiser Justinians, stundenlang in ruhiger Betrachtung verweilte.

Bei meiner Heimkehr wurde ich eines Tages Zeuge eines sonderbaren Vorfalls. Stille lag über dem Garten, von den Sklaven war nichts zu sehen; als ich aber auf leisen Sohlen eintrat, um Giulias übliche Mittagsruhe nicht zu stören, hörte ich aus dem

Obergeschoß Albertos heiseres Schreien und Giulias zornbebende Stimme. Ich eilte die Treppe empor, und als ich den Vorhang beiseite zog, hörte ich einen heftigen Schlag und einen Schmerzensschrei. Ich trat ein und sah Giulia, ängstlich zur Seite geneigt, während ihr Tränen über das Gesicht liefen. Beide Hände preßte sie an die Wangen, die vom Schlag gerötet waren, während Alberto mit gespreizten Beinen und erhobener Hand vor ihr stand, wie ein zorniger Herr, der seinen Sklaven züchtigt. Ich stand wie zu Stein erstarrt und traute meinen Augen nicht, hatte ich doch Giulia nie so unterwürfig und hilflos gesehen. Als ich aber erfaßte, daß Alberto wahrhaftig gewagt hatte, sie zu schlagen, packte mich blinde Wut, und ich sah mich nach einer Waffe um, den unverschämten Sklaven damit zu töten. Da sie meiner ansichtig wurden, fuhren beide zusammen. Albertos zornrotes Gesicht wurde aschfahl. Ich hob eine kostbare chinesische Vase auf, um sie auf seinem Schädel zu zertrümmern, aber Giulia sprang dazwischen und rief: »Nein, nein, Michael! Zerschlag die Vase nicht – sie war ein Geschenk von Sultana Khurrem. Und ich bin an allem schuld. Alberto ist unschuldig und hat es nicht böse gemeint. Ich war es, die ihn erzürnte.«

Während ich sie anstarrte, nahm sie mir die Vase aus der Hand und setzte sie behutsam auf den Boden. Ich dachte erst, ich hätte wohl einen Sonnenstich davongetragen, so widersinnig dünkte es mich, daß ausgerechnet Giulia sich von einem Sklaven ins Gesicht schlagen ließ und seine Tat dann noch beschönigte. Wir standen alle drei und starrten einander an. Dann lösten sich Albertos Züge. Mit einem bedeutsamen Blick auf Giulia wandte er sich ab und eilte hinaus, ohne auf mich zu hören, als ich ihn zurückrief. Giulia warf sich auf mich, verschloß mir mit der Hand den Mund und keuchte, während ihr die Tränen noch über die geschwollenen Backen liefen: »Bist du von Sinnen oder betrunken, Michael, dich so zu betragen? Laß mich wenigstens erklären. Ich würde dir nie verzeihen, wenn du Alberto durch ein Mißverständnis unrecht tätest, weil er der beste Diener ist, den ich je hatte, und obendrein ganz unschuldig.«

»Aber«, warf ich ganz verwirrt ein, »er entwischt mir ja, bevor ich ihn erhasche. Ich will ihm hundert tüchtige Hiebe auf die Fußsohlen geben lassen und ihn dann zum Verkauf auf den Basar hinabschicken. Wir können doch nicht einen tollwütigen Verrückten im Haus behalten.«

Giulia war augenscheinlich nicht wohl zumute; sie entgegnete: »Du verstehst das nicht, Michael, und solltest lieber still sein. Ich bin es, die Alberto Genugtuung schuldet; ich vergaß mich und schlug ihn wegen einer Kleinigkeit, die ich schon vergessen habe – und steh nicht herum, und glotze mich nicht an wie ein Tölpel! Du machst mich noch wahnsinnig. Meine Backen sind vom Zahnweh geschwollen, ich war eben zum Zahnarzt des Serails unterwegs, als du hereinkamst und dich einmengtest – hereinschlichst, um mir nachzuspionieren, obwohl ich weiß Gott nichts zu verbergen habe. Wenn du aber Alberto auch nur ein Haar krümmst, werde ich zum Kadi gehen und mich vor Zeugen als geschieden erklären. Alberto hat unter deiner elenden Laune genug zu leiden gehabt, obwohl er ein stolzer, feinfühliger Mensch ist und kein Wechselbalg wie du!«

Darüber geriet ich in helle Wut, packte sie an den Händen und brüllte: »So bist du also wirklich eine Hexe, Giulia – ein Teufel in Menschengestalt? Um meinetwillen wollte ich es nicht glauben, aber selbst der festeste Krug kann zu oft zum Brunnen gehen. Nie möchte ich Übles von dir denken, weil ich dich noch immer liebe. Aber dich von einem Sklaven schlagen und ihn ungeschoren davonkommen lassen, das ist wider die Natur. Ich kenne dich nicht. Wer bist du, und was hast du mit jenem Elenden zu tun?«

Giulia brach in einen Strom von Tränen aus; sie schlang mir die Arme um den Hals und streichelte mir mit ihrem Haar die Wange. Dann meinte sie leise mit niedergeschlagenen Augen: »Ach, Michael, ich bin nur ein törichtes Weib, und du hast natürlich recht. Aber wir wollen auf unserem Gemach darüber sprechen. Es schickt sich nicht, daß unsere Sklaven uns zanken hören.«

Sie nahm mich bei der Hand, ich folgte ihr ohne Widerstreben in unser Schlafgemach, wo sie ihre Tränen trocknete und gedankenverloren begann, sich zu entkleiden.

»Du kannst zu mir sprechen, während ich mich umkleide. Ich muß zum Zahnarzt und kann mich im Serail nicht in diesen alten Lumpen zeigen. Du darfst aber weitersprechen und mich nach Herzenslust schelten, daß ich dir eine so schlechte Frau bin.«

Während sie redete, legte sie alles ab, bis auf das dünne Unterkleid, das sie am Leibe trug, und nahm ein Kleid nach dem anderen heraus, um zu sehen, welches ihr am besten stehe. Um die Wahrheit zu sagen, es war lange her, seit sie mir die ehelichen Freuden gewährt hatte; meist litt sie unter fürchterlichen Kopfschmerzen, wenn ich mich ihr nähern wollte. Als ich sie daher nun am hellen Tag nackt erblickte, verfiel ich dem Zauber ihrer verlockenden weißen Haut, der sanften Krümmungen ihrer Glieder und des goldenen Haares, das ihr in gelösten Locken auf die Brust fiel.

Sie bemerkte, daß ich sie anstarrte, und seufzte kläglich: »Ach, Michael, du hast nur einen Gedanken im Kopf! Glotze mich nicht so an.«

Sie kreuzte die Arme auf der Brust und sah mich schräg aus jenen seltsamen Augen an, die ich in meiner Unvernunft immer noch lieben mußte. Es brauste mir in den Ohren, mein Körper brannte wie Feuer, und ich bat sie mit zitternder Stimme, das grüne perlenbestickte Samtkleid anzulegen. Sie nahm es auf, ließ es wieder fallen und wählte dafür ein weißgelbes Brokatkleid mit juwelenbesetztem Gürtel.

»Dies gelbe Kleid sitzt besser um die Hüften –«

Ein sanfter Ausdruck trat in ihr Gesicht, als sie so stand, das Kleid in der Hand, und sie sprach: »Michael, sag mir die Wahrheit. Bist du deiner Frau überdrüssig? Seit du angefangen hast, diese deine neuen Freunde zu bewirten, scheinst du mir nicht mehr so nahezustehen wie früher. Sei offen zu mir! Du brauchst nur zum Kadi zu gehen, um dich von mir scheiden zu lassen. Was sollte ich dir eine Liebe aufzwingen, die deine Gleichgültigkeit so oft verwundet hat?« Sie schluchzte und fuhr nach einer Weile fort: »Die Liebe der Frauen ist launenhaft und will immer aufs neue errungen sein. Es ist lange her, daß du mir Blumen brachtest oder dich sonst um mich besorgt zeigtest. Nein, du drückst mir nur eine Börse in die Hand und heißt mich kaufen, was ich will, und diese Kälte hat mich tief gekränkt. Deshalb war ich auch stets so reizbar – deshalb schlug ich wohl auch Alberto, der uns beiden nur wohlwill. Du siehst also, Michael, nur du bist an allem schuld; ich weiß auch gar nicht mehr, wann du mich zum letztenmal umarmtest und küßtest, wie ein Mann die Frau küßt, die er liebt.«

Ihre wilden, grundlosen Beschuldigungen ließen mir den Atem stocken; sie aber näherte sich scheu, drückte ihren warmen weißen Leib an mich und bat: »Küß mich, Michael! Du weißt, du bist der einzige Mann, den ich je geliebt habe – der einzige, dessen Küsse mich wirklich befriedigen. Vielleicht bin ich in deinen Augen schon alt und verblüht, und du ersehnst, wie alle Moslems, eine andere jüngere Frau. Aber küß mich!«

Ich küßte ihre trügerischen Lippen, und was folgte, brauche ich nicht zu schildern: der Weise wird es erraten, und an dem Toren sind alle Erläuterungen verschwendet. Ich kann nur sagen, daß ich kaum eine Stunde später bereitwillig zu Alberto hinabstieg, um ihn in Giulias Namen um Verzeihung zu bitten, weil sie ihn so gereizt hatte, daß er sie schlug. Ich bat ihn auch, die harten Worte zu vergessen, die ich ihm entgegengeschleudert hatte, und schenkte ihm obendrein zwei Dukaten. Albert lauschte mir, ohne durch ein Zucken mit der Wimper seine Gedanken zu verraten, nahm aber das Geld und gestand aus freien Stücken, sein Betragen sei überaus unschicklich gewesen. So herrschte wieder Frieden im Haus. Giulia verbarg ihre etwas geröteten Augen hinter einem dünnen Schleier und ließ sich zum Serail rudern. Mag ein Klügerer mich ob meiner Blindheit tadeln; ich kann es nicht. Ein Liebender ist immer blind, sei er der Sultan oder der geringste Sklave, und eine Landratte hat bei einem Schiffbruch leicht den Klugen spielen. Der Kluge möge erst seine eigene Ehe betrachten, bevor er spöttisch über die meine lacht.

Ich war auch nicht der einzige Blinde. Sultana Khurrem empfing Mustafa ben Nakir in Gegenwart des Kislar-Aga und sprach mit ihm zuerst hinter einem Vorhang; später aber enthüllte sie ihm ihr lachendes Gesicht. Als der kühle Mustafa vom Serail zurückkam, war er wie verwandelt. Er eilte beflügelten Schrittes zu mir. Seine Augen leuchteten, sein blasses Gesicht glühte. Das erste, worum er mich bat, waren Wein und Rosen; eine Herbstrose in der Hand, sprach er: »O Michael! Entweder kenne ich die Menschen nicht mehr, oder wir haben uns in dieser Frau gründlich geirrt. Roxelane gleicht der Morgenröte. Ihr Antlitz ist wie Schnee und Rosen, ihr Lachen ist silbern, und wer in ihre Augen sieht, erblickt einen lächelnden Himmel. Kein böser Gedanke könnte hinter ihrer weißen Stirn lauern. Ich bin von Sinnen, Michael, und weiß nicht, was ich von ihr oder von mir halten soll. Um Allahs willen löse Ambra in Wein auf, rufe Spielleute herbei, sing mir vor, denn in meinem Herzen quillt es von göttlichen Gedichten, und keiner war je so bezaubert wie ich.«

»Allah sei dir gnädig, lieber Mustafa ben Nakir!« stammelte ich endlich. »Du hast dich doch nicht etwa in die teuflische Russin verliebt!«

»Wie könnte ich es wagen, meine Augen zu den Toren des Himmels zu erheben? Aber niemand kann mir verbieten, Wein mit Ambra zu trinken, meine Verse den Winden anzuvertrauen oder auf der Rohrpfeife das Lob Khurrems, der Schönen, zu singen.«

Er vergoß Freudentränen; ich aber betrachtete ihn angewidert und sagte: »Die Sultana ist ein schamloses Weib, daß sie die Sitte und das Gesetz bricht, ihr Gesicht enthüllt und dich in Versuchung führt. Wie konnte der Kislar-Aga das zulassen? Aber sag mir, sprachst du mit ihr über den Großvezier? Und was sagte sie? Das ist doch schließlich das Wichtigste.«

Mustafa ben Nakir trocknete seine Tränen, vergaß ausnahmsweise, seine Nägel zu feilen, sah mich verblüfft an und meinte: »Ich entsinne mich nicht. Ich weiß kein Wort mehr von dem, was wir sprachen; ich lauschte nämlich nur der Musik ihrer Stimme und ihres Lachens, bis sie ihr Antlitz enthüllte. Dann ward ich so hingerissen, daß mein Kopf leer war wie ein ausgeblasenes Ei, als sie mich verließ. Verglichen mit dem Wunder, das geschehen ist, kümmert mich alles andere herzlich wenig.«

Schwindlig vom Wein sprang er auf und fing zu tanzen an, indem er regelmäßig aufstampfte und freudig mit den Silberglöckchen an seinem Gürtel schellte. Dazu krähte er Liebeslieder, bis mir der Argwohn aufstieg, er habe Haschisch gegessen. Allein sein Rausch steckte auch mich an und erfüllte mich mit unwiderstehlicher Lachlust. Ich mengte duftende graue Ambra tropfenweise mit dem Wein, und bald war mir, als sähe ich das Schicksal, einer Gazelle gleich, selbst dem flinksten Jäger enteilen und der vergeblichen Jagd spotten.

Zu Beginn des Winters kehrten der Sultan und der Großvezier mit dem Heer aus dem ungarischen Feldzug zurück, nachdem sie der ganzen Christenheit Furcht und Schrecken eingeflößt und die gewaltige Macht des Ottomanenreiches kundgetan hatten. Fünf Tage lang hielten die Feiern in der Stadt an, und in den Nächten leuchteten helle Freudenfeuer. Vom Arsenal stiegen farbige Feuerschlangen empor, und auf das Wasser schüttete man brennendes Öl, bis feurige Wogen über den dunklen Spiegel des Goldenen Horn hinrollten.

In diesem Freudentanz verschwand alle Zwietracht. Der Preis der Sklaven sank, die Spahis fanden billige Arbeitskräfte für ihre Gehöfte, und der Sultan verteilte reiche Geschenke unter seine Janitscharen, so daß Eintracht und Friede herrschten. Das Volk ist stets geneigt, die Fehler von Fürsten zu verzeihen; Emporkömmlinge kommen hingegen schlechter weg. Ibrahim freilich war zu stolz, sich anmerken zu lassen, wie tief ihn gewisse unterdrückt geflüsterte Gerüchte verletzten.

Er wollte sich von seinen eigenen Siegesfanfaren nicht blenden lassen, noch von dem Feuerwerk, das er selbst angeordnet hatte. Mit scheelem Lächeln sah er von der Treppe seines Palastes über die Massen hin, die den Atmeidan füllten, und sagte: »Der Krieg war unvermeidlich, Michael el Hakim. Die Gefahr aus dem Westen ist nun beseitigt. Es ist an der Zeit, den Blick nach dem Osten zu richten. Verbreite diese Neuigkeit, wo immer du kannst, und vor allem erzähle es deiner ausgezeichneten Frau, auf daß sie es Sultana Khurrem zur Kenntnis bringe.«

Den ganzen Winter und Frühling hindurch bedurfte Ibrahim meiner Dienste gar sehr. Außer einem Gesandten von König Ferdinand traf auch einer aus Venedig ein, um für den uns in der Bucht von Preveza erwiesenen Dienst Entgelt zu fordern. Die venezianische Niederlassung in Galata empfing ihren Gesandten mit hohen Ehren. Der Sultan beförderte zum Zeichen seines Mißfallens an den Seepaschas den jungen Mohren zum Befehlshaber von vier Kriegsgaleeren, mit denen er den jüngst von Doria eroberten Hafen von Kroni auf Morea blockieren sollte. Um zu zeigen, wie niedrig er Koroni im Vergleich mit Ungarn anschlug, entsandte er dahin den narbenbedeckten alten Dschadscha Pascha mit fünftausend Janitscharen und dem knappen Befehl, selbst zu entscheiden, was ihm lieber sei: sein eigener zerbeulter Schädel oder ein Roßschweif auf der Spitze des Turmes von Koroni.

Der junge Mohr blockierte Koroni von der See aus; im Sommer aber kreuzte Doria dort mit den vereinigten Flotten des Papstes und der Johanniter auf, um mit Vorräten und Pulver zur

Festung durchzubrechen. Die Seepaschas, ergrimmt über des Sultans Ungnade, folgten dem jungen Mohren mit siebzig Schiffen nach Koroni, wo der junge Held, nachdem er den Namen des Propheten angerufen hatte, sich auf Doria stürzte und seine Vorratsschiffe heillos durcheinanderjagte, der gewaltigen Geschütze der Karake nicht achtend. Die Seepaschas konnten nicht zurückstehen, schon damit er sie nicht beschäme.

Nun sah sich Doria zur offenen Schlacht gezwungen, obwohl er nur die Blockade durchbrechen und sich sodann eilends davonmachen wollte. Der junge Mohr versenkte mehrere Frachtschiffe, während andere an den Klippen strandeten. Dann griff er die erste Galeere der Johanniter an, erhaschte sie mit Enterhaken an der Reling und hatte sie schon genommen, als die Seepaschas ihm zu Hilfe kamen.

Unter dem Kanonendonner, der von den Bergen widerhallte, unter dem schwelenden, undurchsichtigen Rauch, dem Splittern von Riemen und den Schreien der Kämpfenden zeigte der junge Mohr den Paschas, wie man Seeschlachten schlägt. Und diese Ehrenwerten bahnten sich in ihrer Angst einen Weg durch Dorias Schiffe und umringten die Galeeren des jungen Mohren, den sie mit Gewalt vom Deck seiner Prise schleppten. Er war am Kopf, am Arm und an der Hüfte verwundet, aber immer noch weinte er, fluchte und rief den Teufel zu Hilfe. Nachdem sie ziellos hierhin und dorthin gerudert waren und einander schier gerammt hätten, machten sich die wackeren Seepaschas endlich vom Feind los und brachten die zwei übrigen Galeeren des jungen Mohren in Sicherheit.

In seiner Verblüffung über die unerwartete Kampfeslust der Seepaschas versuchte Doria nicht, die Verfolgung aufzunehmen, sondern begnügte sich damit, seine Vorräte schleunigst zu landen und wieder zur Heimkehr in See zu stechen. Die Seepaschas Zey und Himeral konnten zunächst nicht an ihren Sieg über den bis dahin unüberwindlichen Doria glauben; dann hißten sie triumphierend alle ihre Flaggen und Wimpel und machten selbst ihre Turbane los, um sie im Winde wehen zu lassen, unter dem Schall von Trompeten, Trommeln und Zimbeln. Der einzige Wermutstropfen in ihrem Freudenbecher war das unschickliche Benehmen des jungen Mohren, der die Paschas mit geballten

Fäusten und unter Tränen der Entrüstung Feiglinge und Verräter schalt.

Aber wer konnte an einem so frohen Abend lange grollen? Sie vergaben dem Grünschnabel gern, weil er an Fieberträumen litt, und banden ihn auf seiner Hängematte fest, damit er nicht über Bord springe.

Ermuntert wurde der Junge freilich durch Dschadscha Pascha, der den Verlauf der Begegnung von der Küste aus verfolgt hatte, sich am selben Abend zum Flaggschiff der Moslems hinüberrudern ließ und auf der ganzen Fahrt Flüche ausstieß, daß selbst die hartgesottensten Seejanitscharen erbleichten. Kaum an Bord, packte dieser beherzte Krieger, dessen Kopf im Kampf um Koroni auf dem Spiele stand, Himeral Pascha am Bart und versetzte ihm einen Schlag ins Gesicht. Das einzige Ziel der Seeschlacht, so brüllte er, sei gewesen, die Versorgung Koronis um jeden Preis zu verhindern, und die Paschas hätten, indem sie an dieser einfachen Aufgabe scheiterten, die Belagerung womöglich um Wochen verlängert, obwohl Koroni schon drauf und dran gewesen sei, zu kapitulieren. Die Seepaschas erkannten, daß die Angst um seinen Kopf ihm den Verstand geraubt hatte, und pufften und knufften ihn mit vereinten Kräften zurück in sein Boot.

Doch hatten dank der Tollkühnheit des jungen Mohren nicht alle Proviantschiffe die Festung erreicht, in der noch immer Hungersnot herrschte. Die griechischen Bewohner der Stadt waren den Entbehrungen nicht so gewachsen wie die Spanier, und einige von ihnen krochen des Nachts auf der Suche nach Wurzeln und Rinde über die Wälle. Ein paar von diesen fielen den Janitscharen Dschadschas in die Hände und wurden auf seinen Befehl am nächsten Morgen vor den Augen der Besatzung grausam gefoltert. Dies Schauspiel verfehlte seine Wirkung nicht; die Spanier kapitulierten und durften sich unter vollen militärischen Ehren einschiffen und absegeln.

Durch die Mittelsmänner der Johanniter hielt sich Doria über die Vorgänge im Serail auf dem laufenden und wußte gar wohl, daß Sultan Suleiman Khaireddin den Oberbefehl über alle seine Schiffe, Inseln und Meere angeboten hatte. Es hieß, Khaireddin habe diese Bestellung mit Freudentränen begrüßt; er betraute einstweilen seinen jungen Sohn Hassan – unter der Obhut eines verläßlichen Kapitäns – mit der Regierung und ging sogleich nach den sizilischen Gewässern in See, in der Hoffnung, Doria den algerischen Schiffen und der Flotte des Sultans, die ihm, wie er meinte, nachsetzen würde, zu zermalmen. Doria aber entwischte ihm, und Khaireddin machte sich nach einem einträglichen Scharmützel mit einem Piraten mit seinen Prisenschiffen auf, den Seepaschas entgegen. Die empfingen ihn mit den gebührenden Ehren, wenn auch grollend, und Khaireddin schalt sie wegen ihrer Feigheit und ihres Versagens bei der Jagd auf Doria. Dann befahl er ihnen, den jungen Mohren freizulassen, den er umarmte und wie seinen leiblichen Sohn hielt.

All dies wußte ich vom Hörensagen. Noch im selben Herbst aber sah ich mit eigenen Augen Khaireddins vierzig Schiffe majestätisch ins Marmarameer einlaufen und im Goldenen Horn Anker werfen. Von Skutari auf der asiatischen Seite bis zu den Hügeln von Pera waren die Küsten von Menschenmassen bedeckt, und der Sultan trat selbst auf seinen marmornen Landungssteg heraus, um die Auffahrt der Schiffe zu sehen. Ihr donnernder Salut scholl über Land und Meer; ihm antworteten die Geschütze anderer Schiffe, die im Hafen vor Anker lagen. Die höchsten Paschas und Renegatenkapitäne beeilten sich, Khaireddin zu begrüßen, als er an Land ging.

Khaireddin stand freudestrahlend unter einem goldgesäumten Baldachin, um den vielfachen Willkomm entgegenzunehmen. Sein einst roter Bart war nun ehrwürdig grau und reichte ihm mit künstlicher Hilfe bis an den Gürtel. Er hatte sich Runzeln auf das Gesicht und Schatten um die vorquellenden Augen gemalt, um an Lebensjahren mit den Seepaschas des Sultans zu wetteifern, obwohl er damals gewiß noch keinen Tag über fünfzig Jahre alt war.

Den Bewohnern Istanbuls boten sich in jener Zeit mannigfache Zerstreuungen. Am dritten Tag nach seiner Ankunft machte sich Khaireddin in feierlicher Prozession zu einer Audienz im Serail auf. Janitscharen in Rot und Gold gaben ihm das Geleit, und hundert Kamele folgten, beladen mit Geschenken für den Sultan – Ballen von Seide und Brokat und Raritäten, wie sie eben ein Seeräuber im Lauf der Jahre einheimst. Wertloser Plunder und unbezahlbare Schätze lagen kunterbunt durcheinander. Das größte Aufsehen riefen zweihundert wunderschöne junge Mädchen hervor, die goldene und silberne Schüssel trugen, darin mit Gold- und Silbermünzen gefüllte Börsen lagen. Diese Sklavinnen waren aus allen bekannten Ländern für den Harem des Sultans ausgewählt worden, obwohl die meisten von ihnen aus Sizilien, Italien und Spanien stammten. Als sie mit entblößten Gesichtern ihre Schätze vor den Sultan brachten, waren selbst die gelassensten Moslems von ihrer Schönheit geblendet; sie mußten sich die Hände vor das Gesicht halten und konnten nur durch die Finger spähen, auf daß sie sich nicht vor der Gebetsstunde verunreinigten.

In der Säulenhalle mit dem sternenübersäten Dach empfing der Sultan Khaireddin; erst erlaubte er ihm, seinen Fuß zu küssen, der auf einem mit Diamanten besetzten Kissen ruhte; dann streckte er ihm zum Zeichen besonderer Gnade die Hand entgegen. Das war gewiß der stolzeste Augenblick im Leben des früheren Töpfers, des Sohnes eines Spahi von der Insel Mytilene. Als er zu sprechen anhub, stammelte er und vergoß Freudentränen; der Sultan aber ermutigte ihn und bedeutete ihm, von Algerien und anderen afrikanischen Ländern zu erzählen – von Sizilien, Italien und Spanien, und vor allem von Schiffen, der Seefahrt und der See. Das ließ sich Khaireddin nicht zweimal sagen; er taute auf und sprach zusehends kühner, vergaß auch nicht zu erwähnen, daß er den Prinzen von Tunis, Raschid ben Hafs, mitgebracht habe, der vor seinem blutdürstigen Bruder Muley Hassan geflohen sei und bei Khaireddin Schutz gesucht habe, um von der Zuflucht aller Völker Trost und Hilfe zu erlangen.

Meiner Meinung nach tat Khaireddin gar unklug daran, seine eigensüchtigen Ziele so unumwunden zu enthüllen. Er hätte besser von Doria und seinen schweren Geschützen, der Karake der Johanniter und von alledem erzählt, was ihm die Ehre einer Audienz beim Sultan eingetragen hatte. Nun schadete ihm sein kindisches Prahlen wohl mehr als die Verleumdungen seiner unversöhnlichsten Feinde; mitten während des feierlichen Empfanges war Iskender-Tselebs verächtliches Lachen deutlich zu hören. Khaireddin in seinem Glücksrausch erwiderte es mit einem breiten Lächeln; der Sultan aber runzelte die Stirn.

Daher hinterließ Khaireddin trotz der fürstlichen Geschenke, die er mitgebracht hatte, keineswegs den guten Eindruck, den er zu machen glaubte. Der Sultan wies ihm, wie es Brauch war, ein Haus zur Wohnung an, ließ ihn aber vergeblich auf die drei versprochenen Roßschweife warten. Inzwischen verbreiteten Zey Pascha und Himeral Pascha um die Wette Gerüchte über seine unschickliche Lebensführung, seinen Dünkel, seine Unzuverlässigkeit, Grausamkeit und Habgier. Diese Geschichten waren um so gefährlicher, als sie ein Körnchen Wahrheit enthielten. Den größten Fehler aber hatte Khaireddin damit begangen, daß er zu lange auf hoher See blieb, denn als er endlich in Istanbul einlief, war Großvezier Ibrahim schon nach Aleppo aufgebrochen, um den Feldzug gegen Persien zu beginnen, wodurch Khaireddin seinen mächtigsten Gönner beim Diwan verlor.

Doch mein Bericht über Khaireddin hat mich verleitet, den Dingen vorzugreifen. In dem Zeitraum, der zwischen der Einladung an ihn und seiner Ankunft verstrich, wurden die Verhandlungen mit Wien zu einem günstigen Ende geführt. Der Großvezier wandte, nachdem er so einen dauernden Frieden und feste Grenzen im Westen gesichert hatte, sein Augenmerk dem Osten zu. Viele persische Edelleute, die den Schutz der Pforte aufgesucht hatten, geleiteten ihn nach Aleppo, dem Ausgangspunkt des Feldzuges.

Ich will nicht unerwähnt lassen, daß Khaireddin mich auf überaus undankbare Weise übersah und in seiner Blindheit offenbar glaubte, er bedürfe nun weder meiner noch des Großveziers Hilfe mehr. Das kränkte mich zwar, doch kannte ich den Serail und wartete meine Zeit ab. Schon wenige Tage später konnte ich – nicht ohne Schadenfreude – beobachten, daß sein Haus von Gästen gemietet wurde und es um ihn still geworden war, während die Städter sich immer lauter über seine Matrosen beklagten. Diese Renegaten, Mauren und Neger, die gewöhnt waren, im Sommer auf See zu kämpfen und zu plündern und im Winter zu Algier prahlend und lärmend herumzulungern, wußten nichts von den gepflegten Sitten der Hauptstadt des Sultans und dachten, sie könnten es hier ebenso treiben wie in ihren Hafenstädten. Sie gingen sogar so weit, zwei Armenier, die ihnen nicht rasch genug ausgewichen waren, zu erdolchen – ein unerhörter Vorfall in der Stadt des Sultans, wo schon das Waffentragen als Vergehen galt und die Janitscharen, die das Amt von Ordnungshütern versahen, nur leichte Bambusrohre führten. Khaireddin wollte zunächst von einer Hinrichtung der Schuldigen nichts hören und meinte, Armenier seien Christen, die zu töten Allah wohlgefällig sei. Erst als er erkannte, daß sein Ruf darunter litt und der Sultan unzugänglich und schweigend im Serail verblieb, bequemte er sich dazu, drei Männer hängen und zehn auspeitschen zu lassen.

Allein es war zu spät. Mit wachsender Bestürzung merkte er, wie plötzlich die Laune des Schicksals in dieser Stadt umschlug, und er fing an, kindische Briefe an den Sultan zu diktieren, darin er ihm abwechselnd kriecherisch schmeichelte und dann wieder drohte, aus seinen Diensten in die des Kaisers überzutreten. Zum Glück war Khaireddins Tseleb klug genug, diese Briefe sogleich zu vernichten.

Als letzten Ausweg ließ sich der aufgeblasene Seemann endlich herbei, nach mir zu senden, um gewisse Fragen zu erörtern. Um ihn über meinen Rang und Stand ins rechte Bild zu setzen, ließ ich ihm sagen, mein Haus stehe ihm offen, wenn er mich zu Rate ziehen wolle, doch hätte ich keine Zeit, überall im Hafen herumzulaufen und nach ihm zu suchen. Nachdem er sich drei Tage lang den Bart gerauft hatte, kam er und brachte meine alten Freunde Torgut und Sinan den Juden mit, die über des Sultans Gebaren ebenso entrüstet waren wie er. Er betrachtete überrascht die Marmortreppe an meiner Landungsbrücke und mein prächtiges Haus, das sich wie ein Traum über blumenbedeckten Terrassen erhob, obwohl der Herbst schon weit vorgeschritten war.

»Was für eine Stadt!« rief er aus. »Sklaven wohnen in vergoldeten Häusern und tragen Ehrenkaftane, während ein armer Greis, der sein ganzes Leben dem Dienst am Ruhm des Sultans geweiht hat, in Lumpen vor den Thron kriechen muß, ohne auch nur ein gutes Wort für all seine Mühen zu erhalten.«

Um seiner Kränkung nach außen hin Ausdruck zu verleihen, hatte er einen schlichten Kaftan angelegt und trug nur einen kleinen diamantenen Halbmond zum Zeichen seiner Würde auf dem Turban. Ich geleitete ihn mit allen ihm gebührenden Ehren ins Haus und bat ihn, sich niederzulassen. Dann wies ich den Köchen ihre Arbeit an und schickte nach Abu el Kasim und Mustafa ben Nakir, auf daß wir alle gemeinsam beraten könnten, wie in den alten Tagen zu Algier. Sie kamen ungesäumt. Khaireddin sandte nach den Waren, die er von seinem Schiff mitgebracht hatte, und überhäufte uns mit Geschenken von Elfenbein, Straußenfedern, geblümtem Goldbrokat und silbernen Gefäßen, geschmückt mit italienischen Wappen. Mit einem tiefen Seufzer ließ er den Geschenken noch eine Börse für jeden von uns folgen.

»Laß allen Hader zwischen uns vergessen sein«, meinte er. »Nach der Verteilung dieser Gaben bin ich nun ein armer Mann und weiß kaum, wo ich meine nächste Mahlzeit hernehmen soll. Vergib mir, daß ich dich nicht erkannte, als du an Bord meines Schiffes kamst, mich zu begrüßen. Ich war ganz benommen von all dem Jubel – und überdies bist du so viel hübscher geworden!«

Nachdem wir gegessen und getrunken hatten, kam Khaireddin endlich zur Sache und fragte, was es mit dem Schweigen des Sultans für eine Bewandtnis habe. Daher erzählte ich ihm offen alles, was ich im Serail gehört hatte, und erinnerte ihn daran, daß er sich ohne Not den Haß der Seepaschas zugezogen und selbst den sanftmütigen Piri-Reis durch seinen Spott über dessen Modellschiffe und Sandkasten beleidigt hatte. Auch sei er zu spät gekommen, erklärte ich ihm; der Großvezier sei in Aleppo, und in seiner Abwesenheit setzten die Seepaschas dem Sultan unablässig zu. Sie bedeuteten ihm, er beflecke seinen guten Namen, indem er einen ungehobelten Piraten in seinen Dienst nehme, wo es doch im Arsenal und im Serail viele erfahrene Paschas gebe, die ihm, ohne an Lohn auch nur zu denken, lange und treu gedient hätten. Khaireddin dürfe man keine Kriegsgaleeren anvertrauen: der würde sich damit höchstens aus dem Staub machen, wie es sein Bruder getan habe, und weniger für den Ruhm des Islam als für seinen eigenen irdischen Vorteil kämpfen.

Ich verbreitete mich darüber des näheren und ahmte das Gewinsel der Paschas nach besten Kräften nach, bis Khaireddin errötete, sich den Bart raufte, aufsprang und rief: »Was für törichte, abgefeimte Beschuldigungen! Nie habe ich etwas anderes getan, als für die größere Ehre des Islam gestritten. Diese aufgeblasenen Säcke in ihren Seidenkaftanen, die auf dem trockenen Land sitzen und mit ihren Karten, Kompassen und Sandkasten Seeschlacht spielen! Denen täte es wahrhaftig gut, ab und zu Pulver und brennendes Pech zu riechen. Aber Undank ist der Lohn dieser Welt.«

Hier zog Giulia den Vorhang beiseite und trat ein; sie trug ihr herrliches goldbraunes Samtkleid und ein perlenbesetztes Netz im Haar. Sie täuschte Überraschung vor, tat, als wollte sie den durchsichtigen Schleier vors Gesicht ziehen, und rief: »O Michael, wie habt ihr mich alle erschreckt! Warum hast du mir nicht gesagt, daß wir Gäste haben – und noch dazu so willkommene Gäste! Ich wurde unfreiwillig Ohrenzeugin eurer letzten Worte und will euch daher einen guten Rat geben. Warum wendet ihr euch nicht an eine gewisse hohe, verständnisvolle Frau, auf die der Sultan hört? Wenn ihr es wünscht, so werde ich für euch ein gutes Wort einlegen, vorausgesetzt, daß Khaireddin sie für sein überaus kränkendes, unbedachtes Handeln um Vergebung bittet.«

Khaireddin fragte ergrimmt, wie er Khurrem gekränkt haben könne. Er hatte ihr Schmuck und Stoffe im Wert von zehntausend Dukaten geschenkt – wahrhaftig genug selbst für die verhätscheltste und kostspieligste Frau. Giulia aber schüttelte lächelnd den Kopf.

»Wie dumm ihr Männer seid! Ein einziges Kleid Sultana Khurrems kostet zehntausend Dukaten, und sie erhält jährlich zehnmal soviel vom Sultan an Nadelgeld. Dein Geschenk hat gar nichts zu bedeuten, sie war aber sehr erbost über die zweihundert Mädchen, die du schicktest, als wimmelte es im Harem nicht schon von diesen unnützen Geschöpfen, auch ohne deine blatternarbigen, schielenden Vogelscheuchen! Die Sultana mußte sie unter die Statthalter entlegener Provinzen verteilen. Seit vielen Jahren hat der Sultan nur Augen für Khurrem, und du kannst dir denken, wie sehr du sie gekränkt hast. Ich bin aber für dich eingetreten und habe ihr erklärt, daß du als ungeschlachter Seemann eben nicht gelernt hast, dich im Serail zu benehmen.«

Khaireddin war purpurrot im Gesicht, und die Augen traten ihm schier aus den Höhlen. Er rief: »Ich vertraue auf den einen Gott! Mit Kennerblick habe ich die Mädchen alle einzeln ausgewählt; lieblich waren sie wie die Jungfrauen des Paradieses, und ebenso rein – ich meine, allgemein gesprochen. Selbst der liebevollste Gatte mag seiner einzigen Frau überdrüssig werden und seine abgestumpften Sinne anderswo beleben, um mit um so größerer Glut zu ihr zurückzukehren. Vermag es aber Sultana Khurrem in der Tat, die Liebe ihres Gatten sich allein zu erhalten, so glaube ich freilich an ihre Macht und bin überzeugt, daß sie mir zu den verheißenden drei Roßschweifen verhelfen kann.«

»Aber Ibrahim war es doch, der dich hergerufen hat!« rief ich bestürzt. »Es wäre ganz falsch, müßtest du Sultana Khurrem deine Beförderung verdanken, und ich fürchte, dies ist ein fein eingefädeltes Ränkespiel, um den Großvezier zu demütigen.«

Giulia schüttelte den Kopf; Tränen schimmerten in ihren Augen, als sie erwiderte: »Ach, Michael, wie wenig du mir vertraust, obwohl ich dir tausendmal gesagt habe, die Sultana will keinem Menschen übel! Sie hat mir versprochen, beim Sultan für Khaireddin zu sprechen, und ist bereit, Khaireddin hinter einem Vorhang zu empfangen. Wir wollen sogleich zum Serail, damit der Kislar-Aga einen Empfang für Khaireddin und seine ältesten Offiziere vorbereiten kann — es wäre nämlich gut, wenn Khaireddin im Serail mit glänzendem Gefolge einträfe, damit alle mit ansehen können, welcher Gunst er sich erfreut.«

Als Khaireddins früherer Sklave begleitete ich sie, um die Ereignisse im Sinne des Großveziers zu verfolgen. Unsere Ankunft im Serail verlief wenig verheißungsvoll, denn die Janitscharen ergingen sich in verächtlichen Gesten und die Eunuchen kehrten uns den Rücken. Als wir aber Abschied nahmen, hatte die Neuigkeit sich schon verbreitet. Nun regneten Segenswünsche auf uns herab, und die Janitscharen, die um ihre Kochtöpfe saßen, sprangen auf und jubelten uns zu. Es lag auf der Hand, wie mächtig Sultana Khurrems Einfluß im Serail nun geworden war.

Hinter einem Vorhang sprach sie mit Khaireddin und lachte ihr silbernes Lachen. Sie schmeichelte ihm und meinte, er sei der einzige ebenbürtige Gegner Dorias, dann aber plauderte sie zu meiner großen Erleichterung von nichtigen Dingen und ließ uns von ihren Sklavinnen in Honig eingelegtes Obst reichen. Immerhin versprach sie aber, beim Sultan für Khaireddin einzutreten.

»Aber«, meinte sie, »die Seepaschas sind reizbare Greise, und ich möchte sie nicht verletzen. Ich kann nur meinem Herrn von dem ausgezeichneten Eindruck berichten, den ich von dir habe, großer Khaireddin. Ich will ihm sanft verweisen, daß er deinen verdienten Lohn so lange hinauszögert. Er mag wohl antworten: ›Es war des Großveziers Vorschlag, nicht meiner, und die Seepaschas stimmten im Diwan dagegen.‹ Dann werde ich sagen: ›Der Großvezier soll entscheiden! Wenn er, nachdem er Khaireddin gesehen hat, derselben Meinung ist, so verleihe unverzüglich dem großen Mann die verheißenen drei Roßschweife und erweise ihm Ehre.‹ Der Großvezier hat unumschränkte Vollmacht, und nicht einmal ein einstimmiger Beschluß des Diwans kann seine Entscheidung aufheben.«

Ich traute meinen Ohren kaum. Sie verzichtete zugunsten des Großveziers auf alle Vorteile, die sie errungen hätte, wenn Khaireddin ihr seine Beförderung zu danken gehabt hätte. Unter dem Zauber ihrer Stimme und ihres rieselnden Lachens fing ich an zu glauben, nur die Eifersucht habe des Großveziers schlechte Meinung von dieser herrlichen Frau hervorgerufen.

So brach denn Khaireddin nach Aleppo auf. Bald darauf kam Abu el Kasim zu mir, rieb sich etwas verlegen die Hände und meinte: »Deine bezaubernde Tochter Mirmah bekommt nun ihre Zähnchen und wird gewiß nicht mehr lange an jener üppigen Brust saugen. Ich will dich um einen großen Gefallen bitten, Michael el Hakim. Willst du mir jene rundwangige Amme und ihr Söhnchen verkaufen? Ich spüre nämlich allmählich das Alter herannahen und möchte gerne ein so weiches, weißes Kopfkissen haben. Der Knabe soll mein Erbe sein.«

Ich war überrascht, weil Abu el Kasim sonst aus Sparsamkeit den Umgang mit Frauen fast ganz mied. Auch wußte ich nicht, ob ich seine Bitte erfüllen konnte, und erwiderte daher: »Giulia könnte gegen diesen Handel sein. Und dann hat die Sache noch einen Haken. Ich möchte dich weiß Gott nicht kränken, Abu el Kasim, aber du bist doch schließlich ein schmutziger, ausgemergelter Greis mit schütterem Bart, während die Amme in der Blüte ihres Lebens steht. Mein Gewissen verbietet mir, sie gegen ihren Willen an dich zu verkaufen.«

Abu el Kasim seufzte, rang die Hände und sprach wortreich von seiner Leidenschaft. Als ich ihn fragte, wieviel er für das Weib und sein Söhnchen auslegen wolle, schlug er zuversichtlich einen Tausch vor.

»Ich will dir meinen Taubstummen geben, den du schon immer haben wolltest. Diese Narbe auf deinem Kopf sollte dich erinnern, welch gewissenhafter Wächter er ist, und du wirst den Handel nie bereuen.«

Über dies verrückte Ansinnen brach ich in schallendes Gelächter aus, bis mir einfiel, daß er es nie vorgebracht hätte, wenn er mich nicht für den größten Einfaltspinsel hielte, den Allah je erschuf. Mir erstarb das Lachen auf den Lippen, und ich erwiderte schroff: »Nicht einmal auf Grund unserer Freundschaft dürftest du dergleichen vorschlagen. Ich bin kein Kuppler und weigere mich, dieses Weib für einen so armseligen Gegendienst deinen greisenhaften Gelüsten zu überlassen.«

Abu el Kasim erklärte mir hastig:

»Aber ich meine es ernst, weil mein Taubstummer ein Schatz ist, dessen Wert ich allein kenne. Hast du ihn nicht oft unter den gelben Hunden im Serail sitzen und auf alles achten sehen, was vorfiel? Als du in meinem Haus wohntest, mußt du auch bemerkt haben, welche sonderbaren Gäste ihn besuchten und sich mit ihm unterhielten. Er ist nicht der Tölpel, für den du ihn hältst.«

Mir fielen in der Tat ein paar stämmige Neger ein, die bisweilen bei ihm im Hof saßen und ihm mit Händen und Fingern blitzschnelle Zeichen machten. Solche Besucher erhöhten aber doch den Wert von Abu el Kasims schwachsinnigem Sklaven keineswegs. Ich weigerte mich abermals entschieden, die Sache auch nur zu erwägen. Abu el Kasim aber sah sich scheu um, neigte sich vor und flüsterte: »Mein Sklave ist ein Schatz, aber nur in der Nähe des Serails. Ihn wieder nach Tunis mitzunehmen hieße, eine Perle in einem Dunghaufen vergraben. Er ist mir treu wie ein Hund, weil ich der einzige Mensch auf der Welt bin, der gut zu ihm war, aber auch du würdest mit ein paar freundlichen Worten und einem Schlag auf seine Schulter sein Herz gewinnen. Du hast nun gewiß oft drei Taubstumme die Höfe des Serails durchschreiten sehen. Ihr Gewand ist blutrot, und auf der Schulter tragen sie seidene Schnüre in verschiedenen Farben. Keiner schaut ihnen ins Gesicht, weil ihre auffallende Tracht den Vorübergehenden genug zu denken gibt. Es sind insgesamt ihrer sieben; im Dienst gehen sie zu dritt. Sie bringen den geräuschlosen Tod, und selbst die höchsten Paschas zittern vor ihrem blutroten Gewand und ihren schleppenden Schritten. Als Taubstumme können sie über ihre Arbeit kein Wort verlieren, aber solche Menschen können sich untereinander in einer Sprache unterhalten, welche die Taubstummen aller Länder verstehen. Mein Sklave steht mit diesen Burschen auf gutem Fuß, und sie plaudern miteinander in einer Zeichensprache so ungezwungen, wie es sich der Sultan gewiß nicht träumen läßt. Ich habe mir die Mühe gemacht, ihre Zeichen zu erlernen, und dadurch viel nützliches Wissen gesammelt, obzwar ich es in meiner Stellung nicht verwenden kann. Du aber hast ein hohes Amt errungen, und bald mag der Tag kommen, da dir die Kenntnis dessen, was die Taubstummen einander erzählen, von unschätzbarem Wert sein kann.«

Ich hatte gewisse Vorfälle bemerkt, die seine Worte bekräftigten, wußte aber dennoch sein Angebot noch immer nicht voll zu würdigen, weil mir der Taubstumme Widerwillen einflößte. Dennoch ließ mich eine ganz unerwartete Anwandlung von Großmut zu meiner eigenen Überraschung antworten: »Du bist mein Freund, Abu el Kasim, und ein Mann von meinem Rang und Stand soll eine offene Hand für seine Freunde haben. Nimm also die Russin, wenn sie mit dir gehen will, und ihr Söhnchen dazu; empfange sie von mir zum Geschenk, im Namen des Barmherzigen. Und ich will für deinen Sklaven sorgen. Er soll in der Hütte des Torwächters oder unter dem Bootsschuppen schlafen; tagsüber aber soll er sich lieber nicht blicken lassen. Je weniger Giulia von ihm sieht, desto besser.«

»Glaub mir«, meinte der alte Schurke treuherzig, »du wirst den Handel nicht bereuen. Doch laß dein Weib nie den Grund dafür erfahren. Lerne heimlich die Taubstummensprache; zeigt Giulia Neugier, so schieb die Schuld auf mich und sag ihr, ich hätte dich zu diesem närrischen Handel überredet, als du zu tief ins Glas geguckt hättest. Das wird sie gerne glauben.«

Noch im Winter kehrte Khaireddin aus Aleppo zurück, vom langen Ritt stark mitgenommen. Ibrahim hatte ihn mit allen Ehren empfangen, seine Ernennung zum Beylerbey in Algerien und anderen Ländern Afrikas bestätigt und verfügt, daß er den Vorrang vor allen Statthaltern ähnlichen Ranges genießen sollte. Das allein war eine hohe Ehre und bedeutete die Zugehörigkeit zum Diwan; aber der Großvezier sandte auch einen Brief an den Sultan, nachdem er ihn zuerst Khaireddin laut vorgelesen hatte, um ihm keinen Zweifel zu lassen, wem er seine Beförderung verdankte.

»In ihm«, so hieß es darin, »haben wir endlich einen wahren Seemann gefunden, der der höchsten Ehren würdig ist und den du ohne Bedenken zum Pascha, zum Mitglied des Diwans und zum Admiral der Flotte ernennen darfst.«

Der Großvezier schickte mir eine Abschrift dieses Briefes und fügte hinzu: »Khaireddin ist im innersten Herzen noch kindischer, als ich glaubte, wie kühn und schlau er auch auf hoher See sein mag. Ehren steigen ihm wie Weihrauch zu Kopf, weil er seine niedrige Abkunft nicht vergessen kann. Er läßt sich durch Schmeicheleien gewinnen – je dicker aufgetragen, um so besser –, und das macht ihn zur leichten Beute der Ränke im Serail. Daher hielt ich es für das beste, ihn mit möglichst vielen Ehren zu überhäufen, damit anderen nichts mehr übrigbleibt, womit sie ihn versuchen könnten. Auf Grund seines kindischen Wesens halte ich ihn auch für leidlich ehrlich; beobachte ihn aber dennoch scharf, und berichte mir unverzüglich, wenn er im geringsten zum Verrat an mir oder dem Sultan neigen sollte. Afrika ist Khaireddins schwache Seite; wir müssen seine Unternehmungen in Tunesien unterstützen, damit ihn nicht der Kaiser damit verlockt. Tunis kann uns auch als gutes Sprungbrett für die Eroberung Siziliens dienen.«

Ohne auf meine Warnungen zu achten, blies sich Khaireddin wie ein Frosch auf und bereitete eine lange Rede an den Sultan vor, die er vor dem Diwan halten wollte. Der Sultan zögerte, nachdem er Ibrahims Brief erhalten hatte, nicht länger; ja, er war wohl überglücklich, daß seine geliebte Khurrem und Ibrahim endlich einmal übereinstimmten, und er berief unverzüglich den Diwan. Vor dieser Versammlung schenkte er Khaireddin ein Schwert, dessen Heft und Scheide von unzähligen Diamanten funkelten, und verlieh ihm die Vezierstandarte mit drei Roßschweifen und den Titel eines Kapudan-Pascha der Flotte, mit unumschränkter Vollmacht zur See. Dieser Rang unterschied sich sehr etwa von den Vollmachten hoher venezianischer Kapitäne. Über diesen wachten beständig die Augen der Signoria, und ihre Vollmachten waren durch versiegelte Befehle beschränkt, die jeweils im voraus ausgestellt wurden, um alle etwa auftretenden Lagen zu meistern. Der Sultan aber ernannte Khaireddin zum unabhängigen Statthalter aller seiner Häfen und Inseln, mit dem Oberbefehl über alle Schiffe und deren Kapitäne. In Sachen der Flotte unterstand er ausschließlich dem Sultan, und bei den Versammlungen des Diwans nahm er seinen Platz neben den Vezieren des Sultans ein. So wurde der frühere Töpfer mit einem

Schlag den vier oder fünf höchsten Würdenträgern des Ottomanenreiches gleichgestellt.

Zum Dank für diese unerhörten Ehren hielt Khaireddin eine wortreiche, bombastische Rede, und zwar in dem Tonfall, wo er sich über das Toben der Elemente hinweg Gehör zu verschaffen pflegte, bis ein paar Eunuchen ängstlich nach oben blickten, weil sie fürchteten, das sternenübersäte Dach würde einstürzen. Er schloß seine Rede folgendermaßen: »Kurz, ich will den Ungläubigen Verluste zufügen, wo ich nur kann, und den Halbmond auf hoher See zu Sieg und Ehren führen. Zuerst werde ich überwältigen, vertilgen, vernichten und versenken den Götzendiener Doria, der mein persönlicher Feind ist. Laß mich Tunis erobern, wie ich dich so oft gebeten habe, und dadurch einen wichtigen Flottenstützpunkt gewinnen. Seit Jahrhunderten laufen die Karawanenstraßen aus den Negerländern jenseits der Wüste in dieser Stadt zusammen, und ich werde dir und deinem Harem Berge von Goldstaub und Straußenfedern senden können. Aber die Herrschaft über die Meere ist natürlich mein oberstes Ziel. Und glaube mir, o Beherrscher der Gläubigen, wer die See beherrscht, beherrscht bald auch die Küstenländer!«

Soweit der Auszug aus Khaireddings Rede, um zu zeigen, wie unbesonnen, kindisch und voreilig er im Serail auftrat. Von den Sitten und Gebräuchen des Diwans wußte er wahrhaftig wenig, als er seine eigenen Pläne auf solche Weise ausposaunte. Ein Flüstern im Diwan drang schnell an jeden Fürstenhof Europas, und keine Macht auf Erden konnte es verhehlen, selbst wenn der Diwan nach alter ottomanischer Überlieferung zu Pferd abgehalten wurde, um über Krieg und Frieden zu verhandeln. Doch so seltsam es auch scheinen mag, war er erst auf hoher See, so tat Khaireddin es allen seinen Nebenbuhlern an Schlauheit zuvor, und wegen seiner Arglist wollten die kaiserlichen Abgesandten nicht glauben, daß sein oberstes Ziel in der Tat Tunis war. Sie lachten sich über ihn ins Fäustchen, weil er glaube, sie täuschen zu können. Die Johanniter waren überzeugt, er sinne auf die Einnahme Maltas, während andere glaubten, er wolle Rom selbst oder Cartagena nehmen.

Wie lächerlich sich aber Khaireddin auch vor dem Diwan gebärdete, so muß ich doch mit Nachdruck darauf verweisen, daß er in den Angelegenheiten der Seefahrt seinesgleichen nicht hatte. Kaum waren ihm die Roßschweife verliehen, als er auch schon die Ärmel seines Ehrenkaftans aufkrempelte und im Arsenal ein großes Reinemachen begann. Viele nutzlose Häupter endeten in der Einfahrt unter dem Tor des Friedens, und an Stelle verschiedener Grünschnäbel in Seidenkaftanen, die im Serail groß geworden waren, setzte Khaireddin erfahrene Renegaten. Er legte neue Kriegsgaleeren auf Stapel und ordnete eine Neubesetzung der Inseln und Küsten mit Seepaschas an, um fähige Leute wieder ins Arsenal und auf die Schiffe stellen zu können.

Dies Frühjahrsreinemachen im Arsenal rührte den alten Streit wieder auf, der Andy seinen Federbusch gekostet hatte, diesmal aber mit umgekehrten Rollen. Die alten Seepaschas, die nun die furchtbare Karake der Johanniter kennengelernt hatten, zeigten sich endlich bereit, mit der Zeit zu gehen, und forderten größere Schiffe, die schwerere Bestückung tragen konnten. Khaireddin wußte die Feuerkraft dieser großen christlichen Schiffe zwar voll zu würdigen, hielt sie aber dennoch für zu schwerfällig und legte als alter Pirat viel mehr Wert auf Schnelligkeit und Beweglichkeit als auf Größe.

Nun lag es an Khaireddin, durch meine Vermittlung den Obersten Lotsen Piri-Reis, den er durch seine Verachtung so tief gekränkt hatte, wieder zu versöhnen, weil er trotz seines Hohnes größte Achtung vor dessen berühmtem Seeatlas hatte und den Rat des alten Mannes höher schätzte, als er eingestehen wollte. Sie unterhielten sich lange über die Vorzüge großer und kleiner Schiffe, aber während Piri-Reis für jene eintrat, blieb Khaireddin bei seiner Meinung und zog es vor, nach seiner eigenen Erfahrung zu handeln.

Nach den Frühlingsregenschauern begann der Großvezier den Marsch von Aleppo nach Persien an der Spitze seines großen Heeres, und des Sultans bemächtigte sich sogleich große Unruhe. Frische Winde wehten, und die Stickluft des Serails drückte ihn so, daß er trotz allen zärtlich geflüsterten Abratens gesonnen war, rechtzeitig aufzubrechen, um die Führung im bevorstehenden Feldzug zu übernehmen.

Inzwischen hißte Khaireddin die Segel. Die größte und bestausgerüstete Flotte, die je vor Istanbul vor Anker lag, stach in See. Andy fuhr mit ihm auf dem Flaggschiff als Stückmeister, Abu el Kasim schiffte sich ebenfalls ein. Nur ich blieb zurück, um über Khaireddins wahre Absichten nützliche Gerüchte zu verbreiten. Dies gelang mir am besten mit dem Märchen, er segle nach Genua, um diese Stadt im Auftrag des französischen Königs zurückzuerobern, weil jedermann wußte, welcher Triumph es für ihn wäre, auf Dorias Nest gleich einem Raubvogel hinabzuschießen. Dieser mein Versuch, Doria innerhalb der schützenden Mauern seiner Heimatstadt zu halten, glückte über alles Erwarten, und ich erwies dadurch Khaireddin einen viel größeren Dienst, als wenn ich als sein Ratgeber mit ihm gefahren wäre.

Auch der Sultan hatte vor seinem Aufbruch ins Feld noch viel zu tun. Unter anderem ließ er Raschid ben Hafs, den Prinzen von Tunis, einkerkern. Dies ging so unbemerkt vor sich, daß Khaireddins eigene Offiziere glaubten, der Prinz sei mit ihnen ausgefahren und befinde sich nur wegen des hohen Seeganges unter Deck. Der wichtigste Schritt des Sultans aber war zweifellos die Ernennung des Prinzen Mustafa zum Statthalter von Anatolien. Der Prinz war nun fünfzehn Jahre alt und hatte/als Sandschak einen Bezirk verwaltet; diese neue Ernennung bestätigte endgültig, daß der Sultan Mustafa zum rechtmäßigen Erben erwählt hatte, obwohl viele wegen des ständig wachsenden Einflusses von Sultana Khurrem daran gezweifelt hatten. Die frommen Moslems, die der unvergleichliche Glanz ihrer Land- und Seestreitkräfte blendete, waren überzeugt, daß die große Zeit des Islam angebrochen sei. Nur Sultana Khurrem schwieg.

Als der Sommer zu Ende ging, überquerte ich eines Tages den verlassenen Hof der Janitscharen, mein parfümiertes Taschentuch an der Nase, weil die abgeschlagenen Häupter im gewölbten Bogen des Friedenstores abscheulich stanken. Da trat plötzlich ein hinkender Onbaschi auf mich zu, hieb mich mit seinem Rohr derb auf die Schulter, fragte nach meinem Namen und verkündete mir, er habe Befehl, mich zu verhaften, in Ketten zu legen und im Fort der Sieben Türme gefangen zu setzen.

Ich rief laut um Hilfe und beteuerte, hier müsse ein schrecklicher Irrtum vorliegen, weil ich nichts zu verbergen und keine meiner Taten das Tageslicht zu scheuen hätte. Der Onbaschi aber brachte mich mit einem Schlag auf den Mund zum Schweigen und hatte mich, schon bevor ich noch recht wußte, wie mir geschah, zum Schmied geführt, der mir Schellen um die Knöchel schmiedete und mir die rußige Hand entgegenstreckte — ich mußte ihn entlohnen, weil er mich weder versengt noch mir die Knochen gebrochen hatte. Ein Sack wurde mir über den Kopf gestülpt, damit mich auf der Straße niemand erkannte. Ich wurde auf einen Esel gehoben und den langen Weg vom Serail ins Fort der Sieben Türme geführt.

Der Gefängnisvorsteher, ein schmallippiger Eunuch, empfing mich höchstpersönlich, weil er meinen Rang und Stand gar wohl kannte. Er bedeutete mir, mich zu entkleiden, durchsuchte und entfernte meine Gewänder, gab mir einen abgetragenen, schlechten Kaftan und fragte höflich, ob ich einen eigenen Koch wünsche oder mich mit der Gefängniskost begnügen wolle, die mich nur zwei Asper täglich koste. Dieser plötzliche betäubende Schicksalsschlag hatte meinen Verstand so benebelt, daß ich mich mit schwacher Stimme einverstanden erklärte, dasselbe wie die übrigen Gefangenen zu essen. Ich war entschlossen, meinen Leib zu kasteien und nun nach meinem Wohlleben im Dienste des Sultans meine Zeit in frommer Betrachtung hinzubringen.

Ich bedeutete dem Eunuchen, meiner Börse eine seinem Rang und seiner Würde angemessene Summe zu entnehmen, und drückte die Hoffnung aus, er werde dafür meinem unglücklichen Weib Nachricht zukommen lassen, wo ich mich befände und was geschehen sei. Er aber schüttelte den Kopf und meinte, davon könne keine Rede sein, weil alle Staatsgefangenen von der Außenwelt so vollkommen abgeschlossen werden müßten, als lebten sie auf dem Mond.

Dieser Eunuch erwies mir größte Zuvorkommenheit und Achtung und nahm sich sogar die Mühe, mit mir die steile Treppe zu erklimmen, um mir die Aussicht von den Marmorzinnen des Goldenen Tores zu zeigen. Gleichzeitig konnte ich die Verteidigungsmaßnahmen studieren, die man gegen Angriffe auf das Fort getroffen hatte; die Mauern, die einen Turm mit dem nächsten verbanden, waren wohl allein schon mächtig genug, uns von der Außenwelt vollkommen abzuschließen.

Im viereckigen Marmorturm des Goldenen Tores zeigte er mir vermauerte, fensterlose Verließe, in die durch einen handbreiten Spalt Speisen gereicht werden konnten. Diese waren für die höchsten Prinzen aus Osmans Geschlecht und für Veziere und Mitglieder des Diwans bestimmt, deren Rang es nicht zuließ, daß man ihnen Schellen anlegte. Mit verzeihlichem Stolz wies er auf eine Mauer und sagte mir, nicht einmal der älteste Gefängniswärter wisse, wer dahinter hause. Der Gefangene selbst könne es ihm nicht sagen, weil man ihm bei seiner Verhaftung vor vielen, vielen Jahren die Zunge herausgerissen habe. Dann zeigte er mir das tiefe Loch, durch das die Leichen in den Graben des Forts geworfen wurden, von wo sie weiter ins Marmarameer trieben. Zu meiner weiteren Unterhaltung deutete er auf den blutbefleckten Block, auf dem die Hinrichtungen mit dem Schwert vorgenommen wurden. Über einem längst vermauerten Eingang war noch eine verblichene Inschrift in griechischen Lettern zu sehen; darüber prangte der zwieköpfige Adler der byzantinischen Kaiser. Davon hatte man nur die Köpfe herausgehauen, um die Gefühle frommer Moslems zu schonen.

Endlich wies er mir unter vielen Entschuldigungen meine eigene Behausung an – eine geräumige steinerne Zelle, deren Fenster auf den Hof hinaus lagen. In diesem Hof durfte ich frei herumgehen und, wenn ich wollte, neben der hölzernen Küche essen.

Er überließ mich meinem Elend. Ich lag drei Tage und Nächte auf der harten Holzbank meiner Zelle, verspürte keinen Appetit und kein Verlangen nach Gesellschaft. Verzweifelt grübelte ich über den Grund meiner Verhaftung nach und war in der Tat verblüfft, daß überhaupt jemand gewagt hatte, sie anzuordnen, da ich, nach Ibrahims Briefen zu schließen, immer noch seine Gunst genoß. Ich ließ alle meine Taten an meinem Geist vorüberziehen, ja selbst meine geheimsten Gedanken, fand aber nichts, was meinen Sturz gerechtfertigt hätte. Je ernster freilich ein Mensch über eine mögliche Schuld nachgrübelt, um so schuldiger fühlt er sich. Nach drei Tagen und Nächten, die ich mit mir ins Gericht gegangen war, war ich so felsenfest überzeugt, wenigstens im Herzen viele Gesetze sowohl des Propheten wie auch der Menschen übertreten zu haben, daß ich mir wie eine niedergebrannte Kerze vorkam und mir von allen Ausgestoßenen der ärmste Teufel dünkte.

Am dritten Tag kam der diensthabende Onbaschi und brachte mir ein Bündel Kleider, mein altes, kupfernes Schreibzeug und einen Brief von Giulia. Sie deutete versteckt an, ich hätte mein hartes Los nur mir selbst und meinem Undank zuzuschreiben. »Nie hätte ich gedacht, daß du mich so hintergehen würdest«, schrieb sie. »Hättest du mir deinen niederträchtigen Plan enthüllt, so hätte ich dich wenigstens warnen können. Und wären nicht meine Tränen und Bitten gewesen, so hätte man dich längst geköpft und in die Grube geworfen. Mehr kann ich für dich nicht tun; wie man sich bettet, so liegt man, undankbarer Michael. Deine Handlungsweise kann ich nie verzeihen, weil ich bald meine Juwelen werde verpfänden müssen, um die Haushaltskosten zu bestreiten.«

Ihr unverständlicher Brief brachte mich ganz von Sinnen. Ich eilte stracks zu dem Eunuchen, überhäufte ihn mit leidenschaftlichen Vorwürfen und schloß: »Ich kann diese Ungewißheit nicht länger ertragen — ich werde wahnsinnig. Weshalb bin ich hier, damit ich mich wenigstens verteidigen kann? Wenn der Großvezier heimkehrt, wird er schreckliche Strafen über jeden verhängen, der es gewagt hat, Hand an mich zu legen. Laß mir die Eisen abschlagen, guter Mann, und entlasse mich sogleich aus diesem Gefängnis, sonst könntest selbst du den Kopf verlieren.«

Der Eunuch war verstimmt, daß ich ihn bei der anstrengenden Arbeit des Rechnens störte. Als ein Mann, der im Serail erzogen worden war, beherrschte er sich jedoch und entgegnete freundlich: »Ach, Michael el Hakim, in fünf oder zehn Jahren, wenn du etwas ruhiger geworden bist, wollen wir die Sache wieder besprechen. Nur ganz wenige Staatsgefangene wissen den Grund, weshalb sie hier sind, denn der Kern der Strafe, die der Sultan in seiner Weisheit verhängt hat, liegt eben in dieser qualvollen Ungewißheit. Kein einziger unserer hohen Gäste weiß, ob er eine Woche, ein Jahr oder sein ganzes Leben hier verbringen wird. Zu jeder Stunde des Tages oder der Nacht können die Taubstummen kommen und dich an den Rand der Grube führen; zu jeder Stunde können sich die Tore des Gefängnisses öffnen und dich wieder in die Welt der Menschen entlassen, vielleicht sogar zu höheren Ehren als zuvor. Du tätest klug daran, diese günstige Zeit in mystischer Betrachtung zu verbringen, bis du wie die Derwische erkennst, daß in Allahs Augen alles Trug ist, sei es Haft oder Freiheit, Reichtum oder Armut, Macht oder Sklaverei. Daher werde ich mich glücklich schätzen, dir den Koran zu leihen.«

Diese Fragen ließen sich aber leichter im Dampfbad als hinter den eisernen Gefängnisgittern erörtern. Ich verlor alle Beherrschung über mich selbst und fing an, auf den Boden zu stampfen und zu schreien, bis er mich von Janitscharen ergreifen lassen mußte, die mir mit ihren Rohren die Fußsohlen gerbten. Meine Wut löste sich bald in Schmerzenstränen auf, und die Janitscharen stützten mich unter den Armen und trugen mich halb in meine Zelle zurück, wo sie Stirn und Boden mit den Fingerspitzen berührten, um mir ihren unveränderten guten Willen und ihre Achtung zu erzeigen. Der Schmerz in meinen geschwollenen Füßen lenkte meine Gedanken ab, wie der weise Eunuch es beabsichtigt hatte, und so schickte ich mich darein und begann in den Tag hineinzuleben. Meine einzige Hoffnung war, der Großvezier würde mich bei seiner Rückkehr aus Persien vermissen und trotz der Machenschaften im Serail meinen Aufenthalt entdecken.

Die fünf täglichen Gebete und Waschungen halfen mir die Zeit vertreiben, und da ich sonst nichts zu tun hatte, studierte ich eifrig den Koran. Auf den Rat des freundlichen Eunuchen vollführte ich auch die Atemübungen der Derwische; auch fastete ich ab und zu. Doch merkte ich bald, daß mein Glaube zu schwach war, den Zustand höchster Verzückung zu erreichen, den die Marabuts und heiligen Derwische priesen.

Daher ließ ich endlich diese Übungen sein und begnügte mich damit, meinen Leib bei guter Gesundheit zu halten und mit Appetit zu essen. Den ganzen Tag schlenderte ich im Hof umher, während Schwärme von Zugvögeln mit rauschendem Flügelschlag mir zu Häupten im türkisblauen Herbsthimmel verschwanden. So lernte ich meine Mitgefangenen kennen, unter denen sich viele Moslems und auch Christen befanden, die dem Sultan für den Gefangenenaustausch von Wert waren. Sie vertrödelten ihre Tage müßig auf dem Rasen rings um die Küche, obwohl die Fleißigeren unter ihnen sich betätigten, indem sie die Tage ihrer Haft sowie verschiedene Sprichwörter in den glatten Stein am Fuß der Türme einkerbten. Zweimal begegnete ich Raschid, dem Prinzen von Tunis, und hörte ihn Khaireddin und Sultan Suleiman ob ihres feigen Verrates schmähen.

Wochen vergingen. Die Kastanien im Hof verloren ihre Blätter, die Tage wurden kühl, und ich wurde der Gesellschaft meiner Mitgefangenen überdrüssig. Mich verzehrte die Sehnsucht nach meinem wunderschönen Haus an der Küste des Bosporus, und ich kannte keinen innigeren Wunsch, als auf weichem Sessel auf der Terrasse zu ruhen, wenn die Dunkelheit sich auf die Wogen senkte und die Sterne nacheinander aufleuchteten. Mich verlangte danach, meine roten und goldenen Fische wiederzusehen, mein Töchterlein Mirmah an der Hand zu führen und ihre Schritte zu lenken, wenn sie in die Arme des treuen Alberto strebte. Die Sehnsucht zehrte mich auf, und ich glaubte mich von allen verlassen.

An einem klaren Herbsttag stand ich auf der Spitze des Marmorturmes und sah über die verschwommene Bläue der See hin; da erblickte ich Segel, Wimpel und silberne Halbmonde und vernahm wie ein Echo aus einer anderen Welt Kanonendonner von der Landungsbrücke des Serails. Die Türmchen des Friedenstores schimmerten märchenhaft in der Ferne, während mir zu Füßen die wellige Landschaft, übersät mit weißen Grabsteinen, golden in der klaren Herbstluft leuchtete. Eine staubige, kreideweiße Straße lief zwischen den Hügeln hin und verschwand in der Ferne.

Die Freiheit und die Schönheit dieses Bildes schnitten mir ins Herz. Ich fühlte mich arg versucht, mich von der schwindelnden Höhe des Turmes hinabzustürzen, um von der Eitelkeit, dem Leid und dem Hoffen dieser Welt Erlösung zu finden.

Es war freilich gut, daß ich es nicht tat, denn dieser Tag brachte einen unvermuteten Wandel meines Geschickes. Nach Einbruch der Dunkelheit kamen drei Taubstumme ins Gefängnis. Mit schleppenden Schritten überquerten sie den Hof und gingen zum Marmorturm nächst der See, in dem die Todesgrube lag. Hier erdrosselten sie geräuschlos den Prinzen Raschid und warfen seinen unzüchtigen Leichnam in das Loch, woraus ich schloß, daß Khaireddin Tunis erobert hatte und Raschid ben Hafs daher nicht mehr brauchen konnte.

Gleich allen anderen Gefangenen packte auch mich das Entsetzen über die Ankunft dieser Taubstummen. Unter den dreien erkannte ich sogleich den aschfarbenen grausamen Neger, der Abu el Kasims Sklaven zu besuchen pflegte. Als er den Hof überquerte, warf er mir einen leeren Blick zu, machte aber mit den Fingern eine beruhigende Gebärde, um mir zu sagen, daß ich nicht ganz vergessen sei.

Dieser Gruß war die erste Botschaft von der Außenwelt seit Giulias Brief. Meiner bemächtigte sich eine so fieberhafte Erregung, daß ich in jener Nacht nicht schlafen konnte. Am dritten

Tag nach dem Erscheinen der Taubstummen beschied mich der Eunuch zu sich, ließ mir die Ketten abschlagen, gab mir meine Kleider und mein Geld zurück und geleitete mich zum Zeichen seiner unverminderten Achtung bis ans Tor. So wurde ich ebenso plötzlich und geheimnisvoll entlassen, wie ich vor vielen Monaten eingekerkert worden war.

Draußen fand ich zu meiner Überraschung Abu el Kasim in einer Prunksänfte meiner wartend, und niemand wird mich wohl tadeln, daß ich bei seinem Anblick in Tränen ausbrach. Ich weinte schier ein Meer von Tränen, an seine magere Schulter gelehnt und den bitteren Geruch nach Gewürzen, der von seinem Kaftan ausströmte, einatmend, als wäre er mein Vater.

Abu zog mich zu sich in die Sänfte und reichte mir im Schutz der Vorhänge etwas Wein. Ich faßte mich und fragte ihn gespannt, ob ich wirklich frei, wessen ich angeklagt gewesen und was in der Welt vorgefallen sei, seit man mich daraus weggeholt hatte. Abu el Kasim erwiderte: »Stelle keine törichten Fragen. Die Sache ist unbedeutend und wird dir zur rechten Zeit klar werden. Du brauchst jetzt nur mit mir heimkommen, die erste Sure hersagen und mir, getreu deinem Versprechen, die Russin und ihr Söhnchen schenken. Nur um sie zu holen, bin ich noch einmal zurückgekehrt; ich will nun meinen Lebensabend friedlich in Tunis verbringen. Dank Khaireddin ist diese Stadt nun von der Tyrannei der Hafsiden befreit und feiert ihre Freiheit unter dem wachsamen Schutz der Janitscharen.«

Erst nachdem er sich vergewissert hatte, daß ich mein Wort halten und ihm die Russin schenken wollte, tat er einen Seufzer der Erleichterung und teilte mir den Grund meiner Haft mit.

Als Khaireddin im Frühling die Segel setzte, fuhr er offenbar zuerst nach Koroni und stattete die Festung mit neuen Geschützen aus. Dann segelte die muselmanische Flotte zum erstenmal in der Geschichte offen durch die Straße von Messina, um ihre Stärke darzutun, worauf sie langsam nach Norden fuhr und die Küste des Königreiches Neapel planmäßig heimsuchte. Doria wagte es nicht, Khaireddin zu begegnen, da er auf Grund anscheinend wohlbezeugter Gerüchte glaubte, die Flotte sei nach Genua unterwegs. Zu allem Unglück erbot sich ein christlicher Sklave, gegen seine Freilassung Khaireddins Landheer zum Schloß Fondi zu führen, wo unermeßliche Schätze liegen sollten.

»Es stellte sich aber heraus«, meinte Abu el Kasim, »daß der Sklave deren Wert gewaltig übertrieben hatte. Die Janitscharen brachen in ihrer Wut darüber in die Kapelle ein, plünderten die Särge der toten Schloßherren und verstreuten ihre Gebeine. Die Schloßherrin, eine Witwe in reifen Jahren, namens Giulia Gonzaga, floh im Nachtgewand. Khaireddin hatte nie von ihr gehört; sie aber verbreitete hinterher die tollsten Geschichten über ihre Flucht. Seit sie Witwe war, hatte sie nach liederlicher italienischer Sitte auf ihrem Schloß Dichterlinge und anderes Zeug bewirtet, und die hatten sie zum Dank für ihre Gastfreundschaft in ihren Versen als schönste Frau Italiens gepriesen. Du kennst die Dichter – daran war weiter nichts Schlimmes. Dieses Weib aber verbreitete in ihrer närrischen Eitelkeit das Gerücht, Khaireddin habe das Schloß nur um ihretwillen erstürmt, weil er sie in den Harem seines Herrn, Sultan Suleimans, stecken wollte. Sie erzählte das Märchen so oft, daß sie es schließlich selbst glaubte.«

»Allah sei uns gnädig!« rief ich tief erschüttert aus. »Nun verstehe ich. Kein Wunder, daß Sultana Khurrem sich darüber erboste; sie muß ja geglaubt haben, Khaireddin habe ihr Vertrauen auf meinen Rat mißbraucht. Ich wundere mich nur, daß mein Kopf noch auf den Schultern sitzt. Ein verschmähtes Weib in seiner Eifersucht ist grimmiger als jeder indische Tiger.«

»Die Signoria von Venedig sorgte dafür, daß diese unterhaltsame Geschichte der Sultana zu Ohren kam, und sie glaubte sie um so lieber, als kurz vor des Sultans Aufbruch ins Feld zwischen ihr und ihm wegen des Prinzen Mustafa eine gewisse Mißstimmung eingetreten war. Der beste Beweis, daß die ganze Geschichte erlogen war, ist der, daß der Knecht, der Giulia Gonzaga unter Lebensgefahr gerettet hatte, auf ihren Befehl ermordet wurde, weil er über dieses Märchen lachte und meinte, dem Sultan wäre wohl ein Mehlsack lieber gewesen als die etwas schlaffen Reize seiner Herrin.«

»So ist«, bemerkte ich, »das Mißverständnis nun wohl aufgeklärt, und Sultana Khurrem wird wissen, daß ich unschuldig bin. Wenn nicht, so muß ich nach Persien fliehen und beim Großvezier Zuflucht suchen, obwohl ich die Schwerter der Schiiten verabscheue.«

Abu el Kasim entgegnete: »Sie glaubt an deine Unschuld, und Khaireddins fürstliche Geschenke haben ihren unbegründeten

Argwohn vollkommen zerstreut. Großvezier Ibrahim aber soll nun mit großem Pomp in Täbris, der Hauptstadt des Schahs, eingezogen sein und damit den Gipfel seines Ruhmes erklommen haben. Der Sultan ist dort zu ihm gestoßen, und die schöne Khurrem kann nur sitzen und an ihren Nägeln kauen. Seit vielen Tagen feiert Istanbul die Eroberung Persiens, und nun werden neue Feuer entzündet, um die Einnahme von Tunis festlich zu begehen.«

Wir traten in mein Boot. Als die Sterne aufleuchteten und am blauschwarzen Nachthimmel wie silberner Sand funkelten, erblickte ich in der Ferne mein schönes Haus mit seinem Garten und die hohen Mauern, die in Terrassen von der Küste emporstiegen. So unwirklich schien mir dies alles, daß mich das Leben selbst nur ein Traum, eine Blume, ein Lied dünkte. Ich drückte mir die Fingernägel ins Fleisch, um mich zu bezähmen, da ich auf den Augenblick brannte, da ich Giulia wieder in den Armen halten konnte. Kaum hatten die Sklaven die Ruder gehoben, um das Boot geräuschlos an die marmorne Landungsbrücke gleiten zu lassen, als ich auch schon hinausstürzte und beflügelten Schrittes die Stufen zu meinem Haus emporeilte. Ich griff mir die erste Lampe, die zur Hand war, stürmte ins Obergeschoß und rief laut nach Giulia, weil ich hoffte, sie noch wach zu finden. Über dem Lärm kam der treue Alberto herbeigestürzt, die Haare gesträubt und atemlos vor Erstaunen. Er nestelte eilig seinen gelben Rock zurecht, warf sich unter Freudentränen über meine Heimkehr mir zu Füßen und umklammerte meine Beine mit seinen starken Armen. Erst als er Giulia mit schwacher Stimme nach mir rufen hörte, ermannte er sich und gab mich frei.

Giulia lag erschöpft auf ihrem Bett; ihr Haar ringelte sich in Locken über das Kissen.

»O Michael, du bist's? Der Lärm ließ mich schon Einbrecher befürchten. Ich verstehe gar nicht, wie du schon so früh hier sein kannst, weil Sultana Khurrem und ich deine Heimkehr erst auf morgen festsetzten. Da hat wohl einer seine Pflicht verletzt oder sich bestechen lassen und verdient strenge Strafe für den Schrekken, den du mir eingejagt hast. Mein Herz klopft immer noch, und ich kann kaum atmen.«

Ihre Worte klangen wirklich so atemlos und entsetzt, daß ich die Lampe hob, um sie zu betrachten. Sie zog zwar rasch die Dekke empor und barg ihr Gesicht in den Händen; ich hatte aber doch bemerkt, daß ihr linkes Auge angeschlagen war und ihr rote Striemen, wie von Stockschlägen, über die Schultern liefen. Entgeistert zog ich ihr mit einem Ruck die Decke fort und sah ihren zitternden, nackten Leib übersät mit roten Flecken. Ich ließ die Decke fallen und rief entsetzt:

»Was soll das heißen? Bist du krank, oder hat dich jemand geschlagen?«

Giulia fing an zu schluchzen und jammerte: »Ich glitt auf dieser verwünschten Treppe aus und fiel, schlug mir das Auge auf und kollerte die ganze Treppe hinab. Wie durch ein Wunder blieben meine Knochen heil. Wunderst du dich da, daß ich voll blauer Flecken bin und zittere? Alberto brachte mich zu Bett. Als er gegangen war, zog ich das Hemd aus, um meine Beulen zu besehen und mit Salbe einzureiben. Ich hoffte, morgen wieder ganz hergestellt zu sein, um dich willkommen zu heißen – und dann stürmst du wie ein Raubtier daher, ohne die geringste Rücksicht auf mich zu nehmen.«

Sie sprach so erregt, daß ich kein Wort davon erfassen konnte, und da ich selbst oft auf jener Stiege ausgeglitten war, besonders wenn ich Wein getrunken hatte, hatte ich keinen Grund, an ihren Worten zu zweifeln und war ganz erfüllt von tiefer Dankbarkeit, daß sie sich nicht schlimmer verletzt hatte. Irgendwo aber in meinem tiefsten Herzen offenbarte sich an jenem Abend – obwohl ich sie nicht einmal mir selbst eingestehen wollte – die ganze erbärmliche, brennende Wahrheit.

Nachdem ich Giulia für mein unbesonnenes Gebaren demütig um Verzeihung gebeten hatte, rief ich Abu el Kasim zu, einzutreten, weil Giulia wegen ihrer Verletzungen das Bett nicht verlassen könne. Abu aber war schlechter Laune, weil Giulia die russische Amme mit der übrigen Dienerschaft zu den Siegesfeiern beurlaubt hatte. Er wanderte ein Weilchen ruhelos auf und ab, kratzte sich fortwährend und machte sich endlich auf die Suche nach dem Weib, um ihre Tugend vor dem Pöbel zu schützen.

Ich ließ ihn nicht ungern ziehen, denn nun waren Giulia und ich endlich allein. Angestachelt vom Wein und meinem eigenen Argwohn, konnte ich mich nicht bezähmen, sondern umarmte sie, um meine Gedanken zu ertöten, obgleich sie mich bat, ihren zerschlagenen Leib zu schonen. Je tiefer sich die entsetzliche

Wahrheit in mein Herz fraß, um so heißer brannte meine Leidenschaft. Giulia fügte sich immer williger und begann endlich, meine Liebkosungen sacht zu erwidern. Sie fragte mich arglos, ob ich sie noch immer liebte. Ich konnte nur zähneknirschend erwidern, daß ich von allen Frauen der Welt nur sie liebte und keine andere mein Verlangen stillen könne. Das war die grausige Wahrheit, und ich haßte mich selbst, daß ich ihrem Zauber erlag.

Endlich sank ich neben ihr zur Ruhe, und sie fing an, mich sanft zu schelten. »Was für ein unnatürlicher Vater du bist, Michael! Du hast nicht einmal nach deiner Tochter gefragt. Möchtest du sie nicht heimlich betrachten, während sie schläft? Du würdest gar nicht glauben, wie sie gewachsen ist und welch schönes Mädchen sie zu werden verspricht.«

Da konnte ich meine quälenden Gedanken nicht länger meistern und erwiderte: »Nein, nein, ich will sie nicht sehen. Ich will nicht einmal an sie denken. Sie hat ja Alberto. Ich will nur eines: mein Denken, Wollen und Hoffen, meine Zukunft und meine ach so bittere Enttäuschung in deinen Armen begraben. Ich liebe nur dich; ich kann nicht anders.«

Bei meinen heftigen, verzweifelten Worten richtete sie sich rasch auf dem Ellbogen auf. Ihr Gesicht war seltsam gerötet, und ein grausamer Zug lag um ihren Mund, als sie mich beim gelben Lampenschein anstarrte. Ich aber konnte mich nun unschwer verstellen; sie zuckte denn auch gleich darauf die weißen Schultern und legte sich ruhig wieder neben mich. »Du redest sehr töricht, Michael. Du solltest dein eigenes Kind nicht um meinetwillen vernachlässigen. Mirmah hat oft nach dir gefragt. Morgen sollst du mit ihr im Garten lustwandeln, um ihr und mir zu zeigen, daß du ein zärtlicher, liebevoller Vater bist, obwohl du dir, wie ich weiß, aus Kindern wenig machst. So viel kannst du wohl für mich tun, wenn ich dich so schön bitte.«

Am nächsten Morgen brachte sie mir Mirmah, und ich führte das Kind in den Garten, um meine roten und gelben indischen Fische zu betrachten. Eine Weile hielt sie gehorsam meine Hand, wie Giulia sie es ohne Zweifel geheißen hatte; bald aber vergaß sie mich und fing an, mit beiden Händen Sand ins Wasser zu werfen, um die Fische zu schrecken. Mir lag wenig an den Fischen, doch betrachtete ich forschend das Mädchen, das Giulia mein Kind nannte. Sie war nun im fünften Jahr – ein launenhaftes, heftiges Kind, das in Schreikrämpfe verfiel, wenn ihm auch nur der kleinste Wunsch versagt wurde. Sie war schön. Ihre Züge waren so regelmäßig und makellos wie die einer griechischen Statue; ihr Gesicht war so glatt und dunkel, daß ihre Augen seltsam farblos daraus blickten. Während wir im Garten umherschlenderten, folgte uns Alberto wie ein Schatten, als fürchte er, ich könnte das Kind in den Teich werfen. Aber wie hätte ich ihr ein Leid zufügen können, die an der Sünde wie am Tod meiner Liebe unschuldig war? Als sie es müde geworden war, die Fische zu necken, führte Alberto sie rasch fort, und ich ließ mich auf einer von der Sonne erwärmten Steinbank nieder. Mein Kopf war leer, und ich wollte nicht denken.

Ich war knapp über dreißig Jahre alt, aber die nagende Ungewißheit meiner Haft hatte mich am Sinn meines Lebens zweifeln lassen. Bei meiner Heimkehr nahm nun die zermürbende Wahrheit ihren Platz in meinem Herzen ein. Mich packte ein brennendes Verlangen, aus der Stadt des Sultans zu fliehen und irgendwo — so weit weg wie möglich — ein stilles Plätzchen zu finden, wo ich mein Leben wie andere Menschen zu Ende leben und in Frieden mein Wissen vermehren konnte.

Aber wie konnte ich Giulia aufgeben und mein schönes Haus, mein behagliches Bett, die vorzüglichen, auf Porzellan und Silber aufgetischten Speisen, meine Freunde, die Dichter und Derwische, und vor allem den Großvezier, der mir vertraute und meiner bedurfte? Ich konnte ihn nicht im Stich lassen — am wenigsten jetzt, wo sich ungeachtet seiner glänzenden Erfolge drohende Wolken über ihm zusammenballten. Ich rang nach einem kühnen Entschluß, wußte aber nicht, was mir am besten frommte. Die Zeit floß wie ein reißender Strom dahin, der Wurm nagte an meinem Herzen, und vergeblich suchte ich Trost beim Becher und Vergessen in fröhlicher Runde.

Allem Anschein nach hatte das Ottomanenreich noch nie ein so goldenes Zeitalter erlebt. Die Eroberung von Tunis hatte ihm die Herrschaft über Afrikas alte Karawanenstraßen von den Negerländern quer durch die Wüste eingebracht. Auf diesen Straßen strömten nun Ladungen von Goldstaub, schwarzen Sklaven, Elfenbein und Straußenfedern herbei. Tunis war auch als Stützpunkt für die Eroberung Siziliens zu brauchen, und die Johanniter – die größte Gefahr auf hoher See – erwogen schon ihren Rückzug von Malta auf das sichere italienische Festland.

Von Täbris traten die vereinigten Heere des Sultans und des Großveziers ihren beschwerlichen Marsch nach Bagdad an. Die Nachricht von der unblutigen Einnahme der heiligen Kalifenstadt setzte den vielen Siegesbotschaften die Krone auf. Dennoch konnten diese Erfolge Schah Tahmasp nicht zur Entscheidungsschlacht verleiten, und der Marsch auf Bagdad forderte unerwartet viele Opfer. Ich erhielt einen Brief vom Großvezier, dessen Handschrift allein schon seinen zerrütteten Zustand verriet. Er befahl mir darin, zu ihm nach Bagdad zu kommen.

Der Krieg war keineswegs zu Ende. Das Heer sollte in Bagdad überwintern und im Frühjahr den Angriff auf Persien wiederaufnehmen. Aber im Heer lauerte der Verrat, schrieb er, und stiftete mehr Schaden als die persischen Waffen. Iskender-Tseleb, der Defterdar, sei der Ursprung allen Übels und habe seit Aleppo heillose Unordnung in die Finanzen gebracht. Er habe zehntausend Mann auf einem unzugänglichen Gebirgspaß absichtlich in den sicheren Tod geschickt, und es werde immer klarer, daß der ganze Feldzug geplant worden sei, um Ibrahim als Seraskier in Verruf zu bringen. Er, Ibrahim, müsse ständig vor Mördern auf der Hut sein – die nicht von Schah Tahmasp kämen. Aber, so schrieb er, er wolle die Verschwörungen seiner Feinde gegen diese selbst kehren; er wolle den Verrat, der im Heer umgehe, ausrotten und zeigen, wer der Seraskier-Sultan des Ottomanenreiches sei. Von mir brauche er einen Bericht über alles, was im Serail während seiner Abwesenheit vorgefallen sei; auch wolle er mir eine weitere Aufgabe übertragen, die er nicht einmal in einer Geheimdepesche andeuten könne.

Mich erfüllten düstere Ahnungen und die Angst, der edle Seraskier habe nun, entmutigt durch die Strapazen und Rückschläge des Krieges, angefangen, selbst die Unschuldigsten des Verrates zu verdächtigen. Doch er befahl, und ich mußte zu ihm. So will ich denn mein letztes Buch beginnen und erzählen, wie Großvezier Ibrahims Glücksstern im selben Augenblick verblaßte, als er das höchste Amt errang, das je ein Sklave im Ottomanenreich bekleidete.

NEUNTES BUCH

GROSSVEZIER IBRAHIMS GLÜCKSSTERN

Mit schönen Worten überredete Abu el Kasim die russische Amme meiner Tochter, ihren griechischen Glauben abzuschwören und den Islam anzunehmen, damit er sie nach dem Gesetz vor dem Kadi und zwei geeigneten Zeugen zum Weib nehmen könne. Das Weib bewunderte Abus breiten Turban, seinen Kaftan mit den Juwelenknöpfen und seine blitzenden Affenäuglein so von Herzen, daß sie vor Freude in die Hände klatschte, als sie seine ehrbaren Absichten erkannte. Ich wußte nicht, sollte ich lachen oder weinen, als ich sah, wie ängstlich Abu um den Ruf seiner Frau besorgt war und wie er selbst seinen Geiz diesmal überwand, um die Hochzeitsfeier so glänzend wie möglich auszurichten. Alle Armen des Stadtviertels wurden viele Tage lang festlich bewirtet, Pfeifen und Trommeln erschallten, und Weiber sangen mit schrillen Stimmen ihre uralten Hochzeitsgesänge.

Zu meiner Freude erhob Giulia keinen Einwand, obwohl sie nicht begriff, wie ich ein Weib noch in der Blüte seiner Jahre einem Mann wie Abu ausliefern, geschweige denn sie bewegen mochte, ihren Christenglauben abzuschwören, wenn er auch schismatisch war. Abu el Kasim schwor, er werde ihr Söhnchen zu seinem Alleinerben machen, sollte er von ihr keine Kinder haben, und dem Jungen bei der Beschneidung den Namen Kasim geben, damit man ihn zu Tunis für Abus Sohn halte.

Als ich des Großveziers besorgten Brief aus Bagdad erhielt, hatte ich schon Abu el Kasim und seine Familie zum Schiff begleitet und sie mit vielen Segenswünschen ziehen lassen. Eine absonderliche, düstere Überzeugung hatte sich in mir seit kurzem gefestigt, daß ein Fluch auf meinem Haus lag, und ich frohlockte über den Befehl des Großveziers, obwohl er deutlich verriet, daß der Krieg seinen Geist arg mitgenommen hatte. Die Furcht vor meinem eigenen Haus ließ mich diese weite Reise begrüßen, und so inbrünstig ich mich in der Haft nach Giulia gesehnt hatte, sehnte ich mich nun danach, eine Weile von ihr getrennt zu sein, um in Ruhe und Frieden über sie und unser Verhältnis nachsinnen zu können.

Giulia hatte gegen meine Reise nichts einzuwenden, beneidete mich, daß ich Bagdad sehen sollte, und gab mir ein langes Verzeichnis von Waren mit, die ich ihr in den Basaren von Bagdad kaufen sollte. Je näher der Tag des Abschieds rückte, um so zutraulicher wurde sie. Kurz vor meiner Abreise aber sprach sie einige ernste Worte. »Nach den Nachrichten, die eine gewisse hohe Dame erhalten hat, hat Großvezier Ibrahim eine Reihe hervorragender Staatsmänner heimlich nach Bagdad beschieden, und es steht fest, daß er nichts Gutes im Schilde führt. Der Sultan aber, verblendet und bezaubert durch seine Freundschaft, erkennt die Gefahr nicht, obwohl der ehrgeizige Ibrahim sich einen neuen Titel angemaßt hat und nun nach persischer Art als Seraskier-Sultan unterzeichnet. Zum Glück gelang es Khurrem, den Sultan zu überreden, den treuen Defterdar, Iskender-Tseleb, dorthin zu entsenden, um den Seraskier zu beraten und ihn gleichzeitig in Schach zu halten. Ibrahim aber hat auf alle mögliche Weise versucht, Iskender-Tseleb an seiner Arbeit zu hindern und sein Ansehen zu untergraben.«

»Das weiß ich alles«, erwiderte ich kurz angebunden. Ihre Worte bedrückten mich, weil der durch des Großveziers Wachsamkeit vereitelte Versuch, einen Teil der Kriegskasse des Sultans zu stehlen, in ganz Istanbul viel böses Blut gemacht hatte und unglaubliche Gerüchte im Serail umliefen. Nichts aber konnte Giulia hindern, mir Gift ins Ohr zu träufeln.

»Glaub mir, Michael – sei klug und renne nicht blind ins Verderben. Merke sorgfältig auf alles, was der Großvezier sagt. Beruhige ihn; verhindere jede voreilige, unüberlegte Tat. Denn wenn ihm auch Sultana Khurrem nichts Böses wünscht, so wird er sich doch selbst die Schlinge um den Hals legen, wenn er fortfährt, ihre Freunde und treuen Diener zu verfolgen. Iskender-Tseleb erfreut sich der besonderen Gunst der Sultana, und nur um ihn zu verdächtigen, bestach Ibrahim die Leute, die Kamele zu stehlen, die mit einem Teil des Kriegsschatzes des Sultans beladen waren.«

»Diesen Vorfall sehe ich freilich ganz anders«, meinte ich. »Warum sollte der Seraskier sein eigenes Geld stehlen? Außerdem besitzt er das schriftliche Geständnis der Angeklagten – ein Geständnis, das ein seltsames Licht auf den Defterdar wirft, wie alle Rechtgesinnten erkennen sollten.«

Giulias Gesicht verfinsterte sich.

»Es wurde unter grausamen Foltern erpreßt! Vielleicht kannst du mir erklären, warum der Großvezier es so eilig hatte, jene Unglücklichen sogleich nach abgelegtem Geständnis hinrichten zu lassen, wenn nicht, um sich unbequemer Zeugen zu entledigen.«

»Allah steh mir bei!« rief ich erbost. »Nur ein Weib kann so reden. Wie hätte er in Kriegszeiten ein so schweres Vergehen ungestraft lassen können? Als Seraskier mußte er ein Exempel an ihnen statuieren, um einen Aufruhr im Keime zu ersticken.«

Ein seltsames Funkeln trat in Giulias Augen; sie beherrschte sich aber mit großer Mühe und erwiderte: »Du willst die Wahrheit nicht sehen, Michael, und wirst ein schreckliches Erwachen erleben. Schiebe die Schuld nicht auf mich, wenn eine Zeit kommt, da ich nichts mehr zu deiner Rettung tun kann. Ich wünsche dir eine gute Reise zu deinem geliebten Großvezier und hoffe, du wirst unterwegs Zeit finden, die Sache zu überdenken. Sei überzeugt, daß dich reicher Lohn erwartet, wenn du beizeiten zur Vernunft kommst.«

Nach Ibrahims Geheiß legte ich den weiten Weg nach Bagdad so schnell wie möglich zurück. Ich war blind und taub vor Erschöpfung, meine verkrampften Glieder schmerzten, und das Gesäß brannte mir höllisch vom Reiten, als ich endlich mit meinen Reisegefährten aus dem Sattel glitt, um die schmerzende Stirn an den Boden zu drücken und Dankgebete zu stammeln. Die unzähligen Moscheen, Minarette und Türme dieser Märchenstadt ragten wie eine Fata Morgana aus den blühenden, von Bewässerungsgräben kreuz und quer durchzogenen Gärten empor, und die heiligen Gräber des Islam waren hier dichter gesät als sonstwo auf der Welt. Bagdad war nicht mehr die Stadt der Kalifen, weil die Mongolen es seit der Zeit des großen Imam mehr als einmal ausgeplündert und in Brand gesteckt hatten. Mir aber schien es reich und prächtig, und mir fielen alle Märchen Arabiens ein, als ich durch das Stadttor ritt. Läufer eilten uns voraus, dem Großvezier unsere Ankunft zu melden.

Als wir langsam den leeren, mit Arkaden geschmückten Marktplatz überquerten, sah ich in der Mitte einen von Janitscharen bewachten Galgen stehen, an dem die Leiche eines bärtigen Mannes hing. Der unerwartete Anblick weckte meine Neugier. Ich ritt näher und erkannte zu meiner Überraschung das

Gesicht, das sich nun im Tode verfärbt hatte, und den vertrauten Kaftan mit den tintenbedeckten Ärmeln.

»Allah ist Allah!« rief ich. »Ist das nicht die Leiche des Defterdars Iskender-Tseleb? Wie kommt es, daß dieser Mann – der reichste, edelste und gelehrteste im Ottomanenreich – hier am Galgen hängt wie der gemeinste Verbrecher? Hätte man ihm nicht wenigstens die grünseidene Schnur schicken können, damit er sich im Namen des Barmherzigen im stillen Kämmerlein selbst entleiben konnte?«

Einige hohe Hofbeamte, die mich auf Ibrahims Geheiß hieherbegleitet hatten, verbargen ihr Gesicht, wendeten die Pferde und ritten zum Tor zurück, entschlossen, die Stadt unverzüglich zu verlassen. Die Janitscharen, die den Galgen bewachten, erklärten grimmig: »Der verwünschte Großvezier ist an allem schuld. Der Sultan kann nichts dafür, und wir haben wahrhaftig nicht um diese Ehre gebeten. Wer kann noch zweifeln, daß Ibrahim sich gegen das Ottomanenreich verschworen hat? Der Mufti erließ eine *fatwa*, die uns erlaubte, diese Ketzer ihrer Habe zu berauben und sie in die Sklaverei zu verkaufen. Aber Seraskier Ibrahim, der Weinsäufer und Gotteslästerer, verweigert uns das Recht, zu plündern. Wir möchten gerne wissen, was ihm die großen Kaufherren dafür zahlten. Unser Sold kann dies Unrecht nicht wiedergutmachen und zeigt nur, daß Ibrahim ein schlechtes Gewissen drückt.«

Man konnte die Janitscharen verstehen, wenn sie die Wahrheit sprachen. Iskender-Tselebs Reichtum, Frömmigkeit und rein türkische Abstammung hatten ihn im ganzen Reich beliebt gemacht, so daß es wahrhaftig kein Vergnügen war, an seiner baumelnden Leiche Wache zu stehen. Erfüllt von düsteren Ahnungen ritt ich weiter. In dem Palast, den Ibrahim sich zum Hauptquartier erwählt hatte, wurde ich überaus argwöhnisch empfangen; meine Kleider wurden von den Wachen mehrmals durchsucht; sie schlitzten sogar die Säume meines Kaftans auf, um nach Gift und verborgenen Waffen zu forschen. Daraus erkannte ich, welche Furcht in Bagdad herrschte. Als ich endlich an den Ellbogen vor den Großvezier geführt wurde, fand ich ihn in heftiger Erregung. Er schritt in dem marmornen Saal auf und ab. Sein hübsches Gesicht war aufgedunsen und seine Augen vor Anstrengung und Schlaflosigkeit gerötet. Die gewöhnlich sorgfältig gepflegten Fingernägel hatte er angekaut. Oft hielt er inne, einen Schluck Gewürzwein zu nehmen. Als er meiner ansichtig wurde, vergaß er all seine Würde und eilte mit ausgebreiteten Armen auf mich zu. Er entließ die Wächter und rief: »Endlich sehe ich ein bekanntes, vertrauenswürdiges Gesicht unter all diesen Verrätern! Gesegnet sei deine Ankunft, Michael el Hakim, denn noch nie bedurfte ich eines klarsehenden, unparteiischen Freundes so sehr!«

Er schilderte mir, so kühl und sachlich er es vermochte, kurz den Verlauf des Feldzuges seit dem Aufbruch von Aleppo, und als ich die Sache überdachte, erkannte ich, daß Ibrahim so viele Beweise für Iskender-Tselebs Verrat besaß, daß kein Zweifel blieb. Gegen den Willen des Seraskiers war Iskender zum Kehaja oder Nachschubverwalter des Heeres ernannt worden und hatte, verblendet durch seinen Haß gegen den Großvezier, während des ganzen Feldzugs den Truppen geschadet, wo er nur konnte. Erst beim Antritt des furchtbaren Wintermarsches von Täbris nach Bagdad konnte Ibrahim den Sultan überreden, den Defterdar als Kehaja zu entlassen. Da war es freilich schon zu spät, denn als der Schnee fiel, die Überschwemmungen einsetzten und die Straßen sich in grundlosen Morast verwandelten, traten sowohl die Zerrüttung der Versorgung als auch die durch Geheimagenten hervorgerufene Verwirrung und Unordnung klar zutage. Der Großvezier zögerte nicht, Iskender-Tseleb sowohl für den erbärmlichen Zustand der Troßwagen als auch für den Futtermangel verantwortlich zu machen, infolgedessen die Zugtiere vor Erschöpfung zusammenbrachen. Die vom Kehaja durchgeführte Aufklärung und Marschplanung war vollkommen unzulänglich gewesen; ja, es schien, als hätte er die schlechtesten Straßen gewählt, um die Stimmung der Truppe zu untergraben und sie zur Meuterei gegen den Seraskier anzustacheln.

»Meine Eitelkeit bewog mich, seinem trügerischen Rat zu folgen und gegen Täbris zu ziehen, ohne auf den Sultan zu warten, weil es für mich einen Triumph bedeutet hätte, wenn ich den Schah ohne Hilfe besiegt hätte«, sagte Ibrahim aufrichtig. »Zu spät erkannte ich, daß Iskender mich ermutigt hatte, weil er mich heimlich vernichten und in den Augen meines Herrn und Gebieters herabsetzen wollte. Ich habe nun Beweise dafür, daß der Defterdar während des ganzen Marsches mit den Persern heimlich Fühlung aufgenommen hatte und ihnen jede gewünschte Auskunft über unsere Route und unsere Ziele zukommen ließ, so daß sie sich rechtzeitig zurückziehen und die offene Feldschlacht vermeiden konnten. Wenn das kein Verrat ist, so sag mir, was sonst! Schließlich galt es einfach meinen Kopf oder den seinen. Aber seit seiner Hinrichtung drückt mich das Gefühl, daß ich machtlos bin. Mir ist, als hätte ich mich in einem Netz gefangen. Mein Kopf steht auf dem Spiel, und ich habe niemand, dem ich trauen könnte.«

Während wir zusammen beim Wein saßen, stürzten erregte Diener in goldenen Helmen herein und meldeten, der Sultan sei von seinem Mittagsschlaf erwacht und scheine von Sinnen zu sein. Er schreie und zerre an seiner Brust, und niemand könne ihn besänftigen. Gemeinsam stürzten Ibrahim und ich in des Sultans Schlafgemach, wo wir ihn mitten im Raum stehen und ins Leere starren sahen. Schweiß stand ihm im Gesicht; er zitterte am ganzen Körper. Der Anblick des Großveziers brachte ihn offenbar wieder zu sich; er fuhr sich übers Gesicht und kam allen besorgten Fragen zuvor: »Ich hatte einen bösen Traum.«

Sein Alptraum war so entsetzlich gewesen, daß er sich weigerte, ihn zu erzählen; so schlug der Großvezier ihm vor, mit ihm ins Bad zu gehen. Wegen ihrer vielen Sorgen und Ängste hatten sie beide zuviel getrunken und hatten daher nun unter Alpträumen und selbst Sinnestäuschungen im wachen Zustand zu leiden. Allein der Sultan war in seine Gedanken versunken; er hielt den Blick gesenkt und wollte dem Großvezier nicht in die Augen sehen.

Die Hinrichtung Iskender-Tselebs, die zu Bagdad einen solchen Sturm der Entrüstung hervorgerufen hatte, hatte dennoch wie ein reinigendes Gewitter die schwüle Luft geklärt und jedermann gezeigt, wer der Herr war. Sie brachte unter anderem eine Reihe Ernennungen mit sich, durch die sich verschiedene Leute nun auf höheren Posten fanden als zuvor. Diese hatten allen Grund, dem Großvezier dankbar zu sein. Überdies boten die neueroberten persischen Provinzen Aussicht auf neue einträgliche Ämter. Durch deren Besetzung und mit anderen Mitteln wurde die Ordnung einigermaßen wiederhergestellt, und es wurden schon wieder Hochrufe laut, wenn Sultan und Großvezier zusammen zur Moschee oder zu den heiligen Gräbern ritten, die in der weiteren Umgebung der Stadt gelegen waren.

Bei diesen Andachtsübungen zeigte sich der Sultan stets tief betrübt, daß die Schiiten längst das Grabmal des Stifters der Sunna, des weisen Abu Hanif, zerstört und in ihrer ketzerischen Wut sogar seine heiligen Gebeine verbrannt hatten, so daß kein rechtgläubiger Sunnite seither dem größten Heiligen des rechten Weges seine Verehrung bezeigen konnte.

Obwohl die Unruhe im Heer sich vorübergehend gelegt hatte, dachte der Großvezier nicht ohne Sorgen an den kommenden Frühling und die Wiederaufnahme der Kämpfe gegen Persien. Er trug einem gelehrten Geschichtsforscher auf, den Lauf der Ereignisse festzuhalten, und befragte, nachdem er sich so eine gerechte, unparteiische Berichterstattung gesichert hatte, den Gelehrten über frühere Kriege, wobei er ständig auf die Geschichte Eiups, des Bannerträgers des Propheten, zurückkam, dessen Leben er aufs genaueste kennen wollte. Eiup hatte vor den uneinnehmbaren Mauern Konstantinopels den Heldentod erlitten, und nach Jahrhunderten entdeckte man auf geheimnisvolle Weise seine heiligen Gebeine in ihrem vergessenen Grab – ein Fund, der die Janitscharen Mohammeds des Eroberers zum letzten, siegreichen Sturm auf Konstantinopel anfeuerte. Ein seltsamer Glanz leuchtete aus Ibrahims Augen, als er mir sagte: »Ein neuer solcher Fund käme uns gerade jetzt sehr zustatten, um den Truppen Mut und Kampflust einzuflößen. Doch fürchte ich, die Zeiten, da es noch Wunder gab, sind vorbei.«

Ich habe mich entschlossen, kein Urteil über die nun folgenden Ereignisse abzugeben. Nach einer geheimen Überlieferung, die sich unter den Nachkommen eines der Wächter an Abu Hanifs Grab fortpflanzte, verwarf dieser Wächter die schiitische Irrlehre, rettete die Überreste des Heiligen und begrub sie anderswo, nachdem er sie im Grabmal durch die eines Ketzers ersetzt hatte. Diese falschen Gebeine seien später verbrannt worden, die heiligen Überreste des großen Lehrers aber ruhten irgendwo innerhalb der Mauern Bagdads in sicherer Hut.

Diese Geschichte gab ein unmittelbarer Nachkomme jenes Wächters nun einem Mann aus des Sultans Gefolge zu bedenken. Der erzählte sie dem Großvezier, der einem frommen Gelehrten namens Taschkan auftrug, die Ruhestätte der Gebeine ausfindig zu machen.

Nach eifrigem Studium und sorgfältiger Nachforschung unter den Ruinen ließ Taschkan den Fußboden eines verfallenen Hauses aufgraben. Es wurde ein uraltes Gewölbe freigelegt, durch dessen eine Mauer betäubender Moschusduft drang. Auf die Nachricht von dieser Entdeckung eilte der Großvezier sogleich an Ort und Stelle und räumte eigenhändig ein paar Steine weg, so daß ein Loch entstand, groß genug, daß ein Mensch durchkriechen konnte. So wurde die Ruhestätte des großen Imams entdeckt; ihre Heiligkeit verbürgte der geheimnisvolle Duft. Sogleich ging ein Eilbote an den Sultan ab; der kam eilends herbei und stieg in das Grab hinunter. Nun konnte sich das Heer selbst überzeugen, daß Ibrahim und Suleiman durch die Gnade Allahs die lange verlorenen, aber wunderbar erhaltenen Überreste gefunden hatten. Der Sultan verbrachte fast einen ganzen Tag und eine Nacht unter Beten und Fasten an dem Grab, und sein Gebetseifer steckte die Truppen an; selbst der Dümmste unter ihnen mußte einsehen, daß Abu Hanif die Ausrottung der schiitischen Irrlehre herbeisehnte, auf daß der Pfad der von ihm gestifteten Sunna in allen islamitischen Ländern den Ehrenplatz einnehme.

Ich besuchte das Grab natürlich selbst und sah den gelbbraunen Schädel und das Gerippe in seinem verfaulten Leichentuch und konnte mich überzeugen, daß diesen Überresten derselbe Duft entströmte, an den ich mich aus meiner Knabenzeit erinnere, da ich zum Lohn für mein Wissen an der Beisetzung der Gebeine des heiligen Hemming im Dom zu Abo teilnehmen durfte. Dennoch bereitete mir diese sonderbare rechtzeitige Entdeckung Gewissensnöte, und ich fragte zu geeigneter Stunde den Großvezier, wie es dazu gekommen sei. Er war alles eher als ein frommer Mann. War es wohlerwogener Betrug, so fragte ich ihn, oder irgendein Teufelsspuk?

Großvezier Ibrahim sah mich mit seinen leuchtenden Augen an, sein ganzes Wesen schien vom Beten und Fasten geläutert, als er in festem, überzeugtem Ton erwiderte: »Ob du mir glaubst oder nicht, Michael, die Entdeckung dieser Gebeine war die größte Überraschung meines Lebens. Ich hatte allerdings einen frommen Betrug geplant und ließ von meinen treuesten Derwischen einige entsprechend heilige Knochen vergraben, damit der fromme, leichtgläubige alte Taschkan sie finde. Die liegen gewiß jetzt noch vergraben. Ich war weit mehr überrascht als Taschkan, da er dank seiner Träume und Gesichte wirklich Abu Hanifs Grab fand. Wenn mir solches zustoßen kann, so kann es wahrhaftig nicht fehlen, daß mein Glücksstern bald im Zenit steht.«

Aber der im Serail herrschende Argwohn hatte meine Seele verseucht, und des Großveziers Worte überzeugten mich nicht.

Die Entdeckung der heiligen Gebeine Abu Hanifs machte alle trüben und traurigen Erinnerungen vergessen, und das Heer verbrachte den Rest des Winters mit Festen und Lustbarkeiten. Als der Frühling kam, heiterte sich der Großvezier etwas auf. Seine Verzweiflung schwand dahin und machte einer fröhlichen, freudigen Stimmung Platz. Nichts schien unmöglich, die ganze Welt hatte seine Triumphe miterlebt. Er hatte Venedig und Wien von der Eroberung Bagdads verständigt, und eben jetzt war der französische Gesandte mit glänzendem Gefolge unterwegs, um ihm Glückwünsche zu überbringen und ein Bündnis vorzuschlagen. Ibrahim schien auf der Höhe seines Ruhmes und seiner Herrlichkeit zu stehen. Dennoch ließ er sich davon nicht blenden. Bevor ich die wunderbare Stadt verließ, sandte er nach mir, um mir die letzten Anweisungen zu erteilen.

»Ich habe den Verrat satt und will in Zukunft keinem, der sich gegen mich verschwört, Gnade erweisen. Du mußt Khaireddin in Tunis aufsuchen und ihn, so dir dein Kopf lieb ist, davor bewahren, den Schmeicheleien des Serails oder auch des Kaisers zu erliegen. Weise ihn nur auf seine Dankesschuld gegen mich hin. Nicht zur Vermehrung seines eigenen Reiches habe ich ihn zum Kapudan-Pascha ernannt, und er muß nun Doria und dem Kaiser auf See zu schaffen machen, so daß ich mich nicht über das zu sorgen brauche, was hinter meinem Rücken vorgeht, während ich in Persien Krieg führe. Dies schärfe ihm ein, sonst mag er seine Roßhaarschweife ebenso plötzlich verlieren, wie er sie erhalten hat.«

Zum Zeichen seiner Gunst und seines ungeminderten Vertrauens machte er mir so fürstliche Geschenke, daß sie meine kühnsten Hoffnungen übertrafen. Daran erahnte ich, welche Summen die Kaufherren von Bagdad ihm für seinen Schutz bezahlt haben mußten; daran erkannte ich auch, welche glorreiche

Zukunft auf mich wartete, wenn ihm das Glück auch fernerhin lächelte und ich mich seines Vertrauens würdig zeigte.

Bei meiner Heimkehr fand ich Giulia höchst aufgebracht vor.

»Das Serail ist in Aufruhr über den Mord an Iskender-Tseleb, und Ibrahim hat keinen einzigen Freund mehr. Er hat bewiesen, daß weder Vermögen, Geburt, Verdienst noch die erprobteste Treue im Dienste des Sultans einen Menschen vor seiner wahnsinnigen Blutgier schützen können.«

Dies sagte sie, und noch vieles mehr; ich aber achtete wenig auf ihre Worte, noch ganz erfüllt von den Wundern Bagdads, und zweifelte nicht im geringsten, daß Großvezier Ibrahims Glücksstern, all ihren Ränken zum Trotz, nun dem Zenit zustrebte.

Bald nach meiner Heimkehr besuchte mich ein reicher jüdischer Edelsteinhändler, beehrte mich mit vielen kostbaren Geschenken und führte sich mit Grüßen von Aron aus Wien bei mir ein. Nach gegenseitigen Versicherungen unserer Achtung fuhr er fort: »Ihr seid der Freund des großen Khaireddin, Michael el Hakim. Als Khaireddin im vergangenen Sommer Tunis angriff, mußte Sultan Muley Hassan offenbar aus seiner Kasbah fliehen. In seiner Angst ließ er ein rotsamtenes Säckchen mit zweihundert erlesenen Diamanten von ziemlicher Größe zurück. Im Verzeichnis der von Khaireddin dem Sultan übersandten Geschenke sind diese Steine nicht erwähnt; weder in Instanbul noch in Aleppo oder Kairo fand sich die geringste Spur, daß sie dort verkauft worden wären. Ich habe unter meinen Kollegen in vielen Städten zahlreiche Nachforschungen danach angestellt, weil ein so beträchtlicher Schatz, wie Ihr Euch denken könnt, meine Neugier erregte. Ihr sollt es nicht bereuen, Michael el Hakim, wenn Ihr offen mit mir darüber sprecht und mir mitteilt, was Ihr davon wißt. Ich würde Euch die höchsten Preise bieten und Euch meines Schweigens versichern. Nötigenfalls kann ich die Diamanten in Indien, ja selbst in China verkaufen, ohne daß etwas davon ruchbar wird. Ich bin in solchen Geschäften erfahren, und hat, wie ich annehme, der Großvezier dabei die Hand im Spiel – stellen sie doch ein ungeheures Vermögen dar –, so braucht er über die Folgen nicht besorgt zu sein.«

»Allah ist Allah!« rief ich ungehalten. »Wo hast du diesen Unsinn her? Und wie wagst du es, den Großvezier zu beleidigen, indem du seinen Namen in einem Atemzug mit einer solchen Sache erwähnst? Ich habe von diesen Diamanten nie ein Sterbenswörtchen gehört.«

Der Jude aber schwor, er rede wahr, und versuchte mich zu überzeugen. »Muley Hassan beklagt selbst seinen Verlust in einem Brief an den Kaiser, den einer meiner Kollegen selbst gesehen hat. Der Gesandte des tunesischen Sultans am Kaiserhof hat offen damit geprahlt, um die Aufmerksamkeit auf seines Herrn Reichtum zu lenken.«

Entsetzt packte ich den Juden am Bart, schüttelte ihn kräftig daran und schrie: »Unseliger, was sagst du da? Was tut Muley Hassans Gesandter am Kaiserhof?«

Der redliche Jude machte sich los und erwiderte vorwurfsvoll: »Seid Ihr denn fremd in der Stadt? Jedermann spricht doch davon. Die Johanniter und der Papst selbst haben den Kaiser gebeten, Khaireddin aus Tunis zu vertreiben. Sultan Muley Hassan hat sich an den Kaiser gewandt. Er erklärt, all sein Unglück rühre von seiner Treue zu Karl her, und Karl muß schon um seinetwillen versuchen, ihm zu helfen.«

Wenn dies alles zutraf, so war es allerdings hoch an der Zeit, daß ich nach Tunis eilte, meinen Auftrag dort ausführte und mich vor dem Angriff des Kaisers wieder aus dem Staub machte. Ich hätte mehr auf Ibrahims Voraussicht vertrauen und mich unterwegs nicht so lange aufhalten sollen. So entließ ich eilends den Juden mit der erneuten Versicherung, ich wisse nichts von den Diamanten, und mit dem Versprechen, der Sache insgeheim nachzuforschen. Dies tat ich nur, um ihn loszuwerden, hatte ich doch nun an anderes zu denken.

Günstiger Wind und eine schnelle Galeere brachten mich an die gelbe tunesische Küste und vor die Festung La Goletta, von deren Turm Khaireddins grünrote Fahne mit dem silbernen Halbmond wehte. Überall herrschte geschäftiges Treiben. Gräben wurden ausgehoben, Barrikaden errichtet, und Tausende halbnackter, sonnverbrannter spanischer und italienischer Sklaven waren daran, den Kanal nach Tunis zu verbreitern. Diese Stadt liegt am Gestade eines seichten Salzsees und ist durch Sümpfe vom Meer getrennt. Der Anblick von Khaireddins Kriegsgaleeren, die in langen Reihen im Hafen vor Anker lagen, erleichterte mich gar sehr und stimmte mich zuversichtlich; die wahre Bedeutung von Khaireddins jüngster Eroberung erkannte ich freilich erst, als ich mich der Stadt selbst näherte. Ich hatte vom Reichtum und der Macht von Tunis wohl viel vernommen, das meiste davon aber für Hirngespinste Khaireddins und Sinans des Juden gehalten. Innerhalb der Stadtmauern standen, abgesehen von der Kasbah und der großen Moschee, etwa zwanzigtausend Häuser; die Stadt zählte wenigstens zweihunderttausend Einwohner. So konnte sich Tunis mit den großen Städten Europas wohl messen. Nicht einmal Khaireddin kannte die Zahl der christlichen Sklaven; sie überstieg wohl kaum zwanzigtausend.

Zu meiner Freude erkannte ich, daß die Rückeroberung von Tunis für Muley Hassan selbst für den Kaiser eine harte Nuß sein würde. Nur mit List und durch die Aufwiegelung der Bewohner zum Aufruhr war Khaireddin der Einzug gelungen, und noch nach Muley Hassans Flucht hatte es lange, blutige Straßenkämpfe gegeben, bevor die Leute die Waffen streckten. Die wuchtigen Türme von La Goletta schienen uneinnehmbar und beherrschten die Straße entlang des Kanals zur Stadt, während unzählige kleine Seen und giftige Sümpfe zu beiden Seiten des Kanals eine Einkreisung schier unmöglich machten.

Khaireddin empfing mich mit allen Anzeichen herzlicher Freude, umarmte mich wie einen lange verlorenen Sohn und bewirtete mich so verschwenderisch, daß ich das Schlimmste zu fürchten begann. Er ließ mich nicht zu Wort kommen, sondern rühmte sich laut seiner Verteidigungsanlagen und der grimmigen Lektion, die er dem Kaiser und Doria erteilen wolle, wenn sie Tunis zu nahe kämen. Als ich ihn fragte, wie es komme, daß seine stolzen Schiffe vor Anker lägen, statt auszulaufen, um Doria in eine offene Seeschlacht zu verwickeln, wurde er gar mürrisch und erkundigte sich nach den letzten Neuigkeiten vom persischen Kriegsschauplatz und von Iskender-Tselebs Hinrichtung, worüber er nur die verlogenen Gerüchte des Serails vernommen hatte. Sei es denn wirklich wahr, daß der Großvezier verrückt geworden sei und mit Schaum vor dem Mund auf allen vieren umherlaufe und die Teppiche zerkaue? Ich erwiderte scharf, das sei nichts als böswillige Erfindung. Khaireddin hörte mir aufmerksam zu und strich seinen Bart. Mir war, als blickte er schuldbewußt aus seinen vorquellenden Augen, wie ein Kind, das auf einem Unfug ertappt wurde. Mein Argwohn wuchs.

Daher suchte ich noch am selben Abend Abu el Kasim auf, da Andy vor der Stadt die Schanzarbeiten leitete. Abu hatte sich ein hübsches Haus mit ummauertem Garten gekauft und seinen Geiz so weit überwunden, es reich auszustatten und eine Schar Sklaven zur Bedienung seines Weibes und Söhnchens zu halten. Wer ihn nun sah, konnte leicht vergessen, daß er nur ein kleiner Krämer war, der sein Vermögen erworben hatte, indem er Tränklein mischte und neue Namen für uralte Salben erfand.

Wie ein stolzer Vater führte er mir den prächtig gekleideten Kasim zu, daß er mich begrüße, und dachte offenbar, ich hätte vergessen, daß der Knabe nicht sein Sohn war. Gegen alle Moslemsitte erlaubte er seiner russischen Frau, mir nur mit einem dünnen Schleier vor dem Gesicht entgegenzutreten, wobei er hoffte, meine Bewunderung für ihre prächtigen Kleider und Juwelen zu erregen, daneben er sich wie eine graue Spinne ausnahm.

Nachdem er Weib und Kind in den Harem zurückgeschickt hatte, setzte mir Abu el Kasim Wein vor und sprach besorgt: »Khaireddins Janitscharen und Renegaten sind vielleicht nicht gerade die besten Hirten der Welt, und ihre Art, ihre Schafe zu scheren, hat unter den Einwohnern von Tunis viel böses Blut gemacht – vor allem bei den alten arabischen Familien, die unter den tunesischen Sultanen Mitglieder des Diwans waren und die Stadt nach Gutdünken verwalten konnten. Vor etwa einem Monat traf hier ein spanischer Kaufmann ein. Er hat offenbar keinen Begriff von Wesen und Wert seiner Waren und verkauft die erlesensten davon an ausgewählte Kunden für einen Pappenstiel, in der Hoffnung, ihre Gunst zu erringen. Er verkauft Gewürze und selbst Wohlgerüche ohne die geringste Rücksicht auf die hier üblichen Preise. Du kannst dir denken, wie entrüstet ich war, als ich davon hörte.«

Abu el Kasim gab sich ein gekränktes Aussehen und sah mich schief an, während er am Wein nippte.

»Dieser Spanier hat einen christlichen Mauren im Dienst, der viel zu gern nach Einbruch der Dunkelheit umherwandert – aber nicht seufzend und mit einer Rose in der Hand, sondern auf Besuchen bei Muley Hassans ergebensten Anhängern und anderen Unzufriedenen. Aus purer Neugier ließ ich die beiden überwachen. Der Spanier hat des öfteren die Kasbah offen aufgesucht und keinem Geringeren als Khaireddin Waren angeboten. Nicht nur das; Khaireddin hatte auch lange persönliche Unterredungen mit ihm. Ich will wetten, daß der Fremde ein Agent des Kaisers und wahrscheinlich ein spanischer Edelmann ist, weil er so töricht vorgeht und einen christlichen Mauren zum Diener hat.«

Wir unterhielten uns bis spät in die Nacht. Am nächsten Morgen begab ich mich zum Hafen und ging an Bord des Schiffes des Spaniers, unter dem Vorwand, ich wolle einen guten venezianischen Handspiegel kaufen. Als der maurische Diener seinem Herrn die Ankunft eines reichen, vornehmen Kunden gemeldet hatte, eilte der Spanier an Deck und begrüßte mich mit ausgesuchter Höflichkeit. An seinen Zügen, seinen Händen und seinem Auftreten erkannte ich sogleich, daß er niemals unter Arzneien aufgewachsen war. Er lenkte das Gespräch bald auf die Zeitläufte, und als ich ihm erzählte, ich käme eben vom Serail in Istanbul, um in Khaireddins Dienste zu treten, zeigte er sich sehr begierig, die neuesten Nachrichten zu erfahren. Ich erzählte ihm wahrheitsgetreu von der Unruhe im Serail und dem Mißtrauen gegen Großvezier Ibrahim, und daß trotz der Eroberung Bagdads niemand an einen glücklichen Ausgang des Krieges in Persien glaube.

An diesem Punkt meiner Schilderung angelangt, wechselte ich von der Wahrheit zum Trug über und bemerkte, ich hielte die Zeit für gekommen, einen neuen Herrn zu suchen, weil niemand, und sei er noch so unbescholten, hoffen könne, dem krankhaften Mißtrauen des Großveziers zu entgehen. Aus meinen Klagen schloß der Spanier, ich hätte einen Verstoß begangen und mich nach Tunis geflüchtet, wo Ibrahims Zorn mich nicht erreichen konnte. Er lud mich sogleich in seine verschwenderisch ausgestattete Kajüte ein und fragte, wo ich geboren sei und wie ich den Turban genommen hätte. Er erwähnte wie zufällig, der Papst habe kürzlich über Empfehlung des Kaisers gewissen hochstehenden Renegaten die Rückkehr in den Schoß der Kirche gestattet. Wegen der großen Dienste, die sie dem Kaiser erwiesen hätten, habe er sogar ihren Abfall vergeben, ohne zu viele lästige Fragen zu stellen.

Es bedurfte daher nur weniger Worte, bis wir einander vollkommen verstanden, und nun vertraute mir der Spanier an, er heiße Luis de Presandes, sei zu Genua geboren, gehöre zu Karls persönlichem Gefolge und genieße sein volles Vertrauen in allen verwickelten Angelegenheiten, die ihm gewöhnlich übertragen würden. Karl sollte bald mit der mächtigsten Flotte, die es je gab, nach Tunis in See stechen. Die vaterlandsliebende Bevölkerung sei bereit, sich rechtzeitig zu erheben und den Kaiser zu unterstützen, da sie die türkische Schreckensherrschaft satt habe; sie sehnten sich nach dem edlen Muley Hassan, ihrem rechtmäßigen Sultan. Der kluge Mann müsse seine Segel nach dem Wind richten, und die ganze Welt kenne den Kaiser als gerechten Herrscher; er würde keinen vergessen, der vergangene Irrtümer bereute und nun sein Teil zur guten Sache beitrage. Schrecklich allerdings werde die Strafe für alle Renegaten ausfallen, die dabei verharrten, ihren Glauben zu verleugnen und den Türken zu dienen.

Mit solchen Worten versuchte er mich zu verlocken und zugleich zu schrecken, und er ermahnte mich im Namen Christi und seiner Mutter, mich meines Kinderglaubens zu entsinnen, in die Gemeinschaft der Christen zurückzukehren und so Vergebung für meine schwere Sünde zu erlangen. Er weinte bei diesen Worten, und auch ich vergoß Tränen, da ich von Natur weichherzig und für schöne Worte empfänglich war. Dennoch ließ ich mich auf keine Versprechungen ein und nahm auch das Handgeld, das er mir bot, nicht an, weil mir Andy die größte Achtung vor den Kriegsartikeln und den Bindungen eingeflößt hatte, die man durch solche Zahlungen einging. Doch schieden wir als Busenfreunde, und ich versprach, seinen Vorschlag zu überdenken. Ferner schwor ich bei Kreuz und Koran, von dem, was er mir erzählt hatte, kein Sterbenswörtchen verlauten zu lassen.

Dieser Eid versetzte mich in eine schwierige Lage, aber gerade sein Bekehrungseifer gab mir einen Gedanken ein. Schon nach zwei Tagen gelang es Abu el Kasim, Señor Presandes' maurischen Diener zu bewegen, sich zerknirschten Herzens des muselmanischen Glaubens seiner Väter zu erinnern und aus Angst vor den furchtbaren Strafen, die den Abtrünnigen erwarteten, die Pläne seines Herrn zu verraten. So konnte ich, ohne mein Versprechen zu brechen, vor Khaireddin treten und ihn fragen: »Was hat der Kapudan-Pascha der Hohen Pforte mit dem geheimen Sendboten des Kaisers zu tun? Was führst du im Schild, Khaireddin? Glaubst du wirklich, des Großveziers Arm sei zu kurz, dich zu erreichen, und sei es auch von Persien aus?«

Khaireddin war nicht wenig bestürzt und begann hastig, sich zu verteidigen. »Der edle Presandes ist des Kaisers Bevollmächtigter und genießt daher diplomatische Immunität. Ich ließ ihn nur zappeln, um Zeit für die Fertigstellung der Verteidigungsanlagen von Tunis zu gewinnen, und konnte ihn nicht offen empfangen, ohne bei den Agenten des Großveziers Verdacht zu erregen. Das ist die reine Wahrheit, Michael. Ich bitte dich, meine vollkommen unschuldige Handlungsweise nicht falsch zu verstehen.«

Betreten strich er sich den Bart, und sein ganzes Gehaben verriet Furcht und ein schuldiges Gewissen. Ich aber verriet ihm den heimlichen Plan der Spanier, die Einwohner von Tunis zum bewaffneten Aufstand aufzuhetzen, der mit dem Eintreffen des Kaisers zusammenfallen sollte, und überreichte ihm auch ein mir von dem Mauren überbrachtes Verzeichnis verläßlicher Scheiks und Kaufleute, die Muley Hassans Gesandter in Madrid Presandes empfohlen hatte. Khaireddins Gesicht lief purpurn an; er raufte sich wütend den Bart und brüllte, daß die Wände der Kasbah erzitterten: »Dieser Hund von einem Ungläubigen hat mich betrogen! Er zeigte mir des Kaisers schriftlichen Befehl, der ihn ermächtigte, mir die unabhängige Herrschaft über Algerien, Tunis und andere Städte anzubieten, unter der Bedingung, daß ich des Sultans Dienst verließe. Ich habe nicht die geringste Absicht, den Sultan zu verlassen, dessen Gunst ich mein hohes Amt verdanke. Aber alle Gunstbeweise sind unsicher. Deshalb glaubte ich, nichts zu verlieren, wenn ich mich mit Presandes einließ und aus den großzügigen Bedingungen des Kaisers Nutzen zog. Der Kaiser aber ist offenkundig verschlagener, als ich gedacht hatte, und nie wieder will ich christlichen Schwüren trauen.«

Aus diesem erregten Geständnis erkannte ich, daß der Spanier nicht ganz so einfältig und unerfahren war, wie ich vermutet hatte. Er hatte im Gegenteil seine Stellung gesichert und gehofft, Khaireddin würde ihn durchschlüpfen lassen, auch wenn er angezeigt werden sollte. Khaireddin, so meinte er, würde sich über eine solche Anzeige ins Fäustchen lachen, weil er glauben mußte, von den Geschäften des Spaniers mehr zu wissen als jeder andere. Nun aber ließ ihn Khaireddin unverzüglich verhaften. In einem geheimen Versteck an Bord seines Schiffes wurde eine andere Weisung des Kaisers gefunden, die die hinterhältige, trügerische Natur seiner Unterhandlungen klar erwies. Trotz Señor Presandes' lauter, wiederholter Berufung auf seine diplomatische Immunität fiel das Schwert; seine Beteuerungen verstummten für immer.

Da ich nun Khaireddins Unentschlossenheit und Wankelmut deutlich erkannt hatte, schickte ich mich an, Tunis zu verlassen, weil ich Gewalt und Blutvergießen verabscheute. Aber kostbare Zeit verging unbemerkt, Abu el Kasims Gastfreundschaft verlockte mich Abend für Abend, und vor allem hoffte ich auch, vor meiner Abfahrt noch Andy zu sehen, um ihn zur gemeinsamen Rückkehr nach Istanbul zu überreden. Erst als ich ihn barfuß, zerlumpt und schmutzig im Hof der Kasbah traf, erfuhr ich, daß Khaireddin ihm meine Ankunft verschwiegen, ja sogar unter verschiedenen Vorwänden versucht hatte, unsere Begegnung zu verhindern. Das war freilich nur zu verständlich, weil Khaireddin als kluger Feldherr seinen guten Stückmeister nicht gerade vor Kriegsausbruch verlieren wollte. Wir fielen einander voll Freude in die Arme. Andy rief: »Ich habe es hier satt. Khaireddin hat mich im letzten Winter in den Augen aller wackeren Kanoniere zum Gespött gemacht. Wir kämpften damals in der Wüste gegen Berber und Araber. Er befahl mir, Segel an unseren Geschützen zu hissen, die natürlich auf ebenem Boden und bei Rückenwind nicht zu verachten waren. Als ich aber meine ehrlichen Kanonen wie Dirnen mit wehenden Unterröcken dahinfliegen sah, schämte ich mich. Khaireddin jedoch lachte nur und ließ noch größere Segel daran befestigen. Diese Schande kann ich ihm nie ganz verzeihen. Ich zweifle gar sehr, ob er die Kriegführung zu Lande auch versteht. Überdies hat mir die grausame Behandlung der Christensklaven ins Herz geschnitten, und ich möchte nur zu gern mit dir nach Istanbul zurückkehren.«

Andy glich nun einem griechischen Mönch oder einem frommen Derwisch. Er hatte sich einen Bart wachsen lassen, bis er ihm nun wie dichtes Gestrüpp rings ums Gesicht stand. Ich fühlte, es war an der Zeit, ihn in meine Hut zu nehmen, bevor er ganz wunderlich im Kopf wurde. Er aber meinte: »Im Herzen bin ich stets ein gutmütiger Bursche gewesen. Meine Verluste und Sorgen lassen mich die Menschen besser verstehen als früher, und ich sehe nicht ein, warum wir einander fortwährend weh tun müssen. Wenn du gesehen hättest, wie die Janitscharen und Renegaten mit den gefangenen italienischen Knaben und Weibern umsprangen — ich kann nicht glauben, daß sinnloses Zerstören und Hinschlachten der Sinn dieses Lebens ist. Vom Grübeln über diese Dinge habe ich Kopfschmerzen bekommen, welche die afrikanische Sonne nicht eben heilt. So kasteie ich nun meinen Leib für all seine Sünden, indem ich faste und mir von der Sonne den Buckel versengen lasse.«

Ich packte ihn am Arm, um ihn rasch ins Bad und weiter nach Abu el Kasims Haus zu führen und ihn in schickliche Kleider zu stecken. Allein am Tor der Kasbah fiel Andy etwas ein, er warf mir einen eigentümlichen Blick zu und meinte: »Ich muß dir etwas zeigen.«

Er führte mich an den Ställen vorbei zu den Misthaufen; dort stieß er einen Pfiff aus. Ein zerlumpter siebenjähriger Knabe kroch aus seinem Versteck und grüßte ihn mit einem freudigen Winseln, wie ein Hund seinen Herrn willkommen heißt. Der Junge trug eine Samtmütze auf dem Kopf, die Augen aber hatte er fast geschlossen, so sehr waren sie von Mückenstichen geschwollen. Seine Arme und Beine waren dünn und krumm, und sein blöder Blick verriet, daß er schwachsinnig war. Andy nahm ihn dennoch auf und warf ihn in die Luft, bis er vor Freude heulte, und schenkte ihm sodann ein Stück Brot und ein Bündel Zwiebeln aus seiner Gürteltasche. Endlich meinte er zu mir: »Gib ihm einen Asper! Er muß aber neu geprägt sein und glänzen.«

Ich tat es im Namen des Barmherzigen. Der Knabe sah auf Andy, der nickte, und verschwand sodann hinter dem Abfallhaufen. Bald kam er zurück, sah wieder zu Andy und gab mir nun einen schmutzigen Kieselstein. Ich nahm ihn, um ihm Freude zu machen, und tat, als steckte ich ihn in meine Börse. Dann wurde ich des Spieles überdrüssig und drängte Andy weiter. Er tätschelte den Kopf des Jungen, nickte ihm zu, und kam. Im Gehen erzählte er mir mit leiser Stimme, als rede er mit sich selbst, wie er den Jungen bei der Eroberung der Kasbah aus den Händen der Janitscharen errettet und der Obhut der Stallknechte anvertraut hatte. Er steckte die Hand in die Gürteltasche und brachte daraus eine Handvoll schmutziger Kiesel zum Vorschein, gleich jenem, den mir der Junge geschenkt hatte. Sie waren etwa so groß wie eine Fingerspitze. Er zeigte sie mir und bemerkte: »Er ist nicht undankbar. Sooft ich ihm zu essen bringe, gibt er mir einen davon, und gegen wirklich glänzende Asper wird er mir geben, so viele ich will.«

Mir stiegen nun schwere Bedenken auf, ob Andy auch ganz richtig im Kopf sei, und ich meinte: »Lieber Andy, du hast wohl einen Sonnenstich! Du willst doch nicht silberne Asper in Tausch geben für den Plunder, den dir der Junge schenkt, und ihn obendrein in deiner Börse aufbewahren?«

Ich schickte mich an, den erhaltenen Stein fortzuwerfen, weil mir die Abfallreste, die daran klebten, die Finger beschmutzten. Andy aber packte mich beschwörend am Arm und sagte: »Spuck auf den Stein, und reib ihn an deinem Ärmel!«

Ich wollte zwar meinen schönen Kaftan nicht beflecken, tat aber doch, wie er mich geheißen hatte. Als ich den Stein rieb, begann er zu leuchten wie geschliffenes Glas. Eine seltsame Erregung bemächtigte sich meiner; freilich wagte ich nicht zu glauben, ich hielte einen Edelstein in der Hand. Ein Juwel von dieser Größe wäre viele tausende Dukaten wert gewesen.

»Ein Glassplitter«, meinte ich zweifelnd.

»Das dachte ich auch. Aber ich zeigte zufällig den kleinsten dieser Steine einem verläßlichen Juden auf dem Basar, und er bot mir sogleich fünfzig Dukaten dafür. Da erkannte ich, daß er wenigstens fünfhundert wert war, und bewahrte ihn auf. Ab und zu muß ich lachen, wenn ich daran denke, welch ungeheures Vermögen in meiner Börse klirrt.«

Ich konnte ihm immer noch kaum glauben, als mir plötzlich die rote Samtmütze des Jungen einfiel. Da schlug ich mir an die Stirn und rief: »Allah ist wahrhaft gnädig! Jener schwachsinnige Junge hatte ohne Zweifel Zeit, die leeren Gemächer der Kasbah zu durchstöbern, bevor sie erobert wurde, und fand Muley Hassans samtenen Beutel, den jener in der Eile vergaß.«

Ich erzählte Andy, was mir der jüdische Kaufmann in Istanbul anvertraut hatte, und schlug ihm vor, stracks zu dem Jungen zurückzukehren und die restlichen der zweihundert von ihm zu ergattern. Andy erwiderte: »Das wird nicht gehen, weil sich der Junge nur von einem oder höchstens zweien auf einmal trennt. Trotz seines Schwachsinns ist er schlau wie ein Fuchs, und ich konnte nie sein Versteck ausfindig machen, obwohl ich ihm nachspionierte.«

»Die Sache ist etwas schwierig«, entgegnete ich, »und bedarf sorgfältiger Überlegung. Die Diamanten bilden als Vermögen Muley Hassans einen Teil von Khaireddins Kriegsbeute; das heißt, sie gehören dem Sultan. Wir würden einen kargen Finderlohn dafür erhalten; ja, man würde versuchen, den Rest der zweihundert Steine von uns zu erpressen und uns der Unterschlagung verdächtigen, wenn wir töricht genug wären, nicht mehr als die auszuliefern, die uns durch die Gnade Allahs in die Hände fielen. Und doch wären wir verrückt, wollten wir den Rest dieses großen Vermögens im Kot liegen lassen.«

Dieser Meinung war auch Andy. Wir wagten keinem ein Wort von unserer Entdeckung zu sagen, verschoben aber unsere Abreise von einem Tag auf den anderen. Sooft wir den Jungen besuchten, gab er uns zwei oder drei Steine, für die wir ihm nicht mehr als jeder einen Asper zu bieten wagten, damit das Geld, das er erhielt, kein Aufsehen erregte. Ich sprach jedoch mit dem Imam der Moschee und hinterlegte bei ihm einen Betrag, der für den Unterhalt und die Schulbildung des Jungen hinreichte. Erwies sein Verstand sich dem Lesen und Schreiben gewachsen, so sollte er ein Handwerk erlernen, damit er seinen Lebensunterhalt bestreiten konnte.

Als wir zu Ende des Monats Juni einhundertsiebenundneunzig Steine beisammen hatten, wies uns der Knabe traurig seine leeren Händen. Wir besuchten ihn zwar später noch mehrmals und baten und drohten, doch es war klar, daß er die übrigen Steine entweder verloren oder Muley Hassan sich verzählt hatte. Dann wuschen wir den Jungen, steckten ihn in neue Kleider und führten ihn zum Imam der Moschee, obwohl er sich sträubte, aus Leibeskräften wehrte und sich nicht einmal durch Andys freundliches Zureden besänftigen ließ. Nachdem wir so unser Gewissen beschwichtigt hatten, sagten wir Abu el Kasim ein hastiges Lebewohl, um zum Hafen zu eilen und uns nach Istanbul einzuschiffen.

Ein fernes Dröhnen hemmte unseren Schritt, und bald strömten Flüchtlinge scharenweise in die Stadt und schrien, die Flotte des Kaisers sei vor der Festung La Goletta erschienen. Somit war der Hafen versperrt, und die Spanier landeten unter dem Schutz unablässigen Geschützfeuers zahlreiche Truppen. Mein eigener Geiz hatte mich in die Falle gelockt. Ich machte mir bittere Vorwürfe, daß ich mich nicht mit weniger Steinen begnügt hatte, so daß ich rechtzeitig von Tunis hätte absegeln können.

Zu allem Unheil erfuhren wir noch, daß die kaiserliche Flotte wenigstens vierzehn Tage früher als erwartet eingetroffen war und nun den Großteil von Khaireddins Flotte im blockierten Hafen hoffnungslos eingeschlossen hatte. Nur fünfzehn seiner leichtesten Galeeren gelang es, in anderen Häfen an der Küste Schutz zu suchen.

Wir eilten nach La Goletta, um zu sehen, wieweit die Gerüchte auf Wahrheit beruhten und ob wir noch auf einem Schiff Khaireddins die Blockade zu durchbrechen vermöchten. Vom Turm aber sahen wir die feindliche Flotte in der Stärke von nicht weniger als dreihundert Schiffen vor Anker liegen, so weit das Auge reichte. Nur einen Kanonenschuß von uns entfernt stürmte eine Schar deutscher Pikeniere an Land und begann sogleich, Wälle aufzuwerfen und Palisaden zu errichten, um ihren Stützpunkt zu sichern. Um Khaireddins Flotte am Ausbrechen zu hindern, lagen die großen Galeeren der Johanniter in vorderster Linie; dahinter erblickte ich die furchtbare Karake, die wie ein schwimmender Berg die anderen Schiffe hoch überragte. Aus ihren vierreihigen, klaffenden Stückpforten ragten die schwarzen Mündungen der Kanonen. Dorias wendige Kriegsgaleeren, Portugals wuchtige Karavellen und Neapels Galeassen ruhten auf dem ruhigen Meeresspiegel. Inmitten der ganzen Flotte lag das mächtige Flaggschiff des Kaisers mit seinen vier Ruderbänken und dem goldenen Pavillon, der vom hohen Achterdeck leuchtete.

Zu Khaireddins Ehre sei gesagt, daß die Stunde der Gefahr alles Beste an ihm zutage treten ließ. Vergessen war nun sein eitles Prahlen; er trat gefaßt auf, zog den Bauch ein und erteilte mit Donnerstimme die nötigen Befehle. Den Befehl über die Festung Goletta vertraute er Sinan dem Juden an, dem sechstausend ausgewählte Janitscharen unterstanden — eine Besatzung, die fast zu stark war, um in den Turm und die Befestigungen gepfercht zu werden. Den landenden Truppen schickte er arabische und maurische Reiterei entgegen, um Zeit zu gewinnen. Sie konnten zwar die Landung nicht verhindern, aber die Kaiserlichen wenigstens Tag und Nacht in Schach halten.

Erst nachdem das Lager stark befestigt worden war, brachten die Eindringlinge ihre Geschütze in Stellung und eröffneten das Bombardement auf La Goletta, und von nun an wagte sich die Reiterei nicht mehr in ihren Schußbereich. Und nun machte der unaufhörliche, entsetzliche Geschützdonner das Leben in der Festung so unerträglich, daß ich Andy auf den Zinnen stehen ließ, von wo er mit freudigem Erstaunen den Verlauf der Schlacht verfolgte, und entmutigt und niedergeschlagen nach Tunis zurückkehrte.

An einen Rückzug zu Lande war nicht zu denken, weil die wilden Berber, die sich Khaireddin zu Feinden gemacht hatte, die Straßen in ihrer Gewalt hatten und jeden, der aus der Stadt zu fliehen versuchte, ausraubten. Muley Hassan selbst war nicht weit, obwohl er als vorsichtiger Mann noch nicht zu den Kaiserlichen gestoßen war, wie er versprochen hatte. Karl jedoch bedurfte seiner Hilfe nicht, weil sein eigenes Heer dreißigtausend kampferprobte deutsche, spanische und italienische Söldner zählte und seine Geschütze die Umgebung von La Goletta unter stetem, wohlgezieltem Feuer hielten, so daß viele von Sinans türkischen Janitscharen täglich auf kurzem Wege ins Paradies auffuhren. Und Tag für Tag brachten neue Schiffe Krieger aus allen christlichen Ländern herbei, die zum Kaiser stoßen und vor seinen Augen im Kampf gegen die Ungläubigen unvergänglichen Ruhm ernten wollten.

Drei Wochen dauerte das erbitterte Ringen. Trotz des Mutes und Glaubenseifers der muselmanischen Verteidiger war Abu el Kasim der einzige, der noch immer nicht glauben wollte, daß Allah den Christen den Sieg verleihen und mit ihrer Hilfe Muley Hassan wieder an die Macht bringen wollte. So erlebte ich, wie selbst ein kluger, schlauer Mann wie Abu sich vom Glück so verblenden ließ, daß er glaubte, was er hoffte.

La Goletta hielt einen ganzen Monat aus, und das war allein schon ein Wunder. Dann fingen die Mauern zu zerbröckeln an, die Türme stürzten ein. Als der Kaiser endlich den allgemeinen Angriff befahl, ruderten Dorias Schiffe in Kiellinie an der Festung vorüber und feuerten im Vorbeifahren ihre Geschütze ab. Die gewaltige Karake der Johanniter ankerte nahe der Küste und schoß unablässig über die Galeeren hinweg. Da fügte sich Sinan der Jude in Allahs Willen und sprengte die ganze unersetzliche Flotte Khaireddins in die Luft, so daß eine ungeheure Rauchsäule emporstieg und in der fernen Stadt Töpfe und Teller klirrten.

Der Angriff wurde aus zwei Richtungen zugleich vorgetragen. Die Johanniter drangen, bis an die Hüften im Wasser, von der See her vor, und als sie und die Spanier sich der Festung bemächtigten, erteilte Sinan der Jude seinen letzten Befehl – sehe jeder, wo er bleibt! Um ein gutes Beispiel zu geben, machte er selbst einen Ausfall über den Salzsumpf, der die Festung umgab, nachdem er schon früher einen sicheren Pfad hatte erkunden und bezeichnen lassen, auf dem die Überlebenden die schützende Stadt erreichen konnten.

Das kotbespritzte, blutige Häuflein taumelte am selben Abend zu den Toren von Tunis empor, allein auf den Spitzen der Roßschweifstandarten leuchteten immer noch die silbernen Halbmonde Khaireddins, zum Zeichen des unvergänglichen Ruhmes, den die Verteidiger von La Goletta an jenem Tag errungen hatten.

Da bemächtigte sich panischer Schrecken der Einwohner von Tunis. Alle Straßen, die aus der Stadt führten, waren bald von Flüchtlingen verstopft, die mit Bündeln und Karren in blinder Hast so weit wie möglich fortstrebten. Ich hätte mich ihnen wohl angeschlossen, hätte mir nicht die Vernunft gesagt, daß sie bald Muley Hassans streifenden Reitern in die Hände fallen würden. Zum Glück hatten die Kaiserlichen so schwere Verluste erlitten, daß sie viele Tage lang in ihrem Lager Rast hielten, um ihre Wunden zu lecken. Mittlerweile gelang es Khaireddin, mit Schmeichelworten, Bitten und Drohungen der schlimmsten Unordnung Herr zu werden, bevor er seine Kapitäne, die Vornehmsten von Tunis und auch die Führer seiner arabischen Verbündeten zu einem feierlichen Diwan in den großen Saal der Kasbah entbot.

Er redete zu ihnen wie ein Vater, wie nur er es konnte, wenn Not am Mann war. Sein Plan war, vor die Stadt zu ziehen und dem Kaiser nach altehrwürdiger Moslemsitte auf offenem Feld eine Schlacht zu liefern. Der Plan war in der Tat nicht so wahnwitzig, wie ich zunächst glaubte, obzwar ich gestehen muß, daß ich mit offenem Mund zuhörte und mich ob seiner Tapferkeit verwunderte. Er sprach so überzeugend, daß Abu als erster von allen die Ärmel aufkrempelte, seinen Schimitar schwang und brüllte, um seines Weibes und Kindes willen wolle er den Weg ins Paradies suchen. Es mag sogar sein, daß dies kein abgekartetes Stück war, weil Khaireddin selbst überrascht schien. Die vornehmen Herren aus Tunis fielen etwas zögernd in die blutdurstigen Rufe ein, und in meinem eigenen betrübten Herzen glimmte ein Fünkchen Hoffnung auf, da ich gerne glaube, was mir laut genug gesagt wird – besonders wenn es meinen Hoffnungen entspricht.

Als aber der Großteil der Zuhörer die Kasbah verlassen hatte, sammelte Khaireddin seine zuverlässigsten Führer zu einem nächtlichen Kriegsrat um sich. Dazu wurde nicht einmal Abu el Kasim geladen; Andy und ich, allerdings unter Schweigepflicht, zugelassen. Diesmal schlug Khaireddin einen anderen Ton an. Er strich sich heftig den Bart, blickte düster drein und bemühte sich keineswegs, Siegesgewißheit zu heucheln.

»Nur ein Wunder Allahs kann uns retten«, sagte er, »und die Erfahrung hat mich gelehrt, im Krieg auf keine Wunder zu vertrauen. Wir müssen eine offene Feldschlacht anstreben, weil die verfallenen Stadtmauern einer Beschießung nicht standhalten und die verräterischen Städter uns lieber meuchlings erdolchen als gegen den Kaiser kämpfen würden. Zugleich müssen wir die Christensklaven im Auge behalten, die in den Kellern unter uns zusammengepfercht sind. Auch den arabischen Reitern traue ich nicht, denn sie werden sich im Feuer der Kanonen und Arkebusen wie Spreu im Winde zerstreuen. Allahs Wille geschehe. Wir wollen lieber unser Glück in offener Feldschlacht versuchen als in schmachvoller Flucht, die übrigens schwer zu bewerkstelligen wäre.«

Er schüttelte den Kopf, sah sich verdrossen um und fuhr fort: »Die erste Bedingung ist, daß wir die gefangenen Christen loswerden. Viele von ihnen sind imstande, Waffen zu führen – ja selbst zu reiten –, und ein Verräter in unserer Mitte ist genug, um uns den Rückweg in die Stadt zu verlegen. Ich bin, wie ihr wißt, nicht grausam, aber diese Gefangenen zählen achtzehn- bis zwanzigtausend Mann. Wir müssen um des lieben Lebens willen gleich ans Werk gehen, wenn wir sie alle vor Sonnenuntergang erdrosseln wollen. Über den damit verbundenen Geldverlust wollen wir uns mit dem Gedanken trösten, daß die Tötung dieser

Ungläubigen uns am Jüngsten Tag, wenn Allah in seinem großen Buch blättert, als Verdienst angerechnet werden wird.«

Bei diesen Worten aber warfen sich selbst die treuesten Kapitäne scheele Blicke zu. Sinan, der sein ganzes Vermögen in christlichen Sklaven angelegt hatte und an deren Verleih nicht übel verdiente, fingerte an seinem schütteren Bart und rief: »Nicht einmal mein Todfeind könnte mir Gefühlsduselei nachsagen, aber eine so grausige Tat würde unseren Namen und Ruf in allen Ländern der Welt auf immer beflecken. Die Christen würden ihren Tod an den Moslems rächen, die in ihren Gefängnissen schmachten, und mir wird übel bei dem bloßen Gedanken an den Verlust, den wir durch eine so voreilige Handlungsweise erleiden würden. Wir wollen lieber Pulverfässer unter den Gewölben aufstapeln, so daß wir, wenn es zum Äußersten kommt, die ganze Kasbah in die Luft sprengen können; denn sollte Allah uns den Sieg schenken, wie arg würde dann unsere Freude durch jeden unnötigen Verlust gedämpft!«

Sein besonnener Plan drang durch. Als die Kaiserlichen früh am nächsten Morgen aus dem Lager zogen, verließen auch wir die Stadt, um unseren Kampf gegen die erfahrensten, kampferprobtesten Truppen der Christenheit wieder aufzunehmen. Dabei zeigte sich Khaireddin mutiger als der Sultan und der Großvezier in Ungarn; freilich blieb ihm keine andere Wahl.

Nachdem wir uns auf der Ebene in Schlachtordnung aufgestellt hatten, schien unsere Stärke gar nicht so gering. Arabische Reiter in ihren weißen Burnussen bedeckten die Hügelhänge, und die tapferen Bewohner von Tunis, die man mit Peitschenhieben aus der Stadt getrieben hatte, waren mit Beilen und Hackmessern bewaffnet, da Khaireddin sie nach dem Verlust seines Arsenals in La Goletta nicht besser ausrüsten konnte. An Zahl wenigstens waren wir den Kaiserlichen fast ebenbürtig, wenn auch nicht ganz neunzigtausend Mann stark, wie die kaiserlichen Geschichtschreiber später berichteten, um den Ruhm ihres Herrn zu vermehren.

Ich folgte Andys Geschützen, bewaffnet mit einer leichten Muskete und einem Schimitar. Ich zog nicht etwa aus Ehrgeiz oder Kampfeslust mit, sondern einfach deshalb, weil ich mich unter Khaireddins Janitscharen und Renegaten sicherer fühlte als in der brodelnden Stadt. Allein die Schlacht dauerte kaum länger als das Gebet eines Mannes, der zur Reise gegürtet steht. Als das kaiserliche Fußvolk in Gewalthaufen anrückte, sprengten die arabischen Reiter in verstreuten Gruppen die Hänge hinab und entsandten unter wildem Geheul einen Hagel von Pfeilen auf die feindlichen Reihen. Die Geschütze drüben aber erwiderten das Feuer und hüllten das gelbe Schlachtfeld in Rauchwolken, und die Araber stoben mit noch wilderem Geheul wie Spreu im Wind auseinander. Auf der Flucht rissen sie die kühnen Verteidiger von Tunis mit sich und hasteten schneller in die Stadt zurück, als sie gekommen waren. Mittlerweile feuerten wir unsere Geschütze ab. Khaireddin, der im Sattel eines ungebärdigen Pferdes thronte, bemerkte, daß er plötzlich etwas verlassen auf freiem Feld ritt; an die vierhundert Renegaten waren noch um ihn geschart, während dreißigtausend Kaiserliche unaufhaltsam vorrückten, von Kanonen und Musketen ganz zu schweigen.

Der Beherrscher der See zeigte sich jedoch diesem gefährlichsten Augenblick seines Lebens gewachsen. Mit Donnerstimme rief er zu Allah um Hilfe, ermahnte seine Leute, sich das Paradies zu verdienen und den Feind durch entschlossenen Widerstand hinzuhalten, während er die Fliehenden zurückholen wolle. Sprach's, gab seinem Pferd die Sporen und galoppierte so schnell zur Stadt zurück, daß viele von denen, die er verfolgte, unter den Hufen seines Tieres fielen.

Uns, die wir zurückblieben, fiel die Ehre zu, wacker mit dem ganzen kaiserlichen Heer anzubinden, unsere Kanonen abermals abzufeuern und uns Schulter an Schulter gegen die anrückenden Deutschen und Spanier zu verteidigen. Unsere einzige Hoffnung auf Rettung lag darin, daß wir uns dicht beisammen hielten und Schritt für Schritt auf die Stadt zurückwichen, da wir im Gegensatz zu Khaireddin keine Pferde hatten.

Als wir endlich erschöpft und blutend die Stadt erreichten, sahen wir dort Straßenkämpfe in vollem Gang. Die Bewohner warfen sich auf Türken und Renegaten und ließen von den Dächern Steine, Töpfe, Kessel und was ihnen sonst in die Finger kam, herabregnen. Sie kreischten, sie wollten das Joch der Hohen Pforte abschütteln und Muley Hassan freudig als ihren Befreier begrüßen. Dann ging auf der Kasbah die weiße Flagge hoch, und als Khaireddin sie betreten und seinen Schatz retten wollte, fand er die Tore verrammelt, während die Christensklaven, die sich ihrer Fesseln entledigt hatten, ihn von den Wällen mit einem Steinhagel begrüßten und an Kopf und Kinn verwundeten.

Was Wunder also, daß Khaireddin vor den Toren der Kasbah alle Beherrschung verlor und zähneknirschend, mit Schaum vor dem Mund, brüllte: »Alles ist verloren! Die Hunde von Ungläubigen haben die Zitadelle genommen und meinen Schatz gestohlen!«

Mir fuhr der Schreck in alle Glieder, als ich erkannte, daß in der Tat alles verloren war. Ich versuchte, Khaireddins Pferd nachzulaufen und mich an seinen Schweif zu klammern, erntete aber nur einen Tritt in den Magen. Mit einem Schmerzensschrei sank ich zu Boden und preßte die Hände auf den Bauch, bis Andy mich auf die Beine stellte und wegführte, indem er sich mit dem Schwert eine Gasse durch den Pöbel bahnte.

Als die arabischen Reiter sahen, daß die Schlacht verloren und Khaireddin geflohen war, zerrissen sie flugs ihren Vertrag mit ihm und galoppierten dem kaiserlichen Heer entgegen. Jeder wollte der erste sein, nun, da es galt, Muley Hassan zu huldigen und den Schutz des Kaisers zu erbitten. Ihr lautes Friedensgeheul erschreckte die Spanier dermaßen, daß sie ihre Büchsengabeln abermals in den Boden rammten und ihre Arkebusen in die herabsprengenden Horden abfeuerten. Viele Hunderte Araber kamen dabei ums Leben oder wenigstens um ihre herrlichen Pferde, bevor man den unglückseligen Irrtum bemerkte. War das etwa Allahs Urteil über sie für ihren Verrat?

Mittlerweile brachen die Städter Palmzweige und entblößten die Bäume in ihren Gärten von Ästen und Zweigen, um den siegreichen Muley Hassan und den Kaiser, der mit ihm in Tunis einzog, auf würdige Weise zu ehren. Wer beschreibt aber ihre Bestürzung, als Deutsche, Italiener und Spanier mit dem Schwert in der Faust hereinströmten, um ihr Seelenheil zu erlangen, indem sie jeden Moslem, dessen sie habhaft wurden, töteten und die Stadt plünderten.

Die Plünderung von Tunis dauerte drei Tage, und ich habe mir sagen lassen, daß in ihrem Verlauf nicht weniger als hunderttausend Moslems ums Leben kamen, ob sie nun Anhänger Muley Hassans oder Khaireddins waren.

Allein ich habe den Ereignissen vorgegriffen und muß nun berichten, was geschah, nachdem Khaireddin vom Tor der Kasbah geflohen war. Treu gefolgt von Sinan dem Juden und anderen kühnen Kapitänen, machte er sich so rasch aus dem Staub, daß er die Roßschweife auf der Straße verlor. Hier erwischte nun Andy ein Araberpferd am Zügel, warf den Reiter aus dem Sattel und setzte mich statt seiner drauf, so daß ich mich im Handumdrehen im Sattel einer scheuenden Mähre fand und verzweifelt nach den Zügeln haschte. Andy schrie mir zu, ich solle nach Abu el Kasims Haus reiten, wo wir uns treffen wollten, nachdem er genug Pferde eingefangen habe. Ich sah ihn noch Khaireddins Standarte aufheben und hörte, wie er Janitscharen und Muselmännern zubrüllte, sich um den Halbmond zu scharen.

Ich ritt nach Abu el Kasims Haus, wobei ich meinen Kopf, so gut es ging, vor den Wurfgeschossen schützte, die es von den Dächern regnete. Als ich endlich anlangte, fand ich Abu nackt und besinnungslos vor seinem Tor liegen. Der Schädel war ihm eingeschlagen worden, der Bart blutverklebt. Rings um ihn lagen Kostbarkeiten verstreut, die seinem Bündel entfallen waren, und ein paar Männer traten ihn mit Füßen, bespien ihn und schimpften ihn einen Spion Khaireddins. Ich ritt stracks auf sie zu, weil ich mein Pferd nicht zügeln konnte, und rief alle Gläubigen zu Hilfe, und sie stoben wie die Hennen auseinander und glaubten, Khaireddins Mamelucken folgten mir auf den Fersen.

Ich sprang aus dem Sattel und band mein zitterndes, schäumendes Roß fest. Im Hof sah ich Abu el Kasims Frau in ihrem Blut liegen; noch im Tode hielt sie ihr Kind schützend an die breite Brust gedrückt. Dem Knaben war das Köpfchen bis zur Unkenntlichkeit zermalmt worden. Ich kniete rasch neben meinem Freund Abu el Kasim nieder und goß ihm etwas Wasser über das wächserne Gesicht. Er schlug die müden Affenäuglein zum letztenmal auf und keuchte mit gebrochener Stimme: »Ach, Michael! Das Leben ist nur ein einziger großer Dunghaufen. Dieser Gedanke ist alles, was ich dir in meiner Todesstunde vermachen kann, weil die Schurken meine Börse gestohlen haben.«

Ein Schleier legte sich über seine Augen, und auf dunklen Schwingen nahte der Eine, der die Bande der Freundschaft trennt, die Lieder verstummen läßt und die Eitelkeit von Menschenglück und Menschenleid offenbart.

Ich saß neben seiner Leiche auf dem Boden und weinte bitterlich. Da ritt Andy in den Hof, gefolgt von wenigen Getreuen

Khaireddins. Ich erhob mich eilends und schrie: »Lieber Bruder Andy, wir sind verloren! Uns bleibt nichts übrig, als den Schutz des Kaisers zu erflehen. Wenn es zum Äußersten kommt, können wir unseren muselmanischen Glauben verleugnen, da wir zum Glück nie beschnitten wurden. Mein Glaube an den Propheten hat heute einen so schweren Schlag erlitten, daß er sich kaum davon erholen wird.«

Andy aber schwang seine Roßschweifstandarte über dem Kopf und verfluchte laut alle Ungläubigen. Dann meinte er leise zu mir: »Glaubst du wirklich, die Spanier und Deutschen würden Renegaten Gnade erweisen? Schwing dich in den Sattel, Michael, und kämpfe wie ein Mann, damit wir Khaireddin in Bona einholen, bevor er die Segel setzen und ohne uns auf hohe See entwischen kann! Glaub mir, dies ist unsere einzige Hoffnung.«

Er war toll vor Kampfeslust, und seine grauen Augen rollten so grimmig in seinem pulvergeschwärzten Gesicht, daß ich ihm nicht widersprechen konnte. Wir ritten auf die Straße hinaus und konnten dank der von den Christensklaven gestifteten Verwirrung die Stadt ohne Blutvergießen verlassen. Wir überholten unzählige ausgeraubte Flüchtlinge, die händeringend und blindlings in der Wüste Zuflucht suchten, wo sie im günstigsten Fall zu verdursten hoffen durften, da nun die heißeste Jahreszeit angebrochen war.

Endlich brachten uns unsere erschöpften Rosse vor Tagaste, wo der große Kirchenvater Augustinus geboren worden war. Nun freilich verweilte ich nicht, um darüber zu meditieren, sondern spähte, von der Sonne geblendet, eifrig nach Khaireddins Galeeren im Hafen aus. Sie ruderten eben auf die See hinaus, aber unsere Musketenschüsse und verzweifelten Schreie bewogen Khaireddin, uns ein Boot zurückzuschicken. Er begrüßte uns unter Tränen, umarmte uns wie ein Vater und beteuerte, wie sehr er um uns gebangt habe. Ich aber sank, erschöpft von den erduldeten Strapazen, besinnungslos auf Deck nieder. Am nächsten Morgen schälte sich meine Haut vom Gesicht, und mir war, als hätte ich alle Knochen im Leib gebrochen. Khaireddin aber tröstete mich: »Allahs Wille geschehe! Ich wage nicht, mit den Überresten der größten ottomanischen Flotte, die je die See befuhr, zum Sultan zurückzukehren. Daher will ich nach Algier und dort bleiben, bis er sich beruhigt hat. Ich bin nun ein armer

Mann und muß ganz von vorne anfangen. Ich sehe nun ein, daß ich auf die See und nicht aufs Festland gehöre. Meine Freunde müssen beim Diwan für mich sprechen, so ich dort noch Freunde habe. Ich aber will klug sein, der Hohen Pforte fernbleiben und das Reden diesmal anderen überlassen.«

So schmiedete der unverwüstliche Khaireddin schon wieder neue Pläne, obwohl wir noch nicht außer Gefahr waren und der Kaiser seine schnellsten Galeeren hinter uns hergeschickt hatte. Khaireddins Flucht drohte Karl um die Früchte seines Sieges zu bringen, weil die Seeherrschaft das oberste Ziel des Kaisers war; die Wiedereinsetzung Muley Hassans auf den Thron von Tunis war ihm gleichgültig. Khaireddin aber schüttelte seine Verfolger mühelos ab. Wir erreichten wohlbehalten Algier, von wo er unverzüglich alle irgendwie seetüchtigen Schiffe aussandte, um schutzlose christliche Kauffahrer zu kapern und zugleich sengend und brennend die italienische und sardinische Küste heimzusuchen. Der Zeitpunkt dieser Überfälle war wohlberechnet, weil eben in allen Dörfern die Siegesglocken erschallten und die Christengemeinden in die Kirchen strömten, um zum Dank für Khaireddins Niederlage das Tedeum zu singen.

Am dritten Tag machte der Kaiser der Plünderung von Tunis ein Ende und befahl, die Ordnung in der verwüsteten Stadt wiederherzustellen, damit Muley Hassan den Thron seiner Väter besteigen konnte. Damit wollte der Kaiser zeigen, wie selbstlos er sich am Krieg beteiligt hatte, den er nur einem Fürsten zuliebe unternommen, der ihn um Hilfe gebeten hatte.

Ich hielt es für nötig, die Ereignisse dieses tunesischen Kreuzzuges zu schildern, welche Geschichtschreiber und Dichter verherrlicht und berühmte Maler in vielen Bildern verewigt haben. Indem er den Feldzug in eigener Person anführte und sich unzähligen Gefahren aussetzte, errang der Kaiser die Bewunderung der ganzen Christenheit. Dichter priesen ihn als den größten Ritter Europas, sehr zum Verdruß König Franz' I. Sein wahres Ziel aber erreichte er nicht, denn der Sommer war noch nicht um, als Khaireddin und seine Kapitäne schon wieder überzeugende Beweise ihres Daseins und ihrer ungeschmälerten Kraft geliefert hatten. Des Kaisers Bestreben, die Seemacht der Moslems zu vernichten, war vergeblich und überdies äußerst kostspielig gewesen – was die Geschichtschreiber freilich verschwiegen.

Ich gestehe gern, daß ich es nicht eilig hatte, nach Istanbul zurückzukehren, und als Gast Khaireddins eine Weile in Algier blieb. Erst unmittelbar vor dem Ausbruch der Winterstürme wagte ich die lange Heimreise. Die Kanonen des Arsenals beantworteten unsere Salutschüsse nicht. Der Sultan und der Großvezier waren aus dem persischen Feldzug noch nicht zurück, worüber ich natürlich sehr erleichtert war, und nachdem ich Khaireddins Brief einem Hofbeamten, der zu unserem Empfang an die Landungsbrücke geeilt war, überreicht hatte, mieteten Andy und ich ein Boot, und wir fuhren stracks zu meinem Haus, wo ich meine Schande vor den schadenfrohen Gaffern im Serail verbergen konnte.

Giulia empfing mich mit bleichem Gesicht und verquollenen Augen und machte mir bittere Vorwürfe, daß ich ihr weder geschrieben noch Geld geschickt hatte. Als sie aber meine Erschöpfung und meinen Kummer gewahr wurde, ließ sie mich zufrieden. Es fällt selbst einem gereiften Mann nicht leicht, ehrgeizige Hoffnungen in Rauch aufgehen und einen guten Freund sterben zu sehen.

Sie versprach daher, mir zu verzeihen, und erzählte mit boshaftem Vergnügen vom Heer des Sultans, das nach dreimonatigem Feldzug Täbris wieder erobert und dort in der vergeblichen Hoffnung, Schah Tahmasp zur entscheidenden Schlacht zu verleiten, Wochen zugebracht hatte. Der Sultan hatte Provinzen und Bezirke großzügig an vornehme Perser verteilt, die ihm gehuldigt hatten, und brach, als der Proviant für das Heer knapp wurde, zum Rückmarsch auf. Wie sie aber ein persisches Land nach dem anderen hinter sich ließen, eroberten die Soldaten des Schahs sie aufs neue und fügten der ottomanischen Nachhut schwere Verluste zu. Die schiitischen Ketzer frohlockten und reinigten ihre Moscheen von der Befleckung durch die Sunniten. So verlief der große persische Feldzug im Sande.

»Aber«, meinte Giulia, »der Sultan trägt keineswegs die Schuld an der Niederlage. Die Schuldigen sind die schlechten Ratgeber, die ihn zu diesem fragwürdigen Unternehmen verleiteten. Es ist hohe Zeit, daß der Sultan Ibrahims Unbrauchbarkeit als Feldherr erkennt. Der Mufti ist wütend, daß er die schiitischen Ketzer schützte und die Plünderung der persischen Städte untersagte, obwohl dafür eine *fatwa* erlassen worden war.«

Ich antwortete bekümmert: »Wenn die Katze aus dem Haus ist, tanzen die Mäuse. Ich werde in meiner Treue zum Großvezier nicht einfach deshalb wanken, weil er eine Niederlage erlitten hat. Mehr denn je braucht er jetzt die Hilfe eines Freundes, und ich erinnere dich nur an das alte Sprichwort: ›Wer zuletzt lacht, lacht am besten‹.«

»Ich werde lachen, da sei du unbesorgt! Erwarte kein Mitleid von mir, wenn du dich selbst zugrunde richten willst. Aber noch ist Zeit. Ich habe bei Khurrem für dich gesprochen, und sie will dir um des Prinzen Dschehangir willen vergeben. Im Vertrauen kann ich dir sagen, daß sie Khaireddin keine Schuld an seiner Niederlage beimißt und auch für ihn ein gutes Wort einlegen will, wenn du sie demütig darum bittest. So redlich meint es die gute, fromme Frau.«

Ich argwöhnte einen Betrug, da ich gelernt hatte, allen Menschen, besonders aber Giulia, zu mißtrauen. Tags darauf aber sandte Sultana Khurrem ihre Vergnügungsbarke, um mich in den Serail zu holen, wo sie mich in ihrem eigenen Porphyrgemach im Hof der Glückseligkeit empfing. Zuerst sprach sie hinter einem Vorhang zu mir, später aber zog sie ihn beiseite und ließ mich ihr Antlitz schauen. Ihr schamloses Gebaren zeigte, wie sich die Sitten hier im Laufe weniger Jahre geändert hatten. Damals, als ich Sklave des Sultans wurde, erwartete der sichere Tod jeden, der auch nur unversehens eine Frau des Harems unverschleiert erblickte.

Die Sultana sprach mit mir in spielerischem, neckischem Ton und lachte ihr gurgelndes Lachen, als kitzle sie jemand. Ihre Augen aber blickten kalt und hart. Schließlich befahl sie mir, ihr alles zu erzählen, was ich zu Tunis gesehen und getan hatte und was später geschehen war. Ich gestand sogleich Khaireddins Rückschläge ein, berichtete aber zu seiner Rechtfertigung auch gleich von seinen Erfolgen im Spätsommer und versicherte ihr, daß ich mit eigenen Augen zu Algier achtzehn große Galeeren auf Stapel hatte liegen sehen, so daß Khaireddins Flotte im Frühjahr bereitstehen würde, aufs neue die Meere zu beherrschen.

Khurrem lauschte mit schräggeneigtem Kopf, und ein beständiges Lächeln umspielte ihre schönen Lippen. Mir war, als widme sie meinem Äußeren mehr Aufmerksamkeit als meiner Erzählung. Sie bemerkte schließlich zerstreut: »Khaireddin Barbarossa ist ein frommer, tapferer Mann und ein treuer Diener des Sultans. Der Prophet selbst erscheint ihm im Traum, und wenn er seinen langen Bart schüttelt, gleicht er einem Löwen mit üppiger Mähne. Er bedarf keines Fürsprechers, weil ich am besten weiß, wie ich meines Herrn Gunst für ihn gewinnen kann. Aber du hast mir noch nicht alles erzählt, Michael el Hakim. Warum gingst du überhaupt nach Tunis? Und welche Botschaft sandte der böswillige Großvezier durch dich an Khaireddin, die er nicht schriftlich niederzulegen wagte?«

Ich starrte sie entgeistert an und konnte mir nicht denken, worauf sie hinauswollte. Dann leckte ich mir die Lippen und murmelte etwas. Sie ermunterte mich lachend: »Michael el Hakim, du bist ein großer Schelm. Gestehe offen, daß Seraskier Ibrahim dich nach Tunis sandte, um heimlich herauszufinden, ob Khaireddin des Großveziers Titel als Seraskier-Sultan anerkennen würde. Stimmte er zu, so solltest du ihm bedeuten, seine Flotte ins Marmarameer zu führen und weitere Befehle abzuwarten. Allein des Kaisers unerwarteter Überfall vereitelte diese schändlichen Pläne und Khaireddin war einer abschlägigen Antwort enthoben, die ihm den Zorn des Großveziers eingetragen hätte.«

»Allah ist Allah!« rief ich bestürzt. »Das ist ungereimtes Zeug – gemeine Lügen von Anfang bis zu Ende. Der Großvezier sandte mich zu Khaireddin, um ihn vor den falschen Versprechungen des Kaisers zu warnen, weil Karl ihm angeboten hatte, ihn zum König von Afrika zu machen.«

»Ganz recht«, pflichtete Khurrem schnell bei. »Dann befahl dir der Großvezier, Khaireddin zu erklären, es liege in seiner, Ibrahims, Macht, ihn zum König von Afrika zu machen, mit dem Recht, seine Erben selbst zu ernennen. Dann sollte Khaireddin neben dem Kaiser als Beherrscher Europas und dem Seraskier-Sultan als Herrn von Asien seinen Platz als dritter Weltbeherrscher einnehmen.«

»Was willst du mit dem unsinnigen Titel ›Seraskier-Sultan‹ sagen?« fragte ich, so erbost, daß ich meinen niedrigen Rang vergaß. »Du verdrehst alles. Ich hatte keinen solchen Auftrag erhalten. Mein einziges Ziel war stets, dem Sultan treu zu dienen. Weder Khaireddin noch mir kann man die Schuld an der Niederlage in die Schuhe schieben. Ich habe nichts hinzuzufügen, da du die Wahrheit so beharrlich entstellst.«

Das Lächeln auf den Lippen der Sultana erstarb, ihr rundliches Gesicht erstarrte zur kreideweißen Maske. Ein eiskaltes, blaues Funkeln trat in ihre Augen. Einen Augenblick dünkte mich, ich stände einem Ungeheuer von Angesicht zu Angesicht gegenüber. Doch verschwand dieser eigentümliche Ausdruck so rasch, daß ich mir einbildete, ich hätte geträumt oder sei durch ihren Blick verzaubert worden.

Sogleich sprach sie denn auch in ihrem gewöhnlichen, girrenden Ton weiter: »Vielleicht sprichst du die Wahrheit, und mein Gewährsmann war falsch informiert. Ich kann mich nur freuen, daß alle dem Sultan so treu und ergeben dienen. Du hast mir eine Last von der Seele genommen, Michael el Hakim; du verdienst reichen Lohn, und ich werde nicht versäumen, beim Sultan ein gutes Wort für dich einzulegen. Vielleicht ist es töricht von mir, zu glauben, ein so begabter Mann wie der Großvezier könnte irgend etwas hinter des Sultans Rücken tun. Wir müssen abwarten. Alles wird sich zum besten wenden, und du und ich werden über die ganze leidige Geschichte schweigen.«

Sie lächelte mich wieder auf ihre bezaubernde Art an, aber das alte Funkeln lag noch in ihren Augen, als sie die Worte wiederholte, die eine strenge Warnung zu verbergen schienen: »Alles wird sich zum besten wenden, und du und ich werden über die ganze leidige Geschichte schweigen.«

Dabei gab sie ein Zeichen mit ihrer fülligen Hand, und eine Sklavin ließ den Vorhang zwischen uns herab.

Als ich durch die herrlichen Höfe des Serails heimkehrte, überfiel mich ein eigentümliches Gefühl der Unwirklichkeit. Es schien mir wie ein Märchen, wie ein Traum, und ich glaubte, dies alles schon einmal erlebt zu haben. Ich betrachtete die unzähligen Sklaven, die mir, vom Höchsten bis zum Geringsten, den Rücken kehrten, und plötzlich sah ich sie gar nicht mehr als lebendige Menschen. Es war, als hätten sie keine Gesichter, nur an ihren Kleidern, Kopfbedeckungen, Stöcken, Peitschen, Kochlöffeln und anderen Rangabzeichen konnte ich Ämter und Würden ablesen. Sie glichen am ehesten schillernden Käfern. Jeder hätte seinen Platz mit jedem tauschen können, ohne das Gesamtbild zu verändern. Alles würde auf dieselbe leere Weise und unter denselben sinnlosen, veralteten Gebräuchen weitergehen.

Ich schien außerhalb zu stehen. Ich brütete nicht mehr über mich oder mein Geschick. Ich fühlte nur eine unaussprechliche Müdigkeit und Trauer, und die Eitelkeit all dessen legte sich wie ein frostiger Dezembertag auf mein Gemüt.

Zu Beginn des Monats Januar, im Jahr 1536, traf Sultan Suleiman an der gegenüberliegenden Küste des Marmarameeres ein und erlaubte Mitgliedern des Diwans, ihm aus dem Sattel zu helfen, zum Zeichen, daß der Krieg in Persien beendet war. Der Großvezier hatte insgeheim eine Prachtbarke bauen lassen, die sich mit dem sagenhaften »Bucentoro« des Dogen von Venedig gar wohl messen konnte, so daß der Sultan unter dem Donner der Salutschüsse nach Istanbul hinübergleiten konnte, wie es dem Bezwinger Persiens gebührte.

Aufs neue wurden dem Volke die Namen eroberter Städte und Festungen verkündet. Aufs neue leuchteten die Freudenfeuer Nächte hindurch, und die Massen jubelten den heimkehrenden Spahis und Janitscharen zu. Diesmal aber klang der Jubel gezwungen, als hätten düstere Ahnungen die Siegesstimmung vergiftet. Überdies hatte das Heer auf dem Rückzug sowohl durch die persischen Reiterüberfälle wie auch durch das schlechte Wetter sehr hohe Verluste erlitten. Viele Frauen beklagten ihre toten Gatten, obwohl sie das nur allein und innerhalb ihrer vier Wände tun durften.

Nach den Festtagen nahm das Leben in der Hauptstadt wieder seinen gewohnten Gang, und kein Ausländer hätte eine Veränderung wahrgenommen. Der Gesandte König Franz' I., der den Sultan von Bagdad nach Täbris und zurück nach Istanbul begleitet hatte, wurde durch des Sultans Zustimmung zu einem Handelsvertrag für seine Mühe belohnt. Die Sklaven französischer Abstammung in den Ländern des Sultans wurden freigelassen, und alles deutete darauf hin, daß König Franz aus früheren Fehlern nichts gelernt hatte und abermals zum Krieg gegen den Kaiser rüstete. Khaireddin fiel nicht in Ungnade, wie viele gehofft hatten; der Vertrag wurde im Gegenteil in seinem Namen aufgesetzt und er darin zum König von Algerien bestimmt. Wäre dies nicht geschehen, so hätte es sowohl unter den Moslems wie unter den Christen böses Blut gemacht. So aber bezichtigten viele sonst kluge Moslems nun den Großvezier, er begünstige heimlich die Christen, ebenso wie man ihn beschuldigt hatte, die schiitischen Ketzer auf Kosten des Ottomanenheeres in Schutz zu nehmen. Diesmal aber schob man ihm alle Rückschläge in die Schuhe, um ihn anzuschwärzen und seine Stellung zu untergraben, während alles Gute dem Sultan zugeschrieben wurde.

Im Laufe jenes Frühlings trat der sinnlose, unvernünftige Haß des Volkes gegen den Großvezier so offen zutage, daß er es vorzog, nicht mehr in der Öffentlichkeit zu erscheinen und entweder in seinem Palast jenseits des Atmeidan oder in den Gebäuden im dritten Hof des Serails verblieb. Janitscharen, die auf dem Atmeidan exerzierten, pflegten Beschimpfungen zu rufen und Gesichter nach seinem Palast hin zu schneiden, und eines Nachts brachen einige betrunkene Ringer sogar dort ein, rissen die Trophäen von den Wänden und beschmutzten die Ecken seiner Gemächer. Der Großvezier aber veranstaltete, um alles leidige Aufsehen zu vermeiden, keine Untersuchung und lud keinen der Schuldigen vor, sich für die Untat zu verantworten.

Nach seiner Rückkehr aus Persien mußte der Großvezier vor allem Angelegenheiten behandeln, die sich während seiner Abwesenheit ergeben und die zu erledigen die Paschas sich aus Angst vor Mißgriffen geweigert hatten. Auch die Verhandlungen zur Vorbereitung des Vertrages mit Frankreich beanspruchten seine Zeit, so daß er mich beim besten Willen nicht empfangen konnte. Der Winter verging, ohne daß ich auf eine persönliche Aussprache hoffen durfte, obwohl ich darauf brannte, ihn vor Gefahren zu warnen, die ich in einem Brief nicht anzudeuten wagte. Ab und zu sandte er mir Botschaft, er würde mich zu gegebener Zeit rufen lassen.

Auf mein unablässiges Drängen sandte mir der Großvezier zweihundert Goldstücke in einem seidenen Beutel. Es war als Gunstbeweis gedacht, doch noch nie hatte ein Geschenk mich so betrübt und gekränkt, zeigte es doch, daß er mich im innersten Herzen verachtete und glaubte, ich diente ihm nur um des Geldes willen – und konnte ich es ihm denn verdenken? Die Schuld war mein. Zu lange hatte ich nur Geschenke und Belohnungen im Auge gehabt. Nun aber, als ich müßig unter den schlanken Säulen der Vorhalle des Großveziers stand und die gestickte Börse in der Hand hielt, erkannte ich mit schmerzlicher Deutlichkeit, daß nicht alles Gold der Welt den Schmerz lindern konnte, der mir nun am Herzen fraß.

Ich will mich aber nicht besser machen, als ich bin, habe ich mir doch bei der Abfassung dieser Erzählung zum Ziel gesetzt, so ehrlich zu sein, wie es der unvollkommenen Menschennatur nur möglich ist. So gestehe ich freimütig, daß ich seit der Teilung der tunesischen Diamanten mit Andy meine Zukunft – freilich ohne sonderliches Vergnügen daran – für gesichert hielt.

Bei meiner Heimkehr legte mir Giulia die weißen Arme um den Hals und meinte bittend: »Lieber Michael, während du fort warst, habe ich deine Arzneitruhe nach einem Mittel gegen Magenbeschwerden durchsucht. Der griechische Gärtner ist krank. Aber ich wagte nicht, die afrikanische Arznei zu nehmen, die du aus Tunis mitgebracht hast, weil du mir sagtest, zuviel davon könne gefährlich sein. Ich will dem Mann nicht durch meine Unwissenheit schaden.«

Ich haßte ihre Gepflogenheit, in meiner Abwesenheit meine Truhen zu durchstöbern, und sagte es ihr auch. Ich hatte aber den Kopf voll anderer Dinge und gab ihr daher eine Arznei, die mir Abu el Kasim warm empfohlen hatte, wobei ich sie warnte, davon zuviel auf einmal zu verabreichen. Am selben Abend bekam ich nach dem Genuß von Obst heftige Magenschmerzen, und Giulia teilte mir mit, daß außer dem Gärtner auch einer der Ruderer erkrankt sei. Solche Beschwerden waren in Istanbul gang und gäbe, und ich achtete daher auch meiner eigenen Schmerzen nicht. Vor dem Schlafengehen nahm ich Aloe und Opium und hatte mich am nächsten Morgen vollkommen erholt.

Tags darauf hörte ich, dem Sultan sei es nach einem gemeinsamen Abendessen mit dem Großvezier ebenso ergangen. Suleiman verfiel sogleich in Schwermut – was bei Menschen, die an Magenbeschwerden leiden, nur allzu häufig vorkommt.

Infolge der Krankheit des Sultans konnte der Großvezier über seine Abende endlich selbst verfügen und sandte nach dem Gebet bei Sonnenuntergang nach mir. Ich eilte sogleich zu seinem Palast, allein der herrliche Bau, den sonst zahllose Lampen erhellten und die Volksmenge umringte, stand nun dunkel, leer und still wie ein Trauerhaus. Nur einige bleiche Sklaven standen müßig in der großen, von wenigen düster schwelenden Lampen erleuchteten Halle. Zwischen den schlanken Säulen des Audienzsaales aber eilte der deutsche Uhrmacher auf mich zu. Ihn begleitete zu meiner Überraschung der französische Uhrmacher des Sultans, den ihm König Franz geschickt hatte, nachdem er von Suleimans Schwäche für Uhren gehört hatte. Die beiden Meister untersuchten nun mit dem feierlichen Gebaren von Ärzten die unregelmäßig tickende Uhr, die Nürnbergs berühmtester Horologe verfertigt hatte und die unfehlbar Stunde, Tag, Monat, Jahr und selbst die Stellung der Planeten hätte anzeigen sollen. Der Deutsche fiel auf die Knie, küßte mir die Hand und sagte: »Oh, Meister Michael, ich bin verloren – ich habe all meine Kunst vergessen. Dank meinen fachkundigen Ausbesserungen ist diese unglückselige Uhr sechs Jahre lang richtig gegangen; nun aber fängt sie an nachzugehen. Ich kann den Fehler nicht finden und mußte den berühmten Meister François um Hilfe bitten.«

Die Uhr tickte schwer, ihr Zeiger wies auf sieben, und die kleine Figur des Schmiedes kam heraus und fing ruckweise an, das silberne Glöckchen zu schlagen. Er brachte es aber nur auf drei schwache Schläge, die Uhr hob wieder unregelmäßig zu tikken an, und der Schmied, den Hammer noch zum Schlag erhoben, wandte sich und verschwand. Ich sah die beiden Männer forschend an und bemerkte, daß der Franzose schuldbewußt einen Weinkrug mit dem Fuß hinter die Uhr schob. Beide wandten etwas verlegen den Blick ab, und dann meinte Meister François prahlerisch: »Alle Uhren haben ihre kleinen Tücken, sonst hätten wir Uhrmacher ja nichts zu tun. Diese hier kenne ich wie meine Westentasche; einen so komplizierten Mechanismus zu zerlegen wäre ein mühsames und gewagtes Unternehmen. Daher begnügten wir uns damit, unser Gedächtnis aufzufrischen, unsere hervorragenden Kenntnisse auszutauschen und auf diese Weise etwa den Fehler zu entdecken. Es steht nicht dafür, ein so kostbares Spielzeug ohne guten Grund auseinanderzunehmen. Der Großvezier ist – verzeiht meine Offenheit – etwas überspannt, daß er in dieser kleinen Unregelmäßigkeit ein böses Vorzeichen erblickt.«

In seinem Rausch fuhr er fort, so unehrerbietig vom Großvezier zu sprechen, daß ich ergrimmte und die Hand zum Schlag gegen ihn erhob – freilich weiß ich nicht, ob ich zugeschlagen hätte, weil er einen Hammer in der Hand hielt und gar reizbar dreinsah. Der Deutsche aber warf sich zwischen uns und sagte: »Ist die Uhr schon aus den Fugen, so ist es der Großvezier noch mehr. Kein vernünftiger Mensch starrt unablässig auf eine Uhr und verliert darüber den Schlaf. Nachts steht er oft auf, um nach ihr zu sehen, und tagsüber hält er oft vor versammeltem Diwan mitten im Satz inne und schaut wie gebannt auf das Ziffernblatt. Jedesmal hält er sich den Kopf und spricht: ›Meine Uhr geht nach. Allah sei mir gnädig, meine Uhr geht langsamer.‹ Redet so ein Vernünftiger?«

Ich ließ den Kerl stehen und eilte in das hellerleuchtete Gemach, wo der Großvezier mit untergeschlagenen Beinen auf einem dreifachen Kissen saß, ein Lesepult vor sich. Ich weiß nicht, ob er wirklich las oder es nur vortäuschte; immerhin blätterte er gelassen um, bevor er zu mir aufsah. Ich warf mich nieder, um den Boden vor ihm zu küssen, stammelte vor Freude und rief aus Anlaß seiner glücklichen Heimkehr aus dem Feld Segen auf sein Haupt herab. Er hieß mich mit einer Geste seiner schlanken Hand schweigen und sah mir gerade in die Augen, während ein Schatten unüberwindlichen Grams sich über sein Gesicht stahl. Seine Haut hatte den jugendlichen Glanz verloren, die Rosenfarbe seiner Wangen war verwelkt. Sein weicher, schwarzer Bart ließ sein Antlitz beim Lampenscheine geisterhaft blaß erscheinen, und da er den Turban abgenommen hatte, funkelten keine Diamanten über seiner Stirn. Er war so hager geworden, daß ihm die Ringe lose an den Fingern hingen und dafür zu schwer schienen.

»Was willst du, Michael el Hakim?« fragte er. »Ich bin Ibrahim, Herr der Völker und Treuhänder der Macht des Sultans. Ich kann dich zum Vezier machen, wenn es mir beliebt. Ich kann Bettler zu Defterdars und Ruderer zu Admiralen erheben. Mir selbst aber kann ich nicht helfen, obwohl ich des Sultans eigenes Siegel verwahre.«

Er zeigte mir das viereckige Siegel, das ihm unter dem geblümten Kaftan an goldener Kette um den Hals hing. Ich stieß einen Schrei der Überraschung aus und drückte aus Ehrfurcht vor diesem überaus kostbaren Kleinod, das außer dem Sultan niemand benützen durfte, abermals die Stirn an den Boden. Der Großvezier verbarg es wieder unter dem Kaftan und bemerkte gleichgültig: »Du hast mit eigenen Augen gesehen, welch grenzenloses Vertrauen er in mich setzt. Dieses Siegel erheischt unbedingten Gehorsam von hoch und niedrig in allen Ländern des Sultans. Das hast du vielleicht gewußt?«

Er lächelte seltsam, starrte mit zuckendem Gesicht vor sich hin und fuhr fort: »Vielleicht weißt du auch, daß des Sultans viereckiges Siegel sogar die Türen zum Harem öffnet. Es gibt nichts, was ich nicht ebensoleicht tun könnte wie Suleiman selbst. Verstehst du, was das heißt, Michael el Hakim?«

Ich konnte nur vor ihm knien und kopfschüttelnd stammeln: »Nein, nein – ich verstehe nichts – nichts!«

»Du siehst, wie ich mir in meiner Einsamkeit die Zeit vertreibe. Ich lese – ich reihe die Worte zu Girlanden aneinander. Auf den goldenen Brettern meines Schatzhauses steht die Weisheit aller Länder und Zeiten. Ich lese und lasse die Worte an meinen Augen vorüberfließen. An einsamen Abenden höre ich die Weisen miteinander sprechen – berühmte Feldherren, große Herrscher, tüchtige Baumeister und entflammte Dichter, dazu alle die Heiligen, die auf ihre Art ebenso besessen und entflammt sind wie die Dichter. All diese Weisheit steht mir zu Diensten – doch wie kann sie mir nun nützen? Ich bin Ibrahim der Glückliche. Mir sind die Augen aufgegangen, und nun durchschaue ich alle menschlichen Vorurteile. All diese Weisheit – höre auf mich, Michael –, all diese Weisheit ist nichts als schön aneinandergereihte Worte. Geschmackvoll gewählt, gewiß, aber nur Worte – Girlanden von Worten, nicht mehr. Ich, Ibrahim, besitze als einziger Mensch das persönliche Siegel des Herrschers der Welt. Und was tue ich, Michael el Hakim? Du siehst mich. In meinem einsamen Gemach lese ich Worte, die man schön aneinandergereiht hat.«

Er zog die prachtvollen Ringe ab, deren lockerer Sitz ihn störte. »Er kennt mich, und ich kenne ihn. Zwillinge könnten ihre Gedanken nicht rascher und vollkommener erraten. Als er gestern abend erkrankte, überreichte er mir sein Siegel, wodurch er sich und seine Macht in meine Hände gab. Vielleicht tat er es, um mir sein unerschüttertes Vertrauen zu beweisen. Aber ich kenne ihn nicht mehr und kann nicht mehr wie früher seine Gedanken lesen. Damals war er wie ein Spiegel, nun aber hat jemand anders den Spiegel behaucht, ich kann seine Gedanken nicht mehr darin lesen. Ich kann nichts tun – ich kann mich nicht retten. Sein Vertrauen hat mir Stärke und Willenskraft geraubt.«

Obwohl er sich mit Mühe beherrschte, sah ich seine Hände zittern und sein Gesicht zucken und wußte als Arzt, wie krank sein Herz sein mußte. Ich meinte beschwichtigend: »Edler Herr, der Monat Ramadan hat begonnen – ein Monat, der für Herren wie für Sklaven gleich hart ist. Ist das Fasten erst vorüber, so wirst du alles mit anderen Augen sehen und über deine Einbildungen lachen. Du tätest klug daran, nach Herzenslust zu essen und zu trinken, deinen Harem aufzusuchen und dort zu verweilen, bis der Fasttag heraufdämmert und es hell genug ist, einen schwarzen Faden von einem weißen zu unterscheiden. Die Erfahrung hat gezeigt, daß eine fromme Vigilie unter den Haremsfrauen im Monat Ramadan den Geist besänftigt; sie ist auch vom Propheten selbst vorgeschrieben.«

Er sah mich aus verzweifelten Augen an. »Wie kann ich essen oder trinken, wenn mein Herr ob seiner Krankheit fasten muß? Er ist nicht mein Herr, er ist mein Herzbruder, und nie habe ich das so stark empfunden wie zu Beginn dieses Ramadan. Mein Herzbruder und mein einziger treuer Freund auf der Welt. Durch Jahre hatte ich das vergessen und genoß anmaßend seine Gaben und seine unerschöpfliche Gunst. Zu Lebzeiten seines grausamen Vaters Selim ritten wir Seite an Seite, und die dunklen Schwingen des Todes rauschten uns zu Häupten. Damals vertraute er mir – er wußte, daß ich bereit war, zu jeder Stunde für ihn zu sterben. Nun aber ist sein Vertrauen dahin. Wäre dem nicht so, er hätte mir nicht sein Siegel gegeben. Er tat es nur, um sich selbst zu überzeugen. Er ist ein einzigartiger Mensch, Michael. Doch wozu davon sprechen. Es ist zu spät. Meine Uhr geht langsamer und langsamer, und ich habe nichts zu tun, als Worte zu lesen, die man schön aneinandergereiht hat. Denn in meinen Ohren ist noch Leben –«

Er konnte nicht länger stillsitzen, sondern erhob sich und schritt ruhelos im Gemach auf und ab; die prächtigen orientalischen Teppiche dämpften seine Schritte. Verzweifelt rief er aus: »Meine Uhr geht nach! Von der ersten Stunde an ging sie nach. Die Uhren des Westens ticken schneller als die besten Uhren des Ostens. Was immer ich träumte, ersehnte, hoffte, ja selbst erreichte, stets hörte ich nur die Antwort meiner schleppenden Uhr

— ›Zu spät, zu spät‹. Es war zu spät vor Wien. Zu spät in Bagdad, zu spät in Täbris. Khaireddin kam zu spät. Was immer ich getan oder beschlossen habe — es war alles zu spät.«

Das Blut stieg ihm zu Kopf, und seine Augen waren rot unterlaufen, als er mich unverwandt ansah. »Allah, was kann ein Mensch tun! Welche Schwärme von Vorurteilen mußte ich nicht auf Schritt und Tritt bekämpfen! Alles, was mir gelang, jedes Gesetz, das ich machte, stieß auf Haß und Hohn. Doch als endlich jeder Widerstand gebrochen war, hieß es wieder ›Zu spät‹. Noch gestern konnte ich mir in meinem törichten Dünkel keinen größeren Schmerz ausmalen als diesen. Nun aber zu Beginn des Ramadan, da ich hier sitze und Worte lese, liegt mir nichts mehr daran, dem Schicksal Trotz zu bieten.«

Seine Arme fielen schlaff herab, und sein Gesicht, das in seiner Blässe schön war, glättete sich und nahm einen friedlichen Ausdruck an. Ein fast schelmisches Lächeln umspielte seine Lippen, als er anhub: »Ein römischer Kaiser seufzte im Angesicht des Todes: ›Welch einen Schauspieler verliert die Welt an mir!‹ Ich aber kann mich kaum auch nur einen Schauspieler nennen. Um unserer Freundschaft willen habe ich mich selbst so sehr entäußert, daß ich kaum weiß, wann ich spiele und wann ich es ernst meine. Zu viel Macht verwandelt einen Menschen in einen Schauspieler — vor allem dann, wenn die Macht vom Willen und der Gunst eines anderen abhängt, und sei der auch der beste Mensch der Welt. Doch weiß ich, daß es mit ihm ebenso schlimm steht, vielleicht auch noch schlimmer, weil er nach allem, was vorgefallen ist, mit keinem Menschen mehr unumwunden aufrichtig sein wird. Er muß jedes Wort überlegen und jede Miene in seiner Gewalt haben. Michael, Michael, er wird bitterer leiden als ich, und er wird Wahrheit und Falschheit im eigenen Herzen nie unterscheiden können. Darum schaudere ich beim Gedanken an ihn, da ich weiß, wie furchtbar allein er in der Welt stehen wird. Gott, Allah, unbekannter Versucher! Wer Du auch seist, Du kannst unsere Freundschaft nicht leugnen.«

Er verstummte und lauschte entsetzt dem Echo seiner Worte. Dann flüsterte er: »Kein Mensch kann seinem Nächsten trauen. Das ist die einzige dauerhafte Wahrheit; es gibt keine andere auf der Welt.«

»Edler Herr«, entgegnete ich, »zu großes Mißtrauen ist ebenso schlimm wie Vertrauensseligkeit. Beide haben schreckliche Folgen. Wir sollten in allem den goldenen Mittelweg wählen.«

Der Großvezier sah mich verächtlich an und fragte: »Versucht jenes widerliche Weib etwa durch dich, mich aufs neue in ein trügerisches Gefühl der Sicherheit zu wiegen, bevor der Streich fällt? Was wissen Weiber von Freundschaft? Hör gut zu, Michael – wenn es auf Erden einen Teufel in Menschengestalt gibt, so ist es jenes Weib. Allein sie hat nur einen Weibsverstand; sie beurteilt die Welt nach sich und konnte daher nie begreifen, warum der Sultan mir das Siegel und die damit verbundene unumschränkte Macht gab. Bringe ihr diesen Gruß von mir, Michael. Bis an ihr Lebensende wird sie diese Nuß nicht knacken, und nichts erbittert ein Weib mehr als die Entdeckung, daß es im Verhältnis von Mann zu Mann Dinge gibt, die Weiber nie verstehen können.«

Er maß mich stolz mit seinen leuchtenden Augen und schien mir in diesem Augenblick schön wie ein gefallener Engel. Er wehrte mit einer Gebärde jeden Einwand ab und sprach weiter: »Du weißt vielleicht, daß ich gestern abend mit dem Sultan speiste. Je mehr Gift man ihm ins Ohr träufelt, um so eifriger trachtet er, mich an seiner Seite zu haben, um meine Gedanken zu beobachten und meine Mienen zu erforschen. Ich wählte, wie es sich geziemt, die beste Frucht auf der Schüssel für ihn aus. Er schälte und aß sie. Kaum war eine Viertelstunde vergangen, als er ein Brennen im Magen verspürte und glaubte, er müsse auf der Stelle sterben. Er dachte, ich hätte ihn vergiftet. Erschöpft von den Brechmitteln der Ärzte, erkannte er doch, daß er am Leben bleiben würde, und überreichte mir sein persönliches Siegel, wobei er mir unverwandt in die Augen sah. So wollte er mich an sich binden und verhindern, daß ich ihm ein Leid zufügte. Kein Fremder konnte seine Tat verstehen, ich aber habe seit unserer Knabenzeit stets mit ihm gegessen, unter demselben Dach geschlafen und war stets sein vertrautester Freund, bis jenes unheilvolle Weib ihn verleitete, mir sein Herz zu verschließen. Du sprachst von zu großem Mißtrauen, und ich habe mir auch darüber Vorwürfe gemacht. Als ich ihn aber, den Angstschweiß auf der Stirn, vergiftet sah, wußte ich, die Russin hatte die Frucht in meiner Hand verhext, um Verdacht auf mich zu lenken. Roxelane ist keine Närrin. Ich aß von dem Obst – ich befahl den Sklaven, es aufzuessen. Weder ich noch sie erkrankten daran. Nur in der Frucht, die ich für ihn auswählte, war Gift. Kannst du dir etwas Teuflischeres vorstellen?«

Ich schüttelte mitleidig den Kopf.

»Du bist krank, Herr. Deine vergiftete Einbildungskraft hat dir diese Gedanken eingegeben. In der Stadt geht eine anstekkende Magenkrankheit um, ich selbst erkrankte vorgestern nach dem Genuß von Äpfeln. Ich bitte dich, Herr, dieses Beruhigungsmittel zu nehmen, das ich mitgebracht habe. Du bedarfst des Schlafes – du mußt deine Uhr vergessen.«

»Du möchtest mir also ein Beruhigungsmittel eingeben, Michael el Hakim! Das also war der Zweck deines Besuches. Als du deinen Christus verleugnetest, tatest du es, um dein eigenes, erbärmliches Leben zu retten. Diesmal hat man dir gewiß mehr als dreißig Silberlinge geboten. Du siehst, ich kenne die Heilige Schrift der Christen.«

Ich sah ihm in die Augen und erwiderte: »Großvezier Ibrahim, ich bin wahrhaftig ein armer Mensch, weil ich wohl weder einen Gott noch ein heiliges Buch habe, darauf ich einen bindenden Eid schwören könnte. Dich aber habe ich nie verraten und werde es auch nie tun. Nicht um deinetwillen – um meinetwillen, obwohl ich nicht hoffen darf, daß du das verstehst, verstehe ich es doch selber kaum. Vielleicht will ich nur beweisen, daß ich, obzwar ein Renegat und Abtrünniger, wenigstens einem einzigen Menschen auf der Welt treu sein und ihm in seiner Not beistehen kann.«

Trotz des Streites, der in ihm tobte, verfehlten meine Worte wohl ihren Eindruck nicht; er saß eine Weile und sah mir forschend in die Augen, erhob sich dann und trat an eine Truhe mit goldenem Deckel, schlug ihn auf und warf einen Haufen Börsen auf den Boden heraus; sie waren so prall gespickt, daß das dünne Leder zerriß und die Münzen auf den Boden rollten. Auf diesen Stapel Börsen warf er Hände voll Perlen, Rubine, Saphire, Smaragde und andere Edelsteine; nicht einmal bei Khaireddins Ankunft hatte ich so viel Gold und so viele funkelnde Edelsteine aufgehäuft gesehen.

»Michael el Hakim! So überzeugt ich bin, daß in der Frucht, die der Sultan aß, Gift war, so überzeugt bin ich auch, daß du ein Verräter bist. Ich will nur die Wahrheit wissen. Nicht einmal die Russin kann dich so fürstlich belohnen wie ich. Sag mir die ganze

Wahrheit, Michael, und du sollst diesen ganzen Schatz mit dir nehmen. Diesmal stehen keine Stummen hinter dem Vorhang. Die Wahrheit allein kann mein sorgenvolles Gemüt erleichtern. Die schnellste Galeere und hundert Seejanitscharen sollen dich nach einem beliebigen Land bringen. Nur hab Mitleid, Michael, und sag mir die Wahrheit.«

Ich starrte gebannt auf den blendenden Schatz; bald aber erwiderte ich, mit einem bitteren Geschmack im Mund: »Ibrahim, mein Herr, sagte ich dir nun, ich sei ein Verräter, so glaubtest du mir wohl, weil du es glauben willst. Ich aber kann nicht gestehen, was nicht wahr ist. Laß mich dir zum Abschied die Hand küssen. Dann gehe ich und werde dich nicht länger mit meiner Anwesenheit behelligen.«

»Wenn du mir in der Tat treu bist, so bist du einfältiger, als ich dachte. Im Bereich der Staatskunst ist Treue eine Art von Schwachsinn.«

Ich fand ein erleichterndes Wort und meinte lächelnd: »So laß uns beide zwei Tröpfe sein, die im selben Boot sitzen. Du bist sogar der größere von uns beiden, trägst du doch das persönliche Siegel des Sultans und weigerst dich doch, dich damit zu retten.«

Der Großvezier sah mich unverwandt an. Aus seinen Augen sprach der ganze Zwiespalt, der seine Seele zerriß. Sein Gesicht war aschfahl, und ein trüber Schleier schien über seinen Augen zu liegen. Mit lebloser Stimme fragte er: »Warum, warum bleibst du bei mir? Fühlst du dich mir zu Dank verpflichtet? Es kann nicht wahr sein. Es gibt kein undankbareres Geschöpf als den Menschen; der haßt nämlich, im Gegensatz zu den Tieren, seinen Wohltäter. Sag mir, warum du mich nicht verlassen willst.«

Ich küßte ihm ehrfürchtig die Hand, setzte mich mit untergeschlagenen Beinen vor ihn und hielt den Kopf in den Händen. Ich dachte über mich und mein Leben, über ihn und das seine nach.

Lange saßen wir schweigend. Endlich begann ich: »Die Frage ist nicht leicht zu beantworten. Es muß wohl deshalb sein, weil ich dich liebe, edler Herr. Nicht um deiner Geschenke willen, sondern weil du bisweilen mit mir sprachst und mich wie ein vernünftiges Wesen behandeltest. Ich liebe dich um deiner Schönheit, deiner Klugheit, deines Stolzes, deiner Zweifel und deiner

Weisheit willen. Deinesgleichen hat diese Welt kaum noch gesehen. Zwar hast du auch deine Fehler. Du bist eifersüchtig auf deine Macht bedacht – bist ein Verschwender, Gotteslästerer und vieles andere, das die Leute dir vorwerfen. Doch dies alles kann meiner Liebe keinen Abbruch tun. Niemand haßt dich wegen deiner menschlichen Schwächen, Großvezier Ibrahim, obwohl sie alle gern davon sprechen und sie übertreiben, um vor sich und ihren Genossen den Haß zu rechtfertigen, den sie gegen dich hegen. Sie verabscheuen dich nur deswegen, weil du so hoch über den anderen Menschen stehst. Das können mittelmäßige Geister nie ertragen. Und doch schlummert in jedem von uns diese verborgene Kraft, andere zu übertreffen. Dessen bin ich sicher.

Vielleicht liebe ich dich am meisten um deiner hohen Ziele und edlen Beweggründe willen, und deshalb, weil du zu keinem Menschen absichtlich grausam bist. Dir ist es zu danken, daß in den Ländern des Sultans niemand um seines Glaubens willen verfolgt wird, sei er Christ oder Jude. Und du wunderst dich, daß die Menschen dich hassen, Großvezier Ibrahim? Eben darum aber liebe ich dich.«

Er lauschte mir mit müdem Lächeln, als spotte er seiner selbst und als bewundere er meine Gabe, Worte so gefällig aneinanderzureihen. Ich schritt auf den Zehenspitzen hinaus, holte die Tafel mit den verdeckten Gerichten, welche die Diener gedeckt hatten, setzte sie neben ihm nieder, hob die silbernen Deckel ab und kostete ein wenig von allen Speisen, um ihn zu beruhigen. Er begann zerstreut zu essen und nahm den Schlaftrunk, den ich ihm reichte, ohne Sträuben. Ich hielt seine Hand, bis er eingeschlafen war, küßte sie abermals ehrerbietig und räumte sodann die Münzen und Edelsteine wieder in die Truhe, um die Diener nicht allzusehr zu versuchen. Ich rief sie herbei und befahl ihnen, ihren Herrn zu entkleiden und zu Bett zu bringen. Sie gehorchten mir freudig, weil sie über die Schlaflosigkeit, unter der der Großvezier so lange gelitten hatte, in großer Sorge gewesen waren.

Drei Tage später erschien Mustafa ben Nakir, und zwar unerwartet wie gewöhnlich. Ich befürchtete das Schlimmste, weil ihn ein kalter Hauch von Gefahr zu umwehen schien. Die silbernen Glöcklein an seinen Knien läuteten so lieblich wie immer, allein er war weniger sorgfältig gekleidet und nicht so rein wie sonst. Sogar sein persisches Buch hatte er vergessen. Ich fragte ihn, wo er gewesen sei und was er getrieben habe. Er entgegnete: »Gehen wir hinab auf deine marmorne Landungsbrücke; wir wollen die Sterne aufgehen sehen. In meiner Brust ringt sich ein Gedicht ans Licht, und in einem so feierlichen Augenblick will ich weder deine Diener noch deine Frau zugegen sehen.«

Unten am Gestade angelangt, sah sich Mustafa ben Nakir um und fragte: »Wo ist dein Bruder Antar, der Ringer?«

Ich erwiderte ungehalten, ich wüßte kaum, wo er sich herumtreibe, weil er seit unserer Rückkehr aus Tunis barfuß gegangen war, sein Haar hatte wachsen lassen und ganze Tage in Gesellschaft der Derwische verbrachte, deren Zauberkünste er beobachtete und deren schamlosen Geschichten, mit denen sie leichtgläubige Weiber beschwatzten, ihnen Geld zu geben, er lauschte. Doch rief ich ihn, und er kroch widerwillig aus dem Bootsschuppen herbei, an einem Knochen kauend.

»Ei, Antar, willst du in unsere Bruderschaft eintreten?« fragte Mustafa ben Nakir, erstaunt über Andys Äußeres. Andy starrte ihn aus seinen runden, grauen Augen einfältig an und erwiderte: »Ich trage ja kein Löwenfell um die Schultern, wie du siehst. Wohl aber bin ich willens, Gott auf Berggipfeln und in der Wüste zu suchen. Wie konntest du meine Gedanken erraten, wo ich nicht einmal mit den Derwischen darüber sprach?«

Mustafa ben Nakir war so verblüfft, daß er Stirn und Boden zu Andys Füßen mit den Fingerspitzen berührte.

»Wahrhaftig«, meinte er, »Allah ist groß, und wunderbar sind seine Wege. Das hätte ich am allerwenigsten erwartet. Sag mir, was dich bewogen hat, den heiligen Pfad zu suchen.«

Andy setzte sich an den Rand der Landungsbrücke und tauchte seine müden Füße ins Wasser; dabei nagte er an seinem Knochen.

»Wie soll ich dir erklären, was ich selbst kaum begreife? Solange ich das Hündchen meines Freundes Michael zur Seite hatte, fühlte ich mich als ein besserer Mensch. Rael haßte niemand und vergab alles Unrecht sogleich wieder. Wenn ich ihm in meinem Rausch versehentlich auf die Pfoten trat und er vor Schmerz aufheulte, so kam er gleich darauf gelaufen, um mir die Hand zu lecken, als bitte er um Verzeihung, daß er mir in den Weg geraten sei. Er nahm die Schuld für meinen Fehler auf sich, obwohl ich ihm immer wieder begreiflich zu machen suchte, wie töricht er handelte. In kalten Nächten pflegte Rael mich warm zu halten. Aber wer weiß Glück und Freundschaft wirklich zu schätzen, ehe sie dahin sind? Erst als jenes wackere Hündchen im Serail seinen wohlverdienten Lohn fand, erkannte ich, wieviel Michael und ich verloren hatten.«

Er wischte sich ein paar Tränen ab und fuhr fort: »Nun, da der Kummer mich heimgesucht hat, sehe ich ein, daß das Hündchen klüger war als ich; endlich erkenne ich, daß ich die Schuld am Übel dieser Welt trage. Sooft ich einen Menschen böse oder grausam handeln sehe, sage ich mir, du bist schuld! Ach, ich bin ein einfältiger Bursche und täte wohl am besten daran, einen Berggipfel zu ersteigen oder in die Wüste zu gehen, weil diese meine neuen Gedanken andere Leute offenbar arg verstimmen, und ich werde wohl nie wieder in den Krieg ziehen. Tue ich es dennoch, so muß es für eine gute und gerechte Sache sein.«

»Eben jetzt habe ich eine solche gute Sache für dich«, fiel Mustafa ben Nakir eifrig ein. »Geh außer Hörweite und schütze uns vor Lauschern; mach kurzen Prozeß mit ihnen, wenn sie auftauchen. In meiner Seele ringt sich ein Gedicht ans Licht.«

Andy erwiderte gutmütig: »Ich bin ein törichter Bursche; dennoch aber begreife ich solche Geburtsnöte gar wohl. Doch habe ich auch bemerkt, daß Wein sie wohl zu lindern weiß; drum will ich Michaels größten Weinkrug aus dem Keller holen.«

Als er verschwunden war, hub Mustafa ben Nakir sogleich an: »Ich war in der Stadt, um gewisse Andachtsübungen zu verrichten; dabei hörte ich auch Neuigkeiten. Man erzählte sich auch eine Geschichte, die ich dir nun zum besten geben will.«

Vergeblich wandte ich ein, ich sei nicht in Stimmung, Geschichten zu lauschen, und möchte seinen Auftrag lieber in schlichter Rede hören. Er beteuerte gekränkt, schlimme Botschaften müßten in Seide gewickelt werden, und fuhr im Namen des Barmherzigen fort: »Es war einmal ein reicher, geachteter Herr, dessen Falkner ein schöner Jüngling im selben Alter wie er war. Der Herr gewann seinen Diener von Herzen lieb und hielt ihn für ebenso redlich wie schön; doch als er ihm die Verwaltung seines Haushaltes anvertrauen wollte, wehrte sich der listige Diener und sprach: ›Es ist nicht leicht, einen so großen Haushalt zu verwalten. Wer bürgt mir dafür, daß mir mein Herr nicht eines Tages zürnt und mir den Kopf abschlagen läßt?‹ Der redliche Herr lachte. ›Ich dir zürnen? Deine Freundschaft ist mir teurer als mein Augenlicht. Da wir aber beide nicht in die Zukunft schauen können, schwöre ich beim Propheten und beim Koran, daß ich dich nie um eines Fehlers willen entlassen oder bestrafen werde. Statt dessen werde ich dich beschützen und beschirmen mit aller Macht, die mir Allah verliehen hat, alle Tage meines Lebens.‹ Es vergingen wenige Jahre, und schon vergeudete der Sklave das Vermögen seines Herrn und gefährdete sein Haus, indem er gegen Gesetz und Sitte Bündnisse einging. Zu spät erkannte der edle Herr seinen Fehler und hätte den Sklaven, der sein Vertrauen so schnöde mißbraucht hatte, bestraft; doch er war ein frommer Mann und konnte seinen Eid nicht brechen. Der Sklave, der seinen Herrn nach Sklavenart wegen seines edlen Wesens haßte und beneidete, schlich des Nachts an dessen Bett, erdrosselte ihn und verkaufte sein Haus und seine Habe an die Ungläubigen, wodurch er nicht allein seinem Herrn, sondern dem ganzen Islam nicht wiedergutzumachenden Schaden zufügte.«

Mustafa ben Nakir schwieg. Ich sah im blauen Dämmerschein seine Augen funkeln. Kühl fügte er hinzu: »Ist das nicht eine seltsame Geschichte? Was hättest du, Michael, an Stelle des edlen Herrn getan?«

»Allah, welch törichte Frage! Ich wäre zum Mufti geeilt und hätte ihn um eine *fatwa* gebeten, mich meines voreiligen Eides zu entbinden. Dazu ist doch ein Mufti da.«

»Ganz recht«, flüsterte Mustafa. »Eben heute morgen wurde die Geschichte dem Mufti erzählt. Man hat ihn gebeten, eine *fatwa* vorzubereiten; als Gegenleistung hat ihm der Sultan versprochen, auf dem höchsten Punkt der Stadt die herrlichste Moschee zu errichten, die je ein Menschenauge sah. Die *fatwa* entbindet ihn von dem heiligen Eid, den er in jugendlicher Torheit schwor, und nun kann er handeln, ohne die Gesetze des Korans zu verletzen.«

Ich schwieg, weil mir die Bedeutung der Geschichte aufgedämmert war. Des Großveziers Schicksal war unweigerlich besiegelt. Kein Mensch auf der Welt konnte ihm nun helfen. Mustafa ben Nakir beobachtete in der blauen Dämmerung verstohlen mein Mienenspiel und wurde ungeduldig.

»Warum sprichst du nicht, Michael? Bist du so einfältig wie dein Bruder Antar? Die Gelegenheit wird uns entgleiten. Man hat dem Mufti bis morgen abend Zeit gegeben, sich zu entscheiden. Morgen sind nach dem christlichen Kalender die Iden des März, an denen gewöhnlich alle großen Ereignisse eintreten. Die Zeit zum Handeln ist da. Die Iden des März begünstigen den Kühnen; den Schwachen, Wankelmütigen aber zermalmen sie mit ehernem Tritt.«

»Wenn du mit Handeln meinst, daß wir fliehen müssen, so ist es zu spät. Ich will auf keinen Fall den Großvezier in seiner bittersten Stunde im Stich lassen, wie aberwitzig dies in den Augen der Klugen auch scheinen mag.«

Mustafa ben Nakir rief ungeduldig: »Schläfst du denn, Michael? Sultan Suleiman ist unfähig, die Welt zu regieren. Der Großvezier führt das persönliche Siegel des Sultans, und im Serail weiß man, daß Suleiman seit Tagen krank ist. Die Janitscharen lieben den Prinzen Mustafa. Der junge Mohr überwintert hier mit seinen Schiffen; alles, was wir brauchen, ist eine genügend große Summe Geldes zur Verteilung an die Janitscharen, rosige Verheißungen für das Volk und größere Gehöfte für die Spahis. Dann würde das Serail mit Freuden Mustafa zum Sultan erklären. Michael, Michael! Ohne unser Zutun hat das Schicksal alles für morgen vorbereitet.«

»Aber«, fragte ich erstaunt, »was soll mit Sultan Suleimann geschehen?«

»Er muß natürlich sterben«, erwiderte Mustafa überrascht. »Einer von den beiden muß sterben, wie du selbst einsehen mußt. Hat der Sultan seine *fatwa* erhalten, so wird er den Großvezier zum Abendessen bei sich einladen; diesmal aber werden nach dem Mahl die Stummen kommen. Bevor sie aber erscheinen ist der Augenblick für den Großvezier gekommen – der einzige und letzte Augenblick. Sie speisen gemeinsam; dann werden Gift, Dolch oder Schlinge sprechen. Des Sultans Gesicht kann man schminken, um alle Spuren von Gewalt zu verbergen. Nach seinem Tod wird das Volk ohnehin mehr an den jungen Mustafa denken als an ihn.«

Meine Gedanken nahmen in kühnem Fluge eine andere Wendung; nach meiner langen Niedergeschlagenheit und Gleichgültigkeit erfüllte mich nun Begeisterung, sagte mir doch die Vernunft, daß Mustafas Plan vortrefflich war. War die Tat erst geschehen, so würden weder Janitscharen noch Eunuchen unnütze

Fragen stellen; sie würden sich rasch dem Willen Allahs fügen und sich beeilen, vom Erben die Geschenke einzuheimsen, die am Beginn einer neuen Regierung zu erwarten waren. Mittlerweile würden die Kanonen des jungen Mohren die Stadt beherrschen. Sollte ein Pascha des Diwans so töricht sein, eine Untersuchung zu fordern, so würden seine Amtsgenossen ihn rasch zum Schweigen bringen, um seine Würde an sich zu reißen. Ich selbst würde durch den Regierungswechsel nichts verlieren. Sollte hingegen der Großvezier unter den Händen der Stummen den Verrätertod erleiden, so würde mein Kopf bald in die Gewölbe unter dem Tor des Friedens rollen. Brauch und Sitte würden die Verteilung vieler schwarzer Kaftane an die Anhänger und Diener des Großveziers erfordern.

Wir hatten dem Wein, den Andy uns in Reichweite hingestellt hatte, schon kräftig zugesprochen, und ich sagte nun: »Deine Gesundheit, Mustafa ben Nakir! Dein Plan ist vortrefflich, aber du hast mir noch nicht alles erzählt. Sei ausnahmsweise einmal ehrlich, und sag mir, warum du den Hals wagst. Ich kenne dich und deine Anschauungen gut genug, zu wissen, daß du für den Großvezier allein keinen Finger rühren würdest.«

Im Schein des aufgehenden Mondes sah ich, wie er sich mir zuneigte. Er packte den Weinkrug und trank daraus; dann sagte er hastig: »Ach, Michael, mein Freund! Obwohl ich bei den schönen Töchtern Bagdads Trost suchte, wie konnte ich ihn finden, nachdem ich gelernt hatte, in *ihr* das Unerreichbare anzubeten? Ich muß dies Phantom loswerden, sagt mir doch die Vernunft, daß sie nur eine Frau ist wie andere auch. Diese Erlösung kann ich nur in ihren Armen finden; das aber kann nur sein, wenn Sultan Suleiman stirbt und ich sie als meinen Lohn fordern kann. So einfach ist das. Wegen des rieselnden Gelächters eines Weibes wird die Göttin der Geschichte morgen ein neues Blatt ihres großen Buches aufschlagen.«

Er verbarg das Gesicht in den Händen, und sein ganzer Leib bebte vor Leidenschaft, Schmerz und dem Zauber, den der Wein und die kühle Frühlingsnacht bewirkt hatten. Andy kam herbei, bedauerte ihn ob der Geburtswehen seines Gedichtes und half ihm auf die Beine, obwohl auch er so unsicher auf den Füßen stand, daß sie beinahe beide ins Wasser taumelten. Mustafa riß sich aus Andys Armen los, packte mich an den Schultern und flüsterte heiser: »Du weißt genug, Michael el Hakim. Eile nun zu ihm, an den wir beide denken. Wenn er versprochen hat, das Seine zu tun, wollen wir alles gemeinsam für den morgigen Tag vorbereiten.«

Andy brachte Mustafa zu Bett und legte dann auf mein Geheiß einen sauberen Kaftan an, um mich zu begleiten, weil ich mich nicht allein auf einen so gefährlichen Gang wagte. Während die schläfrigen Sklaven das Boot fertigmachten, kam händeringend und weinend Giulia zur Landungsbrücke herabgelaufen.

»Laß mich nicht allein, Michael! Was ist geschehen, und was wollte Mustafa ben Nakir von dir? Und wohin willst du? Du verbirgst doch nichts vor mir?«

Ich sagte ihr, Mustafa ben Nakir habe sich von Sinnen getrunken, während er ein Gedicht an eine gewisse hohe Dame verfaßte; ich aber könne nicht schlafen und wolle zur großen Moschee, um zu wachen und zu beten. Sie meinte, auch sie finde keinen Schlaf, und bat mich, sie mitzunehmen, damit sie die Damen des Harems aufsuchen könne. Ich konnte es ihr nicht abschlagen, nahm aber meinen Platz neben ihr unter dem Schirm auf dem Achterdeck nur mit Widerwillen ein; ja, ich war überrascht über meine plötzliche Abneigung gegen ihre Nähe. Als ich sie zufällig streifte, fühlte ich, wie sie zitterte.

»Frierst du, Giulia?« fragte ich erstaunt. Während sie von mir wegrückte, richtete ich den Blick auf Albertos dunkles, ausdrucksloses Gesicht. Ich dachte an Giulias Katze und viele andere Dinge, bis ich selbst zu zittern begann.

»Jene tunesische Arznei«, sagte ich leise. »Warum mischtest du sie in das Obst, das du mir neulich vorsetztest? Ich brauchte sie nicht; ich fühlte mich ganz wohl.«

Meine ruhigen Worte lockten sie in die Falle. Sie war zwar von Natur verschlagen, sah aber doch oft nicht weiter, als ihre Nase lang war.

»O Michael, du bist mir doch nicht böse? Ich meinte es gut mit dir. Du sahst nicht wohl aus. Ich fürchtete, der Ruderer könnte dich mit seiner Krankheit angesteckt haben. Ich konnte nicht wissen, daß sie dir so übel bekommen würde.«

Nach diesem Eingeständnis wußte ich nun mit Sicherheit, daß Sultana Khurrem von der Arznei gehört und sie gebeten hatte, ihr welche zu verschaffen. Giulia aber hatte sie zuvor an mir erproben wollen. In einer solchen Angelegenheit konnte die Sultana sich natürlich nicht an die Ärzte des Serails wenden. Giulia aber war ihre Vertraute, und am nächsten Abend war die Arznei in Khurrems Händen und wurde von ihr geschickt in die schönste Frucht eingeschmuggelt, die für den Nachtisch des Sultans bestimmt war. Die Höflichkeit erforderte natürlich, daß der Großvezier dem Sultan eben diese Frucht anbot.

Trotz dieses neuen Beweises von Giulias Heimtücke verspürte ich keinen besonderen Groll gegen sie. Er hatte sich vielleicht selbst aufgezehrt. Ja, die Gewißheit verschaffte mir sogar eine Art Erleichterung. Es wurde zwischen uns nichts mehr gesprochen. Als wir an den Kai des Serails kamen, setzte ich sie und Alberto an Land, bevor wir weiterfuhren bis ans Ende der Straße, die zur großen Moschee führte. Von hier konnten Andy und ich unbemerkt bergan zum Atmeidan wandern und dann der hohen Mauer folgen, welche die verbotenen Gärten umschloß. Während ich den Palast des Großveziers durch eine Hintertür betrat, blieb Andy als Wache auf der Straße zurück.

Ich wurde sogleich zum Großvezier geführt, der auf einem schlichten Lederkissen in seiner Bücherei saß und ein griechisches Pergament in der Hand hielt. Er lächelte freundlich und sagte: »Meine Uhr geht nach; daher bin ich keineswegs überrascht, dich zu so später Stunde zu sehen.«

Diesmal war er überaus prächtig und mit ausgesuchter Sorgfalt gekleidet. Sein Haar war gesalbt, seine Hände und Nägel gefärbt. Er hatte sogar Lippenrot aufgetragen, trug mit funkelnden Diamanten besetzte Ohrringe und schien seine gewöhnliche heitere Gelassenheit wiedererlangt zu haben. Ohne mit einleitenden Höflichkeitsbezeugungen Zeit zu vergeuden, begann ich: »Edler Herr, deine Uhr geht nicht nach. Ich glaube, man hat deinen Uhrmacher oder den des Sultans bestochen, sie zu beschädigen, damit du es als übles Vorzeichen nehmen solltest. Aber deine Uhr geht nicht nach, glücklicher Ibrahim. Ja, sie geht der deiner Feinde voraus.«

In fliegender Hast erzählte ich ihm alles, was ich erfahren hatte – von dem Gift in der Frucht, von der *fatwa,* von Mustafa ben Nakirs Plan und von seiner Bruderschaft, die bereitstehe, ihren Großmeister Ibrahim zu unterstützen.

»Alles steht bereit, du brauchst nur das Steuer zu ergreifen.

Schlage als erster zu! Vergiß nicht, daß der Sultan, von dir aus gesehen, nichts als ein gemeiner Mörder ist. Ihr speist allein zusammen, und du bist gewiß stärker als er. Du kannst keine Waffe mitführen, ihn aber mit der Kette des viereckigen Siegels erdrosseln. Niemand wird darin die Mordwaffe erkennen, wie sorgfältig sie auch deine Kleider durchsuchen mögen. Zuerst aber versetze ihm einen heftigen Schlag an die Schläfe, damit er ruhig bleibt. Sei flink und kühn, und alles wird gut enden. Die Herrschaft über das Reich erwartet dich – vielleicht die Herrschaft über die ganze Welt!«

Er hörte mir gelassen zu, als erzählte ich ihm eine vertraute Geschichte. Als ich geendet hatte, meinte er leise: »Also bist du doch ein Verräter, Michael el Hakim. Aber warum hast du mich nicht vergiftet, als sich eine so glänzende Gelegenheit bot, oder mich wenigstens beraubt? Ich ließ das Geld zählen, und es fehlte nichts. Wahrlich, Allahs Geschöpfe sind sonderbar in ihrer Verschiedenheit. Nun, nun, weine nicht! Ich möchte nicht um die Welt meinen einzigen Freund betrüben.«

Er tätschelte mir mit seiner warmen Hand leicht die Wange und lud mich ein, zu seiner Rechten Platz zu nehmen. Er schenkte mir Wein in einen goldenen Becher und wählte mir die besten Stücke aus einer vor ihm stehenden Schüssel, als sei ich ein Ehrengast. Nachdem er mich beschwichtigt hatte, fuhr er fort: »Du magst mein Freund sein, doch du kennst mich nicht. Ich habe alles, was du vorschlägst, lange überlegt. Der Plan für sich ist ausgezeichnet, er hat freilich einen Haken – das bin ich selber. Niemand weiß das, nur der Sultan, und er bewies, daß er es weiß, indem er mir sein Siegel gab. In seinem Herzen weiß er, daß unsere Freundschaft mich enger an ihn bindet als eiserne Ketten. Nein, ich werde ihn nicht ermorden. Seit seiner Jugend ist er schwermütig, und der Kummer wird ihn noch mehr umnachten, wenn ich nicht mehr bin. In Zukunft wird der Schrecken im Serail herrschen – und alles wegen der Russin. Tief, tief dauert er mich. Er wird der einsamste Mensch im ganzen Reich sein.

Du sagtest einmal, ein Mensch müsse wenigstens einem Geschöpf auf Erden treu sein. Wenn du es kannst, warum sollte ich es nicht können? Der Mensch ist größer als Staatskunst, Ehre, Reichtum und Macht, obwohl viele das nicht begreifen wollen. Wir wollen aber aufrichtig gestehen, daß so wie deine Treue zu mir nichts anderes ist als Treue zu dir selbst, auch meine Treue zum Sultan nichts anderes ist als die Treue zu einem gewissen armen Ibrahim, der an seiner Seite sitzt und sich zu überzeugen sucht, er sei ein wahrer Mensch. Die Stunde unseres Abschieds ist gekommen, und wir dürfen die Masken fallen lassen.«

Lange saßen wir schweigend, bis er meiner wohl überdrüssig wurde, weil er höflich sagte: »Willst du wirklich nicht fliehen, so erweise mir einen letzten Dienst, und laß mich nach Moslemsitte anständig begraben.«

Ich fürchte, er brachte diese letzte Bitte aus purer Höflichkeit vor, um mir sein Vertrauen zu beweisen; mochte es ihn doch wenig kümmern, was aus seinen sterblichen Überresten wurde. Ich aber versprach, seiner Bitte zu willfahren, und küßte ihm zum Abschied Hand und Schulter. So schied ich auf immer von dem hervorragendsten, edelsten Menschen, dem ich je begegnete; er war größer als der Kaiser und der Sultan.

Als ich aus dem Eingang für Diener trat, fand ich Andy im Mondschein auf der Straße sitzen. Er sang einen zotigen deutschen Gassenhauer. Ich sagte: »Jetzt ist Ramadan, mein lieber Andy. Wir wollen zur großen Moschee, um zu beten.«

Als wir, die Pantoffel in der Hand, das große Kupfertor durchschritten und unter den Porphyrsäulen eintraten, ergoß sich der Friede so sacht und sanft in mein Herz, wie meine bloßen Füße in den reichen Teppichen versanken. Nur wenige Lampen brannten, über ihnen ragte die ungeheure Kuppel gleich dem Nachthimmel empor.

Die Moschee war leer. Bald aber würde, in der letzten Nacht des Ramadan, das Beiramfest kommen; dann würden die hundert Lampen brennen, die vergoldeten Texte aus ihren riesigen Goldrahmen leuchten und zehntausende Moslems sich unter der großen Kuppel drängen, um der Lesung des Korans vom Thron der Imams zu lauschen. Sultan Suleiman selbst würde zugegen sein, und hinter den goldenen Gittern würden die Damen des Harems der Feier folgen, unter ihnen die fromme Sultana Khurrem und Giulia ihr zur Seite. Ich freilich würde nicht am Freudenfest teilnehmen. Durch unterirdische Kanäle würde meine enthauptete Leiche langsam ins Marmarameer treiben.

Unter einer einsamen Lampe drückte ich die Stirn auf den

weichen Teppich, erhob mich und warf mich aufs neue vor Allahs Antlitz nieder. Vor allem aber betete ich zu dem unbestechlichen Richter in meinem Inneren und bat ihn um die Kraft, den Kerker meines Leibes furchtlos zu verlassen.

Der zunehmende Mond tauchte eben in die Wolken, als das Boot an unserer Landungsbrücke anlegte und wir ins Haus schritten. Giulia war nicht zurückgekehrt; auch der Schleicher Alberto war nicht zu sehen. Mustafa ben Nakir lag noch immer in tiefem Schlummer auf meinem Bett. Ich beschloß, die Gunst des Augenblicks zu nützen, und sagte zu Andy: »Ich will ernsthaft mit dir reden; unterbrich mich also nicht mit törichten Fragen. Morgen, übermorgen oder spätestens in drei Tagen werde ich ein toter Mann sein. Da ich ein Sklave des Sultans bin, fallen mein Haus und meine Habe an ihn zurück, obwohl Giulia dank der Gunst, die sie genießt, vielleicht eine gesetzliche Regelung erwirken kann. Sie ist eine freie Frau. Und du, Andy, bist ein freier Mann; dafür habe ich gesorgt. Dein Anteil an Muley Hassans Diamanten ist in meiner Hut, und nach meinem Tod sollst du auch meinen Anteil haben. Niemand weiß von diesen Steinen. Jetzt haben wir Gelegenheit, sie im Garten zu vergraben. Nach meinem Tod, nach der Versteigerung, die man hier abhalten wird, und wenn ich ganz vergessen bin – das wird in spätestens einer Woche sein, wie ich das Serail kenne –, kannst du sie ausgraben und den kleinsten davon bei einem verläßlichen Juden zu Reisegeld machen. Ich werde dir seinen Namen später sagen. Das Klügste, was du tun kannst, ist, nach Ägypten zu gehen und dich unter den Schutz des wackeren Eunuchen Suleiman zu stellen. Du kannst entweder mit ihm nach Indien segeln oder, wenn er dazu rät, nach Venedig und den christlichen Ländern zurückkehren. Am besten wäre es, du verließest dies Haus morgen früh und bliebest einstweilen bei den Derwischen, weil die Moslems ihre heiligen Männer achten und sie nicht verfolgen.«

Andy glotzte mich mit leerem Blick an. Dann seufzte er tief und sagte: »Allah ist wahrhaftig der eine Gott, obzwar ich bisweilen an seinem Verstand gezweifelt habe. Der Friede sei mit ihm. Ich höre und gehorche und werde packen und nach Ägypten gehen, wenn es sein muß. Aber alles zu seiner Zeit, und ich will nicht eher von hinnen, als bis ich deinen Kopf mit eigenen Augen habe fallen sehen. Nein, ich werde dich nicht verlassen, und sollten sie mir dafür den Schädel einschlagen – wenn sie können.«

Ich schalt ihn und suchte ihn mit rauhen und guten Worten zu überreden. Er aber blieb hartnäckig. Mir blieb nichts übrig, als ihm ungehalten für seine Freundschaft zu danken und dann eilends mit ihm hinabzusteigen, um die Diamanten zu vergraben.

Als wir von dieser Arbeit zurückkamen, konnte man schon einen schwarzen Faden von einem weißen unterscheiden; ein neuer Tag des Monats Ramadan brach eben an. Ungeachtet der heiligen Gesetze gingen wir sogleich zur Ruhe. Ich fiel, den Frieden der Entsagung im Herzen, in einen tiefen Schlaf. So lag ich, bis Mustafa ben Nakir mich weckte, der sich mit wirren Haaren, das Löwenfell schief auf den Schultern, über mich beugte. Ich erhob mich rasch, wusch mich und kleidete mich wortlos an; angesichts meiner Miene verstummte auch er. Dann wollte ich ihn nicht länger auf die Folter spannen und erzählte ihm, was vorgefallen war.

Während ich sprach, verdüsterte sich sein Gesicht zusehends, obwohl er als weiser Mann sich keinen unnützen Ausruf entschlüpfen ließ – was ihm alle Ehre machte, denn wer sonst hätte, ohne zu fluchen, die Geschichte von der törichten Halsstarrigkeit angehört, mit der der Großvezier hilfreiche Hände beiseite geschoben hatte? Als ich geendet hatte, fing Mustafa ben Nakir seinerseits an, sich zu waschen, seine Hände zu färben und sein Haar zu salben.

»Großvezier Ibrahim hat sich sein eigenes Urteil gesprochen«, meinte er schließlich. »Man täuscht sich leicht in den Menschen. Nun aber geht es um deinen und meinen Hals, und niemand wird uns Dank wissen, wenn wir wie die Schafe Ibrahim auf die Schlachtbank folgen. Wir wollen unsere Haut retten und uns von aller Schuld reinwaschen, indem wir gegen ihn zeugen. Ihm kann das nicht mehr schaden, da der Sultan durch sein Ersuchen an den Mufti bereits seinen Sturz verkündet hat.«

»Allah, Allah«, rief ich entsetzt. »Dein Name sei verflucht, wenn du je dergleichen tust.«

Er sah mich überrascht an und bemerkte kühl: »Ich habe meine Stellung und meine Aufgabe auf der Welt, und Wirklichkeitssinn ist der Eckstein der Staatskunst. Der Weise läßt ab vom vergeblichen Ringen und geht zum Sieger über, um seinen Anteil an der Beute zu fordern. Einer solchen Windfahne geht es oft besser als dem siegreichen Eroberer, weil sie mehr weiß und ihr Wissen teurer verkaufen kann.«

Ich sah ihm unverwandt in die leuchtenden Augen und sein schönes Gesicht.

»Nein«, entgegnete ich leise. »Ich folge dir nicht länger, Mustafa ben Nakir. Ich habe deine Lehren satt.«

»Dann bist du ein Einfaltspinsel, Michael el Hakim, und ich habe mich in dir getäuscht. Vergiß nicht, nur Dummheit wird bestraft. Nicht Ausschweifung noch Habgier, nicht Verrat noch Abfall, nur die Dummheit. Und die Wahrheit ist die schlimmste Dummheit, weil nur der Schwachsinnige glaubt, sie gefunden zu haben. Doch genug davon. Einen so einfältigen Menschen wie dich will ich nicht länger zu überreden suchen.«

»Du hast recht, Sohn des Todesengels«, antwortete ich. »Alles, was du mir sagtest, habe ich selbst entdeckt. Darum ist es nun hohe Zeit für mich, zu beweisen, daß im Menschen etwas Größeres lebt, als ich früher glaubte. Dies aber betrifft nur mich, und du mußt mir verzeihen, wenn ich dich nun bitte, mich allein zu lassen. Ich bin schwach und leicht zu verführen und würde es hassen, mich im letzten Augenblick selbst zu verraten.«

Ein verführerisches Lächeln legte sich auf Mustafa ben Nakirs Antlitz, wie Sonnenschein auf ein Leichentuch.

»Wie kannst du so sicher wissen, daß ich böse bin? Wie kannst du wissen, ob ich nicht der unbestechliche Richter in deinem Inneren bin, Michael el Hakim?«

Seine hellen Augen schienen mich zu durchdringen. Wie er auf den unbestechlichen Richter zu sprechen kam, konnte ich nicht begreifen, und seine Worte jagten mir solchen Schrecken ein, daß ich zitternd in die Knie sank.

»Weiche von mir, Satan«, murmelten meine Lippen. Mein Herz aber schwieg.

Giulia trat eilig ein, sie war eben vom Serail zurückgekommen. Sie zog den dünnen Schleier vom Gesicht; ihre Wangen waren vor Erregung gerötet, und aus ihren Augen leuchtete heimlicher Triumph.

»O Mustafa ben Nakir!« rief sie. »Welch ein Glück, dich noch anzutreffen. Was willst du mir für eine freudige Botschaft schenken?«

»Quäle mich nicht, grausame Giulia, sondern verkünde mir sogleich, was du zu sagen hast. Mein Herz bebt wie ein Blatt im Wind, und meine Hände sind eiskalt.«

Giulia erwiderte kichernd: »Eine gewisse hochgestellte Person hat von den Gedichten gehört, die du in die Rinde der Platanen im Hof der Janitscharen eingeschnitten hast, und von jenen anderen, die du den Kaufleuten aus Basra mitgabst. Sie lacht über deine Gedichte, fühlt sich aber von deiner Aufmerksamkeit geschmeichelt und mag wohl begierig sein, dein Gesicht wieder einmal zu sehen. Der heutige Abend begünstigt eine Zusammenkunft, von der niemand zu wissen braucht. Vielleicht wird sie dir erlauben, ihr deine Gedichte vorzulesen, heißt es doch, daß die Frauen in den Nächten des Ramadan voll übermütiger Launen sind. Auf, Mustafa ben Nakir, eile ins Bad und laß dich von den Wärtern mit duftenden Ölen salben. Bei Sonnenuntergang, sogleich nach der Gebetsstunde, wird das verbotene Tor sich für dich öffnen, und wer weiß, was eine Nacht im Ramadan bringen mag.«

»Glaub ihr nicht!« rief ich, aufs äußerste bestürzt. »Dies ist nichts als eine Verschwörung, dich aus dem Weg zu räumen. Flieh ins Kloster deiner Bruderschaft, wo keiner es wagen wird, die Hand gegen dich zu erheben.«

Giulia stampfte auf; ihre Augen schossen wütende Blitze, und sie kreischte: »Halt den Mund, Michael! Du hast hiebei gar nichts zu sagen.«

Mustafa ben Nakir sprach: »Sollte es auch den Tod bedeuten, so ist sie doch für mich die einzige Frau auf der Welt und muß es immer bleiben. Mag sein, daß es eine Verschwörung ist; hat sie mich aber erst angehört, so wird sie etwa noch anderen Sinnes. O Michael! Ich wäre ein Narr, würde ich die so bereitwillig gebotene Gelegenheit nicht ergreifen. Noch vor kaum einer Stunde wollte ich das Reich – ja, die Welt – umstürzen, nur um sie zu berühren. Muß ich sterben, so will ich es gerne tun, wenn ich erst den Wahn zerstört habe, daß das Unerreichbare erstrebenswert ist.«

Als ich Mustafa ben Nakir zur Landungsbrücke geleitete, bemerkte ich überrascht zwei blaugekleidete Janitscharen, die durch das Tor traten und sich an meine Fersen hefteten. Ich sah mich um und erblickte bewaffnete Janitscharen auf Posten an allen

Toren, im Garten und unten am Marmorkai. Daran erkannte ich, daß Khurrem nichts dem Zufall überlassen wollte. Ich zögerte noch und sah zu, wie Giulia in meinem schöngeschnitzten Boot von dannen glitt, während Alberto mit gekreuzten Armen und höhnischem Lächeln auf dem dunklen Gesicht neben ihr stand. Mir war, als griffe eine eiskalte Hand nach meinem Herzen, und während ich noch nach den verschwommenen Dächern des Serails über das Wasser starrte, kam der Onbaschi der Janitscharen auf mich zu und verneigte sich ehrerbietig. Die gekreuzten Löffel auf seiner weißen Filzmütze funkelten in der Sonne. Er berührte Stirn und Boden mit den Fingerspitzen und sagte: »Ich habe Befehl vom Aga, dich überallhin zu begleiten und vor allem Übel zu schützen. Ich hafte mit dem Kopf für deine Sicherheit; sei daher nicht ungehalten über meine ständige Begleitung. Für diesen Dienst zahlen die Gesandten der Ungläubigen drei Asper täglich an die Janitscharen und sechs an mich – das aber richtet sich nach Mitteln und Rang, und ich zweifle nicht, daß du den Gesandten der Ungläubigen weit überlegen bist.«

Mit hoffnungsfrohem Lächeln zwirbelte er seinen langen Schnurrbart und bewunderte meinen Turban, meine Ohrringe und die Knöpfe meines Kaftans. Mir blieb keine Wahl, als Segen auf ihn und seine Leute herabzuflehen und ihm eine Börse voll Asper zu überreichen.

Wenige Tage meines Lebens deuchten mir so lang und schwer wie jene strahlenden Iden des März. Nach einer Ewigkeit aber sah ich die Sonne hinter dem Serail sinken und die Wogen des Bosporus rot färben. Ich holte Abu el Kasims Taubstummen unter dem Bootsschuppen am Gestade hervor, bedeutete ihm durch Zeichen, was ich wünschte, und befahl ihm, sich wie gewöhnlich zum Hof der Janitscharen am Tor des Friedens zu begeben.

Die ganze Nacht tat ich kein Auge zu. Bei Anbruch der Dämmerung hieß ich die Wachen die schlafenden Janitscharen wekken, mit denen Andy und ich sodann zum Serail fuhren. Am Tor des Friedens fand ich meinen treuen Taubstummen auf der Wacht. Als er mich erblickte, trat er auf mich zu und bedeutete mir durch eifrige Zeichen, daß der Großvezier am vergangenen Abend in das Serail gekommen war, sein Gefolge entlassen hatte und durch das Tor des Friedens eingetreten war. Er war nicht zurückgekehrt. Eine weitere Geste sagte mir, daß mein Herr und

Freund nicht mehr unter den Lebenden weilte. Ich ließ mich, meines Ranges und meiner Würde nicht achtend, auf den Boden nieder, um zu warten, bis man den Leichnam des Ermordeten in den Hof werfen würde. Die Janitscharen, die mich begleiteten, ließen sich gleichfalls in angemessener Entfernung nieder. Es wurde allmählich heller, und ich sah im Dämmerlicht die klugen Augen des Onbaschi auf mich gerichtet; er stellte aber keine Fragen, wußte er doch, daß selbst unsere kleinsten Handlungen lange vor unserer Geburt in Allahs großem Buch verzeichnet stehen. Törichte Neugier vertrug sich daher nicht mit seiner Menschenwürde und Selbstachtung.

Der Morgenstern verblaßte, die Hähne im Vorhof des Serails begannen zu krähen, und bald mahnte uns die ferne Stimme des Muezzins vom Minarett der großen Moschee, daß Beten besser sei als Schlafen. Der Onbaschi weckte die Janitscharen, und wir zogen hintereinander an den gekachelten Brunnen, wo wir unsere Absicht verkündeten und nacheinander unsere Waschungen verrichteten. Dann beteten wir, das Gesicht nach der Heiligen Stadt gewendet. Bald stieg die Sonne über der Frühlingslandschaft empor, und das große Tor öffnete sich weit. Der Türhüter gähnte, kratzte sich den Rücken und erwiderte auf unsere stumme Frage, indem er auf eine Bahre wies, die im Torbogen stand, damit Verwandte sie abholen könnten. Jedoch ich allein, der Renegat, kam mit Andy und dem Taubstummen, Großvezier Ibrahim auf seinem letzten Weg zu geleiten.

Wie er so auf der schäbigen Bahre lag, war er nicht mehr so schön wie zu seinen Lebzeiten. Sein Leib war mit klaffenden Wunden bedeckt, und die grüne Seidenschnur um seinen Hals war so eng gezogen, daß sein Gesicht sich schwarz verfärbt hatte. Seine kostbaren Gewänder hatte man kunterbunt über die nackte Leiche geworfen, und der Türhüter nahm sie nun an sich, als seine herkömmliche Beute. Dennoch verkaufte er mir willig ein schwarzes Tuch, den Leichnam darein zu hüllen.

Allein es war zu spät. Die Janitscharen, die mich bewachten, hatten ihn bereits erkannt und konnten ihre Ausrufe des Erstaunens und Entzückens nicht zurückhalten, obwohl diese Männer sich in der Regel nicht leicht vergessen und ihre Ehre dareinsetzen, stets gelassenes Schweigen zu bewahren. Eine Menge anderer kam herbei, um zu sehen, was geschehen sei, und bald hallte der Hof von ihrem erregten Geschnatter wieder. Ich befahl rasch dem Onbaschi, den Marsch anzutreten. Er zögerte nur einen Augenblick, verneigte sich dann, ließ die Bahre von vieren seiner Leute aufheben, setzte sich an die Spitze und schickte die übrigen fünf voraus, den Weg zu bahnen. Die Moslems haben große Achtung vor dem Einen, der alle Freundschaftsbande trennt, und als wir den Hof erst hinter uns hatten, konnten wir in Frieden und unbehelligt von den Vorübergehenden unseres Weges ziehen.

Wir überquerten den verlassenen Atmeidan und betraten den Palast des Großveziers, wo wir die Bahre vor der berühmten Uhr im großen Audienzsaal niedersetzten. Ich war keineswegs überrascht, als ich sah, daß die Uhr endlich am Abend der schicksalsschweren Iden des März stehengeblieben war. Nur wenige verschüchterte Diener folgten meinem zornigen Geheiß und krochen gesenkten Hauptes aus ihren Verstecken hervor. Ihnen und den Eunuchen befahl ich, den Leichnam des Großveziers in reine Kleider zu hüllen und sein Gesicht zu waschen und zu schminken, auf daß es dem Lebenden ähneln sollte. Andy machte sich inzwischen auf, einen Leichenwagen und ein Paar Pferde zu besorgen.

Während er fort war, kam ein vom Mufti entsandter Würdenträger und verkündete feierlich, das Begräbnis eines Schirmherrn der Ungläubigen und Großmeisters einer ketzerischen Sekte auf einem muselmanischen Friedhof könne unter keinen Umständen geduldet werden. Das war ein unvorhergesehenes Hindernis. Während ich aber noch darüber grübelte, traf der junge Dichter Baki tränenüberströmt im Palast ein, ungeachtet der Gefahr, der er sich durch seine offene Trauer um einen Geächteten aussetzte. Er teilte mir mit, die Derwische würden mit Freuden einwilligen, den Leichnam an ihrer heiligen Versammlungsstätte in Pera zu begraben, und sei es auch nur, um dem Mufti eins auszuwischen. Daher schickte ich ihn voraus, mit Murad-Tseleb das Nötige zu veranlassen.

Andy kam nun von den Wagenschuppen zurück, wo er nur einen Heuwagen vorgefunden hatte, weil man aus Angst vor dem Zorn des Sultans alle Staatskarossen des Großveziers daraus entfernt hatte. Mit Flüchen und Drohungen hatte er die erschrockenen Stallknechte gezwungen, ein Paar pechschwarzer

Rappen, die man beim Begräbnis der Mutter des Sultans vor etlichen Jahren verwendet hatte, vor diesen Heuwagen zu spannen. Dann wählte ich die kostbarsten Teppiche und Seidendecken im Hause aus und verwandelte den Karren mit Andys Hilfe in einen prächtigen Leichenwagen. Nachdem ich den Leichnam des Großveziers darauf gebettet hatte – sein Gesicht ließ ich frei, damit alle es sehen sollten, weil der geschickte Eunuch ihm den früheren stolzen Ausdruck wieder verliehen hatte –, besprengte ich ihn mit vielen Flaschen Rosenwasser und einem Fläschchen Moschus.

Da ich nichts zu verlieren hatte als meinen Kopf, und den nur einmal, beschloß ich, dem Zorn des Sultans wacker zu trotzen. Daher ließ ich Federbüsche an den Köpfen der Pferde befestigen und ihnen feinen Pfeffer in die Augen streuen, bis die armen Tiere so reichliche Tränen vergossen wie beim Begräbnis eines Sultans. Durch meine Kühnheit ermutigt, legten zwei schwarze Stallknechte Trauer an und machten sich erbötig, die Pferde zu führen. So bewegte sich durch unser entschlossenes Handeln bald der Trauerzug aus dem Hof, geführt vom Onbaschi. Er hatte die Augenbrauen grimmig zusammengezogen, seine Schnurrbartspitzen ragten steil empor, und er stolzierte dahin und schwang seinen Amtsstab, als wäre er mindestens ein Subaschi. Andy und ich folgten gemessenen Schrittes unmittelbar hinter dem Wagen, hinter uns schritten ein paar treue Gefolgsleute Ibrahims.

Mittlerweile hatte eine schweigende Zuschauermenge den Atmeidan gefüllt. Wäre es einem Böswilligen eingefallen, Aufwiegler unter sie zu schicken, so wäre es uns wohl übel ergangen. Alles aber war totenstill. Keiner wagte uns zu belästigen, und die Ehrfurcht vor den dunklen, rauschenden Schwingen ließ alle braven Moslems regungslos verharren. So überquerten wir unbehindert den Atmeidan. Die Menge schloß sich dem Zug an, bis es schien, als wolle ganz Istanbul in tiefer, wortloser Trauer Großvezier Ibrahim zu Grabe geleiten.

Endlich erreichten wir die große Mauer am Adrianopler Tor, wo wir uns der Küste zuwandten und die Arsenalbrücke nach Pera überquerten, gegenüber dem Goldenen Horn. Die schweigende Menge hielt an der Brücke; an deren anderem Ende warteten schon die Derwische, angeführt von Murad-Tseleb, und geleiteten uns unter ihrem heiligen, wenn auch etwas berüchtigten

Banner zu ihrem Kloster auf dem Hügel. Einige davon wirbelten in wilden Trauertänzen herum, während jene, welche die schrillsten Stimmen hatten, Klagelieder sangen. Die Klageweiber, deren Gewerbe dies war und die den Zug vorher angeführt hatten, wollten nicht zurückstehen und wetteiferten mit den Derwischen. Sie zerkratzten sich die Gesichter, bis das Blut floß, und rauften sich die Haare; dabei stießen sie ein immer wilderes Geheul aus.

So entwickelte sich der Leichenzug des Großveziers wider alle Erwartung zu einem eindrucksvollen Schauspiel, das seines Ranges würdig war, trotz der kurzen Zeit, die uns geblieben war. Dergleichen hatte sich Sultana Khurrem wohl nicht träumen lassen, sondern eher gehofft, die erbitterten Janitscharen würden den verhaßten Leichnam im Vorhof entweihen und in Stücke reißen, wie es schon zu früheren Zeiten vorgefallen war.

Nachdem das Grab ausgehoben und mit den kostbaren Teppichen und Seiden vom Heuwagen ausgeschlagen war, nahm ich den Leichnam meines Herrn Ibrahim auf die Arme und bettete ihn zur letzten Ruhe; das Gesicht der Heiligen Stadt zugewandt, die rechte Hand unter der Wange, um alle Erfordernisse eines ehrenhaften Begräbnisses zu erfüllen. Dann schaufelten wir das Grab rasch zu; zu meiner großen Freude drang der Moschusduft durch den Boden zu uns herauf. Hier auf dem Grabhügel pflanzte ich eine junge Platane. Diese Bäume werden viele Jahrhunderte alt, und ich hoffte, dieser würde als Mahnmal an den Großvezier noch stehen, wenn die launenhaften Derwische die Stätte längst verlassen hätten.

Damit empfand ich meine Aufgabe als vollkommen erfüllt. So nahm ich denn herzlichen Abschied von Murad-Tseleb, dankte ihm für seine Freundschaft und rief reichen Segen auf sein Haupt herab. Mein taubstummer Sklave, der dem Leichenzug so unauffällig wie möglich gefolgt war, um ihn durch seine Teilnahme nicht verächtlich und lächerlich zu machen, trat nun auf mich zu und bedeutete mir durch Zeichen, rasch nach Hause zu eilen. Ich argwöhnte, daß mich seine stummen Freunde dort erwarteten. So wandte ich mich an Andy: »Lieber Bruder Andy, du mußt hier bei den Derwischen unter dem Schutz des frommen Murad-Tseleb zurückbleiben. Das ist mein ausdrücklicher Befehl. Denke daran, was ich dir gestern abend sagte. Von nun an würde mir deine Gegenwart mehr zur Last fallen, als sie wert ist.«

Nur so kalte Worte konnten ihn von mir und der Gefahr fernhalten. Puterrot im Gesicht, erwiderte er: »Du hättest wohl freundlicher von mir Abschied nehmen können. Doch du warst stets eigensinnig, und ich habe dir immer deine Grobheit vergeben. Geh also in Frieden, bevor ich zu brüllen anfange.«

Als ich, die Janitscharen noch immer auf den Fersen, heimkam, war es noch nicht Mittag. Das Haus stand leer und still; die Sklaven waren geflohen. Nur der Inder, der die Fische betreute, saß mit untergeschlagenen Beinen am Teich, offenbar in Gedanken versunken. Ich stieg leise ins Obergeschoß empor und fand dort zu meinem Staunen Mirmah eifrig damit beschäftigt, meine halbfertige Übersetzung des Korans Seite für Seite mit Tinte zu übergießen. Meine kostbarsten Bücher hatte sie in Stücke gerissen, so daß der Boden mit ihren Blättern übersät war. Sie fuhr zurück, als sie mich sah, verbarg dann die Hände hinter dem Rücken und funkelte mich trotzig an. Ich hatte sie nie geschlagen, und sie glaubte wohl, ich würde es auch jetzt nicht tun. Ich fragte: »Warum hast du das getan, Mirmah? Ich glaube nicht, daß ich dir je ein Leid zugefügt habe.«

Sie starrte mich mit sonderbarem, höhnischem Grinsen an. Dann konnte sie nicht mehr an sich halten, kreischte vor Lachen und rief: »Unten an der Landungsbrücke wirst du ein Geschenk finden, das man dir hingeworfen hat. Darum sind alle fortgelaufen. Geh hinunter und sieh nach.«

Voll schlimmer Ahnungen eilte ich hinab; Mirmah folgte mir entzückt auf dem Fuß. Aber die Janitscharen hatten die Leiche schon entdeckt, und der Onbaschi wandte ihr eben mit dem Fuß den Kopf nach oben, um das Gesicht zu sehen. Die Leiche war nackt und über und über mit Blut bedeckt, so daß ich sie zuerst für den geschundenen Kadaver eines Tieres hielt. Das Gesicht war kaum zu erkennen, weil man Ohren und Nase abgeschnitten, die Augen ausgestochen und die Zunge aus dem klaffenden Mund gerissen hatte. Ich hatte im Leben schon vieles gesehen, einen so greulichen, entsetzlichen Anblick aber noch nie. Ich will nicht beschreiben, wie man mit der Leiche umgegangen war. Es hätte keinen Zweck und würde mir nur den Schlaf verscheuchen, obwohl Jahre vergangen sind, seit es geschah. Dennoch nahm ich allen Mut zusammen und beugte mich nieder; und nun glaubte ich allmählich vertraute Züge in dem verstümmelten Gesicht zu erkennen. Ich bemerkte die hennagefärbten, weichen Hände und die sorgfältig gepflegten, gefeilten Nägel. Mein Herzschlag setzte aus, und das Blut erstarrte mir zu Eis in den Adern; hier lag Mustafa ben Nakir, zurück von seinem Besuch im Serail. Die Eunuchen des Harems hatten ihn auf meine Landungsbrücke geworfen, nachdem sie mit ihm verfahren waren wie mit allen, die in den verbotenen Gemächern ertappt wurden.

Mirmah beugte sich nieder, steckte den Finger in Mustafa ben Nakirs Mund und fühlte seine perlenweißen Zähne. Ich riß sie empor, stieß sie dem Onbaschi in die Arme und befahl ihm, sie aus meinen Augen fortzuschaffen. Mirmah kreischte, kratzte und schlug um sich, aber die Männer führten sie mit Gewalt fort und sperrten sie in Giulias Gemach. Eine Weile heulte sie, trat gegen die Tür und schlug den kostbaren Zierat ihrer Mutter in Stücke; dann schlief sie wohl auf Giulias Bett ein, weil wir bald nichts mehr hörten.

Ich ließ die Janitscharen den verstümmelten Leichnam meines Freundes Mustafa ben Nakir begraben und entlohnte sie mit den letzten Goldstücken aus meiner Börse. Mir war bei dem Anblick so übel geworden, daß ich nicht bleiben und ihnen helfen konnte, sondern mich ins Haus begeben und auf das Bett legen mußte.

Dort lag ich mehrere Stunden und starrte reglos zur Decke empor; dann brach ich das Ramadanfasten, trank einen Becher Wein und versuchte zu essen, vermochte aber keinen Bissen hinunterzubringen. Bald sah ich ein herrlich geschmücktes Boot herangleiten und ging, vom Wein gestärkt, hinab, um meine Gäste zu empfangen. Die dankbaren Janitscharen hatten den Marmor vom Blut reingewaschen. Mustafa ben Nakir hatte wohl noch gelebt, als man ihn dort hinwarf, und Blut in Strömen vergossen, bevor er starb. Nun aber war alles sauber und bereit zum Empfang der Serailbarke mit dem seidenen Sonnensegel. Die Natur des Menschen ist so unverbesserlich, daß ich nicht umhin konnte, mich geschmeichelt zu fühlen, als ich neben den drei rotgekleideten Taubstummen den Kislar-Aga selbst behaglich auf dem Achterdeck zurückgelehnt erblickte. Diese Ehre reichte hin, daß ich mich als bedeutenden Mann im Ottomanenreich fühlte.

Ihn begleiteten Giulia und ihr unzertrennlicher Alberto. Ich aber verbeugte mich, ohne ihnen auch nur einen Blick zu gönnen, tief vor dem Kislar-Aga und berührte Stirn und Boden mit den

Fingerspitzen. Dann half ich meinem hohen Gast aus dem Boot. Die Taubstummen folgten ihm auf lautlosen Sohlen. Als alle an Land gegangen waren, hieß ich ihn in geziemender Rede willkommen, dankte ihm für die hohe Ehre, die er mir erweise, indem er selbst komme, die Ausführung der Befehle des Sultans zu überwachen, und bedauerte, daß ich ihm wegen der Fastenzeit nicht einmal einen Schluck Wasser anbieten könne.

Er bat mich in einer höflichen Erwiderung, ihm die traurige Aufgabe, die ihm übertragen worden sei, nicht nachzutragen und alle Wünsche zu äußern, die ich etwa hätte, bevor der Auftrag durchgeführt werde. Ich entgegnete, ich würde gerne mit meinem Weib gewisse Angelegenheiten des Haushalts unter vier Augen besprechen. Er willigte ein. Ich setzte ihm heimlich eine Schale Sorbet und einen Teller Gebäck vor und überließ es ihm und Allah, sich über die Fasten einig zu werden; dann begab ich mich nach oben. Giulia folgte mir zögernd, ihr folgte wie ein Schatten Alberto in seiner gelben Tracht, der gespannt alle meine Bewegungen verfolgte. Sie vergewisserte sich, daß Mirmah wohlbehalten schlief, dann wandte sie sich mir zu. Neugierig selbst in dieser letzten Stunde, fragte ich sie: »Ist im Serail etwas Ungewöhnliches vorgefallen?«

»Der Sultan erwachte spät«, erwiderte sie zerstreut, »und befahl nach langem Beten, alles Gold- und Silbergeschirr ins Schatzamt zu bringen und Münzen daraus zu prägen. Von nun an will er aus kupfernen Schüsseln essen und aus irdenen Krügen trinken. Die ganze Stadt, sagt er, soll nach den Gesetzen des Korans leben. Den ganzen Nachmittag hat er die Pläne Sinans des Baumeisters für die größte Moschee, die je entworfen ward, studiert. Sie soll zehn Minarette haben, und der Sultan will sein Grabmal dort errichten.«

Sie hielt inne und sah mich aus ihren verschiedenfarbigen Augen an; dann fragte sie scheinbar harmlos: »Hast du deinen Freund Mustafa ben Nakir nicht gesehen? Er könnte dir von den Geheimnissen des Serails mehr als ich erzählen.«

»Also deshalb rissen sie ihm die Zunge heraus«, erwiderte ich kühl. »Hab keine Sorge um ihn, Giulia. Er ruht in seinem Grab. Hast du sonst nichts zu berichten?«

Erbittert über meine anscheinende Gelassenheit, erwiderte Giulia höhnisch: »Bist du so neugierig? Nun, ich bin ja zurückgekommen, um dir alles zu erzählen. Es mag dich erheitern, zu hören, daß dein Freund Mustafa ben Nakir Ibrahims Pläne, den Sultan zu ermorden, die Janitscharen zu bestechen und die Macht an sich zu reißen, verriet. Suleiman wagte nicht mehr, mit seinem lieben Freund allein zusammenzubleiben; die Stummen standen hinter dem Vorhang versteckt, während Sultana Khurrem und ich durch eine verborgene Öffnung in der Wand hineinspähten. Sie hatten einander wenig zu sagen, die beiden alten Freunde. Der Großvezier spielte seine Fiedel mit außergewöhnlichem Feuer, und der Sultan nahm sogleich nach dem Mahl einen starken Schlaftrunk. Kaum war er eingeschlummert, als Sultana Khurrem auch schon begann, hinter ihrem Gitter hervor Ibrahim zu verhöhnen und ihm zu erzählen, was Mustafa ben Nakir getan hatte. Der Großvezier geriet in Wut und machte aus seinen geheimsten Gedanken über sie kein Hehl. Um dem ein Ende zu bereiten, winkte sie den Stummen, ihre Pflicht zu tun. Er war aber so stark, daß die Stummen ihm gegen alles Herkommen viele klaffende Wunden zufügen mußten, bevor sie ihm die Schlinge um den Hals legen konnten. Wir sahen beide, wie das Blut an die Wände spritzte. Den Sultan trug man aus dem Gemach, damit er sich anderswo ungestört ausschlafen konnte. Sultana Khurrem nahm das viereckige Siegel von Ibrahims Hals und ließ seine Leiche zum Tor des Friedens hinausschaffen. Die Tür jenes blutbefleckten Gemaches aber wurde auf Khurrems Befehl mit dem Siegel des Sultans versiegelt, als Mahnmal für alle Zukunft, was einem allzu Ehrgeizigen zustoßen kann.«

»Und Mustafa ben Nakir?«

Giulia errötete tief; sie bebte fast wollüstig und drückte sich an Alberto, als sie erwiderte: »Sultana Khurrem ist launenhaft und wird mächtig erregt, wenn sie Blut sieht. Ich darf nicht alles Vorgefallene schildern, glaube aber, daß Mustafa ben Nakir nicht ganz enttäuscht wurde. Er blieb lange mit ihr allein; am Morgen aber, als man einen schwarzen Faden wieder von einem weißen unterscheiden konnte, schickte sie ihn fort, damit er ihrem guten Ruf nicht schade. Jedoch die braven Eunuchen fanden ihn im verbotenen Garten und verschnitten ihn an Ort und Stelle. Sie taten ihm noch viel mehr, mit Hilfe kurzer scharfer Messer, wie es im Harem Brauch ist, und Sultana Khurrem lachte wohl nicht einmal bei Ibrahims Tod so girrend wie damals, als sie Mustafas

Schicksal mit ansah. Er hörte es und hob das Gesicht, um sie noch einmal zu sehen, bevor sie ihm die Augen ausstachen.«

»Ich weiß, ich weiß. Davon genug. Doch es dämmert, und es ist an der Zeit, daß du mir von dir selbst erzählst, liebe Giulia. Sag mir, was für ein Weib du bist und warum ich es dir nie recht machen konnte – warum du mich so bitter haßt.«

Giulias Stimme sank zu einem Flüstern herab. Sie zitterte am ganzen Leib, als sie antwortete: »Gestern abend lernte ich etwas Neues, Michael, obwohl ich glaubte, schon alles zu kennen. Allein deshalb bin ich noch einmal zurückgekommen, weil ich nun weiß – du freilich wirst es nie verstehen –, welch ausgesuchtes Vergnügen ich daran finden werde, zu sehen, wie sich die seidene Schlinge um deine Kehle schließt. Du wirst mir hoffentlich einen letzten Dienst erweisen und dich wacker gegen die Stummen wehren, obwohl du ein Schwächling bist. Wenn der Schlaf der Bruder des Todes ist, dann ist für wenige Auserwählte wollüstiges Vergnügen sein Zwillingsbruder! Das hat mich die Sultana gelehrt, und ich bedaure nur, es nicht früher gewußt zu haben; bisweilen freilich, wenn Alberto mich verbleute, ahnte ich etwas Ähnliches.«

»Was schert mich Alberto? Ich weiß längst, daß Mirmah nicht meine Tochter ist, obwohl mich das wenig kümmerte. Ich liebte dich gar innig, obwohl ich verzweifelt dagegen ankämpfte, als ich erkannt hatte, wer du bist. Beantworte mir eine Frage. Hast du mich je, auch nur für kurze Zeit, wahrhaft geliebt? Das ist alles, Giulia, was ich nun von dir hören will – nur das.«

Giulia zögerte und blickte scheu nach Albertos ausdruckslosem Gesicht. Dann entgegnete sie rasch: »Nein, ich habe dich nie wirklich geliebt – nie. Wenigstens nicht, nachdem ich den Mann gefunden hatte, der mich zu zähmen wußte. Das hast du nie begriffen, obwohl ich dich erzürnte, auf daß du wie ein Mann mit Schlägen über mich herfielst. Ach, Michael, als Gatte warst du armseliger als ein Eunuch.«

Sie war mir nun so fremd geworden, daß ich sie nicht einmal haßte. Diese Fremdheit erschreckte mich mehr als alles andere; ich begriff nicht mehr, wie ich je ihre Glieder und ihre falschen Lippen hatte küssen können, noch dazu unter Tränen. Endlich sagte ich mit zitternder Stimme: »Die Sonne sinkt, und bald werden die Sterne aufgehen. Vergib mir also, Giulia, daß ich dein

Leben verpfuscht und dich so lange belästigt habe. Zweifellos ist es zum Teil auch meine Schuld, daß du dich an meiner Seite in eine Hexe verwandelt hast – in ein Raubtier, das keine Gnade kennt. In meinem Wahnsinn bildete ich mir ein, innige Liebe bedeute Wärme und Güte zwischen zwei Menschen, und gegenseitigen Trost in der furchtbaren Einsamkeit, die unser aller Los ist. Ich tadle dich nicht, Giulia. Ich habe mich geirrt, und ich allein bin schuld.«

Giulia starrte mich unverwandt an; sie begriff kein Wort von dem, was ich sagte. Ich hätte ebensogut eine fremde Sprache reden können. Da ich sie nicht durch meine Todesangst ergötzen wollte, straffte ich mich, obwohl ich zitterte, und schritt hocherhobenen Hauptes die Treppe hinab, ohne ihr einen Blick zu gönnen. Ich glaube, ich stammelte nicht einmal, als ich den Kislar-Aga achtungsvoll im Namen des Gnädigen und Barmherzigen bat, mit dem Vollzug seines Auftrages nicht zu säumen. Er fuhr aus seinem behaglichen Schläfchen auf, betrachtete mich wohlwollend und klatschte in die fetten Hände. Sogleich traten die Stummen ein; der erste trug ein Bündel unter dem Arm, in dem ich den vorgeschriebenen schwarzen Kaftan vermutete. Ich konnte nicht umhin, mir über die Farbe der seidenen Schnur Gedanken zu machen. Auf die grüne zu hoffen, durfte ich nicht wagen, aber noch die rote hätte eine hohe Ehre bedeutet, berechtigte mich mein Gehalt doch nur zur bescheidenen gelben Schnur.

Als aber der Stumme das Bündel öffnete, gewahrte ich überrascht nur einen ledernen Sack, den er auf dem Boden ausbreitete. Auf ein Zeichen vom Kislar-Aga nahm er ein Hanfseil heraus; die beiden anderen packten Alberto an den Armen; der erste legte dem Sklaven von hinten die Schlinge um den Hals und erdrosselte ihn so flink und behend, daß er gar nicht wußte, wie ihm geschah. Alberto war mit aufgedunsenem, verzerrtem Gesicht leblos hingesunken, bevor Giulia noch begriffen hatte, was geschehen war. Dann sprang sie wie eine Katze auf den knienden Eunuchen los; dessen Gefährten aber verstanden ihr Geschäft. Sie erhaschten sie an den Armen, drehten sie ihr im Rükken hoch und hielten sie fest. Sie trat um sich, heulte und warf den Kopf hierhin und dorthin, die Augen vor Wut blutunterlaufen. Der Kislar-Aga betrachtete sie mit schiefgelegtem Kopf, als weide er sich an ihrer Qual.

Zu mir gewandt, sprach er höflich: »Vergib mir, Sklave Michael. Auf Befehl meiner Herrscherin muß ich dein Weib erdrosseln lassen; dann wird sie in einen Sack eingenäht und ins Marmarameer geworfen werden. Sultana Khurrem ist, wie du weißt, eine fromme Frau und verabscheut die Ausschweifungen, deren sich dein Weib Giulia so oft schuldig gemacht hat. Erst vor kurzem erfuhr sie, wie verbrecherisch Giulia ihr Vertrauen mißbraucht hat, indem sie ihren Liebhaber als Eunuchen verkleidete und ihn in die verbotenen Gemächer des Serails mitnahm. Daran bist du natürlich unschuldig, und ich teile deinen tiefen Schmerz; allein ein so schändliches Verbrechen muß bestraft werden, und ich kann dir versichern, daß die edle Sultana Khurrem in Hinkunft in der Wahl ihres Umgangs vorsichtiger sein wird.«

Giulia war verstummt und lauschte nun ungläubig seinen ruhigen Worten. Schaum trat ihr auf die Lippen; sie kreischte: »Bist du verrückt, Kislar-Aga? Das wirst du mit deinem Kopf bezahlen. Ich weiß zuviel von dir und deinen heimlichen Geschäften mit den Ärzten im Serail.«

»Ganz recht«, entgegnete der Kislar-Aga, und sein bleiches, fettes Gesicht verhärtete sich zur steinernen Maske. »Du weißt zuviel, du törichtes Weib, und eben deshalb hat Sultana Khurrem beschlossen, dich harmlos zu machen. Du hättest das schon längst erkennen müssen – im Sand hättest du es lesen sollen!«

Damit war er des Wortwechsels überdrüssig geworden. Abermals gab er ein Zeichen, die Schlinge wurde Giulia um den Hals gelegt und zugezogen, so daß ihr wilder Aufschrei erstarb. Am ganzen Leib zitternd, wandte ich mich ab, da ich jene Augen nicht im Tode brechen sehen konnte. Ihr Leichnam wurde dann an den Albertos gebunden, beide wurden in den Sack gesteckt, der schnell vernäht wurde. Als sich die Stummen endlich mit ihrer Last entfernt hatten, fragte ich erstaunt: »Wie können sie es wagen, uns beide allein zu lassen? Ich könnte eine Waffe bei mir tragen und dich in meiner Todesangst damit anfallen. Und wozu auch das Unvermeidliche noch länger aufschieben, ist doch mein Tod von deiner Hand lange vor meiner Geburt vorherbestimmt gewesen, edler Kislar-Aga.«

Er streichelte sein Doppelkinn; seine Äuglein funkelten kalt wie Stahl, als er erwiderte: »Ich habe die Befehle der Sultana ausgeführt, die der Sultan bestätigte. Auch du hättest erdrosselt werden sollen, doch hier nahmen die Dinge eine unerwartete Wende. Der edle Sultan bewundert Treue und Kühnheit gar sehr, wenn er auch die Sultana davon nichts wissen läßt. Vielleicht hat er es auch gerade jetzt besonders nötig, sich Verdienste zu erwerben. Daher befahl er mir heimlich, ohne Wissen Sultana Khurrems, dich zu schonen, weil du dein Leben wagtest, um Großvezier Ibrahim ein ehrenhaftes Begräbnis zu verschaffen. In der Stadt herrschte so große Erregung, daß man dich dafür in Stücke hätte reißen können. Im Vertrauen darf ich dir mitteilen, daß deine Tat ihn sehr erleichtert und getröstet hat. Dennoch muß er dich, wie du einsehen wirst, aus der Stadt verbannen, damit die Sultana nie von deiner Begnadigung erfährt. Er ist wieder einer tiefen Schwermut verfallen und bedarf der Tröstungen weißer Arme und einer zärtlichen Umschlingung. Du hast mich aber vor eine schwierige Entscheidung gestellt, Michael el Hakim. Ich bin verpflichtet, des Sultans ausdrücklichen Befehl zu befolgen, fürchte aber den Zorn Sultana Khurrems über die Maßen. Wohin willst du gehen, Michael?«

»Was meinst du zu Ägypten, edler Kislar-Aga?« fragte ich demütig. »Dies Land ist wohl fern genug, und dort fände ich wohl Zuflucht, wenn du es gestattest.«

Während ich noch sprach, trat auf lautlosen Sohlen ein kleiner Eunuch ein, der auch stumm war; er betrachtete forschend mein Äußeres und lud mich mit einer Handbewegung zum Sitzen ein. Dann fing er an, mir den Bart zu scheren; sodann breitete er vielerlei Gerät und Schminktöpfe um sich aus.

»Ägypten ist gerade recht«, pflichtete mir der Kislar-Aga bei. »Du mußt dein früheres Leben vergessen und einen neuen Namen annehmen. Auch dein Äußeres mußt du ändern. Mein Barbier schert dir nun den Bart und wird dann deine Haut braun färben. Hab keine Sorge wegen der Runzeln, die dadurch in deinem Gesicht auftreten werden – in wenigen Wochen werden sie wieder verschwinden. Morgen soll der Sultan die Auflösung der Bruderschaft verkünden, deren Großmeister Ibrahim war. Zahllose Derwische werden aus Angst vor dem Mufti fliehen, und wenn du dich als einer von ihnen verkleidest, brauchst du keine Entdeckung zu fürchten. Nur vergiß nicht – sprich nur das Nötigste, und vermeide geflissentlich jedes Aufsehen; sonst wird mir Sultana Khurrem nie verzeihen.«

Der eigentümliche Ton seiner Worte ließ mich plötzlich Verdacht schöpfen. Ich beugte mich vor, um das undurchdringliche Gesicht eines im Serail erzogenen Mannes näher zu betrachten.

»Edler Kislar-Aga! Nur die Stummen haben uns gesehen, und der Sultan braucht nicht zu wissen, was geschieht. Wie kommt es, daß du mich verschonen willst, wo ich dich doch sonst als schlauen Mann kenne?«

»Ich bin ein Moslem«, entgegnete er fromm, »und der Sultan ist Allahs Schatten auf Erden. Ihm allein muß ich gehorchen, und sollte es mich den Kopf kosten.« Er streichelte sich das fette Kinn, hustete und setzte so nebenbei hinzu: »Natürlich erwarte ich ein Geschenk, das deiner würdig ist, und bin überzeugt, daß du mich nicht enttäuschen wirst. Du wirst mich gewiß in den Sack blicken lassen, den du nach Ägypten mitführen wirst.«

»Wehe, was sagst du da? Durch die Verschwendungssucht meines Weibes bin ich ein armer Mann, wie du wissen mußt. Ich besitze nichts als mein Haus und meinen Hausrat, und das überlasse ich dir gerne.«

Er schüttelte vorwurfsvoll den Kopf.

»Vergiß nicht, daß du tot bist. Auch dein Weib ist tot, daher ist deine schöne Tochter Mirmah deine einzige rechtmäßige Erbin. Wie kannst du so unverschämt sein, den Mann betrügen zu wollen, der dir das Leben gerettet hat?«

»Mirmah!« rief ich erschrocken. »Was soll aus ihr werden?«

Der Kislar-Aga, den mein Undank erboste, antwortete dennoch geduldig: »Sultana Khurrem ist eine fromme Frau und wird aus Mitleid mit deiner schutzlosen Tochter sie in den Harem aufnehmen und ihr eine angemessene Erziehung angedeihen lassen. Sie wird auch die Verwaltung ihres Vermögens übernehmen. Bald wird der Schreiber des Defterdars hier eintreffen, um den Bestand aufzunehmen und das Haus mit dem persönlichen Siegel der Sultana zu versiegeln. Du tätest klug daran, dich zu beeilen und deine Schatztruhe auszukramen; sonst möchte ich etwa deinem guten Rat folgen.«

Nun war freilich guter Rat teuer, wußte ich doch, wenn ich ihm Muley Hassans Diamanten zeigte, so würde ich sie nie wieder zu Gesicht bekommen, und er würde mich gewiß den Beutel nicht allein ausgraben lassen.

Während unseres Gespräches hatte der kleine Barbier mein Äußeres vollkommen verändert und stand nun vor mir, den Erfolg seiner Arbeit bewundernd. Er gab mir ein Bündel zerlumpter Kleider, wie die Derwische sie tragen, und ein übelriechendes Ziegenfell, das ich über die Schultern werfen konnte. Selbst einen alten Wanderstab hatte er besorgt. Ich erkannte mich nicht wieder, als ich mich im Spiegel betrachtete.

Ich ging noch ängstlich mit mir zu Rate, wie ich den räuberischen Kislar-Aga befriedigen sollte, als mein eigener Taubstummer eintrat. Mit flinken Fingern bat er um Vergebung für sein unaufgefordertes Erscheinen und bat mich, ihm in den Keller zu folgen. Der Kislar-Aga wollte mich keinen Augenblick aus den Augen lassen; so nahmen wir eine Laterne und stiegen gemeinsam hinab. Ich ging selten in den Keller, außer um einen Krug Wein zu holen. Der Taubstumme führte uns in einen Raum, dessen Vorhandensein ich nie vermutet hatte, weil Giulia allein Sinan die Anweisungen für den Bau erteilt hatte. Kleider, die Alberto gehörten, lagen dort umher; auch ein reich ausgestattetes Bett stand da, in dem Giulia oft gelegen haben mußte, während ich sie im Serail wähnte. Verschimmelte Speisereste, ein Krug Wein und eine biegsame Gerte zeigten, wie gründlich sie sich gelabt und erfrischt hatten. Der Taubstumme hob eine Fliese auf. Ein Loch wurde sichtbar, daraus uns Gold und Edelsteine entgegenfunkelten. Der Kislar-Aga vergaß seiner Würde, fiel auf die Knie und vergrub die Arme bis an die Ellbogen in Münzen; sodann brachte er etliche prachtvolle Schmuckstücke zum Vorschein, die er mit Kennermiene musterte. Erst jetzt erkannte ich, was in all diesen Jahren aus meinem Reichtum geworden war.

»Michael el Hakim«, meinte der Kislar-Aga, »dein Sklave ist klüger als du und verdient seinen Lohn. Er wird zu einem Amt aufsteigen, davon sich einer seines Standes nicht träumen ließe, weil die Stummen ihn zu ihrem Siebenten erwählt haben, da sein Vorgänger sich durch die Wunden, die er dem Großvezier zufügte, unwürdig erwiesen hat. Sie haben ihn bereits die Schlinge handhaben gelehrt, und bald wird er ganz für seinen barmherzigen Dienst gerüstet sein. Diesen verborgenen Schatz zeigte er uns gewiß, um meine Gunst zu erringen.«

Er sah mit wohlwollender Herablassung auf den Taubstummen und klopfte ihm sogar auf die Schulter. Der Sklave aber fiel vor mir auf die Knie, küßte meine Füße, benetzte meine Hände mit seinen Tränen und sah so verständig und menschlich zu mir auf, daß ich in plötzlicher Einsicht erkannte, daß er mehr von mir wußte, als ich je vermutet hatte. Mein Widerwille schwand dahin, und ich berührte ihn mit den Fingerspitzen an Stirn, Augen und Wangen, zum Zeichen, daß ich ihn verstand. Zugleich atmete ich auf, daß er mir nun auf der Reise nach Ägypten nicht zur Last fallen würde. Der Kislar-Aga wurde ungeduldig und meinte: »Michael, du kennst mich als Ehrenmann. Nimm zehn Goldstücke von diesem Haufen, das ist eine hohe Summe für einen armen Derwisch. Ein Goldstück darfst du auch deinem Sklaven geben.«

Ohne viel Zaudern legte er seinen kostbaren Kaftan ab und breitete ihn auf den Boden. Dann häufte er mit beiden Händen Gold und Edelsteine darauf. Er hatte eben die Ärmel und den Saum zu einem Bündel geknotet, als draußen ein Donnerschlag erdröhnte. Der Boden bebte, und der Verputz rieselte von der Decke. Der stattliche Kislar-Aga zitterte wie Espenlaub und rief: »Allah will die Stadt strafen! Das ist ein Erdbeben. Fort, hinaus, bevor wir wie die Ratten unter den stürzenden Mauern begraben werden.«

Auch ich war erschrocken, konnte aber in dem Lärm das Krachen von Geschützfeuer erkennen und begriff, daß eine Kanonenkugel das Haus getroffen hatte. Die Janitscharen im Garten brüllten aus Leibeskräften. Ich erriet sogleich, was geschehen war, und verwünschte Andy aus Herzensgrund, weil er mich nicht einmal in Frieden sterben lassen wollte, sondern sich noch im letzten Augenblick in meine Angelegenheiten mengte. Flink eilte ich die Treppe empor und in den Garten hinaus. Dort sah ich aus den Musketen der Janitscharen Schüsse aufblitzen. Der Gefechtslärm machte mich taub, und plötzlich gewahrte ich ein Dutzend Derwische, trunken vom Wein und vom Opium, die in meinen Blumenbeeten heulend und tanzend ihre Krummsäbel schwangen. Ich brüllte Andy zu, dem törichten Treiben ein Ende zu machen; währenddessen stand der Kislar-Aga zitternd hinter mir und hielt mich krampfhaft an den Ärmeln gepackt. Wie die meisten Eunuchen fürchtete er den Lärm und das Schießen. Andy gehorchte und stolperte herbei; sein Blick aber glitt über mich hinweg, und er fragte suchend: »Das ist Jakobs Stimme, doch wo ist Esaus behaarte Brust? Mir war, als hörte ich die blökende Stimme meines Bruders Michael, obzwar ich nur kam, seinen Leichnam in Empfang zu nehmen.«

Der Kislar entließ, sehr zur Genugtuung des Onbaschi, die Janitscharen, die nicht gewagt hatten, auf die heiligen Männer zu feuern. Die wirbelten nun in ihren wilden Tänzen im Garten umher, riefen zu Allah, leierten Koranverse her und zerfleischten einander mit ihren Krummsäbeln, bis ihnen das Blut in Strömen herablief. Zu meiner größten Freude hatte mich nicht einmal der Onbaschi nach meiner Behandlung durch den Barbier erkannt.

Es dauerte geraume Zeit, bis ich mich Andy zu erkennen geben konnte. Schließlich aber geleiteten wir den Kislar-Aga mit allen Ehren zu seinem Boot und halfen ihm selbst sein Bündel tragen, das für einen Mann in seinen Jahren allein zu schwer war. Als Andy und ich allein zurückgeblieben waren, gruben wir unsere versteckten Diamanten aus, überließen die Derwische ihren heiligen Tänzen und machten uns heimlich und ohne Abschiedsschmerz aus dem Staub. In derselben Nacht setzte uns ein Fischerboot über die Meerenge nach Skutari, von wo wir unsere lange Reise antreten sollten.

Diese neun Bücher meines Lebens habe ich im Laufe zweier Jahre im Derwischkloster bei Kairo niedergeschrieben. Als ich nämlich nach unzähligen Fährnissen und Leiden endlich vor Suleiman dem Eunuchen stand, wollte er meine Geschichte nicht glauben. Er beraubte mich meiner Diamanten und sperrte mich in dieses Kloster. Der Zweck dieser Bücher war, dem edlen Sultan zu beweisen, daß ich nach Großvezier Ibrahims Tod nicht seine Diamanten stahl. Mißgünstige Neider haben sogar behauptet, ich hätte sein Begräbnis nur dazu veranstaltet, um des Schatzes habhaft zu werden, den er im Laufe der Jahre angehäuft hatte, da ich als sein vertrauter Freund allein dessen geheimes Versteck im Palast kannte. Freilich ist es nicht meine Schuld, daß die unfähigen Schreiber des Defterdars jenes Versteck nicht fanden und daß sie glauben, ich hätte Zeit gehabt, den Schatz in meinem Haus zu verbergen, bevor die Stummen mich erdrosselten.

Ich schrieb diese neun Bücher auch, um den Frieden meines

Herzens wiederzugewinnen und mich von den trüben Erinnerungen an mein früheres Leben zu befreien; denn nur so kann ich ein neues Leben beginnen, da ich nun – wenigstens in meinen Augen – ein reifer Mann geworden bin. Um es zu werden, hatte ich freilich viele harte Prüfungen zu bestehen, von denen mein Weib Giulia mit ihren seltsamen Augen keineswegs die geringste war. Nun aber glaube ich, den rechten Pfad gefunden zu haben und auch das Leben eines gewöhnlichen Menschen führen zu können, wenn man mir nur Gelegenheit dazu gibt.

Zum Abschluß will ich mich freimütig aller guten Vorsätze enthalten, da ich erkannt habe, daß sie dort, wo andere mitbetroffen sind, mehr schaden als nützen.

NACHWORT

Zweimal hatte der Nil seine Ufer überflutet, bevor der unglückliche Derwisch Michael am Ende seiner langen Geschichte anlangte. Er schrieb bei Nacht und erschien jeden Morgen im Palast Suleimans des Eunuchen, um ihm das Geschriebene laut vorzulesen. Als er endlich fertig war, warf sich der hagere, zerlumpte Derwisch Suleiman zu Füßen, vergoß bittere Tränen, hob schutzflehend die Hände und bat: »Erhöre meine Bitte, edler Suleiman! Befreie mich von diesen unerträglichen Andachtsübungen der Derwische, und gib mir vor allem meine rechtmäßige Habe zurück. In dieser meiner langen Geschichte habe ich überzeugend dargetan, daß ich sie auf gleichsam ehrliche Weise erwarb und ihrer nun bedarf, um das Leben eines gewöhnlichen Menschen zu beginnen. Es wäre in der Tat Torheit, wieder als Bettler anzufangen; eher würde ich mich dem bitteren Zwang unterwerfen, bis ans Ende meiner Tage in diesem Kloster zu bleiben.«

Suleiman der Eunuche streichelte sein vielfältiges Kinn und betrachtete den weinenden Derwisch aus seinen fast ganz geschlossenen Schlitzäuglein. Dann breitete sich ein Lächeln über sein Mondgesicht, und er erwiderte: »Ei, Michael el Hakim! Seltsam fürwahr sind die Gestalten, die Allah aus seinem Staube formt! Bisweilen bildet er Menschen von solcher Redlichkeit, daß sie selbst ihren Untergang herbeiführen; aus demselben Ton formt er so abgefeimte Lügner, daß sie selbst dem Weisen den Kopf verdrehen und sein Verstand ihn im Stich läßt. In seiner Gnade hat mir Allah ein langes Leben geschenkt; das tiefe Wissen um die menschliche Natur, das ich dabei erworben habe, sagt mir, daß du der größte und wortreichste Lügner bist, dem ich je begegnete. Dennoch muß ich an deine Aufrichtigkeit als Mensch glauben, und die Diamanten, die du stahlst, hast du dir verdient, indem du mich an so manchem trüben Morgen zerstreutest. Ich will nur zwei behalten – einen zum Andenken an dich und den anderen zum Lohn für mein geduldiges Lauschen. Du magst nun als freier Mann in die Welt zurückkehren, Michael el Hakim, und das Leben neu beginnen, wenn das in deiner Macht liegt. Solltest du aber seiner überdrüssig werden, so kehre zu mir zurück, denn solange mir Allah Leben und Gesundheit schenkt, magst du auf meine Gunst zählen. Zieh also hin, Michael el Hakim, und der Friede sei mit dir!«

Roman

Von Mika Waltari sind erschienen:

10018	Minutus der Römer
10032	Michael der Finne
10040	Sinuhe der Ägypter
10063	Turms der Unsterbliche
10546	Der dunkle Engel
10636	In diesem Zeichen
11255	Der Renegat des Sultans

BASTEI LÜBBE

Ein gewaltiger Indien-Roman

Als Band mit der Bestellnummer 10843 erschien:

Frühes 17. Jahrhundert. Im Auftrag seines Königs reist Kapitän Hawksworth nach Agra, der Hauptstadt Indiens, um mit dem Herrscher des sagenhaften Reiches eine Handelsvereinbarung abzuschließen. Vor dem Thron des Moguls angelangt, wird ihm – geblendet von der Pracht des Hofes und verführt von orientalischer Frauenschönheit – augenblicklich klar, daß er nie mehr in seine Heimat zurückkehren wird . . .